Christian Gottfried Körner

Gesammelte Schriften

/

Christian Gottfried Körner

Gesammelte Schriften

ISBN/EAN: 9783337217099

Hergestellt in Europa, USA, Kanada, Australien, Japan

Cover: Foto ©Andreas Hilbeck / pixelio.de

Weitere Bücher finden Sie auf **www.hansebooks.com**

Christian Gottfried Körners

Gesammelte Schriften

Christian Gottfried Körners

Gesammelte Schriften

Herausgegeben

von

Adolf Stern

Leipzig

Verlag von Fr. Wilh. Grunow

1881

Vorwort.

Im Mai dieses Jahres waren fünfzig Jahre verflossen, seit Schillers Herzensfreund Christian Gottfried Körner zu Berlin aus dem Leben schied. Im Laufe dieser fünfzig Jahre ist durch die Veröffentlichung des Schiller-Körnerschen Briefwechsels und die Verbreitung der eingehenderen Biographien Schillers die Gestalt des charakterfesten, warmempfänglichen und hochgebildeten Mannes zu einer vertrauten geworden. Tausende haben ihn, den die Besten seiner Zeit geliebt und hochgehalten hatten, aus seinen Briefen lieben gelernt und eine Sammlung seiner zerstreuten „Schriften" hat ein volles Recht erlangt. Körners schönstes Ehrendenkmal bleibt natürlich der Briefwechsel mit Schiller, allein seine ästhetischen, biographischen und politischen Aufsätze geben gleichfalls einen werthvollen Beitrag zur Charakteristik des Mannes und der Zeit. Eine frühere „Sammlung" dieser Schriften, welche von Dr. C. Barth in Augsburg 1859 veranstaltet ward, ist so lückenhaft ausgefallen, daß sie auch den mäßigsten Ansprüchen nicht zu genügen vermag. Die vorliegende neue Sammlung der Körnerschen Schriften wird eine annähernd vollständige sein, wenigstens fehlt keiner der Aufsätze Körners, von dessen Existenz sich in den Briefen eine Spur zeigte, und ist es mir im Laufe der Jahre gelungen, manches völlig Vergessene und Verschollene aus Körners Feder wieder aufzufinden. Den für die „Allgemeine Zeitung" bestimmten Aufsatz Körners über Schillers „Wallenstein" von 1799 hingegen, dessen im Schiller-Goetheschen Briefwechsel gedacht wird, habe ich absichtlich weggelassen, da aus dem nurgenannten Briefwechsel zur Genüge hervorgeht, daß Körners Entwurf den Absichten der Freunde nicht entsprach und von Goethe vollständig überarbeitet wurde. — In die Sammlung der Schriften mußte Manches aufgenommen werden, was nur noch ein historisches Interesse beanspruchen kann, jedoch im Zusammenhang mit allen Uebrigen bald den klaren und reinen Sinn, den geläuterten Idealismus Körners, bald die Schärfe seines Blicks und die Vielseitigkeit seiner Bildung erweist. Veranlassung und Entstehungszeit der einzelnen Schriften sind in den kleinen Einleitungen zu jeder erörtert; die vorangestellte biographische Skizze gründet sich auf ein Material, das für eine eingehende Biographie des älteren Körner ausgereicht haben würde. Da ich inzwischen in Erfahrung brachte, daß Dr. F. Jonas in Berlin, der Herausgeber der Briefe Wilhelms von Humboldt an Körner, eine biographische Arbeit über den letzteren nahezu vollendet habe, glaubte ich mich auf die Skizze beschränken zu dürfen. —

Wo ich im Text die Schriften Schillers oder den Briefwechsel Schillers mit Körner anzuführen hatte, ist dies nach den vorzüglichen Ausgaben Karl Goedekes geschehen. Wie Jeder, der auf diesem Felde gearbeitet hat, bin ich auch sonst dem Verfasser des „Grundriß zur Geschichte der deutschen Dichtung" mannichfachen Dank schuldig geworden, den ich nicht nur aufs wärmste empfinden, sondern auch öffentlich aussprechen möchte.

Ein weiterer herzlicher Dank gebührt der Verwaltung der Kgl. Bibliothek zu Dresden, speciell Herrn Oberbibliothekar Hofrath Dr. Förstemann und Herrn Bibliothekar Dr. Schnorr von Carolsfeld, welche mich bei dieser, wie bei mancher anderen Arbeit mit der liebenswürdigsten Bereitwilligkeit unterstützt und mir die Benutzung der in der Bibliothek bewahrten ungedruckten Briefe Körners an G. J. Göschen gewährt haben. Ebenso hat mir der Director des Dresdner „Körner-Museums", Herr Dr. E. Peschel, alles was von Handschriften und selten gewordenen Drucken in seiner Sammlung

vorhanden war, mit größter und dankenswerthester Liberalität zur
Verfügung gestellt. Für einzelne wichtige Nachweise und Notizen
bin ich auch der Verwaltung der Universitätsbibliothek zu Leipzig,
dem Secretariat der juristischen Facultät daselbst und Herrn Prof.
Dr. Karl Elze in Halle verpflichtet.

Möge denn diese Ausgabe der Körnerschen Schriften alle Ver=
breitung finden, deren sie ihrer Besonderheit nach fähig ist, und das
erfreuliche Bild eines der edelsten und liebenswürdigsten Männer
aus den letzten Jahrzehnten des vorigen und den ersten Jahrzehnten
unseres Jahrhunderts Vielen auffrischen und aufs neue lebendig
vor Augen stellen!

Montreux am Genfersee, 8. Oktober 1881.

Ad. Stern.

Chr. Gottfr. Körners Leben.

Christian Gottfried Körner wurde am 2. Juli 1756, wenige Wochen vor Beginn des siebenjährigen Krieges, zu Leipzig geboren. Er gehörte seiner Abstammung und seinen Familienverbindungen nach einer Familie des gelehrten Patriciats an, deren das damalige Leipzig noch viele aufzuweisen hatte. Sein Vater, Dr Johann Gottfried Körner, welcher (16. September 1726 geboren) als Superintendent und Prediger an der Thomaskirche, Assessor des Kurfürstlichen Consistoriums, ordentlicher Professor der Theologie an der Universität und Domherr des Stiftes Meißen am 5. Januar 1785 verstarb, war eine der Säulen des gelehrten Leipzig im alten Sinne. Die Familienverbindungen des würdigen Theologen erstreckten sich weit in die Kreise der angesehenen, gut und zum Theil glänzend gestellten halb erblichen Inhaber von Professuren, Präbenden und Stiftungseinkünften aller Art und andrerseits in die der aufstrebenden und reichen Handelsherren hinein, die ihre Beziehungen zu den Gelehrten noch als einen besondern Vorzug empfanden und pflegten. Dr. Johann Gottfried hatte nicht blos stattliche Einnahmen, sondern eignes Vermögen · · lauter Dinge, welche nach der Auffassung jener wie andrer Zeiten den heranwachsenden Sohn zu einer glänzenden und glücklichen Laufbahn befähigten. Eine solche hat derselbe denn auch zurückgelegt, wenn auch in anderem Sinne, als in dem seiner Familie.

Körner selbst hat in der ersten Zeit seines Verkehrs mit Schiller und ehe sich noch die beiden Freunde persönlich begegnet waren, vertrauliche Mittheilungen über seine Jugendbildung gemacht. Er besuchte das Thomasgymnasium seiner Vaterstadt und die Fürstenschule zu Grimma und begeisterte sich, wie ein Jahrzehnt zuvor Goethe, an der Zukunfts-

1*

aussicht, sich der Alterthumswissenschaft zu widmen. „Meine Schullehrer hatten mir eine große Verehrung für alte Literatur eingeprägt — ich be=schloß Autoren herauszugeben." Sobald er inzwischen die Universität der Vaterstadt bezog, verflog dieser Zukunftstraum. Nicht nur weil die philo=sophischen Vorträge Garves und Platners, die er mit Eifer hörte, „eine Neigung zur Speculation erweckten", eine Neigung, der er übrigens lebens=lang treu bleiben sollte, sondern weil seine Familie einen bestimmten Ent=schluß über seine künftige Lebensrichtung forderte. „Um diese Zeit mußte ich mich für eine der drei Facultätswissenschaften bestimmen. Theologie würde mich gereizt haben, wenn nicht die Philosophie schon Zweifel in mir erregt hätte. Die unangenehmen Situationen praktischer Aerzte ver=leideten mir die Medicin. Jurisprudenz allein blieb übrig. Ich wählte sie als Brodstudium und angebliche Beschäftigung, aber mir ekelte vor dem buntscheckigen Gewebe willkürlicher Sätze, die trotz ihrer Widersinnigkeit dem Gedächtniß eingeprägt werden mußten. Ich suchte philosophische Behandlung rechtlicher Gegenstände, Entwickelung allgemeiner Begriffe, pragmatische Geschichte von den Ursachen und Folgen einzelner Gesetze und fand nirgends Befriedigung." So versuchte er es neben seiner „Brod=wissenschaft" mit einem Studium, das damals in jedem Betracht noch in den Anfängen lag — und strebte sich in dem Wissenskreise der heutigen Technologie und Nationalökonomie heimisch zu machen. „Ich warf mich in das Studium der Natur nebst Mathematik und ihren Anwendungen auf die Bedürfnisse und Gewerbe der Menschen."

Gelegenheit zu diesen „Abschweifungen" gab ihm die Fortsetzung seiner juristischen Studien an der Universität Göttingen in den Jahren 1776 und 1777. Begeistert wurde Körner für seine Nebenfächer durch den allgemeinen Zug der Zeit. Der Geist der Sturm= und Drangperiode mit seiner Abneigung gegen das schale Herkommen, gegen den geistlosen und dürftigen Betrieb einer nach Lessings Wort geschwind erlernten Wissenschaft, die nur zu Amt und Brod verhelfen sollte, und nicht minder gegen die zwecklose Polyhistorie, die keine innere Befriedigung weckte, der besondre Eudämonismus der damaligen Jugend hatten auch Körner erfaßt. „Es war etwas herrliches in dem Gedanken, das Feld dieser Wissenschaft zu erweitern, um dadurch die Macht des Menschen über die ihn umgebenden Wesen zu vergrößern und ihm neue Quellen von Glückseligkeit zu eröffnen." Leicht möglich, daß neben der jugendlichen Schwärmerei hierfür eine bestimmte Erkenntniß ging, daß Kenntnisse dieser Art einem jungen Juristen in dem damaligen Kursachsen sehr förderlich sein konnten. Wenigstens wurden sie **nachmals bei Körners** Anstellung in Dresden geltend gemacht und führten **zu seiner Anstellung als Assessor** der „Commerzdeputation".

1777 kam Körner nach Leipzig zurück, **erwarb 1778 die Magister** würde bei der philosophischen, 1779 die Würde eines **Doctors beider** Rechte bei der juristischen Facultät und habilitirte sich im gleichen Jahre als Privatdocent an der Universität. Körner gedachte in späterer Zeit seiner Docentenlaufbahn mit einer gewissen leichten Ironie, so z. B. wenn er am 5. Juni 1789 scherzend an Schiller schrieb: „Mit mehr Geräusch **hättest** Du Deine neue Laufbahn nicht **beginnen können.** Ich kann mich desto besser in Deinen Fall denken, da ich selbst etlichemale zu Anfange des halben Jahres am Fenster gelauert habe, wobei jedes Stiefeltretschen mir willkommene Musik war." Er las drei verschiedene Collegien zu gleicher Zeit, im Sommer 1779 nach dem Lectionskatalog „Naturrecht" (nach Achenwalls Leitfaden), „Politische Oekonomie" (nach Börners Hand buch) und „Technologie". Im mehrerwähnten Briefe an Schiller betont er ausdrücklich, daß ihn selbständige Untersuchungen über das Naturrecht „ziemlich lange interessirten." Mit dem Fleiß Körners und dem Anlauf, den er für seine Zukunft nahm, konnte seine gesammte Familie sehr wohl zufrieden sein.

Aber freilich war zu dieser Zeit, obgleich jene Liebe des jungen Mannes für die reizende und liebenswürdige Marie Jakobine (Minna) Stock, die Tochter eines damals schon über ein Jahrzehnt in Leipzig lebenden Nürnberger Kupferstechers, die ihm so viele Kämpfe mit seiner Familie bringen sollte, erst später volle Macht über Körners Leben ge wann, der unbedingte Einklang mit den Lebensanschauungen der Seinigen bereits nicht mehr vorhanden.

Christian Gottfried hatte im elterlichen Hause eine beinahe puri tanische Erziehung erhalten, seine Neigungen waren unter einem theils heilsamen, theils allzustrengen Zwang gehalten worden, selbst die früh hervortretende leidenschaftliche Theilnahme an den Darbietungen der Kunst hatte er nicht frei und unbefangen walten lassen, obschon er guten musikalischen Unterricht genossen haben muß und in späterer Zeit einer jener ausgezeichneten Musikdilettanten war, die den Neid von Künstlern erregen können. Auch hier enthalten die Geständnisse an Schiller bezeichnende Wendungen. „Von meiner ersten Erziehung her klebte mir lange Zeit der Gedanke an: Der Künstler arbeite nur für sein und andrer Menschen Vergnügen. Eltern und Lehrer hatten sich so viele Mühe gegeben, den Hang zum Vergnügen bei mir zu unterdrücken, es war ihnen gelungen, durch eine Art von leidenschaftlicher mönchsartiger Frömmigkeit mich so sehr zur Resignation zu gewöhnen, daß ich über jede Stunde, die ich ohne Vorwissen und Erlaubniß meiner Vorgesetzten mit irgend einer Ergötzlichkeit zugebracht hatte, Gewissensbisse fühlte und nie zufrieden war, als wenn ich eine beschwerliche und unangenehme Arbeit vollendet hatte. Es fehlte mir nicht an Gefühl für dichterische und musikalische Schönheiten, aber ich erlaubte mir nicht lange bei ihrem Genuß zu verweilen." Auf diesem Gebiet nun war es, wo sich Körner zuerst von dem Einfluß und den Anschauungen seiner Familie befreite, wo er untertauchte in den Enthusiasmus für die schöpferische Kraft und die Schönheit, welcher die Sturm- und Drangperiode erfüllt, wo er eine „unbegrenzte Verehrung für den wahren Virtuosen in jeder Art" faßte. Mußte er bald erkennen, daß ihm persönlich ein productives Talent versagt sei, so begann er nun in den Genüssen, welche Lectüre und Musik ihm boten, zu schwelgen und erweiterte seinen Pflichtbegriff dahin, daß es Pflicht sei, in der Kunst das Mittel zu erkennen, wodurch eine Seele besserer Art sich andern versinnlicht, daß das Genußbedürfniß der menschlichen Natur mit den Genüssen der Kunst am edelsten genährt werde.

Anfang October des Jahres 1779 trat Körner als Reisebegleiter des jungen Grafen Schönburg-Glauchau eine längere Reise an. Die Forderung der großen „Cavaliertour", die das siebzehnte Jahrhundert ausgebildet, war noch nicht völlig verschwunden, Graf Schönburg sollte eine solche zurücklegen und Körner bei dieser Gelegenheit ein Stück Welt sehen, das damals weder so leicht erreicht, noch so im Fluge durcheilt werden konnte, als gegenwärtig. Das Tagebuch, welches Körner auf dieser Reise führte,

mit kurzen, flüchtigen, **aber** zum Theil sehr charakteristischen Aufzeichnungen, ist bruchstückweise erhalten worden. (Die Handschrift im „Körner
museum" zu Dresden). Wir entnehmen daraus, daß die Reisenden über
Eisenach, Vacha, Fulda, Frankfurt am Main, Mainz, Coblenz, Neuwied,
Bonn, Köln, Düsseldorf, Geldern, Cleve nach Holland gingen. Die genannten Orte bezeichnen die Nachtquartiere, in Frankfurt und Köln hielten
sich Körner und Graf Schönburg einige Tage auf, am **15.** October erreichten sie Nymwegen. Die Tagebuchnotizen Körners geben **manchen** Zug
zu dem krausen Bilde des damaligen **römischen Reiches,** die Stoßseufzer
über schlechte Wege, die **in keinem** Reiseberichte jener Zeit fehlen, **finden sich**
auch hier. Körner zeigt großen Eifer, sich alles Sehenswerthe und **Wissens-**
würdige anzueignen, ihm selbst vielleicht unbewußt tritt **seine eigentliche**
Natur, die überwiegende Freude am Schönen, auch **in diesen Tagebuch-**
blättern hervor. So lebhaft er sich bemühte, sein Interesse Fabriken und
den Verhältnissen des Handels zu widmen, so fallen doch die Aufzeichnungen über den Kölner Dom und die (damalige) Düsseldorfer Gemälde-
gallerie reicher und lebendiger aus. — Bereits am 16. October **waren**
Graf Schönburg und Körner im **Haag,** wo sie im Vorgefühl der demnächst
bevorstehenden englischen Reise im „Parlament von England" Quartier
nahmen, sich rasch entschlossen, nach England abzureisen und den größeren
Theil Hollands bis auf ihre Rückreise **zu versparen.** Doch besuchte
Körner in den nächsten Tagen Amsterdam und Rotterdam und ließ sich
angelegen sein die Zeit auszukaufen; die er dann in Helvoetsluys, wo
die Packetschiffe wegen des Krieges **und der** möglichen Gefahr durch
Kaper nur mit dem besten Wind auslaufen wollten, mit vieltägigem
Warten fündlich verlieren mußte. **Erst am 7.** November **konnten** sie
von dort nach Dover absegeln, erreichten die englische Küste am 9. und
trafen im „Royal Hotel", Pallmall, zu London ein. In der englischen
Hauptstadt verweilten sie während des ganzen Winters von **1779 bis**
1780, verschiedene Ausflüge nach Cambridge, Greenwich und auf einzelne
Landsitze abgerechnet. Es waren Monate voll mannichfaltiger, mächtiger,
dem Teutschen jener Tage völlig neuer Eindrücke. Ende April traten
beide Reisende eine Fahrt in die englischen Provinzen an, gingen
nach Portsmouth und sahen die englische Flotte bei Spithead; kamen

nochmals nach **London** zurück, worauf im Juni der Besuch von Halifax, Manchester, **einer Reihe** von Städten im Norden Englands folgte, deren emporblühenden industriellen Leben der werdende Nationalökonom nun allerdings seine Theilnahme widmen mußte. Im Hochsommer ward **England** verlassen, man ging wieder durch Holland, durch Belgien, über **Aachen,** durch Westfalen nach **Frankfurt am Main,** von da durch Baden und Elsaß nach der Schweiz, wo Körner namentlich die persönliche Bekanntschaft mit den **Koryphäen des** Züricher literarischen Kreises, mit **Lavater,** Salomon Geßner u. A. interessirte. Leider sind Körners Reisetagebücher **über Zürich** hinaus **nicht** erhalten oder nicht fortgeführt worden. — **Jedenfalls wendeten die Reisenden** sich über Genf, Lyon nach **Paris und von dort nach der Heimat** zurück.

Seine Docententhätigkeit an der Leipziger Universität nahm Körner alsbald (Ostern 1781) wieder auf, er las abermals „Naturrecht", „Politische Oekonomie", im Sommersemester 1782 auch „Katholische Kirchengeschichte" nach Schröckh. **1781 ward er als** Consistorialadvocat in seiner **Vaterstadt angestellt;** 1783 aber — Dank seinen guten Empfehlungen — **als jüngster Rath** des Oberconsistoriums und gleichzeitig **als Assessor der „Landesökonomie-, Manufactur- und Commerziendeputation" nach** Dresden berufen. **Er war damit, und troß seiner** höchst geringen Besoldung, in die Kreise des höheren Beamtenthums eingeführt und sah sich die besten Aussichten eröffnet. Seine tüchtige juristische und zugleich weltmännische Bildung, seine ästhetischen, namentlich seine musikalischen Neigungen waren ja für gewisse Kreise des damaligen Dresden **gute Empfehlungen, und** Körner erfreute sich offenbar von Beginn seiner Beamtenlaufbahn an mannichfacher Begünstigungen und wußte **sich mit gutem Takt in geselliger Beziehung** volle Freiheit zu wahren und manchen Armseligkeiten seiner neuen Umgebung geschickt auszuweichen.

Aber bei seiner Uebersiedelung nach Dresden blieb Körners Herz **zunächst in Leipzig** zurück und begreiflich genug brachte er bei verschiednen Gelegenheiten noch Wochen und Monate in der Vaterstadt zu. Denn **schon 1782** hatte er der leidenschaftlichen Liebe, die er für die anmuthige Minna **Stock im Herzen** hegte, **Ausdruck** gegeben, hatte die Gewißheit erhalten, daß auch ihm das Herz dieses Mädchens gehöre. Seine Familie setzte seiner Liebe **und einer Heirath mit** der „Kupferstechermamsell", wie es in einem Familienbrief heißt, den entschiedensten Widerstand entgegen. Im zweiten Briefe, den Körner an Schiller richtete (Dresden, 3. März 1785), erzählt er mit der wohlthuenden phrasenlosen Einfachheit, die so charakteristisch für ihn **ist, die Geschichte seiner Liebe.** „Ich liebte Minna vier Jahre lang, ohne es ihr und mir selbst zu gestehen. Jetzt ist es drei Jahr, daß ich mich ihr entdeckte. **Wir kämpften seit dieser** Zeit mit Schwierigkeiten, die fast unüberwindlich schienen, — hatten des Kummers viel — **waren** genöthigt uns zu trennen, um uns unserem Ziele zu nähern." Allein **es war** eben die Zeit, in welcher für die Rechte des Herzens die Achtung und Geltung, die man ihnen bis hierher **im deutschen Gesellschafts- und Familienleben versagt hatte, stürmisch** gefordert **wurden.** Körner dachte keinen Augenblick ernstlich **daran,** seine Liebe zu dem reizenden, charaktervollen und gebildeten Mädchen den Vorurtheilen und Forderungen seiner Umgebung zu opfern. Unter Tausenden erwies er durch sein ganzes späteres Leben das Recht einer edlen Leidenschaft, so daß der Hinweis auf diesen Mann und dies Haus allein hinreicht, um eine ganze Reihe von Vorwürfen und Anklagen, welche gegen die Sturm- **und** Drangperiode gerichtet worden, zu entkräften. Minna Stock stand ihrem Verlobten in dem Kampfe **um das** künftige Glück treulich zur Seite. Eine kleine **Gruppe von Freunden** nahm an dem Geschick des jungen Paares förderlichen Antheil und am Ende wurde Körners Vater dahin gebracht, der Verlobung nicht ferner zu widerstreben. Wahrscheinlich wäre die endliche Verbindung **der Beiden** aber noch längere Zeit hinausgeschoben worden, wenn nicht Körner **durch** den am 5. Januar 1785 zu Leipzig erfolgten Tod seines **Vaters** in eine vollkommen unabhängige und selten begünstigte Lage **versetzt worden wäre.**

In wenigen Wochen und Monaten drängten sich **damals die wich**tigsten Entscheidungen von Körners Leben zusammen. **Schon im Sommer** zuvor (Juni **1784)** hatte er sich mit seiner Braut, mit deren älterer Schwester, der talentvollen und witzigen Malerin Dorothea Stock, mit Ferdinand Huber, dem jugendlichen Bewunderer und Anbeter Dorotheens, zu jener Huldigung an den in Mannheim lebenden Dichter der „Räuber" vereinigt, von welcher Minna Körner **nach Schillers** Tode schreiben

durfte: „Wenn ich nachdenke, wie wohlthätig unsere Schwärmerei auf
sein Leben gewirkt hat, so preis ich uns glücklich und selig.“ Die Ueber-
sendung der huldigenden Briefe Körners und Hubers, einer Körnerschen
Composition von Amaliens Gesang aus dem dritten Acte der Räuber, einer
kostbaren von Minna gestickten Brieftasche und der von Dora gezeichneten
Portraits der vier Verbundenen, enthusiastisch den Dichter Verehrenden,
hatte Schiller tief ergriffen und erhoben, aber trotzdem hatte er die
Sendung erst am 7. December 1784 beantwortet. Sein Brief ließ
keinen Zweifel, daß er sich in Mannheim in den unerquicklichsten Verhältnissen befinde und mit aller Zartheit ging Körner, der am 11. Januar
1785, wenige Tage nach seines Vaters Begräbniß, von Leipzig aus wieder
an Schiller schrieb, auf dessen Klagen ein und sprach die Hoffnung aus,
den augenscheinlichen Kummer des Dichters lindern zu können. Schiller
erwiderte mit dem unwiderruflichen Entschluß, sich in die Arme der
neuen Freunde in Leipzig zu werfen und eröffnete Huber seine Lage,
welche ihm einen Vorschuß unumgänglich nöthig machte, um Mannheim
mit Ehren verlassen zu können. Körner konnte hier um so leichter helfend
eingreifen, als er inzwischen neben seinen Dresdner Aemtern und mannichfachen Vorsätzen literarischer Thätigkeit auch Verleger, das heißt Gesell-
schafter des jungen Buchhändlers Georg Joachim Göschen geworden war,
dem es eben nur durch Körners Freundschaft ermöglicht wurde, seine
Verbindung mit der Dessauer „Buchhandlung der Gelehrten“ zu lösen
und ein eignes Verlagsgeschäft zu errichten. Körner betheiligte sich zuerst
mit einer Summe an einem von Göschen selbständig, aber noch in Dessau
unternommenen Bibelverlage; Göschen scheint zu dieser Zeit den Gedanken einer völligen Societät noch nicht klar ausgesprochen und durch-
geführt zu haben. Als er aber dann andeutete, daß bei dem augenblicklichen Stande der Literatur mit einigen tausend Thalern sich vielleicht
ein bedeutendes, gewinnbringendes Verlagsgeschäft begründen lasse, fing
der Dr. jur. und Dresdner Oberconsistorialrath Feuer. Das literarische
Interesse an der Sache stand natürlich bei ihm im Vordergrunde. Der
Verlag, den Göschen mit seinen Mitteln begründen sollte, mußte vor
allem die Werke solcher Schriftsteller an sich zu bringen suchen, die
„zeigten, was der Mensch auch jetzt noch vermag“, und dem „besseren

Theile der Menschheit, den seines Zeitalters ekelte, der im Gewühl aus-
gearteter Geschöpfe nach Größe schmachtete", den Durst löschten. (Körners
erster Brief an Schiller in Mannheim, vom Juni 1784.) Indessen zeigte sich
Körner, dessen Besoldung damals noch eine außerordentlich geringfügige
war und der sich bis zum Erlangen einer wirklich einkömmlichen Stellung
wie tausende von damaligen Beamten darauf angewiesen sah, „einstweilen
vom Seinigen zu zehren", für die Vorstellung nicht unempfänglich, daß
ihm ein reichlicher Gewinn aus den geplanten geistig-mercantilen Unternehmungen erwachsen könne. Er war der Mann eines anspruchslosen, aber
frohen und freien Lebensgenusses, er theilte gern großmüthig mit Andern,
wie sich eben gegenüber Schiller erweisen sollte. Der Traum, zu gleicher
Zeit die bessere Literatur zu fördern und dabei für seinen Beutel zu
sorgen, konnte nichts Abschreckendes für den durch und durch idealistischen,
jedoch dabei klaren und hellen Blickes ins Leben schauenden Körner haben.
Er machte daher einen Ueberschlag seines Vermögens und schrieb (3. März
1785) an Göschen: „Wenn Sie mit 3000 Thalern eine Handlung an-
fangen können: so bin ich Ihr Mann. Mehr kann ich jetzt nicht gewiß
versprechen, weil ich meine Angelegenheiten noch nicht ganz übersehen
kann. Doch wenn sich uns eine Unternehmung darbietet, die mehr Geld
erfordert, so wird auch zu mehrerem Rath werden."

Mehr Geld nun wurde allerdings erfordert, und Unternehmungen
von großer Tragweite und von entscheidender Wichtigkeit in Körners
wie in Göschens Sinne boten sich alsbald dar. Schon am nächsten
Tage nach der gedachten Erklärung an Göschen griff Körner selbständig
für das Interesse der „Handlung" ein und schrieb an Göschen: „Jetzt
noch eine Sache, die keinen Aufschub leidet. Es äußert sich eine Gelegenheit, Schillern einen Freundschaftsdienst zu erweisen und ihn zugleich für unsern Verlag zu gewinnen. Huber hat Ihnen schon davon
ausführlich geschrieben, doch muß es das Ansehen haben, als ob es von
Ihnen geschähe, um den Verlag der Rheinischen Thalia zu bekommen.
Ich werde Schillern schreiben, daß ich in Ihrer Handlung ein Capital
hätte, daß ich daher mit Ihnen in Abrechnung stünde, daß er aber die
Bedingungen wegen der Uebernahme der Rheinischen Thalia blos mit
Ihnen auszumachen hätte, daß Sie ihm auf eine Art wie er es ver-

langte 300 Thaler zuschicken würden, gegen einen Schein, den Sie mir auf den Fall, daß Sie über die Bedingungen nicht einig werden könnten, als baares Geld anrechnen würden. So sieht er, daß man ihm nicht etwa einen nachtheiligen Handel abnöthigen will. Werden Sie mit ihm einig, wie ich nicht zweifle, so wird uns hiernach wohl nichts von seinen übrigen künftigen Schriften entgehen." (Körner an Göschen, Dresden, 6. März 1785, Originalbrief in der Dresdner Bibliothek, abgedruckt bei Goedeke, Geschäftsbriefe Schillers. Leipzig, 1875, S. 5.)

Körners wackres Herz und sein guter Tact leuchten aus dem angeführten Briefe ebenso hervor, wie die frohen Hoffnungen, die er damals an „unsre", seine und Göschens, „Handlung" knüpfte. In der That ließ es Göschen auch seinerseits an Eifer für das gemeinsame Geschäft nicht fehlen und stimmte mit Körner darin überein, daß man vor allen Dingen hervorragende Namen, die Zierden der zeitgenössischen Literatur, für die junge Buchhandlung gewinnen müsse. Einstweilen aber benutzte Körner seine neue Eigenschaft als Socius der Göschenschen Verlagsbuchhandlung zur pietätvollen Herausgabe eines Bandes **Pre**digten seines kurz verstorbenen Vaters, die unter dem einfachen Titel „Einige Predigten von Dr. Johann Gottfried Körner", den Freunden des Verstorbenen gewidmet (Dessau und Leipzig, J. G. Göschen, 1785), erschienen.*) Ein von Endner nach einem Graffschen Porträt gestochenes

---

*) Das Vorwort zu diesen Predigten, „Dresden, am 19. Juli 1785" datirt, ist wohl die älteste an das Publicum gerichtete literarische Leistung Körners. Da es zu kurz und zu unbedeutend ist, um einen eignen Platz in den „Schriften" zu beanspruchen, mag es immerhin hier stehen:

„Wenn gegenwärtige Sammlung nur einigen guten Seelen, die meinen entschlafenen Vater schätzten und liebten, als ein Andenken willkommen ist, so ist meine Absicht erreicht. Schriftstellerischen Ruhm dadurch für den Verstorbenen einzuärndten, konnte mein Zweck nicht seyn. In wie weit er auf diesen Anspruch machen konnte, läßt sich nicht nach solchen Arbeiten beurtheilen, die nicht für den Druck bestimmt waren und denen die letzte Hand des Verfassers fehlt. Indessen wird auch vielleicht die strengere Kritik eine gewisse Popularität und einen nicht gemeinen Erfindungsgeist in fruchtbarer Benutzung vorgeschriebener Texte nicht darin verkennen. — Daß der Stil fast ganz unverändert geblieben ist, werden mir diejenigen verdanken, welche das eigen-

Bildniß des Herrn Domherrn, Professors und Superintendenten in geistlicher Amtstracht war dem Bande beigegeben.

Körner muß die Redaction desselben mitten unter der seligen Unruhe und Zerstreuung, in der er in diesen Monaten dahinlebte, vollendet haben. Für den Hochsommer des Jahres hatte er seine Heirath mit Minna festgesetzt und war schon jetzt eifrig bemüht, der Geliebten ein reizendes Heim nach den schlichten Ansprüchen jener Zeit zu bereiten. Ein Haus neben dem japanischen Palaisgarten in der Dresdner Neustadt und ein Weinbergsgrundstück, das er in Loschwitz ankaufte, sollten sein junges Glück aufnehmen. Inzwischen traf nun am 17. April 1785 Schiller in Leipzig ein und begrüßte, nachdem er die persönliche Bekanntschaft der beiden Schwestern Stock und Ferd. Hubers gemacht, in enthusiastischen Briefen den Freund, der seinerseits mit brüderlichem Händedruck nur erwidern konnte, daß er sich von Jugend auf nach einem Freunde in dem erhabensten, heiligsten Sinne des Wortes gesehnt, schon alle Hoffnung zu einer solchen Glückseligkeit aufgegeben gehabt und vom Weib seines Herzens, die ihm Geliebte und Freundin zugleich gewesen sei, die Erfüllung seiner jugendlichen Sehnsucht erwartet habe. „Und nun, da ich mich dem Zeitpunkt nähere, wo ich sie ganz mein nennen kann, da meine Glückseligkeit schon einen Gipfel erreicht hat, der mich fast schwindelnd macht, nun soll auch jener frühere Wunsch in vollem Maße befriedigt werden. Ist das nicht zu viel für einen Menschen wie ich?" Gleichzeitig aber faßte der klare, männliche, energische Körner die Sorge, „den Bau des künftigen Glückes zu gründen und alles zu entfernen, was den Genuß der künftigen Freuden stören könne", ernsthaft und vor allem in jener Weise ins Auge, welche

---

thümliche Gepräge des Verfassers gegen jede Verbesserung, die der Ausdruck durch mehreres Feilen hätte erhalten können, sehr ungern vertauschen würden. Allein eben diese werden vielleicht weniger mit der Auswahl der Predigten zufrieden sein, werden manche vermissen, die ihnen vielleicht vorzüglich denkwürdig geschienen haben, werden aber auch einen Sohn entschuldigen, wenn ihn die Besorgniß, durch Herausgabe unvollendeter Arbeiten zu unbilligen Urtheilen über einen achtungswürdigen Mann Gelegenheit zu geben, zu weit verleitete."

ihn für immer der deutschen Nation theuer gemacht hat. Er erkannte,
daß Schillers beständig wiederkehrende Verlegenheiten in der Unzulänglichkeit seiner literarischen Einnahmen ihren Grund hatten, daß Schiller
in einer geistigen Uebergangsperiode lebe, in der er unmöglich rasch
produciren könne und daß für den Dichter jetzt alles darauf ankomme,
ohne Störung von außen her seinen „Don Carlos" beendigen zu können.
So schrieb er Schiller (Dresden, 8. Juli 1785) jenen berühmten Brief,
in welchem er ihn wegen seiner Bedenklichkeiten, sich in Geldsachen ganz
zu entdecken, sanft tadelte und dann fortfuhr: „Ich weiß, daß Du im
Stande bist, sobald Du nach Brod arbeiten willst, Dir alle Deine Bedürfnisse zu verschaffen. Aber ein Jahr wenigstens laß mir die Freude,
Dich aus der Nothwendigkeit des Brodverdienens zu setzen. Was dazu
gehört, kann ich entbehren, ohne im geringsten meine Umstände zu ver-
schlimmern." Aufathmend und im innersten beglückt, tiefer beglückt
durch die Erfahrung über Menschenwerth, die er hier machte, als durch die
Befreiung von den Armseligkeiten, welche ihn bis hierher gedrückt hatten
antwortete Schiller (Gohlis, 11. Juli): „Für Dein schönes und edles Anerbieten habe ich nur einen einzigen Dank, dieser ist die Freimüthigkeit
und Freude, womit ich es annehme. Durch Dich kann ich vielleicht
noch werden, was ich je zu werden verzagte. — Werde ich das, was
ich jetzt träume, wer ist glücklicher als Du? Eine Freundschaft, die
so ein Ziel hat, kann niemals aufhören." —

　　Am 7. August 1785 fand zu Leipzig Körners Hochzeit mit Minna
Stock statt. Die Erwartungen des Bräutigams und seiner Freunde vom
Glück dieser Verbindung waren hohe, aber auch die höchsten wurden
nicht enttäuscht. In Körners Ehe bewahrten beide Gatten in seltnem
Maße die Frische der Empfindung, die reine Freude am gegenseitigen
Besitz, das Bewußtsein, daß Jedes im andern eine durchaus wahre und
edle Natur zu ehren habe, Beide gaben sich das Beste, was die Ehe
zu geben hat. Zwanzig Jahre nach jenem festlichen 7 August in Leipzig
durfte Körner ohne jede Spur poetischer Uebertreibung in einem kleinen
Gedichte an Minna (s. Anhang) sagen, daß ihm mit seinem Hochzeitstage
erst wahrhaft der Tag angebrochen sei. Und das rührendste Zeugniß
für Leben und Lieben der Beiden gab noch am Spätabend ihrer Tage

Minna Körner, die Gealterte, tief Vereinsamte, als sie (Berlin, 10. Januar 1833) an Caroline von Wolzogen, Schillers Schwägerin, schrieb: „Nach der Vergangenheit bleibt mein Blick gewendet und so seh ich rückwärts ein langes beglücktes Leben. Obs auch nun dunkel um mich ist und es umfangen mich Schatten — vergeß ich nicht, wie mir sein Sonnenlicht an tausend Morgen erschienen ist, heiter und unendlich glücklich, und mein weinendes Auge hängt an der Vergangenheit in stiller Zuversicht." (Literarischer Nachlaß der Frau Caroline von Wolzogen. Leipzig, 1867, II. Band, S. 367.)

Die ersten beiden in der langen Reihe glücklicher Jahre, welche dem Körnerschen Ehepaar beschieden war, theilten bekanntlich Schiller und Ferdinand Huber. Beide siedelten im September 1785 nach Dresden über und lebten zwar nicht unmittelbar in Körners Hause, aber in nächster Nähe desselben, im engsten Bunde mit demselben und, soweit dies Schillers Lage und innere Unruhe zuließ, im fröhlichen Genuß des guten Augenblickes. Körner hatte die Genugthuung, dem **genialen Freunde** eine Situation geschaffen zu haben, wie sie Schiller in der Einsamkeit von Bauerbach und den Zerstreuungen seiner Mannheimer Theaterdichterexistenz umsonst ersehnt hatte. Freilich konnten bei dem Entwurf des Glückgebäudes weder Körner noch selbst **Schiller** jene inneren Kämpfe und Wandlungen, in die sich der letztere während der Arbeit am „Don Carlos" verstrickt fand, voraussehen. Gerade weil er in dieser Tragödie nach Läuterung und Klärung zu ringen begann, vermochte Schiller der Frage, die für Körner keine Frage war, nicht auszuweichen: der **Frage** nach seinem Dichterberuf. Den Zweifeln, die ihn anwandelten und dem keimenden Entschluß, in historischen Studien eine Vertiefung seiner Bildung und eine Erweiterung seines Darstellungsgebietes zu suchen, setzte Körner damals und später seinen ganzen Einfluß entgegen. Für ihn war und blieb es ausgemacht, daß „alles was die Geschichte in Charakteren und Situationen Großes liefert und Shakespeare noch nicht erschöpft hat, auf Schillers Pinsel warte." Er ließ nicht ab gegen jede Abschweifung Schillers von der poetischen Laufbahn zu protestiren (nur zur Philosophie hätte **er** ihn gern herübergezogen!) Schiller andrerseits mußte hier dem innersten Drange seiner **Natur folgen.** Es braucht kaum ge-

sagt zu werden, daß Körner jederzeit die geistige Selbständigkeit des
großen Freundes zu ehren wußte. So unablässig er die Ueberzeugung
aussprach, daß Schillers eigentliche Lebensaufgabe das dichterische, vor-
zugsweise das dramatische Schaffen sei — so widmete er doch jeder
andern Thätigkeit und Bestrebung des **Ringenden** den enthusiastisch
warmen, ehrlichen, verständnißvollen Antheil, der für Schiller so wohlthätig war und der die Zeit des beständigen Beisammenseins überdauerte.

An Schatten fehlte es auch diesen lichten Jahren nicht, Körner
blieben **manche Sorgen junger Ehemänner nicht erspart**, es gab trübe
Tage und Stunden. Schiller und Huber bewährten sich in ihrem Bei-
sammensein als gute Kameraden, aber der geistige Abstand und die
Grundverschiedenheit der Charaktere machte sich zwischen ihnen derart
geltend, daß Schiller wenig über ein Jahr später (30. December 1786)
gegen Körner und seine Frau, die gerade in Leipzig verweilten, das
Geständniß nicht unterdrückte: „Ich bin Hubern nichts und er mir wenig.“
Und je tiefer er fühlte wie unentbehrlich ihm das Körnersche Ehepaar
geworden sei, um so härter klagte er den treuen Freunden gegenüber
den „schwarzen Genius seiner Hypochondrie“ an. „Ihr waret mir soviel
und ich Euch noch wenig, nicht einmal das, was ich fähig sein konnte
Euch zu sein.“ Liebevoll wies Körner die Selbstanklagen zurück. „Ueber
das, was Du uns gewesen bist, kannst Du Dir wohl nur in den größten
Anfällen von Hypochondrie Vorwürfe machen.“ Und inniger als je schloß
man sich in der ersten Hälfte des Jahres 1787 zusammen, welche Schiller
durch **eine** hoffnungslose Leidenschaft für Fräulein Henriette Elisabeth
von Arnim getrübt wurde. Eine momentane Entfernung schien räth-
lich, und Schiller entschloß sich nach Weimar **zu gehen.** Er selbst, wie
die Freunde planten seine baldige Zurückkunft nach Dresden — das
er indeß nur noch einigemale auf Wochen als Gast des Körnerschen
Hauses besuchen sollte.

Die Abreise Schillers nach Weimar (welcher erst im März 1788 der
Weggang Hubers folgte) veranlaßte Körner, seine Verhältnisse sorgsam
zu prüfen und namentlich die geschäftliche Societät mit Göschen in Leipzig
zu lösen. Bereitwillig hatte er im Jahre 1786 die Mittel zur Verfügung gestellt, welche es Göschen ermöglichten, die erste rechtmäßige

Sammlung von Goethes Schriften zu verlegen. Die Ostermesse 1787 stellte wiederum schwere Anforderungen an Körners Geldbeutel und die Aussichten auf einen Gewinn aus der neugegründeten Verlagsbuchhandlung schienen nicht erfreulich. Körner entschied sich daher, gewiß erst nach manchem innern Kampfe, auf seine unmittelbare Thätigkeit als Verleger, auf den Gewinn, der ihm daraus erwachsen könne, weise Verzicht zu leisten. Mit sorgfältiger Schonung der zur Zeit noch einigermaßen kritischen Lage seines Socius schlug er als besonnener Haushalter die Trennung der seitherigen Verbindung vor, indem er (Dresden den 28. Juli 1787, Briefe Körners an Göschen in der Dresdner Bibliothek, Hf.) an den Leipziger buchhändlerischen Freund schrieb: „Je mehr ich über die Societät nachdenke, wie wir sie uns ausgeklügelt hatten, je mehr stoße ich auf Schwierigkeiten in Auseinandersetzung unserer gegenseitigen Erwartungen und sehe in der Zukunst eine Menge Unannehmlichkeiten für uns beyde voraus. Lassen Sie uns bey dem einzigen stehen bleiben, daß unsere Absichten eigentlich ganz verschiedene sind. Ihnen ist es darum zu thun ein dauerhaftes Werk für die Zukunst zu gründen und für die Entbehrung des gegenwärtigen Gewinnes, halten Sie sich durch vortheilhafte Aussichten schadlos. Mir ist daran gelegen mein Capital jetzt so gut als möglich zu nutzen, weil ich jetzt hauptsächlich von Interessen leben muß. Eine entfernte Aussicht, bey der ich mich jetzt häufigen Geldverlegenheiten ausgesetzt sehe, kann für mich wenig Reiz haben, da ich ohnehin an Aussichten zu einträglicheren Besoldungen und beträchtlichen Erbschaften keinen Mangel habe. Ich muß Ihnen gestehen, daß ich mir vom Buchhandel einen unrichtigen Begriff gemacht habe, der mich eine frühere Ernte hoffen ließ. Sie haben dabey keine Schuld, aber jetzt ist es noch Zeit unser Verhältniß auf einen Fuß zu setzen, der uns beyde befriedigt. Wie wäre es wenn wir annähmen ich hätte Ihnen ein Capital zu 5 proc. in Ihre Handlung geborgt. Ich entsagte allem Antheil an der Handlung, wenn Sie mir das Capital von der Zeit, da Sie es empfangen haben, verzinseten. Sie können mir abschläglich, doch nicht unter 100 Thlr. wiederbezahlen, soviel und wann Sie wollen. Vor Ablauf eines größeren Termines kann ich das Capital nicht aufkündigen. — Auf diese Art können Sie ganz mit der Handlung schalten und walten, ersparen sich die mühsame und gewiß sehr verwickelte Berechnung der Bilanz und haben mich bloß als Ihren Gläubiger anzusehen. Ich habe den gewissen gegenwärtigen Vortheil, anstatt eines größeren, der entfernt und ungewiß ist. Sie haben die Aussicht binnen wenigen [Jahren, wenn Sie glücklich sind, sich eine Handlung ganz zu eigen erwerben zu können. Kurz wir befinden uns gewiß besser dabey."

Göschen faßte sich rasch, ließ (wie ein Brief Körners vom 19. August an Schiller in Weimar mittheilt) in seiner Antwort durchblicken, daß ihm selbst die buchhändlerische Societät mit dem Oberconsistorialrath drückend gewesen sei, und sprach in einem kurzen Schreiben seinen Dank für des Freundes Uneigennützigkeit und Rücksichtnahme in den Festsetzungen bezüglich der Rückzahlung des Capitals aus. Körner aber fiel ein Stein vom Herzen, als die Angelegenheit sich friedlich und freundlich löste. Er bemerkte (Dresden, 17. August 1787, Dresdner Bibl. Hs.): „Ich bin nunmehr vollkommen beruhigt, lieber Freund und es freut mich sehr, daß mein Vorschlag mit Ihren Wünschen übereintrifft. So uneigennützig bin ich übrigens nicht, als Sie mich schildern. Es war allerdings Rücksicht auf meine Lage, was mich zu meinem Vorschlage veranlaßte, aber freilich war mir daran gelegen, daß Sie dabey keinen Nachtheil haben sollten."

Freilich dauerte es auch jetzt noch einige Jahre, ehe Körner, der mit Recht als einer der vorzüglichsten Beamten galt und dessen ruhig klare, feste Männlichkeit von den tüchtigern seiner Vorgesetzten nach Gebühr geehrt wurde, eine auskömmliche Stellung erhielt. Erst im August 1790 ward der seitherige Oberconsistorialrath zum Appellationsrath in Dresden ernannt. Damit fielen die Pläne eines Uebertritts in weimarische Dienste, welche zwischen 1788 und 1790 mehrfach zwischen Körner und Schiller besprochen worden waren, hinweg. — Körner söhnte sich mit den Dresdner Verhältnissen um so mehr aus, als sein inneres Leben nicht nur durch Lectüre und Kunstgenuß, sondern vor allem durch den Briefwechsel und die treue Freundschaft mit Schiller bereichert und genährt wurde. „Glücklicherweise habe ich das Bedürfniß des mündlichen Umgangs in sehr geringem Grade. Indessen fühle ich,

daß ich an Fertigkeit verliere, mich mündlich über interessante Gegen=
stände auszudrücken, weil ich zu wenig Veranlassung habe mich hierin
zu üben. Graf Geßler ist der Einzige, mit dem man über manche
Dinge sprechen kann; aber er ist zu unstät, zerstreut durch seine Ver=
hältnisse und inconsequent, als daß man auf ihn rechnen könnte." (Körner
an Schiller. Dresden, 24. October 1789.) Für Schiller blieb Körner
der eigentliche Vertraute seiner Seele — rückhaltslos offenbarte der
Dichter dem Freunde seine Empfindungen, an der mächtigen Entwicklung
Schillers nahm Körner nicht blos genießend, sondern mitlebend den
tiefsten Antheil. Das persönliche Verhältniß gewann selbst noch an
Wärme und Innigkeit, seit sich Körner und die Seinen nicht verhehlen
konnten, daß die Krankheitsanfälle, die Schiller 1791 zu bestehen ge=
habt, die Gesundheit des großen Freundes für immer gebrochen hatten.
Aber um so mehr klammerte sich der treue Körner an die Hoffnungen,
welche Schillers geistige Frische, die Unbesiegbarkeit seines Idealismus
unwillkürlich einflößten. Was er nach dem letzten längeren Beisammen=
sein mit Schiller an diesen schrieb: „Ich weide mich an der Gesundheit
und Kraftfülle Deines Geistes. Deine herrschende Stimmung ist un=
befangen und heiter und immer vorwärts strebst Du auf Deiner Bahn.
So erscheint mir Deine Existenz und indem ich sie mir aneigne, fühle
ich die meinige bereichert und verschönert!" (Körner an Schiller, Leipzig,
22. September 1801) das drückte die Empfindungen seiner Seele
treu aus. Körner gestand sich freudig, daß er die Aussaat der Jahre
1785 bis 1790 reich einernte!

Uebrigens blieb seine Existenz in Dresden keine isolirte. In seinem
Hause sammelten sich nach und nach alle die Naturen, welche gleich
ihm von der freiesten edelsten Bildung des 18. Jahrhunderts erfüllt
oder wenigstens berührt waren. Wenn Schiller von seinem Freunde
rühmen durfte, daß sich in ihm „eine gewisse Freiheit in der Moralität
und in Beurtheilung fremder Handlungen oder Menschen mit dem zar=
testen moralischen Gefühl und mit einer instinktartigen Herzensgüte ver=
binde" (Schiller an Lotte und Karoline, Weimar, 4. December 1788),
wenn Goethe, der Körners nähere Bekanntschaft 1790 in Dresden
machte, nach seiner Rückkunft mit Wärme von dem neuen Bekannten sprach

und die persönliche Berührung mit demselben gegen das junge Schillersche Ehepaar „gar sehr rühmte", wenn Wilhelm von Humboldt nach einem Aufenthalt in Dresden im Herbst 1793 an Körner selbst schrieb: „Sie verzeihen mir ja wohl, wenn ich gern eine Gelegenheit suche, Ihnen zu sagen, welche innige Freude mir Ihre Bekanntschaft gewährt hat. Gewiß hat Sie eigne Erfahrung selbst belehrt, welch ein seltner Reisegenuß es ist, auf ausgezeichnet interessante Menschen zu stoßen, und ich brauche Ihnen wohl nicht zu versichern, welch eine wohlthätige Erscheinung mir Ihr Haus war" (W. von Humboldt an Körner; Burg Oerner, 27. October 1793 in „Ansichten über Aesthetik und Literatur"; Humboldts Briefe an Ch. G. Körner, herausgegeben von J. Jonas, Berlin 1880) — so hätten Wunder geschehen müssen, um die Existenz eines solchen Mannes und solchen Hauses, selbst in einer Stadt wie das damalige Dresden, gänzlich verborgen zu halten. Schlicht, prunklos wie Körner sich gab und wie er blieb, ward er doch einer der im Stillen einflußreichsten Männer. Sein freier Blick, sein sicherer Takt, seine Welt- und Sachkenntniß, seine bedeutenden Verbindungen und sein literarisches Urtheil fielen an Stellen ins Gewicht, wo man äußerlich die Miene annahm, nicht mehr von ihm zu wissen, als daß er einer der tüchtigsten Räthe des kurfürstlichen Appellationsgerichtes sei. —

Was Körner in den Jahren, die zwischen 1787 und 1805 verstrichen (die Jahre, über welche sich der ununterbrochene Briefwechsel mit Schiller hinerstreckte), den guten Muth und die Heiterkeit des Daseins erhielt, war freilich vor allem das eigne Haus, in dem ihm wohl war, wie wenigen beglückten Menschen an ihrem Herde wohl geworden ist. Minna, welche er mit Bräutigamszärtlichkeit zu lieben fortfuhr, hatte ihm zwei prächtig gedeihende Kinder, Emma (geboren 19. April 1788) und Carl Theodor (geboren am 23. September 1791), geschenkt und Körner fand eine reiche Quelle der Beglückung für sich in der vielversprechenden Entwicklung derselben. Freilich litt der Wackere eine Zeit lang im Innersten seines häuslichen Cirkels, als das Verhältniß zwischen Ferdinand Huber und seiner Schwägerin Dora Stock im Herbst 1792 sich auflöste und Hubers Beziehungen zu Therese Forster weltkundig wurden — aber es scheint, daß sich Dorchen rascher als Körner und Minna ge-

glaubt hatten, in die Tantenrolle hineinfand, auf welche sie nach dem
Scheitern ihrer Hoffnungen sich angewiesen sah. —

Mit einem freilich wollte es Körner nicht-glücken: mit der von früh
auf beabsichtigten, anhaltenden und vielseitigen literarischen Thätigkeit.
Nur in langen Zwischenräumen, nur bei völliger Sammlung des Geistes,
unter den günstigsten Umständen führte er den einen und den andern
seiner literarischen Pläne aus. Schiller hatte zu Körners Geburtstag
am 2. Juli 1787 den kleinen Scherz „Körners Vormittag" gedichtet
und mit gutmüthigem Spott die zwei Zeilen der „Philosophischen Briefe"
angeführt, die das ganze literarische Resultat eines Vormittags sind.
Die zwei Zeilen blieben symbolisch. Lange versuchte Körner sich durch
äußere Mittel zu rascherer Arbeit zu spornen. Aber die Natur hatte
ihm den nicht rastenden Drang des gebornen Schriftstellers so gut versagt wie die Schamlosigkeit des leichtfertigen Buch- und Artikelschreibers.
Dies bewahrheitete sich besonders in den ersten neunziger Jahren, in denen
Körner, nachdem ihm einige kleinere Arbeiten philosophisch-ästhetischer
Natur und sein biographischer Aufsatz über Oxenstierna wohl gelungen
waren, von einer Verwerthung seiner literarischen Thätigkeit träumte.
„Ich muß darauf denken", schrieb er an Göschen (Dresden, 28. December
1792, Hf. Dresdner Bibl.), „was mir zu meinen Bedürfnissen an Einkünften mangelt, durch Arbeit zu ersetzen, bis ich eine bessere Stelle bekomme. Aber diese letztere Aussicht ist verloren, sobald mein Name
bei einer Autorschaft von großem Umfange bekannt wird."

In der That würde Körner einen guten Theil seiner Beliebtheit und
vermuthlich seine ganze „politische Wichtigkeit" eingebüßt haben, wenn
man ihn als Autor eines vortrefflichen Buches gekannt und erkannt
hätte. Einzelne da und dort verstreute Aufsätze konnten als Dilettanten-
arbeit betrachtet und demgemäß verziehen werden. Uebrigens aber war
wenig Gefahr, daß für Göschens Freund eine so schlimme Möglichkeit
hätte eintreten sollen. Der Verlagsbuchhändler beeilte sich zwar, den
Wünschen Körners entgegenzukommen, und bot ihm die Fortsetzung des
historischen Damenkalenders und die Bearbeitung einer Geschichte der
Reformation für denselben an. Allein sowie Göschen Ernst machte,
trat Körner zurück und beeilte sich am 10. November für das gezeigte

Vertrauen bestens dankend, die Arbeit zurückzuweisen: „Ihren Vorschlag lieber Freund erkenne ich mit Dank theils als einen Beweis Ihres Zutrauens, theils als die Wirkung Ihrer Bereitwilligkeit meine ökonomischen Wünsche zu befriedigen. Aber ich habe nicht Zutrauen genug zu mir selbst, um eine solche Unternehmung zu wagen." Aehnlich ging es mit einem „Abriß der Geschichte des Spanischen Erbfolgekrieges", für den Körner einige Monate hindurch Material sammelte, um dann schließlich aufzuathmen, als Göschen die Geduld verlor und sich den Aufsatz von Mauvillon compiliren ließ. — Schiller, der Körners Fähigkeiten nicht gering schätzte, der ihn unablässig anfeuerte, erhielt doch nur einige Beiträge zu den „Horen" wie früher zur „Thalia" von ihm.

Körners Leben war so eng und innig mit dem Schillers verknüpft gewesen, daß der so vielmal befürchtete und zuletzt doch so unerwartet kommende Tod des gewaltigen Freundes, am 9. Mai 1805, ihn mit der ganzen Härte eines plötzlichen Schicksalsschlages traf und in sein vollkräftiges und freudiges Dasein den ersten Bruch brachte.

Zunächst suchte Körner sich der Familie des Freundes, soweit es in seinen Kräften stand, theilnehmend und hülfreich zu erweisen. Das Gedächtniß des Dahingeschiedenen zu bewahren, den großen Todten der gesammten deutschen Welt zu zeigen, wie er (Körner) ihn mit liebendem Auge geschaut hatte, galt ihm als heiligste Ehrenpflicht. Die Herausgabe von Schillers Werken, welche einige Jahre später erfolgte, scheint schon in der ersten Zeit nach dem Tode Schillers geplant worden zu sein. Unter dem 4. October 1805 schrieb Minna Körner an ihren Verwandten, F. B. Weber: „Wir erwarten jetzt alle Tage die Schiller und die Wolzogen, wenn nur schon für den geliebten Körner die ersten Momente vorbei wären. Ich fürchte auch für beide Frauens, wenn sie uns zuerst sehen werden. Körner fand gestern noch einige ungedruckte Gedichte von dem Unvergeßlichen, sie bringt Körners Briefe mit, die er geordnet hatte: dieser achtzehnjährige Briefwechsel wird uns manchen schönen Genuß geben. Dieses Berühren der Geister hatte so schön auf Beide gewirkt." — — — Und unmittelbar darauf heißt es in einem vom 7. November datirten Briefe: „Die Schiller und die Wolzogen haben die jetzigen Zeitumstände abgehalten zu kommen. Sie werden aber Körner

zur Winterarbeit die Papiere schicken; von vielen Stücken haben sich ganz
ausgearbeitete Pläne gefunden, die immer ein schönes Ganze machen."
(Briefe der Familie Körner. Herausgegeben von Prof. Albr. Weber.
Deutsche Rundschau, Bd. XV. 1878.)

Freilich verzögerte sich das wirkliche Erscheinen der ersten Gesammtausgabe bis ins Jahr 1812, und am 22. August 1809 ließ Cotta
gegen Charlotte Schiller den Stoßseufzer vernehmen: „Was macht denn
Körner mit den Schriften des Verewigten? Ich höre gar nichts von
ihm." (Schillers Briefwechsel mit Cotta. Anhang.) Charlotte Schiller
gab zu, daß sie selbst einen kleinen Theil der Schuld trage, indem sie
Körner gewisse Papiere noch nicht zur Verfügung gestellt habe. Im
Uebrigen kam wohl Körners alte Gewohnheit, literarisch sehr langsam
zu arbeiten, ins Spiel, obschon in der That die nächsten Jahre nach
Schillers Tod, auch abgesehen von der Herausgabe der Werke und der
Abfassung der mit denselben erscheinenden Biographie Schillers, die
literarisch productivsten in Körners Leben waren.

Die erste Gesammtausgabe, welche 1812—15 in zwölf Octav-
bänden im Cottaschen Verlag hervortrat*), half die schon außerordentliche Popularität Schillers zu Körners innerster Genugthuung wesentlich
steigern. Die von Körner getroffene Zusammenstellung und Eintheilung blieb in den einander zahlreich folgenden Schiller-Ausgaben vielfach maßgebend.

Körners Leben, obschon durch den Tod des großen Freundes eines
höchst unersetzlichen Elements beraubt, trug zunächst durchaus noch den
Charakter, den es in den beiden letzten Jahrzehnten des achtzehnten
Jahrhunderts gezeigt hatte; den immer näher rückenden, sich immer
bedrohlicher gestaltenden politischen Ereignissen und Katastrophen gegenüber suchten er und die Seinigen sich ausschließlich in den ästhetischen
Interessen zu behaupten. Während des Herbstes 1805 und angesichts
der französischen Invasion in Süddeutschland und der Siege Napoleons
bei Ulm schrieb Minna Körner, nachdem sie ihre menschlich warme

---

*) Der Jammer der Zeit repräsentirte dabei das dem ersten Bande voran-
gedruckte „Königlich Westphälische" Privilegium.

Theilnahme für diejenigen ausgedrückt, die dem Kriegsschauplatze näher seien, als sie selbst: „Mein Körner fühlt sich ganz glücklich, wenn er den Genuß von **Musik hat**, und die äußeren Dinge haben keinen **Einfluß auf seinen Frieden**. Seine schöne Seele verbreitet Ruhe und Glück um alle die, die um ihn leben." (**Briefe der Familie Körner.**) Selbst nach der Katastrophe vom Herbst 1806, welche die nächste politische Zukunft Sachsens entschied, konnte sich die Liebenswürdige, in einem Briefe an Weber vom 19. Februar 1807, rühmen: „An uns sind **Gott sei Dank** die gewaltigen Erschütterungen vorübergegangen und wir haben nur durch das unnennbare Unglück gelitten, welches so viele andere traf. — — **Aber den inneren Frieden haben wir uns zu erhalten** gewußt und Alles in unserem Hause ist unverändert geblieben. **Körner ist uns ein gutes** Vorbild; in seiner Nähe schämt man sich, kleinmüthig zu sein. Das Unvermeidliche trägt er mit Ruhe, blickt vertrauend - in eine schönere Zukunft und genießt jede Freude mit dem unnachahmlichen Kindersinn, welchen Sie an ihm kennen. Unsere Concerte waren **nur** kurze Zeit unterbrochen und wir haben ein paar Mal in unserem Hause Comödien gespielt, die uns und den Zuschauern viel Freude gemacht haben." Freilich, wenige Monate später und nach Abschluß des Tilsiter Friedens, welcher die unseligsten und unmöglichsten politischen Zustände in Deutschland vertragsmäßig befestigte, und das System despotischer Fremdherrschaft scheinbar für immer begründete, muß auch Körners Vertrauen auf die schönere Zukunft gewaltig ins **Wanken** gekommen sein. In dem **Briefe** seiner Schwägerin Dora Stock (Loschwitz, den 7. August 1807) klingen seine ernsten Betrachtungen und Befürchtungen entschieden nach: „Der längst gewünschte Frieden hat uns alle in einen angenehmen Zustand versetzt. Wir waren exaltirt ohne recht deutlich zu wissen, was wir dabei gewönnen, und kann man eigentlich auch recht glücklich sein, wenn man sieht, wie der Nachbar leidet? — Dem sey, wie ihm wolle, das herrliche Wort **Frieden** hat einen so großen Zauber, die Gewißheit, daß **durch ihn** ein Theil der **Leiden endeten, die der** unselige Krieg ver= **anlaßte**, machte, daß wir Freude trunken waren, ohne uns durch Untersuchungen **in** unserm **Genuß** stören zu lassen."

Die dämonische Persönlichkeit Napoleons erregte noch ein Interesse, welches man beinahe naiv nennen kann, aber die specielle Lage Sachsens erpreßte bereits den ahnungsvollen Stoßseufzer: „Unser König nimmt sich vortrefflich; durchaus rechtschaffen **wie immer und** ohne Falsch, möchten alle folgenden Ereignisse immer sich mit seinen strengen Grund= sätzen und mit der Güte seines **Herzens vereinigen lassen.**" Körner hatte sich auch in früheren Zeiten, wie der Schiller=Körnersche Brief= wechsel mannichfaltig ausweist, ohne ein tieferes Interesse für Politik zu empfinden, dennoch **durch** politischen Scharfblick ausgezeichnet. Er stand jetzt den Dingen um **so** näher, als **er** seit 1798 als Geheimer Referendar im geheimen **Consilium** (der sächsischen Ministerconferenz) arbeitete, und sich erst 1811 an das Appellationsgericht zurückversetzen ließ. Er beschäftigte **sich** in eben diesen Jahren neben den ästhetischen wieder lebhafter mit staatswirthschaftlichen Fragen. Die politische Lage war seit dem Tilsiter Frieden so, daß sich dem Denkenden die Trost= losigkeit der deutschen Zustände, die Schmach und der Uebermuth der Fremdherrschaft auf Schritt und Tritt aufdrängten. Die Wandlung, welche damals in Körner begann, hatten zahlreiche Deutsche innerlich zu durchleben, wir erinnern nur an die ähnliche Entwicklung Heinrichs von Kleist, der sich seit dem Herbste 1807 in Dresden niedergelassen hatte und viel und freundschaftlich in dem **immer** gastlichen Hause Körners verkehrte. Bei Körner kamen die Beziehung zu Wilhelm von Humboldt, der freundschaftliche Umgang mit dem preußischen Gesandten Grafen Geßler hinzu, um seine Zweifel über das politische System, welches das neue Königreich Sachsen seit **der Katastrophe vom** October 1806 ein= hielt, erheblich zu verstärken.

Für den Augenblick freilich empfand Körner **mit tausend Anderen** das tiefste Bedürfniß, in literarischen und künstlerischen **Genüssen ein** momentanes Vergessen der **Noth** der Zeit zu suchen. Die **musikalischen** Unterhaltungen im Körnerschen Hause gewannen an Wichtigkeit. Aus den sorgfältig vorbereiteten Aufführungen **und** den Uebungen in diesem Hause ging einige Jahre später die Dreyßigsche Singakademie (noch heute der bedeutendste gemischte Chorgesangverein Dresdens) hervor. An der Literatur nahm die Körnersche Familie nach **wie** vor lebhaften und

wahrhaft innerlichen Antheil. 1806 las Oehlenschläger seinen „Aladin",
1808 Heinrich von Kleist seine „Penthesilea" im Kreise der Körnerschen
Familie vor. Gegen Kleists Talent, das in seinem scharfen Realismus
der Richtung so entgegengesetzt war, die Schiller dem deutschen Drama
gegeben hatte, vermochte man hier nicht völlig gerecht zu sein, doch
fühlten natürlich Körner und die Seinen die außerordentliche Begabung
und die Phantasienfülle des spröden Romantikers ganz wohl heraus.
Im übrigen erschien nichts irgendwie Bedeutendes, an welchem man nicht
Antheil nahm.

Inzwischen waren Körners Kinder herangewachsen. Seine Tochter
Emma war seit dem Winter von 1805 zu 1806 eine viel bewunderte
und höchst anmuthige Erscheinung in der Geselligkeit Dresdens. Als
Schülerin ihrer Tante Dora copirte sie wie diese Bilder der Dresdner
Gallerie und versuchte sich als Porträtmalerin. Der Sohn Carl Theodor
bezog 1808 die Bergakademie zu Freiberg, entschied sich aber nach zwei
Jahren für einen Wechsel des Studiums; ging Ostern 1810 nach Leipzig,
wo er die Rechte zu studiren begann, und begab sich im März 1811
nach der neugegründeten Universität Berlin, wo er historischen und
philosophischen Studien obliegen sollte. Es unterliegt keinem Zweifel, daß
der begabte, aber leichtsinnige und brausend feurige Sohn Körner in diesen
Jahren schwere Sorge bereitete. Eine Reihe von Briefen, die er an
Schleiermacher und Andere schrieb, bestätigen dies. Wenn auch die Herausgabe der „Knospen" (Leipzig 1810), der Jugendgedichte „Theodors"
(wie er sich von nun an nannte), die poetische Laufbahn des Sohnes
eröffnete, so war Körner durch die ersten Arbeiten des Sohnes zunächst
keineswegs zu hohen Erwartungen gestimmt. Dazu gesellte sich im
Sommer des Jahres 1811 eine schwere Krankheit Theodors, die den
Jugendlichen zwang, Heilung in Karlsbad zu suchen und die ganze
Körnersche Familie dorthin führte. Körner ließ den Sohn nicht nach
Berlin zurückkehren; bei seinen Verbindungen war es leicht möglich,
daß er Kenntniß von den im Sommer 1811 zur Reise gediehenen, verzweifelten Erhebungsplänen der preußischen Kriegspartei hatte und den
Sohn einer möglichen Katastrophe entziehen wollte. Carl Theodor ging
nach Wien, wo er im Hause Wilhelms von Humboldt (damals preu-

fischer Gesandter am österreichischen Kaiserhofe) und überhaupt in den besten geselligen und kunstsinnigen Kreisen der Kaiserstadt fördernde Aufnahme fand. Der Vater hatte ihm die Mittel gewährt, sich einige Zeit ausschließlich der Literatur, vor allem der dramatischen Poesie, zu der es ihn hinzog, zu widmen; Körners alte Verbindungen kamen dem Sohne in aller Weise zu Gute; nicht nur auf dem Wiener, sondern auch auf dem Weimarer Theater wurden des letztern kleine versificirte Lustspiele, sowie die Tragödien „Toni“ und „Zriny“ alsbald angenommen und „als Nachklänge einer kurz vergangenen Epoche, von den Schauspielern leicht aufgefaßt und wiedergegeben und eben so dem Publikum sinn- und artverwandt von ihm günstig aufgenommen.“ (Goethe in den „Annalen“, 1812.) Der junge Dramatiker wurde in Wien zum officiellen „Hof- und Theaterdichter“ ernannt; er verlobte sich im Sommer des Jahres 1812, nachdem er die frohe Zustimmung seines Vaters und seiner mit dem Vater nach Wien gekommenen Familie erhalten hatte, mit der reizenden Schauspielerin Toni Adamberger. So ward das verhängnißvolle Jahr 1812, dasselbe, in dem Napoleon die Streitkräfte halb Europas gegen Rußland führte, für Körner und die Seinen das letzte hoffnungsfreudige und wahrhaft glückliche. Man fühlt es den Briefen der Körnerschen Familie von dieser letzten frohen Reise, namentlich jenen aus Wien, deutlich an, wie sie sich im Glück und Gedeihen Theodors sonnte und wie bei dem älteren Körner die langgehegte geheime Sorge um den begabten Sohn einer festen und frohen Zuversicht auf dessen Entwicklung Platz gemacht hatte. Und man darf es dem Freunde Schillers zutrauen, daß ihm diese Zuversicht nicht sowohl durch den rauschenden Beifall, mit welchem das Wiener Theaterpublikum die Dramen Theodors überschüttete, als durch die inneren Fortschritte erweckt wurde, welche er in den neuesten poetischen Arbeiten des jungen Dichters wahrnahm und empfand.

Der Winter von 1812 zu 1813 brachte die letzte entscheidende Wendung im Leben Körners und seines Hauses. Längst war Körner von dem politischen Indifferentismus früherer Tage zu einem starken, ja leidenschaftlich patriotischen Gefühl gediehen; längst wußte er, daß die Schmach der Fremdherrschaft und der Napoleonischen Bündnisse durch

eine große kriegerische Erhebung allein abzuschütteln sei. Auch darüber
täuschte er sich nicht, daß diese Erhebung von der Nation wie von den
Einzelnen ungeheuere Opfer beanspruchen werde. Als ihm Ende Februar
und Anfang März 1813 Theodor von Wien aus seinen Entschluß
meldete, in die Reihen des preußischen Heeres einzutreten, konnten Körner
und die Seinigen nach ihren heiligsten Ueberzeugungen diesen Entschluß
nur freudig-schmerzlich billigen. Mit banger Ahnung und schwerer
Sorge, aber fest und würdig ertheilte Körner seine väterliche Zustimmung und ließ dem neuen Krieger, der am 19. März 1813 in die
Lützowsche Freischaar eingetreten war, jede Sorgfalt und Unterstützung
zu Theil werden. Er selbst aber schloß sich der kleinen Gruppe derjenigen Sachsen an, die (leider umsonst) alle Bemühungen anwandten,
den König und das Land von der Rheinbundspolitik zu lösen und
beiden damit im künftigen Deutschland eine würdige und rühmliche Stellung
zu sichern. Die im Frühling gehegten Hoffnungen, daß die Entschei-
dungsschlachten des Krieges am Rhein und Main geschlagen werden
könnten, wurden aus tausend mal erörterten Ursachen bitter enttäuscht.
Die Schlacht von Lützen brachte die französischen Heere nach Sachsen
zurück und verstrickte diesen Staat tiefer als jeden andern in Napoleons
Glück und Unglück. Zu der Sorge um den Sohn, welcher in Lützows
Freischaar rasch zum Offizier aufgerückt war, zu dem nagenden Schmerz
um die ersten ungünstigen Entscheidungen des heiligen Krieges trat jetzt
die Möglichkeit, den französischen Militärbehörden, die in Sachsen frei
schalteten, als einer der gefährlichsten jener deutschen „Ideologen" denuncirt
zu werden, welche Napoleon damals tiefer haßte als je zuvor. Während des Monats April hatte Körner in seinem Hause nur „angenehme
Einquartierung" gehabt, vom 6. bis 13. war Theodor bei den Seinigen
gewesen und so lange die Verbündeten Dresden besetzt hielten, hatte Ernst
Moritz Arndt im Hause Körners gewohnt. Kein Wunder, daß dieser im
Mai den wiederkehrenden Franzosen aus dem Wege zu gehen suchte.
Er begab sich nach Teplitz, wo er die Trauerkunde von der schweren
Verwundung seines Sohnes erhielt, welche bei dem tückischen Ueber-
fall von Kitzen (17. Juni 1813) erfolgt war. Theodor Körner ver-
mochte sich bekanntlich zu den altbewährten Freunden des Körnerschen

Hauses, der Familie Kunze in Leipzig, zu retten; er suchte völlige
Heilung seiner Wunden in Karlsbad, wo er einige Wochen verweilte.
Während der Sohn geheilt und neuer Hoffnung voll zum Lützowschen
Corps wieder abging, mußte sich der Vater entschließen, nach Dresden
zurückzukehren, welches Hauptquartier Napoleons, Mittelpunkt der französischen Gewaltstellung war, und wo Körner von Glück zu sagen
hatte, daß ihm seine fünfundzwanzigjährige Wirksamkeit im Dienste
des sächsischen Staates hochstehende Gönner und Wohlwollen genug
erworben hatte, um ihn gegen die **Niedertracht** Jener zu schützen, die
im verhängnißvollen Sommer und Herbst **von 1813** ihre sächsische
Gesinnung dadurch zu bethätigen meinten, daß sie eifriger **als je um**
die Gunst der Franzosen warben. **Aber obschon er** persönlich unangefochten blieb, ward **die** Lage von Tag zu Tag trostloser. **Die**
Monate September und **October müssen** für die Familie furchtbar gewesen sein. Theodor Körner war bekanntlich gleich nach Wiederer-
öffnung des Feldzuges am 26. August in dem Gefecht bei Gadebusch
gefallen, die Eltern blieben zunächst ohne Kunde; unbestimmte Gerüchte
ihres unersetzlichen Verlustes drangen zu ihnen, Klarheit ließ sich nicht
gewinnen, in unbeschreiblicher Seelenangst verbrachten sie die Tage.
Dresden war im October **zu** einer belagerten Festung geworden, in
welcher der brutale Trotz der französischen Militärbehörden, der bitterste
Mangel und Lazareth- **und** Nervenfieber neben einander wütheten. Als
es Anfang November Körner mit den Seinigen gelang, die unglückliche,
verpestete Stadt zu verlassen und nach Großenhain **zu** flüchten, waren
sie über das Ende des tapferen Sohnes noch immer nicht gewiß unterrichtet, wennschon sie das Schlimmste fürchten mußten. Drastisch **und**
anschaulich schildert ein Brief Minna Körners an Wilhelm Kunze (Großenhain, den 3. November 1813, **Hf.** des Körner-Museums, Dresden) das
durchlittene Elend und die quälenden, inneren Leiden. „Zum zweiten-
mal," heißt es da, „sind **wir** Flüchtlinge, mein theurer Wilhelm, und
nachdem wir **durch** unendliche Schwierigkeiten sind hier in sichern Port
angekommen, ergreife ich die Feder, an Sie, treuer Freund unseres geliebten Theodors, um Nachricht von dem theueren Sohn von Ihnen zu
hören. Umsonst sind alle Versuche gewesen, die wir in Dresden nahmen

uns Nachricht von Karl zu verschaffen. — Was wir seit dem Monat
May erlitten haben ist unbeschreiblich. Die Krankheiten nahmen so
überhand, daß alle Wochen 150 und 160 Bürger sterben und in den
Lazarethen alle Nächte 200—300 Franzosen. Dresden ist ein weites
Grab. Der Mangel nahm stündlich zu. Am 29. October mußten wir
unsere Vorräthe angeben, den 30. erhielten wir den Befehl, uns auf
2 Monate zu verproviantiren oder aus der Stadt zu gehen. Den sächsischen Officieren wurde, nachdem man sie entwaffnet hatte, die Wahl
gelassen, dem Kaiser Napoleon zu schwören oder aus der Stadt zu
gehen. Sie entschlossen sich sogleich, den 1. November aus der Stadt
zu gehen. Dies erfuhr mein Mann, wie er aus der Session kam und
sagte uns: wir müßten den andern Tag fort, er wollte uns und sich ·
retten. Wer soviel von seinem Vermögen schon verloren hat wie wir,
der wird gleichgültig gegen den Rest. — — Mitnehmen haben wir
nicht viel können, weil beide Häuser voll Einquartierung seyn und meines
Mannes Sehnsucht aus der Sclaverey und Nachricht von unserm Sohn
zu haben, trieben uns fort.“

Die entscheidenden Nachrichten müssen die bedrängte Familie bald
erreicht haben: vom 9. November und aus Großenhain ist die Todes-
anzeige Theodors datirt, welche Nr. 223 der „Leipziger Zeitung“ vom
20. November 1813 veröffentlichte. Am 11. November capitulirte der
Marschall St. Cyr in Dresden, Anfang December waren Körners
wieder daselbst und unter dem 6. December 1813 schrieb Körner an
Weber: „Ihre herzliche Theilnahme an meinem Verluste hat mir sehr
wohl gethan, ich weiß, daß Sie den Verewigten geliebt haben und
auch er hatte viel Anhänglichkeit für Sie. Mich hat Gott über Erwartung gestärkt, daß ich seinen Tod auf eine Art betraure, die seiner
würdig ist. Nur in einzelnen Momenten erlangt die Natur das Uebergewicht. Die Meinigen haben an Körper weniger gelitten, als ich
erwartet hätte. Meine Frau war durch die früheren Nachrichten vorbereitet, denen nachher widersprochen wurde. Sie hatte die Hoffnung
schon aufgegeben, da ich und Emma noch immer hofften.“ — Das
Jahr 1814 brachte Körner zu der Trauer um seinen herben Verlust,
zu der wachsenden Sorge über den Leidenszustand seiner Tochter Emma,

die sich im stillen Schmerz um den geliebten Bruder langsam verzehrte, neue innere Kämpfe. Die Lage Sachsens, die Ungewißheit über die Zukunft seines Heimatlandes waren für ihn um so beunruhigender, als er durch seine persönliche **Situation**, durch die Opfer, die er der deutschen Sache gebracht, einer **der** wichtigsten sächsischen Beiräthe des provisorischen russisch-preußischen Generalgouvernements des Königreichs geworden war, dessen König nach der Leipziger Schlacht als Gefangener der Verbündeten in Berlin und Schloß Friedrichsfelde lebte. **Körner** hatte die eigenthümliche Stellung, in der er sich fand, nicht gesucht, aber sich ihr weder entziehen können noch mögen. Er sorgte in dieser schweren Zeit, getreu seiner **Vergangenheit, hauptsächlich dafür, daß die alten** Culturinstitute der **sächsischen Residenz** erhalten wurden. Er saß in der Commission, welche seit **Mai 1814 über die Zukunft der Hof-** capelle, der italienischen **Oper und** des bisher nur subventionirten deutschen Schauspiels berieth, und sämmtliche Kunstinstitute **zu einem** „Königlichen Hoftheater" vereinigte, **das am 26.** September 1814 eröffnet ward. Auch sonst **wirkte er** nach vielen Richtungen hin wohl- thätig, alle Unsicherheit über **die Gestaltung der Zukunft** hielt den charakterfesten Mann nicht ab, **das zu thun**, was er für nothwendig und ersprießlich erachtete.

Im September 1814 unternahm er mit den Seinen eine längst beabsichtigte Reise nach Berlin und Mecklenburg an das Grab Theodors, eine Reise, auf welche er nach dem Ausdruck seines alten Freundes Graf Geßler mit „fürchterlicher Hartnäckigkeit" bestand. Die Heimkehr der siegreichen Truppen aus Frankreich im Sommer 1814 hatte natürlich alle Wunden wieder aufgerissen. „Von uns, bester Vetter", schrieb Emma Körner an Weber (Dresden, **5. Juli 1814**), „kann ich Ihnen wenig sagen; wir leben ohne Hoffnung und ohne Freude einen Tag wie den andern und nur die Ueberzeugung, daß die Freiheit unsers deutschen Vaterlandes durch den großen Kampf, **der uns soviel kostete,** gesichert worden ist, kann uns aufrecht erhalten." Nach dreiwöchent- lichem Aufenthalt in Berlin ward die schmerzliche Pilgerfahrt nach der „Körnereiche" bei **dem** Dorfe Wöbbelin angetreten, unter welcher der Sänger **von** „Leyer und Schwert" ruhte. Körner ließ dem Sohne

hier ein gußeisernes Denkmal errichten, welches er in Berlin hatte
herstellen lassen. Da der Herzog von Mecklenburg ihm den Platz
schenkte, so wurde der Beschluß gefaßt, daß die gesammte Familie
Körner dereinst hier ihre letzte Ruhestätte finden solle.

Der Winter von 1814 zu 15 ward für Körner und die Seinen ein
unsäglich trauriger. Der Kampf um die selbständige Fortexistenz Sachsens
oder die Einverleibung des Landes in Preußen gestaltete sich täglich
hoffnungslos verbitterter. Selbst wenn Körner in diesem Kampfe auf
Seiten seiner engeren Heimat hätte stehen wollen und können, so würde
man ihm nicht die Möglichkeit dazu gelassen haben. In den Augen
gewisser Wortführer der patriotisch-sächsischen Partei war er schon
darum ein Vaterlandsverräther, weil sein Sohn für die deutsche Sache
gefallen war. Mehr und mehr stellte sich überdies heraus, daß die
Theilung des Königreiches der Ausweg aus der verhängnißvollen Sack-
gasse sein werde, in welche sich die hohe Politik mit der sächsischen
Frage verrannt hatte. In der dürftigen Enge und der ganzen Atmosphäre des nach der Theilung übrig bleibenden Landes meinte Körner keine
Wirksamkeit, keine Zukunft für sich zu erblicken. Er knüpfte daher Verhandlungen für seinen Uebertritt in den preußischen Staatsdienst an, die rasch zu
glücklichem Ende führten. Durch Decret König Friedrich Wilhelms III.
(vollzogen zu Wien am 3. Mai 1815, unterzeichnet von Hardenberg
und Schuckmann) wurde er zum preußischen Staatsrath im Ministerium
des Innern (für die Abtheilung des Cultus und öffentlichen Unter-
richtes) mit einem Gehalt von 2400 Thalern ernannt.

Noch bevor aber dieser Abschluß erreicht war, stand Körner unter dem
Druck eines neuen niederbeugenden Schmerzes. Am 15. März 1815 starb
zu Dresden seine Tochter Emma, die er neben ihrem Bruder Theodor zu
Wöbbelin bestatten ließ. Von der Lebensstimmung, welche in den
ersten und, nur gemildert, auch in den folgenden Jahren das Körnersche
Haus in Berlin beherrschte, giebt ein Brief von Dora Stock an Weber
(Berlin, 15. October 1815, Briefe der Familie Körner) ein getreues
und schmerzlich ergreifendes Zeugniß. „Wenn ein tiefer endloser Schmerz
jede Kraft der Seele lähmt, wenn selbst die Worte fehlen, um das
grauenvolle Schicksal zu schildern, was uns betroffen, dann ist es

begreiflich, daß man auch seinen liebsten Freunden nicht schreibt. Unser
irdisches Glück umschließen zwei Gräber und nur, wenn wir mit unsern
himmlischen Kindern wieder vereinigt sind, endet unser Schmerz. Körner
ist ein Held, keine Klage kömmt über seine Lippen und doch überrasche
ich ihn oft auf seinem Zimmer in Thränen. Immer zeigt er uns ein
freundliches Gesicht, ergreift mit einem krampfhaften Eifer jede Zerstreuung und sein Herz blutet. — — Hier hält man uns für ge-
tröstet, weil uns unser Kummer zu heilig ist, um in Gesellschaft davon
sprechen zu können. Sie interessiren sich für unser trauriges Schicksal,
aber nicht für uns. — — Wir leben hier sehr einsam und da Parthey's
noch auf dem Garten sind, vergehen oft acht Tage, ohne daß ein
fremder Fuß ins Zimmer tritt. Wir haben die Gabe verloren, die
Menschen zu unterhalten."

Natürlich machte dieser so leidenschaftliche als tiefe Schmerz im
Laufe der Jahre einem milderen Platz; der Grundzug im weiteren Leben
der Körnerschen Familie blieb stille Resignation. Körner warf sich mit
Eifer in seine neuen Amtsgeschäfte; er suchte, so rasch es angehen wollte,
sich mit den eigenthümlichen Zuständen des preußischen Staates vertraut
zu machen. Da es Angelegenheiten der Wissenschaft, der Kunst und des
Unterrichts waren, die er als Staatsrath zu bearbeiten hatte, so fühlte
er sich, soweit das in seiner neuen Lage noch möglich war, voll befriedigt. Gleich in einem seiner ersten Briefe aus Berlin rühmte er
es als ein besonderes Glück, daß ihm die Curatel des Gymnasiums
zum grauen Kloster zugetheilt worden sei. Mannigfache Zeugnisse seines
lebendigsten Antheils an den großen Culturfragen blieben erhalten, noch
im Jahre 1824 bearbeitete er ein interessantes „Gutachten über die
Bedingungen eines blühenden Zustandes der preußischen Universitäten."
(Hf. im Dresdner Körnermuseum.) Daß übrigens sein Einfluß ein
mäßiger, seine Wirksamkeit eine in gewissem Sinne beschränkte blieb, lag
sowohl in seiner Natur als in den Verhältnissen. Schon als er 1815
nach Berlin kam, mußte er sagen: „Ich finde hier einen sehr lebendigen
Parteigeist, der sich außer der Politik auch auf Religion, Wissenschaft
und Kunst verbreitet. Man hört fast blos von Engeln und Teufeln.
Mich setzt dies zuweilen in Verlegenheit, weil ich zufälligerweise mit

Personen von entgegengesetzten Parteien Bekanntschaft habe." Uebrigens
wußte man in den höchsten Regierungskreisen sehr gut, daß Körner nach
seiner ganzen Vergangenheit und Bildung der seit 1817 am Hofe und
im Staate mächtig werdenden, die Befreiungskriege und ihren Aufschwung
als eine unliebsame Irrung ansehenden Partei nicht angehöre. Doch
scheint er persönlich völlig unangefochten geblieben zu sein. In einem
Briefe, den er an den Leipziger Buchhändler Hartknoch während eines
längeren Sommeraufenthaltes auf dem Schlosse der altbefreundeten
Herzogin von Curland schrieb, bemerkt er über seine Lage: „In meinen
Verhältnissen hat sich nichts geändert; mein Wirkungskreis ist nicht groß
und ich bin zufrieden, wenn ich nur manchmal zu etwas Nützlichem
beytragen kann. Aber die Muße, die mir zu Theil wird, suche ich zu
benutzen, um die Resultate meines philosophischen Studiums anzustellen."
(Körner an Hartknoch. Löbichau, d. 5. Juli 1820. Körnermuseum, Hſ.)

Körners fernere literarische Thätigkeit erstreckte sich hauptsächlich auf
seinen Antheil an der Herausgabe der Werke seines Sohnes, auf ge=
legentliche kleine Schriften politischen und nationalökonomischen Inhalts.
Das größere philosophische Werk, von dem er in Briefen noch immer
sprach, kam niemals zum Abschlusse.

Daß er sich die volle Theilnahme für alle besseren Darbietungen
in Literatur und Kunst bewahrte und so den Idealen seiner Jugend
treu blieb, bedarf kaum erst der Erwähnung. Seinen musikalischen
Neigungen genügte er als eifriges Mitglied von Zelters Singakademie und
durch Vertretung der musikalischen Angelegenheiten im Ministerium. Auch
der persönliche warme und fördernde Antheil an jungen Künstlern und
Schriftstellern blieb der gleiche. Noch im Jahre 1824 empfahl er den
jungen Tonkünstler und nachmaligen Hofkapellmeister Reißiger dringend
an seine Dresdner Freunde. Seine Beziehungen zu der alten Heimat
übrigens wurden stets lockerer; am 3. April 1826 entäußerte er sich
seines letzten Dresdner Besitzthums durch den Verkauf jenes Loschwitzer
Weinberges, auf dem er seine Flitterwochen verlebt, auf welchem Schiller
am „Don Carlos" gedichtet und Körner hunderte und aberhunderte
der hervorragendsten und besten Menschen seiner Zeit als Gäste em=
pfangen hatte.

Am 21. Februar 1828 war es Körner vergönnt, in einem großen Kreise von Freunden sein 50jähriges Doctorjubiläum zu begehen. Die philosophische Facultät der Leipziger Universität stellte sich bestens mit einem Glückwunschdiplom ein. Es fand ein Festmahl statt, bei dem es an ernsten und heiteren Reden nicht fehlte und bei dem Wilhelm von Humboldt, der langjährige Lebensgenosse Körners, die erste Ansprache hielt. Dagegen scheint, wie billig, im nächsten Jahre eine besondre Feier der fünfzigjährigen juristischen Doctorwürde unterblieben zu sein, im Archiv der Leipziger juristischen Facultät findet sich keine Notiz über ein zweites Jubeldiplom. Auch die letzten Lebensjahre des Alternden verliefen friedlich. Nach kurzer schmerzloser Krankheit schied er am 13. Mai 1831 aus dem Leben. Seine Leiche wurde nach einer bedeutsamen Trauerfeier, bei welcher Bischof Neander ihm einen herzergreifenden und ehrenden Nachruf widmete, nach Wöbbelin übergeführt und dort neben seinen Kindern unter jener Eiche, „bedeckt mit Moos und Schorfe" bestattet, welche Friedrich Rückert nun schon vor mehr als einem Jahrzehnt besungen hatte.

Körners Minna und die treue Schwägerin Dora überlebten ihn. Johanna Dorothea Stock nur um ein Jahr. Sie starb zu Berlin am 26. Mai 1832. Minna Körner erreichte hingegen das höchste Alter, erst am 20. August 1843 entriß sie der Tod den wehmüthig-freudigen Erinnerungen, denen sie ihre letzten Lebensjahre gewidmet hatte.

Erster Theil.

Philosophische, literarische und ästhetische Schriften.

Philosophische Briefe.*)

*) Schillers „Thalia". Drittes Heft (1787), S. 100. Siebentes Heft (1789), S. 110.

Die „Philosophischen Briefe" waren ein Produkt und was Körners letzten Raphaelbrief an-
langt, ein Nachklang des Beisammenlebens Schillers und Körners in Dresden. Der erste Brief
Raphaels an Julius (S. 46) ist durch den bekannten Scherz „Körners Vormittag" (Schillers Werke.
Historisch-kritische Ausgabe von Goedeke. Bd. IV., S. 182) ausdrücklich als Körners Eigenthum
bezeichnet, der Schlußbrief, den Schiller nicht erwiderte, hat in dem betreffenden Hefte der „Thalia"
Körners K. zur Unterschrift. Körner hatte ihn bereits am 4. April 1788 an Schiller gesendet
(Schillers Briefwechsel mit Körner, I. 175). Schiller versprach zwar noch (Rudolstadt, 28. August
1788; Briefwechsel I. S. 215) eine Antwort: „Zu einem Briefe an Raphael hat sich Stoff ge-
sammelt, aber digerirt ist er noch nicht." Der Hauptgrund der Nichtfortsetzung lag wohl in
Schillers Ueberzeugung, daß die Philosophischen Briefe keinen Beifall beim Publikum seines Jour-
nals gefunden hatten. „Unsre Philosophischen Briefe in der ‚Thalia' sind ein Beispiel eines nach
Deinem Plane äußerst zweckmäßigen und schönen Productes — — wie viele Leser haben sie
gefunden?" (Schiller an Körner, Volkstädt, 12. Juni 1788. Briefwechsel I. S. 200.) — Der
Abdruck erfolgt aus der „Thalia"; die gedrängtere Schrift bezeichnet Schillers Antheil an den
Briefen.

Vorerinnerung.

Die Vernunft hat ihre Epochen, ihre Schiksale wie das Herz,
aber ihre Geschichte wird weit seltner behandelt. Man scheint sich
damit zu begnügen die Leidenschaften in ihren Extremen, Verirrungen
und Folgen zu entwikeln, ohne Rüksicht zu nehmen, wie genau sie mit
dem Gedankensysteme des Individuums zusammenhängen. Die allge=
meine Wurzel der moralischen Verschlimmerung ist eine einseitige und
schwankende Philosophie, um so gefährlicher, weil sie die umnebelte
Vernunft durch einen Schein von Rechtmäßigkeit, Wahrheit und Ueber=
zeugung blendet, und eben deswegen von dem eingebohrnen sittlichen
Gefühle weniger in Schranken gehalten wird. Ein erleuchteter Verstand
hingegen veredelt auch die Gesinnungen — der Kopf muß das Herz
bilden.

In einer Epoche, wie die jezige, wo Erleichterung und Ausbrei=
tung der Lektüre den denkenden Theil des Publikums so erstaunlich
vergrößert, wo die glükliche Resignation der Unwissenheit einer halben
Aufklärung Plaz zu machen anfängt, und nur wenige mehr da stehen
bleiben wollen, wo der Zufall der Geburt sie hingeworfen,
scheint es nicht so ganz unwichtig zu sein, auf gewisse Perioden der
erwachenden und fortschreitenden Vernunft aufmerksam zu machen, ge=
wisse Wahrheiten und Irrthümer zu berichtigen, welche sich an die
Moralität anschließen und eine Quelle von Glükseligkeit und Elend sein
können, und wenigstens die verborgenen Klippen zu zeigen, an denen
die stolze Vernunft schon gescheitert hat. Wir gelangen nur selten
anders als durch Extreme zur Wahrheit — wir müssen den Irrthum —
und oft den Unsinn zuvor erschöpfen, ehe wir uns zu dem schönen Ziele
der ruhigen Weisheit hinauf. arbeiten.

Einige Freunde, von gleicher Wärme für die Wahrheit und die
sittliche Schönheit beseelt, welche sich auf ganz verschiedenen Wegen in
derselben Ueberzeugung vereinigt haben, und nun mit ruhigerem Blik

die zurükgelegte Bahn überschauen, haben sich zu dem Entwurfe verbunden, einige Revolutionen und Epochen des Denkens, einige Ausschweifungen der grübelnden Vernunft in dem Gemählde zweier Jünglinge von ungleichen Karakteren zu entwikkeln, und in Form eines
Briefwechsels der Welt vorzulegen. Folgende Briefe sind der Anfang
dieses Versuchs.

Meinungen, welche in diesen Briefen vorgetragen werden, können
also auch nur beziehungsweise wahr oder falsch sein, gerade so, wie
sich die Welt in dieser Seele und keiner andern spiegelt. Die Fort-
sezung des Briefwechsels wird es ausweisen, wie diese einseitige, oft
überspannte, oft widersprechende Behauptungen, endlich in eine allgemeine, geläuterte und festgegründete Wahrheit sich auflösen.

Scepticismus und Freidenkerei sind die Fieberparoxysmen des
menschlichen Geistes, und müssen durch eben die unnatürliche Erschütterung die sie in gut organisirten Seelen verursachen, zulezt die Gesundheit bevestigen helfen. Je blendender, je verführender der Irrthum,
desto mehr Triumph für die Wahrheit, je quälender der Zweifel, desto
größer die Aufforderung zu Ueberzeugung und fester Gewißheit. Aber
diese Zweifel, diese Irrthümer vorzutragen, war nothwendig, die Kenntniß der Krankheit mußte der Heilung vorangehen. Die Wahrheit verliert nichts, wenn ein heftiger Jüngling sie verfehlt, eben so wenig
als die Tugend, und die Religion, wenn ein Lasterhafter sie verläugnet.

Diß mußte voraus gesagt werden, um den Gesichtspunkt anzugeben, aus welchem wir den folgenden Briefwechsel gelesen und beurtheilt wünschen.

Julius an Raphael.

Im October.

Du bist fort Raphael — und die schöne Natur geht unter, die
Blätter fallen gelb von den Bäumen, ein trüber Herbstnebel ligt wie
ein Bahrtuch über dem ausgestorbnen Gefilde. Einsam durchirre ich
die melancholische Gegend, rufe laut deinen Namen aus, und zürne,
daß mein Raphael mir nicht antwortet.

Ich hatte deine lezten Umarmungen überstanden. Das traurige
Rauschen des Wagens, der dich von hinnen führte, war endlich in
meinem Ohre verstummt. Ich Glüklicher hatte schon einen wohlthätigen
Hügel von Erde über den Freuden der Vergangenheit aufgehäuft, und
jezt stehest du gleich deinem abgeschiedenen Geiste von neuem in diesen
Gegenden auf, und meldest dich mir auf jedem Lieblingsplaz unsrer

Spaziergänge wieder. Diesen Felsen habe ich an **deiner** Seite er=
stiegen, an deiner Seite diese unermeßliche Perspektive durchwandert.
Im schwarzen Heiligthum dieser Buchen, ersannen wir zuerst das kühne
Ideal unsrer Freundschaft. Hier wars, wo wir den Stammbaum der
Geister zum erstenmal aus einander rollten und Julius einen so nahen
Verwandten in Raphael fand. Hier ist **keine** Quelle, kein Gebüsche,
kein Hügel, wo nicht irgend eine Erinnerung entflohener Seligkeit auf
meine Ruhe zielte. Alles, alles hat sich gegen meine Genesung ver=
schworen. Wohin ich nur trete, wiederhole ich den bangen Auftritt
unsrer Trennung. —

Was hast du aus mir gemacht, Raphael? Was ist seit kurzem
aus mir geworden! **Gefährlicher großer Mensch**! daß ich dich niemals
gekannt hätte oder niemals verloren! **Eile zurük**, auf den Flügeln der
Liebe komm wieder **oder deine zarte Pflanzung** ist dahin. Konntest du
mit deiner sanften Seele es wagen, dein angefangenes Werk zu ver=
lassen, noch so ferne von seiner Vollendung? Die Grundpfeiler deiner
stolzen Weisheit wanken in meinem Gehirne und Herzen, alle die
prächtigen Palläste die du bautest, stürzen ein, und der erdrükte Wurm
wälzt sich wimmernd unter den Ruinen.

Selige paradiesische Zeit, da ich noch **mit verbundenen Augen**
durch das Leben taumelte, wie ein Trunkner — Da all mein Fürwiz
und alle meine Wünsche an den Gränzen **meines** väterlichen Horizonts
wieder umkehrten — da mich ein heitrer Sonnenuntergang nichts
höhres ahnden ließ, als einen schönen morgenden Tag — da mich
nur eine politische Zeitung **an die Welt**, nur die Leichenglofe an die
Ewigkeit, nur Gespenstermährgen an eine Rechenschaft nach dem Tode
erinnerten, da ich noch vor einem Teufel bebte, und desto herzlicher
an der Gottheit hieng. Ich **empfand** und war glüklich. Raphael hat
mich **denken** gelehrt, und ich bin auf dem Wege meine Erschaffung
zu beweinen.

Erschaffung? — Nein, das ist ja nur ein Klang ohne Sinn den
meine Vernunft nicht gestattet darf. Es gab eine Zeit, wo ich von
nichts wußte, wo von mir niemand wußte, also sagt man, ich war
nicht. Jene Zeit ist nicht mehr, also sagt man, daß ich erschaffen sei.
Aber auch von den Millionen die vor Jahrhunderten da waren, weis
man nun nichts mehr, und doch sagt man, sie sind. Worauf gründen
wir das Recht den Anfang zu bejahen und das Ende zu verneinen?
Das Aufhören denkender Wesen, behauptet man, widerspricht der un=
endlichen Güte. Entstand denn diese unendliche Güte erst mit Schöpfung
der Welt? — Wenn es eine Periode gegeben hat wo noch keine Geister

waren, so war die unendliche Güte ja eine ganze vorhergehende Ewig=
keit unwirksam? Wenn das Gebäude der Welt eine Vollkommenheit
des Schöpfers ist, so fehlte ihm ja eine Vollkommenheit vor Erschaffung
der Welt? Aber eine solche Voraussezung widerspricht der Idee des
vollendeten Gottes, also war keine Schöpfung — Wo bin ich hin=
gerathen, mein Raphael? — Schreklicher Irrgang meiner Schlüsse!
Ich gebe den Schöpfer auf, sobald ich an einen Gott glaube. Wozu
brauche ich einen Gott, wenn ich ohne den Schöpfer ausreiche?

Du hast mir den Glauben gestohlen, der mir Frieden gab. Du
hast mich verachten gelehrt, wo ich anbetete. Tausend Dinge waren
mir so ehrwürdig, ehe deine traurige Weisheit sie mir entkleidete. Ich
sah eine Volksmenge nach der Kirche strömen, ich hörte ihre begeisterte
Andacht zu einem brüderlichen Gebet sich vereinigen — zweimal stand
ich vor dem Bette des Todes, sahe zweimal — mächtiges Wunder=
werk der Religion! — die Hofnung des Himmels über die Schrök=
niße der Vernichtung siegen und den frischen Lichtstral der Freude im
gebrochnen Auge des Sterbenden sich entzünden. Göttlich, ja göttlich
muß die Lehre sein, rief ich aus, die die Besten unter den Menschen
bekennen, die so mächtig siegt, und so wunderbar tröstet. Deine kalte
Weisheit löschte meine Begeisterung. Eben so viele sagtest du mir
drängten sich einst um die Irmensäule und zu Jupiters Tempel, eben
so viele haben eben so freudig ihrem Brama zu Ehren den Holzstoß
bestiegen. Was du am Heidenthum so abscheulich findest, soll das die
Göttlichkeit deiner Lehre beweisen?

Glaube niemand als deiner eignen Vernunft, sagtest du weiter.
Es giebt nichts heiliges als die Wahrheit. Was die Vernunft erkennt,
ist die Wahrheit. Ich habe dir gehorcht, habe alle Meinungen auf=
geopfert, habe gleich jenem verzweifelten Eroberer alle meine Schiffe
in Brand gesteckt, da ich an dieser Insel landete, und alle Hofnung
zur Rükkehr vernichtet. Ich kann mich nie mehr mit einer Meinung
versöhnen, die ich einmal belachte. Meine Vernunft ist mir jezt alles,
meine einzige Gewährleistung für Gottheit, Tugend, Unsterblichkeit.
Wehe mir von nun an, wenn ich diesem einzigen Bürgen auf einem
Widerspruche begegne! wenn meine Achtung vor ihren Schlüssen sinkt!
wenn ein zerrissener Faden in meinem Gehirn ihren Gang verrükt! —
Meine Glükseeligkeit ist von jezt an dem harmonischen Takt meines
Sensoriums anvertraut. Wehe mir, wenn die Saiten dieses Instru=
mentes in den bedenklichen Perioden meines Lebens falsch angeben —
wenn meine Ueberzeugungen mit meinem Aderschlag wanken!

———

Julius an Raphael.

Deine Lehre hat meinem Stolze geschmeichelt. Ich war ein Ge=
fangener. Du hast mich herausgeführt an den Tag, das goldne Licht
und die unermeßliche Freie haben meine Augen entzükt. Vorhin ge=
nügte mir an dem bescheidenen Ruhme, ein guter Sohn meines Haußes,
ein Freund meiner Freunde, ein nüzliches Glied der Gesellschaft zu
heißen, du hast mich in einen Bürger des Universums verwandelt.
Meine Wünsche hatten noch keinen Eingrif in die Rechte der Großen
gethan. Ich duldete diese Glüklichen, weil Bettler mich duldeten. Ich
erröthete nicht, einen Theil des Menschengeschlechts zu beneiden, weil
noch ein größerer übrig war, den ich beklagen mußte. Jezt erfuhr
ich zum erstenmal, daß meine Ansprüche auf Genuß so vollwichtig
wären, als die meiner übrigen Brüder. Jezt sah ich ein, daß eine
Schichte über dieser Atmosphäre ich gerade so viel und so wenig gelte,
als die Beherrscher der Erde. Raphael schnitt alle Bande der Ueber=
einkunft und der Meinung entzwei. Ich fühlte mich ganz frei —
denn die Vernunft, sagte mir Raphael, ist die einzige Monarchie in
der Geisterwelt, ich trug meinen Kaisertron in meinem Gehirne. Alle
Dinge im Himmel und auf Erden haben keinen Werth, keine Schäzung,
als soviel meine Vernunft ihnen zugesteht. Die ganze Schöpfung ist
mein, denn ich besize eine unwidersprechliche Vollmacht sie ganz zu
genießen Alle Geister — eine Stufe tiefer unter dem vollkommensten
Geist — sind meine Mitbrüder, weil wir alle einer Regel gehorchen,
einem Oberherrn huldigen.

Wie erhaben und prächtig klingt diese Verkündigung! Welcher
Vorrath für meinen Durst nach Erkenntniß! aber — unglükseliger
Widerspruch der Natur — dieser freie emporstrebende Geist ist in das
starre unwandelbare Uhrwerk eines sterblichen Körpers geflochten, mit
seinen kleinen Bedürfnissen vermengt, an seine kleinen Schiksale an=
gejocht — dieser Gott ist in eine Welt von Würmern verwiesen. Der
ungeheure Raum der Natur ist seiner Thätigkeit aufgethan, aber er
darf nur nicht zwo Ideen zugleich denken. Seine Augen tragen ihn
bis zu dem Sonnenziele der Gottheit, aber er selbst muß erst träge
und mühsam durch die Elemente der Zeit ihm entgegen kriechen. Einen
Genuß zu erschöpfen muß er jeden andern verloren geben, zwo un=
umschränkte Begierden sind seinem kleinen Herzen zu groß. Jede neu=
erworbene Freude kostet ihn die Summe aller vorigen. Der jezige
Augenblik ist das Grabmal aller vergangenen. Eine Schäferstunde der
Liebe ist ein aussezender Aderschlag in der Freundschaft.

Wohin ich nur sehe Raphael, wie beschränkt ist der Mensch! Wie groß der Abstand zwischen seinen Ansprüchen und ihrer Erfüllung! — O beneide ihm doch den wohlthätigen Schlaf. Weke ihn nicht. Er war so glüklich, bis er anfieng zu fragen, wohin er gehen müsse, und woher er gekommen sei. Die Vernunft ist eine Fakel in einem Kerker. Der Gefangene wußte nichts von dem Lichte, aber ein Traum der Freiheit schien über ihm wie ein Bliz in der Nacht, der sie finstrer zurükläßt. Unsre Philosophie ist die unglükseelige Neugier des Oedipus, der nicht nachließ zu forschen, bis das entsezliche Orakel sich auflößte. Möchtest du nimmer erfahren, wer du bist!

Ersezt mir deine Weisheit, was sie mir genommen hat? Wenn du keinen Schlüssel zum Himmel hattest, warum mußtest du mich der Erde entführen? Wenn du voraus wußtest, daß der Weg zu der Weisheit durch den schreklichen Abgrund der Zweifel führt, warum wagtest du die ruhige Unschuld deines Julius auf diesen bedenklichen Wurf?

> — Wenn an das Gute
> das ich zu thun vermeine, allzu nah
> was gar zu schlimmes gränzt, so thu ich lieber
> das Gute nicht —

Du hast eine Hütte niedergerissen, die bewohnt war, und einen prächtigen todten Pallast auf die Stelle gegründet.

Raphael ich fordre meine Seele von dir. Ich bin nicht glüklich. Mein Muth ist dahin. Ich verzweifle an meinen eigenen Kräften. Schreibe mir bald. Nur deine heilende Hand kann Balsam in meine brennende Wunde gießen.

Raphael an Julius.

Ein Glück wie das unsrige, Julius, ohne Unterbrechung wäre zuviel für ein menschliches Loos. Mich verfolgte schon oft dieser Gedanke im vollen Genuß unsrer Freundschaft. Was damals meine Seeligkeit verbitterte, war heilsame Vorbereitung mir meinen jezigen Zustand zu erleichtern. Abgehärtet in der strengen Schule der Resignation, bin ich noch empfänglicher für den Trost in unsrer Trennung ein leichtes Opfer zu sehen, um die Freuden der künftigen Vereinigung dem Schiksal abzuverdienen. Du wußtest bis jezt noch nicht, was Entbehrung sei. Du leidest zum Erstenmale —

Und doch ists vielleicht Wohlthat für dich, daß ich gerade jezt von deiner Seite gerissen wurde. Du hast eine Krankheit zu über= stehen, von der du nur allein durch dich selbst vollkommen genesen kannst, um vor jedem Rükfall sicher zu sein. Je verlaßner du dich fühlst, desto mehr wirst du alle Heilkräfte in dir selbst aufbieten, je weniger augenblikliche Linderung du von täuschenden Palliativen em= pfängst, desto sicherer wird es dir gelingen, das Uebel aus dem Grunde zu heben.

Daß ich aus deinem süßen Traume dich erwekt habe, reut mich noch nicht, wenn gleich dein jeziger Zustand peinlich ist. Ich habe nichts gethan, als eine Krisis beschleunigt, die solchen Seelen wie die deinige früher oder später unausbleiblich bevorsteht, und bei der es alles darauf ankömmt, in welcher Periode des Lebens sie ausgehalten wird. Es giebt Lagen in denen es schreklich ist, an Wahrheit und Tugend zu verzweifeln. Wehe dem, der im Sturme der Leidenschaft noch mit den Spizfindigkeiten einer klügelnden Vernunft zu kämpfen hat. Was dieß heiße, habe ich in seinem ganzen Umfang empfunden, und dich vor einem solchen Schiksale zu bewahren, blieb mir nichts übrig, als diese unvermeidliche Seuche durch Einimpfung unschädlich zu machen.

Und welchen günstigeren Zeitpunkt konnte ich dazu wählen mein Julius? In voller Jugendkraft standst du vor mir, Körper und Geist in der herrlichsten Blüte, durch keine Sorge gedrükt, durch keine Leiden= schaft gefeßelt, frei und stark den großen Kampf zu bestehen, wovon die erhabene Ruhe der Ueberzeugung der Preiß ist. Wahrheit und Irrthum waren noch nicht in dein Intereße verwebt. Deine Genüße und deine Tugenden waren unabhängig von beiden. Du bedurftest keine Schrekbilder dich von niedrigen Ausschweifungen zurük zu reißen. Gefühl für edlere Freuden hatte sie dir verekelt. Du warst gut aus Instinkt, aus unentweihter sittlicher Grazie. Ich hatte nichts zu fürchten für deine Moralität, wenn ein Gebäude einstürzte auf welchem sie nicht gegründet war. Und noch schröken mich deine Besorgniße nicht. Was dir auch immer eine melancholische Laune eingeben mag, ich kenne dich besser Julius.

Undankbarer! du schmähst die Vernunft, du vergißest was sie dir
schon für Freuden geschenkt hat. Hättest du auch für dein ganzes
Leben den Gefahren der Zweifelsucht entgehen können, so war es
Pflicht für mich, dir Genüsse nicht vorzuenthalten, deren du fähig und
würdig warest. Die Stuffe, worauf du standest, war deiner nicht
werth. Der Weg, auf dem du emporklimmtest, bot dir Ersaz für alles,
was ich dir raubte. Ich weiß noch mit welcher Entzükkung du den
Augenblik seegnetest, da die Binde von deinen Augen fiel. Jene Wärme,
mit der du die Wahrheit auffaßtest, hat deine alles verschlingende Phan=
tasie vielleicht an Abgründe geführt, wovor du erschroken zurük schauderst.

Ich muß dem Gang deiner Forschungen nachspüren, um die
Quellen deiner Klagen zu entdeken. Du hast sonst die Resultate deines
Nachdenkens aufgeschrieben. Schike mir diese Papiere, und dann will
ich dir antworten. — — —

Julius an Raphael.

Diesen Morgen durchstöre ich meine Papiere. Ich finde einen
verlorenen Aufsaz wieder, entworfen in jenen glüklichen Stunden meiner
stolzen Begeisterung. Raphael, wie ganz anders finde ich jezo das
alles! Es ist das hölzerne Gerüste der Schaubühne wenn die Be=
leuchtung dahin ist. Mein Herz suchte sich eine Philosophie, und die
Phantasie unterschob ihre Träume. Die wärmste war mir die Wahre.

Ich forsche nach den Gesezen der Geister — schwinge mich bis
zu dem Unendlichen, aber ich vergesse zu erweisen, daß sie wirklich
vorhanden sind. Ein kühner Angriff des Materialismus stürzt meine
Schöpfung ein.

Du wirst diß Fragment durchlesen, mein Raphael. Möchte es
dir gelingen, den erstorbenen Funken meines Enthusiasmus wieder auf=
zuflammen, mich wieder auszusöhnen mit meinem Genius — aber mein
Stolz ist so tief gesunken, daß auch Raphaels Beifall ihm kaum mehr
emporraffen wird.

Theosophie des Julius.
Die Welt und das denkende Wesen.

Das Universum ist ein Gedanke Gottes. Nachdem dieses idealische
Geistesbild in die Wirklichkeit hinübertrat, und die gebohrene Welt den

Riß ihres Schöpfers erfüllte — erlaube mir diese menschliche Vor=
stellung — so ist der Beruf aller denkenden Wesen in diesem vor=
handenen Ganzen die erste Zeichnung wieder zu finden, die Regel in
der Maschine, die Einheit in der Zusammensezung, das Gesez in dem
Phänomen aufzusuchen und das Gebäude rükwärts auf seinen Grundriß
zu übertragen. Also giebt es für mich nur eine einzige Erscheinung
in der Natur, das denkende Wesen. Die große Zusammensezung, die
wir Welt nennen, bleibt mir jezo nur merkwürdig, weil sie vorhanden
ist, mir die mannigfaltigen Aeußerungen jenes Wesens symbolisch zu
bezeichnen. Alles in mir und außer mir ist nur Hieroglyphe einer
Kraft die mir ähnlich ist. Die Geseze der Natur sind die Chiffern,
welche das denkende Wesen zusammen fügt, sich dem denkenden Wesen
verständlich zu machen — das Alphabet, vermittelst dessen alle Geister
mit dem vollkommensten Geist und mit sich selbst unterhandeln. Har=
monie, Wahrheit, Ordnung, Schönheit, Vortreflichkeit geben mir Freude,
weil sie mich in den thätigen Zustand ihres Erfinders, ihres Besizers
versezen, weil sie mir die Gegenwart eines vernünftig empfindenden
Wesens verrathen, und meine Verwandschaft mit diesem Wesen mich
ahnden lassen. Eine neue Erfahrung in diesem Reiche der Wahr=
heit, die Gravitation, der entdekte Umlauf des Blutes, das Natur=
system des Linnäus heißen mir ursprünglich eben das, was eine An=
tike im Herkulanum hervorgegraben — beides nur Widerschein eines
Geistes, neue Bekanntschaft mit einem mir ähnlichen Wesen. Ich
bespreche mich mit dem Unendlichen durch das Instrument der Natur,
durch die Weltgeschichte — ich lese die Seele des Künstlers in seinem
Apollo

Willst du dich überzeugen, mein Raphael, so forsche rükwärts.
Jeder Zustand der menschlichen Seele hat irgend eine Parabel in der
physischen Schöpfung, wodurch er bezeichnet wird, und nicht allein
Künstler und Dichter, auch selbst die abstraktesten Denker haben aus
diesem reichen Magazine geschöpft. Lebhafte Thätigkeit nennen wir
Feuer, die Zeit ist ein Strom der reissend von hinnen rollt, die Ewig=
keit ist ein Zirkel, ein Geheimniß hüllt sich in Mitternacht, und die
Wahrheit wohnt in der Sonne. Ja ich fange an zu glauben, daß
sogar das künftige Schiksal des menschlichen Geistes im dunkeln Orakel
der körperlichen Schöpfung vorher verkündigt ligt. Jeder kommende
Frühling der die Sprößlinge der Pflanzen aus dem Schoose der Erde
treibt, gibt mir Erläuterung über das bange Räzel des Todes, und wider=
legt meine ängstliche Besorgniß eines ewigen Schlafs. Die Schwalbe
die wir im Winter erstarret finden und im Lenze wieder aufleben sehen,

die todte Raupe, die sich als Schmetterling neu verjüngt in die Luft
erhebt, reichen uns ein treffendes Sinnbild unsrer Unsterblichkeit.
Wie merkwürdig wird mir nun alles! — Jezt Raphael, ist alles
bevölkert um mich herum. Es gibt für mich keine Einöde in der
ganzen Natur mehr. Wo ich einen Körper entdeke, da ahnde ich einen
Geist — Wo ich Bewegung merke, da rathe ich auf einen Gedanken.
„Wo kein Todter begraben liegt, wo kein Auferstehn sein wird,"
redet ja noch die Allmacht durch ihre Werke zu mir, und so
verstehe ich die Lehre von einer Allgegenwart Gottes.

Idee.

Alle Geister werden angezogen von Vollkommenheit. Alle —
es gibt hier Verirrungen, aber keine einzige Ausnahme — alle streben
nach dem Zustand der höchsten freien Aeußerung ihrer Kräfte, alle
besizen den gemeinschaftlichen Trieb, ihre Thätigkeit auszudehnen, alles
an sich zu ziehen, in sich zu versammeln, sich eigen zu machen, was
sie als gut, als vortrefflich, als reizend erkennen. Anschauung des
Schönen, des Wahren, des Vortreflichen ist augenblickliche Besiznehmung
dieser Eigenschaften. Welchen Zustand wir wahrnehmen, in diesen treten
wir selbst. In dem Augenblike, wo wir sie uns denken, sind wir
Eigenthümer einer Tugend, Urheber einer Handlung, Erfinder einer
Wahrheit, Inhaber einer Glükseligkeit. Wir selber werden das em-
pfundene Objekt. Verwirre mich hier durch kein zweideutiges Lächeln,
mein Raphael — diese Voraussezung ist der Grund, worauf ich alles
folgende gründe, und einig müssen wir sein, ehe ich Muth habe, meinen
Bau zu vollenden.

Etwas ähnliches sagt einem jeden schon das innre Gefühl. Wenn
wir z. B. eine Handlung der Großmut, der Tapferkeit, der Klugheit
bewundern, regt sich da nicht ein geheimes Bewußtsein in unserm
Herzen, daß wir fähig wären ein gleiches zu thun? Verräth nicht
schon die hohe Röthe, die bei Anhörung einer solchen Geschichte unsre
Wangen färbt, daß unsre Bescheidenheit vor der Bewunderung zittert?
daß wir über dem Lobe verlegen sind, welches uns diese Veredlung
unsers Wesens erwerben muß? Ja unser Körper selbst stimmt sich in
diesem Augenblik in die Gebärden des handelnden Menschen, und zeigt
offenbar, daß unsre Seele in diesen Zustand übergegangen. Wenn du
zugegen warst, Raphael, wo eine große Begebenheit vor einer zahlreichen Versammlung erzählt wurde, sahest du es da dem Erzähler
nicht an, wie er selbst auf den Weihrauch wartete, er selbst den Beifall
aufzehrte, der seinem Helden geopfert wurde — und, wenn du der

Erzähler warst, überraschtest du dein Herz niemals auf dieser glüklichen
Täuschung? Du hast Beispiele, Raphael, wie lebhaft ich sogar mit
meinem Herzensfreund um die Vorlesung einer schönen Anekdote, eines
vortreflichen Gedichtes mich zanken kann, und mein Herz hat mirs leise
gestanden, daß es dir dann nur den Lorbeer misgönte, der von dem
Schöpfer auf den Vorleser übergeht. Schnelles und inniges Kunst=
gefühl für die Tugend, gilt darum allgemein für ein großes Talent
zu der Tugend, wie man im Gegentheil kein Bedenken trägt, das Herz
eines Mannes zu bezweifeln, dessen Kopf die moralische Schönheit schwer
und langsam faßt.

Wende mir nicht ein, daß bei lebendiger Erkenntniß einer Voll=
kommenheit nicht selten das entgegenstehende Gebrechen ich finde, daß
selbst den Bösewicht oft eine hohe Begeisterung für das Vortrefliche
anwandele, selbst den Schwachen zuweilen ein Enthusiasmus hoher
herkulischer Größe durchflamme. Ich weiß z. B. daß unser bewun=
derter Haller, der das geschäzte Nichts der eitlen Ehre so männlich
entlarvte, dessen philosophischer Größe ich so viel Bewunderung zollte,
daß eben dieser das noch eitlere Nichts eines Rittersternes, der seine
Größe beleidigte, nicht zu verachten im Stande war. Ich bin über=
zeugt, daß in dem glüklichen Momente des Ideales, der Künstler, der
Philosoph und der Dichter die großen und guten Menschen wirklich
sind, deren Bild sie entwerfen — aber diese Veredlung des Geistes
ist bei vielen nur ein unnatürlicher Zustand, durch eine lebhaftere
Wallung des Bluts, einen rascheren Schwung der Phantasie gewaltsam
hervorgebracht, der aber auch eben deswegen so flüchtig wie jede andre
Bezauberung dahin schwindet, und das Herz der despotischen Willkühr
niedriger Leidenschaften desto ermatteter überliefert. Desto ermatteter
sage ich — denn eine allgemeine Erfahrung lehrt, daß der rükfällige
Verbrecher immer der wütendere ist, daß die Renegaten der Tugend
sich von dem lästigen Zwange der Reue in den Armen des Lasters
nur desto süßer erhohlen.

Ich wollte erweisen, mein Raphael, daß es unser eigener Zustand
ist, wenn wir einen fremden empfinden, daß die Vollkommenheit auf
den Augenblik unser wird, worinn wir uns eine Vorstellung von ihr
erweken, daß unser Wohlgefallen an Wahrheit, Schönheit und Tugend
sich endlich in das Bewußtsein eigner Veredlung, eigner Bereicherung
auflöset, und ich glaube, ich habe es erwiesen.

Wir haben Begriffe von der Weisheit des höchsten Wesens, von
seiner Güte, von seiner Gerechtigkeit — aber keinen von seiner All=
macht. Seine Allmacht zu bezeichnen, helfen wir uns mit der stük=

weisen Vorstellung dreier Successionen: Nichts, sein Wille und Etwas.
Es ist wüste und finster — Gott ruft: Licht — und es wird Licht.
Hätten wir eine Real=Idee seiner wirkenden Allmacht, so wären wir
Schöpfer, wie **Er**.

Jede Vollkommenheit also, die ich wahrnehme, wird mein eigen,
sie gibt mir Freude, weil sie mein eigen ist, ich begehre sie, weil ich
mich selbst liebe. Vollkommenheit in der Natur ist keine Eigenschaft
der Materie, sondern der Geister. Alle Geister sind glüklich durch
ihre Vollkommenheit. Ich begehre das Glük aller Geister, weil ich
mich selbst liebe. Die Glükseligkeit die ich mir vorstelle, wird meine
Glükseligkeit, also ligt mir daran, diese Vorstellungen zu erweken, zu
vervielfältigen, zu erhöhen — also ligt mir daran, Glükseligkeit um
mich her zu verbreiten. Welche Schönheit, welche Vortreflichkeit, welchen
Genuß ich außer mir hervorbringe, bringe ich mir hervor, welchen ich
vernachläßige, zerstöre, zerstöre ich mir, vernachläßige ich mir — Ich
begehre fremde Glükseligkeit, weil ich meine eigne begehre. Begierde
nach fremder Glükseligkeit nennen wir **Wohlwollen, Liebe**.

Liebe.

Jezt bester Raphael, laß mich herumschauen. Die Höhe ist er=
stiegen, der Nebel ist gefallen, wie in einer blühenden Landschaft stehe
ich mitten im Unermeßlichen. Ein reineres Sonnenlicht hat alle meine
Begriffe geläutert.

Liebe also — das schönste Phänomen in der beseelten Schöpfung,
der allmächtige Magnet in der Geisterwelt, die Quelle der Andacht
und der erhabensten Tugend — Liebe ist nur der Widerschein dieser
einzigen **Urkraft**, eine Anziehung des Vortreflichen, gegründet auf
einen augenbliklichen Tausch der Persönlichkeit, eine Verwechslung
der Wesen.

Wenn ich hasse, so nehme ich mir etwas, wenn ich liebe, so werde
ich um das reicher, was ich liebe. Verzeihung ist das Wiederfinden
eines veräußerten Eigenthums — Menschenhaß ein verlängerter Selbst=
mord; Egoismus die höchste Armut eines erschaffenen Wesens

Als Raphael sich **meiner** lezten Umarmung entwand, da zerriß
meine Seele, und ich weine um den Verlust meiner schöneren Hälfte
An jenem seligen Abend — du kennest ihn — da unsre Seelen sich
zum erstenmal feurig berührten, wurden alle deine großen Empfin=
dungen mein, machte ich nur mein ewiges Eigenthumsrecht auf deine
Vortreflichkeit gelten — stolzer darauf, dich zu lieben, als von dir
geliebt zu sein, denn das erste hatte mich **zu** Raphael gemacht.

„War's nicht diß allmächtige Getriebe
„das zum ew'gen Jubelbund der Liebe
    „unsre Herzen an einander zwang?
„Raphael an deinem Arm — o Wonne!
„Wag auch ich zur großen Geistersonne
    „freudig den Vollendungsgang.

„Glüklich! Glüklich! Dich hab' ich gefunden,
„hab aus Millionen dich umwunden
    „und aus Millionen mein bist du.
„Laß das wilde Chaos wiederkehren,
„durch einander die Atomen stören,
    „ewig fliehn sich unsre Herzen zu.

„Muß ich nicht aus deinen Flammenaugen
„meiner Wollust Widerstralen saugen?
    „Nur in dir bestaun ich mich.
„Schöner mahlt sich mir die schöne Erde,
„heller spiegelt in des Freunds Gebärde
    „reizender der Himmel sich.

„Schwermut wirft die bange Tränenlasten
„süßer von des Leidens Sturm zu rasten
    „in der Liebe Busen ab.
„Sucht nicht selbst das folternde Entzüken
„Raphael in deinen Seelenblifen
    „ungeduldig ein wollüst'ges Grab?

„Stünd' im All der Schöpfung ich alleine,
„Seelen träumt' ich in die Felsensteine
    „und umarmend küßt' ich sie.
„Meine Klagen stöhnt' ich in die Lüfte,
„freute mich, antworteten die Klüfte,
    „Thor genug, der süßen Sympathie." —

Liebe findet nicht statt unter gleichtönenden Seelen, aber unter har=
monischen. Mit Wohlgefallen erkenne ich meine Empfindungen wieder
in dem Spiegel der deinigen, aber mit feuriger Sehnsucht verschlinge
ich die höheren, die mir mangeln. Eine Regel leitet Freundschaft
und Liebe. Die sanfte Desdemona liebt ihren Othello wegen der
Gefahren die er bestanden; der männliche Othello liebt sie um der Träne
willen, die sie ihm weinte.

Es gibt Augenblike im Leben, wo wir aufgelegt sind, jede Blume
und jedes entlegene Gestirne, jeden Wurm und jeden geahndeten höheren
Geist an den Busen zu drükken — ein Umarmen der ganzen Natur
gleich unsrer Geliebten. Du verstehst mich, mein Raphael. Der Mensch,
der es so weit gebracht hat, alle Schönheit, Größe, Vortreflichkeit im
Kleinen und Großen der Natur anzulesen, und zu dieser Mannich=

faltigkeit die große Einheit zu finden, ist der Gottheit schon sehr viel näher gerükt. Die ganze Schöpfung zerfließt in seine Persönlichkeit. Wenn jeder Mensch alle Menschen liebte, so besäße jeder Einzelne die Welt.

Die Philosophie unsrer Zeiten — ich fürchte es — widerspricht dieser Lehre. Viele unsrer denkenden Köpfe haben es sich angelegen sein lassen, diesen himmlischen Trieb aus der menschlichen Seele hinweg zu spotten, das Gepräge der Gottheit zu verwischen, und diese Energie, diesen edeln Enthusiasmus im kalten tödenden Hauch einer kleinmütigen Indifferenz aufzulösen. Im Knechtsgefühle ihrer eignen Entwürdigung haben sie sich mit dem gefährlichen Feinde des Wohlwollens, dem Eigennuz abgefunden, ein Phänomen zu erklären, das ihrem begränzten Herzen göttlich war. Aus einem dürftigen Egoismus haben sie ihre trostlose Lehre gesponnen, und ihre eigene Beschränkung zum Maasstab des Schöpfers gemacht — Entartete Sklaven, die unter dem Klang ihrer Ketten die Freiheit verschreien. Swift, der den Tadel der Thorheit bis zur Infamie der Menschheit getrieben, und an den Schandpfahl, den er dem ganzen Geschlechte baute, zuerst seinen eigenen Namen schrieb, Swift selbst konnte der menschlichen Natur keine so tödliche Wunde schlagen als diese gefährlichen Denker, die mit allem Aufwande des Scharfsinns und des Genies den Eigennuz ausschmüken, und zu einem Systeme veredeln.

Warum soll es die ganze Gattung entgelten, wenn einige Glieder an ihrem Werthe verzagen?

Ich bekenne es freimüthig, ich glaube an die Wirklichkeit einer uneigennüzigen Liebe. Ich bin verloren, wenn sie nicht ist, ich gebe die Gottheit auf, die Unsterblichkeit und die Tugend. Ich habe keinen Beweis für diese Hofnungen mehr übrig, wenn ich aufhöre an die Liebe zu glauben. Ein Geist, der sich allein liebt, ist ein schwimmender Atom im unermeßlichen leeren Raume.

Aufopferung.

Aber die Liebe hat Wirkungen hervorgebracht, die ihrer Natur zu widersprechen scheinen.

Es ist denkbar, daß ich meine eigne Glükseligkeit durch ein Opfer vermehre, das ich fremder Glükseligkeit bringe — aber auch noch dann, wenn dieses Opfer mein Leben ist? Und die Geschichte hat Beispiele solcher Opfer — und ich fühle es lebhaft, daß es mich nichts kosten sollte, für Raphaels Rettung zu sterben. Wie ist es möglich, daß

wir den Tod für ein Mittel halten, die Summe unsrer Genüsse zu
vermehren? Wie kann das Aufhören meines Daseins sich mit Bereicherung meines Wesens vertragen?

Die Voraussezung von einer Unsterblichkeit hebt diesen Widerspruch — aber sie entstellt auch auf immer die hohe Grazie dieser Erscheinung. Rüksicht auf eine belohnende Zukunft schließt die Liebe aus.
Es muß eine Tugend geben, die auch ohne den Glauben an Unsterblichkeit auslangt, die auch auf Gefahr der Vernichtung das nämliche
Opfer wirkt.

Zwar ist es schon Veredlung einer menschlichen Seele den gegenwärtigen Vortheil dem ewigen aufzuopfern — es ist die edelste Stuffe
des Egoismus — aber Egoismus und Liebe scheiden die Menschheit
in zwei höchstunähnliche Geschlechter, deren Gränzen nie in einander
fließen. Egoismus errichtet seinen Mittelpunkt in sich selber; Liebe
pflanzt ihn außerhalb ihrer in die Achse des ewigen Ganzen. Liebe
zielt nach Einheit, Egoismus in Einsamkeit. Liebe ist die mitherrschende
Bürgerin eines blühenden Freistaats, Egoismus ein Despot in einer
verwüsteten Schöpfung. Egoismus sä't für die Dankbarkeit, Liebe für
den Undank. Liebe verschenkt, Egoismus leyht — Einerlei vor dem
Tron der richtenden Wahrheit, ob auf den Genuß des nächstfolgenden
Augenbliks, oder die Aussicht einer Märtyrerkrone — einerlei, ob die
Zinsen in diesem Leben oder im andern fallen!

Denke dir eine Wahrheit, mein Raphael, die dem ganzen Menschengeschlecht auf entfernte Jahrhunderte wohl thut — seze hinzu, diese
Wahrheit verdammt ihren Bekenner zum Tode, diese Wahrheit kann
nur erwiesen werden, nur geglaubt werden, wenn er stirbt. Denke
dir dann den Mann mit dem hellen umfassenden Sonnenblike des
Genies, mit dem Flammenrad der Begeisterung, mit der ganzen erhabenen Anlage zu der Liebe. Laß in seiner Seele das vollständige
Ideal jener großen Wirkung empor steigen — laß in dunkler Ahndung vorübergehen an ihm alle Glükliche, die er schaffen soll — laß
die Gegenwart und die Zukunft zugleich in seinem Geist sich zusammen-
drängen — und nun beantworte dir, bedarf dieser Mensch der An-
weisung auf ein anderes Leben?

Die Summe aller dieser Empfindungen wird sich verwirren mit
seiner Persönlichkeit, wird mit seinem Ich in eins zusammen fließen.
Das Menschengeschlecht, das er jezt sich denket, ist Er selbst. Es ist
ein Körper, in welchem sein Leben, vergessen und entbehrlich, wie
ein Blutstropfe schwimmt — wie schnell wird er ihn für seine Gesundheit versprüzen!

Gott.

Alle Vollkommenheiten im Universum sind vereinigt in Gott. Gott und Natur sind zwo Größen die sich vollkommen gleich sind.

Die ganze Summe von harmonischer Thätigkeit, die in der göttlichen Substanz beisammen existirt, ist in der Natur, dem Abbilde dieser Substanz, zu unzähligen Graden und Maaßen und Stuffen vereinzelt. Die Natur (erlaube mir diesen bildlichen Ausdruk) die Natur ist ein unendlich getheilter Gott.

Wie sich im prismatischen Glase ein weißer Lichtstreif in sieben dunklere Stralen spaltet, hat sich das göttliche Ich in zahllose empfindende Substanzen gebrochen. Wie sieben dunklere Stralen in einen hellen Lichtstreif wieder zusammen schmelzen, würde aus der Vereinigung aller dieser Substanzen ein göttliches Wesen hervorgehen. Die vorhandene Form des Naturgebäudes ist das optische Glas, und alle Thätigkeiten der Geister nur ein unendliches Farbenspiel jenes einfachen göttlichen Strales. Gefiel es der Allmacht dereinst, dieses Prisma zu zerschlagen, so stürzte der Damm zwischen ihr und der Welt ein, alle Geister würden in einem unendlichen untergehen, alle Akkorde in einer Harmonie in einander fließen, alle Bäche in einem Ozean aufhören.

Die Anziehung der Elemente brachte die körperliche Form der Natur zu Stande. Die Anziehung der Geister in's Unendliche vervielfältigt und fortgesezt, müßte endlich zu Aufhebung jener Trennung führen, oder (darf ich es aussprechen, Raphael?) Gott hervorbringen. Eine solche Anziehung ist die Liebe.

Also Liebe, mein Raphael, ist die Leiter, worauf wir emporklimmen zu Gottähnlichkeit. Ohne Anspruch, uns selbst unbewußt, zielen wir dahin.

„Tode Gruppen sind wir wenn wir hassen,
„Götter, wenn wir liebend uns umfassen,
„lechzen nach dem süßen Fesselzwang.
„Aufwärts durch die tausendfache Stuffen
„zahlenloser Geister, die nicht schufen,
„waltet göttlich dieser Drang.

„Arm in Arme, höher stets und höher
„vom Barbaren bis zum griech'schen Seher,
„der sich an den lezten Seraph reiht,
„Wallen wir einmüthgen Ringeltanzes,
„bis sich dort im Meer des ewgen Glanzes
„Sterbend untertauchen Maaß und Zeit.

„Freundlos war der große Weltenmeister,
„fühlte Mangel, darum schuf er Geister,
„sel'ge Spiegel seiner Seligkeit.
„Fand das höchste Wesen schon kein Gleiches,
„aus dem Kelch des ganzen Wesenreiches
„schäumt ihm die Unendlichkeit."

Liebe, mein Raphael, ist das wuchernde Arkan den entadelten König
des Goldes aus dem unscheinbaren Kalke wieder herzustellen, das Ewige
aus dem vergänglichen und aus dem zerstörenden Brande der Zeit das
große Orakel der Dauer zu retten.

Was ist die Summe von allem bisherigen?

Laßt uns Vortreflichkeit einsehen, so wird sie unser. Laßt uns
vertraut werden mit der hohen idealischen Einheit, so werden wir uns
mit Bruderliebe anschließen an einander. Laßt uns Schönheit und
Freude pflanzen, so ärndten wir Schönheit und Freude. Laßt uns
helle denken, so werden wir feurig lieben. Seid vollkommen, wie euer
Vater im Himmel vollkommen ist, sagt der Stifter unsers Glaubens.
Die schwache Menschheit erblaßte bei diesem Gebote, darum erklärte
er sich deutlicher, liebet euch unter einander.

„Weisheit mit dem Sonnenblik,
„Große Göttin tritt zurük
„weiche vor der Liebe.

„Wer die steile Sternenbahn
„ging dir heldenkühn voran
„zu der Gottheit Size?
„Wer zerriß das Heiligthum
„zeigte dir Elisium
„durch des Grabes Rize?
„Lokte sie uns nicht hinein,
„möchten wir unsterblich sein?
„Suchten auch die Geister
„ohne sie den Meister?
„Liebe, Liebe leitet nur
„zu dem Vater der Natur
„Liebe nur die Geister."

Hier, mein Raphael, hast du das Glaubensbekenntniß meiner
Vernunft, einen flüchtigen Umriß meiner unternommenen Schöpfung.
So wie du hier findest, gieng der Saamen auf, den du selber in
meine Seele streutest. Spotte nun oder freue dich, oder erröthe über
deinen Schüler. Wie du willst — aber diese Philosophie hat mein
Herz geadelt, und die Perspektive meines Lebens verschönert. Möglich,
mein Bester, daß das ganze Gerüste meiner Schlüße ein bestandloses

Traumbild gewesen — Die Welt, wie ich sie hier mahlte, ist vielleicht nirgends, als im Gehirne deines Julius wirklich — vielleicht, daß nach Ablauf der tausend tausend Jahre jenes Richters, wo der ver= sprochne weisere Mann auf dem Stuhle sizt, ich bei Erblikung des wahren Originales meine schülerhafte Zeichnung schaamroth in Stüken reiße — Alles diß mag eintreffen, ich erwarte es; dann aber, wenn die Wirklichkeit meinem Traume auch nicht einmal ähnelt, wird mich die Wirklichkeit um so entzükender, um so majestätischer überraschen. Sollten meine Ideen wohl schöner sein, als die Ideen des ewigen Schöpfers? Wie? Sollte der es wohl dulden, daß sein erhabenes Kunstwerk hinter den Erwartungen eines sterblichen Kenners zurük bliebe? — Das eben ist die Feuerprobe seiner großen Vollendung, und der süßeste Triumph für den höchsten Geist, daß auch Fehlschlüße und Täuschung seiner Anerkennung nicht schaden, daß alle Schlangen= krümmungen der ausschweifenden Vernunft in die gerade Richtung der ewigen Wahrheit zulezt einschlagen, zulezt alle abtrünnige Arme ihres Stromes nach der nämlichen Mündung laufen. Raphael — welche Idee erwekt mir der Künstler, der in tausend Kopieen anders entstellt, in allen tausenden dennoch sich ähnlich bleibt, dem selbst die verwüstende Hand eines Stümpers die Anbetung nicht entziehen kann!

Uebrigens könnte meine Darstellung durchaus verfehlt, durchaus unächt sein — noch mehr, ich bin überzeugt, daß sie es nothwendig sein muß, und dennoch ist es möglich, daß alle Resultate daraus ein= treffen. Unser ganzes Wissen läuft endlich, wie alle Weltweisen über= einkommen, auf eine conventionelle Täuschung hinaus, mit welcher jedoch die strengste Wahrheit bestehen kann. Unsre reinsten Begriffe sind keineswegs Bilder der Dinge, sondern bloß ihre nothwendig be= stimmte und coexistirende Zeichen. Weder Gott noch die menschliche Seele noch die Welt, sind das wirklich, was wir davon halten. Unsre Gedanken von diesen Dingen sind nur die endemische Formen, worinn sie uns der Planet überliefert, den wir bewohnen — unser Gehirne gehört diesem Planeten, folglich auch die Idiome unsrer Begriffe, die darinne aufbewahrt liegen. Aber die Kraft der Seele ist eigen= thümlich, nothwendig, und immer sich selbst gleich; das willkührliche der Materialien, woran sie sich äußert, ändert nichts an den ewigen Gesetzen, wornach sie sich äußert, so lang dieses willkührliche mit sich selbst nicht im Widerspruch steht, so lang das Zeichen dem Be= zeichneten durchaus getreu bleibt. So, wie die Denkkraft die Ver= hältnisse der Idiome entwikelt, müssen diese Verhältnisse in den Sachen auch wirklich vorhanden sein. Wahrheit also ist keine Eigenschaft der

Idiome, sondern der Schlüße; nicht die Aehnlichkeit des Zeichens mit
dem Bezeichneten, des Begriffs mit dem Gegenstand sondern die Ueber=
einstimmung dieses Begriffs mit den Gesezen der Denkkraft. Eben so
bedient sich die Größenlehre der Chiffern, die nirgends als auf dem
Papiere vorhanden sind, und findet damit, was vorhanden ist in der
wirklichen Welt. Was für eine Aehnlichkeit haben z. B. die Buch=
staben A B, die Zeichen: und ==, + und — mit dem Faktum das
gewonnen werden soll? — Und doch steigt der vor Jahrhunderten
verkündigte Komet am entlegenen Himmel auf, doch tritt der erwartete
Planet vor die Scheibe der Sonne. Auf die Unfehlbarkeit seines Kalkuls
geht der Weltentdeker Kolumbus die bedenkliche Wette mit einem un=
befahrenen Meere ein, die fehlende zwote Hälfte zu der bekannten
Hemisphäre, die große Insel Atlantis zu suchen, welche die Lüke auf
seiner goegraphischen Charte ausfüllen sollte. Er fand sie, diese Insel
seines Papiers, und seine Rechnung war richtig. Wäre sie es etwa
minder gewesen, wenn ein feindseliger Sturm seine Schiffe zerschmettert
oder rükwärts nach ihrer Heimat getrieben hätte? — Einen ähnlichen
Kalkul macht die menschliche Vernunft, wenn sie das Unsinnliche mit
Hilfe des Sinnlichen ausmißt, und die Mathematik ihrer Schlüße auf
die verborgene Phisik des Uebermenschlichen anwendet. Aber noch
fehlt die lezte Probe zu ihren Rechnungen, denn kein Reisender kam
aus jenem Lande zurük, seine Entdekung zu erzählen.

Ihre eigne Schranken hat die menschliche Natur, seine eigne jedes
Individuum. Ueber jene wollen wir uns wechselsweise trösten; diese
wird Raphael dem Knabenalter seines Julius vergeben. Ich bin arm
an Begriffen, ein Fremdling in manchen Kenntnissen, die man bei
Untersuchungen dieser Art als unentbehrlich voraussezt. Ich habe keine
philosophische Schule gehört, und wenig gedrukte Schriften gelesen. Es
mag sein, daß ich dort und da meine Phantasien strengern Vernunft=
schlüßen unterschiebe, daß ich Wallungen meines Blutes, Ahudungen
und Bedürfnisse meines Herzens für nüchterne Weisheit verkaufe, auch
das, mein Guter, soll mich dennoch den verlorenen Augenblik nicht
bereuen lassen. Es ist wirklicher Gewinn für die allgemeine Voll=
kommenheit, es war die Vorhersehung des weisesten Geistes, daß die ver=
irrende Vernunft auch selbst das chaotische Land der Träume bevölkern,
und den kahlen Boden des Widerspruchs urbar machen sollte. Nicht
der mechanische Künstler nur, der den rohen Demant zum Brillanten
schleift — auch der andre ist schäzbar, der gemeinere Steine bis zur
scheinbaren Würde des Demants veredelt. Der Fleiß in den Formen
kann zuweilen die massive Wahrheit des Stoffes vergessen lassen. Ist

nicht jede Uebung der Denkkraft, jede feine Schärfe des Geistes eine
kleine Stuffe zu seiner Vollkommenheit, und jede Vollkommenheit mußte
Dasein erlangen in der vollständigen Welt. Die Wirklichkeit schränkt sich
nicht auf das absolut nothwendige ein: sie umfaßt auch das bedingungs=
weise nothwendige; jede Geburt des Gehirnes, jedes Gewebe des Wizes
hat ein unwidersprechliches Bürgerrecht in diesem größeren Sinne der
Schöpfung. Im unendlichen Riße der Natur durfte keine Thätigkeit
ausbleiben, zur allgemeinen Glükseligkeit kein Grad des Genußes fehlen.
Derjenige große Haushalter seiner Welt, der ungenüzt keinen Splitter
fallen, keine Lüke unbevölkert läßt wo noch irgend ein Lebensgenuß
Raum hat, der mit dem Gifte, das den Menschen anfeindet, Nattern
und Spinnen sättigt, der in das tode Gebiet der Verwesung noch
Pflanzungen sendet, die kleine Blüthe von Wollust, die im Wahnwize
sproßen kann, noch wirthschaftlich ausspendet, der Laster und Thorheit
zur Vortreflichkeit noch endlich verarbeitet, und die große Idee des
Weltbeherrschenden Roms aus der Lüsternheit des Tarquinius Sextus
zu spinnen wußte — Dieser erfinderische Geist sollte nicht auch den
Irrthum zu seinen großen Zweken verbrauchen, und diese weitläuftige
Weltstreke in der Seele des Menschen verwildert und freudeleer liegen
laßen? Jede Fertigkeit der Vernunft, auch im Irrthum, vermehrt
ihre Fertigkeit zu Empfängniß der Wahrheit.

Laß theurer Freund meiner Seele, laß mich immerhin zu dem
weitläuftigen Spinngewebe der menschlichen Weisheit auch das meinige
tragen. Anders mahlt sich das Sonnenbild in den Thautropfen des
Morgens, anders im majestätischen Spiegel des erdumgürtenden Ozeans!
Schande aber dem trüben wolkigten Sumpfe, der es niemals empfängt
und niemals zurükgiebt. Millionen Gewächse trinken von den vier
Elementen der Natur. Eine Vorrathskammer steht offen für alle; aber
sie mischen ihren Saft millionenfach anders, geben ihn millionenfach
anders wieder; die schöne Mannichfaltigkeit verkündigt einen reichen
Herrn dieses Hauses. Vier Elemente sind es, woraus alle Geister
schöpfen, Ihr ich, die Natur, Gott und die Zukunft. Alle mischen
sie millionenfach anders, geben sie millionenfach anders wieder, aber
eine Wahrheit ist es, die gleich einer festen Achse gemeinschaftlich durch
alle Religionen und alle Sisteme geht — „Nähert euch dem Gott,
den ihr meinet."

Raphael an Julius.

Das wäre nun freilich schlimm, wenn es kein andres Mittel gäbe, Dich zu beruhigen, Julius, als den Glauben an die Erstlinge Deines Nachdenkens bei Dir wieder herzustellen. Ich habe diese Ideen, die ich bei Dir aufkeimen sah, mit innigem Vergnügen in Deinen Papieren wiedergefunden. Sie sind einer Seele, wie die Deinige, werth, aber hier konntest und durftest Du nicht stehen bleiben. Es gibt Freuden für jedes Alter, und Genüsse für jede Stufe der Geister.

Schwer mußte es Dir wohl werden, Dich von einem Systeme zu trennen, das so ganz für die Bedürfnisse Deines Herzens geschaffen war. Kein andres, ich wette darauf, wird je wieder so tiefe Wurzeln bei Dir schlagen, und vielleicht dürftest Du nur ganz Dir selbst überlassen seyn, um früher oder später mit Deinen Lieblings= ideen wieder ausgesöhnt zu werden. Die Schwächen der entgegen= gesezten Systeme würdest Du bald bemerken, und alsdann bei gleicher Unerweislichkeit das wünschenswertheste vorziehen, oder vielleicht neue Beweisgründe auffinden, um wenigstens das Wesentliche davon zu retten, wenn Du auch einige gewagtere Behauptungen Preis geben müßtest.

Aber dieß alles ist nicht in meinem Plan. Du sollst zu einer höhern Freiheit des Geistes gelangen, wo Du solcher Behelfe nicht mehr bedarfst. Freilich ist dieß nicht das Werk eines Augenblicks. Das gewöhnliche Ziel der frühesten Bildung ist Unterjochung des Geistes, und von allen Erziehungskunststücken gelingt dieß fast immer am ersten. Selbst Du bei aller Elasticität Deines Charakters schienst zu einer willigen Unterwerfung unter die Herrschaft der Meinungen vor tausend andern bestimmt, und dieser Zustand der Unmündigkeit konnte bei Dir desto länger dauern, je weniger Du das Drückende davon fühltest. Kopf und Herz stehen bei Dir in der engsten Verbindung. Die Lehre wurde Dir werth durch den Lehrer. Bald gelang es Dir, eine inter= essante Seite daran zu entdecken, sie nach den Bedürfnissen Deines

Herzens zu veredeln, und über die Punkte, die Dir auffallen mußten, Dich durch Resignation zu beruhigen. Angriffe gegen solche Meinungen verachtest Du, als bübische Rache einer Sklavenseele an der Ruthe ihres Zuchtmeisters. Du prangtest mit Deinen Fesseln, die Du aus freier Wahl zu tragen glaubtest.

So fand ich Dich, und es war mir ein trauriger Anblick, wie Du so oft mitten im Genuß Deines blühendsten Lebens, und in Aeußerung Deiner edelsten Kräfte durch ängstliche Rücksichten gehemmt wurdest. Die Consequenz, mit der Du nach Deinen Ueberzeugungen handeltest, sind die Stärke der Seele, die Dir jedes Opfer erleich= terte, waren doppelte Beschränkungen Deiner Thätigkeit und Deiner Freuden. Damals beschloß ich jene stümperhaften Bemühungen zu vereiteln, wodurch man einen Geist, wie den Deinigen, in die Form alltäglicher Köpfe zu zwingen gesucht hatte. Alles kam darauf an, Dich auf den Werth des Selbstdenkens aufmerksam zu machen, und Dir Zutrauen zu Deinen eignen Kräften einzuflößen. Der Erfolg Deiner ersten Versuche begünstigte meine Absicht. Deine Phantasie war freilich mehr dabei beschäftigt, als Dein Scharfsinn. Ihre Ahn= dungen ersezten Dir schneller den Verlust Deiner theuersten Ueber= zeugungen, als Du es vom Schneckengange der kaltblütigen Forschung, die vom Bekannten zum Unbekannten stufenweise fortschreitet, erwarten konntest. Aber eben dieß begeisternde System gab Dir den ersten Genuß in diesem neuen Felde von Thätigkeit, und ich hütete mich sehr, einen willkommenen Enthusiasmus zu stören, der die Entwickelung Deiner treflichsten Anlagen beförderte. Jezt hat sich die Scene ge= ändert. Die Rückkehr unter die Vormundschaft Deiner Kindheit ist auf immer versperrt. Dein Weg geht vorwärts, und Du bedarfst keiner Schonung mehr.

Daß ein System wie das Deinige die Probe einer strengen Kritik nicht aushalten konnte, darf Dich nicht befremden. Alle Versuche dieser Art, die dem Deinigen an Kühnheit und Weite des Umfangs gleichen, hatten kein andres Schicksal. Auch war nichts natürlicher, als daß Deine philosophische Laufbahn bei Dir im Einzelnen eben so begann, als bei dem Menschengeschlechte im Ganzen. Der erste Gegenstand,

an dem sich der menschliche Forschungsgeist versuchte, war von jeher —
das Universum. Hypothesen über den Ursprung des Weltalls und
den Zusammenhang seiner Theile hatten Jahrhunderte lang die größten
Denker beschäftigt, als Sokrates die Philosophie seiner Zeiten vom
Himmel zur Erde herabrief. Aber die Gränzen der Lebensweisheit
waren für die stolze Wißbegierde seiner Nachfolger zu enge. Neue
Systeme entstanden aus den Trümmern der alten. Der Scharfsinn
späterer Zeitalter durchstreifte das unermeßliche Feld möglicher Ant=
worten auf jene immer von neuem sich aufdringenden Fragen über
das geheimnißvolle Innere der Natur, das durch keine menschliche Er=
fahrung enthüllt werden konnte. Einigen gelang es sogar, den Resul=
taten ihres Nachdenkens einen Anstrich von Bestimmtheit, Vollständigkeit
und Evidenz zu geben. Es gibt mancherlei Taschenspielerkünste, wo=
durch die eitle Vernunft der Beschämung zu entgehen sucht, in Er=
weiterung ihrer Kenntnisse die Gränzen der menschlichen Natur nicht
überschreiten zu können. Bald glaubt man neue Wahrheiten entdeckt
zu haben, wenn man einen Begriff in die einzelnen Bestandtheile
zerlegt, aus denen er erst willführlich zusammengesezt war. Bald
dient eine unmerkliche Voraussetzung zur Grundlage einer Kette von
Schlüssen, deren Lücken man schlau zu verbergen weiß, und die er=
schlichenen Folgerungen werden als hohe Weisheit angestaunt. Bald
häuft man einseitige Erfahrungen, um eine Hypothese zu begründen,
und verschweigt die entgegengesezten Phänomene, oder man verwechselt
die Bedeutung der Worte nach den Bedürfnissen der Schlußfolge. Und
dieß sind nicht etwa bloß Kunstgriffe für den philosophischen Charlatan,
um sein Publikum zu täuschen. Auch der redlichste, unbefangenste
Forscher gebraucht oft, ohne es sich bewußt zu seyn, ähnliche Mittel,
um seinen Durst nach Kenntnissen zu stillen, sobald er einmal aus
der Sphäre heraustritt, in welcher allein seine Vernunft sich mit Recht
des Erfolgs ihrer Thätigkeit freuen kann.

Nach dem, was Du ehemals von mir gehört hast, Julius, müssen
Dich diese Aeußerungen nicht wenig überraschen. Und gleichwohl sind
sie nicht das Produkt einer zweifelsüchtigen Laune. Ich kann Dir
Rechenschaft von den Gründen geben, worauf sie beruhen, aber hierzu

müßte ich freilich eine etwas trockne Untersuchung über die Natur der menschlichen Erkenntniß vorausschicken, die ich lieber auf eine Zeit ver= spare, da sie für Dich ein Bedürfniß seyn wird. Noch bist Du nicht in derjenigen Stimmung, wo die demüthigenden Wahrheiten von den Gränzen des menschlichen Wissens Dir interessant werden können. Mache zuerst einen Versuch an dem Systeme, welches bei Dir das Deinige verdrängte. Prüfe es mit gleicher Unpartheilichkeit und Strenge. Ver= fahre eben so mit andern Lehrgebäuden, die Dir neuerlich bekannt worden sind; und wenn keines von allen Deinen Forderungen voll= kommen befriedigt, dann wird sich Dir die Frage aufdringen: ob diese Forderungen auch wirklich gerecht waren?

„Ein leidiger Trost, wirst Du sagen. Resignation ist also meine ganze Aussicht nach so viel glänzenden Hofnungen? War es da wohl der Mühe werth, mich zum vollen Gebrauche meiner Vernunft auf= zufordern, um ihm gerade da Gränzen zu setzen, wo er mir am frucht= barsten zu werden anfieng? Mußte ich einen höhern Genuß nur des= wegen kennen lernen, um das Peinliche meiner Beschränkung doppelt zu fühlen?“

Und doch ist es eben dieß niederschlagende Gefühl, was ich bei Dir so gern' unterdrücken möchte. Alles zu entfernen, was Dich im vollen Genuß Deines Daseins hindert, den Keim jeder höhern Be= geisterung — das Bewußtsein des Adels Deiner Seele — in Dir zu beleben, dieß ist mein Zweck. Du bist aus dem Schlummer erwacht, in den Dich die Knechtschaft unter fremden Meinungen wiegte. Aber das Maaß von Größe, wozu Du bestimmt bist, würdest Du nie er= füllen, wenn Du im Streben nach einem unerreichbaren Ziele Deine Kräfte verschwendetest. Bis jezt mochte dieß hingehen, und war auch eine natürliche Folge Deiner neuerworbenen Freiheit. Die Ideen, welche Dich vorher am meisten beschäftigt hatten, mußten nothwendig der Thätigkeit Deines Geistes die erste Richtung geben. Ob dieß unter allen möglichen die fruchtbarste sei, würden Dich Deine eignen Er= fahrungen früher oder später belehrt haben. Mein Geschäft war bloß, diesen Zeitpunkt, wo möglich, zu beschleunigen.

Es ist ein gewöhnliches Vorurtheil, die Größe des Menschen

nach dem Stoffe zu schätzen, womit er sich beschäftigt, nicht nach der
Art, wie er ihn bearbeitet. Aber ein höheres Wesen ehrt gewiß
das Gepräge der Vollendung auch in der kleinsten Sphäre, wenn
es dagegen auf die eitlen Versuche, mit Insektenblicken das Weltall
zu überschauen, mitleidig herabsieht. Unter allen Ideen, die in Deinem
Aufsatze enthalten sind, kann ich Dir daher am wenigsten den Satz einräumen, daß es die höchste Bestimmung des Menschen sei, den Geist
des Weltschöpfers in seinem Kunstwerke zu ahnden. Zwar weiß auch
ich für die Thätigkeit des vollkommensten Wesens kein erhabeneres Bild
als die Kunst. Aber eine wichtige Verschiedenheit scheinst Du übersehen zu haben. Das Universum ist kein reiner Abdruck eines Ideals,
wie das vollendete Werk eines menschlichen Künstlers. Dieser herrscht
despotisch über den todten Stoff, den er zu Versinnlichung seiner Ideen
gebraucht. Aber in dem göttlichen Kunstwerke ist der eigenthümliche
Werth jedes seiner Bestandtheile geschont, und dieser anhaltende Blick,
dessen er jedem Keime von Energie auch in dem kleinsten Geschöpfe
würdigt, verherrlicht den Meister eben so sehr, als die Harmonie des
unermeßlichen Ganzen. Leben und Freiheit im größten möglichen
Umfange ist das Gepräge der göttlichen Schöpfung. Sie ist nie er-
habener, als da, wo ihr Ideal am meisten verfehlt zu seyn scheint.
Aber eben diese höhere Vollkommenheit kann in unsrer jetzigen Beschränkung von uns nicht gefaßt werden. Wir übersehen einen zu
kleinen Theil des Weltalls, und die Auflösung der größern Menge
von Mißtönen ist unserm Ohre unerreichbar. Jede Stufe, die wir
auf der Leiter der Wesen emporsteigen, wird uns für diesen Kunstgenuß empfänglicher machen, aber auch alsdann hat er gewiß seinen
Werth nur als Mittel, nur insofern er uns zu ähnlicher Thätigkeit begeistert. Träges Anstaunen fremder Größe kann nie ein
höheres Verdienst seyn. Dem edleren Menschen fehlt es weder an
Stoffe zur Wirksamkeit noch an Kräften, um selbst in seiner Sphäre
Schöpfer zu seyn. Und dieser Beruf ist auch der Deinige, Julius.
Hast Du ihn einmal erkannt, so wird es Dir nie wieder einfallen,
über die Schranken zu klagen, die Deine Wißbegierde nicht überschreiten kann.

Und dieß ist der Zeitpunkt, den ich erwarte, um Dich vollkommen mit mir ausgesöhnt zu sehen. Erst muß Dir der Umfang Deiner Kräfte völlig bekannt werden, ehe Du den Werth ihrer freiesten Aeuße= rung schätzen kannst. Bis dahin zürne immer mit mir, nur verzweifle nicht an Dir selbst.

Ueber die Freiheit des Dichters bei der Wahl seines Stoffs.[*]

[*] Schillers „Thalia" Sechstes Heft (1789), S. 59. — Aesthetische Ansichten. Leipzig, G. J. Göschen, 1808. II. S. 25.

Körner schrieb den Aufsatz „Ueber die Freiheit des Dichters bei der Wahl seines Stoffs„ Anfang December 1788. „Ich bekam Stolbergs Aufsatz über Dein Gedicht [Die Götter Griechenlands] im Museum zu sehen und das machte einige alte Lieblingsideen bei mir rege. So entstand das Product in Zeit von acht Tagen. Ich überlasse es ganz Deiner Disposition für die Thalia oder den Mercur. Doch muß ich Dir gestehen, daß ich es gern bald gedruckt haben möchte. Ich komme mir mit meiner Autorschaft vor, wie der Student, wenn er zum erstenmale den Degen ansteckt." (Körner an Schiller. Dresden, 12. December 1788. Briefwechsel, I. 245.) Schiller antwortete (Weimar, 25. December. Briefwechsel, I. S. 251): „Ich hätte Dir gern gleich meinen vollen Beifall über Deinen Aufsatz geschrieben, der mich in der That außer seiner sehr lichtvollen und durchdachten Auseinandersetzung, durch das Verdienst eines sehr edlen und angenehmen Styles überrascht hat. Alles, was mir zu wünschen übrig blieb, war, daß Du mit etwas mehr Ausführlichkeit ins Detail gegangen sein möchtest." — Der Abdruck erfolgt nach den „Aesthetischen Ansichten". Körner hat in ihnen nichts an der Fassung des Aufsatzes in der „Thalia" geändert, sondern nur einige Druckfehler berichtigt.

Werke der Begeisterung zu genießen, ist selbst in unserm Zeitalter kein gemeines Talent. Bei aller Empfänglichkeit für die feinern Schönheiten der Kunst fehlt es doch oft an einer gewissen Unbefangenheit, ohne die es ohnmöglich ist, sich ganz in die Seele des Künstlers zu denken. Zwar nähert sich in unsern Tagen die ästhetische Kritik einer größern Vollkommenheit, indem sie Achtung gegen die Freiheit des Genies mit Strenge gegen seine Nachlässigkeiten vereinigt. Aber in Ansehung des Stoffs haben nicht selten gerade die bessern Menschen die wenigste Nachsicht. Sie können oft durch nichts mit einem Kunstwerke ausgesöhnt werden, in welchem sie irgend ein Verstoß gegen Wahrheit oder Moralität beleidigt hat. Allein während daß sie selbst dadurch manche schätzbare Genüsse entbehren, erbittern sie zugleich den Künstler durch die Strenge ihrer Forderungen. Unwillig über die engen Gränzen, in die seine Thätigkeit eingeschränkt werden soll, behauptet er oft seine Freiheit bis zur Uebertreibung, und wagt es, einem Theile des Publikums zu trotzen, den er zu gewinnen verzweifelt.

Schon dieß wäre Grund genug zu einer Revision der Begriffe, die bei jener wohlmeinenden Aengstlichkeit zum Grunde liegen, um wo möglich zwo Gattungen von Menschen, die nur durch Mißverstand entzweit werden konnten, einander näher zu bringen. Vornehmlich aber kommt hierbei das Interesse der Kunst in Betrachtung, das mit dem Interesse der Menschheit in genauerer Verbindung steht, als man gewöhnlich sich einbildet.

In Ansehung der Mannichfaltigkeit des Stoffs hat unter allen Künsten die Poesie den weitesten Umfang, und bei ihr scheint es daher

am nöthigsten, den Künstler auf gewisse Rücksichten bei der Wahl seines
Gegenstands aufmerksam zu machen. Auch hält man die gewöhnliche
Ausartung der Beredsamkeit in Sophisterei für ein warnendes Beispiel,
um einen ähnlichen Mißbrauch der dichterischen Talente zu verhüten.
Und gleichwohl ist es eben ein wesentlicher Unterschied zwischen dem
Redner und Dichter, der diesen bei der Wahl seines Stoffs zu einer
größern Freiheit berechtiget, als jenen.

In so fern der Redner zu belehren, zu überzeugen, durch Er-
weckung von Leidenschaften eine bestimmte Absicht zu erreichen sucht,
ist er kein Künstler. Er gebraucht die Sprache als Mittel zu einem
besondern Zwecke, nicht zu Darstellung seines Ideals. Die Kunst ist
keinem fremdartigen Zwecke dienstbar. Sie ist selbst ihr eigner Zweck.

Die Wahrheit dieses Satzes kann freilich nicht eher einleuchten,
als bis die jetzt herrschenden Begriffe über die Bestimmung der Kunst
durch edlere verdrängt werden. Noch immer ist ein großer Theil des
Publikums in Verlegenheit, wenn vom Verdienste des Künstlers die
Frage ist. Unter den allgemein anerkannten Bedürfnissen ist keines,
für dessen Befriedigung er arbeitet, und das Vergnügen, wofür er
bezahlt wird, möchte man nicht gern für den Zweck seines Daseyns
erklären. Selbst unter denen, die die höhern Geisteskräfte des Virtuosen zu schätzen wissen, entsteht oft der Zweifel, ob es keine würdigere
Anwendung dieser Kräfte gebe, als den Grillen des Luxus zu fröhnen.
Daher die wohlgemeinten Versuche, das Angenehme mit dem Nützlichen zu vereinigen, und die Würde der Kunst dadurch zu erhöhen,
daß man sie zur Predigerin der Wahrheit und Tugend bestimmte.
Aber ist denn wirklich ihr Werth davon abhängig, daß ihr eine be-
schränktere Sphäre angewiesen wird? Ist es so ausgemacht, daß sie
zu ihrer Empfehlung eines entlehnten Verdienstes bedarf?

Unter die weniger bekannten, aber desto dringendern Bedürfnisse
der Menschheit im Ganzen gehört die Erhaltung der Energie bei
einem hohen Grade der Verfeinerung. So lange der Trieb zur Thätigkeit bei einer Nation nicht erschlafft, hat sie bei ihrer vollkommensten
Ausbildung nichts zu besorgen. Es ist Vorurtheil, die Ausartung
eines Volks für ein unvermeidliches Schicksal einer alternden Kultur

anzusehen. Die Geschichte der ältern und neuern Zeiten belehrt uns, daß die erhabensten Verdienste neben **den** wildesten Ausschweifungen des Luxus bestehen konnten, und daß selbst eine sinkende Nation so lange aufrecht erhalten wurde, als der Keim der Begeisterung bei ihren edleren Bürgern noch nicht völlig erstickt war. Das untrüglichste Kennzeichen des Verfalls ist **Trägheit** — Mangel an Empfänglichkeit für die Freude, die eine gelingende Anstrengung durch sich selbst gewährt. Diese Trägheit ist mit einem gewissen Frohndienste sehr vereinbar, den die Furcht vor Mangel oder Schande auflegt, und für den man sich in Stunden der Ruhe durch unthätiges Schwelgen zu entschädigen sucht. Der **verzärtelte Mensch** will seinen Genuß auf dem kürzesten Wege erlangen; er **will** ärndten, wo er nicht gesäet **hat.** Höhere Freuden, die nur durch Aufopferung oder Arbeit erkauft werden können, reizen ihn nicht, und **dieß ist der Grund, warum er an innerm** Gehalte, nicht in dem Verhältnisse gewinnt, wie sich der Reichthum seiner Ideen vermehrt. Es fehlt **ihm** an Kraft, diese Nahrung des Geistes zu verarbeiten. Der höchste Grad dieser Erschlaffung ist ein hektischer Zustand, ein allmähliges Absterben alles wahren Verdienstes. Aber nicht immer ist dieß Uebel unheilbar. Der Mensch ist oft schwach, weil er seine Kräfte nicht kennt. Er entbehrt oft die höhern Freuden, weil er sie niemals gekostet hat. Ihn zum Gefühl seines Werths zu erheben, und ihm durch würdigere Genüsse die niedrigen Befriedigungen der Eitelkeit und thierischen Sinnlichkeit zu verekeln, ist das wichtigste Geschäft der ächten Ausbildung, ohne welches alle **übrige Kultur** nur Flitterstaat ist. Und hier zeigt sich das wahre Verdienst **der Kunst** in seiner Größe. Sie erscheint in einer ehrwürdigen Gesellschaft — an der Seite der **Religion** und des **Patriotismus.**

Was diese drei mit **einander** gemein haben, ist die Bestimmung, Leidenschaft zu veredeln, ein Ziel, dessen sie sich nicht schämen dürfen. Der Mensch ist zu abhängig von den Gegenständen, die ihn umgeben, um der erhabenen Ruhe fähig zu seyn, die nur der Gottheit eigen ist. Leidenschaften waren **von** jeher ein Bedürfniß der Menschheit, und werden es auch in ihrem vollkommensten Zustande bleiben. Sie haben die schlummernden Keime der edelsten Thätigkeit entwickelt, **und**

dieß ist ein reichlicher Ersatz für alle unglücklichen Folgen ihrer Ausschweifungen. Sie waren die Stufe, auf der der sinnliche Mensch
sich von der Sklaverei der thierischen Triebe zu einer höhern Vollkommenheit emporschwang, und noch jetzt rächen sie oft ihre Verachtung
an dem, der sich reiner Geist genug zu seyn dünkt, um ihrer entbehren zu können.

Die wohlthätigen Wirkungen des religiösen und bürgerlichen Enthusiasmus sind einleuchtend, und daß beide zuweilen in Schwärmerei
ausarten, benimmt ihrem Werthe nichts. Licht und Wärme im glücklichsten Verhältnisse bleiben immer das Ideal der menschlichen Vollkommenheit. Weniger gefährlich von dieser Seite ist indessen der
ästhetische Enthusiasmus oder das verfeinerte Kunstgefühl, weil
man ihm gerade das kräftigste Gegenmittel wider dergleichen Ausschweifungen, die Bildung des Geschmacks, zu verdanken hat. Aber
zugleich sind die Wirkungen der Kunst auch weniger glänzend. Ihr
Einfluß äußert sich oft erst in den entferntesten Folgen, und dieß ist
der Grund, warum man so oft ihren Werth verkennt, und es beinahe
zur Toleranz gegen den Künstler für nöthig hält, ihm irgend ein
anerkannt-nützliches Geschäft anzuweisen.

Nicht in der Würde des Stoffs, sondern in der Art seiner Behandlung zeigt sich das Verdienst des Künstlers. Die Begeisterung,
welche in ihm durch sein Ideal sich entzündet, verbreitet ihren wohlthätigen Strahl in seinem ganzen Wirkungskreise. Wer ihn zu genießen
versteht, fühlt sich emporgehoben über das Prosaische des alltäglichen
Lebens, in schönere Welten versetzt, und auf einer höhern Stufe der
Wesen. Und daß dieser Zustand nicht immer bloß ein augenblicklicher
Schwung ist, daß der Nachhall dieser Empfindungen noch oft in der
wirklichen Welt fortdauert, ist der Grund, warum eine Veredlung
der Menschheit durch Kunst möglich ist. Was sie zu leisten vermag, besteht nicht bloß in der Gewöhnung an höhern Lebensgenuß.
Die schönste Wirkung der Kunst ist die edle Schaam, das Gefühl seiner
Kleinheit, das einen Menschen von Kopf und Herz bei Betrachtung
jedes Meisterstücks so lange verfolgt, bis es ihm selbst gelungen ist,
in seiner Sphäre Schöpfer zu seyn.

Begeisterung ist die erste Tugend des Künstlers und Plattheit seine größte Sünde, für die er auch um der besten Absichten willen keine Vergebung erwarten darf. Er verfehlt seine Bestimmung, wenn er, um irgend einen besondern moralischen Zweck zu befördern, eine höhere ästhetische Vollkommenheit aufopfert. Sein Geschäft ist Darstellung des Großen und Schönen der menschlichen Natur. Auch wo sein Stoff von einer andern Gattung zu seyn scheint, sind es doch nicht die Gegenstände selbst, welche er schildert, sondern ihr Eindruck auf einen glücklich organisirten Kopf, die Art, wie sie in einer großen oder schönen Seele sich im Momente der Begeisterung spiegeln. Besonders ist es das eigenthümliche Verdienst der Dichtkunst, die Anschauung menschlicher Vortrefflichkeit möglichst zu vervielfältigen. Es giebt aber interessante Seiten der menschlichen Natur auch außerhalb der Gränzen der Wahrheit und Moralität. Es giebt einen ästhetischen Gehalt, der von dem moralischen Werthe unabhängig ist.

Betrachtet man den Menschen in Verbindung mit der ihn umgebenden Natur, seine Begriffe und Meinungen im Verhältniß mit der Beschaffenheit der Dinge selbst, seine Art zu handeln in Beziehung auf andere empfindende Wesen, so läßt sich kein anderer Maßstab seines Werths denken, als Weisheit und Tugend. Aber dieser Gesichtspunkt ist nicht der einzige. Die Summe von Ideen, Fertigkeiten, Anlagen und Talenten, die in jedem einzelnen Menschen vorhanden ist, hat einen für sich bestehenden Werth, auch wenn auf den Gebrauch derselben gar keine Rücksicht genommen wird. Bei dieser Schätzung wird der Mensch isolirt, und sein innerer Gehalt, wodurch er sich von andern einzelnen Wesen unterscheidet, von seinem relativen Werthe abgesondert, auf den er als Glied eines größern oder kleineren Ganzen Anspruch machen kann. Aus der Verwechselung dieser Begriffe entsteht das Unbefriedigende in den gewöhnlichen Theorien vom Verdienste, und eben so wichtig ist dieser Unterschied bei der Frage, in wie fern es dem Künstler erlaubt ist, die Gränzen der Wahrheit und Moralität zu überschreiten.

Irrthum und Laster sind an sich selbst kein Gegenstand der Kunst, wohl aber der eigenthümliche Gehalt, der auch durch die Fehler und

Ausschweifungen eines vorzüglichen Menschen hindurch schimmert. Es giebt Thorheiten und Verbrechen, die eine Vereinigung von außerordentlichen und an sich sehr schätzenswerthen Eigenschaften des Kopfes und Herzens voraussetzen. Durch diese Mischung von Licht und Schatten entsteht eine Gattung von Gegenständen, die sich besonders der tragische Künstler am ungernsten versagen würde, weil oft seine erschütterndste Wirkung gerade von einem solchen Contraste abhängt. Auch hat man hierin vorzüglich den dramatischen und epischen Dichtern mehr Freiheit einräumen müssen, wenn sie nicht bloß abstrakte Begriffe personificiren, sondern lebendige Menschen mit bestimmten Umrissen darstellen sollten. Strenger beurtheilt man aber in dieser Rücksicht gewöhnlich den lyrischen Dichter, ohngeachtet er sich vom dramatischen eigentlich nur in der äußern Form unterscheidet, und die Ode nichts anders ist, als der Monolog eines idealischen Menschen in einer idealischen Stimmung. Indessen ist man größtentheils darüber einverstanden, daß der Dichter sich aller leidenschaftlichen Darstellung enthalten müßte, wenn ihm gar keine Aeußerung erlaubt seyn sollte, die nicht mit den besten Einsichten der Vernunft und den Gesetzen der Moralität völlig übereinstimmte. Nur über den Grad dieser Freiheit ist unter dem geschmackvollern Theile des Publikums eigentlich noch die Frage.

Kühnheit in der Auswahl des Stoffs ist bei Künstlern von vorzüglichen Talenten sehr oft die Folge eines gewissen republikanischen Stolzes. Sich bei dem Publikum durch gefällige Gegenstände einzuschmeicheln, halten sie für den Behelf der Schwäche. Die Wirkung, welche ihr Ziel ist, wollen sie ganz ihrer eigenen Kraft zu danken haben. Und wohl der Nation, wo dieß Gefühl von Unabhängigkeit noch unter den Künstlern möglich ist, wo sich die Kunst nicht bloß mit bestellter Arbeit beschäftigt, sondern auch ihre freien Geschenke dankbar genossen werden. Durch zu viel Nachsicht des Publikums indessen artet jene Kühnheit nicht selten in Uebermuth aus, und daher die Mißgeburten einer wilden Phantasie, die oft auch den tolerantesten Kunstliebhaber empören. Diesem Uebel zu steuern, ohne die rechtmäßige Freiheit des Künstlers einzuschränken, ist ein Geschäft der ächten Kultur.

Es giebt nehmlich eine Grenzlinie, die der Künstler eben so wohl aus ästhetischen, als aus moralischen Rücksichten nicht überschreiten darf. Er handelt wider sich selbst, wenn er das Interesse seines Kunstwerks zerstört. Und dieß geschieht, wenn die widrigen Empfindungen, die er erweckt, den Genuß überwiegen, auf dem der Werth seines Produkts beruhte. Was an sich selbst ein unverdorbenes Gefühl für Wahrheit und Moralität beleidigt, darf nur in so fern ein Gegenstand der Kunst werden, als es einer begeisternden Idee untergeordnet und zu ihrer lebendigen Darstellung nothwendig ist. Zwei Extreme sind hier zu vermeiden, Barbarei und Verzärtelung; zwischen beiden ist der Geschmack in seiner höchsten Vollkommenheit.

Dichterische Wahrheit fordert oft mit Recht eine gewisse Aufopferung der philosophischen. Seinem Ideale auch da noch getreu zu bleiben, wo dessen Darstellung an Karrikatur gränzt, ist eine schätzbare Kühnheit, ohne die besonders der Dichter die Wirkung des Erhabenen in leidenschaftlichen Schilderungen nie zu erreichen vermag. Einseitigkeit und Uebertreibung im Urtheilen, und Ausschweifung im Handeln ist der Charakter der Leidenschaft. Wo dieser in wirkliche Karrikatur übergeht, ist er kein Gegenstand der Kunst mehr. Aber diesen Punkt genau zu unterscheiden ist eben der Vorzug des wahren Genies. Der große Mann scheint nur zu wagen. Er kennt die Gefahr, aber zugleich ahndet er seine Ueberlegenheit.

Eine solche Kühnheit der Darstellung bei dem Dichter und der Toleranz bei dem Publikum ist mit der feinsten Ausbildung vereinbar, und aus dieser Verbindung entsteht ein gewisser heroischer Geschmack, der einen hohen Grad von Gehalt bei einem Volke voraussetzt. Vergleicht man in diesem Punkte den Deutschen und Engländer mit dem Franzosen, so zeigt sich ein merklicher Unterschied Und wohl uns, wenn wir den männlichen Charakter in unserm Kunstgefühle behaupten! Der französische Künstler glänzt in der Gattung, wo es auf Feinheit ankommt, aber in allen übrigen verfolgt ihn eine gewisse entnervende Aengstlichkeit, die wir ihm nicht zu beneiden Ursache haben. Diese Aengstlichkeit entsteht zwar eigentlich mehr aus einer Uebertreibung des Gefühls für conventionellen Wohlstand. Aber es giebt eine ähnliche

Uebertreibung des moralischen Gefühls, die uns hindert, menschliche Größe und Kraft auch in ihrer Verwilderung zu erkennen, und das Gold aus den Schlacken heraus zu finden.

Indessen kann auch diejenige Toleranz, die aus Empfänglichkeit für Begeisterung entsteht, gemißbraucht werden, wenn ein gewisses Streben nach Parabolie sich ausbreitet, das eigentlich ein Behelf des kleinen Talents ist, und wozu sich der große Künstler nur aus Bequemlichkeit herabläßt. Er bedarf des Kunstgriffs nicht, seine Wirkung durch prallende Contraste zu verstärken, und auf diese Manier sich einzuschränken, wäre bei ihm eine Art von Erschlaffung. Der höchste Triumph der Kunst ist: Größe mit Grazie vereinigt, und wer dieses Ziel zu erreichen bestimmt war, versündigt sich an sich selbst, wenn er aus einer Art von Trägheit auf einer niedrigern Stufe stehen bleibt.

Ideen über Deklamation.[*]

Schillers „Neue Thalia". Viertes Stück (1793), S. 101. — Aesthetische Ansichten III. S. 48.

Der Abdruck erfolgt aus den „Aesthetischen Ansichten" Auch hier hat Körner nichts an der Fassung des Aufsatzes in der „Thalia" verändert und sich auf die Berichtigung einiger Druckfehler und ein paar kleine orthographische Aenderungen beschränkt.

Das Vorlesen giebt dem Gedanken Persönlichkeit. An die Stelle einer allgemeinen Vorstellung tritt ein einzelnes Wesen, das auf bestimmte Art denkt und empfindet. Der abstrakte Begriff erscheint in menschlicher Gestalt. Daher der stärkere Eindruck beim Hörer.

Der Stoff muß rein und vollständig gegeben werden — objektive Vollkommenheit — das hinzukommende Persönliche muß möglichst idealisirt seyn — subjektive Vollkommenheit.

Vielleicht war Gesang früher als Sprache, so wie Poesie, als Sprachkunstwerk, früher als Prosa.

Leidenschaftliche Laute und Melodieen sind ohne Zweifel die frühesten Aeußerungen der menschlichen Sprachfähigkeit. Das Bedürfniß der Ideenmittheilung setzt einen Zustand der Ruhe und einen Fortschritt der geistigen Ausbildung voraus.

Die Dialekte der weniger kultivirten Provinzen nähern sich auch im alltäglichsten Gespräche dem Gesange. Die höhere Verfeinerung fodert einen gedämpften Laut, eine Aufsparung des leidenschaftlichen Ausdrucks auf das passende Moment, einen Total-Eindruck von Ruhe. Die Accente erscheinen gleichsam im verjüngten Maßstabe. Die Sprache nähert sich mehr oder weniger dem Gesange nach Verhältniß des Leidenschaftlichen in dem Stoffe — wird aber nie Gesang, so wie die Prosa des Redners der Poesie sich nähert, ohne sich jemals ganz in Verse zu verwandeln.

Ist eine Sprache vorhanden, die sich vom Gesang unterscheidet, so kommt es zuerst darauf an, die Bestandtheile der Rede zweckmäßig

zum Behuf der Deutlichkeit*) zu trennen, und zu verbinden. Dieß
geschieht durch Pausen.

Ihre Länge und Kürze unterscheidet die Abschnitte der Rede,
nachdem sie entweder ein für sich bestehendes Ganze ausmachen, oder
mit andern Theilen nothwendig zusammenhängen.

Der vollendete Sinn der Rede giebt eine gewisse Befriedigung.
Mit dieser hört die vorhergehende Anstrengung des Sprechenden auf,
und wenn er vorher, um besser gehört zu werden, die Stimme erhoben hatte, so sinkt sie in diesem Moment der Ruhe um eine Stufe
tiefer. Daher der Schlußfall beim Ende der Periode.

Vor diesem Schlußfall muß zur Erhöhung oder Vertiefung der
Stimme irgend ein besonderer Grund vorhanden seyn, wenn das
Sprechen nicht in Singen ausarten soll.

So wie die Tiefe des Tons auf Befriedigung deutet, so deutet
die Höhe auf gespannte Erwartung. Daher ist letztere passend für
die Frage, die Bedingung, und für die Vordersätze der Perioden
überhaupt.

Bei der Frage bemerkt man den Unterschied, daß entweder eine
Antwort darauf erwartet wird, oder der Fragende sie schon als ausgemacht annimmt. Im ersten Falle steigt der Ton gegen das Ende
der Frage, im zweiten Falle fängt die Frage mit dem höhern Tone
an, und dieser sinkt gegen das Ende der Frage, gleichsam, als ob der
Fragende in dem Gesicht der Hörenden seine Befriedigung ahndete.

Noch dient zur Deutlichkeit eine Verstärkung des Tons bei dem
Hauptworte. Diese kann aber durch Mißbrauch in Beleidigung für
die Fassungskraft der Hörenden ausarten.

———————

Ist Deutlichkeit das einzige Ziel des Vorlesers, so beschränkt er
sich auf den niedern, mechanischen Theil seines Geschäfts. Zweck und
Mittel sind ihm bestimmt gegeben, und für die Kunst ist kein

———————

*) Bey dem, was über Deutlichkeit gesagt ist, liegen größtentheils die
Bemerkungen des Herrn M. Schochers zum Grunde.

Spielraum. Das Kunstmäßige in der Deklamation — die Versinn=
lichung eines Ideals — wobei Zwecke und Mittel sich ins Unend=
liche erweitern und vervielfältigen — beginnt mit der Darstellung
des Persönlichen.

Nicht eine bestimmte Reihe von Gedanken allein soll vor dem
Hörenden aufgeführt, auch die Empfindungen, welche diese Gedanken
begleiteten, sollen bei ihm erweckt werden.

Diese Empfindungen werden theils durch den Charakter der Person,
theils durch ihren Zustand und ihre Verhältnisse in einem besondern
Zeitpunkte bestimmt.

Gewisse Zustände und Verhältnisse haben etwas Gemeinsames in
der Empfindung, die sie erwecken, als Schmerz, Mitleid, Zorn, Freude
u. dergl. Aber wehe dem Vorleser, der bei diesem Gemeinsamen stehen
bleibt, der uns einen Leidenden, Fröhlichen, Zornigen überhaupt
darstellt, und das Allgemeine der Leidenschaft oder Stimmung nicht durch
besondre Eigenheiten der einzelnen Person zu bezeichnen weiß!

Charakter ist es, was in der Erscheinung des wirklichen Menschen
Einheit hervorbringt. Ohne diesen ist er ein widriger Gegenstand, ein
moralisches Chaos.

Die Einheit des Charakters kann in Einförmigkeit und Leerheit
ausarten, wenn sie die leidenschaftlichen Regungen tödtet, anstatt, sie
zu beherrschen. Dann ist sie kein Gegenstand der Kunst.

In der Art, wie der Vorleser sich den darzustellenden Charakter
denkt, giebt es entschiedne Grade der Freiheit.

Am meisten ist diese Freiheit bei dramatischen Produkten einge=
schränkt, wo bekannte historische Personen auftreten. Sind es bloß
Ideale, so hat der Dichter oft mehr oder weniger Lücken gelassen, die
der Vorleser, so wie der Schauspieler, durch eigne Phantasie auszu=
füllen verbunden ist. Indessen gewinnt auch die Lebhaftigkeit der Dar=
stellung bei einem vollendeten Charakter, wenn der Künstler, der gleich=
sam die Mittelsperson zwischen dem Dichter und einem Theil des
Publikums ist, durch glücklich gewählte Nebenzüge, dem Gemählde mehr
Individualität zu geben weiß. Und hier öffnet sich ein unermeßliches
Feld für Deklamation und Mimik.

Bei nicht dramatischen Produkten wird der Charakter durch den
Inhalt bestimmt. **Der Vorleser idealisirt sich das** gegebene Werk der
Beredsamkeit oder Dichtkunst zu der Schöpfung eines einzigen Moments,
und dann denkt er sich in die Stelle des Verfassers während dieses
Moments.

Es ist Pflicht des Vorlesers, das Coulissenspiel der Autorschaft
möglichst zu verbergen. Was wir von ihm empfangen, muß als ein
f r e i e s Produkt der schönen menschlichen Natur erscheinen.

Es giebt wenig Schriftsteller, die einen gewissen Charakter durchaus behaupten, **und bei denen man** keine Ungleichheiten des Tons
bemerkt. **Fehler dieser Art** können durch den Vorleser unmerklicher
gemacht werden, wenn er Licht und Schatten klüglich zu vertheilen weiß.

Der Vorleser ist Repräsentant des Autors. Was diesen von einer
nachtheiligen Seite darstellen könnte, muß er vermeiden. Dahin gehören Züge der Eitelkeit oder Selbstgefälligkeit im Moment der Leidenschaft — Anmaßung einer geistigen Ueberlegenheit über sein Publikum
— unzeitige Kälte, oder geheuchelte und übertriebene Wärme und **der-**
gleichen.

Das Bild des Verfassers im Augenblicke der Begeisterung soll
unserer Phantasie durch die Kunst der Deklamation vorschweben. In
diesem Bilde muß sich Würde, die immer mit wahrer Begeisterung
verbunden ist, mit Anmuth vereinigen.

Den Charakter selbst kann der Vorleser nicht unmittelbar darstellen. Er sucht zunächst die Gefühle **zu** versinnlichen, welche die
Gedankenreihe begleiten, und aus der Einheit dieser Gefühle entspringt
sodann die Total=Vorstellung **des** Charakters.

Die menschlichen Gefühle lassen sich ihrer Verschiedenheit ohngeachtet in **zwei** Hauptklassen bringen.

Bei jedem Gefühle liegt die dunkle Vorstellung von dem Ver=
hältnisse zum Grunde, in dem unser Ich, oder das, was wir zu
unserm Ich rechnen, gegen irgend einen Theil der Außenwelt sich befindet.

Der Trieb unsre Existenz zu erhöhen und zu vervielfältigen von
innen, und der Widerstand gegen die Befriedigung dieses Triebes von
außen, bringt die Erscheinung hervor, welche Leben genannt wird —
der Kampf des einzelnen Wesens gegen die Theile des Weltalls, die
es berührt.

So bald der Mensch sich bewußt ist, ob dieser Kampf zu seinem
Vortheil oder Nachtheil in dem gegenwärtigen Momente sich entscheidet,
so fühlt er seinen Zustand.

Dieß Gefühl ist entweder erhebend — durch den errungenen
oder geahndeten Sieg — oder niederdrückend — durch das Ueber=
gewicht der äußern beschränkenden Kräfte.

Liebe und Selbstsucht bestimmen bloß den Umfang dessen, was
jeder als Theile seines Ichs — und oft vielmehr als ein besseres Ich —
von der übrigen Welt absondert.

Die Zeichen der erhebenden Gefühle sind: steigender Ton — ge=
schwinderer Takt — stärkere Aussprache — freie Brust ohne Auf=
sparung und Zurückhaltung des Odems.

Die Zeichen der niederdrückenden Gefühle dagegen: sinkender Ton
— langsamerer Takt — schwächere Aussprache — gepreßte Brust mit
Zurückhaltung des Odems.

Diese Zeichen sind die Musik des Vorlesers. Aber weil er eben
auf diese wenigen Mittel eingeschränkt ist, so ist desto größere Spar=
samkeit in ihrem Gebrauche nöthig.

Daher das erste Gesetz der Deklamation: nicht das kleinste Zeichen
einer leidenschaftlichen Stimmung in den Momenten der Ruhe zu ver=
schwenden.

Das Moment, wenn bei einer gegebenen Gedankenreihe die ruhige
Stimmung in eine leidenschaftliche übergeht, und die Entscheidung
der Frage: ob das leidenschaftliche Gefühl erhebend oder niederdrückend
ist? wird durch den Charakter bestimmt.

Jede dieser Erscheinungen in der Reihe der Gefühle soll aus den
besondern Ideenverbindungen, Meinungen, Trieben, Gewohnheiten,

Schickſalen erklärbar ſeyn, die zuſammen genommen die individuelle
Form eines menſchlichen Weſens bilden.

Die Mienen des Charakters werden durch dieſe einzelnen Züge
dargeſtellt, welche die Wirkung des Gedankens auf die Perſon ver-
ſinnlichen; für die fortdauernde Phyſiognomie giebt es beſondere
Zeichen in den Momenten der Ruhe. Die Höhe oder Tiefe des Tons —
der langſamere oder geſchwindere Takt — die ſtärkere oder ſchwächere
Ausſprache müſſen für alle Momente, wo der Gedanke in der Perſon
keine Veränderung bewirkt, ſo gewählt werden, daß ſie die herrſchende
Stimmung des Charakters bezeichnen.

Dieß iſt eine der ſchwerſten Aufgaben für den Vorleſer. Hier
iſt die Stelle, wo der Geiſt der Antike ſich von dem modernen über-
ladenen Geſchmack unterſcheidet, wo Ruhe ſehr leicht in Leerheit und
Lebensfülle in Karrikatur ausarten kann.

Nur menſchliche Natur iſt ein Gegenſtand für die Darſtellung
der Deklamation. Nachahmung eines Geräuſches iſt hier, wie in der
Muſik, Entweihung der Kunſt, die bloß zu Seelengemählden beſtimmt iſt.

Eine Reihe von Beugungen der Stimme, die ſich dem Geſang
nähert, ohne je zum wirklichen Geſang zu werden, kann man theils
als Mittel der Darſtellung, theils als ein für ſich beſtehendes Ganze,
wie ein Produkt der Tonkunſt betrachten.

Zu den Foderungen der Kunſt gehört daher noch eine gewiſſe
Schönheit, die von dem Reichthum und der Lebhaftigkeit der Phantaſie in dem Ideale, und von der Wahrheit und Vollſtändigkeit in
der Ausführung unabhängig iſt.

Es giebt auch für die Deklamation eine Schönheit der Theile und
eine Schönheit des Ganzen.

Jeder einzelne Laut muß eine veredelte menſchliche Natur an-
kündigen. Dahin gehört eine wohlklingende Stimme, wo das Geiſtige

des Tons gleichsam nur in der feinsten irdischen Hülle erscheint, die
von allem unedlen Stoffe gereinigt ist — Biegsamkeit des Organs,
wodurch die Uebergänge verschmolzen werden — Reinheit und **Deutlichkeit** der Aussprache — weder kränkelnde Mattigkeit, noch wilde
Kraft in der Stärke des **Tons.**

Die Schönheit des Ganzen wird bewirkt, durch Anordnung —
Haltung — Kontraste.

Ein Werk der Beredsamkeit oder Dichtkunst von größerem Umfange kann als ein Ganzes von der menschlichen Fassungskraft nicht
übersehen werden, wenn es nicht in größere Theile, wovon jeder für
sich wieder ein kleineres Ganze ausmacht, abgesondert ist. Diese Abschnitte werden durch **Ruhepunkte** bezeichnet. In zu großer Anzahl
würden sie der Deklamation etwas Abgerißnes, Unzusammenhängendes
geben, so wie dagegen ihr zu seltner Gebrauch den Zuhörer ermüdet.

In den einzelnen Gruppen der Deklamation unterscheiden sich
wieder besondere Theile, welche einen größern oder geringern Grad
der Aufmerksamkeit fodern. Was die Mahlerei zu diesem Behuf durch
Licht und Schatten oder durch die Abstufungen des Kolorits bewirkt,
leistet die Deklamation durch höheren oder stärkeren Ton, schnellere
Bewegung, Spannung und Nachlassung in den Werkzeugen des Athem-
holens — kurz durch alles was zur **Accentuation** gehört.

Jedes zusammengesetzte Ganze, das wir mit Wohlgefallen betrachten sollen, muß **mannichfaltig** seyn. Einförmigkeit trägt das
Gepräge der Armuth an schöpferischer Kraft. Daher die Nothwendigkeit
der **Kontraste** in allen Produkten der menschlichen Kunst. Auch in
einer Reihe von Tönen giebt es eine Art von wellenförmiger Bewegung — gleichsam die Spur der Zartheit und Lebenskraft in dem
Künstler — Natur und Einfachheit sind aber das höhere Gesetz, dem
diese sich unterwerfen müssen, wenn sie nicht in das Gesuchte und in
gothische Verschnörkelungen ausarten sollen.

Es giebt dreierlei **Accente** in der Deklamation, für den Verstand, für das Herz und für das Ohr.

Im Falle der Collision muß das Ohr dem Verstande und dem Herzen nachstehen; aber ob das Herz dem Verstande nachstehen soll, kann nur der Grad der darzustellenden Leidenschaft entscheiden. Gewisse Kühnheiten in der Deklamation sind oft äußerst charakteristisch, so wie in allen Künsten das Erhabene an das Unnatürliche gränzt.

Ueber Charakterdarstellung in der Musik.[*]

*) Schillers „Horen". Jahrgang 1796. Fünftes Stück, S. 97. — Aesthetische Ansichten. IV. S. 67.

Den nachstehenden Aufsatz schrieb Körner auf das fortgesetzte Drängen Schillers um gute Beiträge für die „Horen", welche trotz des hohen Honorars, das sie gewährten, vom ersten Tage an in Manuscriptnöthen waren, im Januar 1795, arbeitete ihn dann bis zum 27. April auf Schillers Rath in einzelnen Stellen nochmals um, gab ihm größere Abrundung und Deutlichkeit und erwarb schließlich den vollen Beifall seines großen Freundes mit demselben. „Nur ein paar Worte für heute, um Dir zu sagen, daß Dein Aufsatz mir große Freude gemacht hat. Er enthält herrliche Ideen, die so fruchtbar als neu sind, und mich doppelt freuen, da sie dem, was ich über die Kunst überhaupt bei mir festgestellt habe, so unerwartet begegnen." (Schiller an Körner. Jena, 5. Februar 1795. Briefwechsel, II. S. 140.) Und nach dem Erscheinen: „Dein Aufsatz macht überall viel Sensation und wer von dem 5. Stück der Horen spricht, der erwähnt ihn zuerst. Du kannst also mit Deinem Debut in den Horen wohl zufrieden sein." (Schiller an Körner, den 4. Juli 1795. Briefwechsel, II. S. 159.) Der Abdruck erfolgt aus den „Aesthetischen Ansichten", in denen Körner die Fassung in den „Horen" beibehalten hat.

So lange der Tonkünstler kein höheres Ziel kennt als das Vergnügen seines Publikums, so sind es bloß die Eigenheiten dieses Publikums, die ihn in der Wahl und Behandlung seines Stoffes bestimmen. Bald wird er durch schmetterndes Geräusch erschüttern, bald zärtere Nerven durch schmelzende Töne reizen, bald einen Zuhörer, der mehr denkt als empfindet, durch künstliche Zusammenstellungen und kühne Uebergänge beschäftigen. Ihm ist die Musik bloß angenehme Kunst; davon, daß sie etwas mehr seyn könne, hat er keinen Begriff.

Mit dem Eintritte hingegen in das Reich der Schönheit unterwirft sich auch der Tonkünstler ganz andern Gesetzen. Befreit von aller äußern Herrschaft der Vorurtheile, Moden und Launen seines Zeitalters wird er desto strenger gegen sich selbst, und sein einziges Bestreben ist, seinen Werken einen unabhängigen, selbstständigen Werth zu geben.

Wie viel hätte er dann gewonnen, wenn er nun in einer vollendeten Theorie des Schönen über die Bedingungen jenes unabhängigen Werths einen bestimmten Unterricht vorfände, und ihn bloß auf das Eigenthümliche seiner Kunst anzuwenden brauchte! Aber noch fehlt uns eine solche Theorie, und es giebt Denker vom ersten Range, die sogar an ihrer Möglichkeit zweifeln. Ehe wir indessen eine befriedigende Entwicklung der nothwendigen und allgemeinen Kunstgesetze aus dem Wesen der Schönheit aufweisen können, wird es nicht ohne Nutzen seyn, einzelne Merkmale desjenigen aufzusuchen, was für jede Kunst insbesondere ohne Beziehung auf die Empfänglichkeit eines besondern Publikums an sich selbst darstellungswürdig ist. Vorarbeiten dieser Art giebt es zur Zeit noch weniger für die Musik als für andere Künste, und eben deswegen ist sie vielleicht öfter verkannt worden.

Ueber das Darstellungswürdige in der Musik herrschten lange Zeit seltsame Vorurtheile. Auch hier wurde der Grundsatz mißverstanden, daß Nachahmung der Natur die Bestimmung der Kunst sey; und Nach= äffung alles Hörbaren, vom Rollen des Donners bis zum Krähen des Hahns galt manchem für das eigenthümliche Geschäft des Tonkünstlers. Ein besserer Geschmack fängt an, allgemeiner sich auszubreiten. Aus= druck menschlicher Empfindung tritt an die Stelle eines seelenlosen Geräusches. Aber ist dieß der Punkt, wo der Tonkünstler stehen bleiben darf, oder giebt es für ihn noch ein höheres Ziel?

Wir unterscheiden in dem was wir Seele nennen, etwas Be= harrliches und etwas Vorübergehendes, das Gemüth, und die Gemüths= bewegungen, den Charakter — Ethos — und den leidenschaftlichen Zustand — Pathos —. Ist es gleichgültig, welches von beiden der Musiker darzustellen sucht?

Das erste Erforderniß eines Kunstwerkes ist unstreitig, daß es sich als ein menschliches Produkt durch Spuren einer ordnenden Kraft von den Wirkungen des blinden Zufalls unterscheide: daher das Gesetz der Einheit. Auch der bessere Tonkünstler strebt seinen Werken diesen Vorzug zu geben, aber nicht immer mit gleichem Erfolg.

Dichter und bildende Künstler können ihrer Natur nach den Zu= stand nie ohne die Person darstellen: aber bei dem Musiker kann der Wahn leicht entstehen, daß es ihm möglich sei, Gemüthsbewegungen als etwas Selbstständiges zu versinnlichen. Begnügt er sich dann, ein Chaos von Tönen zu liefern, das ein unzusammenhängendes Gemisch von Leidenschaften ausdrückt, so hat er freilich ein leichtes Spiel, aber auf den Namen eines Künstlers darf er nicht Anspruch machen. Er= kennt er hingegen das Bedürfniß der Einheit, so sucht er sie vergebens in einer Reihe von leidenschaftlichen Zuständen. Hier ist nichts als Mannichfaltigkeit, stete Veränderung, Wachsen und Abnehmen. Will er einen einzelnen Zustand fest halten, so wird er einförmig, matt und schleppend. Will er Veränderung darstellen, so setzt diese irgend etwas Beharrliches voraus, in welchem sie erscheint: und ein solches

Beharrliche bildet sich dann oft von selbst, ohne daß der Künstler sich dabei einer Auswahl bewußt ist. Aber eben weil er diese Auswahl vernachlässigt, sinkt er in den meisten Fällen zur gemeinsten Natur herab. Ihn täuscht die Wirkung seines gemißbrauchten Talents, weil der niedrigste Ausdruck grade der allgemein verständlichste ist. Oft erndtet er den lautesten Beifall, wo er sich an der Kunst am schwersten versündigte; und dieß entfernt ihn immer mehr von seiner Bestimmung. Er wird der Sklave seines Publikums, anstatt es zu beherrschen.

Es bedarf ferner wol keines Beweises, daß die Kunst auf einer sehr niedrigen Stufe steht, wenn sie sich begnügt, das, was die wirkliche Welt darbietet, unverändert zu wiederholen. Eine solche Wiederholung kann als Erneuerung eines sinnlichen Eindrucks in andrer Rücksicht einen Werth haben; aber wenn wir Kunstgenuß erwarten, fodern wir mehr. Was wir in der Wirklichkeit bei einer einzelnen Erscheinung vermissen, soll uns der Künstler ergänzen; er soll seinen Stoff idealisiren. In den Schöpfungen seiner Phantasie soll die Würde der menschlichen Natur erscheinen. Aus einer niedern Sphäre der Abhängigkeit und Beschränktheit soll er uns zu sich emporheben, und das Unendliche, was uns außerhalb der Kunst nur zu denken vergönnt ist, in einer Anschauung darstellen.

Aber der leidenschaftliche Zustand ist seiner Natur nach beschränkt. Alle Kraft sammelt sich gleichsam in einem einzigen Punkt, um nach einem bestimmten Ziele zu streben. Hier kann die Phantasie den Stoff nicht durch neue Bestandtheile bereichern, sondern nur den Grad des Strebens verstärken.

Man hat oft versucht, den Kummer, die Freude, die Begierde und den Abscheu zu idealisiren. Aber was war alsdann das eigentlich Idealische? War es die Empfindung selbst als ein für sich bestehender Gegenstand, oder die Person, an der wir sie wahrnehmen? Denken wir uns alles hinweg, was in dieser Person die männliche Kraft oder die holde Weiblichkeit versinnlicht, wie viel bleibt von dem Ideale noch übrig?

In der menschlichen Natur giebt es nichts Unendliches, als die Freiheit. Die Kraft, welche gegen alle Einwirkungen der Außenwelt,

und gegen alle innere Stürme der Leidenschaft ihre Unabhängigkeit
behauptet, übersteigt jede bekannte Größe, und diese Freiheit ist es,
welche uns durch Darstellung eines Charakters versinnlicht wird.

Soll die Musik auf alles Verzicht thun, was andere Künste durch
Charakter=Darstellung gewinnen, so muß in dem Eigenthümlichen dieser
Kunst ein Grund dazu vorhanden seyn. Und dieß bedarf einer be=
sondern Untersuchung.

Die Musik würde das Ideal eines Charakters so wenig als irgend
einen andern Gegenstand darstellen können, wenn der Vorwurf ge=
gründet wäre, daß sie für sich allein uns nichts bestimmtes zu denken
gebe. Noch jetzt aber ist dieß eine herrschende Meinung bei einem
großen Theile des Publikums. Noch immer hält man Poesie, Schau=
spiel oder Tanz für nöthig, um jenen Mangel an Bestimmtheit zu
ergänzen, und wo die Musik als selbstständige Kunst auftritt, verkennt
man den Sinn ihrer Produkte, weil er sich nicht in Worte und Ge=
stalten übertragen läßt.

Die Untersuchung, was jede einzelne Kunst für sich allein dar=
zustellen vermöge, ist in dem jetzigen Zeitalter — bei der Kargheit,
mit der uns der Kunstgenuß zugemessen wird — nicht unfruchtbar.
Für uns giebt es nicht mehr solche Feste, wo die menschliche Natur
in voller Pracht erschien und zugleich für Aug, Ohr und Phantasie
alle ihre Schätze eröffnete. Unter dem Drucke der Bedürfnisse haben
wir gelernt, das Wenige, was uns von solchen Festen noch übrig ist,
mit Mäßigkeit zu feiern. Und wenn in unserm Zeitalter ein seltnes
Zusammentreffen von Umständen erfodert wird, daß vorzügliche Kunst=
talente von verschiedener Gattung sich zu einem gemeinschaftlichen Zwecke
vereinigen, so bleibt nichts übrig, als die Sphäre jeder einzelnen Kunst
nach Möglichkeit zu erweitern, damit es ihren Werken auch ohne Bei=
mischung fremdartiger Bestandtheile an innerm Reichthume nicht fehle.

Es war eine Zeit, da man bei Tanz, Musik und Poesie noch
gar nicht an Darstellung eines bestimmten Gegenstandes dachte. Was
in dem Menschen zuerst diese Kunsttalente entwickelte, war unstreitig
der Trieb, sein Daseyn zu verkündigen; ein Trieb, der zwar im ge=
sunden Zustande immer vorhanden ist, aber nur in solchen Momenten

sich äußert, wo er durch den Druck der äußern Verhältnisse nicht ge=
hemmt wird. Daher das Streben, die vorhandenen Kräfte an irgend
einem nahe liegenden Gegenstande zu versinnlichen, und der unab=
hängige für sich bestehende Genuß in der Thätigkeit selbst, ihre Wirkung
sei, welche sie wolle. Was dem Menschen am nächsten liegt, ist sein
Körper, und die Luft, welche er einathmet und aushauchet. In beiden
fand der Trieb nach unabhängiger Thätigkeit seinen ersten Wirkungs=
kreis. In dem freien Schweben des Körpers, ohne vom Druck der
Schwere beschränkt zu werden, fühlt auch der Geist sich gleichsam seiner
Bande entledigt. Die irdische Masse, die ihn stets an die Abhängigkeit
von der Außenwelt erinnerte, scheint sich zu veredeln, und es erweitern
sich die Gränzen seines Daseyns. So vernimmt auch der Mensch in
dem Tone seiner Stimme eine sinnliche Wirkung seiner Thätigkeit ohne
sichtbare Schranken, das freie Spiel der Phantasie eröffnet ihm eine
Sphäre von unermeßlichem Umfange, und sein Gesang spricht mit der
ganzen Natur. Der Gesang fodert Worte, aber solche die des Singens
werth sind. Geist und Ohr erwarten Genuß von der Sprache, wenn
sie nicht als Mittel gebraucht wird die alltäglichen Bedürfnisse der Ge=
selligkeit zu befriedigen, sondern als Werkzeug dienen soll, um irgend
einen Zustand der Begeisterung laut werden zu lassen. Die Ein=
bildungskraft fühlt ihre Freiheit von den Schranken des Ortes und
der Gegenwart. Sie schwelgt in Bildern der Abwesenheit, Vergangen=
heit und Zukunft. Aber sie will nicht allein schwelgen. Ihre Dich=
tungen sollen auch für andere in einem anständigen Gewande erscheinen,
und dieß erhalten sie durch Wahl und Stellung der Worte.

	In dieser Periode der Kunstgeschichte sind Tanz, Musik und Poesie
nicht Mittel zu irgend einem Zwecke, sondern Zweck an sich selbst.
Sie sind freie Produkte der menschlichen Natur in den Momenten des
höhern Lebens. Was in ihnen erscheint, ist bloß das Persönliche des
Künstlers. Ein Schritt weiter und er fühlt auch den Beruf, aus seiner
Person herauszugehen und ein für sich bestehendes Werk zu schaffen.
Einem Gedanken, den die Begeisterung in ihm erzeugte, will er außer=
halb seiner eignen Phantasie Realität geben. Er begnügt sich nicht
die festliche Stimmung, in der er sich selbst fühlt, um sich zu ver=

breiten, sondern die Ideenwelt seines Publikums soll auch durch seine
Schöpfungen bereichert werden. Dieß ist die Periode der Darstellung.

Aber auch als darstellende Künste ändern Tanz, Musik und Poesie
nicht gänzlich ihre ursprüngliche Natur. Die sinnliche Form, in welcher
der Gedanke des Künstlers erscheint, ist nicht todt, sondern beseelt.
Das freie Leben in ihren Bestandtheilen sträubt sich oft gegen die
Herrschaft dieses Gedankens. Daher giebt es in einer Reihe von Bewegungen, Tönen und Worten manches, was keinen bestimmten Gegenstand darstellt, sondern bloß die persönliche Stimmung des Künstlers
versinnlicht. Ein unbegränzter Trieb nach Darstellung würde sogar
endlich die Form durch den Stoff zerstören. Die höchste Leidenschaft
ist starr und sprachlos. Soll Tanz, Gesang und Poesie auch dann
noch fortdauern, so muß etwas von der Wahrheit aufgeopfert werden,
und das Persönliche des Künstlers muß der Herrschaft des Gegenstandes
das Gleichgewicht halten.

Daher darf man in allem dem, was nicht zur Darstellung gehört, von der Musik so wenig als vom Tanze und von der Dichtkunst
Bestimmtheit fodern. Das Gefühl der Begeisterung, das der Künstler
erweckt, indem er seine eigne Stimmung in seinem Wirkungskreise verbreitet, ist seiner Natur nach dunkel und unbestimmt. Und eben diese
Unbestimmtheit ist der Einbildungskraft willkommen, weil ihr freies
Spiel dadurch mehr geschont wird. Nur wo die Musik darstellen will,
müssen die Zeichen, welche sie gebraucht, eine bestimmte Bedeutung
haben, und um zu erforschen, ob es für sie solche Zeichen gebe, wollen
wir versuchen, das, was die allgemeinen Gesetze der Darstellung in
Ansehung der Bestimmtheit fodern, auf die Musik insbesondere anzuwenden.

Ein dargestellter Gegenstand wird nur dadurch zu einer Erscheinung für die Phantasie, daß er ihr mit bestimmten Gränzen
gegeben wird. Ein Unendliches in seiner Reinheit kann nicht erscheinen.
Indem es die Vernunft zu denken versucht, und aus ihrer Vorstellung
alles Beschränkte entfernt, entzieht sie zugleich der Einbildungskraft
alle Nahrung. Die Idee des Künstlers muß daher schon gleichsam in
einer körperlichen Hülle gedacht werden, ehe sie dargestellt werden kann.

Die vollkommenste Darstellung kann nicht mehr bewirken, als daß der Gedanke des Künstlers sich unsrer Phantasie vollständig mittheilt. Ist aber in diesem Gedanken selbst für die Phantasie nichts Anschauliches, so entbehren wir den eigentlichen Kunstgenuß, und die größte Pracht in der Einkleidung vermag uns nicht dafür zu entschädigen.

Vorausgesetzt nun, daß das Kunstideal bestimmt gedacht ist, so wird es nur dadurch versinnlicht, daß wir diese Bestimmungen in besondern Verhältnissen wahrnehmen. Denn auch die Natur des wirklichen Gegenstandes erkennen wir durch Erfahrung nie unmittelbar, sondern nur mittelst seiner Verhältnisse, indem wir von den Wirkungen auf die Ursachen schließen. Je vollständiger also die Verhältnisse des Ideals in der Darstellung gegeben sind, desto bestimmter ist seine Erscheinung.

Aber diese Vollständigkeit ist für den Künstler gefährlich. Verbreitet sich die Darstellung des Ideals auch über alle angränzende Gegenstände, welche mit jenem durch Zeit, Ort und den Zusammenhang der Ursachen und Wirkungen verknüpft sind; so nähert sich die Erscheinung der Wirklichkeit, und für die Phantasie des Betrachters bleibt nichts zu ergänzen übrig. Gleichwol will diese beim Kunstgenuß nicht müßig empfangen, sondern zu eigner Thätigkeit aufgefodert werden.

Es giebt daher Künstler, welche sich einer solchen Vollständigkeit absichtlich enthalten, und den Schauplatz, auf welchem ihr Ideal erscheint, undargestellt lassen. Beispiele dieser Art liefern uns mehrere Werke der griechischen Bildhauer, an denen der Alterthumsforscher die sogenannten Attribute vermißt, die aber demjenigen, der die Kunst um ihrer selbst willen liebt, eben deswegen werther sind, weil sie das freie Spiel seiner Phantasie weniger beschränken. Die überirdischen Wesen, welche ihm der Bildhauer darstellt, denkt er sich in einer höhern Sphäre außer den Gränzen der Wirklichkeit. Er ordnet sie in nothwendige Klassen, die in der Natur selbst gegründet, und nicht von dem Zufälligen in der Mythologie und den Sitten eines besondern Volkes abhängig sind. Nur um die Kennzeichen dieser Klassen wahrzunehmen, fodert er Bestimmtheit; in jeder andern Beziehung kann er sie entbehren.

Das Sinnliche des Ideals besteht hier in einem einzigen Verhältnisse, nicht zu einem einzelnen besondern Gegenstande, sondern zu
der Totalvorstellung des Raums überhaupt. Ein bestimmter Theil
dieses Raums erscheint hier ausgefüllt. Von demjenigen, was ihn
ausfüllte, ist nur eine dunkle Vorstellung vorhanden, aber eine desto
deutlichere, vollständigere und bestimmtere von seinen Gränzen. Und
bloß durch Darstellung dieser Gränzen gelang es dem Künstler, uns
für das Bild seiner Phantasie zu begeistern. Die Gestalt, welche uns
erschien, war bis auf die kleinsten Theile ihrer Oberfläche bedeutend.
Das einzige Merkmal des sinnlichen Stoffs, was uns in der Anschauung gegeben wurde, war die Ausdehnung: aber noch nie hatte
uns eine Erscheinung in der wirklichen Welt so viel in einem einzigen
Merkmale geliefert.

Wie aber in diesem Falle der höchste Reichthum mit einer scheinbaren Armuth bestehen könne, wird uns begreiflich, wenn wir uns
an die Bedingungen erinnern, von denen der Gehalt eines Ideals
überhaupt abhängig ist. Wir schätzen die Erscheinung nach demjenigen,
was in ihr nicht erscheint, sondern gedacht werden muß, nach der
Summe von Realität, welche durch sie vorausgesetzt wird, nach dem
Inhalte unsers Begriffs von dem, was außerhalb unsrer Vorstellung
der Erscheinung zum Grunde liegt. Was wir unmittelbar in der einzelnen Erscheinung wahrnehmen, giebt uns nie eine vollständige Vorstellung eines Gegenstands; es bleiben Lücken übrig, die durch Schlüsse
und Ahnungen ergänzt werden müssen. Zu diesen Ergänzungen nimmt
die Einbildungskraft den Stoff aus ihren eigenen Schätzen, aber in
der Wahl dieses Stoffs ist sie von dem abhängig, was ihr in der
unmittelbaren Wahrnehmung gegeben wurde. Und je größer diese Abhängigkeit bei Betrachtung eines Kunstwerks ist, je unumschränkter der
Künstler die Phantasie des Kenners beherrscht; desto reichhaltiger ist
das Ideal, das durch seine Darstellung versinnlicht wird.

Das Sinnliche in der Erscheinung ist es, was die Einbildungskraft des Betrachters leitet, aber nicht insofern es mannichfaltig,
sondern insofern es bestimmt ist. Der bloße Umriß einer Figur, den
eine Meisterhand auf das Papier wirft, ist hinreichend, unsrer Phan-

tasie Gesetze zu geben. Jeder Punkt der zarten Linie ist gleichsam be=
seelt; aus jedem spricht ein unverkennbarer Ausdruck von Kraft oder
Anmuth. Wir fühlen einen unwiderstehlichen Drang in uns selbst, das
Bild auszumahlen, was hier nur angedeutet wird; aber wir fühlen auch
die Unmöglichkeit irgend etwas in unsre Idee aufzunehmen, was mit
dem Eigenthümlichen einer solchen Erscheinung nicht vereinbar wäre.

Im Werke des Bildhauers sind die Umrisse der Gestalt nach allen
möglichen Richtungen zugleich bestimmt. Desto öfter also würde die
Phantasie gewarnt werden, wenn sie sich eine unpassende Dichtung er=
lauben wollte; aber desto mehr Aufforderung findet sie auch, ihre eigne
Thätigkeit zu äußern. Und für diese ist ihr eben in Ansehung aller
der Merkmale, worüber der Künstler nichts bestimmte, ein unermeß=
liches Feld eröffnet. Alles, was der Gegenstand durch Farbe, durch
Bewegung, durch äußere Verhältnisse gewinnen kann, ist in ihrer Ge=
walt. Auch in der Zeit ist sie nicht beschränkt. Was ihr der Künstler
in der Anschauung giebt, kann von ihr als ewig gedacht werden.

Ein einziges sinnliches Merkmal giebt hier dem Ideale Bestimmt=
heit und Reichhaltigkeit. Gilt dieß aber nur von den Umrissen der
Gestalt? Oder giebt es auch ein andres eben so bedeutendes Merkmal
für andre Künste?

Unter die Verhältnisse, welche der Vorstellung eines Gegenstandes
Bestimmtheit geben, gehört auch eine besonders angewiesene Stelle in
einer Reihe von Ursachen und Wirkungen. Dieß Verhältniß ist
es vorzüglich, was den Dichter beschäftigt, und hier zeigt er seine
Darstellungskraft im weitesten Umfange. Er geht bis zu den entfern=
testen Veranlassungen der Begebenheiten zurück, und folgt ihrem Gange
durch die kleinsten Fortschritte bis zur endlichen Entwicklung.

Begnügt sich der Dichter eine Reihe von Erscheinungen darzu=
stellen, die durch allgemeine Naturgesetze verknüpft sind, so kann er uns
ein sehr belehrendes Werk liefern, aber gewiß kein begeisterndes. Um
aus dem Reiche der beschränkten Wirklichkeit in das Reich der Ideale
überzugehen, bedarf er der Freiheit. Diese ist die Seele seiner Dichtung.
Indem er den Glauben an die Freiheit voraussetzt, verbreitet sich
selbstständige Lebenskraft über die Bestandtheile seines Werks, und an

die Stelle eines Puppenspiels, das von einer unbekannten Macht durch
unsichtbare Fäden bewegt wird, treten handelnde Personen. Für jede
dieser handelnden Personen giebt es dann einen besondern Wirkungs=
kreis, in dem sie der Mittelpunkt ist, und in diesem Wirkungskreise er=
scheint eine Reihe von Zuständen, welche Leben genannt wird. Jeder
Zustand gründet sich auf ein bestimmtes Verhältniß des freien selbst=
ständigen Wesens zu der Welt, welche es umgiebt. Beide werden in
einem Zusammenhange gedacht, durch welchen die Thätigkeit des einen
in die Empfänglichkeit des andern eingreift.

Freiheit, Persönlichkeit, Zustand und Leben als Gegenstände der
Kunst betrachtet, sind keine metaphysische Begriffe, sondern Merkmale,
die durch den innern Sinn in uns selbst wahrgenommen, und auf andre
Wesen übergetragen werden. Durch Selbstbewußtseyn unterscheiden wir
in uns Abhängigkeit und Unabhängigkeit von der Außenwelt.
Das Unabhängige in uns nennen wir Vermögen. Dieß äußert sich
theils durch Empfänglichkeit, indem es das Bestimmte in der Außen=
welt auffaßt, theils durch Thätigkeit, indem es den gegebenen Stoff in
der Außenwelt nach eigner Willkühr bestimmt. Durch dieses Bestimmt=
werden und Bestimmen fühlen wir uns mit der Außenwelt in demjenigen
Zusammenhange, welchen wir Zustand nennen. In einem solchen Zu=
stande können wir bestimmte Merkmale wahrnehmen, ohne von unsrer
eignen Natur und der Beschaffenheit der äußern Gegenstände eine deut=
liche Vorstellung zu haben. Alsdann betrachten wir das Verhältniß
unsers Vermögens nicht zu einem einzelnen Gegenstände, sondern zu
unsrer Außenwelt überhaupt. So gab es auch für die Gestalt bestimmte
Umrisse, ohne daß wir von dem, was sowol innerhalb, als außerhalb
dieser Umrisse vorhanden war, etwas deutlich erkannten. Wie dort nur
die Ausdehnung im Raume begränzt wurde, so hier nur das Vermögen
in der Reihe von Ursachen und Wirkungen.

Unter der Voraussetzung, daß ein innrer Trieb unser Daseyn zu
erweitern und der äußern Beschränkung zu widerstehen seine Wirksam=
keit nie gänzlich verliert, sind uns die Gränzen unsers Vermögens nicht
gleichgültig. Ihre Wahrnehmung ist daher von gewissen Gefühlen, von
Freude oder Schmerz, und ihren mannichfaltigen Mittelstufen begleitet.

An diesen Gefühlen erkennt der innere Sinn, in wie weit jener allgemeine Lebenstrieb durch **unser gegenwärtiges Verhältniß zur Außenwelt** befriedigt wird, **und dieß** gehört zu den bestimmten Merkmalen des Zustandes.

Um nun dieß Merkmal eines Zustandes auch an andern lebenden Wesen wahrzunehmen, **bedürfen wir gewisser äußern Zeichen**, welche den Grad jener Gefühle bestimmt andeuten. Und solche Zeichen finden wir in der **Bewegung**. Daher ist sie für alle **Künste**, welche unmittelbar auf die äußern Sinne wirken, das anerkannte Mittel **zur Darstellung eines Zustandes**. Auch in den **Werken des Bildhauers und Mahlers** wird die Lage der beweglichen Theile des Körpers nur dadurch für den Zustand bedeutend, daß sie die Spur einer vorhergegangenen Bewegung enthält. Im **Tanz** und in der Schauspielkunst erscheint die Bewegung zwar mit Gestalt verknüpft, aber auf jener allein haftet **die** Aufmerksamkeit beim eigentlichen Kunstgenusse, und die Gestalt ist gleichsam nur das Gerüste des Kunstwerks. Es entsteht daher die Frage, **ob nicht auch Bewegung ohne Gestalt** zur Darstellung zureichend sei, so wie es Gestalt ohne Bewegung ist.

Die Gestalt verschwindet **bei einer Bewegung, die wir** nicht durch sichtbare, sondern durch **hörbare** Merkmale wahrnehmen. Daß wir **aber solche** Merkmale in einer Reihe **von** Tönen zu finden glauben, lehrt uns schon der Sprachgebrauch. Sind es nur bildliche Ausdrücke, **wenn wir** von einer Fortschreitung der Melodie, von einem Auf- und Absteigen der Stimme reden, oder giebt es wirklich eine Aehnlichkeit zwischen der Bewegung der Gestalt **im Raum, und der Bewegung des** Klangs innerhalb der Tonleiter?

Die **Höhe und Tiefe der Töne** wird von dem **Ohr** auf ähnliche Art unterschieden, **wie von dem Auge** die Farben. Sind zwei Töne **von** verschiedner Höhe gegeben, so wird die Phantasie veranlaßt, noch **höhere** und tiefere Töne zu denken, und dadurch **gelangt** sie zu der Vorstellung **einer** Tonleiter, indem sie die Reihe der Abstufungen gegen die beiden äußersten Gränzen, wo **das Ohr** die Höhe und Tiefe nicht mehr **unterscheidet**, verlängert.

Ist **in einer Reihe** von Tönen **außer** der Mannichfaltigkeit der Höhe und Tiefe **auch** die Einheit **eines** besondern Schalls hörbar, so

7*

vernehmen wir einen bestimmten Klang. Dieser Klang — das Be=
harrliche in der Melodie — ist für das Ohr eben das, was in der
sichtbaren Bewegung die beharrliche Masse für das Auge ist. Wie diese
ihren Ort verändert, so verändert jener seine Stelle in der Tonleiter.

Eine solche Bewegung eines Klangs hören wir an uns selbst nicht
bloß im Gesange, sondern auch in der Rede. Jeder Laut unsrer
Stimme hat eine bestimmte Stelle auf der Tonleiter, und diese Stelle
würden wir auch im Sprechen wahrnehmen, wenn der Ton so zu uns
gelangte, wie ihn die Stimmritze angiebt, und nicht wie er durch das
Geräusch der übrigen Sprachorgane unterdrückt wird. Eine bestimmte
Höhe oder Tiefe des Tons wird hörbar, sobald man dieß Geräusch von
ihm absondert, wie uns beim Aushalten eines Vokals die Erfahrung lehrt.

Durch Selbstgefühl sind wir uns bewußt, daß die Bewegung des
Klangs unserer Stimme durch unsere eigne Thätigkeit bestimmt wird.
Diese Bewegung gehört zu dem, was wir, als unabhängig von der
Außenwelt, von dem Abhängigen in uns unterscheiden, zu den Aeuße=
rungen unserer Freiheit. Daher ahnen wir Freiheit und Persönlichkeit
in jeder Bewegung eines bestimmten Klangs. Dieser Klang ist für
unser Ohr die sinnliche Form eines freien lebendigen Wesens, so wie
es die bewegliche Gestalt für unser Auge ist.

Sind nun in der Bewegung der Gestalt die sinnlichen Zeichen eines
bestimmten Zustandes nicht zu verkennen, so fragt sich's, ob die Bewegung
des Klangs weniger bedeutend sey. Die Gebehrdensprache wird allerdings
von einer größern Anzahl für verständlicher gehalten, als die Sprache der
Töne, allein dieser Unterschied verdient noch eine genauere Untersuchung.

Was in der Gebehrdensprache ein bestimmtes Ziel der Bewegung
bezeichnet, giebt ihrer Darstellung ohne Zweifel eine Deutlichkeit, die
wir in einer Reihe von Tönen vermissen. Durch Wahrnehmung dieses
Ziels entsteht eine bestimmte Vorstellung von dem Gegenstande der
Begierde, des Abscheus, der Furcht, des Zorns und der Liebe. Auch
in der Musik giebt es zwar ein Ziel der Bewegung, den Hauptton der
Melodie. In dem Verhältnisse, wie sich die Fortschreitung des Klangs
diesem Ziele nähert, oder sich von ihm entfernt, vermehrt oder ver=
mindert sich die Befriedigung des Ohrs. Aber dieses Ziel der musi=

kalischen Bewegung bezeichnet nichts in der sichtbaren Welt. Was es andeutet, ist ein unbekanntes Etwas, das von der Phantasie nach Will- kühr, als irgend ein einzelner Gegenstand, oder als eine Summe von Gegenständen, als die Außenwelt überhaupt, gedacht werden kann.

Zugegeben aber, daß die musikalische Darstellung in dieser Rück- sicht weniger vollständig ist, und der Einbildungskraft mehr zu ergänzen übrig läßt, als Tanzkunst und Mimik, so haben wir im Vorhergehenden an dem Beispiele der Bildhauerkunst gesehen, daß die Bestimmtheit der Darstellung nicht von ihrer Vollständigkeit abhängt. Selbst in der Gebehrdensprache bleibt auch alsdann noch, wenn das Ziel der Bewegung nicht angedeutet wird, in der Art der Bewegung Bestimmt- heit genug übrig, und es entsteht die Frage, ob wir von dieser Be- stimmtheit allein etwas dem ähnliches erwarten dürfen, was wir in den bloßen Umrissen der Gestalt finden.

Der schwebende Gang der Freude und der schwere Tritt des Kummers sind in der Gebehrdensprache allgemein verständlich, auch wenn wir in beiden Fällen von der Richtung dieser Bewegungen keine deut- liche Vorstellung haben. Was diese Zeichen bedeutend macht, ist ein gewisser Zusammenhang, den wir in uns selbst zwischen diesen Unter- schieden der Bewegung und den Unterschieden unsers Zustandes wahr- genommen haben, und den wir von uns auf andre lebende Wesen über- tragen. In den Bewegungen der fremden Gestalt erkennen wir uns selbst wieder.

Von ähnlicher Art ist der Unterschied zwischen dem Jauchzen der Fröhlichkeit und dem gepreßten Tone des Schmerzens. Was für einen Zustand diese Verschiedenheit bezeichnet, wissen wir nicht bloß aus eigner Erfahrung von der Art, wie diese Gefühle in uns selbst sich ankün- digten, sondern auch durch eine gewisse Sympathie, die schon bei der Gebehrdensprache, obwol in einem unmerklichern Grade, sich äußert.

Vorausgesetzt nun, daß es für die stumpfesten und ungeübtesten Sinne deutliche Merkmale giebt, wodurch sich die Zeichen der Freude von den Zeichen des Schmerzens in Gebehrden und Tönen unter- scheiden, so sind dadurch auch für eine unendliche Menge von Ab- stufungen beider entgegengesetzten Gefühle bestimmte Zeichen gegeben.

Der feinere und geübtere Sinn vergleicht die weniger verständlichen Gebehrden und Töne mit den allgemein verständlichen, und entdeckt mehr oder weniger Aehnlichkeit mit den anerkannten Zeichen der Freude und des Schmerzens. So bereichert sich die Gebehrdensprache, und, wo es nicht an Gelegenheit fehlt, den Sinn des Gehörs eben sowol, als den Sinn des Gesichts zu üben, auch die Sprache der Töne. Daß zu Wahrnehmung feiner Unterschiede das Ohr weniger tauglich sei, als das Auge, läßt sich im Allgemeinen nicht behaupten, aber der einzelne Mensch kann sich in Lagen befinden, wo er öfter veranlaßt wird, das Sichtbare, als das Hörbare zu vergleichen. Alsdann werden ihm Tanz und Schauspielkunst verständlicher seyn, als Musik, so wie diese hingegen zu demjenigen deutlicher sprechen wird, dessen Aufmerksamkeit mehr auf Tönen, als auf Gestalten haftet.

Wenn es der Musik nicht an deutlichen Zeichen fehlt, um einen bestimmten Zustand zu versinnlichen, so ist ihr dadurch auch die Möglichkeit der Charakterdarstellung gegeben. Was wir Charakter nennen, können wir überhaupt weder in der wirklichen Welt, noch in irgend einem Kunstwerke unmittelbar wahrnehmen, sondern nur aus demjenigen folgern, was in den Merkmalen einzelner Zustände enthalten ist. Es fragt sich also nur, ob auch in einer solchen Reihe von Zuständen, wie sie durch Musik dargestellt wird, Stoff genug vorhanden sei, um daraus die bestimmte Vorstellung eines Charakters zu bilden.

Der Begriff des Charakters setzt ein moralisches Leben voraus, ein Mannichfaltiges im Gebrauche der Freiheit, und in diesem Mannichfaltigen eine Einheit, eine Regel in dieser Willkühr. Eine solche Regel wird entweder unmittelbar wahrgenommen, indem man aus der Reihe von Erscheinungen eines moralischen Lebens das Gemeinsame heraushebt, oder sie wird durch einen Schluß aus einzelnen Zügen gefolgert, wenn diese eine Ursache voraussetzen, deren Wirksamkeit sich dem Gesetze der Analogie nicht auf einen einzigen Fall einschränken kann. Zu diesen charakteristischen Zügen gehören besonders solche Handlungen, die mit den äußern Verhältnissen im Widerspruche stehen, und wozu wir also einen Grund innerhalb der Person zu suchen genöthigt werden. Durch dieses Mittel bewirkt der Dichter eine reiche und lebendige Cha-

rakterdarstellung auch in einem kleinen Umfange von Begebenheiten. So
sehen wir Achill und Priamus einander gegenüber bei einem traulichen
Mahle — jener vergißt den Vater Hektors, dieser den Mörder des
Sohns — einer ist im Anschauen des andern verloren, und beide ehren
die höhere menschliche Natur.

Auf ähnliche Art verfahren auch andre Künstler, und je reich=
haltiger ihre Produkte an solchen bedeutenden Zügen sind, desto voll=
kommner ist ihre Charakterdarstellung. Das Beispiel des Tänzers und
Schauspielers lehrt uns, wie viel besonders durch die Zeichen der Be=
wegung für diesen Zweck geleistet werden kann. Gilt nun eben dies
auch von der Sprache der Töne, oder giebt es hierin einen Unterschied
zwischen den Bewegungen der Gestalt und den Bewegungen des Klangs?

Auch hier äußern sich allerdings die Folgen des Umstandes, daß
in einer Reihe von Tönen kein bestimmtes Ziel, sondern nur eine be=
stimmte Art der Bewegung wahrgenommen wird. Was der Tänzer
und Schauspieler durch dieses Ziel andeutet, fehlt in der Charakter=
darstellung des Tonkünstlers. Daher vermißt man alles dasjenige bei
ihm, was irgend einen fortdauernden Trieb nach einem besondern
Gegenstande betrifft. Aber es fragt sich, ob nicht auch alsdann noch
bestimmte Merkmale in der Vorstellung eines Charakters übrig bleiben,
wenn sie von irgend einer besondern Richtung der Triebe nichts be=
stimmtes enthält.

Außer den Verschiedenheiten der besondern Gegenstände, auf welche
unsre Triebe gerichtet sind, giebt es noch einen allgemeinen Unterschied,
der die Triebe überhaupt in zwei Klassen abtheilt. Ihr Zweck ist
entweder unsre Thätigkeit oder unsre Empfänglichkeit zu äußern,
zu bestimmen, oder bestimmt zu werden. Von diesen beiden entgegen=
gesetzten Klassen der Triebe verliert keine ihre Wirksamkeit gänzlich, so
lange das Leben selbst währt, aber sie beschränken einander gegenseitig, und
in einzelnen Momenten hat bald der Trieb der Thätigkeit, bald der Trieb
der Empfänglichkeit das Uebergewicht. Wird nun zwischen beiden ein
bestimmtes fortdauerndes Verhältniß wahrgenommen, so gehört dieß zu
den Merkmalen des Charakters. Daher das männliche und weibliche
Ideal, und die unendlich mannichfaltigen Abstufungen zwischen beiden.

Giebt es nun in der Musik deutliche Zeichen für ein bestimmtes
Verhältniß der männlichen Kraft zur weiblichen Zartheit, so ist da=
durch eine Charakterdarstellung möglich, welche in Ansehung dieses
Merkmals völlig bestimmt ist, wenn sie gleich die Ergänzung der
andern Merkmale dem freien Spiele der Einbildungskraft überläßt.
In den Umrissen und Bewegungen der Gestalt erkennt ein geübtes
Auge die kleinsten Abstufungen der Männlichkeit und Weiblichkeit. Auch
verliert das Bild der Phantasie dadurch nichts an Bestimmtheit, daß
man es nicht durch Worte beschreiben kann.   Denn welche Sprache
wäre wol reich genug, um die unendliche Mannichfaltigkeit der feinsten
Unterschiede dieses Merkmals andeuten zu können? Ist aber die Frage,
ob es für diese Unterschiede in dem Klange und seiner Bewegung
deutliche Zeichen gebe, so dürfen wir nicht vergessen, was schon bei
den hörbaren Zeichen des Zustandes bemerkt worden ist, daß es nehmlich
dem Sinn des Gehörs deswegen an sich selbst nicht an Feinheit fehlt,
weil er in mehreren Fällen nicht eben so viel Gelegenheit zur Uebung
und Ausbildung hatte, als der Sinn des Gesichts.   Daß es für den
äußersten Grad der Männlichkeit und Weiblichkeit in einer Reihe
von Tönen einen eben so allgemein verständlichen Ausdruck giebt, als
für Freude und Schmerz, bedarf wol keines Beweises. Auch dem un=
geübtesten Ohr, das den Klang der Posaune und der Flöte, den Marsch
und die ländliche Tanzmusik, den Kirchenhymnus und das Adagio des
einzelnen Sängers oder Instrumentisten gegeneinander hört, braucht man
diese Unterschiede nicht zu erklären. Aus diesen Zeichen aber von an=
erkannter Bedeutung bildet sich nach und nach eine Sprache wie bei
den Zeichen des Zustandes, indem man die undeutlichern Zeichen mit
den deutlichern vergleicht, und mehr oder weniger Aehnlichkeit zwischen
ihnen bemerkt.

Die unverkennbarsten Zeichen des Charakters finden sich in der
Verschiedenheit des Klangs. Die mannichfaltigen Grade des Rauhen
und Sanften, wodurch sich Menschenstimmen und Instrumente unter=
scheiden, sind daher eines von den brauchbarsten, aber nicht das einzige
Mittel der Charakterdarstellung in der Musik.

In der Bewegung des Klanges bemerken wir theils die Unter=

schiede der Dauer, theils die Unterschiede der Beschaffenheit. Jene sind für die Charakterdarstellung die wichtigsten. Das Regelmäßige in der Abwechselung von Tonlängen — Rhythmus — bezeichnet die Selbstständigkeit der Bewegung. Was wir in dieser Regel wahrnehmen, ist das Beharrliche in dem lebenden Wesen, das bei allen äußern Veränderungen seine Unabhängigkeit behauptet. Daher der hohe Werth des Rhythmus in der griechischen Musik, Poesie und Tanzkunst. Das ruhige Fortschreiten der Würde, und das Schweben der Anmuth haben diese Künste mit einander gemein. „Das Wortlose", sagt Klopstock, „wandelt in einem guten Gedicht umher, wie in Homers Schlachten die nur von wenigen gesehenen Götter."

Ueber die Melodie der Griechen haben wir nur dunkle und unvollständige Nachrichten, aber was sie im Rhythmus leisteten, können wir schon an dem einzigen Beispiele zweier Versarten erkennen: der Alcäischen, und der Sapphischen. Jene ist eine musterhafte Darstellung des männlichen, diese des weiblichen Ideals. Der Deutsche — der es aber bedarf von Zeit zu Zeit an seine Schätze erinnert zu werden — braucht solche Muster so weit nicht zu suchen. Nur zwei Beispiele von eben dem Dichter, der den Werth des Rhythmus so gut erkannte:

> Komm! ich bebe vor Lust! Reich mir den Adler
> Und das triefende Schwerdt! komm, athme und ruhe
> Hier in meiner Umarmung
> Aus von der donnernden Schlacht. —

Und dieser Heldin gegenüber das ängstliche Mädchen:

> Aber in dunkler Nacht ersteigst du Felsen,
> Schwebst in täuschender dunkler Nacht auf Wassern;
> Theilt' ich nur mit dir die Gefahr zu sterben;
> Würd' ich Glückliche weinen?

Was durch die Melodie unmittelbar dargestellt wird, ist der Zustand, das Vorübergehende im Gegensatz des Beharrlichen, der Grad des Lebens in dem einzelnen Momente. Die Bewegung innerhalb der Tonleiter besteht in einem unaufhörlichen Schwanken zwischen Realität und Beschränkung. Im Verhältniß der einzelnen Töne zum Hauptstone auf, welchem die Einheit der Melodie beruht, erscheint das

Streben nach einem Ziele, bald Annäherung, bald Entfernung, und endlich Ruhe, wenn es erreicht ist. Neben diesen Veränderungen kann es aber auch in der Melodie etwas Beharrliches geben, gewisse Gränzen nehmlich in dem Umfange der melodischen Bewegung, ein gewisses Ebenmaas in der Art der Fortschreitung. Und in diesem Beharrlichen erkennen wir eine bestimmte Kraft oder Zartheit des Charakters. Daher vielleicht die scheinbare Aengstlichkeit der Kunst-Polizei bei den Griechen in Ansehung dieser Merkmale des Charakters. Daher der Censor-Eifer des Spartaners, der auf der Cither des Timotheus nicht mehr als sieben Saiten duldete.

Ob sich die Musik der Griechen bloß auf Rhythmus und Melodie einschränkte, oder ob sie auch das kannten, was wir Harmonie nennen, ist in der Geschichte der Tonkunst noch eine Streitfrage. Es hat neuere Theoretiker gegeben, die wegen dieses Umstandes an dem Werthe der Harmonie überhaupt noch gezweifelt haben. Diese zu widerlegen ist hier der Ort nicht; aber es bedarf nur eines flüchtigen Blicks, um sich von der Wichtigkeit der Harmonie wenigstens für die Charakterdarstellung zu überzeugen. Durch eine Verbindung zugleich tönender Stimmen wird es möglich die Melodie und den Rhythmus unter diese Stimmen zu vertheilen. Leidenschaft und Charakter können beides abgesondert durch verschiedne Bewegungen lebendiger und bestimmter versinnlicht werden, ohne daß das Gleichgewicht zwischen beiden aufgehoben wird, was zur vollkommensten Wirkung des Ganzen erforderlich ist. Jeder Gedanke, jede Empfindung, die durch den Zustand erweckt wird, und gleichsam als ein einzelnes lebendes Wesen sich durch die Töne einer Menschenstimme, oder eines nachahmenden Werkzeugs verkündigt, bereichert das Ideal der Phantasie, und erhöht die Vorstellung von der Kraft, die in einem solchen Kampfe nicht unterliegt. In diesem Umfange und Grade giebt es vielleicht keine andre Darstellung in der Musik für das Erhabene des Charakters.

Ueber Wilhelm Meisters Lehrjahre.

Aus einem Briefe vom Jahre 1796.*)

*) Körner an Schiller. Dresden, 5. November 1796. — Ueber Wilhelm Meisters Lehrjahre. (Aus einem Briefe an den Herausgeber der „Horen".) Schillers „Horen". Jahrgang 1796. Zwölftes Stück, S. 105. — Aesthetische Ansichten. V. S. 119.

Schiller hatte Körners Brief vom 5. November 1796 über Goethes „Wilhelm Meister" am 16. November an Goethe gesandt, welcher bereits am folgenden Tage antwortete: „Der Körnerische Brief hat mir sehr viel Freude gemacht, um so mehr als er mich in einer entschiedenen ästhetischen Einsamkeit antraf. Die Klarheit und Freiheit, womit er seinen Gegenstand übersieht, ist wirklich bewundernswerth; er schwebt über dem Ganzen, übersieht die Theile mit Eigenheit und Klarheit. — — Bei diesem Aufsatz ist es aber auch überhaupt sehr auffallend, daß sich der Leser sehr productiv verhalten muß, wenn er an irgend einer Production Theil nehmen will." (Goethe an Schiller. Weimar, 19. November. Briefwechsel zwischen Schiller und Goethe. 4. Aufl. Stuttgart, 1881. I., S. 198.) Darauf meldete denn Schiller an Körner: „Dein Brief über den Meister hat mich ebenso erfreut, als er mich überrascht hat; und ich unterschreibe Goethes Meinung darüber vollkommen, dessen Brief ich Dir hiermit übersende. Hoffentlich wirst Du es billigen, daß ich diese Gedanken über den Meister, ganz so wie sie sind, als Auszug aus einem Briefe, in die Horen einrücke. In der anspruchslosen Manier müssen sie Jedem lieb sein, der den Roman gelesen hat und werden sicher mehr wirken, als eine Recension in forma." (Schiller an Körner. Jena, 21. November 1796. Briefwechsel II., S. 231.) Körner konnte nur erwiedern: „Daß mein Aufsatz über den Meister bei Dir und Goethen soviel Glück gemacht hat, mußte mir natürlicher Weise sehr gütlich thun. — Daß Du diesen Aufsatz in die Horen einrücken willst, magst Du verantworten." (Körner an Schiller. Dresden, 25. November 1796. Briefwechsel II., S. 232.) — Auf Schillers Verantwortung nahm er den Brief in seine „Aesthetischen Ansichten" herüber. Der Abdruck erfolgt nach diesen.

Ich verweile zuerst bei einzelnen Bestandtheilen, und freue mich in der Darstellung der Charaktere so gar nichts von den schwarzen Schatten zu finden, die nach einem gewöhnlichen Vorurtheile zum Effekt des Kunstwerks nothwendig seyn sollen. An einen privilegirten Teufel, durch den alles Unheil geschieht, ist hier nicht zu denken. Selbst Barbara ist im Grunde nicht bösartig, sondern nur eine gemeine Seele. Unter dem Druck der Bedürfnisse fehlt es ihr an Empfänglichkeit für jedes feinere Gefühl. Gleichwol hat sie wahre Anhänglichkeit an Marianen und Felix. Das größte Leiden — Marianens Schicksal — wird durch einen schätzbaren Menschen aus einer edlen Triebfeder veranlaßt.

Eben so wenig erscheint ein übermenschliches Ideal. Ueberall findet man Spuren von Gebrechlichkeit und Beschränkung der menschlichen Natur, aber was dabei den Hauptfiguren das höhere Interesse giebt, ist das Streben nach einem Unendlichen. Aus den verschiednen Richtungen dieses Strebens entsteht die Mannichfaltigkeit der Charaktere. In endlichen Naturen muß sich dadurch oft Einseitigkeit und Mißverhältniß erzeugen, und dieß sind die Schatten des Gemähldes, die Dissonanzen der Harmonie. Daher bei Jarno die Kälte und Härte des Weltmanns. Er strebt nach Klarheit und Bestimmtheit in seinen Urtheilen über die Menschen und ihre Verhältnisse. Wahrheit und Zweckmäßigkeit weiß er zu schätzen, aber das Dunkle und Schwankende ist ihm verhaßt. Enthusiasmus kennt er nicht, selbst die Kunst verehrt er nur in der Entfernung, weil er sich von ihrem Verfahren nicht Rechenschaft geben kann. Doch wirkt das Vollendete auf ihn. Daher seine Achtung gegen das Streben nach Vollendung im Lothario. An Shakespear schätzt er nur den Stoff — die Wahrheit der Darstellung. Er heirathet Lydien nicht aus Freundschaft für Lothario, sondern weil

ihn die Wahrheit der Empfindung anzieht. So ist die Trockenheit
und der Mangel an Humanität bei Nataliens Tante die Folge
ihrer übersinnlichen Existenz. Dagegen muß die idealisirte Sinnlichkeit
bei Philinen in ihrer höchsten Freiheit zuweilen ausarten, da ihr durch=
aus keine moralische Zucht das Gegengewicht hält. Nur ein paar
Figuren erscheinen gleichsam als höhere Wesen in einer Glorie — der
Großonkel Nataliens und der Abbé — aber sie stehen im Hintergrunde
und von den Umrissen ihrer Gestalt ist wenig zu sehen.

Besondre Kunst finde ich in der Verflechtung zwischen den Schick=
salen und den Charakteren. Beide wirken gegenseitig in einander.
Der Charakter ist weder bloß das Resultat einer Reihe von Begeben=
heiten, wie die Summe eines Rechnungsexempels, noch das Schicksal
bloß Wirkung des gegebenen Charakters. Das Persönliche entwickelt
sich aus einem selbstständigen unerklärbaren Keime, und diese Ent=
wicklung wird durch die äußern Umstände bloß begünstigt. Dieß ist
die Wirkung des Puppentheaters bei Meister und der Brustkrankheit
bei der Stiftsdame. So sind die merkwürdigsten Ereignisse in Meisters
Leben — sein Aufenthalt auf dem Schlosse des Grafen — der Räuber=
anfall — der Besuch bei Lothario — zum Theil die Folgen einer
freien Wahl, die in seinem Charakter gegründet war. Das Ganze
nähert sich dadurch der wirklichen Natur, wo der Mensch, dem es nicht
an eigner Lebenskraft fehlt, nie bloß durch die, ihn umgebende, Welt
bestimmt wird, aber auch nie alles aus sich selbst entwickelt. Ein
reicher Garten zeigt sich dem Auge, wo die schönsten Pflanzen von
selbst zu gedeihen scheinen, und jede Spur des Künstlers verschwindet.
Aber die Macht des Schicksals zeigt sich auch an zwei Personen, Mignon
und dem Alten. Hier unterliegt eine zarte Natur dem gewaltsamen
Druck der äußern Verhältnisse. Dieser tragische Stoff stört vielleicht
die Totalwirkung bei einem großen Theile des Publikums, der sich
bei Betrachtung eines Kunstwerks bloß leidend verhält. Die rührende
Erscheinung concentrirt die Aufmerksamkeit auf einen einzigen Punkt.
Aber wer seine Besonnenheit gegen diesen Eindruck wenigstens beim
zweiten Lesen behauptet, erkennt wie sehr das Ganze durch eine solche
Beimischung an Würde gewinnt.

Die Einheit des Ganzen denke ich mir als die Darstellung einer schönen menschlichen Natur, die sich durch die Zusammenwirkung ihrer innern Anlagen und äußern Verhältnisse allmählich ausbildet. Das Ziel dieser Ausbildung ist ein vollendetes Gleichgewicht — Harmonie mit Freiheit. Je größer das Maas der einzelnen Kräfte, je mächtiger die einander entgegengesetzten Triebe, desto mehr wird dazu erfodert, um in diesem Chaos Einheit ohne Zerstörung zu erschaffen. Je mehr Bildsamkeit in der Person, und je mehr bildende Kraft in der Welt, die sie umgiebt, desto reichhaltiger die Nahrung des Geistes, die eine solche Erscheinung gewährt.

Was der Mensch nicht von außen empfangen kann — Geist und Kraft — ist bei Meistern in einem Grade vorhanden, für den der Phantasie keine Gränzen gesetzt sind. Sein Verstand ist mehr als die Geschicklichkeit, ein gegebenes endliches Ziel zu erreichen. Seine Zwecke sind unendlich, und er gehört zu der Menschenklasse, die in ihrer Welt zu herrschen berufen ist. In der Ausführung dessen, was er mit Geist gedacht hat, zeigt er Ernst, Liebe und Beharrlichkeit. Der Erfolg seiner Thätigkeit bleibt immer in einem gewissen Helldunkel, und dadurch wird der Einbildungskraft des Lesers freier Spielraum gelassen. Wir erfahren nur seine gute Aufnahme auf dem Schlosse des Grafen, seine Gunst bei den Damen, den Beifall bei der Aufführung des Hamlet, aber keines seiner dichterischen Produkte wird uns gezeigt. Seine Seele ist rein und unschuldig. Ohne einen Gedanken an Pflicht, ist ihm durch eine Art von Instinkt das Gemeine, das Unedle verhaßt, und von dem Trefflichen wird er angezogen. Liebe und Freundschaft sind ihm Bedürfniß, und er ist leicht zu täuschen, weil es ihm schwer wird, irgendwo etwas Arges zu ahnen. Er strebt zu gefallen, aber nie auf Kosten eines andern. Es ist ihm peinlich, irgend jemanden eine unangenehme Empfindung zu machen, und wenn Er sich freut, soll alles, was ihn umgiebt, mit ihm genießen. Seine Bildsamkeit ist ohne Schwäche. Muth und Selbstständigkeit beweißt er, wie er die Mignon von dem Italiener befreit, wie er sich gegen die Räuber vertheidigt, wie er gegen Jarno und den Abbé seine Unabhängigkeit behauptet. Die persönliche Autorität

des Abbés, die doch in einem Zirkel vorzüglicher Menschen von so
großem Gewicht ist, überwältigt ihn nicht. Philine ist da, wo sie
liebenswürdig ist, sehr reizend für ihn, aber sie beherrscht ihn nicht.
Jarno wird ihm verhaßt, da er die Aufopferung des Alten und der
Mignon von ihm verlangt. Zu diesen Anlagen kommt noch ein-
nehmende Gestalt, natürlicher Anstand, Wohlklang der Sprache.

Für ein solches Wesen mußte nun eine Welt gefunden werden,
von der man die Bildung nicht eines Künstlers, eines Staatsmanns,
eines Gelehrten, eines Mannes von gutem Ton — sondern eines
Menschen erwarten konnte. Durch ein modernes Costum mußte die
Darstellung dieser Welt lebendiger werden. Das antike Costum erleichtert zwar das Idealisiren, und verwahrt vor manchen Armseligkeiten der Wirklichkeit, aber die Umrisse der Gestalten erscheinen in
einer Art von Nebel, und die Wirkung des Gemähldes wird durch
die unvollständige Bestimmtheit geschwächt. Ein Ideal, dessen einzelne
Elemente wir in der gegenwärtigen Welt zerstreut finden, giebt der
Phantasie ein weit anschaulicheres Bild. In einem mindern Grade findet
sich dieser Unterschied auch zwischen dem einheimischen und ausländischen
Costum, und schon dieß konnte den Dichter, der zunächst für das deutsche
Publikum schrieb, bestimmen, eine deutsche Welt zu wählen. Aber es
fragt sich auch, ob man, sobald es auf die Bildung eines Menschen
ankommt, durch eine französische, englische oder italienische Welt viel
gewonnen haben würde, und ob es nicht gerade für den Deutschen
vortheilhaft sei, daß sich in seinem Vaterlande zu einer zwar glänzenden
aber einseitigen Ausbildung weniger günstige Umstände vereinigen.

Es war eine lebendige Phantasie vorhanden, die vollständig entwickelt werden sollte. Hierzu gehörte ein gewisser Wohlstand, und
Freiheit vom Druck der Bedürfnisse, aber keine zu günstigen Verhältnisse in der wirklichen Welt. Die Vortheile der höhern Stände gleichen
dem Apfel der Proserpina; sie fesseln an die Unterwelt. Wer sich für
seinen Stand begeistern kann, wird in diesem Staube vieles leisten,
aber eben so wenig wie Werner sich je über seinen Stand erheben

Eine schöne Gestalt zog ihn an; seine Einbildungskraft lieh ihr
alle Vorzüge des Geistes. Marianens Seele glich einer unbeschriebenen

Tafel, wo nichts seinem Ideale widersprach; er sah sich geliebt, und war glücklich. Sie war nichts, als ein liebendes Mädchen, zu wenig für seine Gattin, zu viel um von ihm verlassen zu werden. Ihr Tod war nothwendig. Sie erscheint dabei in dem glänzendsten Lichte, aus Meisters Seele verschwindet alle Bitterkeit, die bei dem Gedanken, von ihr getäuscht worden zu seyn, sonst nie vertilgt werden konnte, und wir sehen mit Wohlgefallen, daß Meisters Instinkt richtiger urtheilte, als Werners Weltklugheit.

Das Theater ist die Brücke aus der wirklichen Welt in die ideale. Für einen jungen Mann, den sein nächster **Wirkungskreis** nicht verzog, und der keine bessere **Sphäre** kannte, mußte es unwiderstehliche Reize haben. Für ihn wurde es eine Schule der Kunst überhaupt; aber er war nicht zum Künstler berufen. Es war ihm bloß Bedürfniß seine bessern Ideen und Gefühle laut werden zu lassen. Das Culissenspiel der theatralischen Darstellung mußte ihm bald widrig werden.

Er sollte auch die glänzende Seite der wirklichen Welt kennen lernen. Ein leichtfertiges Mädchen war seine erste Lehrerin. In Philinen erschien ihm das höchste **Leben**, aber freilich nicht in einer dauernden Gestalt. Eine Reihe von mannichfaltigen Gestalten ging vor ihm vorüber, und unter diesen waren einige so lieblich, daß sie ihre Wirkung auf ihn nicht verfehlen konnten.

Diesem Uebermaas von Gesundheit stellten sich zwei kranke Wesen gegenüber: Mignon und der Harfenspieler. In ihnen erscheint gleichsam eine Poesie der **Natur**. Wo Meister durch die äußern Verhältnisse abgespannt wird, giebt ihm das Anschauen dieser Wesen einen neuen Schwung.

Die Gräfin war ganz dazu geschaffen, das Bestreben zu gefallen bei Meistern zu erregen. Eine gewisse Würde, mehr des Standes als des Charakters, vereinigte sich in ihr mit holder weiblicher Schwäche. Seine **Phantasie** hatte sie vergöttert. Er fühlte sich angezogen durch ihre Freundlichkeit, und entfernt durch die äußern Verhältnisse. Diese gemischte Empfindung spannte alle seine Kräfte. Sie erscheint auf einer niedrigen Stufe durch die Reue und Furcht, mit der sie ihre Leidenschaft verbüßt. Aber selbst in ihrer Buße ist Grazie, und beim letzten Abschiede wird sie uns wieder **äußerst** liebenswürdig.

Aurelie giebt ein warnendes Beispiel, was Leidenschaft und Phan-

tasie für Zerstörung in einem Wesen edler Art anrichtet, wo es an
Harmonie der Seele fehlt.

In Nataliens Tante dagegen ist **Ruhe,** aber durch Zerschneidung
des Knotens, durch Abgeschiedenheit von der sinnlichen Welt. Ihre
Frömmigkeit hat als ein vollendet Naturprodukt wirklich etwas Er=
habenes; aber wie viel schöne Blüthen mußten ersterben, damit eine
solche Frucht gedeihen konnte! Indessen sind ihre Härten durch Toleranz
möglichst gemildert, und ihre Hochschätzung **Nataliens** ist ein schöner
Zug, der sie der Menschheit wieder nähert.

Eine andre Art von innrer Ruhe, aber mit ununterbrochner
äußrer Thätigkeit **vereinigt,** zeigt sich in Theresen. Hier ist Leben
mit Gestalt vereinigt, aber in diesem Leben fehlt eine gewisse Würze.
Keine Kämpfe und keine Ueberspannung, aber auch keine Liebe und
keine Phantasie. Gleichwohl hat ihr ganzes Wesen eine Klarheit und
Vollendung, die für denjenigen äußerst anziehend sind, der den Mangel
dieser Vorzüge in sich selbst oft schmerzlich gefühlt hat. Zugleich herrscht
in **ihrem** Betragen **immer** eine gewisse Weiblichkeit, die gleichsam **die**
Stelle eines tiefern Gefühls vertritt. Auch fehlt es ihr nicht an Em=
pfänglichkeit für das Große und Schöne, nur sieht ihr heller Blick in
der Wirklichkeit so viel Mängel dabei, daß es bei ihr nie zum En=
thusiasmus kommt. Sie empfindet rein, aber gleichsam im Vorbei=
gehen; ihr **alles** verschlingender Trieb zur Thätigkeit läßt ihr nicht
Zeit **dazu.** Sie wird nie von einem Gefühl überwältigt, aber **sie**
überläßt sich ihm zuweilen aus freier Wahl, wo es in Handlung über=
gehen kann, **und dann** zeigt sie sich von der edelsten Seite.

Bei Natalien ist dieselbe innre Ruhe, dieselbe Klarheit des Ver=
standes, dieselbe Thätigkeit, **aber alles ist von Liebe beseelt.** Diese Liebe
verbreitet sich über ihren ganzen Wirkungskreis, ohne in irgend einem
einzelnen Punkte an Innigkeit zu verlieren. Es erscheint in ihr die
Heiligkeit einer höhern Natur, aber diese Erscheinung ist nicht drückend,
sondern beruhigend und erhebend.

Von Lothario's früherer Geschichte wünschte man wol mehr zu
erfahren, **aber** es ist begreiflich, warum hier gerade nicht mehr davon
gesagt werden konnte. Er hatte in einer **sehr** glänzenden Sphäre gelebt,

und seine Schicksale hätten gleichsam durch ihre Lokalfarben der Haltung
geschadet. Meister mußte immer die **Hauptfigur** bleiben.

Nächst diesen Personen gab es noch besondre Verhältnisse, die auf
Meistern wirkten. Dahin gehört außer der theatralischen Existenz **der
Aufenthalt auf dem Schlosse** des Grafen und **die geheime Gesellschaft.**
Bei der letzteren finde ich das Resultat der **Lossprechung besonders glück-
lich** ausgedacht, weil es durchgängig individuell ist, und eben deswegen
desto mehr Eindruck machen mußte. Aber alle diese Anstalten waren
zu Meisters Bildung nicht hinlänglich. Was sie vollendete, war ein
Kind — ein lieblicher und höchst wahrer Gedanke.

Das Verdienst eines solchen Plans sollte noch durch eine Ausführung
erhöht werden, **wobei man nirgends an Absicht erinnert wurde, und in**
der Spannung der Erwartung, in der Auflösung der Dissonanzen, und
in der endlichen **Befriedigung** einen poetischen Genuß finden mußte, **der**
von dem philosophischen Gehalte ganz unabhängig war. Die Entwicklung
der Begebenheiten ist sinnreich und überraschend, **aber nicht gekünstelt**
und paradox. Bei einer genauen Betrachtung findet man den Grund
dazu entweder in den vorhergehenden Schicksalen, oder in irgend einem
charakteristischen Zuge, oder in dem natürlichsten Gange des menschlichen
Geistes und Herzens. Für einige Dissonanzen gab es keine Auflösung,
die jeden Leser befriedigen konnte. Mignon und der Harfenspieler hatten
den Keim der Zerstörung in sich. Für den Eindruck von Mignons Tode
ist ein Gegengewicht in den Exequien. Der heilige Ernst, **zu dem sie**
begeistern, hebt die Seele **in das Gebiet des Unendlichen empor.** Vielleicht wünscht man nicht **mit Unrecht auch** etwas linderndes **nach dem**
Tode des Harfenspielers. Wenigstens hat der starke Kontrast am Schlusse
zwischen dieser Begebenheit, **und der endlichen Befriedigung für mich**
etwas unmusikalisches. Rousseau fragt **irgendwo, was eine Sonate be-**
deute? Ich möchte ihm antworten: **einen Roman. Wenn ich mir nun**
diesen Roman **in** eine Sonate übersetze, so wünschte ich nach einer so
harten Dissonanz vor dem Schlusse noch einige beruhigende Takte zu hören.

Sollte nicht auch die Deutlichkeit gewinnen, wenn mehr angedeutet
wäre, wie bei Natalien allmählich eine Leidenschaft für Meistern entsteht?
Ueberhaupt scheint **mir der** leichte **Rhythmus, der** in den drei ersten

Bänden die Begebenheiten herbeiführt, sich im vierten zu ändern. Doch
war dieß vielleicht absichtlich zum Behuf der größern tragischen Wirkung
oder um die Spannung überhaupt zu erhöhen.

Bis hieher etwa ging die ästhetische Pflicht des Künstlers, aber
nun begann das Werk der Liebe. Das Gebäude war aufgeführt und
die Totalwirkung erreicht, aber ohne dieser zu schaden, konnte es noch
im Einzelnen durch mannichfachen Schmuck bereichert werden. Dahin ge=
hören die Gedichte, die Gespräche über Hamlet, der Lehrbrief, und so
manche köstliche Nahrung des Geistes, die in den zerstreuten Bemerkungen
über Kunst, Erziehung und Lebensweisheit enthalten ist. Von allem
diesem durfte nichts als bloß angefügte Verzierung erscheinen; jedes
mußte als ein nothwendiger Theil in das Ganze verwebt werden.

Serlo paßt vortrefflich zu einem Gespräch mit Meister. Ihr Kon=
trast ist nicht grell, aber stark genug um den Dialog zu beleben, und
gleichsam vor unsern Augen entspringt die Meinung aus dem Charakter.
Abgesonderte Gespräche ähnlicher Art zwischen diesen beiden Personen,
die wir nun kennen, wären gewiß ein höchst willkommnes Geschenk. Es
fehlt uns noch so sehr an dieser Gattung von Kunstwerken. Auch wünschte
man wohl den Abbé und Natalien zusammen über Erziehung zu hören;
nur möchten sie nicht geneigt seyn, miteinander darüber zu sprechen.

Bei Betrachtung eines Kunstwerks, wie dieses, giebt es einen ge=
wissen Punkt, bis wie weit man dem Künstler nachspüren und sich von
seinem Verfahren Rechenschaft geben kann — aber weiter hinaus entzieht
er sich unsern Blicken, so gern wir ihm auch ins innere Heiligthum
folgen möchten. Wo er unterscheidet, wählt, anordnet, wird er uns
immer deutlicher, je mehr wir mit seinem Werke vertraut werden; aber
vergebens suchen wir den Genius zu belauschen, wenn er dem Bilde
der Phantasie Leben einhaucht. Nur durch seine Wirkungen will er sich
verkündigen. Der gemeine Leser ruft aus: „So etwas erfindet man
nicht; hier muß eine wahre Geschichte zum Grunde liegen" — und den
ächten Kunstfreund durchdringt ein elektrischer Schlag.

> Klar ist der Aether und doch von unergründlicher Tiefe,
> Offen dem Aug', dem Verstand bleibt er doch ewig geheim.

Ueber das Lustspiel.*)

*) Aesthetische Ansichten. VI. S. 115.

Der Abdruck erfolgt aus den „Aesthetischen Ansichten".

Für den Freund der Kunst giebt es kein passenderes Geschäft, als die Vermittelung zwischen dem Künstler und seinem Publikum. Der Gedanke sich zum Sklaven seines Zeitalters herabzuwürdigen, empört den ächten Künstler; er lebt in seiner eignen Welt, freut sich an den Gebilden seiner Phantasie, und wenn er sie in Worten, Tönen oder Gestalten ausspricht, so fragt er nicht nach dem Beifall der Menge, sondern hofft gleichgestimmte Seelen zu erreichen, die mit Liebe empfangen, was er mit Vertrauen darbietet. Unter dem Publikum hingegen giebt es nicht bloß Weichlinge, die für irgend ein Bedürfniß des Luxus oder der Langeweile Befriedigung fodern, oder Gecken, die ihren Scharfblick in Entdeckung verborgner Fehler geltend zu machen suchen, oder Pedanten, die ihren willkührlich erdachten Gesetzen das unendliche Reich der Kunst zu unterwerfen sich anmaßen. Es giebt auch Personen, die bei der innigsten Verehrung für fremdes Verdienst nicht dadurch unterjocht und vernichtet werden, die mehr die Kunst als den Künstler lieben, dessen Nachlässigkeiten sie zwar entschuldigen, aber nicht bewundern, die durch jede Vortrefflichkeit zu neuen Fortschritten auf ihrer eignen Laufbahn sich begeistert fühlen, aber auch keinen Stillstand, keine Erschlaffung bei andern dulden, die die Schranken der menschlichen Kraft weit über jede Wirklichkeit hinaussetzen, und von jedem der viel geleistet hat, immer noch etwas höheres erwarten. Von dieser Classe des Publikums kann der Künstler nicht durch Haß oder Geringschätzung, sondern bloß durch Misverständnisse entfernt werden, deren Beilegung ihm selbst willkommen seyn muß.

Einer solchen Ausgleichung zwischen Theorie und Praktik scheint besonders das Lustspiel zu bedürfen. Der genialische Dichter fodert hier die unbeschränkteste Freiheit, und sträubt sich gegen jeden Zwang der Regel und des Geschmacks. Neben ihm stehen andre, die aus Feigheit oder irgend einer andern unedeln Triebfeder unter das Joch der herrschenden Mode sich beugen, und bei manchem schätzbaren Talente sich nie über die niedrigen Stufen der Kunst erheben. Der unbefangene Freund des Theaters trifft in den meisten Fällen auf eines dieser beiden Extreme und hat bald über Kraftlosigkeit und Armuth, bald über Wildheit und Barbarei zu klagen.

Eine Theorie, die der Kunst irgend einen fremden, auch noch so edeln, Zweck aufzudringen sucht, mag ihrem Schicksale überlassen bleiben. Die freien Produkte der schönen menschlichen Natur haben ihren Werth in sich selbst, und bedürfen der Empfehlung nicht, die sie durch Nutzbarkeit erhalten sollen. Noch weniger ist die Rede von gewissen ästhetischen Recepten, um ein Kunstwerk auf ähnliche Art hervorzubringen, wie man etwa einen Pachtkontrakt aufsetzt. Aber bei der vollen Ueberzeugung, daß im Gebiete der Kunst alle Wirkung auf dem beruht, was nicht gelehrt werden kann, lassen sich doch in dieser Wirkung Grade bemerken, und die Bedingungen angeben, unter denen sie befördert oder gestört wird.

In den Momenten des höchsten Lebensgefühls entsteht selbst bei den Wilden eine Begeisterung, die sich aus innerm Drange in irgend einer rohen Gestalt durch Sprache, Ton und Gebehrde verkündigt. Der gebildete Mensch schmückt seine Freude. Das fröhliche Jauchzen wird zum Gesang, der tobende Sprung zum Tanz, und aus einem Chaos von Bildern, Gedanken und Empfindungen tritt eine poetische Schöpfung hervor.

Auf eine solche Art veredelten sich unter günstigen Umständen die Feste, bei denen die menschliche Natur in ihrer Pracht erschien. So lange die festliche Stimmung dauerte, fühlte die Seele sich frei vom Druck der Bedürfnisse, es öffnete sich ihr eine neue Welt, und sie erwachte aus einer dumpfen Betäubung zur Empfänglichkeit für Anmuth, Schönheit und Würde.

An dieser Empfänglichkeit zeigt sich ein Unterschied zwischen dem heroischen und dem kindlichen Charakter. Es ist entweder ein Sieg über die Schranken der Endlichkeit, oder ein Verschwinden dieser Schranken, was die Begeisterung erzeugt. Ein von uns überwältigter mächtiger Widerstand giebt uns ein seelenerhebendes Gefühl, und etwas ähnliches empfinden wir bei dem Anschauen eines **fremden** glücklichen Kampfs, wenn uns das Bewußtseyn unsrer eignen Ohnmacht nicht niederschlägt. Daher wählt **die kraftvolle Jugend gern ihre Helden,** und die Thaten dieser Helden sind es, was ihrer Phantasie am leben= digsten vorschwebt. So sehr dieser Enthusiasmus geehrt zu werden verdient, so ist doch dagegen auch ein innrer Friede mit der uns um= gebenden Welt nicht verächtlich, wenn die Ruhe nicht aus Erschlaffung entsteht. Das gesunde und nicht verbildete Kind freut sich seines Da= seyns ohne den Druck der Beschränkung zu fühlen, weder Furcht noch Neid trübt seine Ansicht, in dem ganzen Umfange seiner Sphäre ist alles sein Eigenthum **und jedes fremde Leben sein Spiel.** Auch in dem männlichen Alter giebt es einzelne glückliche Momente einer ähn= lichen Stimmung, und es ist ein würdiges Geschäft des Dichters, ein solches Moment zu fixiren, und ihm eine dauernde Gestalt im Reiche der Kunst zu geben.

Jede Art der Begeisterung kann sich entweder unmittelbar aus= **sprechen** in einem Liede, oder mittelbar durch den Glanz verkündigen, der bei der Darstellung irgend eines Gegenstandes von ihr ausgeht. Ist die Darstellung **nicht** episch, sondern dramatisch, so entsteht ein Lustspiel, wenn in der Begeisterung des Dichters der kindliche Cha= rakter der herrschende war.

Die Spiele einer heitern Phantasie beschränken sich nicht auf den Stoff des Lächerlichen. Zwar hat **der Ueberdruß an der Menge von** geistlosen weinerlichen Dramen, womit in den letzten Jahren das deutsche Theater überschwemmt worden ist, manchen feurigen Kopf zu dem ent= gegengesetzten Extrem verleitet. Jede Spur eines zarten Gefühls ist ihm verächtlich, alle Art von Sentimentalität verhaßt, und nur an dem Gepräge der Herzlosigkeit und Frechheit glaubt er das Genialische zu erkennen. Aber wer hat es denn **bewiesen, daß nicht auch das**

Liebenswürdige der menſchlichen Natur mit Geiſt und Leben dramatiſch
behandelt werden kann? Und wenn idyllenartige Scenen überhaupt
der Darſtellung nicht unwürdig ſind, warum ſoll Florians Harlekin
nicht eben ſo gut auf der Bühne erſcheinen dürfen, als Gozzi's Pan-
talon? Daß der Name: Komödie, irgend einer beſondern Gattung
vorbehalten bleibt, kann man zugeben, wenn nur dadurch nicht dem
Wirkungskreiſe der dramatiſchen Dichtkunſt willkührliche Gränzen geſetzt
werden.

Iſt es aber nicht der Gegenſtand, ſondern die Behandlung, worauf der Werth des Luſtſpiels, ſo wie jedes Kunſtwerks beruht, ſo
kann dem Dichter nichts ſchlimmeres begegnen, als daß er einer ein-
ſeitigen Theorie Gehör giebt, die ihm irgend ein dürftiges Ideal dieſer
Behandlung aufſtellt. Nicht in den Treibhäuſern der abſtrakten Speculation, ſondern unter dem günſtigen Himmelsſtriche einer ſchönen Wirklichkeit gedeihen die Ideale der Kunſt, wenn auf der einen Seite die
Thätigkeit des Genies ſich immer mehr erhöht und vervielfältigt, und
auf der andern bei ſeinen Zeitgenoſſen die Schranken der Empfänglichkeit ſich immer mehr erweitern. Ein verfeinerter und vielſeitig ausgebildeter Kunſtſinn, der mit den Schätzen aller Nationen und Zeitalter vertraut iſt, und den Namen des ächten Geſchmacks verdient,
erzeugt Foderungen, die der beſſere Künſtler nicht abweiſen darf.

Von dem vollendeten Luſtſpiele läßt ſich daher mit Recht jeder
Vorzug verlangen, für deſſen Erreichbarkeit irgend ein Beiſpiel ange-
führt werden kann. Dahin gehört Reichthum des Gedankens und der
Darſtellung verbunden mit Einheit des Ganzen, Beſtimmtheit der Ge-
ſtalten ohne Steifheit, tiefes Eindringen in das Eigenthümliche der
Charaktere und Situationen ohne Schwerfälligkeit, poetiſche Pracht ohne
Ausſchweifung, Originalität mit Beſonnenheit, Freiheit mit Sitte,
Energie mit Grazie. Der Einwand, daß ein Gedicht Foderungen, die
einander widerſprechen, nicht in gleichem Grade befriedigen könne, iſt
ein Behelf des Unvermögens. Eben darin ſoll ſich die Meiſterſchaft
zeigen, daß zwiſchen entgegengeſetzten Vorzügen ein glückliches Ebenmaas erreicht wird. Ein gewiſſer Inſtinkt leitet hiebei den klaſſiſchen
Dichter, ſo wie den ächten Geſchmack. Wenn alsdann die Kritik deutlich

auszusprechen versucht, was der Kenner zuweilen nur dunkel gefühlt
hat; so darf man nicht fürchten, durch ihre Strenge im Kunstgenusse
gestört zu werden. Die Erscheinung eines Werks, das durch irgend
ein einzelnes dichterisches Verdienst in einem hohen Grade sich aus=
zeichnet, bleibt immer ein Fest für alle Freunde der Kunst. Auch der
bessere Kritiker überläßt sich gern im ersten Momente einem frohen
und dankbaren Genusse, aber indem er fortfährt, das empfangene Ge=
schenk zu betrachten, steigt die Idee von dem, was der Geber vermag,
und es entstehen desto höhere Foderungen, je mehr Kräfte zu ihrer
Befriedigung geahndet werden. Dagegen wird von dem nichts ge=
fordert, dem man nichts zu verdanken und nichts zu verzeihen hat. Daß
er die Elemente der Mittelmäßigkeit im Gleichgewicht erhält, giebt im
Gebiete der Kunst keinen Werth.

Die Kritik kann durch Nachsicht gegen irgend ein Uebermaas fehlen,
aber auch durch Mangel an Schonung gegen ächten Gehalt. Von
beiden Abwegen lassen sich die Folgen auch in der Geschichte des Lust=
spiels aufweisen.

An dem komischen Theater der Spanier und Italiäner vermißte
man besonders in Frankreich eine gewisse Mannichfaltigkeit der Cha=
raktere. Man sah fast immer dieselben Personen auftreten, und der
Erfindungsgeist des Dichters schien sich bloß auf neue Situationen zu
beschränken. Es war allerdings ein Fortschritt, andere Gestalten mit
bestimmten Umrissen auf die Bühne zu bringen, sie gegen einander
contrastiren zu lassen, die Situation bald mit dem Charakter in Gegensatz
zu stellen, bald aus ihm abzuleiten, und das Gemählde durch bedeu=
tende und aufgegriffene Züge für den feinen Beobachter zu bereichern.
Aber eine gewisse Gränze durfte hiebei nicht überschritten werden, wenn
das Lustspiel in andrer Rücksicht nicht eben so viel verlieren sollte,
als es an Interesse für den Verstand gewann. Indem alles der Cha=
rakterzeichnung untergeordnet wurde, erhielt das Ganze einen steifen
Zuschnitt, in der symmetrischen Anordnung der Figuren entdeckte man
überall Absicht, und es verschwand die holde Erscheinung eines zwang=
losen Spiels. Oft konnte sich auch der Dichter nicht versagen, irgend
eine Nebenperson zu sorgfältig auszumahlen und zu stark zu beleuchten,

wodurch alsdann seine Hauptfiguren verdunkelt wurden. Oft mußte
sogar in den gespanntesten Situationen der Gang der Handlung aufgehalten werden, damit irgend ein charakteristischer Zug seinen Platz
finden konnte.

Die Bemerkung dieser Fehler veranlaßte eine Rückkehr zu den
sogenannten Intriguen-Stücken, und nun setzte man den Werth des
Lustspiels vorzüglich in die Handlung. Alles wurde auf gespannte
Erwartung, auf überraschende Entwickelung, auf plötzliche Uebergänge
zu den entgegengesetzten Extremen berechnet. Man vergaß zuletzt oft,
daß nicht die Bewegung an sich, sondern die bewegte Gestalt ein Gegenstand der Kunst ist. Das gemeine Bedürfniß der Neugierde und der
zerstreuenden Unterhaltung wurde mehr befriedigt, als der edlere Kunst-
sinn, der in der Darstellung des Lebens etwas ganz anders erwartete,
als einen betäubenden Wirbel von Begebenheiten, wodurch die Aufmerksamkeit gewaltsam erzwungen, und nicht auf eine sanfte und liebliche Art gewonnen wird.

Während daß man auf der einen Seite das Lustspiel oft nicht
mit dem besten Erfolg zu bereichern strebte, glaubte man auf der andern
einen schon vorhandenen Reichthum dem bessern Geschmack aufopfern zu
müssen. Durch die Spiele einer jugendlichen Phantasie war eine lustige
Welt von Feen, Geistern und Zauberern geschaffen worden, die dem
Dichter und seinen Freunden manche reizende Blüthe darbot. Da ließ
eine ernste Stimme sich vernehmen, es sei unschicklich für das reifere
Alter der Kunst mit solchen Mährchen zu tändeln, an dem Wunderbaren
und Abentheuerlichen möchten sich allenfalls Kinder ergötzen, aber auf
einer höhern Stufe der Ausbildung könne uns nur Wahrheit und Natur
befriedigen. Gleichwol giebt es auch eine poetische Wahrheit, an der es
wenigstens den Sylphen Shakespeares nicht fehlt, und es wäre traurig,
wenn keine andre Natur dargestellt werden sollte, als auf die wir täglich
in unsern nächsten Verhältnissen treffen.

Einer ähnlichen Rechtfertigung bedürfen die poetischen Formen des
ältern Lustspiels gegen die Intoleranz der modernen Nüchternheit. Unter
einem festlich gestimmten Volke mußte auch der Dichter in einem pracht-
vollen Gewande auftreten. Rhythmus und Wohlklang der Sprache waren

daher unentbehrlich. Die reine Form in Gesang, Tanz und Versification
gab unabhängig von der Bedeutung des Kunstwerkes einen besondern
Genuß, und die glänzende Beleuchtung, in der jedes Objekt erschien,
hatte an sich selbst etwas Begeisterndes. Dieß alles aber kommt nicht
in Betrachtung, so bald man keinen andern Zweck der Kunst anerkennt,
als treue Nachahmung der Natur. Jeder Schmuck gilt alsdann für
zweckwidrig, der die Illusion nicht befördert.

Der Instinkt sträubte sich indessen gegen diese Theorie, und jedes
gebildetere Publikum fand auch im Lustspiele den prosaischen Dialog
langweilig, so bald er sich nicht über die gemeine Wirklichkeit erhob.
Daher das Bestreben, ihm durch Witz und Satire eine gewisse Würze
zu geben, die mit der Darstellung des Charakters oder der Situation sich
nicht immer verträgt. Anstatt dieses Putzes, der oft in Ueberladung ausartet, wäre auch für das deutsche Lustspiel der versificirte Dialog sehr zu
empfehlen, so wie er im Trauerspiel nunmehr fast allgemein zum Gesetz
geworden ist. Für den lächerlichen Stoff würden vielleicht Alexandriner
am passendsten seyn, für das Zarte und Rührende die Jamben, und
für die gemischte Gattung die Versart des Wallensteinischen Lagers von
Schiller.

Es mußte zuletzt einleuchten, wie sehr die Kunst durch beschränkende
Gesetze der Theorien verarmte, der Despotismus reizte zur Empörung,
und die völlige Gesetzlosigkeit wurde als neue Theorie aufgestellt. Nicht
bloß von fremdem Dienste sollte die Poesie befreit werden, sondern auch
auf ihrem eigenen Gebiete für die Willkühr des Dichters keine Gränze
mehr übrig bleiben. Schonung gegen irgend ein achtungswürdiges
Gefühl in der Wahl oder Behandlung des Stoffs galt für Schwäche
und veraltetes Vorurtheil. Selbst die Bedingungen der Darstellung
wurden für drückend angesehen. Das Darstellen überhaupt schien ein
zu kleinliches Geschäft. Der Dichter, meinte man, müsse in einer höhern
Region über seinem Stoffe emporschweben, und zeige sich nie größer,
als wenn er sein eignes Werk im nächsten Momente wieder zerstöre.

Aber es giebt Gesetze der Kunst und der Menschheit, die sich nicht
ungestraft übertreten lassen. Durch unzusammenhängende Bestrebungen
auch der größten Kraft entsteht kein Werk für das Reich der Schönheit.

Daß wir aus bloßen Andeutungen und fragmentarischen Skizzen ahnden, was der Künstler vermocht haben würde, wenn er gewollt hätte, ist eine ärmliche Befriedigung seiner Eitelkeit. Nur wenn der Geist, der ihn beseelte, vollständig erscheint, und man über einem Werke voll innern selbstständigen Lebens den Meister vergißt, bereichert er die ästhetische Welt. Und was erfodert wird, um ein solches Leben mit Liebe zu pflegen, darf der Dichter eben so wenig, als irgend ein andrer Künstler vernachlässigen. Das Lustspiel erlaubt allerdings hierin gewisse Freiheiten, und wenn Aristophanes in einzelnen Aufwallungen einer übermüthigen Laune die dramatische Form aufopferte, und seine Persönlichkeit aus der Coulisse hervortreten ließ, so bestach er durch einen witzigen Einfall, und man erfreute sich an diesen augenblicklichen Spielen mit dem Spiele. Aber ihm selbst fiel es wol nie ein, in solche Licenzen sein höchstes Verdienst zu setzen, und sich dagegen dessen zu schämen, worauf er gewiß nicht weniger als andre die größte Sorgfalt verwendete.

Mit Recht behauptete die Kunst ihre Unabhängigkeit von jedem fremden Einfluß, und gehorcht bloß ihren eignen Gesetzen; aber der **Künstler** gehört zugleich als Bürger und Mensch zur wirklichen Welt, in der er sich nicht isoliren kann. Es soll ihm kein wolthätiger Zweck **aufgedrungen** werden, aber seine Kraft soll nur nicht feindselig wirken, **und irgend** etwas zerstören, das erhalten und geehrt zu werden verdient. Im Zustande der Freiheit und Stärke zeigt sich die unverdorbene menschliche **Natur edel und mild.**

Dem Vandalismus in der Kunst wird oft zu viel Ehre angethan, wenn man ihn für einen Mißbrauch der Energie ansieht. Er ist großentheils nur ein Behelf der Ohnmacht und Leerheit. Mit dem kleinsten Aufwand von Witz wird das Ehrwürdige lächerlich, wenn man es mit dem Verächtlichen zusammenstellt, und auf diesem armseligen Kunstgriff **beruht** das ganze Verdienst der Parodie. Zweideutigkeiten sind oft nicht **schwerer zu** erfinden, als Wortspiele; wenn sie eine günstigere Aufnahme finden, so geschieht **es durch** das Anziehende des Stoffs für eine unreine Phantasie. Und wie viel Frechheiten entstehen aus dem Triebe mit Starkgeisterei zu prahlen, oder aus dem Bedürfnisse eine heimliche Furcht zu übertäuben?

Die Zügellosigkeit des griechischen Theaters würde uns nicht zur Nachahmung berechtigen, aber auch selbst bei dieser Thatsache dürfen einige Umstände nicht übersehen werden. In dem fröhlichen Rausche eines Bacchusfestes war die herrschende Stimmung derjenigen ähnlich, in der ein römisches Heer seinen triumphirenden Feldherrn begleitete; das Volk schwelgte im Genusse seines Nationalglücks, und feierte seinen eignen Triumph. Daher die muthwilligen, aber in der frühesten Periode gut= müthigen Neckereien gegen jedes ausgezeichnete Verdienst. Mit stolzer Begeisterung stellte sich jeder Bürger des Staats dem größten Manne der Nation dreist gegenüber, und alle Ueberlegenheit verschwand. Daß in der Folge dieser leichte Spott durch Partheygeist, Neid und Schaden= freude ausartete, war nicht zu verwundern.

Für den rohen Krieger des mittlern Zeitalters diente der Ritter= orden zur Schule der Sitte. Ungeschwächte aber gehaltne Kraft lernte das Heilige verehren und der Schönheit huldigen. Möchte ein ähnlicher Ordensgeist auch auf dem deutschen Parnasse uns vor der Verwilderung schützen, und möchten edle Frauen, die, wie der Dichter sagt,

„am besten wissen, was sich ziemt",

auch hier das Geschäft haben, den Preis auszutheilen!

Ueber Geist und Esprit.[*]

[*] „Aesthetische Ansichten", I. S. 1.

Thr. Gottfr. Körners Gesammelte Schriften.   9

Wer unter dem Druck der Bedürfnisse lebt, kennt für den Werth der Dinge keinen andern Maasstab, als ihre Brauchbarkeit. Durch seine thierische Natur und seine gesellschaftlichen Verhältnisse werden ihm gewisse Zwecke aufgedrungen, und nur was zu Erreichung dieser Zwecke als Mittel dient, weiß er zu schätzen. Griechen und Römer erkannten an dieser Denkart den Sklaven; der Name einer solchen Menschenklasse ist aus den gesitteten Staaten unsers Zeitalters verbannt, aber was ihrem Charakter entgegengesetzt ist, die Freyheit der Seele, ist jetzt unter allen Ständen eine desto seltnere Erscheinung. Bei aller höhern Kultur, der wir uns rühmen, zeigt sich der knechtische Sinn besonders noch oft in den Urtheilen, die über den Verstand eines Menschen gefällt werden.

Auch der Gedanke wird von der größern Anzahl nur nach seinem Dienste geschätzt. Ein Verstand, der Schätze, Macht, Ansehen, Zu= neigung erwirbt, erhält seinen Rang in den Augen anderer nach dem Verhältnisse, wie der Werth dieser Zwecke mehr oder weniger aner= kannt wird. Ein Schritt weiter, und es entsteht Achtung für die ge= lingende Thätigkeit des Verstandes überhaupt. In der Wahl des kürzesten und sichersten Wegs zu irgend einem Ziele, in der klugen und schnellen Benutzung jedes Vortheils, in den sinnreichen Kunst= griffen, den entgegengesetzten Hindernissen auszuweichen, oder sie zu überwinden, ehrt man die Kennzeichen höherer Fähigkeiten ohne Rück= sicht auf ihre jetzige besondere Anwendung. Man ahndet das Talent des Geschäftsmannes aus seinem Benehmen am L'hombretisch. Aber immer noch gilt der Verstand nur für ein taugliches Werkzeug. Man unterscheidet Grade dieser Tauglichkeit, und den höchsten nennt man

9*

Esprit — ein Wort, das in dieser Bedeutung nicht durch Geist über=
setzt werden sollte.*)

Was unter dem Wort Geist verstanden wird, gehört mit dem=
jenigen, was der Franzose Esprit nennt, gar nicht in eine Klasse, und
eine Verwechslung dieser beiden Begriffe ist nichts weniger als gleich=
gültig.

Der Mensch ist als Theil des Weltalls durch seine Verhältnisse
beschränkt; er kann seine Ketten vergolden, aber er kann auch streben
sie zu zerreißen. Wo noch ein Funke des Prometheischen Feuers vor=
handen ist, wird dieser auch unter der Asche noch fortglimmen. So=
bald der äußere Druck sich vermindert, oder die innere Lebenskraft
sich erhöht, wird einer edleren Natur die Sphäre zu enge, in die sie
sich ohne ihr Zuthun versetzt sieht. Es entsteht ein Trieb die Schranken
der Thätigkeit und Empfänglichkeit zu erweitern, und wenn dieser Trieb
mit dem Vermögen ihn zu befriedigen verbunden ist, so wird beides
zusammen durch das Wort Geist bezeichnet.

List hat der Mensch mit vielen Thieren gemein, und der hoch=
gepriesene Esprit ist oft nichts weiter als List. Auch selbst in den
Fällen, da die Erreichung eines bestimmten Zwecks ein schwieriges und
verwickeltes Geschäft ist, das mannichfaltige Vorbereitungen, Fertig=
keiten und Kenntnisse erfordert, bedarf es zu dem glücklichen Erfolge
keiner persönlichen Veredlung überhaupt. Nur zu dem einzelnen Ge=
schäfte muß der Mensch gut abgerichtet seyn, und es mit Fleiß, Auf=
merksamkeit und Behendigkeit treiben. Nur was zu dem Gelingen der
Unternehmung gehört, kommt in Betrachtung; alles andre Persönliche
verschwindet.

Aber es giebt andre Erscheinungen der menschlichen Natur, wo
auch bei dem mißlungenen Erfolge das Persönliche allein unsere Auf=
merksamkeit anzieht. Alle Zwecke und Bedürfnisse der menschlichen Ab=
hängigkeit verschwinden bei dem Anschauen eines Wesens höherer Art,

---

*) Das Wort Witz war nach dem ehemaligen Sprachgebrauche gleichbe=
deutend mit Esprit. Man findet z. B. in ältern Verpflichtungsformeln fürst=
licher Räthe, daß sie nach ihrem besten Witz die Geschäfte behandeln sollen.

das aber unsers Geschlechts ist, und uns zu sich emporhebt. Für diese
Erscheinung hat die Sprache keine andern Ausdrücke, als solche, wo=
durch sie das Ueberirdische bezeichnet — Genius — Geist — Be=
geisterung. Auch das **Wort** Esprit hatte ursprünglich eine solche
Bedeutung, aber **durch** eine von den bekannten Uebertreibungen des
französischen Sprachgebrauchs wurde es **entweiht**. Zu den kleinlichsten
Geschäften bedurfte es eines **Geistes**. Aber diese irdischen Geschäfte
waren auch in der Meinung so wichtig **geworden**, daß man darüber
alles Ueberirdische vergaß.

Auch der Geistvollste **verfällt** oft nach der **höchsten** Spannung in
einen Zustand der Erschlaffung, und wenn er leicht von der Sinnlichkeit
überwältigt wird, so sind die Momente der Begeisterung **nur** selten
und vorübergehend. Aber in diesen Momenten wenigstens erhebt er
sich über die gemeine Natur, und steht auf einer höhern Stufe der
Wesen Ein Gefühl **seiner** Würde begleitet diesen Zustand, und wohl
ihm, so lange er dieses Gefühls noch fähig ist! Er steht auf sich
selbst gegründet und unabhängig unter seinen Zeitgenossen. Seine Er=
scheinung ist oft drückend für die kleinen Seelen, die ihn umgeben,
aber vergebens suchen sie ihn zu sich herabzuziehen. Nur alsdann
erst, wenn er anfängt, ihres Beifalls zu bedürfen, ist sein Fall ent=
schieden. Um vor der Menge zu glänzen, ist Esprit das einzige Mittel;
Geist wird nur von wenigen anerkannt, denn nur da, wo er auf den
Geist eines andern **trifft, wird er verstanden**. In schwachen Stunden
verschwindet der Stolz der ächten Genialität, und an seine Stelle tritt
Eitelkeit und Koketterie. Erreichen diese unglücklicher Weise ihren **Zweck**,
so ist der Geist an die **Unterwelt gefesselt** — er hat von ihren Früchten
gekostet. —

Wie anders, wenn es ihm **noch** gar nicht einfällt, sich geltend
machen zu wollen! Er glaubt auf dem rechten Wege zu seyn, **und**
dieß giebt ihm ein beruhigendes Selbstgefühl, aber er ist fern von
dem Dünkel, sein Ziel erreicht zu haben. Noch immer sieht er sich
weit unter seinem Ideale, und dieß macht ihn bescheiden. Selbstzu=
friedenheit ist ein Charakterzug des Esprit, **denn er** wollte nicht mehr,
als was er leistet. Er **ruht auf seinen Lorbern**, und mit einem vor=

nehmen Blicke sieht er auf den Geist herab, dem vieles mißlingt. Denn außer seiner Welt hat der Geist eine gewisse Ungeschicklichkeit, deren der Esprit sich schämen würde. Auch selbst in dem, was der Geist mit Liebe hervorbringt, wird oft die Idee nicht durch die Ausführung erreicht, und das Produkt läßt manche gerechte Forderung unbefriedigt.

Ueberhaupt ist es nicht das Werk des Geistes, wornach wir ihn schätzen sollen. Sein bloßes Daseyn, wenn es auf irgend eine Art sich verkündigt, ist für die Menschheit wohlthätig. Wo er Empfänglichkeit findet, gleicht seine Erscheinung einem Feste, und Feste sind es ja, die uns das Leben würzen, und selbst den Wilden dafür bewahren, daß er nicht unter dem Drucke der Bedürfnisse zur thierischen Natur herabsinkt.

Der Geist offenbart sich im Umgange, in der Gelehrtenwelt, in Geschäften, in der Liebe, und in der Kunst. In allen diesen Verhältnissen wollen wir ihn betrachten.

Einsamkeit hat an sich selbst für ihn keinen Werth; nur in den Momenten der Thätigkeit ist sie ihm oft Bedürfniß, um ihn vor Störungen zu sichern. Er schwelgt ungern allein in seinen Ideen, und wünscht seinen Genuß mit einem andern Geiste zu theilen. Daher seine Freude, wenn er einer Seele begegnet, die ihn versteht.

Das Nützliche ehrt er, und weiß es zu gebrauchen, wo es der Dienst fodert, den ihm seine Verhältnisse auflegen. Denn willig dient er der größern oder kleinern Gesellschaft, zu der er gehört. Aber er ist niemandes Sklav, und sobald er zum Gefühl seiner Freiheit erwacht, ist es nur das Große und Schöne, was ihn beschäftigt. Feurig ergreift er es, wo er es findet, und was er dabei fühlt und denkt, möchte er gern um sich her verbreiten.

Fremdes Verdienst erregt nie seinen Neid. Er glaubt gern an das Vortreffliche, weil es nie für ihn drückend ist, und er dreist sich ihm gegenüber stellt.

Aechter Gehalt entgeht ihm nicht selbst unter den Schlacken der Rohheit oder Verwilderung. Seine Ideenwelt macht ihn nicht unempfindlich gegen die Reize des Wirklichen. Die schönen Blüthen der Menschheit — Freude und Liebe — sind ihm in jeder Gestalt holde

Erscheinungen, und nur mit zarter Schonung wagt er es, sich ihnen
zu nähern.

Aber sich selbst und seine gegenwärtigen Verhältnisse vergißt er leicht
über den Gedanken und Empfindungen, die irgend ein äußerer Eindruck
in ihm erweckt. Eine **glänzende Rolle** in irgend einem Zirkel spielen zu
wollen, fällt ihm gar nicht ein; nur von denen, die er achtet und liebt,
wünscht er nicht verkannt zu werden. Unter gleichgültigen Personen wird
er sich oft vernachlässigen, und gegen die Gesetze des guten Tons verstoßen.

Dem Esprit kann so etwas nie begegnen. Er ist nie zerstreut,
immer aufmerksam auf die gegenwärtigen Personen und ihre Verhält=
nisse, schnell in Benutzung des vorhandenen Moments, abgemessen in
seinem ganzen Betragen. Jede Gesellschaft ist für ihn ein Schauplatz,
und alles ist bei ihm auf die hohe Meinung berechnet, die er von sich
selbst seinem Publikum beibringen will. Daher die gebildete Sprache,
der feine Takt für das Schickliche, und die Entwicklung jedes Talents,
das zum Gefallen oder zum Unterhalten gebraucht werden kann.

Der **Geist** des Gelehrten wird an dem Ideale erkannt, das ihm
von seiner Wissenschaft vorschwebt. Sein Ziel ist im Gebiete des Un=
endlichen. Auch die vereinigten Kräfte mehrerer Jahrhunderte können
sich ihm nur nähern; aber jeder Fortschritt erweitert die Sphäre des
menschlichen Wissens. Für den Esprit ist die Wissenschaft nur Mittel
zu einem fremdartigen Zwecke, nicht Zweck an sich. Er schätzt sie wegen
ihres praktischen Gebrauchs, und weil sie mit Ehre und andern Vor=
theilen lohnt. Sie giebt ihm Gelegenheit, auf eine glänzende Art als
Lehrer unter seinen Zeitgenossen aufzutreten. Er strebt nach schrift=
stellerischem Ruhme, und vernachlässigt nichts, um seinem Buche eine solche
Form zu geben, die ihm bei einem bestimmten Publikum eine günstige Auf=
nahme sichert. Alle Künste der Koketterie werden hierzu aufgeboten, die
höchste Eleganz der Sprache, ein Gemisch von Bescheidenheit und Selbst=
gefühl im Tone des Vortrags, sorgfältige Vermeidung des Trockenen bei
allem Anscheine von Gründlichkeit, und besonders die Erhaltung der
Täuschung, daß der Gegenstand völlig erschöpft sei bei der gedrungensten
Kürze. Bücher dieser Art finden wir häufig in der französischen Litte=
ratur, und oft werden sie als Muster für angehende Autoren gerühmt.

Für den Geist ist ein Buch nicht mehr als ein Brief. Er schreibt ihn, wenn er etwas wichtiges mitzutheilen hat, ohne in der Art dieser Mittheilung zu künsteln. Sein Werk hat gar nicht den Zweck, alle andre Schriften über denselben Gegenstand entbehrlich zu machen. Er will nur Beiträge zu dem Ganzen liefern, dessen Vollendung den künftigen Zeitaltern vorbehalten ist. Sein Vortrag ist lichtvoll und edel, denn was er dachte, war klar und bestimmt, — er dient einer Wissenschaft, die er verehrt, aber freiwillig und mit Würde. Ohne Deklamation oder geheuchelte Wärme läßt er die Gefühle laut werden, die sein Stoff in ihm erweckt, aber oft scheint er kalt, weil er ernst ist. Wo es auf strenge Prüfung und tiefes Forschen ankommt, strebt er nicht nach anmuthigen Formen, sondern wählt gern den kürzesten Weg sich verständlich zu machen. In diesem Falle achtet er nicht auf Klagen über Trockenheit; die Profanen sollen verscheucht werden. Aber er haßt die erkünstelte Gravität, wodurch die Leerheit sich wichtig zu machen sucht, und gern verweilt er auch bei der gefälligen Seite seines Gegenstandes.

Geschäfte betreibt der Esprit größtentheils mit einem glänzenden Erfolg. Er kennt keinen höhern Zweck, als der ihm durch fremde Autorität, oder durch die vorhandenen dringenden Bedürfnisse gegeben wird; aber er ist sinnreich und unermüdet, Mittel dazu aufzufinden. Was er in Geschäften redet und schreibt, empfiehlt sich durch Genauigkeit, Ordnung, Klarheit und Eleganz. Mit einem scharfen und schnellen Blick beobachtet er die gegenwärtigen Verhältnisse innerhalb seines Wirkungskreises, und weiß jeden günstigen Moment zu benutzen. Er schämt sich eines unnöthigen Aufwandes von Zeit und Kräften, und sinnt auf Methoden, sein Geschäft abzukürzen, zu vereinfachen und zu erleichtern.

Wird hingegen der Geist zu einer bestimmten Thätigkeit in der wirklichen Welt aufgefodert, so ist sein erstes, sich diese Thätigkeit zu veredeln und zu idealisiren. Nicht was ihm fremde Meinungen und Gewohnheiten aufdringen, sondern was er selbst für das höchste erreichbare Ziel erkennt, ist sein Zweck. Das Ganze, dem er dient, soll diesem Ziele, wenn auch nur allmählig, sich nähern. Jeder Schritt rückwärts, alles was dem vorhandnen Uebel Dauer und Consistenz giebt, wenn es auch scheinbare Vortheile für den Augenblick gewährt, ist ihm ver-

haßt.*) Aber je weiter seine Sphäre, desto mehr hat er mit dem Eigennutz
und der Eitelkeit aller derer zu kämpfen, die bei der Ausführung seiner
Plane auf irgend eine Art zu verlieren haben. Eine offne Fehde hätte
er nicht zu fürchten, aber die List seiner Gegner weiß ihm die Mo=
mente abzulauern, da er mit der Zukunft beschäftigt irgend einen Um=
stand in der Gegenwart übersieht. Daher scheitern seine Plane sehr oft
und es wird ihm als Ungeschicklichkeit angerechnet, wenn irgend ein Miß=
brauch fortdauert, dessen gänzliche Ausrottung er auf einen günstigern
Zeitpunkt versparte, oder wenn irgend ein Bedürfniß des Augenblicks
unbefriedigt bleibt. Liebe ohne Geist ist nur eine gefälligere Einkleidung
des Egoismus. Ein Ideal muß der Mensch lieben, oder er liebt nur
sich selbst. Für jeden Grad der Ausbildung giebt es besondere Ideale
und selbst für den ersten Schritt aus dem Zustande der Rohheit. So
wie das Gefühl der Menschheit erwacht, beginnt die Macht des Schönen,
und was den Sinnen als reizend erscheint, schmückt die Phantasie mit
ihren Schätzen und umgiebt es mit einem überirdischen Glanze. Je mehr
Geist in der Liebe, desto inniger die Verehrung, desto schüchterner, ver=
legener und unbehülflicher das Betragen, wo es darauf ankommt, zu
gefallen. Für den Esprit hingegen ist Liebe ein Geschäft, bei dem
Sinnlichkeit oder Koketterie befriedigt werden soll. Unbefangen und dreist
wird er auftreten, und fast immer sein Spiel gewinnen, weil er jede
Schwächen seines Gegners zu benutzen weiß. Was der Geist liebt, ist
ihm zu heilig, um es irgend einer Schwäche für fähig zu halten.

Liebe und Kunst sind es, worin der Geist am reinsten erscheint.
Daher gefällt sich auch die Kunst so sehr in Darstellung der Liebe.

Ohne Geist ist die Kunst nur eine Sklavin der Ueppigkeit. Bei
zunehmender Verfeinerung wird zwar ein größerer Aufwand von Kräften
erfodert, um dem verwöhnten Geschmack ein Lächeln des Beifalls ab=
zugewinnen; aber dieß macht den Dienst des Künstlers nur schwerer,
nicht ehrenvoller. Nur der Geist erhebt ihn über alle drückenden Ver=
hältnisse, und giebt ihm einen selbstständigen Werth.

Die Versinnlichung eines Objekts, einer Begebenheit, eines Zu=

---

*) So eiferte z. B. Turgot — ein würdiger Repräsentant der Staats=
männer von Geist — gegen alles, was er perfectionner le mal nannte.

standes kann für ein bestimmtes Publikum einen Werth haben. Sie ist eine Aufgabe für den Esprit, die er zu lösen nicht verfehlen wird. Aber der ächten Kunst ziemt es nicht, hierbei stehn zu bleiben. Nicht das Objekt selbst, nur sein Wiederschein in der Seele des Künstlers ist darstellungswürdig; denn in diesem Wiederschein offenbart sich der Geist.

Die geistigste Hülle des Geistes ist die Idee, aber diese erscheint nur durch bestimmte Formen. Durch diese wird sie versinnlicht, da sie sonst nur gedacht werden konnte. Daher die Forderung der Bestimmtheit in den Werken der Kunst bis auf ihre kleinsten bemerkbaren Theile. Aber alles Geformte muß mit der Idee des Ganzen übereinstimmen, und in dieser Idee muß unendlicher Gehalt mit Bestimmtheit verbunden seyn.

Dieß sind die Grundgesetze des Geschmacks. Er kann dem Geiste nichts geben, sondern nur seine Erscheinung befördern. Er duldet keine Beschränkung, als die zur Bestimmtheit nothwendig ist. Das Sinnliche der Kunst ist zwar endlich, aber bis in seine kleinsten Elemente muß es höchst bedeutend seyn, weil es ein Symbol des Unendlichen ist.

Der Geist ahndet den Geist auch in der flüchtigsten Skizze: aber nur durch vollendete Darstellung tritt er in die wirkliche Welt ein, und wirkt auch auf den zahlreichern Theil des Publikums, der eines stärkern Reizes bedarf, um sich über das Irdische zu erheben. Indem das Idealische sich versinnlicht, wird das Sinnliche veredelt. Auch ist es des Geistes würdig, in dem darzustellenden Objekte alles aufzufassen, was ein höchst ausgebildeter Mensch im vollkommensten Zustand seiner Organe, unter den günstigsten Verhältnissen und bei der gespanntesten Aufmerksamkeit daran wahrnehmen würde.

Wie sich der Geist in der Wirklichkeit äußert, und wie er sich vom Esprit unterscheidet, bedarf niemand mehr erinnert zu werden, als der Deutsche. Er ist nur zu geneigt, den Esprit des Franzosen im Umgange, des Engländers im Gewerbe, des Italiäners in der Kunstfertigkeit und in der Befriedigung conventioneller Forderungen des Geschmacks zu bewundern. Leicht kann es ihm da begegnen, einen höhern Werth zu verkennen, und dadurch selbst auf einer niedrigern Stufe stehn zu bleiben, als zu der er bestimmt war.

Ueber die deutsche Litteratur.

Aus einem Briefe an den Herausgeber des „Deutschen Museums".*)

*) Friedrich Schlegels „Deutsches Museum" (Wien 1812). Band II. Neuntes Heft, S. 252.

Der nachstehende offne Brief Körners ist im Laufe des Jahres 1812 entstanden und durch einen im dritten Hefte von Fr. Schlegels Zeitschrift „Deutsches Museum" (I. Bd., S. 197) mitgetheilten Aufsatz „Ein Wort über deutsche Litteratur und deutsche Sprache" des Freiherrn A. von Steigentesch veranlaßt worden. Aug. von Steigentesch, 1774 zu Hildesheim geboren, war österreichischer Offizier, später Gesandter in Kopenhagen und Turin, hatte sich seit 1798 in leichten Lustspielen, Gedichten und Erzählungen versucht, gehörte zu den unbedingtesten Bewundrern der französischen Litteratur und schleuderte, im Grunde genommen, in seinen Auseinandersetzungen in Schlegels „Museum" der gesammten deutschen Wissenschaft und Dichtung den Vorwurf barbarischer Schwerfälligkeit, der gesammten Sprache denjenigen gesetzloser Willkür zu. Als Stimme eines gebildeten Weltmanns enthält der Aufsatz einige beachtenswerthe Wendungen, namentlich gegen gewisse Unarten der Romantiker, im Ganzen jedoch konnte einem Schriftsteller, der in eben dieser Zeit die „Liaisons dangereuses" des Laclos zu einem deutschen Roman („Marie") verarbeitete, unmöglich das Recht zugestanden werden, dem lebenden Goethe ins Angesicht hinein den Geschmack der Deutschen „gesunken" zu nennen und z. B. auszurufen: „Ich glaube die Zeit ist gekommen, wo wir es gestehen dürfen, wie weit uns der philosophische Zeitpunkt des großen Denkers in Königsberg von der Bildung entfernte, die auf das Leben wirkt." — Begreiflich genug, daß Körner in diesem Falle einer gewissen Entrüstung Raum gab und in seinem Schreiben an Fr. Schlegel durchblicken ließ, daß er nicht allzuhoch von Steigentesch denke. Das „treffliche Gedicht", von welchem im Eingang des Körnerschen Briefes die Rede ist, war das Gedicht „Die Sprache" von A. von Steigentesch, mit welchem Schlegel seine Zeitschrift eröffnet hatte. — Der Abdruck erfolgt aus dem „Deutschen Museum".

Befremden mußte es allerdings, daß ein Mann, dem wir ein so treffliches Gedicht über die Sprache verdanken, die deutsche Litteratur so tief herabsetzen konnte, wie im dritten Stücke Ihrer Zeitschrift geschehen ist. Aber eben durch das Persönliche des Verfassers so wie ich mir ihn denke, wird ein solcher Aufsatz begreiflich und sein Eindruck gemildert. Nach geendigter Fehde ist der deutsche Ritter geneigt, den gewesenen Feind und alles was ihm angehört, selbst bis zur Uebertreibung zu ehren. Er will nur gerecht seyn, will nur sich durch Partheylichkeit nicht blenden lassen, und verfällt dabey leicht in das entgegengesetzte Extrem. Die Seinigen hören unfreundliche Worte von ihm, während er den Fremden herrlich bewirthet.

Aber Sie möchte ich fragen, wie Sie bey einem solchen Angriff so ruhig bleiben konnten, und ob Sie denn gar keinen Drang fühlten, für den verkannten Werth deutscher Geistesprodukte Ihre Stimme zu erheben? Zur Strafe Ihres Stillschweigens will ich Sie selbst für den Gegner ansehen, und Sie sollen von mir lesen müssen, was Sie selbst längst gedacht, aber bey dieser Gelegenheit auszusprechen versäumt haben.

Sollte es Ihnen wohl jemals eingefallen seyn, über die Urtheile des Auslands von unserer Sprache und Litteratur zu klagen? Sollten Sie es nicht rathsamer finden, auf einen an sich schätzbaren Beyfall Verzicht zu leisten, als ihn durch zu große Aufopferungen zu erwerben? Und wären Ihnen die Opfer wohl unbekannt, die für den deutschen Schriftsteller unerläßlich seyn würden, um in der fremden Hauptstadt sich geltend zu machen?

Der Gelehrte in Deutschland, wie Sie und ich ihn wünschen, schreibt aus reinem Eifer für den Fortschritt der Wissenschaft, nicht um irgend ein Publikum durch eine glänzende Außenseite zu gewinnen. Er tritt nicht mit der Anmaßung auf, durch ein vollendetes Buch den ganzen Reichthum seines Stoffs in gedrungenster Kürze erschöpft zu haben. Das Feld der Wissenschaft ist für ihn unendlich, und er hält es für verdienstlich genug, bloß Beyträge zu dem großen Werke zu liefern, das nur durch vereinte Bemühungen mehrerer Zeitalter und Nationen seiner Vollendung sich nähern kann. Er schreibt für Leser von gleicher Denkart. Es kann ihm daher begegnen, daß er sich in der Form vernachläßigt, weil er bey denjenigen auf Nachsicht rechnet, die den Werth des Inhalts zu schätzen wissen. Der Gebrauch eines übelklingenden Worts ist für ihn oft Bedürfniß, weil ihm für den Begriff, den er fest zu halten hat, kein anderes bestimmtes Zeichen in der Sprache sich darbietet. Vielleicht hätte er eine bessere Wahl treffen können, aber sobald das wissenschaftliche Zeichen einmal erklärt ist, so gilt es für seine Leser im Fortgange der Untersuchung, und befördert die Kürze des Vortrags.

Zu einer gewissen Weitschweifigkeit kann er leicht durch Liebe zu seinem Stoffe verleitet werden. Was ihm selbst höchst interessant war, will er dem Leser nicht vorenthalten. Manche Umstände scheinen der Genauigkeit wegen Erwähnung zu verdienen, manches ist bloß bestimmt, einen Mißverstand zu verhüten. Solche Dilettanten der Gelehrsamkeit, die über einen wissenschaftlichen Gegenstand nicht gern etwas mehr lesen wollen, als was in einer Gesellschaft von gutem Ton darüber sich sprechen läßt, sind freylich diejenigen nicht, auf deren Beyfall er Anspruch machen darf.

Wer sich bewußt ist, nur durch Anstrengung aller Geisteskräfte und vieljähriges Studium in seinem Fache eine gewisse Meisterschaft errungen zu haben, kann sich für die bequemen Freunde der Gelehrsamkeit nicht interessiren, die von allem Wissenswürdigen gern die schönsten Blüthen und köstlichsten Früchte bloß im Spazierengehen einsammeln möchten. Er überläßt es andern für das Bedürfniß dieser Klasse zu sorgen. Ihm sind nur solche Leser willkommen, denen es ein Ernst ist, ins innere Heiligthum der Wissenschaft zu dringen, und die für diesen Zweck keine Schwierigkeit scheuen. Er darf ihnen ge= wisse Vorkenntnisse zutrauen, und hofft Dank von ihnen zu verdienen, wenn er auf dem kürzesten Wege sie weiter zu führen sich bemüht. Es entsteht daraus allerdings eine Dunkelheit für denjenigen, dem der Gegenstand der Untersuchung ganz fremd ist. Aber das edle Metall aus den Tiefen der Erde hervorzuarbeiten, und es zum allgemeinen Umlauf auszuprägen, sind zwey sehr verschiedene Geschäfte, die nicht füglich von Einer Person betrieben werden können.

Was die Wissenschaft für praktische Zwecke leistet, erhöht ihren relativen Werth, ist aber nicht der Grund ihres Werths überhaupt. Wohl uns, wenn wir nach der Erkenntniß nicht bloß wegen des Nutzens streben, den wir zu irgend einem politischen, militärischen, merkan= tilischen oder technischen Gebrauche von ihr erwarten! Wohl uns, wenn Philosophie und Theologie uns noch ehrwürdig bleiben, und unsere Aufmerksamkeit fesseln, ob sie uns gleich weder irdische Macht, noch irdische Schätze versprechen! Erkenntniß ist überhaupt Zweck an sich selbst, als Erweiterung der Schranken unseres innern geistigen Lebens. Und dieses geistige Leben hat eine höhere Bestimmung, als bloß den Bedürfnissen der Furcht, der Sinnlichkeit und der Eitelkeit zu dienen. Der Mensch soll aufrecht stehen in seiner Welt, und den Blick zu den Sternen erheben. Der Theorie soll er eine beruhigende und seelenerhebende Ansicht des Universums verdanken, und die prak= tische Weisheit soll sein Leben zu einem schönen Ganzen veredlen. Ein Schriftsteller, der zu solchen Zwecken das Seinige beyträgt, darf glück= licher Weise unter uns noch ohne weitere Empfehlung auftreten.

Daß das Feld der Geschichte in Deutschland „nur sparsam an= gebaut sei," ist wohl bloß von den Geschichtschreibern gemeint. Denn daß wir eine beträchtliche Anzahl verdienstvoller Geschicht= forscher aufweisen können, wird wohl Niemand im Ernste bezweifeln. Und eben so wenig wird man diesen Männern vorzuwerfen wagen, daß sie ihren eisernen Fleiß und ihre strenge Kritik bloß an kleinliche Nebenumstände verschwendet hätten. Haß und Verachtung gegen alles Seichte und Oberflächliche verleitet indessen den deutschen Gelehrten

zu unbilligen Urtheilen in den Fällen, wo die Mühe der Vorarbeit
unter einer schönen Form verschwunden ist. Das Verdienst, einen ge=
schichtlichen Stoff durch Anordnung, Gruppirung, Beleuchtung, Haltung
des Tons und würdige Sprache zu einem Werke der Kunst zu bilden,
wird selten hinlänglich geschätzt, und erregt bey Vielen den Verdacht
der Ungründlichkeit. Gleichwohl ist bey weniger äußern Aufmunterung
von mehrern Historikern, die ich Ihnen nicht zu nennen brauche, auch
in der Darstellung manches Vorzügliche geleistet worden.

Der Styl des Verfassers der Schweizergeschichte war, ich gestehe
es, auch für mich anfänglich abschreckend. Durch das Anziehende des
Inhalts aber wurde ich nach und nach immer mehr mit dieser Eigen=
heit ausgesöhnt, und kaum war ich bis zum zweyten Bande, als mir
ein solcher Stoff eine gewisse Alterthümlichkeit der Form sogar zu
erfordern schien. Fand ich zuweilen einige Nahmen mehr, als ein
Fremder in der Geschichte eines fremden Volks erwähnt haben würde,
so durfte ich nicht vergessen, daß hier ein Schweizer zunächst für
Schweizer geschrieben hatte, und daß es ihm schwer werden mußte,
nicht bey jeder Gelegenheit die Altvordern seiner Freunde zu nennen,
selbst wenn der Nahme mehr die Begebenheit schmückte, als durch das
Ereigniß eine Wichtigkeit erhielt. Und wenn ich alsdann die hoch=
herzigen Thaten der Vorzeit eben so tief aufgefaßt, als lebendig und
mit einfacher Würde dargestellt fand, so überließ ich mich ganz dem
Genuß, und an alles, was etwa eine strenge Kritik an der Manier
des Verfassers aussetzen könnte, blieb kein Gedanke mehr übrig.

Schriften, die zu einer witzigen und geistreichen Unterhaltung be=
stimmt sind, können ihre Wirkung nicht verfehlen, wenn der Verfasser
ein besonderes Publikum studiert hat, und nun alle Kunstgriffe auf=
bietet, dieß Publikum für sich zu gewinnen. In Deutschland aber
haben solche Produkte gewöhnlicher Weise eine ganz andere Art von
Entstehung. Ein vorzüglicher Kopf fühlt das Bedürfniß durch Spiele
des Witzes und der Phantasie sich selbst zu unterhalten. Oder er
wird durch einen Umstand gereizt, wider einen Gegner die Waffen
eines jovialen Muthwillens zu brauchen. Was auf diese Art entsteht,
trägt ein eignes Gepräge von Individualität, die nicht Allen will=

kommen seyn kann, die aber bey den **Wenigen**, deren Sinn und An=
sichten dem Verfasser näher verwandt sind, **eine** desto günstigere Auf=
nahme findet. Der gute Geschmack verbietet allerdings das Ueberwürzte
eben so sehr, als **das Fade** und Leere. Aber ich **möchte** es der Nation
nicht verargen, wenn sie gegen die Vergehungen der üppigen Kraft
nachsichtiger **ist, als gegen** die mißlungenen Versuche des Unvermögens.
Weitschweifigkeit ist übrigens keineswegs der allgemeine Fehler **der**
witzigen deutschen **Schriftsteller, wenn anders Lichtenberg, Hippel,**
Musäus und **von** Knigge **auch** in diese Klasse gehören.

Es mag seyn, daß **ein glänzender Witz** sich mehr durch das ge=
sellige Leben entwickelt, aber **die Einsamkeit** des deutschen **Schriftstellers** schützte und nährte dagegen seine Begeisterung. Daher über=
rascht er uns oft mitten unter seinen ernsten Arbeiten durch eine
mächtig ergreifende Stimme, die wir aus einer höhern ätherischen
Region zu vernehmen glauben. Es war ihm nicht eingefallen seinem
Werke einen Schmuck geben zu wollen, **aber er hatte auf seiner Bahn**
irgend einen Gipfel **erstiegen, es öffnete sich ihm der Blick** in eine
Welt von Pracht und Leben, und in der schönsten Beleuchtung, und
er überließ sich bloß dem Eindruck eines solchen Schauspiels. Stellen
dieser Art können Ihnen nicht fremd seyn, und ich darf mich **auf Ihr**
Zeugniß berufen, ob **Sie** dergleichen nicht etwa bloß bei Winkelmann,
Lessing **und Herder, sondern** auch selbst bey Kant gefunden haben, den
doch sein abgesagtester Feind schwerlich der Koketterie beschuldigen wird.

Lassen Sie **uns** nun endlich auch den deutschen **Parnaß** betreten.
Wir finden hier allerdings ein buntes Gewühl, ein wildes Treiben,
und **einen** gänzlichen Mangel einer Polizey, wie sie der Wohlstand
zu erfodern scheint. Aber Kräfte sind doch vorhanden, mannichfaltige
Talente werden entwickelt, es zeigt sich ein vielseitiges Streben, wenigstens
hier und da nach einem würdigen Ziele, wenn auch nicht immer mit
gleichem Erfolg. Aus einem solchen Zustande kann aber noch manches
Treffliche hervorgehen, **und** die excentrischen Richtungen einiger genialen
Köpfe dürfen uns nicht mißmuthig **machen.**

Wer für Poesie überhaupt **empfänglich** ist, behält eine gewisse
Vorliebe für die **ersten** Eindrücke einer schönern Jugendzeit. Seinen

damaligen Lieblingen bleibt er in der Regel getreu durch das ganze Leben. Er verlangt nach etwas Aehnlichem, und es giebt ihm ein unbehagliches Gefühl, wenn er unter den Werken seiner Zeitgenossen vergebens darnach sich umsieht. Ein Schritt weiter, und es entsteht Geringschätzung gegen alles, was mit der Theorie nicht übereinstimmt, die er nach seiner individuellen Neigung sich bildete.

Aber das unermeßliche Reich der Kunst darf nicht durch einseitige Ansichten beschränkt werden. Nicht Autoritäten sind es, denen sich der freye Geist unterwerfen soll, sondern Gesetze, die die Bedingungen enthalten, unter denen allein seiner Aufgabe Genüge geschehen kann. Und diese Gesetze — sollen noch erst gefunden werden. Bis dahin wollen wir uns doch nicht über jedes Kunstwerk ereifern, das anders ausfällt, als wir es bestellt haben würden. Wir wollen jedes einzelne Kunstvermögen ehren, auch wenn es nicht mit allen übrigen denkbaren Vorzügen verbunden ist, und den Sinn für jede Art von Verdienst immer rege in uns zu erhalten suchen, damit keine von den freund= lichen Gaben die der Dichter uns darbietet, für uns verloren sey.

Zu einer schlaffen Toleranz kann dieß nicht führen, so lange wir streng darüber wachen, daß dem Unvermögen und der Trägheit, die sich als feinern Geschmack geltend zu machen suchen, die Larve abge= rissen werde, und daß auf der andern Seite die höchste Kraftfülle dem Gesetze des Ebenmaaßes sich nicht entziehe.

Hätte der deutsche Schriftsteller auch bloß von seiner Nation die Anerkennung seines Werths zu erwarten, so darf man nicht fürchten, daß er dadurch zu einem Stillstand auf seiner Laufbahn verleitet werden würde. Der innere Trieb, der zeither so manches Treffliche hervor= brachte, ohne durch äußere Aufmunterungen begünstigt zu werden, wird auch ferner das Seinige leisten. Und an Vergleichungen mit den Ver= diensten des Auslandes wird es auch nicht fehlen, da der Deutsche mehr, als jeder andere, von fremden Vorzügen unterrichtet ist, und ihnen gern Gerechtigkeit widerfahren läßt. —

Zweiter Theil.

Biographische Aufsätze.

10*

Axel Graf von Oxenstierna.*)

*) Historischer Kalender für Damen für das Jahr 1792. Leipzig, G. J. Göschen. S. XXIX.

Den biographischen Aufsatz über „Oxenstierna" verfaßte Körner im Sommer und Herbst des Jahres 1791; derselbe diente zur Vervollständigung des „Historischen Kalenders für Damen" auf das Jahr 1792, für welchen Schiller in Folge seiner schweren Krankheitsanfälle vom Januar und Mai 1791 im gedachten Jahre nur eine kurze Fortsetzung zu liefern vermochte. Wie immer hoffte Körner mit der Arbeit, zu der er sich durch sehr eingehende Studien vorbereitet hatte, rasch fertig zu werden, bereits Anfang August meldete er an Schiller: „Mit dem Oxenstierna bin ich bald zu Stande. Der Mann verdiente wirklich eine eigene Biographie. Schade daß ich einiger Quellen nicht habhaft werden konnte und daß Göschen wegen des Raums und ich wegen der Zeit so eingeschränkt bin." (Körner an Schiller. Loschwitz, 8. August 1791. Briefwechsel I., S. 418.) Indeß mußte der Hoffnungsvolle mit einem achselzuckenden „Du kennst meine Trödelei" Mitte September melden, daß er „mit dem Oxenstiern leider noch nicht fertig sei". (Briefwechsel I., S. 423.) Erst nach der Niederkunft seiner Minna, welche am 25. September den nachmaligen Dichter Carl Theodor gebar, kam es zum Abschluß und triumphirend schrieb Körner „Bei uns geht alles nach Wunsch. — Dies hat denn auch meine Entbindung von dem Kalenderbeitrag befördert. Am Zahltage, als gestern, hat Göschen den Schluß des Manuscriptes erhalten. Nach meiner Rechnung sind es ungefähr zwei Bogen in Octav nach dem Drucke des Merur. Ich bin nicht ganz mit dieser Arbeit zufrieden; der Vortrag hat eine gewisse Steifheit und Trockenheit, aber für mich selbst habe ich Manches bei dieser Beschäftigung gewonnen. Ich bin auf gewisse Kunstvortheile in der historischen Darstellung aufmerksam geworden, besonders auf das Gruppiren und auf die Haltung, die den Totaleindruck verstärkt." (Körner an Schiller. Dresden, 13. October 1791. Briefwechsel I., S. 425.) — Göschen erhielt, wie aus den Briefen Körners an ihn hervorgeht, das Manuscript in drei Sendungen, am 25. October wußte der Autor, daß der Verleger mit demselben zufrieden sei. (Körner an Göschen. Dresden, 25. October 1761. Hf. Dresdner Bibliothek.) Als ihm zur Ostermesse 1792 Göschen das Honorar für den Aufsatz sandte, bemerkte Körner: „Für das Honorar wegen des Oxenstierna danke ich schönstens. Ein Autor, der immer so bezahlt würde, könnte freilich hübsch Geld verdienen. Nur müßte er nicht so langsam arbeiten und soviel wieder zerreißen als ich." (Körner an Göschen. Dresden, 9. April 1792. Hf. Dresdner Bibliothek.) — Der Abdruck erfolgt aus dem „Historischen Kalender für Damen".

Es ist ein seltener Genuß für den Liebhaber der Geschichte, einen Mann, der eine vorzügliche Rolle in seinem Zeitalter spielte, um desto ehrwürdiger zu finden, je genauer man sich mit seinem Persönlichen bekannt macht. Und von dieser Seite betrachtet, verdient Oxenstierna beinahe noch mehr Aufmerksamkeit, als wegen seines Antheils an den wichtigsten Begebenheiten einer Periode, in der das Schicksal von Deutschland und ganz Europa bestimmt werden sollte. Vielleicht giebt es kein Beispiel, daß ein Privatmann, der sich zu einer solchen Höhe über seine Zeitgenossen empor schwang und ein mehr als königliches Ansehen während einer solchen Reihe von Jahren behauptete, den äußern Verhältnissen so wenig und sich selbst so viel zu verdanken hatte, als er. Was das Glück für ihn that, war nicht Begünstigung, sondern Prüfung. Es stellte ihn in den entscheidendsten Zeitpunkten auf die gefährlichsten Posten, spannte die Erwartung des Publikums auf's Höchste und erschwerte ihm alsdann oft jeden Schritt durch die furchtbarsten Hindernisse. Aber er bestand diese Probe und selbst da, wo er dem stärkern Schicksale weichen mußte, erwarb ihm die Würde des Charakters, die er mit den Talenten des Staatsmannes vereinigte, die gerechtesten Ansprüche auf die Verehrung der Nachwelt.

Er stammte aus einem alten und angesehenen adelichen Geschlechte in Schweden und wurde im Jahre 1583 zu Fanö in Upland geboren. In einem Alter von fünfzehn Jahren verließ er sein Vaterland, um die deutschen Universitäten Rostock und Wittenberg zu besuchen. Hier studirte er außer Sprachen und Staatswissenschaften auch Theologie und es existiren sogar vier theologische Dissertationen, die er in Wittenberg schrieb und vertheidigte; ein Umstand, der bei dem Religionseifer der damaligen Zeit und bei dem allgemeinen Interesse an den Streitigkeiten der Kirche weniger auffallend ist. Auf seine akademischen Studien folgte im Jahre 1603 eine Reise an die vornehmsten Höfe in Deutschland, die aber bald wegen einer Staatsveränderung in Schweden abgekürzt werden mußte. Karl der Neunte hatte den Thron bestiegen und wer zum Adel des Reichs gehörte, wurde in sein Vaterland zurückberufen, um dem neuen Könige zu huldigen. Der zwanzigjährige Jüngling erschien vor einem Fürsten, dem es nicht an Beobachtungsgeist fehlte, die frühzeitige Entwickelung vorzüglicher Fähigkeiten zu erkennen, und der sich damals besonders in der Nothwendigkeit befand, außerordentliche Talente zum Dienste des Staates aufzusuchen. Ueberall von Feinden umringt und selbst innerhalb seines Reichs gegen die heimlichen Bewegungen der Mißvergnügten nicht gesichert, durfte er es nicht wagen, seine Geschäfte mittelmäßigen Köpfen Preis zu geben, die bloß die Empfehlung des Alters für sich anzuführen hatten. Was dagegen für Oxenstierna sprach, war unter diesen Umständen von entscheidendem Gewicht. Auch wurde er schon im Jahr 1605 als Gesandter an die Herzoge von Mecklenburg geschickt, bald darauf (1609) zum Reichsrath ernannt, sodann zu verschiedenen wichtigen Unterhandlungen, besonders in Esthland, gebraucht, und bei jeder Gelegenheit erwarb er sich immer mehr das Vertrauen des Königs.

Karl der Neunte starb (1611) und hatte das Verdienst, Schweden auf Oxenstierna aufmerksam gemacht zu haben; aber ihn bei der Nachwelt aufzuführen, war einem Gustav Adolph vorbehalten. Nie fanden sich vielleicht ein König und ein Minister zusammen, die mehr für einander geschaffen waren. Beide sind uns ein merkwürdiges Beispiel, daß auch in diesem Verhältnisse zwei große Männer neben einander bestehen können, ohne daß einer den andern verdunkelt.

Ein achtzehnjähriger Prinz wird Beherrscher eines Reichs, das durch innerliche Unruhen geschwächt, an allen Hilfsquellen erschöpft und dabei in drei Kriege, mit Dänemark, Rußland und Polen auf einmal verwickelt ist. Daß er zum Feldherrn geboren sey, hat er schon Proben

gegeben; aber für die innere Staatsverwaltung und für die Ver=
handlungen mit auswärtigen Mächten bedarf er nicht bloß eines brauch=
baren Werkzeugs, sondern eines Gehilfen. Unter den Männern, die
auf sein Vertrauen Anspruch machen können, wählt er einen der
jüngsten, überzeugt, daß das Maß der Erfahrung nicht mit der Länge,
sondern der Art des Lebens im Verhältnisse steht. Oxenstierna wird
Reichskanzler und erster Minister (1612) und ein allgemeiner Beifall
der Nation ehrt die Wahl. Held und Staatsmann arbeiten nun mit
vereinten Kräften, ihr Vaterland nicht nur vom Untergange zu retten,
sondern es auf einen Gipfel zu erheben, den es vorher noch niemals
erreicht hatte. Gustav siegt an der Spitze des Heeres und Oxenstierna
durch Unterhandlungen. Ein vortheilhafter Friede mit Dänemark (1613)
befreite den König von einem seiner gefährlichsten Feinde. Durch
einen zweijährigen Stillstand mit Polen gewann er Zeit, Rußland
zu demüthigen, und im Jahr 1617 waren schon zwei Kriege glücklich
geendigt. Der dritte und hartnäckigste Feind, Sigismund, König von
Polen, war nun allein noch zu bekämpfen übrig. Während dieses
langwierigen Krieges bildet Gustav sein Heer zum ersten in Europa
und sich selbst zum Ueberwinder Tilly's und Wallenstein's. Unter=
dessen ist Oxenstierna theils im Innern des Reichs beschäftigt, um
Ruhe, Ordnung und Wohlstand wieder herzustellen, theils leitet er
den Gang der Negotiationen mit den benachbarten Mächten, indem
er jedes günstige Moment benutzt, um das, was der König auf dem
Schlachtfelde leistet, im Cabinete so geltend, als möglich, zu machen.
Die Ausführung seiner Plane vertraut er selten einer Mittelsperson;
er selbst ist überall gegenwärtig, wo irgend ein beträchtlicher Vortheil
für den Staat gewonnen oder versäumt werden kann. Auch begleitet
er oft den König auf seinen Feldzügen und spielt selbst bei der Armee
keine unbedeutende Rolle. Bei dem Einfalle in Liefland (1621) und
der Belagerung von Riga war er einer von den schwedischen Gene=
ralen, die unter dem Könige dienten, und im Jahr 1626 erhielt er
nebst der Statthalterschaft von Preußen das Commando über den
Theil des Heeres, der diese neue Eroberung zu vertheidigen bestimmt
war. Endlich wurde auch Polen nach einem langen, aber fruchtlosen

Widerstande zum Nachgeben genöthigt, Schweden hatte keinen Feind
mehr zu fürchten und bei Gustav Adolph erweckte das Gefühl seiner
Kraft die schöne heroische Idee, als Retter der Unterdrückten in Deutsch=
land aufzutreten. Zu Ausführung dieses Plans war Stralsund für
ihn ein sehr wichtiger Ort. Der Besitz dieser Festung sollte ihm die
Landung seiner Truppen auf deutschem Boden erleichtern und die Ver=
bindung mit Schweden durch die Ostsee sichern. Daß Wallenstein die
Stadt belagerte und eine dänische Besatzung sie nicht mit Nachdruck
vertheidigen konnte, waren günstige Umstände. Oxenstierna ging (1628)
selbst nach Stralsund, gewann die Vornehmsten der Stadt für das
schwedische Interesse, machte sodann eine Reise nach Dänemark und
der Erfolg war, daß die dänische Besatzung Stralsund verließ, um
einer schwedischen Platz zu machen. Mit Polen war unterdessen (1629)
ein sechsjähriger Stillstand geschlossen worden; aber noch wurde auf
dem Congresse zu Danzig der letzte Versuch gemacht, den völligen
Ausbruch des Kriegs zwischen dem Kaiser und Gustav Adolph zu ver=
hüten. Oxenstierna war es, der diese Unterhandlungen abbrach. Er
bemerkte hinterlistige Absichten in dem Betragen sowohl der andern
Gesandten, als der Stadt Danzig selbst und drang in den König, den
Uebergang nach Deutschland zu beschleunigen, ohne den Erfolg des
Congresses abzuwarten. Gustav Adolph ließ ihn als Statthalter in
Preußen zurück und erst nach der Schlacht bei Leipzig (1631) rief er
ihn zu sich nach Deutschland, um theils ihm die Regierungsgeschäfte
in den neu eroberten Provinzen zu übertragen, theils ihn zu den
wichtigsten Verhandlungen zu gebrauchen. Im folgenden Jahre wurden
einige schwedische Truppen am Rhein zusammengezogen, um Deutsch=
land von dieser Seite gegen die Einfälle der Spanier zu decken, und
Oxenstierna war ihr Befehlshaber.

　　Es war ihm gelungen, ein spanisches Corps zurück zu treiben,
er hatte sein kleines Heer dem Könige wieder zugeführt und nun sollte
er als Staatsmann ein Geschäft von großer Schwierigkeit übernehmen,
dem nur Er gewachsen zu seyn schien. Die protestantischen Reichs=
stände in Oberdeutschland wünschten sich Glück, an Gustav Adolph
einen Beschützer gegen ihre mächtigen Feinde gefunden zu haben; aber

die Lasten des Kriegs nach Verhältniß tragen zu helfen, waren sie
nicht zu bewegen. Auf einem Congresse zu Ulm sollten deshalb ge=
wisse Punkte festgesetzt werden, Oxenstierna hatte hierzu unumschränkte
Vollmacht erhalten und war in Ansehung der vier obern Kreise zum
Stellvertreter des Königs in allen Staats= und Kriegsangelegenheiten
ernannt worden. Aber ehe er noch den Ort seiner Bestimmung er=
reichte, traf ihn die erschütternde Nachricht, um welchen theuern Preis
Schweden und seine Bundesgenossen den Sieg bei Lützen erkauft hatten.

In diesem Zeitpunkte begann die glänzendste Periode von Oxen=
stierna's Leben, aber die glücklichste ging zu Ende. Er hatte in Gustav
Adolph den Helden verehrt und den Menschen mit Wärme geliebt.
In ihrem Verhältnisse gegen einander war nichts, was des höhern
Verdienstes unwürdig ist. Gustav war über die kleinliche Eitelkeit
erhaben, niemanden, als sich selbst, seine Fortschritte verdanken zu
wollen, und Oxenstierna weidete sich an der Größe seines königlichen
Freundes. Was uns von ihrem gegenseitigen Betragen bekannt ist,
hat das Gepräge einer gewissen patriarchalischen Biederkeit, die dem
unverdorbenen Gefühle wohl thut und wobei weder der Ruhm des
Königs, noch der Vortheil des Staats etwas verlor. Wohlgemeinte
Warnungen, wenn Gustav's Jugendfeuer ihn zu weit verleitete, wurden
mit Gutmüthigkeit aufgenommen. Ein freundlicher Gegenvorwurf über
zu große Kälte war Alles, was Oxenstierna dabei wagte. Selbst in
Beurtheilung bereits getroffener Maßregeln brauchte er nicht schüchtern
zu seyn. Es war immer sein Wunsch, daß die Erblande des Kaisers
zum Schauplatze des Kriegs gemacht würden. Bei der ersten Zu=
sammenkunft mit dem Könige nach der Schlacht bei Leipzig konnte er
sich nicht enthalten, zu äußern, daß er ihm lieber in Wien zu diesem
Siege Glück gewünscht hätte, und Gustav hielt es nicht unter seiner
Würde, sich über die Gründe, die ihn für einen andern Plan bestimmt
hatten, gegen seinen Minister zu rechtfertigen. Ein Zeitraum von
zwanzig Jahren änderte nichts in den Gesinnungen des Königs. Er
schien auf den Besitz des Mannes stolz zu seyn, dessen Beistand allein,
wie er öffentlich in den stärksten Ausdrücken bekannte, ihm die Sorgen
der Regierung erleichtern konnte. Das unumschränkte Zutrauen, wo=

von er ihm noch in den letzten Tagen seines Lebens Beweise gab,
wird niemand bei einem Gustav Adolph zu einer Wirkung der Schwäche
oder des Leichtsinns herabwürdigen. Daß er an Treue, Patriotismus
und Freundschaft glaubte, war für ihn eben so rühmlich, als es für
Oxenstierna verdienstlich war, ihn in diesem Glauben bestärkt zu haben.

Für Schweden gab es nach Gustav Adolph's Tode kein dringen-
deres Bedürfniß, als die Einrichtung der Regentschaft während der
Minderjährigkeit seiner Nachfolgerin. Oxenstierna war es, den man
darüber um Rath fragte, und seine Vorschläge wurden durchgängig
angenommen. Die fünf obersten Staatsbedienten, zu denen er selbst
gehörte, überkamen die Verwaltung des Reichs; aber ihm allein überließ man die Besorgung der deutschen Angelegenheiten. Seine Vollmacht war von dem weitesten Umfange. Gustav's Entwürfe, die Verhältnisse der europäischen Mächte und die Lokalumstände Deutschlands
konnten niemanden besser bekannt sein und niemand hatte ein größeres
Recht auf das Vertrauen der Nation. Erholung nach vieljährigen,
obgleich mit glänzendem Erfolge geführten Kriegen war ein Bedürfniß
des Staats; aber Schweden hatte sich für die Unternehmung seines
Königs begeistert und dieser Enthusiasmus äußerte sich nirgends lebhafter, als bei Oxenstierna. Das angefangene Werk seines Helden
war ihm heilig und es auf eine würdige Art zu vollenden sein höchstes
Bestreben. Aber dieses Ziel durfte nicht bloß auf Kosten seines Vaterlandes erreicht werden, das schon so viel dafür geopfert hatte. Gleichwohl war von den mächtigsten Fürsten Deutschlands nach Gustav's
Tode noch weniger zu erwarten, als vorher. Zu andern Schwierigkeiten gesellten sich nunmehr noch die Verhältnisse des Ranges. Der
schwedische Reichs-Kanzler durfte nicht auf alles Anspruch machen,
was man einem Gustav Adolph eingeräumt hatte. Aber eben in
dieser Lage zeigt sich an Oxenstierna eine seltene Gewandtheit und
Festigkeit. Ohne sich etwas zu vergeben, fing er damit an, die schwächern
Reichsstände unter den Protestanten zu gewinnen, die in den vier
obern Kreisen zerstreut sind, vermied dadurch alle Collisionen mit den
Churfürsten von Sachsen und Brandenburg und überließ diesen, einen
besondern Bund in Ansehung Niederdeutschlands zu errichten. Auf

einem Congresse zu Frankfurt am Main sollten gemeinschaftliche Be=
rathschlagungen über die Angelegenheiten der Protestanten gepflogen
werden. Von Seiten des Kaisers war man nachgiebiger gegen die
deutschen Reichsstände geworden, aber desto größer war die Erbitterung
gegen Schweden; ein Umstand, der leicht von einigen protestantischen
Fürsten benutzt werden konnte, denen die ausländische Hülfe theils
entbehrlich, theils äußerst beschwerlich zu werden anfing. Oxenstierna
konnte den Beistand Schwedens nicht aufdringen und Entschädigung
für die geleisteten Dienste war Alles, was er fordern durfte. Und
hierzu mußte er ein Mittel auszufinden, das für keine der streitenden
Parteien zu drückend seyn konnte. Sein Plan war, Besitzungen an
der Ostsee für Schweden zu gewinnen und ihren Eigenthümern durch
Secularisirung einiger Bisthümer einen Ersatz zu verschaffen. Aber
diese Idee, welche vierzehn Jahre später im Westphälischen Frieden
ausgeführt wurde, fand damals noch wenig Eingang. Oxenstierna
war nicht in der Lage, Gesetze vorzuschreiben zu können. Das schwe=
dische Heer hatte gesiegt; aber Alles vereinigte sich, die Früchte dieses
Sieges zu vereiteln. Uneinigkeit der Feldherrn, Mißvergnügen und
Unordnungen bei den Soldaten, Eifer der Bundesgenossen, Unmög=
lichkeit unter diesen Umständen die strenge schwedische Disciplin bei
der Armee aufrecht zu halten, waren Ursachen genug, auch die tapfersten
Truppen den Feinden weniger fürchterlich und den Freunden verhaßt
zu machen. Angesehene deutsche Fürsten hatten als Generale unter
Gustav Adolph gedient; mit Unwillen ertrugen sie jetzt die Abhängigkeit
von einem ausländischen Staatsminister. Im Vertrauen auf die Zu=
neigung eines Heeres, welches selbst größtentheils aus Deutschen be=
stand, hoffte mancher unter ihnen, jetzt den gemeinschaftlichen Zweck
mit seinen persönlichen Nebenabsichten vereinigen zu können, und von
diesen Werkzeugen sollte Oxenstierna die Ausführung seiner Entwürfe
erwarten. Außerhalb Deutschlands war Frankreich die einzige Macht,
von der er sich Unterstützung versprechen durfte; aber gegen einen
Richelieu konnte er nicht sorgfältig genug, auf seiner Hut seyn. Wer
stand ihm dafür, daß Schweden nicht bei der ersten Gelegenheit auf=
geopfert wurde, wenn Frankreichs Zweck, das Haus Oesterreich zu

schwächen, entweder erreicht war oder durch andere Mittel erreicht
werden konnte? Auch fing Richelieu schon jetzt an, einen höhern Preis
auf seinen Beistand zu setzen. Die Eroberungen Schwedens an den
Ufern des Rheins sollten an Frankreich fallen, ein französischer Prinz
sich mit der Königin Christina vermählen und der Reichskanzler zur
Beförderung dieser Absichten durch persönliche Vortheile gewonnen
werden. Aber Versuche dieser Art hatten hier ganz entgegengesetzte
Wirkung. Daß Schweden sich nur für Frankreichs Größe erschöpfen
und nach allem, was es für Deutschland gethan hatte, nur eine unter-
geordnete Rolle in diesem Reiche spielen sollte, war für Oxenstierna
ein empörender Gedanke und seit dieser Zeit bemerkt man in seinem
ganzen Betragen eine fortdauernde Bitterkeit gegen die französische
Politik. Bei aller Gewalt über sich selbst, die er in andern Fällen
bewies, konnte er doch diesen Zug selbst da nicht in der Folge ver-
läugnen, als er bei den entgegengesetzten Gesinnungen der Königin
seinen ganzen Einfluß dadurch auf's Spiel setzte. Indessen verwan-
delte damals sein Mangel an Willfährigkeit, gerade in dem bedenk-
lichsten Zeitpunkte, einen unzuverlässigen Bundesgenossen in einen
heimlichen Gegner.

Aber so viel Umstände sich auch gegen Schweden bei dem deutschen
Kriege vereinigten, so verlor die Nation doch den Muth nicht und
daß sie nicht zu viel von Oxenstierna erwartet hatte, bewies der Erfolg des ersten Jahres. Die wichtigsten Schwierigkeiten waren schon
überwunden, die Unordnungen bei der Armee großentheils abgestellt,
die dringendsten Bedürfnisse des Heers befriedigt, die protestantischen
Reichsstände der vier obern Kreise zu einem gemeinschaftlichen Zwecke
vereinigt, die Friedensunterhandlungen auf eine Art eingeleitet, die
weder Hartnäckigkeit oder Vergrößerungssucht, noch Schwäche verrieth,
und zu gleicher Zeit die nöthigen Anstalten getroffen, den Krieg auf
allen Seiten mit Nachdruck fortzusetzen. Oxenstierna hatte das Ansehen seines Vaterlandes und seine persönliche Würde zu behaupten
gewußt. Die schwedischen Feldherrn wagten es nicht, sich gegen ihn
aufzulehnen, und die ausgezeichnete Achtung, mit der ihn die vornehmsten deutschen Fürsten und fast alle europäischen Mächte be-

handelten, war vollkommen der Wichtigkeit seines Postens angemessen.
Vorzüglich aber gelang es ihm, sich die Zuneigung der verbündeten
Reichsstände zu erwerben, von denen er sogar den Antrag erhielt,
das Erzbisthum Mainz, welches sich damals in den Händen der Pro=
testanten befand, nebst der Chur=Würde für sich selbst in Besitz zu
nehmen. Ein solches Anerbieten konnte er weder ablehnen noch an=
nehmen, ohne bei dem schwedischen Reichsrathe anzufragen, und dieser
gab seine völlige Einwilligung unter der einzigen Bedingung, daß
Oxenstierna die Dienste seines Vaterlandes nicht eher, als bis es durch
einen annehmlichen Frieden entschädigt seyn würde, verlassen sollte.
Einige nicht unbeträchtliche Vortheile, die die schwedischen Truppen
über den Feind gewonnen hatten, eröffneten schon die günstigsten Aus=
sichten; aber alle diese glänzenden Hoffnungen zertrümmerte ein einziger
Schlag — die unglückliche Schlacht bei Nördlingen. Jetzt sah sich
Oxenstierna ohne sein Verschulden auf einmal doppelt so weit zurück
geworfen, als er bereits von dem Punkte, wo er ausging, vorgerückt
war. Aber desto größer war sein Verdienst, in solchen Augenblicken
eben so entfernt von Kleinmuth, als von blinder Verwegenheit zu
bleiben. Er übersah gleichsam von einem höhern Standpunkte, wo
Leidenschaft seinen Blick nicht umnebelte, nicht nur die ganze Größe
der Gefahr und das Maß seiner Kräfte, sondern auch jeden günstigen
Umstand, der ihm theils neue Hülfsquellen eröffnete, theils die drohendsten
Uebel wenigstens eine Zeit lang entfernte. Er mäßigte den Eifer
seiner Nation, die ihm neue Unterstützung an Geld und Truppen an=
bot. Aufopferungen dieser Art schienen ihm in der jetzigen Lage
fruchtlos. Sein Vaterland bedurfte Schonung, um dann mit erneuten
Kräften wieder hervorzutreten, wenn alles vorbereitet seyn würde, um
ihm einen glücklichen Erfolg zu versprechen. Jetzt dachte er bloß
darauf, Zeit zu gewinnen, Frankreich in den deutschen Krieg zu ver=
wickeln, den Kaiser dadurch an den Ufern des Rheins zu beschäftigen,
die Küsten der Ostsee zu decken, den niedergeschlagenen Muth der
protestantischen Reichsstände aufzurichten und ihre vereinigten Kräfte
gegen den gemeinschaftlichen Feind aufzubieten. Aber dieser Feind
hatte Klugheit genug gehabt, den schlimmsten Gebrauch von seinem

Siege zu machen, den Schweden nur befürchten konnte. Der Prager Frieden (1635) verstärkte die Partei des Kaisers und Oxenstierna sah sich bald von dem größten Theile seiner Bundesgenossen in Deutschland verlassen. Glücklicher war er in Frankreich, wohin er selbst reisete und bei einer mündlichen Unterhandlung mit Richelieu seine Absicht erreichte. Und nun gelang es ihm auch in Deutschland, durch unermüdete Thätigkeit und durch eine seltene Mischung von Nachgiebigkeit und Strenge die zerrütteten Angelegenheiten Schwedens zum Theil wieder herzustellen, sich mit den wenigen treu gebliebenen Bundesgenossen fester zu verbinden, die schwankenden von offenbaren Feindseligkeiten zurück zu halten und auf Kosten derjenigen, die sich bereits für den Kaiser erklärt hatten, den Krieg fortzusetzen.

Seine Gegenwart schien nunmehr in Schweden nothwendiger zu werden und im Jahr 1636 ging er zurück. Er wurde mit den größten Ehrenbezeigungen empfangen, die Reichsstände, denen er Rechenschaft von der Vollziehung des erhaltenen Auftrags ablegte, erkannten seine Verdienste und durch dieses Ansehen, das ihm die Dankbarkeit der Nation erwarb, herrschte er einige Jahre in Schweden mit einer beinahe unumschränkten Gewalt. Aber kaum hatte die Königin Christina Besitz von der Regierung genommen, so änderte sich die Scene. Sie schätzte den Reichskanzler, hatte persönliche Verbindlichkeiten gegen ihn und wußte ihm keinen gegründeten Vorwurf zu machen; aber sein Uebergewicht bei den Berathschlagungen war ihr drückend. In einigen ihrer damaligen Briefe bemerkt man den heimlichen Widerwillen gegen eine Art von fortdauernder Vormundschaft und gegen den Beistand eines Rathgebers, dessen Anschein von Unentbehrlichkeit ihren eigenen Ruhm verdunkelte. Hierzu kam eine gewisse Vorliebe für die französische Nation, die einer jungen geistvollen Königin, theils durch Erziehung, theils durch nachherigen Umgang werth geworden war, aber mit der sich Oxenstierna noch immer nicht aussöhnen konnte. Und auf diese Art entstand nunmehr eine Gegenpartei wider den Reichskanzler, an deren Spitze die Königin selbst sich befand. Sie erhob ihren Günstling, Graf Magnus de la Gardie, zu den höchsten Ehrenstellen und in Ansehung der mühsamen Staatsgeschäfte glaubte sie in Adler Salvius,

dem zweiten Gesandten bei den deutschen Friedensunterhandlungen, einen
Ersatz für Oxenstierna zu finden. Frankreich mußte die Umstände bei
dem Congresse trefflich zu benutzen. Während daß Oxenstierna's ältester
Sohn, als erster schwedischer Gesandter, die siegreichen Fortschritte
eines Torstensohn geltend zu machen suchte, hatte der Graf d'Avaux
die Königin selbst so sehr zu seinem Vortheil gewonnen, daß sie von
Zeit zu Zeit in den stärksten Ausdrücken ihren Unwillen über den
Aufschub des Friedens bezeigte. Der Reichskanzler wurde beschuldigt,
daß er den Krieg, als ein Mittel, sein Ansehen zu erhalten, ver=
längere. Zu gleicher Zeit entstand das Gerücht, daß er den Plan
habe, seinem zweiten Sohne Erich die Hand der Königin, die schwedische
Krone und selbst die deutsche Kaiserwürde zu verschaffen. In dieser
Absicht, hieß es, hätte die völlige Gleichheit der Religionen in Deutsch=
land in Ansehung des Kaiserthums und aller Bisthümer und die Ver=
bindung der Churwürde mit den schwedischen Besitzungen zu einer
Hauptbedingung des Friedens gemacht werden sollen. Allein bei dem
damaligen Glücke der schwedischen Waffen, bei der Besorgniß des Kaisers
für seine Erblande und bei seiner Bereitwilligkeit zu einem besondern
Frieden mit Ausschluß Frankreichs war es wohl für den schwedischen
Patrioten und für die eifrigen Vertheidiger der Protestanten ein sehr
erlaubter Gedanke, von den günstigen Zeitumständen den größten mög=
lichen Vortheil zu ziehen. Was aber sonst damals von Oxenstierna's
romanhaften Entwürfen zum Besten seines Sohnes ausgestreut wurde,
paßt zu wenig in seinen bekannten Charakter, um es bloß auf das
Anführen der Gegenpartei für wahr anzunehmen. Es giebt einen Brief
des Reichskanzlers an den Grafen Erich), in dem dieser Umstand er=
wähnt wird, ohne daß sich dabei die mindeste Spur von einem an=
gelegten Plane bemerken läßt. Der junge Graf wird ermahnt, die
Verläumdungen der Feinde seines Vaters durch eine anständige Heirath
zu widerlegen, und aus andern Nachrichten weiß man, daß er sich
kurz darauf wirklich vermählte.

Durch diesen Kampf mit einer mächtigen Hofkabale wurde der
Abend eines thatenvollen Lebens dem Reichskanzler verbittert. Aber,
gestützt auf sein anerkanntes Verdienst und auf die Verehrung seiner

unbefangenen Mitbürger, sollte er auch hier nicht unterliegen. Bei aller Abneigung gegen ihn wagte es die Königin nicht, ihn ganz zu entfernen, und nur durch Umwege suchte sie nach und nach seinen Einfluß zu schwächen. Sie hatte Mittel gefunden, die königliche Gewalt über die Grenzen der damaligen Regierungsform zu erweitern, hatte einen Theil der Reichsstände auf ihre Seite gebracht und dadurch die Macht des Senats vermindert; aber in diesem einzigen Punkte fürchtete sie die Meinung des Volks. Dieß ging so weit, daß sie mit dem französischen Hofe sich in eine Art von heimlicher Verbindung gegen ihren eignen Staatsminister einließ. Durch eine öffentliche Beschwerdeschrift gegen den Reichskanzler, worin Frankreich ihn allein als den Verzögerer des Friedens anklagen sollte, hoffte sie ihn bei der Nation verhaßt zu machen. Oxenstierna erfuhr dies Vorhaben, ehe es ausgeführt wurde, durch den spanischen Gesandten in Münster und da man nachher diese Idee wieder aufgab, machte er keinen Gebrauch von der erhaltenen Nachricht zum Nachtheil der Königin, sondern erklärte die ganze Sache für eine Erdichtung. Einige Zeit darauf bat er um seine Entlassung; aber seine Unentbehrlichkeit während der Friedensunterhandlungen in Deutschland war zu einleuchtend und die Vorstellungen des Reichsraths gegen die Bewilligung seines Gesuchs zu dringend, als daß die Königin diese Gelegenheit hätte benutzen können. Auch nach dem Schlusse des westphälischen Friedens blieb Oxenstierna noch immer eine der ersten Personen in Schweden. Selbst der französische Hof, so sehr ihm die Königin ergeben war, glaubte demungeachtet den Reichskanzler nicht vernachläßigen zu dürfen und Mazarin schärfte jedem Gesandten ein, die Gunst eines Ministers zu gewinnen, der seinem Urtheile nach ein zu vollendeter Staatsmann sey, um jemals in Schweden eine unbedeutende Rolle spielen zu können.

Aber nicht genug, daß Oxenstierna's Feinde ihre Absicht nie gänzlich erreichten, es war ihnen noch eine größere Demüthigung vorbehalten. In dem letzten Jahre vor seinem Tode erlebte er noch eine vollkommene Genugthuung und seine Fürstin schenkte ihm mehr, als jemals, ihr ganzes Vertrauen wieder. Sein mächtigster Gegner, Graf Magnus de la Gardie, war so tief gefallen, daß er eben den Mann,

den er immer zu verdrängen gehofft hatte, jetzt um sein Fürwort bei
der beleidigten Königin bitten mußte.

Nunmehr war Oxenstierna auf einmal gegen alle Beschuldigungen
gerechtfertigt und seine Neider verstummten. Er widersetzte sich dem
Lieblingswunsche der Königin, die Regierung niederzulegen, mit äußerster
Hartnäckigkeit; aber er ward doch deswegen weder von ihr noch von
ihrem Nachfolger verkannt. Carl Gustav, dem er die Gelangung zur
Krone aus allen Kräften erschwert hatte, überhäufte ihn mit Ehren-
bezeugungen und nannte ihn oft seinen Vater. Aber kaum hatte der
neue König die Regierung angetreten, so wurde Oxenstierna von einer
Krankheit befallen, die am 28. August 1654 sein Leben endigte. Noch
kurz vor seinem Tode beschäftigte ihn die Sorge für die künftigen
Schicksale der Königin und auf Alles, was man dabei über ihre Sonder-
barkeiten bemerkte, erwiderte er bloß: „Aber sie ist doch des großen
Gustav's Tochter." Und dieß waren seine letzten Worte.

An diesem einzigen Zuge erkennt man schon einen Mann, bei
dem das Herz seine Rechte bis zu dem letztem Athemzuge behauptete,
ungeachtet er eine lange Reihe von Jahren in einer Beschäftigung
verlebt hatte, die man gemeiniglich für die Schule des verfeinerten
Eigennutzes zu halten pflegt. Aber eben so wenig erlag auch sein
Geist unter dem Drucke der Geschäfte. In seinen Unterhandlungen
herrschte ein gewisser ächtrömischer Ernst, der aber nie in Steifheit
oder Schwerfälligkeit ausartete. In Beobachtung des Ceremoniels
wußte er sehr gut die Grenze zu finden, wo die strenge Behauptung
seiner Rechte in Pedanterie übergeht. Bei der Conferenz mit einigen
stolzen polnischen Magnaten, wo jede Nachgiebigkeit für Schwäche ge-
golten hätte, wich er nicht einen Fuß breit; aber dagegen fehlte es
ihm nie an Auswegen, bei den Unterhandlungen mit Richelieu oder
den deutschen Reichsständen alle Rangstreitigkeiten zu vermeiden. Selbst
über gewisse anerkannte Regeln der Politik hielt er nicht mit einer
solchen Aengstlichkeit, daß er sich nie eine Ausnahme erlaubt hätte,
wenn er einen besondern Trieb dazu fühlte. Richelieu war ihm eine
sehr wichtige Person; aber gleichwohl konnte er sich nicht versagen,
einen verdienstvollen Mann an ihm zu rächen, für dessen Schicksal er

sich interessirte. Einer der berühmtesten Gelehrten der damaligen Zeit, Hugo Grotius, hatte den eitlen Cardinal beleidiget, indem er ihn in einer Dedication an den König von Frankreich nicht erwähnte. Die Folge davon war, daß ihm ein Jahrgehalt entzogen ward, den er zeither von dem französischen Hofe empfangen hatte. Grotius ging nach Deutschland und Gustav Adolph, der seine Lage erfuhr, nahm ihn in seine Dienste. Einige Zeit darauf wurde die französische Ge=sandtschaft erledigt und Oxenstierna glaubte einen Richelieu nicht aus=gesuchter kränken zu können, als wenn er ihn nöthigte, eben den Mann, den er so unwürdig behandelt hatte, jetzt als schwedischen Ge=sandten mit den gewöhnlichen Ehrenbezeigungen zu empfangen. Der Cardinal bot Alles auf, um einer solchen Demüthigung überhoben zu sein, aber Oxenstierna blieb unbeweglich. Grotius behauptete sich einige Jahre als Gesandter in Frankreich; keine einzige Auszeichnung, auf die er Anspruch machen konnte, durfte ihm versagt werden und Richelieu selbst bequemte sich endlich, das Vergangene durch Mißverstand und andere Ausflüchte zu entschuldigen.

Oxenstierna liebte die Wissenschaften, er beschäftigte sich selbst mit Aufzeichnung der merkwürdigsten Begebenheiten, an denen er Theil genommen hatte, und nach zuverlässigen Nachrichten ist der zweite Theil der Geschichte des schwedisch=deutschen Kriegs, wovon Bogislaus Philipp von Chemnitz für den Verfasser angegeben wird, ganz von seiner Hand. Auch wußte er die Schriftstellerei sehr gut zu Staatsabsichten zu be=nutzen.

Zu einer Zeit, da die meisten deutschen Reichsstände sich auf die Seite des Kaisers neigten, erschien die berühmte Streitschrift des so=genannten Hippolitus a lapide gegen das Haus Oesterreich, welche da=mals nicht wenig zur Vereitlung der kaiserlichen Entwürfe beitrug. Und dieses Werk entstand auf Veranstaltung des Reichskanzlers, größten=theils aus den von ihm gelieferten Materialien.

Das Wesentliche seines Charakters ist von der Königin Christina selbst in einer kurzen Schilderung zusammen gefaßt worden, die sich unter ihren nachgelassenen Papieren erhalten hat, und ihre eignen Worte mögen diesen Aufsatz beschließen.

„Dieser große Mann," schreibt sie, „besaß einen sehr ausge=
bildeten Verstand, die Frucht einer nützlich angewendeten Jugend. Auch
mitten unter seinen überhäuften Arbeiten las er noch viel. Sein Ge=
schäftsblick war schnell und seine Staatskenntnisse eben so ausgebreitet,
als gründlich. Er war von der Stärke und Schwäche aller euro=
päischen Staaten unterrichtet. In ihm vereinigte sich eine reife Er=
fahrung, ein viel umfassender Geist und eine große Seele. Seine
Thätigkeit war unermüdet. Geschäfte waren sein Vergnügen und selbst
in Stunden der Erholung wußte er von keiner andern Zerstreuung.
In seiner Lebensart liebte er die Mäßigkeit, so sehr, als es in einem
Zeitalter und bei einer Nation möglich war, wo diese Tugend noch
unter die unbekannten gehörte. Für einen Mann auf seinem Posten
hatte er ein eigenes Talent, ruhig zu schlafen. Nur zweimal in seinem
Leben, versicherte er, hätte er wegen einer Staatsangelegenheit eine
Nacht schlaflos zugebracht, einmal nach dem Tode Gustav Adolph's und
das Zweitemal nach der Schlacht bei Nördlingen. Außerdem wäre er
immer gewohnt, bei'm Schlafengehn mit seinen Kleidern zugleich alle
seine Sorgen abzulegen und sie bis zum andern Morgen ruhen zu lassen.
Uebrigens war er ehrgeizig, aber treu und unbestechlich. Nur zu viel
Langsamkeit und Phlegma war zuweilen sein Fehler."

Nachrichten von Schillers Leben.[*]

[*] Friedrich von Schillers sämmtliche Werke. Stuttgart und Tübingen, in der J. G. Cotta'schen Buchhandlung. 1812—1815. I. Band. S. I.

Die „Nachrichten von Schillers Leben", mit denen Körner die von ihm redigirte erste Ge: sammtausgabe der Werke seines Freundes begleitete, waren die früheste zuverlässige Biographie des Dichters. Da zwischen 1805 und 1812 schon fünf bis sechs im höchsten Maße unzulängliche von Irrthümern und geflissentlichen Unwahrheiten strotzende „Skizzen" des Lebens Schillers, darunter K. W. Oemlers berüchtigte „Scenen und Charakterzüge aus Schillers späteren und früheren Leben" (Stendal, 1805 und 1806), ins Publikum geschleudert worden waren, so hatte Körners sorgfältiger und pietätsvoller Aufsatz bereits eine Menge von Irrthümern zu zerstreuen. — Körner arbeitete seit 1810, nachdem eine Conferenz zwischen ihm, Schillers Wittwe und Schwägerin Karoline von Wolzogen stattgefunden, an seinen „Nachrichten". In einem Briefe der Frau von Schiller an Cotta heißt es: „Körner hat mir neulich geschrieben. — Er wünschte sehr nähere Nachrichten über Schillers Leben in Stuttgart, seine Erziehung in der Akademie, sein Leben nachher dort und seine Entfernung aus Würtemberg, vielleicht könnte Petersen oder Haug noch data angeben." Und im Februar 1811 äußert sie wiederum gegen Cotta: „Ich gestehe, daß ich wohl glaube, daß Körner Schiller am besten in der Welt kannte, weil sich beide in einer Periode des Lebens fanden, wo die erste Jugendbildung schon vorüber und der Geschmack wie das Urtheil sich geläutert." (Charlotte von Schiller an Cotta, 26. August 1810 und 15. Februar 1811. Briefwechsel zwischen Schiller und Cotta. S. 563 und 564.) Im Juli 1811 war die Arbeit beendet und in Goethes Händen. „Ich habe ihm müssen den Aufsatz von Körner über Schillers Leben bringen. Noch weiß ich nicht, was er dazu sagt, Körner hat sich ganz seinem Urtheil unterworfen." (Charl. von Schiller an Cotta, 19. Juli 1811; a. a. O. S. 564.) Das Urtheil scheint dann, wie verdient, günstig ausgefallen zu sein und Körners Arbeit ward der Sammlung der Schillerschen Werke vorangedruckt. Der Abdruck erfolgt aus der Ausgabe der Werke von 1812, in welcher die Cottasche Buchhandlung die Nachrichten mit der Bemerkung einführte: „Für die Zuverlässigkeit dieser Nachrichten bürgt der Appellations: rath Körner in Dresden, als ihr Verfasser. Seit dem Jahre 1785 gehörte er zu Schillers vertrautesten Freunden, und wurde von mehreren Personen, die mit dem Verewigten in genauester Verbindung gewesen waren, durch schätzbare Beyträge unterstützt. Nicht der kleinste Umstand ist in diese Lebens: beschreibung aufgenommen worden, der nicht auf Schillers eigne Aeußerungen oder auf glaub: würdige Zeugnisse sich gründete".

Die Sitte und Denkart des väterlichen Hauses, in welchem Schiller die Jahre seiner Kindheit verlebte, war nicht begünstigend für die frühzeitige Entwickelung vorhandener Fähigkeiten, aber für die Gesundheit der Seele von wohlthätigem Einflusse. Einfach und ohne vielseitige Ausbildung, aber kraftvoll, gewandt und thätig für das praktische Leben, bieder und fromm war der Vater. Als Wundarzt ging er im Jahre 1745 mit einem Bayrischen Husaren-Regimente nach den Niederlanden, und der Mangel an hinlänglicher Beschäftigung veranlaßte ihn, bey dem damaligen Kriege sich als Unterofficier gebrauchen zu lassen, wenn kleine Commando's auf Unternehmungen ausgeschickt wurden. Als nach Abschluß des Aachner Friedens ein Theil des Regiments, bey dem er diente, entlassen wurde, kehrte er in sein Vaterland, das Herzogthum Württemberg, zurück, erhielt dort Anstellung, und war im Jahre 1757 Fähnrich und Adjutant bey dem damaligen Regimente Prinz Louis. Dies Regiment gehörte zu einem Württembergischen Hülfs-Corps, das in einigen Feldzügen des siebenjährigen Krieges einen Theil der österreichischen Armee ausmachte. In Böhmen erhielt dieses Corps einen bedeutenden Verlust durch eine heftige ansteckende Krankheit, aber Schillers Vater erhielt sich durch Mäßigkeit und viele Bewegung gesund, und übernahm in diesem Falle der Noth jedes erforderliche Geschäft, wozu er gebraucht werden konnte. Er besorgte die Kranken, als es an Wundärzten fehlte, und vertrat die Stelle des Geistlichen bey dem Gottesdienste des Regiments durch Vorlesung einiger Gebete und Leitung des Gesangs.

Seit dem Jahre 1759 stand er bey einem andern Württembergischen Corps in Hessen und Thüringen, und benutzte jede Stunde der Muße, um durch eignes Studium, ohne fremde Beyhülfe, nachzuholen, was ihm in frühern Jahren, wegen ungünstiger Umstände, nicht gelehrt worden war. Mathematik und Philosophie betrieb er mit Eifer, und landwirthschaftliche Beschäftigungen hatten dabey für ihn einen vorzüglichen Reiz. Eine Baumschule die er in Ludwigsburg anlegte, wo er nach beendigtem Kriege als Hauptmann im Quartier war, hatte den glücklichsten Erfolg. Dies veranlaßte den damaligen Herzog von Württemberg, ihm die Aufsicht über eine größere Anstalt dieser Art zu übertragen, die auf der Solitude, einem Herzoglichen Lustschlosse, war errichtet worden. In dieser Stelle befriedigte er vollkommen die von ihm gehegten Erwartungen, war geschätzt von seinem Fürsten, und geachtet von allen, die ihn kannten, erreichte ein hohes Alter, und hatte noch die Freude, den Ruhm seines Sohnes zu erleben. Ueber diesen Sohn findet sich folgende Stelle in einem noch vorhandenen eigenhändigen Aufsatze des Vaters:

„Und du Wesen aller Wesen! Dich hab' ich noch der Geburt „meines einzigen Sohnes gebeten, daß du demselben an Geistes„stärke zulegen möchtest, was ich aus Mangel an Unterricht nicht „erreichen konnte, und du hast mich erhört. Dank dir, gütigstes „Wesen, daß du auf die Bitten der Sterblichen achtest! —"

Schillers Mutter wird von zuverlässigen Personen als eine anspruchlose, aber verständige und gutmüthige Hausfrau beschrieben. Gatten und Kinder liebte sie zärtlich, und die Innigkeit ihres Gefühls machte sie ihrem Sohne sehr werth. Zum Lesen hatte sie wenig Zeit, aber Uz*) und Gellert waren ihr lieb, besonders als geistliche Dichter. — Von solchen Aeltern wurde Johann Christoph Friedrich Schiller am 10. November 1759 zu Marbach, einem Württembergischen Städtchen am Neckar, geboren. Einzelne Züge, deren man sich aus seinen frühesten Jahren erinnert, waren Beweise von Weichheit des Herzens, Religiosität, und strenger Gewissenhaftigkeit. Den ersten Unterricht erhielt

---

*) Körner schrieb beständig „Utz".

er von dem Pfarrer Moser in Lorch, einem Württembergischen Grenz=
dorfe, wo Schillers Aeltern von 1765 an drey Jahre lang sich auf=
hielten. Der Sohn dieses Geistlichen, ein nachheriger Prediger, war
Schillers erster Jugendfreund, und dies erweckte bey ihm wahrschein=
licher Weise die nachherige Neigung zum geistlichen Stande.

Die Schillersche Familie zog im Jahre 1768 wieder nach Ludwigs=
burg. Dort sahe der neunjährige Knabe zum erstenmale ein Theater,
und zwar ein so glänzendes, wie es die Pracht des Hofes unter des
Herzog Carls Regierung erforderte. Die Wirkung war mächtig, es
eröffnete sich ihm eine neue Welt, auf die sich alle seine jugendlichen
Spiele bezogen, und Plane zu Trauerspielen beschäftigten ihn schon
damals, aber seine Neigung zum geistlichen Stande verminderte sich nicht.

Bis zum Jahre 1773 erhielt er seinen Unterricht in einer öffent=
lichen größern Schule zu Ludwigsburg, und auf diese Zeit erinnert
sich ein damaliger Mitschüler seiner Munterkeit, seiner oft muthwilligen
Laune und Keckheit, aber auch seiner edlen Denkart und seines Fleißes.
Die guten Zeugnisse seiner Lehrer machten den regierenden Herzog auf
ihn aufmerksam, der damals eine neue Erziehungsanstalt mit großem Eifer
errichtete, und unter den Söhnen seiner Officiere Zöglinge dafür aussuchte.

Die Aufnahme in dieses Institut, die militärische Pflanzschule
auf dem Lustschlosse Solitude und nachherige Carlsschule zu Stuttgart,
war eine Gnade des Fürsten, deren Ablehnung für Schillers Vater
allerdings bedenklich seyn mußte. Gleichwol eröffnete dieser dem Herzoge
freymüthig die Absicht, seinen Sohn einem Stande zu widmen, zu
welchem er bey der neuen Bildungsanstalt nicht vorbereitet werden
konnte. Der Herzog war nicht beleidigt, aber verlangte die Wahl
eines andern Studiums. Die Verlegenheit war groß in Schillers Familie;
ihm selbst kostete es viel Ueberwindung, seine Neigung den Verhältnissen
seines Vaters aufzuopfern, aber endlich entschied er sich für das juristische
Fach, und wurde im Jahre 1773 in das neue Institut aufgenommen.
Noch im folgenden Jahre, als jeder Zögling seine eigene Character=
Schilderung aufsetzen mußte, wagte Schiller das Geständniß:

„daß er sich weit glücklicher schätzen würde, wenn er dem Vater=
„lande als Gottesgelehrter dienen könnte.“

Auch ergriff er im Jahre 1775 eine Gelegenheit, wenigstens das juristische Studium, das für ihn nichts Anziehendes hatte, aufzugeben. Es war bey dem Institute eine neue Lehr=Anstalt für künftige Aerzte errichtet worden, der Herzog ließ jedem Zöglinge die Wahl, von dieser Anstalt Gebrauch zu machen, und Schiller benutzte diese Aufforderung.

Auf der Carls=Schule war es, wo seine frühesten Gedichte ent= standen. Ein Versuch, das Eigenthümliche dieser Producte aus da= maligen äußern Ursachen vollständig zu erklären, wäre ein vergebliches Bemühen. Von dem, was die Richtung eines solchen Geistes bestimmte, blieb natürlicher Weise vieles verborgen, und nur folgende bekannt gewordene Umstände verdienen in dieser Rücksicht bemerkt zu werden.

Deutsche Dichter zu lesen gab es auf der Carls=Schule, so wie auf den meisten damaligen Unterrichts=Anstalten in Deutschland, wenig Gelegenheit. Schiller blieb daher noch unbekannt mit einem großen Theile der vaterländischen Literatur, aber desto vertrauter wurde er mit den Werken einiger Lieblinge. Klopstock, Uz, Lessing, Goethe und von Gerstenberg waren die Freunde seiner Jugend.

Auf dem deutschen Parnaß begann damals ein neues Leben. Die besten Köpfe empörten sich gegen den Despotismus der Mode und gegen das Streben nach kalter Eleganz. Kräftige Darstellung der Leidenschaft und des Characters, tiefe Blicke in das Innere der Seele, Reichthum der Phantasie und der Sprache sollten allein den Werth des Dichters begründen. Unabhängig von allen äußern Umgebungen, sollte er als ein Wesen aus einer höhern Welt erscheinen, unbekümmert, ob er früher oder später bey seinen Zeitgenossen eine würdige Auf= nahme finden werde. Nicht durch fremden Einfluß, sondern allein durch sich selbst sollte die deutsche Dichtkunst sich aus ihrem Innern entwickeln. Beyspiele einer solchen Denkart mußten einen Jüngling von Schillers Anlagen mächtig ergreifen. Daher besonders seine Be= geisterung für Goethens Götz von Berlichingen und Gerstenbergs Ugolino. Später wurde er auf Shakespear aufmerksam gemacht, und dies geschah durch seinen damaligen Lehrer, den jetzigen Prälat Abel in Schönthal, der überhaupt sich um ihn mehrere Verdienste erwarb. Mit dem Dichter Schubart war Schiller in keiner weitern Verbindung, als daß er ihn einmal auf der Festung Hohenasperg, aus Theilnehmung an seinem Schicksale, besuchte.

Ein episches Gedicht, **Moses,** gehört zu Schillers frühesten Versuchen vom Jahre 1773, und nicht **lange nachher** entstand sein erstes Trauerspiel: Cosmus von Medicis, im Stoffe ähnlich **mit Leisewitzens** Julius von Tarent. Einzelne Stellen dieses Stücks sind **später** in die Räuber aufgenommen worden; aber außerdem hat **sich von** Schillers Producten **aus** dem Zeitraume **vor 1780 nichts erhalten,** als wenige Gedichte, die sich im schwäbischen Magazin finden. **Schiller** beschäftigte sich damals aus eigenem Antriebe nicht **bloß mit Lesung** der Dichter. Auch Plutarchs Biographien, Herders und Garvens Schriften waren für ihn besonders anziehend, und es verdient bemerkt zu werden, daß er **vorzüglich** in Luthers Bibelübersetzung die deutsche Sprache studirte.

Medicin trieb er mit Ernst, **und um ihr** zwey Jahre ausschließend zu widmen, entsagte er während dieser Zeit allen poetischen Arbeiten. Er schrieb damals eine Abhandlung unter dem Titel: **Philosophie der Physiologie.** Diese Schrift wurde nachher lateinisch von ihm ausgearbeitet, und seinen Vorgesetzten im Manuscripte vorgelegt, erschien aber nicht im Drucke. Nach beendigtem Cursus vertheidigte er im Jahre 1780 eine andere Probeschrift: **Ueber den Zusammenhang der thierischen Natur des Menschen mit seiner geistigen.** Der Erfolg davon war eine baldige Anstellung als Regiments-Medikus bey dem Regimente Augé, und seine Zeitgenossen behaupten, daß **er** sich als praktischer Arzt durch Geist und Kühnheit, aber nicht im gleichen Grade durch Glück ausgezeichnet habe.

Nach Ablauf der Zeit, in der ihn ein strenges Gelübde **von der** Poesie entfernte, kehrte er mit erneuerter Liebe zu ihr zurück. Die Räuber und mehrere einzelne Gedichte, die er kurz nachher, **nebst** den Producten einiger Freunde, unter dem Titel einer Anthologie herausgab, entstanden **in den Jahren 1780** und 1781, welche zu den entscheidendsten seines Lebens gehörten.

Für die Räuber fand Schiller keinen Verleger, und mußte den Druck auf eigne Kosten veranstalten. **Desto** erfreulicher war ihm der erste Beweis einer Anerkennung im Auslande, als ihn schon im Jahre 1781 der Hof=Cammerrath und Buchhändler Schwan in Mannheim zu einer Umarbeitung dieses Werks für die dortige Bühne aufforderte. Einen ähnlichen Antrag, der zugleich auf künftige dramatische Producte gerichtet war, erhielt er kurz darauf von dem Director des Mann= heimer Theaters selbst, dem Freiherrn von Dalberg. Was Schiller hierauf erwiederte, ist noch vorhanden, und es ergibt sich daraus, wie streng er sich selbst beurtheilte, und wie leicht er in jede Abänderung willigte, von deren Nothwendigkeit man ihn überzeugte, aber wie wenig auch diese Willfährigkeit in Schlaffheit ausartete, und wie nach= drücklich er in wesentlichen Punkten, selbst gegen einen Mann, den er hochschätzte, die Rechte seines Werks vertheidigte.

Die schriftlichen Verhandlungen endigten sich zu beyderseitiger Zu= friedenheit, und die Räuber wurden im Januar 1782 in Mannheim aufgeführt. Bey dieser und der zweyten Aufführung im Mai eben dieses Jahres war Schiller gegenwärtig, aber die Reise nach Mann= heim hatte heimlich geschehen müssen, und blieb nicht verborgen. Ein vierzehntägiger Arrest war die Strafe.

Zu eben dieser Zeit wurde Schillern durch einen andern Um= stand sein Aufenthalt in Stuttgart noch mehr verbittert. Eine Stelle in den Räubern, wodurch sich die Graubündtner beleidigt fanden, ver= anlaßte eine Beschwerde, und der Herzog verbot Schillern, außer dem medicinischen Fache irgend etwas drucken zu lassen. Dies war für ihn eine desto drückendere Beschränkung, je günstigere Aussichten sich ihm durch den glücklichen Erfolg seines ersten Trauerspiels eröffneten. Auch hatte er sich mit dem Professor Abel und dem jetzigen Bibliothekar Petersen in Stuttgart vereinigt, um eine Zeitschrift unter dem Titel: Württembergisches Repertorium der Literatur herauszugeben, zu deren ersten Stücken er einige Aufsätze, als: über das gegenwär= tige deutsche Theater; der Spaziergang unter den Linden; eine großmüthige Handlung aus der neuesten Geschichte, und verschie= dene Recensionen, vorzüglich eine sehr strenge und ausführliche über die Räuber, lieferte. Indessen gab es noch einen Ausweg, um jenes Verbot rückgängig zu machen, wozu aber Schiller sich nicht entschließen konnte.

In spätern Jahren erzählte er selbst, wie ein glaubwürdiger Mann bezeugt, daß es nicht seine Beschäftigung mit Poesie überhaupt, sondern seine besondere Art zu dichten war, was damals die Unzufriedenheit des Herzogs erregte. Als ein vielseitig gebildeter Fürst achtete der Herzog jede Gattung von Kunst, und hätte gern gesehen, daß auch ein vorzüglicher Dichter aus der Carls=Schule hervorgegangen wäre. Aber in Schillers Producten fand er häufige Verstöße gegen den bessern Geschmack. Gleichwohl gab er ihn nicht auf, ließ ihn vielmehr zu sich kommen, warnte ihn auf eine väterliche Art, wobey Schiller nicht ungerührt bleiben konnte, und verlangte bloß, daß er ihm alle seine poetischen Producte zeigen sollte. Dies einzugehen, war Schillern unmöglich und seine Weigerung wurde natürlicher Weise nicht wohl aufgenommen. Es scheint jedoch, daß bey dem Herzoge auch nachher noch ein gewisses Interesse für Schillern übrig blieb. Wenigstens wurden keine strengen Maßregeln gegen ihn gebraucht, als er später sich heimlich von Stuttgart entfernte, und dieser Schritt hatte für seinen Vater keine nachtheilige Folgen. Auch durfte Schiller nachher im Jahre 1793, als der Herzog noch lebte, eine Reise in sein Vaterland und zu seinen Aeltern wagen, ohne daß diese Zusammenkunft auf irgend eine Art gestört wurde.

Die Aufführung der Räuber in Mannheim, wo die Schauspiel= kunst damals auf einer hohen Stufe stand, und besonders Isflands Darstellung des Franz Moor, hatte auf Schillern begeisternd gewirkt. Seine dortige Aufnahme versprach ihm ein schönes poetisches Leben, dessen Reiz er nicht widerstehen konnte. Aber gleichwol wünschte er Stuttgart nur mit Erlaubniß des Herzogs zu verlassen. Diese Er= laubniß hoffte er durch den Freiherrn von Dalberg auszuwirken, und seine Briefe an ihn enthalten mehrmalige dringende Gesuche um eine solche Verwendung. Aber es mochten Schwierigkeiten eintreten, seine Bitte zu erfüllen, seine Ungeduld wuchs, er entschloß sich zur Flucht, und wählte dazu den Zeitpunkt im October 1782, da in Stuttgart Alles mit den Feyerlichkeiten beschäftigt war, die durch die Ankunft des damaligen Großfürsten Paul veranlaßt wurden.

Unter fremdem Namen ging er nach Franken und lebte dort bey=

nahe ein Jahr in der Nähe von Meiningen zu Bauerbach, einem Gute
der Frau Geheimen-Räthin von Wolzogen, deren wohlwollende Auf=
nahme er seiner Verbindung mit ihren Söhnen, die mit ihm in Stutt=
gart studirt hatten, verdankte. Sorglos und ungestört widmete er sich
hier ganz seinen poetischen Arbeiten. Die Früchte seiner Thätigkeit
waren: die Verschwörung des Fiesko, ein schon in Stuttgart
während des Arrests angefangenes Werk — Kabale und Liebe und
die ersten Ideen zum Don Karlos. Im September 1783 verließ
er endlich diesen Aufenthalt, um sich nach Mannheim zu begeben, wo
er mit dem dortigen Theater in genauere Verbindung trat.

Es war in Schillers Character, bey jedem Eintritte in neue Ver=
hältnisse sich sogleich mit Planen einer vielumfassenden Wirksamkeit zu
beschäftigen. Mit welchem Ernste er die dramatische Kunst betrieb,
ergiebt sich aus seiner Vorrede zur ersten Ausgabe der Räuber, aus
dem Aufsatze über das gegenwärtige deutsche Theater in dem Württem=
bergischen Repertorium, und aus einer im 1sten Hefte der Thalia ein=
gerückten Vorlesung über die Frage: Was kann eine gute stehende
Schaubühne wirken? In Mannheim hoffte er viel für das höhere
Interesse der Kunst. Er war Mitglied der damaligen churpfälzischen
deutschen Gesellschaft geworden, sah sich von Männern umgeben, von
denen er eine kräftige Mitwirkung erwartete, und entwarf einen Plan,
dem Theater in Mannheim durch eine dramaturgische Gesellschaft eine
größere Vollkommenheit zu geben. Dieser Gedanke kam nicht zur Aus=
führung, aber Schiller versuchte wenigstens allein für diesen Zweck
etwas zu leisten, und bestimmte dazu einen Theil der periodischen
Schrift, die er im Jahre 1784 unter dem Titel: Rheinische Thalia,
unternahm. In der Ankündigung dieser Zeitschrift wirft er sich mit
jugendlichem Vertrauen dem Publikum in die Arme. Seine Worte
sind folgende:

„Alle meine Verbindungen sind nunmehr aufgelöst. Das Pu=
blikum ist mir jetzt Alles, mein Studium, mein Souverain, mein
Vertrauter. Ihm allein gehöre ich jetzt an. Vor diesem und keinem
andern Tribunal werde ich mich stellen. Dieses nur fürcht' ich und
verehr' ich. Etwas Großes wandelt mich an bey der Vorstellung,

keine andere Fessel zu tragen, als den Ausspruch der Welt — an keinen andern Thron mehr zu appelliren, als an die menschliche Seele. — Den Schriftsteller überhüpfe die Nachwelt, der nicht mehr war, als seine Werke — **und gern gestehe ich, daß bey Heraus-gabe dieser Thalia meine vorzügliche Absicht war, zwischen dem Publikum und mir ein Band der Freundschaft zu knüpfen."**

Unter die dramatischen Stoffe, mit denen sich Schiller während seines Aufenthalts in Franken und Mannheim abwechselnd beschäftigte, ge-hörte die Geschichte Conradins von Schwaben, und ein zweyter **Theil** der Räuber, der eine Auflösung der Dissonanzen dieses Trauerspiels enthalten sollte. Auch entstand damals bey ihm die Idee: Shakespeares Macbeth und Timon für die deutsche Bühne zu bearbeiten. Aber **Don Carlos** war es endlich, wofür er sich bestimmte, und einige Scenen davon erschienen im 1sten Hefte der Thalia.

Die Vorlesung dieser Scenen an dem Landgräflich Hessen-Darm-städtischen **Hofe gab** Gelegenheit, daß Schiller dem dabey gegenwärtigen regierenden Herzoge von Sachsen-Weimar bekannt, und von ihm **zum** Rath ernannt wurde. Diese Auszeichnung von **einem Fürsten, der mit den** Musen vertraut und nur an das Vortreffliche gewöhnt war, mußte Schillern zur großen Aufmunterung gereichen, und hatte später-hin für ihn die wichtigsten Folgen.

Im März des Jahres 1785 **kam** er nach Leipzig. Hier erwar-teten ihn Freunde, **die er durch** seine frühern **Producte gewonnen** hatte, und die er in einer glücklichen **Stimmung** fand. Unter diesen **Freunden war auch der zu früh verstorbene Huber.** Schiller selbst wurde aufgeheitert, und verlebte einige **Monate des Sommers zu Golis,** einem Dorfe bey Leipzig, in **einem fröhlichen Zirkel.** Das Lied an die Freude wurde damals gedichtet.

Mit dem Ende des Sommers 1785 begann Schillers Aufenthalt in Dresden, und dauerte bis zum Julius 1787. Don Carlos wurde hier nicht bloß geendigt, sondern erhielt auch eine ganz neue Gestalt. Schiller bereuete **oft, einzelne Scenen in der Thalia** bekannt gemacht zu haben, ehe das Ganze vollendet war. Er selbst hatte während dieser Arbeit beträchtliche **Fortschritte gemacht,** seine Forderungen waren

strenger geworden, und der anfängliche Plan befriedigte ihn eben so
wenig, als die Manier der Ausführung in den ersten gedruckten Scenen.

Der Entwurf zu einem Schauspiel: der Menschenfeind, und
einige davon vorhandene Scenen, gehören auch in diese Periode. Von
kleinern Gedichten erschienen damals nur wenige. Schiller war theils
zu sehr mit der Fortsetzung seiner Zeitschrift beschäftigt, theils war
in ihm der Wunsch rege geworden, durch irgend eine Thätigkeit außerhalb des Gebietes der Dichtkunst sich eine unabhängige Existenz zu
gründen. Er schwankte einige Zeit zwischen Medicin und Geschichte
und wählte endlich die letzte. Die historischen Vorarbeiten zum Don
Carlos hatten ihn auf einen reichhaltigen Stoff aufmerksam gemacht,
den Abfall der Niederlande unter Philipp dem zweyten. Zur
Behandlung dieses Stoffs fing er daher an, Materialien zu sammeln.
Auch beschloß er damals, Geschichten der merkwürdigsten Revolutionen
und Verschwörungen herauszugeben, wovon aber nur ein Theil erschien,
der von Schillern selbst etwas mit enthält.

Cagliostro spielte damals eine Rolle in Frankreich, die viel Aufsehen erregte; unter dem, was von diesem sonderbaren Manne erzählt
wurde, fand Schiller Manches brauchbar für einen Roman, und es
entstand die Idee zum Geisterseher. Es lag durchaus keine wahre
Geschichte dabey zum Grunde, sondern Schiller, der nie einer geheimen
Gesellschaft angehörte, wollte bloß in dieser Gattung seine Kräfte versuchen. Das Werk wurde ihm verleidet, und blieb unbeendigt, als
aus den Anfragen, die er von mehrern Seiten erhielt, hervorzugehen
schien, daß er bloß die Neugierde des Publikum auf die Begebenheit
gereizt hätte. Sein Zweck war eine höhere Wirkung gewesen.

Das Jahr 1787 führte ihn nach Weimar. Goethe war damals
in Italien, aber von Wieland und Herder wurde Schiller mit Wohlwollen aufgenommen. Herder war für ihn äußerst anziehend, aber
die väterliche Zuneigung, mit der ihm Wieland zuvorkam, wirkte noch
in einem höhern Grade auf Schillers Empfänglichkeit. Er schrieb damals an einen Freund:

„Wir werden schöne Stunden haben. Wieland ist jung, wenn er
liebt.‟

Ein solches genaueres Verhältniß gab Anlaß, daß Schiller **zu** einer fortgesetzten Theilnahme am deutschen Merkur aufgefordert wurde. Die **Idee**, dieser Zeitschrift durch ihn eine frischere und jugendlichere Gestalt zu geben, war für Wieland sehr erfreulich. Schiller ließ es nicht an Thätigkeit fehlen und lieferte die Götter Griechenlands, die Künstler, ein Fragment der niederländischen Geschichte, die Briefe über Don Carlos, und einige andere prosaische **Aufsätze für die Jahr=gänge** des Merkur von 1788 und 1789, die überhaupt **zu den reich=haltigsten** gehörten, und zugleich durch **Beyträge von Goethe, Kant**, Herder und Reinhold sich auszeichneten.

Noch im Jahre 1787 wurde Schiller von der Dame in Meiningen, die ihn, nach seiner **Entfernung** von Stuttgart, mit so vieler Güte **aufgenommen** hatte, zu einem Besuche eingeladen. Auf dieser Reise, die er aus inniger Dankbarkeit **und Hochschätzung** unternahm, verweilte er auch mit vieler Annehmlichkeit in Rudolstadt, machte dort interessante Bekanntschaften, und sah zuerst seine nachherige Gattin, Fräulein von Lengefeld.

Einige Wochen waren nach seiner Zurückkunft von dieser Reise vergangen, als er an einen Freund schrieb:

„Ich bedarf eines Mediums, durch das ich die andern Freuden genieße. Freundschaft, Geschmack, Wahrheit und Schönheit werden mehr auf mich wirken, wenn eine ununterbrochene Reihe seiner wohlthätiger häuslicher Empfindungen mich für die Freude stimmt, und mein erstarrtes Wesen wieder durchwärmt. Ich bin bis jetzt ein isolirter fremder Mensch in der Natur herumgeirrt, **und habe** nichts als Eigenthum besessen. — **Ich sehne mich nach einer bürger=lichen** und häuslichen Existenz. — Ich habe seit vielen Jahren kein ganzes Glück gefühlt, und nicht sowol, weil mir die Gegenstände dazu fehlten, sondern darum, weil ich die Freuden mehr naschte, als genoß, weil es mir an immer gleicher und sanfter Empfäng=lichkeit mangelte, **die** nur die Ruhe des Familienlebens giebt. —"

Die Gegend bei Rudolstadt hatte Schillern so sehr angezogen, daß er sich entschloß, den Sommer des Jahrs 1788 dort zu verleben. Er wohnte vom Mai bis zum November theils in Volkstädt, nicht

weit von Rudolstadt, um das Landleben zu genießen, theils später in
Rudolstadt selbst, und die Familie der Frau von Lengefeld war fast
täglich sein Umgang. Im November schrieb er:

„Mein Abzug aus Rudolstadt ist mir in der That schwer ge=
worden. Ich habe dort viele schöne Tage gelebt, und ein sehr
werthes Band der Freundschaft gestiftet."

Während dieses Aufenthalts in Rudolstadt traf sich, daß Schiller
zum erstenmale Goethen sah. Seine Erwartung war aufs höchste ge=
spannt, theils durch die frühern Eindrücke von Goethens Werken, theils
durch Alles, was er über sein Persönliches in Weimar gehört hatte.
Goethe erschien in einer zahlreichen Gesellschaft, heiter und mittheilend,
besonders über seine italienische Reise, von der er eben zurückgekommen
war; aber diese Ruhe und Unbefangenheit hatte für Schillern, der in
dem Bewußtseyn eines rastlosen und unbefriedigten Strebens ihm
gegenüber saß, damals etwas Unbehagliches.

„Im Ganzen genommen," schrieb er über diese Zusammenkunft,
„ist meine in der That große Idee von Goethe, nach dieser persön=
lichen Bekanntschaft, nicht vermindert worden, aber ich zweifle, ob
wir einander je sehr nahe rücken werden. Vieles, was mir jetzt
noch interessant ist, was ich noch zu wünschen und zu hoffen habe,
hat seine Epoche bey ihm durchlebt. Sein ganzes Wesen ist schon
von Anfang her anders angelegt, als das meinige, seine Welt ist
nicht die meinige, unsere Vorstellungsarten scheinen wesentlich ver=
schieden. Indessen schließt sich aus einer solchen Zusammenkunft nicht
sicher und gründlich. Die Zeit wird das Weitere lehren."

Und die Zeit lehrte schon nach einigen Monaten, daß Goethe
wenigstens keine Gelegenheit versäumte, sich für Schillern, den er zu
schätzen wußte, thätig zu verwenden. Als der Professor Eichhorn da=
mals Jena verließ, war eben Schillers Werk über den Abfall der
Niederlande erschienen, und versprach viel von ihm für den Vortrag
der Geschichte. Goethe und der jetzige Geheimrath von Voigt bewirkten
daher seine Anstellung als Professor in Jena. Schillern war dies aller=
dings erwünscht, aber zugleich überraschend, da er zu einem solchen Lehr=
amte noch eine Vorbereitung von einigen Jahren für nöthig gehalten hatte.

Seit seiner Abreise von Dresden bis zum Frühjahr 1789, als der Zeit, da er seine Professur in Jena antrat, beschäftigte ihn hauptsächlich sein historisches Werk. Er schrieb darüber einem Freunde:

„Du glaubst kaum, wie zufrieden ich mit meinem neuen Fache bin. Ahnung großer unbebauter Felder hat für mich so viel Reizendes. Mit jedem Schritte gewinne ich an Ideen und meine Seele wird weiter mit ihrer Welt."

Eine spätere Aeußerung über den historischen Stil war folgende:

„Das Interesse, welches die Geschichte des peloponnesischen Krieges für die Griechen hatte, muß man jeder neuern Geschichte, die man für die Neuern schreibt, zu geben suchen. Das eben ist die Aufgabe, daß man seine Materialien so wählt und stellt, daß sie des Schmucks nicht brauchen, um zu interessiren. Wir Neuern haben ein Interesse in unserer Gewalt, das kein Grieche und kein Römer gekannt hat, und dem das vaterländische Interesse bey weitem nicht beykommt. Das letzte ist überhaupt nur für unreife Nationen wichtig, für die Jugend der Welt. Ein ganz anderes Interesse ist es, jede merkwürdige Begebenheit, die mit Menschen vorging, dem Menschen wichtig darzustellen. Es ist ein armseliges kleinliches Ideal, für eine Nation zu schreiben; einem philosophischen Geist ist diese Grenze durchaus unerträglich. Dieser kann bey einer so wandelbaren, zufälligen und willkührlichen Form der Menschheit, bey einem Fragmente (und was ist die wichtigste Nation anders?) nicht stille stehen. Er kann sich nicht weiter dafür erwärmen, als soweit ihm diese Nation oder Nationalbegebenheit als Bedingung für den Fortschritt der Gattung wichtig ist."

Eine so begeisternde Ansicht der Geschichte machte gleichwol Schillern der Dichtkunst nicht untreu. Seine poetischen Producte in diesem Zeitraume waren nicht zahlreich, aber bedeutend, und Fortschritte, sowohl in Ansehung der Form als des Inhalts, zeigten sich sehr deutlich in den Göttern Griechenlands und in den Künstlern. Auch beschäftigten ihn Plane zu künftigen poetischen Arbeiten. Die Idee, einige Situationen aus Wielands Oberon als Oper zu behandeln, kam nicht zur Ausführung. Länger verweilte Schiller bey dem Gedanken,

zu einem epischen Gedichte den Stoff aus dem Leben des Königs
Friedrich des zweyten zu wählen. Es finden sich hierüber in Schillers
Briefen folgende Stellen:

„Die Idee, ein episches Gedicht aus einer merkwürdigen Action
Friedrichs des zweyten zu machen, ist gar nicht zu verwerfen, nur
kommt sie für 6 bis 8 Jahre für mich zu **früh.** Alle Schwierigkeiten, die **von der so nahen** Modernität dieses Süjets entstehen,
und die anscheinende Unverträglichkeit des epischen **Tons** mit einem
gleichzeitigen Gegenstande, würden mich so sehr nicht schrecken. —
Ein episches Gedicht im 18ten Jahrhundert muß ein ganz anderes
Ding seyn, als eines in der Kindheit der Welt. Und eben das
ist's, **was** mich an diese Idee so anzieht. Unsere **Sitten,** der feinste
Duft unserer Philosophien, unsere Verfassungen, Häuslichkeit, Künste,
kurz Alles muß auf eine ungezwungene Art darin niedergelegt
werden, und in einer schönen harmonischen Freiheit leben, so wie
in der Iliade alle Zweige der griechischen Cultur u. s. w. anschaulich
leben. Ich bin auch gar nicht abgeneigt, mir eine Maschinerie dazu
zu erfinden, denn ich möchte auch alle Forderungen, die man an
den epischen Dichter von Seiten der Form macht, haarscharf erfüllen. Diese Maschinerie aber, die bey einem so modernen Stoffe,
in einem so prosaischen Zeitalter, die größte Schwierigkeit zu haben
scheint, kann das Interesse in einem hohen Grade erhöhen, wenn
sie eben diesem modernen Geiste angepaßt wird. Es rollen allerley
Ideen darüber in meinem Kopfe trüb durcheinander, aber es wird
sich noch etwas Helles daraus bilden. Aber welches Metrum ich
dazu wählen würde, erräthst Du wohl schwerlich — Kein anderes,
als Ottave rime. Alle andere, das jambische ausgenommen, sind
mir in den Tod zuwider, und wie angenehm müßte der Ernst, das
Erhabene in so leichten Fesseln spielen! Wie sehr der epische Gehalt durch die weiche sanfte Form schöner Reime gewinnen! Singen
muß man es können, wie die griechischen Bauern die Iliade: wie
die Gondolieri in Venedig die Stanzen aus dem befreyten Jerusalem.
Auch über die Epoche aus Friedrichs Leben, die ich wählen würde,
habe ich nachgedacht. Ich hätte gern eine unglückliche Situation,

welche seinen Geist unendlich poetischer entwickeln läßt. Die Haupt-
Handlung müßte, wo möglich, sehr einfach und wenig verwickelt
seyn, daß das Ganze immer leicht zu übersehen bliebe, wenn auch
die Episoden noch so reichhaltig wären. Ich würde darum immer
sein ganzes Leben und sein Jahrhundert darin anschauen lassen.
Es gibt hier kein besseres Muster, als **die Iliade.**"

Das Studium der Griechen war überhaupt damals für **Schillern**
sehr anziehend. Von Rudolstadt aus **schrieb** er:

„Ich lese jetzt **fast nichts,** als Homer; die Alten **geben mir wahre**
Genüsse. Zugleich **bedarf ich ihrer im** höchsten Grade, um meinen
eigenen Geschmack **zu reinigen,** der sich durch Spitzfindigkeit, Künst-
lichkeit und Witzelen sehr von der wahren Simplicität zu entfernen
anfing.‟

In dieser Zeit übersetzte er **auch die Iphigenia in Aulis,** und
einen **Theil der** Phönicierinnen **des Euripides. Der Agamemnon des**
Aeschylus, auf den er sich sehr freute, sollte nachher **an die Reihe**
kommen. **Die** Uebersetzungen aus Virgils Aeneis **entstanden** später,
und wurden großentheils durch Schillers dermalige Vorliebe für **die**
Stanzen veranlaßt. Bürger war im Jahr 1789 nach Weimar gekommen, und Schiller ging einen Wettstreit mit ihm ein. **Beyde**
wollten dasselbe Stück aus dem Virgil, jeder in einem selbstgewählten
Versmaße, übersetzen.

Wie sehr Schiller **in** dieser Periode seines Lebens die ächte **Kritik**
ehrte, und mit welcher Strenge er sich selbst behandelte, ergibt sich
aus folgenden Stellen seiner Briefe:

„Mein nächstes Stück, **schreibt er, das schwerlich in den nächsten**
2 Jahren erscheinen dürfte, muß meinen dramatischen Beruf entscheiden. Ich traue mir **im Drama** dennoch am allermeisten zu,
und ich weiß, worauf sich diese Zuversicht gründet. Bis jetzt haben
mich die Plane, die mich ein blinder Zufall wählen ließ, aufs
Aeußerste embarassirt, weil die Composition zu weitläufig und zu
kühn war. Laß mich einmal einen simpeln Plan behandeln und
darüber brüten.‟

Wieland hatte ihm den Mangel an Leichtigkeit vorgeworfen.

„Ich fühle," schreibt er darüber, „während meiner Arbeiten nur zu sehr, daß er Recht hat, aber ich fühle auch, woran der Fehler liegt, und dies läßt mich hoffen, daß ich mich sehr darin verbessern kann. Die Ideen strömen mir nicht reich genug zu, so üppig meine Arbeiten auch ausfallen, und meine Ideen sind nicht klar, ehe ich schreibe. Fülle des Geistes und Herzens von seinem Gegenstande, eine lichte Dämmerung der Ideen, ehe man sich hinsetzt, sie aufs Papier zu werfen, und leichter Humor sind nothwendige Requisiten zu dieser Eigenschaft; und wenn ich es einmal mit mir selbst dahin bringe, daß ich jene drey Erfordernisse besitze, so soll es mit der Leichtigkeit auch werden."

Ein solches Streben, jede höhere Forderung zu befriedigen, artete jedoch nie in kleinliche Aengstlichkeit aus. Ueber die Freiheit des Dichters in der Wahl seines Stoffs schrieb er damals Folgendes:

„Ich bin überzeugt, daß jedes Kunstwerk nur sich selbst, das heißt, seiner eignen Schönheitsregel Rechenschaft geben darf, und keiner andern Forderung unterworfen ist. Hingegen glaube ich auch festiglich, daß es gerade auf diesem Wege auch alle übrigen Forderungen mittelbar befriedigen muß, weil sich jede Schönheit doch endlich in allgemeine Wahrheit auflösen läßt. Der Dichter, der sich nur Schönheit zum Zweck setzt, aber dieser heilig folgt, wird am Ende alle andere Rücksichten, die er zu vernachlässigen schien, ohne daß er es will oder weiß, gleichsam zur Zugabe mit erreicht haben, da im Gegentheile der, der zwischen Schönheit und Moralität, oder was es sonst sey, unstät flattert, oder um beyde buhlt, leicht es mit jeder verdirbt."

In einem andern damaligen Briefe findet sich folgende Aeußerung:

„Ihr Herren Kritiker, und wie ihr euch sonst nennt, schämt oder fürchtet euch vor dem augenblicklichen vorübergehenden Wahnwitze, der sich bey allen eignen Schöpfern findet, und dessen längere oder kürzere Dauer den denkenden Künstler von dem Träumer unterscheidet. Daher eure Klagen über Unfruchtbarkeit, weil ihr zu frühe verwerft, und zu strenge sondert."

Die glückliche Stimmung, die in der damaligen Zeit aus Schillers Briefen hervorging, wurde in den beyden ersten Jahren seines Aufenthalts in Jena noch erhöht, als mehrere günstige Umstände ihn von der ängstlichen Sorge für die Gegenwart und Zukunft befreyten, und als der Besitz einer geliebten Gattinn einen längst gewünschten Lebensgenuß ihm darbot. Sein Lehramt begann er auf eine sehr glänzende Art; über Vierhundert Zuhörer strömten zu seinen Vorlesungen. Die Unternehmung einer Herausgabe von Memoires, wozu er einleitende Abhandlungen schrieb, und die Fortsetzung der Thalia sicherten ihm für seine Bedürfnisse eine hinlängliche Einnahme. Es blieb ihm dabey noch Zeit zu Recensionen für die allgemeine Literatur=Zeitung übrig, zu der er schon seit 1787 Beyträge lieferte. Für die Zukunft hatte ihn der Buchhändler Göschen zu einer Geschichte des dreyßigjährigen Kriegs für einen historischen Almanach aufgefordert, und ein deutscher Plutarch war die Arbeit, die den folgenden Jahren vorbehalten wurde. Von dem Herzoge von Sachsen=Weimar war mit großer Bereitwilligkeit, so viel es die Verhältnisse erlaubten, beigetragen worden, um Schillern ein gewisses Einkommen zu verschaffen. Das ausgezeichnete Wohlwollen, womit ihn der damalige Coadjutor von Mainz und Statthalter von Erfurt, der jetzige Fürst Primas und Großherzog von Frankfurt, behandelte,*) eröffnete Schillern die günstigsten Aussichten. Für die Gründung seines häuslichen Glücks schien er nichts weiter zu bedürfen, sein Herz hatte gewählt, und im Februar 1790 erhielt er die Hand des Fräuleins von Lengefeld. Seine Briefe aus den nachherigen Monaten enthalten folgende Stellen:

„Es lebt sich doch ganz anders an der Seite einer lieben Frau, als so verlassen und allein — auch im Sommer. Jetzt erst genieße ich die schöne Natur ganz und lebe in ihr. Es kleidet sich wieder um mich herum in dichterische Gestalten, und oft regt sich's wieder in meiner Brust. — Was für ein schönes Leben führe ich jetzt! Ich sehe mit fröhlichem Geiste um mich her, und mein Herz findet

---

*) Eben dieser Fürst erfreute Schillern in der Folge durch fortgesetzte schriftliche Beweise des wärmsten Antheils an seinen Schicksalen.

eine immerwährende sanfte Befriedigung außer sich, mein Geist eine
so schöne Nahrung und Erholung. Mein Daseyn ist in eine har-
monische Gleichheit gerückt; nicht leidenschaftlich gespannt, aber ruhig
und hell gehen mir diese Tage dahin. — Meinem künftigen Schicksale sehe ich mit heiterm Muthe entgegen; jetzt, da ich am erreichten
Ziele stehe, erstaune ich selbst, wie Alles doch über meine Erwartungen gegangen ist. Das Schicksal hat die Schwierigkeiten für
mich besiegt, es hat mich zum Ziele gleichsam getragen. Von der
Zukunft hoffe ich alles. Wenige Jahre, und ich werde im vollen
Genusse meines Geistes leben, ja ich hoffe, ich werde wieder zu
meiner Jugend zurückkehren; ein **inneres Dichterleben** gibt mir sie
zurück."

Aber eine so glückliche Lage wurde bald durch einen harten Schlag
gestört. Eine heftige **Brust=Krankheit** ergriff Schillern im Anfange
des Jahrs 1791, und zerrüttete seinen körperlichen Zustand für seine
ganze übrige Lebenszeit. Mehrere Rückfälle ließen das Schlimmste
fürchten, er bedurfte **der** größten Schonung, öffentliche Vorlesungen
wären ihm äußerst schädlich gewesen, und alle andere anstrengende
Arbeiten mußten ausgesetzt bleiben. Es kam Alles darauf an, ihn
wenigstens auf einige Jahre in eine sorgenfreye Lage zu versetzen,
und hierzu fehlte es in Deutschland weder an Willen noch an Kräften;
aber ehe für diesen Zweck eine Vereinigung zu Stande kam, erschien
unerwartet eine Hülfe aus Dänemark. Von dem damaligen Erbprinzen,
jetzt regierenden Herzoge von Holstein=Augustenburg, und von dem
Grafen von Schimmelmann wurde Schillern ein Jahrgehalt von tausend
Thalern auf drey **Jahre**, ohne alle Bedingungen, und bloß zu seiner
Wiederherstellung angeboten, und dies geschah **mit** einer Feinheit und
Delikatesse, die den Empfänger, wie er schreibt, noch mehr rührte, als
das Anerbieten selbst. Dänemark war es, woher einst auch Klopstock
die Mittel einer unabhängigen Existenz erhielt, um seinen Messias zu
endigen. Gesegnet sey eine so edelmüthige Denkart, die auch bey
Schillern **durch** die glücklichsten Folgen belohnt wurde!

Völlige Wiederherstellung seiner Gesundheit war nicht zu erwarten,
aber die Kraft seines Geistes, der sich **vom** Drucke der äußern Ver-

hältnisse frey fühlte, siegte über die Schwäche des Körpers. Kleinere
Uebel vergaß er, wenn ihn eine begeisternde Arbeit oder ein ernstes
Studium beschäftigte, und von heftigen Anfällen blieb er oft Jahre
lang befreyt. Er hatte noch schöne Tage zu erleben, genoß sie mit
heiterer **Seele, und von dieser Stimmung erntete** seine Nation die
Früchte in seinen treflichsten Werken.

Während der ersten Jahre seines Aufenthalts in Jena war Schiller
mit den meisten dortigen Gelehrten im besten Vernehmen, mit Paulus
Schütz und Huseland in freundschaftlichen Verhältnissen, aber in **der**
genauesten Verbindung mit Reinhold. **Es** konnte nicht fehlen, daß
er dadurch auf die Kantische Philosophie aufmerksam gemacht **wurde,**
und daß sie ihn anzog. Was er vorzüglich studirte, war die Kritik
der Urtheilskraft, und dies führte ihn zu philosophischen Untersuchungen,
deren Resultate er in der Abhandlung über **Anmuth und Würde,**
in verschiedenen Aufsätzen der Thalia, und hauptsächlich später **in den**
Briefen über die aesthetische Erziehung des Menschen bekannt
machte.

Aus der Periode dieser theoretischen Studien findet **sich** von **ihm**
folgende schriftliche Aeußerung:

„Ich habe vor einiger Zeit Aristoteles' Poetik gelesen, und sie
hat mich nicht nur nicht niedergeschlagen **und eingeengt, sondern**
wahrhaft gestärkt und erleichtert. Nach der **peinlichen Art, wie die**
Franzosen den Aristoteles nehmen und an seinen Forderungen vor-
beyzukommen suchen, **erwartet man einen kalten, illiberalen und**
steifen Gesetzgeber in **ihm, und gerade das Gegentheil findet man.**
Er dringt mit Festigkeit und Bestimmtheit auf das Wesen, und
über die äußern Dinge **ist er so lax, als man seyn kann. Was**
er vom Dichter fordert, muß dieser von sich selbst fordern, wenn
er irgend weiß, was er will; es fließt aus der Natur der Sache.
Die Poetik handelt beinahe ausschließend von der Tragödie, die er
mehr als irgend eine andere poetische Gattung begünstigt. Man
merkt ihm an, daß er aus einer sehr reichen Erfahrung und Anschauung herausspricht, und eine ungeheure Menge tragischer Vorstellungen vor sich hatte. **Auch ist** in seinem Buche absolut nichts

Speculatives, keine Spur von irgend einer Theorie; es ist alles empirisch, aber die große Anzahl der Fälle, und die glückliche Wahl der Muster, die er vor Augen hat, gibt seinen empirischen Aussprüchen einen allgemeinen Gehalt, und die völlige Qualität von Gesetzen."

In den Jahren von 1790 bis mit 1794 wurde kein einziges Original=Gedicht fertig, und bloß die Uebersetzungen aus dem Virgil fallen in diese Zeit. Es fehlte indessen nicht an Plänen zu künftigen poetischen Arbeiten. Besonders waren es Ideen zu einer Hymne an das Licht, und zu einer Theodicee, was Schillern damals beschäftigte.

„Auf diese Theodicee," schreibt er, „freue ich mich sehr, denn die neue Philosophie ist gegen die Leibnitzische viel poetischer, und hat einen größern Character."

Vorzüglich gab ihm die Geschichte des dreyßigjährigen Kriegs, die er für Göschens historische Almanache vom Jahre 1791 an bearbeitete, Stoff zu poetischer Thätigkeit. Einige Zeit beschäftigte ihn der Gedanke, Gustav Adolph zum Helden eines epischen Gedichts zu wählen, wie aus folgender Stelle seiner Briefe zu ersehen ist:

„Unter allen historischen Stoffen, wo sich poetisches Interesse mit nationellem und politischem noch am meisten gattet, steht Gustav Adolph oben an. — Die Geschichte der Menschheit gehört als unentbehrliche Episode in die Geschichte der Reformation, und diese ist mit dem dreyßigjährigen Kriege unzertrennlich verbunden. Es kommt also bloß auf den ordnenden Geist des Dichters an, in einem Heldengedicht, das von der Schlacht bey Leipzig bis zur Schlacht bey Lützen geht, die ganze Geschichte der Menschheit ungezwungen, und zwar mit weit mehr Interesse zu behandeln, als wenn dies der Hauptstoff gewesen wäre."

Aus eben dieser Zeit ist auch die erste Idee zum Wallenstein. Als schon im Jahre 1792 diese Idee zur Ausführung kommen sollte, schrieb Schiller darüber Folgendes:

„Eigentlich ist es doch nur die Kunst selbst, wo ich meine Kräfte fühle; in der Theorie muß ich mich immer mit Principien plagen; da bin ich bloß Dilettant. Aber um der Ausübung selbst willen philosophire ich gern über die Theorie. Die Kritik muß mir jetzt selbst den Schaden ersetzen, den sie mir zugefügt hat. Und geschadet hat sie mir in der That, denn die Kühnheit, die lebendige Glut, die ich hatte, ehe mir noch eine Regel bekannt war, vermisse ich schon seit mehrern Jahren. Ich sehe mich jetzt erschaffen und bilden, ich beobachte das Spiel der Begeisterung und meine Ein= bildungs=Kraft beträgt sich mit minder Freyheit, seitdem sie sich nicht mehr ohne Zeugen weiß. Bin ich aber erst so weit, daß mir Kunstmäßigkeit zur Natur wird, wie einem wohlgesitteten Menschen die Erziehung, so erhält auch die Phantasie ihre vorige Freyheit wieder zurück, und setzt sich keine andere, als freywillige Schranken."

Aber es sollten noch 7 Jahre vergehen, ehe der Wallenstein fertig wurde, und es gab einen Zeitpunkt der Muthlosigkeit, da Schiller dieses Werk beynahe ganz aufgegeben hätte. In seinen Briefen vom Jahre 1794 findet sich folgende Stelle:

„Vor dieser Arbeit (dem Wallenstein) ist mir ordentlich angst und bange, denn ich glaube mit jedem Tage mehr zu finden, daß ich eigentlich nichts weniger vorstellen kann, als einen Dichter, und daß höchstens da, wo ich philosophiren will, der poetische Geist mich überrascht. Was soll ich thun? Ich wage an diese Unternehmung sieben bis acht Monate von meinem Leben, das ich Ursache habe, sehr zu Rathe zu halten, und setze mich der Gefahr aus, ein ver= unglücktes Product zu erzeugen. Was ich im dramatischen zur Welt gebracht, ist nicht sehr geschickt, mir Muth zu machen. Im eigent= lichsten Sinne des Worts betrete ich eine mir ganz unbekannte, wenigstens unversuchte Bahn; denn im Poetischen habe ich seit drey bis vier Jahren einen völlig neuen Menschen angezogen."

Nicht lange vor diesen Aeußerungen hatte Schiller eine Revision seiner Gedichte vorgenommen, und aus seinen damaligen Ansichten wird die Strenge begreiflich, mit der er seine frühern Producte be= handelte. Gleichwol darf man nicht glauben, daß überhaupt damals eine hypochondrische Stimmung durch körperliche Leiden bey ihm her= vorgebracht worden wäre. Mehrere Stellen aus seinen Briefen be=

weisen, daß er eben in dieser Zeit für begeisternde Wirksamkeit und für edlern Lebensgenuß nichts weniger als erstorben war.

Als nach Ausbruch der französischen Revolution das Schicksal Ludwigs des XVI. entschieden werden sollte, schrieb Schiller im December 1792 Folgendes an einen Freund:

„Weißt du mir niemand, der gut ins Französische übersetzte, wenn ich etwa in den Fall käme, ihn zu brauchen? Kaum kann ich der Versuchung widerstehen, mich in die Streitsache wegen des Königs einzumischen, und ein Memoire darüber zu schreiben. Mir scheint diese Unternehmung wichtig genug, **um die Feder eines Ver**nünftigen zu beschäftigen, und ein deutscher Schriftsteller, der sich mit Freyheit und Beredsamkeit über diese Streitfrage erklärt, dürfte wahrscheinlich auf diese richtungslosen Köpfe einen Eindruck machen. Wenn ein Einziger aus einer ganzen Nation ein öffentliches Urtheil sagt, so ist man wenigstens auf den ersten Eindruck geneigt, ihn als Wortführer seiner Classe, wo nicht seiner Nation, anzusehen, und ich glaube, daß die Franzosen gerade in dieser Sache gegen fremdes Urtheil nicht ganz unempfindlich sind. Außerdem ist gerade dieser Stoff sehr geschickt dazu, eine solche Vertheidigung der guten Sache zuzulassen, die keinem Misbrauch ausgesetzt ist. Der Schriftsteller, der für die Sache des Königs öffentlich streitet, darf bey dieser Gelegenheit schon einige wichtige Wahrheiten mehr sagen, als ein Anderer, und hat auch schon etwas mehr Credit. Vielleicht räthst du mir an, zu schweigen, aber ich glaube, daß man bey solchen Anlässen nicht **indolent und** unthätig bleiben darf. Hätte jeder freygesinnte Kopf geschwiegen, so wäre nie ein Schritt zu unserer Verbesserung geschehen. Es gibt Zeiten, wo man öffentlich sprechen muß, weil Empfänglichkeit dafür da ist, und eine solche Zeit scheint mir die jetzige **zu seyn.**"

In der Mitte des Jahrs 1793 schrieb Schiller:
„die Liebe zum Vaterlande ist **sehr** lebhaft in mir geworden."

Er unternahm die Reise nach Schwaben, lebte vom August an bis zum **Mai** des folgenden Jahres theils in Heilbronn, theils in Ludwigsburg, und freute sich des Wiedersehens seiner Aeltern, Schwestern und Jugendfreunde. Von Heilbronn aus schrieb er an den Herzog von Württemberg, gegen den er sich durch seine Entfernung von Stuttgart vergangen hatte. Er erhielt zwar keine Antwort, aber die Nachricht, der Herzog habe öffentlich geäußert, Schiller werde nach **Stuttgart** kommen und von ihm ignorirt werden. Dies bestimmte Schillern, seine Reise fortzusetzen, und er fand in der **Folge, daß er nichts da**bey gewagt hatte. Auch betrauerte er eben diesen Herzog, der kurz nachher starb, mit einem **innigen Gefühle der Dankbarkeit und Ver**ehrung.

Schiller kehrte nach Jena zurück, voll von einem schon lange entworfenen, aber nun reif gewordenen Plane, die vorzüglichsten Schriftsteller Deutschlands zu einer Zeitschrift zu vereinigen, die alles **über**treffen sollte, was jemals von dieser Gattung existirt hatte. Ein unternehmender Verleger war **dazu gefunden,** und die Herausgabe der Horen wurde beschlossen. Die Thalia war mit dem Jahrgang 1793 geendigt worden. Für die neue Zeitschrift öffneten sich sehr günstige Aussichten, und auf die Einladungen **zur Theilnehmung** erfolgten von allen Seiten vielversprechende Antworten.

Jena erhielt damals für Schillern einen **neuen Reiz, da Wilhelm** von Humboldt, der ältere Bruder des berühmten Reisenden, sich dahin begeben hatte, und mit Schillern dort in der genauesten Verbindung lebte. In diese Zeit trifft auch der Anfang des schönen, **und** nachher immer fester geknüpften Bundes zwischen Goethe und Schiller, der für beyde den Werth ihres Lebens erhöhte. Ueber die Veranlassung dieses **Ereignisses** finden sich folgende Stellen **in Schillers** Briefen:

„Bei meiner Zurückkunft (von einer damaligen kleinen Reise) fand ich einen sehr herzlichen Brief von Goethe, der mir mit Vertrauen entgegen kommt. Wir hatten vor sechs Wochen über **Kunst** und Kunsttheorie ein Langes und Breites gesprochen, und uns die Hauptideen mitgetheilt, zu denen wir auf ganz verschiedenen Wegen gekommen waren. Zwischen diesen Ideen fand sich eine unerwartete Uebereinstimmung, die um so interessanter war, weil sie wirklich aus der größten Verschiedenheit der Gesichtspuncte hervorging. Ein

jeder konnte dem andern etwas geben, was ihm fehlte, und etwas
dafür empfangen. Seit dieser Zeit haben diese ausgestreuten Ideen
bey Goethen Wurzel gefaßt, und er fühlt jetzt ein Bedürfniß, sich
an mich anzuschließen, und den Weg, den er bisher allein und ohne
Aufmunterung betrat, mit mir fortzusetzen. Ich freue mich sehr auf
einen für mich so fruchtbaren Ideenwechsel. —

    Ich werde künftige Woche auf 14 Tage nach Weimar reisen,
und bey Goethe wohnen. Er hat mir so sehr zugeredet, daß ich
mich nicht weigern konnte, da ich alle mögliche Freyheit und Bequemlichkeit bey ihm finden soll. Unsere nähere Berührung wird für uns
beyde entscheidende Folgen haben, und ich freue mich innig darauf. —

    Wir haben eine Correspondenz mit einander über gemischte
Materien beschlossen, die eine Quelle von Aufsätzen für die Horen
werden soll. Auf diese Art, meint Goethe, bekäme der Fleiß eine
bestimmte Richtung, und ohne zu merken, daß man arbeite, bekäme
man Materialien zusammen. Da wir in wichtigen Sachen einstimmig
und doch so ganz verschiedene Individualitäten sind, so kann diese
Correspondenz wirklich interessant werden."

    Mit dem folgenden Jahre 1795 beginnt bey Schillern eine neue
Periode der poetischen Fruchtbarkeit. So sehr ihn auch die neue Zeitschrift beschäftigte, so entstanden doch gleichwol mehrere Gedichte, die
theils in die Horen, theils in den Musenalmanach aufgenommen wurden,
dessen Herausgabe Schiller unternahm. Das Reich der Schatten
oder das Ideal und das Leben, die Elegie, oder der Spaziergang,
und die Ideale waren Producte dieses Jahres. Die Elegie hielt
Schiller für eines seiner gelungensten Werke.

    „Mir däucht," schrieb er darüber, „das sicherste empirische Kri-
terium von der wahren poetischen Güte meines Products dieses zu
seyn, daß es die Stimmung, worin es gefällt, nicht erst abwartet,
sondern hervorbringt, also in jeder Gemüthslage gefällt. Und dies
ist mir noch mit keinem meiner Stücke begegnet, als mit diesem."

    Ueber die Ideale findet sich folgende Aeußerung von ihm:

    „Dies Gedicht ist mehr ein Naturlaut, wie Herder es nennen
würde, und als eine Stimme des Schmerzens, die kunstlos und

vergleichungsweise auch formlos ist, zu betrachten. Es ist zu individuell wahr, um als eigentliche Poesie beurtheilt werden zu können; denn das Individuum befriedigt dabei ein Bedürfniß, es erleichtert sich von einer Last, anstatt daß es in Gesängen von anderer Art, von einem Ueberflusse getrieben, dem Schöpfungs= drange nachgibt. Die Empfindung, aus der es entsprang, theilt es auch mit, und auf mehr macht es, seinem Geschlechte nach, nicht Anspruch."

„Das Reich der Schatten," schreibt er ferner. „ist, mit der Elegie verglichen, bloß ein Lehrgedicht. Wäre der Inhalt so poetisch ausgeführt worden, wie der Inhalt der Elegie, so wäre es in ge= wissem Sinne ein Maximum gewesen. — Und das will ich ver= suchen, so bald ich Muße bekomme. Ich will eine Idylle schreiben, wie ich hier eine Elegie schrieb. Alle meine poetischen Kräfte spannen sich zu dieser Energie an — das Ideal der Schönheit objectiv zu individualisiren, um daraus eine Idylle in meinem Sinne zu bilden. Ich theile nehmlich das ganze Feld der Poesie in die naive und die sentimentalische. Die naive hat gar keine Unterarten, (in Rück= sicht auf die Empfindungsweise nehmlich) die sentimentalische hat ihrer drey: Satyre, Elegie, Idylle. In der sentimentalischen Dicht= kunst (und aus dieser heraus kann ich nicht) ist die Idylle das höchste, aber auch das schwierigste, Problem. Es wird nehmlich aufgegeben, ohne Beyhülfe des Pathos einen hohen, ja den höchsten poetischen Effect hervorzubringen. Mein Reich der Schatten enthält dazu nur die Regeln; ihre Befolgung in einem einzelnen Falle würde die Idylle, von der ich rede, erzeugen. Ich habe ernstlich im Sinne, da fortzufahren, wo das Reich der Schatten aufhört. Die Ver= mählung des Herkules mit der Hebe würde der Inhalt meiner Idylle seyn. Ueber diesen Stoff hinaus gibt es keinen mehr für den Poeten, denn dieser darf die menschliche Natur nicht verlassen, und eben von diesem Uebertritt des Menschen in den Gott würde diese Idylle handeln. Die Hauptfiguren wären zwar schon Götter, aber durch Herkules kann ich sie noch an die Menschheit anknüpfen, und eine Bewegung in das Gemälde bringen. Gelänge mir dieses Unter=

nehmen, so hoffte ich dadurch mit der sentimentalischen Poesie über
die naive selbst triumphirt zu haben.

Eine solche Idylle würde eigentlich das Gegenstück der hohen
Comödie seyn, und sie auf einer Seite (in der Form) ganz nahe
berühren, indem sie auf der andern und im Stoff das directe Gegen=
theil davon wäre. Die Comödie schließt nehmlich gleichfalls alles
Pathos aus, aber ihr Stoff ist die Wirklichkeit; der Stoff dieser
Idylle ist das Ideal. Die Comödie ist dasjenige in der Satyre,
was das Product quaestionis in der Idylle (diese als ein eignes
sentimentalisches Geschlecht betrachtet) seyn würde. Zeigte es sich,
daß eine solche Behandlung der Idylle unausführbar wäre — daß
sich das Ideal nicht individualisiren ließe — so würde die Comödie
das höchste poetische Werk seyn, für welches ich sie immer gehalten
habe, bis ich anfing, an die Möglichkeit einer solchen Idylle zu
glauben.

Denken Sie sich aber den Genuß, in einer poetischen Darstellung
alles Sterbliche ausgelöscht, lauter Licht, lauter Freyheit, lauter Ver=
mögen — keinen Schatten, keine Schranken, nichts von dem Allen
mehr zu sehen. — Mir schwindelt, wenn ich an diese Aufgabe,
wenn ich an die Möglichkeit ihrer Auflösung denke. Ich verzweifle
nicht ganz daran, wenn mein Gemüth nur erst ganz frey und von
allem Unrath der Wirklichkeit recht rein gewaschen ist; ich nehme
dann meine ganze Kraft und den ganzen aetherischen Theil meiner
Natur noch auf einmal zusammen, wenn er auch bei dieser Ge=
legenheit rein sollte aufgebraucht werden. Fragen Sie mich aber
nach nichts. Ich habe bloß noch ganz schwankende Bilder davon
und nur hier und da einzelne Züge. Ein langes Studiren und
Streben muß mich erst lehren, ob etwas Festes, Plastisches daraus
werden kann."

Das Trauerspiel war indessen die Heimath, zu der Schiller auch
in der damaligen Stimmung bald wieder zurückkehrte. Aus der Ge=
schichte der türkischen Belagerung von Maltha hatte er einen Stoff
sich ausgedacht, wobey er viel von dem Gebrauch des Chors erwartete.
Von diesem Stücke — den Rittern von Maltha — findet sich der

Plan in Schillers Nachlasse, und die Ausführung wurde damals bloß aufgeschoben, da er sich im May 1796 für den Wallenstein entschied.

„Ich sehe mich," schrieb er damals, „auf einem sehr guten Wege, den ich nur fortsetzen darf, um etwas Gutes hervorzubringen. Dies ist schon viel, und auf alle Fälle sehr viel mehr, als ich in diesem Fache sonst von mir rühmen konnte. Vordem legte ich das ganze Gewicht in die Mehrheit des Einzelnen; jetzt wird alles auf die Totalität berechnet, und ich werde mich bemühen, denselben Reich= thum im Einzelnen mit eben so vielem Aufwande von Kunst zu verstecken, als ich sonst angewandt, ihn zu zeigen, um das Einzelne recht vordringen zu lassen. Wenn ich es auch anders wollte, so erlaubt es mir die Natur der Sache nicht, denn Wallenstein ist ein Character, der — als ächt realistisch — nur im Ganzen, aber nie im Einzelnen interessiren kann. — Er hat nichts Edles, er erscheint in keinem einzelnen Lebensacte groß, er hat wenig Würde und dergl. — ich hoffe aber nichtsdestoweniger auf rein realistischem Wege einen dramatisch=großen Character in ihm aufzustellen, der ein ächtes Lebens=Princip hat. Vordem habe ich, wie im Posa und Carlos, die fehlende Wahrheit durch schöne Idealität zu er= setzen gesucht; hier im Wallenstein will ich es probiren, und durch die bloße Wahrheit für die fehlende Idealität (die sentimentalische nehmlich) entschädigen.

Die Aufgabe wird dadurch schwer, aber auch interessanter, daß der eigentliche Realism den Erfolg nöthig hat, den der idealische Character entbehren kann. Unglücklicher Weise aber hat Wallenstein den Erfolg gegen sich. Seine Unternehmung ist moralisch schlecht, und sie verunglückt physisch. Er ist im Einzelnen nie groß, und im Ganzen kommt er um seinen Zweck. Er kann sich nicht, wie der Idealist, in sich selbst einhüllen und sich über die Materie er= heben, sondern er will die Materie sich unterwerfen, und erreicht es nicht.

Daß Sie mich auf diesem neuen und mir nach allen vorher= gegangenen Erfahrungen fremden Wege mit einiger Besorgniß werden wandeln sehen, will ich wohl glauben. Aber fürchten Sie nicht zu

13*

viel. Es ist erstaunlich, wie viel Realistisches schon die zunehmenden Jahre mit sich bringen, wie viel der anhaltende Umgang mit
Goethen und das Studium der Alten, die ich erst nach dem Carlos
habe kennen lernen, bey mir nach und nach entwickelt hat. Daß
ich auf dem Wege, den ich nun einschlage, in Goethens Gebiet
gerathe, und mich mit ihm werde messen müssen, ist freylich wahr;
auch ist es ausgemacht, daß ich hierin neben Ihm verlieren werde.
Weil mir aber auch etwas übrig bleibt, was mein ist, und Er nie
erreichen kann, so wird sein Vorzug mir und meinem Producte
keinen Schaden thun, und ich hoffe, daß die Rechnung sich ziemlich
heben soll. Man wird uns, wie ich in meinen muthvollsten Augenblicken mir verspreche, verschieden specificiren, aber unsere Arten
einander nicht unterordnen, sondern unter einem höhern idealischen
Gattungsbegriff einander coordiniren."

Acht Monate später schrieb Schiller hierüber Folgendes an einen
andern Freund:

„Noch immer liegt das unglückselige Werk formlos und endlos
vor mir da. Keines meiner alten Stücke hat so viel Zweck und
Form, als der Wallenstein jetzt schon hat, aber ich weiß jetzt zu
genau, was ich will, und was ich soll, als daß ich mir das Geschäft so leicht machen könnte. — Es ist mir fast alles abgeschnitten,
wodurch ich diesem Stoffe, nach meiner gewohnten Art, beykommen
könnte; von dem Inhalte habe ich fast nichts zu erwarten; alles muß
durch eine glückliche Form bewerkstelligt werden. —

Du wirst, dieser Schilderung nach, fürchten, daß mir die Lust
an dem Geschäfte vergangen sey, oder, wenn ich dabey wider meine
Neigung beharre, daß ich meine Zeit dabey verlieren werde. Sey
aber unbesorgt, meine Lust ist nicht im geringsten geschwächt, und
eben so wenig meine Hoffnung eines treflichen Erfolgs. Gerade
so ein Stoff mußte es seyn, an dem ich mein neues dramatisches
Leben eröffnen konnte. Hier, wo ich nur auf der Breite eines
Schermessers gehe, wo jeder Seitenschritt das Ganze zu Grunde
richtet, kurz, wo ich nur durch die einzige innere Wahrheit, Nothwendigkeit, Stetigkeit und Bestimmtheit meinen Zweck erreichen kann,

muß die entscheidende Krise mit meinem poetischen Character er=
folgen. Auch ist sie schon stark im Anzuge, denn ich tractire mein
Geschäft ganz anders, als ich ehemals pflegte. Der Stoff und
Gegenstand ist so sehr außer mir, daß ich ihm kaum eine Neigung
abgewinnen kann; er läßt mich beynahe kalt und gleichgültig, und
doch bin ich für die Arbeit begeistert. Zwey Figuren ausgenommen,
an die mich Neigung fesselt, behandle ich alle übrige, und vorzüglich
den Haupt=Character, bloß mit der reinen **Liebe des Künstlers**, und
ich verspreche Dir, daß sie dadurch um nichts schlechter **ausfallen**
sollen. Aber zu diesem bloß objectiven Verfahren war und ist mir
das weitläufige und freudlose Studium **der Quellen** so unentbehrlich,
denn ich mußte die Handlung, wie die Charactere, aus ihrer Zeit,
ihrem Lokal, und **dem** ganzen Zusammenhange der Begebenheiten
schöpfen, welches ich weit weniger nöthig hätte, wenn ich mich durch
eigne Erfahrung mit Menschen und Unternehmungen aus dieser
Classe hätte bekannt machen können. Ich suche absichtlich in den
Geschichtsquellen eine **Begrenzung**, um meine Ideen durch die
Umgebung der Umstände streng zu bestimmen und zu verwirklichen.
Davor bin ich **sicher**, daß mich das Historische nicht herabziehen oder
lähmen wird. **Ich will** dadurch **meine Figuren** und meine Hand=
lung bloß **beleben**; beseelen muß sie diejenige Kraft, die ich
allenfalls schon habe zeigen **können**, und **ohne** welche ja überhaupt
kein Gedanke an dieses Geschäft **von Anfang** an möglich gewesen
wäre."

Seit der Zeit, da dieses geschrieben wurde, vergingen noch zwey
Jahre und beynahe vier Monate, ehe Schiller den Wallenstein endigte.
Es entstanden aber inmittelst mehrere kleinere Gedichte, und unter
diesen die Xenien. Die Geschichte dieses Products kann vielleicht etwas
beytragen, manche darüber gefällte Urtheile zu berichtigen.

An Goethens **Seite** begann für Schillern eine neue und schönere
Jugend. Hohe Begeisterung für alles Trefliche, lebendiger Haß gegen
falschen Geschmack überhaupt, und **gegen** jede Beschränkung der Wissen=
schaft und Kunst, berauschender Uebermuth im Gefühl einer vorher
kaum geahnten Kraft, war damals bey **ihm** die herrschende Stimmung.

Daher seine Vereinigung mit Goethe zu einem Unternehmen, das Schiller selbst auf folgende Art beschreibt:

„Die Einheit kann bey einem solchen Product bloß in einer gewissen Grenzenlosigkeit, und alle Messung überschreitenden Fülle gesucht werden, und damit die Heterogeneität der beyden Urheber in dem Einzelnen nicht zu erkennen sey, muß das Einzelne ein Minimum seyn. Kurz, die Sache besteht in einem gewissen Ganzen von Epigrammen, deren jedes ein Monodistichon ist. Das meiste ist wilde Satyre, besonders auf Schriftsteller und schriftstellerische Producte, untermischt mit einzelnen poetischen und philosophischen Gedanken-Blitzen. Es werden nicht unter 600 solcher Monodistichen werden, aber der Plan ist, auf 1000 zu steigen. Sind wir mit einer bedeutenden Anzahl fertig, so wird der Vorrath, mit Rücksicht auf eine gewisse Einheit, sortirt, überarbeitet, um einerley Ton zu erhalten, und jeder wird dann von seiner Manier etwas aufzuopfern suchen, um sich dem andern mehr anzunähern."

Dieser Plan wurde nicht ausgeführt. Im Julius 1796 schrieb Schiller darüber Folgendes:

„Nachdem ich die Redaction der Xenien gemacht hatte, fand sich, daß noch eine erstaunliche Menge neuer Monodistichen nöthig sey, wenn die Sammlung auch nur einigermaßen den Eindruck eines Ganzen machen sollte. Weil aber etliche Hundert neue Einfälle, besonders über wissenschaftliche Gegenstände, einem nicht so leicht zu Gebote stehen, auch die Vollendung des Meisters Goethen eine starke Diversion macht, so sind wir übereingekommen, die Xenien nicht als ein Ganzes, sondern zerstückelt dem Almanach einzuverleiben. Die ernsthaften, philosophischen und poetischen werden daraus vereinzelt, und bald in größern, bald in kleinern Ganzen vorn im Almanach angebracht. Die satyrischen folgen unter dem Namen Xenien nach."

Es mag seyn, daß bey diesem Verfahren manches Epigramm aufgenommen wurde, das bey einer strengen Auswahl nach dem ersten Plane weggeblieben wäre. Schiller war allerdings damals gereizt, nicht durch Bemerkungen über die Mängel seiner Producte — denn hierüber war niemand scharfsichtiger als er selbst, wie sich aus obigen Stellen seiner Briefe ergibt, und jeden seiner Freunde forderte er zu freymüthigen Urtheilen auf — sondern weil ihn die Kälte und Geringschätzung erbitterte, womit ein Unternehmen, wofür er sich begeistert hatte, von mehrern Seiten aufgenommen wurde. Dies war der Fall bey den Horen. Im Vertrauen auf den Beystand der ersten Schriftsteller der Nation, hatte er auf eine große Wirkung gerechnet, und traf dagegen sehr oft auf Mangel an Empfänglichkeit und kleinliche Ansichten. Es konnte ihm dann wol in einer Aufwallung der Indignation auch etwas Menschliches begegnen, aber der eigentliche Geist, in dem die Xenien geschrieben sind, spricht sich für den unbefangenen Leser im Ganzen deutlich genug aus.

Ein Wetteifer mit Goethen veranlaßte im Jahre 1797 Schillers erste Balladen. Beyde Dichter theilten sich in die Stoffe, die sie gemeinschaftlich ausgesucht hatten. Von dieser Gattung, die Schillern lieb geworden war, lieferte er in spätern Jahren noch manches, nachdem andere kleinere Gedichte seltner von ihm erschienen.

Seit dem Jahre 1799 widmete er sich ganz den dramatischen Arbeiten, und gab die Herausgabe des Musenalmanachs auf. Die Horen hatten schon früher geendigt. Goethens Propyläen indessen, für die sich Schiller sehr lebhaft interessirte, sollten Beyträge von ihm erhalten.

In eben diese Zeit trifft auch eine Veränderung seines Wohnorts. Um die Anschauung des Theaters zu haben, wollte Schiller anfänglich nur den Winter in Weimar zubringen, und während des Sommers auf einem Garten bey Jena leben, den er sich dort gekauft hatte. Aber späterhin wurde Weimar sein beständiger Aufenthalt. Von dem regierenden Herzoge wurde er bey dieser Gelegenheit auf eine sehr edle Art unterstützt, so wie ihn überhaupt dieser Fürst bey jedem Anlasse durch die deutlichsten Beweise seines Wohlwollens erfreute. Ihm verdankte Schiller im Jahre 1795, als er einen Ruf als Professor nach Tübingen erhielt, die Zusicherung einer Verdoppelung seines Gehalts, auf den Fall, daß er durch Krankheit an schriftstellerischen Arbeiten verhindert würde; nachher im Jahre 1799 eine fernere Zulage, und zuletzt, im Jahre 1804, wegen bedeutender Anerbietungen, die Schillern von Berlin aus gemacht wurden, eine Vermehrung seiner Besoldung. Auch war es der Herzog von Sachsen-Weimar, der aus eigner Bewegung im Jahre 1802 Schillern den Adelsbrief auswirkte.

Außer Goethens Nähe hatte der Aufenthalt in Weimar für Schillern noch andre erhebliche Vortheile. Zu seiner Aufheiterung diente besonders ein damals errichteter fröhlicher Klubb, für den er, so wie Goethe, einige gesellschaftliche Lieder dichtete. Die vier Weltalter und das Lied an die Freunde entstanden auf diese Art. Das Theater gab Schillern vielen Genuß, und gern beschäftigte er sich auch mit der höhern Ausbildung der dortigen Schauspieler.

Seine Ansichten der Kunst und Kritik in dieser letzten Periode seines Lebens ergeben sich aus folgenden Fragmenten seiner damaligen Briefe:

„Sie müssen sich nicht wundern, wenn ich mir die Wissenschaft und die Kunst jetzt in einer größern Entfernung und Entgegensetzung denke, als ich vor einigen Jahren vielleicht geneigt gewesen bin. Meine ganze Thätigkeit hat sich gerade jetzt der Ausübung zugewendet; ich erfahre täglich, wie wenig der Poet durch allgemeine reine Begriffe bey der Ausübung gefördert wird, und wäre in dieser Stimmung zuweilen unphilosophisch genug, alles, was ich selbst und andere von der Elementarästhetik wissen, für einen einzigen empirischen Vortheil, für einen Kunstgriff des Handwerks hinzugeben. In Rücksicht auf das Hervorbringen werden Sie mir zwar selbst die Unzulänglichkeit der Theorie einräumen, aber ich dehne meinen Unglauben auch auf das Beurtheilen aus, und möchte behaupten, daß es kein Gefäß giebt, die Werke der Einbildungskraft zu fassen, als eben diese Einbildungskraft selbst. —

Wenn man die Kunst, so wie die Philosophie, als etwas, das immer wird und nie ist, also immer dynamisch, und nicht, wie sie es jetzt nennen, atomistisch, betrachtet, so kann man gegen jedes Product gerecht seyn, ohne dadurch eingeschränkt zu werden. Es ist aber im Character der Deutschen, daß ihnen alles gleich fest wird, und daß sie die unendliche Kunst, so wie sie es bey der Reformation

mit der Theologie gemacht, gleich in ein Symbolum hineinbannen
müssen. Deswegen gereichen ihnen selbst trefliche Werke zum Verderben, weil sie gleich für heilig und ewig erklärt werden, und der
strebende Künstler immer darauf zurückgewiesen wird. An diese
Werke nicht religiös glauben, heißt Ketzerey, da doch die Kunst über
allen Werken ist. Es gibt freylich in der Kunst ein Maximum, aber
nicht in der modernen, die nur in einem ewigen Fortschritte ihr
Heil finden kann. —"

„Ich habe dieser Tage den rasenden Roland wieder gelesen, und
kann Dir nicht genug sagen, wie anziehend und erquickend mir diese
Lectüre war. Hier ist Leben und Bewegung und Farbe und Fülle;
man wird aus sich heraus ins volle Leben, und doch wieder von
da zurück in sich selbst hineingeführt; man schwimmt in einem reichen
unendlichen Elemente, und wird seines ewigen identischen Ichs los,
und existirt eben deswegen mehr, weil man aus sich selbst gerissen wird. Und doch ist, trotz aller Ueppigkeit, Rastlosigkeit und
Ungeduld, Form und Plan in dem Gedicht, welches man mehr empfindet als erkennt, und an der Stetigkeit und sich selbst er-
haltenden Behaglichkeit und Fröhlichkeit des Zustandes wahrnimmt.
Freylich darf man hier keine Tiefe suchen und keinen Ernst; aber
wir brauchen wahrlich auch die Fläche, so nöthig als die Tiefe, und
für den Ernst sorgt die Vernunft und das Schicksal genug, daß die
Phantasie sich nicht damit zu bemengen braucht. —"

„Noch hoffe ich in meinem poetischen Streben keinen Rückschritt
gethan zu haben, einen Seitenschritt vielleicht, indem es mir begegnet seyn kann, den materiellen Forderungen der Welt und der
Zeit etwas eingeräumt zu haben. Die Werke des dramatischen Dichters werden schneller als alle andere von dem Zeitstrom ergriffen;
er kommt selbst, wider Willen, mit der großen Masse in eine vielseitige Berührung, bey der man nicht immer rein bleibt. Anfangs
gefällt es, den Herrscher zu machen über die Gemüther, aber welchem
Herrscher begegnet es nicht, daß er auch wieder der Diener seiner
Diener wird, um seine Herrschaft zu behaupten? Und so kann es
vielleicht geschehen seyn, daß ich, indem ich die deutschen Bühnen

mit dem Geräusch meiner Stücke erfüllte, auch von den deutschen Bühnen etwas angenommen habe."

Nachdem Schiller einmal durch den Wallenstein die Meisterschaft errungen hatte, folgten seine übrigen dramatischen Werke schnell auf einander, obgleich seine Thätigkeit oft durch körperliche Leiden, und besonders im Jahre 1799 durch Sorge für eine geliebte Gattinn, bey ihrer damaligen gefährlichen Krankheit, unterbrochen wurde. Wallenstein erschien 1799. Maria Stuart 1800. Die Jungfrau von Orleans 1801. Die Braut von Messina 1803 und Wilhelm Tell 1804. In eben diesem Jahre feyerte er die Ankunft der Russischen Großfürstinn, die sich mit dem Erbprinzen von Sachsen-Weimar vermählte, durch die Huldigung der Künste. Alle diese Werke ließen ihm noch Zeit übrig, Shakespear's Macbeth und Gozzi's Turandot für das deutsche Theater zu bearbeiten. Später wurden noch Racine's Phädra und zwey französische Lustspiele von ihm übersetzt. In den Zwischenzeiten beschäftigten ihn mehrere dramatische Plane, wovon sich ein Theil unter seinen Papieren aufgefunden hat.

Auch für eine Comödie hatte er einen Stoff gefunden, fühlte sich aber zu fremd für diese Gattung.

„Zwar glaube ich mich," schrieb er einem Freunde, „derjenigen Comödie, wo es mehr auf eine komische Zusammenfügung der Begebenheiten, als auf komische Charactere und auf Humor ankommt, gewachsen, aber meine Natur ist doch zu ernst gestimmt, und was keine Tiefe hat, kann mich nicht lange anziehen."

Nach der Uebersetzung der Phädra hatte er ein neues dramatisches Gedicht begonnen, wovon die Geschichte des falschen Demetrius in Rußland der Stoff war. Bey diesem Werke, mitten im Vollgefühl seiner geistigen Kraft, ergriff ihn der Tod. Ein heftiger Rückfall seiner gewöhnlichen Brustkrankheit endigte sein Leben am 9ten Mai 1805.

Er hinterließ eine Wittwe, zwey Söhne und zwey Töchter. Von seinen drey Schwestern war die jüngste vor ihm gestorben; die älteste aber lebt in Meiningen als Gattinn des dasigen Hofraths Reinwald, und die zweyte ist an den Stadtpfarrer Frankh zu Meckmühl, im Königreiche Württemberg, verheirathet.

Schillers Gesichtszüge sind am treusten und geistvollsten in einer colossalen Büste vom Professor Dannecker in Stuttgart dargestellt worden. Eine früher verfertigte Büste in Lebensgröße, wozu Schiller, während seines letzten Aufenthalts in Schwaben, gesessen hatte, lag dabey zum Grunde, und dieses Werk in einem größern Stile, mit aller Anstrengung seiner Kräfte, auszuführen, beschloß der edle Künstler in dem Augen= blicke der höchsten Rührung, da er die Nachricht von dem Tode seines Freundes erhielt.

Goethens Worte über Schillern mögen diesen Aufsatz beschließen:

> Es glühte seine Wange roth und röther
> Von jener Jugend, die uns nie verfliegt,
> Von jenem Muth, der früher oder später
> Den Widerstand der stumpfen Welt besiegt;
> Von jenem Glauben, der sich stets erhöh'ter,
> Bald kühn hervordrängt, bald geduldig schmiegt,
> Damit das Gute wirke, wachse, fromme!
> Damit der Tag des Edeln endlich komme.
> Und manche Geister, die mit ihm gerungen,
> Sein groß Verdienst unwillig anerkannt,
> Sie fühlen sich von seiner Kraft durchdrungen,
> In seinem Kreise willig fest gebannt.
> Zum Höchsten hat er sich empor geschwungen,
> Mit allem, was wir schätzen, eng verwandt.
> So feyert ihn! Denn was dem Mann das Leben
> Nur halb ertheilt, soll ganz die Nachwelt geben.

Biographische Notizen

über

Theodor Körner.[*]

[*] Poetischer Nachlaß von Theodor Körner. Leipzig, bei Johann Friedrich Hartknoch. 1815. Zweyter Band. S. XXIX.

Die „Biographischen Notizen" über seinen unvergeßlichen Sohn schrieb Körner im Jahre 1814 und fügte 1815 nach dem Tode seiner Tochter Emma im März die **Schlußnotiz** hinzu. Eingeschaltet ward die Biographie in eine Charakteristik des **Dichters von C. A. Tiedge**. Der Abdruck erfolgt aus der zweiten Auflage des „Poetischen Nachlasses", deren zweiter Band den Separattitel „Theodor Körners vermischte Gedichte und Erzählungen nebst einer Charakteristik des Dichters von C. A. Tiedge und biographischen Notizen über ihn von dem Vater des Verewigten" führt.

Carl Theodor Körner wurde am 23. September 1791 zu Dresden geboren. Sein Vater war damals Chursächsischer Appellationsrath und seine Mutter ist die Tochter eines in Leipzig verstorbenen geachteten Künstlers, des Kupferstechers Stock. Die Schwäche und Kränklichkeit des Knaben in den ersten Jahren machte viel Sorgfalt für seinen Körper nothwendig und die Ausbildung seines Geistes durfte nicht übereilt werden. Er war daher die meiste Zeit in freyer Luft, theils in einem nahe gelegenen Garten unter Knaben seines Alters, theils im Sommer auf einem Weinberge mit seinen Aeltern und seiner Schwester. Manches lernte er später als andere und gehörte nicht zu den Kindern, die durch frühzeitige Kenntnisse und Talente die Eitelkeit ihrer Aeltern befriedigen. Aber was man schon in den Jahren der Kindheit an ihm wahrnehmen konnte, war ein weiches Herz, verbunden mit Festigkeit des Willens, treue Anhänglichkeit an diejenigen, die seine Liebe gewonnen hatten, und eine leicht aufzuregende Phantasie.

Mit dem Gedeihen seines Körpers entwickelten sich seine geistigen Fähigkeiten. Seine Aufmerksamkeit zu fesseln war nicht leicht, aber wenn dies gelungen war, so faßte er schnell. Zur Erlernung von Sprachen hatte er weniger Neigung und Anlage als zum Studium der Geschichte, Naturkunde und Mathematik. Auffallend war sein fortdauernder Widerwille gegen das Französische, als er in andern ältern und neuern Sprachen schon weitere Fortschritte gemacht hatte.

Vielfältige gymnastische Uebungen in frühern Jahren gaben dem Körper Stärke und Gewandtheit und der Jüngling galt für einen raschen Tänzer, dreisten Reiter, tüchtigen Schwimmer und besonders

für einen geschickten Fechter. Auge, Ohr und Hand waren bei ihm
glücklich organisirt und wurden zeitig geübt. Feinere Drechsler-Arbeiten
gelangen ihm gut und er zeichnete mit Erfolg nicht nur Gegenstände
der Mathematik, sondern auch Landschaften. Aber in einem höhern
Grade fand sich bei ihm Sinn und Talent für Musik. Auf der Vio=
line versprach er etwas zu leisten, als ihn die Guitarre mehr anzog, der
er in der Folge getreu blieb. Seine Zither am Arm dachte er sich
gern zurück in die Zeiten der Troubadours. Für dies Instrument und
für den Gesang glückten ihm mehrere kleine Compositionen und sein
richtiges, feines und lebendiges Spiel wurde mit Vergnügen gehört.
Dichtkunst war es jedoch, wofür ihn schon seit den frühesten Jahren
ein herrschender Trieb bestimmte. Sein Vater machte sich es aber zur
Pflicht, die ersten Versuche des Sohnes nur zu dulden, nicht aufzu=
muntern. Er hatte einen zu hohen Begriff von der Kunst überhaupt,
um in einem Falle, der ihn so nah anging, nicht sorgfältig darüber zu
wachen, daß nicht bloße Neigung mit ächtem Beruf verwechselt werde.
Leichtigkeit der Produktion allein war hierbei kein hinlänglicher Grund
der Entscheidung. Ein Beifall, der nicht schwer errungen wurde, ist
gefährlich und verleitet, auf niederer Stufe stehen zu bleiben, wenn
Trägheit sich mit Eitelkeit verbindet. Dies war glücklicher Weise hier
nicht der Fall. Ein jugendlicher Uebermuth achtete vielmehr wenig auf
ein fremdes Urtheil und wagte sich gern an die schwierigsten Aufgaben.

Schiller und Goethe waren die Lieblingsdichter in dem älterlichen
Hause und Schiller's Balladen wahrscheinlich die ersten Gedichte, die
der Knabe zu lesen bekam. Alles Hochherzige wirkte mächtig auf ihn,
aber in ernsten Dichtungen versuchte er sich später und anfänglich mit
Schüchternheit. Sein Talent zeigte sich zuerst in Produkten der scherz=
haften Gattung, die durch äußere Anlässe entstanden. Es fehlte ihm
nicht an Stoff, da das frische Leben und der Frohsinn der Jugend bei
ihm durch keinen Zwang unterdrückt wurde, und die Reime strömten
ihm zu.

Er verließ das väterliche Haus nicht vor der Mitte des sieb=
zehnten Jahres und erhielt Unterricht theils eine Zeitlang auf der Kreuz=
schule in Dresden, theils hauptsächlich durch ausgesuchte Privatlehrer.

Unter diesen war der nachherige Historiker Dippold, der als Professor in Danzig zu früh für seine Wissenschaft starb. Eine dankbare Erwähnung verdienen hier noch vorzüglich als Lehrer des Christenthums der jetzige Pfarrer Roller in Lausa, und für einen trefflichen Unterricht in der Mathematik der nunmehrige Professor bei der sächsischen RitterAkademie, Fischer.

Eine der schwersten Aufgaben für einen Vater ist, den Sohn bei der Wahl des künftigen Standes zu leiten. Genaue Abwägung der Vortheile und Nachtheile eines jeden Verhältnisses ist von der Jugend nicht zu erwarten; was sie bestimmt, sind oft unzureichende Gründe und gleichwohl ist es bedenklich, ihrem Entschluß zu widerstreben, da man besonders bei lebendigen und kraftvollen Naturen zu wünschen hat, daß Geschäft und Neigung zusammentreffe. Und ein Geschäft, das ihm künftig ein hinlängliches Auskommen sichern konnte, hatte auch Theodor Körner zu wählen, da er auf den Besitz eines bedeutenden Vermögens nicht rechnen durfte. Der Bergbau hatte viel Anziehendes für ihn durch seine poetische Seite und durch die vielfältige Geistesnahrung, die seine Hilfswissenschaften darbieten. Für die innere vollständige Ausbildung des Jünglings war dies zugleich sehr erwünscht. Bei einem überwiegenden Hange zu Dem, was die Griechen Musik nannten, bedurfte er zum Gegengewicht einer geistigen Gymnastik und bei dem Studium der Physik, Naturkunde, Mechanik und Chemie gab es Schwierigkeiten genug zu überwinden, die aber mehr reizten, als abschreckten.

Um ihn zu dem höhern Unterricht auf der BergAkademie in Freiberg vorzubereiten, fehlte es in Dresden nicht an Gelegenheit, während daß in dem Hause der Aeltern sich manche günstige Umstände vereinigten, die auf die Bildung seines Charakters vortheilhaft wirkten. Seine natürliche Offenheit, Fröhlichkeit und Gutmüthigkeit entwickelte sich hier ungehindert. In einer Familie, die durch Liebe und gegenseitiges Vertrauen sich zu einem freundlichen Ganzen vereinigte, wurden auch die Rechte des Knaben und Jünglings geachtet und ohne zu herrschen genoß er frühzeitig innerhalb seiner Sphäre einer unschädlichen Freiheit. Außerdem hatte das Vaterhaus für ihn noch manche

Annehmlichkeiten. Für Poesie und Musik war hier Alles empfänglich und bei dem weiblichen Theile der Familie fehlte es nicht an Talenten für Zeichenkunst und Malerei. Es bildeten sich dadurch kleine Abendgesellschaften, wo ein ausgesuchter Zirkel sich versammelte und mancher interessante Fremde sich einfand. In einem solchen Kreise wurde der Sohn vom Hause mit Wohlwollen behandelt, weil er nicht vorlaut und beschwerlich, sondern lebhaft, ungekünstelt und theilnehmend war. Einige Freundinnen seiner Schwester, die sich durch Vorzüge des Geistes und der Gestalt auszeichneten, ergötzten sich an seiner Munterkeit und daß sie ihn gern unter sich sahen, war ihm nicht gleichgültig. Unter solchen Verhältnissen gewöhnte er sich, in der bessern Gesellschaft keinen drückenden Zwang zu fühlen, und lernte den Werth des feinern Umgangs schätzen.

Sein Vater gehörte zu Schillers vertrautesten Freunden und hoffte viel davon für den Sohn. Aber auch für diesen starb Schiller zu früh. Als er das Letztemal in Dresden war, hatte der junge Körner kaum ein Alter von zehn Jahren erreicht. Unter den bedeutenden Männern aber, die auf den heranwachsenden Jüngling in dem älterlichen Hause vorzüglich wirkten, war besonders der nachherige kgl. preußische Oberst Ernst von Pfuel, ein geistvoller, vielseitig gebildeter Officier, und der dänische Dichter Oehlenschläger.

Im Sommer 1808 sollte nun das Studium des Bergbaues in Freiberg seinen Anfang nehmen und der neue Bergstudent fand sich dort bald in einer sehr günstigen Lage. Der Bergrath Werner war ein Freund des Vaters und behandelte den Sohn mit vorzüglichem Wohlwollen. Unter den übrigen Lehrern hatte besonders Professor Lampadius viel Güte für ihn. In den angesehensten Häusern fand er eine freundliche Aufnahme und sein Talent, mit jungen Männern, die ihn interessirten, leicht Bekanntschaft zu machen, kam ihm hier zu Statten. Es traf sich, daß damals glücklicher Weise mehrere gebildete und unterrichtete junge Chemiker und Mineralogen auf der Bergakademie in Freiberg zusammen kamen.

Körner trieb anfänglich das Praktische des Bergbaues mit großem Eifer, scheute keine Beschwerde und war ganz einheimisch in dem Eigen-

thümlichen des Bergmanns-Lebens. Mit den glänzendsten Farben schil-
derte er es in seinen damaligen Gedichten und der biedere und erfahrene
Berggeschworene, bei dem er wohnte, konnte ihm nicht genug davon erzählen. Nach und nach trat eine weniger anziehende Wirklichkeit an die
Stelle des Ideals und der mächtige Reiz der bergmännischen Hilfswissenschaften machte ihn dem Praktischen untreu. Mineralogie und
Chemie beschäftigten ihn vorzüglich. Fossilien wurden gesammelt, die
Gebirgsgegenden durchstreift, Charten gezeichnet und mit Hülfe eines
geübtern Freundes kleine chemische Versuche gemacht. Werner und Lampadius bemerkten die Fortschritte ihres Schülers mit Zufriedenheit.

Während des zweijährigen Aufenthalts in Freiberg gelangte der
junge Körner zu einer gewissen Reife und Besonnenheit, die man bei
seinen Jahren und seinem leichten Blute kaum zu erwarten hatte. Viel
Einfluß auf ihn hatte ein täglicher Genosse seiner Studien und Freuden,
Namens Schneider, voller Geist, Kraft und Charakter, aber durch widrige
Schicksale zum Trübsinn geneigt. Von dieser dunkeln Blume wurde
der Schmetterling angezogen und der ältere, höchst reizbare Freund
mußte mit zarter Schonung behandelt werden. Ein unglückliches Ereigniß trennte diesen Bund. Schneider, ein verwegener Schlittschuh-
läufer, brach auf der Eisbahn durch und war aller Anstrengung ohngeachtet nicht zu retten. Der Anblick dieser Leiche und eines andern
sterbenden Freundes, der als Künstler viel zu leisten versprach, machte
auf Körner einen tiefen und bleibenden Eindruck.

Ueberhaupt war die bei ihm herrschende heitere Stimmung weit
entfernt von Frivolität. Eine deutsche Gründlichkeit wurde vielmehr
selbst in dem fröhlichsten Rausche an ihm bemerkbar. Er hatte sich
vorgenommen, den Genuß der Gegenwart zu erschöpfen, und war eben
so sehr mit ganzer Seele in den nächsten Stunden bei einem ernsten
Geschäft. Eine Unterbrechung seiner Studien gereichte ihm daher weniger, als Andern, zum Nachtheile. —

Dresden ist so wenig von Freiberg entfernt, daß er fast allemal
an den kleinen häuslichen Festen seiner Familie Theil nehmen konnte.
Auch gab es zu weitern Reisen manche sehr angenehme Veranlassung.
Seinem Vater war die Tochter eines abgeschiedenen Freundes, des Kauf-

14*

manns Kunze in Leipzig, zur Erziehung anvertraut worden und der junge Körner gewann dadurch eine zweite Schwester. Er durfte nicht ausbleiben, als sie sich an den Herrn von Einsiedel auf Gnandtstein verheirathete und die Hochzeit in Leipzig nach alter Sitte mit der unverhaltenen Fröhlichkeit einer glücklichen Jugend gefeiert wurde.

Eben so wenig konnte er die Erlaubniß unbenutzt lassen, auf dem Landsitz der Frau Herzogin von Curland in Löbichau bei Altenburg einige Tage zuzubringen. Seine Aeltern hatten das Glück gehabt, dieser Dame und ihrer verehrten Schwester, der Frau Kammerherrin Elisa von der Recke, näher bekannt zu werden, und erfreuten sich ihres vorzüglichen Wohlwollens. Der junge Körner erhielt als Pathe der Frau Herzogin von ihr ansehnliche Geschenke zur Bestreitung des mit seinen Studien verbundenen Aufwandes und wußte den gütevollen Empfang zu schätzen, den er in Löbichau fand.

Im Sommer 1809 unternahm er nach hinlänglicher Vorbereitung eine eben so unterrichtende als genußreiche Fußreise in die Oberlausitz und in die schlesischen Gebirge. Der Graf von Geßler, ehemaliger preußischer Gesandter in Dresden, mit dem Körner's Vater in vieljähriger freundlicher Verbindung stand, lebte damals in Schlesien. Er und der preußische Oberbergrath von Charpentier gaben dem jungen Mineralogen vollständige Auskunft über die für sein Studium besonders merkwürdigen Gegenstände und verschafften ihm zugleich alle Erleichterung, um sie mit Nutzen zu betrachten. Eingeführt von dem Grafen von Geßler, wurde er von dem Grafen zu Stolberg in Peterswalda und von dem Minister Graf Redern in Buchwald mit Wohlwollen aufgenommen, die großen und reizenden Naturscenen wirkten mächtig auf sein empfängliches Gemüth und er rechnete seinen Aufenthalt in Schlesien zu den glücklichsten Tagen seines Lebens. Seine Gefühle darüber hat er in einigen Gedichten ausgesprochen.

Von dieser Zeit an wurde überhaupt in seinen poetischen Produkten mehr Ernst und Tiefe, vorzüglich aber ein frommer altdeutscher Sinn bemerkbar. Er hatte die Religion nicht als finstere Zuchtmeisterin und Störerin unschuldiger Freuden, sondern als seelenerhebende Freundin kennen gelernt. Seine ganze Erziehung war darauf gerichtet, daß er durch edlere Triebfedern, als durch Furcht, bestimmt werden sollte, und frühzeitig gewöhnte er sich, das Heilige zu verehren. Daher die Unbefangenheit und Wärme, mit der er das Herzliche des Christen= thums auffaßte. Zu einer Zeit, da die übermüthige Stimmung einer kraftvollen und sorglosen Jugend bei ihm die herrschende war, ent= standen ohne alle äußere Veranlassung aus innerem Drange seine geistlichen Sonnette. Schon ihre Einfachheit bürgt dafür, daß sie nicht zu den Produkten der Mode gehörten. Er selbst schrieb darüber in einem vertrauten Briefe: „Ich denke, daß sich das Sonnet zu dieser Gattung recht eigne; denn es liegt in dem Versmaß so eine Ruhe und Liebe, die bei den kunstlosen Erzählungen der heiligen Schrift recht an ihrem Orte ist."

Eben so wenig hätte man damals nach seiner Außenseite die erste Idee eines Taschenbuchs für Christen von ihm erwartet. Es sollte aus historischen Aufsätzen, geistlichen Sonnetten und Liedern oder sonstigen poetischen Ergreifungen einzelner Stellen aus der Bibel be= stehen und durch eine Reihe von passenden Kupferstichen geschmückt werden. Ein damaliger Brief von ihm enthält darüber folgende Worte: „Soll uns denn die Religion, für die unsre Väter kämpften und starben, nicht eben so begeistern und sollen diese Töne nicht manche Seele ansprechen, die noch in ihrer Reinheit lebt? Es giebt so schöne Züge der religiösen Begeisterung in den Zeiten des dreißigjährigen Kriegs und vorher, die auch ihren Sänger verlangen." — Die Aus= führung eines solchen Plans wurde damals durch unerwartete Schwierig= keiten gehindert, obwohl Körner's Vater sich mit Eifer dafür verwendete und der Buchhändler Göschen zu dieser Unternehmung bereit war.

Körner's akademische Laufbahn in Freiberg endigte im Sommer 1810 und er wünschte anfänglich in Tübingen seine Studien fortzu= setzen, um dort besonders Kielmeyer's Unterricht zu benutzen. Später entschied er sich für die neu errichtete Universität in Berlin, wo für seine wissenschaftlichen Zwecke sich mehrere günstige Umstände ver= einigten. Es sollte jedoch Leipzig, wo Körner's Vater geboren war, wo noch mehrere seiner Verwandten und Freunde lebten und wo es auch für die Bedürfnisse des Sohns nicht an verdienstvollen Lehrern

fehlte, nicht ganz vorbei gegangen werden,· sondern ein halbes Jahr
wurde zu einem dortigen Aufenthalte bestimmt. Die Vorlesungen in
Freiberg endigten zu spät, um zu Anfang des Sommerhalbjahrs in
Leipzig einzutreffen und die Zwischenzeit wurde auf Reisen verwendet.
Körner begleitete seine Aeltern nach Karlsbad, machte dort sehr an=
genehme Bekanntschaften und verlebte nachher einige glückliche Wochen
in Löbichau, wo ihn eine Beschädigung am Fuße länger zu verweilen
nöthigte, als er sich vorgenommen hatte. Eine beschlossene mineralo=
gische Reise auf den Harz mußte er daher aufgeben.

Für die Abendunterhaltungen in Löbichau wurde auch durch Schrift=
stellerei gesorgt. Eine geistreiche Dame im Gefolge der Frau Herzogin
von Curland, ein Arzt und ein Künstler vereinigten sich mit Körner,
um sogenannte Theeblätter zu liefern, die blos in der Handschrift für
die dortige Gesellschaft bestimmt waren. Körner war eben damals
zuerst vor dem Publikum als Autor aufgetreten. Eine Sammlung
seiner Gedichte erschien unter dem Titel: Knospen. Es wäre vielleicht
gegen eine so frühzeitige Autorschaft Manches einzuwenden gewesen,
aber Körner's Vater fand dabei überwiegende Vortheile. Der junge
Dichter sollte auch die Stimme des strengen Tadels vernehmen, sollte
auf Mängel aufmerksam gemacht werden, die den Blicken der Freunde
entgangen waren, sollte die Probe bestehen, ob ihn selbst harte und
ungerechte Urtheile niederschlagen oder zu neuen Versuchen auffordern
würden.

Zu der Zeit, da er in Leipzig eintraf, gab es dort unglückliche
Verhältnisse unter den Studenten. Zwei Parteien standen mit großer
Erbitterung einander gegenüber und Körner konnte dabei nicht neutral
bleiben. Er entschied sich nach eigener Ansicht und nach frühern, schon
in Freiberg angeknüpften Verbindungen. Zu den Renommisten ge=
hörte er nicht, aber seine Phantasie erhöhte für ihn den eigenthüm=
lichen Reiz des Studentenlebens. Er suchte indessen mit ziemlichem
Erfolg das Ungleichartige zu vereinigen. Mit Geschichte und Philo=
sophie beschäftigte er sich ernstlich, widmete mehrere Stunden der
Anatomie, wurde Mitglied einer ästhetischen Gesellschaft und der Ma=
karia — eine Verbindung zu Geistesarbeiten und geselligem Ver=

gnügen —, errichtete einen Dichterklubb, war in den angesehensten
Häusern wohl aufgenommen und galt zugleich in dem Kreise lebens=
froher Jünglinge, die durch den Druck der bürgerlichen Verhältnisse
noch nicht gebeugt waren, für einen tüchtigen Kameraden. Wenn er
alsdann sich gegen Beschränkungen sträubte, keine Verletzung seines
Ehrgefühls duldete und in dem Eifer für seine Freunde keine Mäßigung
kannte, so war es begreiflich, daß er nicht jede Forderung befriedigte,
die von der akademischen Obrigkeit Amts=halber an ihn gemacht wurde.

In Berlin, wo er zu Ostern 1811 ankam, fand er einen viel=
jährigen Freund seiner Aeltern, den Hofrath Parthey, dessen herzliche
Aufnahme ihm sehr wohl that. Sein Vater durfte ihn wegen früherer
Verbindungen auch dem Grafen von Hoffmannsegg empfehlen, der ihn
mit Güte empfing und die Leitung seines botanischen Studiums über=
nahm, das nunmehr besonders mit Ernst getrieben werden sollte. Ein
anderer Theil seiner Zeit war in dem ersten halben Jahre zu Be=
nutzung der dortigen Lehrer in der Philosophie und Geschichte bestimmt.
Zugleich hatte er durch den Hofrath Parthey den Vortheil eines un=
beschränkten Gebrauchs der ansehnlichen Nicolaischen Privat=Bibliothek
und für die Abende versprach ihm das Zelter'sche Sing=Institut und
das Theater manchen schönen Genuß. Alle diese günstigen Aussichten
wurden durch ein dreitägiges Fieber vereitelt, das ihn zu Anfang des
Mai überfiel, mehrere Wochen anhielt und wegen öfterer Rückfälle eine
solche Ermattung zur Folge hatte, daß zu seiner Wiederherstellung sehr
wirksame Maßregeln getroffen werden mußten. Eine Reise wurde für
wohlthätig gehalten und schien unbedenklich, da die noch übrigen Vor=
lesungen des Sommerhalbjahres, nachdem er die vorherigen durch seine
Krankheit eingebüßt hatte, von wenigem Nutzen für ihn sein konnten.
Er verweilte einen Monat in Karlsbad mit seinen Aeltern und von
dort hätte ihn sein Wunsch nach den Rheingegenden und nach Heidel=
berg geführt. Seinem Vater hingegen mißfiel der damals unter den
Studirenden auf den meisten deutschen Universitäten herrschende Geist
und es lag ihm daran, den Sohn in eine Lage zu versetzen, wodurch
auf einmal alle solche Verbindungen abgebrochen würden, die bei seinem
feurigen Temperamente einen nachtheiligen Einfluß auf ihn haben konnten.

Es trat hier ein besonderer Fall ein, wo allgemeine Regeln nicht hinreichen. Ein hoffnungsvoller Jüngling sollte auf einen höhern Stand-
punkt gestellt, sein Gesichtskreis erweitert und der Trieb zu neuen Fortschritten nach dem Ziele einer vollendeten Ausbildung in ihm belebt
werden. Dies alles erwartete der Vater aus mehrern Gründen von
einem Aufenthalte in Wien. Außer den allgemeinen Vorzügen dieser
Hauptstadt rechnete er besonders auf das Haus des königlich preußischen
Ministers und Gesandten, Wilhelm von Humboldt, mit dem er seit
mehreren Jahren in genauer Verbindung stand. Auch hatte er wegen
freundschaftlicher Verhältnisse mit Friedrich Schlegel von diesem verdienstvollen Gelehrten eine erwünschte Aufnahme für seinen Sohn zu
hoffen. Vor den Gefahren einer großen Stadt war dieser Sohn mehr,
als andere Jünglinge, durch einen Charakter geschützt, zu dem der Vater
Vertrauen haben durfte, und nie hat er Ursache gehabt, dieses Vertrauen zu bereuen.

Mit dem August 1811 als der Zeit, da Theodor Körner in Wien
eintraf, begann für ihn eine entscheidende Periode. Er fand sich in
einer neuen Welt voll frischen jugendlichen Lebens, fühlte sich in der
glücklichsten Stimmung, verlor aber dabei die Besonnenheit nicht. Ohne
die Gelegenheiten zu geistreichem Umgang zu versäumen oder die
edleren Genüsse sich zu versagen, die sich ihm darboten, widmete er
einen großen Theil des Tags ernsten Studien und war besonders
fruchtbar an dichterischen Productionen. Ungestört und mit Einverständniß seines Vaters konnte er sich nunmehr dem innern Triebe zur
Poesie überlassen, da ihm äußersten Falls die in Freiberg erworbenen
Kenntnisse eine unabhängige Existenz für die Zukunft sicherten. Was
der Vater verlangte, war nicht die Vorbereitung zu einem besondern
Geschäft, sondern die vollständige Ausbildung eines veredelten Menschen.
Denn nur einen solchen hielt er für berechtigt, sein Inneres als Dichter
laut werden zu lassen. Auch erkannte der Sohn besonders die Nothwendigkeit gründlicher Kenntnisse in der Geschichte, sowie in alten und
neueren Sprachen. Bei dem historischen Studium war indessen oft eine
poetische Nebenabsicht, indem zu irgend einem dramatischen Werke
Materialien aufgesucht wurden.

Lange beschäftigte er sich mit den Vorarbeiten und dem Plan eines Trauerspiels: Conradin, das aber nicht zur Ausführung kam. Manches, worauf ihn der Stoff führte, konnte vielleicht bei der Censur Anstoß geben und ihm war gleichwohl darum zu thun, sein Werk auf das Theater zu bringen. Seine ersten Versuche waren zwei Stücke von einem Acte in Alexandrinern, die Braut und der grüne Domino. Beide wurden im Januar 1812 mit vielem Beifall aufgenommen. Eine Posse: der Nachtwächter, machte ebenfalls Glück. Körner fing nun an, sich in leidenschaftlichen und tragischen Stoffen zu versuchen, die für ihn anziehender waren. Eine Erzählung von Heinrich von Kleist wurde mit einigen Abänderungen als Drama in drei Acten unter dem Titel Toni bearbeitet. Kurz darauf entstand ein schauderhaftes Trauerspiel von einem Acte: die Sühne. Jetzt hielt er sich für vorbereitet, um eine Darstellung des ungarischen Leonidas, Zriny, zu wagen. Auf diese folgte ein erschütterndes Drama, Hedwig, und ein Trauerspiel: Rosamunde, aus der englischen Geschichte. Sein letztes theatralisches Werk aus der ernsten Gattung war Joseph Heyderich, wobei eine wahre Begebenheit — die Aufopferung eines braven österreichischen Unteroffiziers für einen Lieutenant — zum Grunde lag. Zwischen diesen Arbeiten fand er noch Zeit, drei kleine komische Stücke: den Vetter aus Bremen, den Wachtmeister und die Gouvernante, ingleichen zwei Opern: das Fischermädchen, oder Haß und Liebe und den vierjährigen Posten, außer mehreren kleinen Gedichten, zu liefern und eine vorher angefangene Oper: die Bergknappen, zu vollenden. Von einer Oper, die er für Beethoven bestimmt hatte, die Rückkehr des Ulysses, war auch schon ein Theil fertig und Plane zu größeren und kleineren Stücken waren in Menge vorhanden. Dies alles würde er in einem Zeitraume von höchstens 15 Monaten nicht haben leisten können, wenn ihm nicht eine große Leichtigkeit der Versifikation zu statten gekommen wäre, die er sich durch die häufigen frühern Uebungen erworben hatte. Die Aufsuchung historischer Materialien und die Entwerfung des Planes kostete ihm allemal die meiste Zeit. Zur Ausführung eines größern Werks bedurfte es nur einiger Wochen, aber bei völliger Zurückgezogenheit und ununterbrochener Anstrengung. Ein

Sommeraufenthalt in Döblingen, einem freundlichen Dorfe bei Wien, war ihm hierzu besonders günstig.

Für seine Produkte fand er im Ganzen eine Aufnahme, wie er sie kaum besser wünschen konnte. Das Publikum zeigte sich am wärmsten bei der ersten Aufführung des Zriny. Der Dichter wurde herausgerufen, was in Wien eine ganz ungewöhnliche Erscheinung ist. Aber auch einzelne Stimmen von Kunstverständigen waren für ihn sehr aufmunternd und aus der Ferne gelangte an ihn ein erfreuliches Urtheil von Goethe, auf dessen Veranstaltung die Braut, der Domino und die Sühne mit vorzüglicher Sorgfalt und mit Beifall in Weimar aufgeführt wurden.

Wien erfüllte vollkommen, was Vater und Sohn davon gehofft hatten, und übertraf noch weit ihre Erwartungen. Die reizenden Umgebungen und die Kunstschätze dieser Hauptstadt gewährten dem jungen Körner vielfältigen Genuß. Er lernte besonders die lieblichen und romantischen Ufer der Donau auf einer Rückreise von Regensburg kennen, wohin er einen Freund begleitet hatte. Die fröhliche Welt, von der er sich umringt sah und in der er bald einheimisch wurde, setzte ihn in die glücklichste Stimmung. Weit entfernt, dadurch zu erschlaffen, erhielt seine rüstige Natur einen neuen Schwung; alle Kräfte wurden aufgeregt, das Ziel immer höher gesteckt und eine belehrende, warnende, auffordernde Stimme nicht vergebens gehört, wenn sie durch Geist, Kenntnisse, Erfahrung oder weibliche Anmuth sich seine Achtung erworben hatte. Viel verdankte er auf solche Art nicht nur dem Humboldt'schen und Schlegel'schen Hause, sondern auch den gebildeten Zirkeln bei der rühmlich bekannten Dichterin Karoline Pichler und bei der Frau von Pereira.

Daß aber die ungeschwächte Jugendkraft mitten unter den Gefahren einer verführerischen Hauptstadt nicht verwilderte, war vorzüglich das Werk der Liebe. Ein holdes Wesen, gleichsam vom Himmel zu seinem Schutzengel bestimmt, fesselte ihn durch die Reize der Gestalt und der Seele. Körners Aeltern kamen nach Wien, prüften und segneten die Wahl ihres Sohnes, erfreuten sich an den Wirkungen eines edlen, begeisternden Gefühls und sahen einer schönen Zukunft

entgegen, als ein glückliches Ereigniß den Zeitpunkt zu beschleunigen
schien, **der** das liebende Paar vereinigen sollte.

In Deutschland kennt man nur eine einzige Stelle, die einem
Dichter für die Ausübung seiner Kunst eine unabhängige Existenz verschafft, und diese wurde dem jungen Körner zu Theil. Seine Ernennung zum Hoftheater=Dichter in Wien war die Folge des Beifalls,
mit dem das Publikum seine dramatischen Produkte und besonders
den Zriny aufgenommen hatte. Durch die mit dieser Anstellung **verbundenen** Vortheile **wurde ihm ein hinlängliches Einkommen** gesichert.

Körner galt unter seinen **Bekannten** damals **für einen Günstling
des** Glücks und gleichwohl hatte er nie über Neid und Kabale **in**
seinen theatralischen Verhältnissen zu klagen. Durch anspruchlosen
Frohsinn und kleine Gefälligkeiten stand er fast mit allen Kunstgenossen
im besten Vernehmen. Bei der Aufführung seiner Stücke war der
Eifer unverkennbar, mit dem die vorzüglichsten Mitglieder des Theaters
ihr ganzes Talent für eine gelungene Darstellung aufboten.

Die Aufmerksamkeit, welche seine Produkte nunmehr auch bei der
ersten Klasse der Nation erregten, gab zu Anfange des Jahres 1813
zu einer Auszeichnung Anlaß, die für Körner einen großen Werth
hatte. Bei seinem tiefen Gefühl für Deutschlands damaligen Zustand
war die Schlacht von Aspern sein Trost und Erzherzog Karl sein
Held. Ihm **widmete** er zwei Gedichte **voll kriegerischer** Begeisterung
und hatte **die Freude, daß der** verehrte Fürst ihn zu sich rufen ließ
und seine freimüthigen Aeußerungen mit Wohlwollen aufnahm.

Körners Entschluß, sich als einen der Kämpfer für Deutschlands
Rettung zu stellen, sobald sich irgend eine Möglichkeit des Erfolges
zeigen würde, **war** schon damals **gefaßt.** Der preußische Aufruf er-
scholl und nichts hielt ihn mehr zurück. „Deutschland steht auf," schrieb
er an seinen Vater, „der preußische Adler erweckt in allen treuen
Herzen durch seine kühnen Flügelschläge die große Hoffnung einer
deutschen Freiheit. Meine Kunst seufzt nach ihrem Vaterlande —
laß mich ihr würdiger Jünger seyn! — **Jetzt, da** ich weiß, welche
Seligkeit in diesem Leben reifen kann, **jetzt, da** alle Sterne meines
Glücks in schöner Milde auf mich niederleuchten, jetzt ist es, bei Gott,

ein würdiges Gefühl, das mich treibt; jetzt ist es die mächtige Ueberzeugung, daß kein Opfer zu groß sei für das höchste menschliche Gut,
für seines Volkes Freiheit. — Eine große Zeit will große Herzen
und fühl' ich die Kraft in mir, eine Klippe sein zu können in dieser
Völkerbrandung — ich muß hinaus und dem Wogensturm die muthige
Brust entgegendrücken. Soll ich in feiger Begeisterung meinen siegen-
den Brüdern meinen Jubel nachleyern? Ich weiß, Du wirst manche
Unruhe erleiden müssen, die Mutter wird weinen — Gott tröste sie!
Ich kann's Euch nicht ersparen. — Daß ich mein Leben wage, das
gilt nicht viel, daß aber dies Leben mit allen Blüthenkränzen der Liebe,
der Freundschaft und der Freude geschmückt ist und daß ich es doch
wage, daß ich die süße Empfindung hinwerfe, die mir in der Ueberzeugung lebte, Euch keine Unruhe, keine Angst zu bereiten, das ist
ein Opfer, dem nur ein solcher Preis entgegengestellt werden darf."

Theodor Körner verließ Wien am 15. März 1813, mit sehr
guten Empfehlungen an einige vorzüglich bedeutende Männer im
preußischen Heere versehen. Als er in Breslau ankam, hatte eben
der damalige Major von Lützow die Errichtung der unter seinem
Namen bekannten Freischaar angekündigt. Auf seinen Ruf strömten
von allen Seiten gebildete Männer und Jünglinge zum Kampfe für
Deutschlands Freiheit herbei. Begeisterung für die höchsten Güter
des Lebens vereinigte hier die verschiedensten Stände, Officiere, die
schon mit Auszeichnung gedient hatten, mit angesehenen Staatsbeamten,
mit Gelehrten und Künstlern von Verdienst, mit vermögenden Guts-
besitzern und mit einer hoffnungsvollen Jugend. Von einem solchen
Bunde mußte Theodor Körner sich unwiderstehlich angezogen fühlen
und sein Beitritt erfolgte am 19. März auf die erste Veranlassung.

Wenige Tage darauf wurde die Lützow'sche Freischaar in einer
Dorfkirche nicht weit von Zobten feierlich eingesegnet. In Körners
Briefen findet sich darüber folgende Stelle:

„Nach Absingung des Lieds" (eines Choralgesangs, den Körner
gedichtet hatte,) „hielt der Prediger des Orts, Peters mit Namen, eine
kräftige, allgemein ergreifende Rede. Kein Auge blieb trocken. Zuletzt
ließ er uns den Eid schwören, für die Sache der Menschheit, des Vater-

landes und der Religion weder Blut noch Gut zu schonen und freudig zum Siege oder Tode zu gehen. Wir schworen! — Darauf warf er sich auf die Kniee und flehte Gott um Segen für seine Kämpfer an. Bei dem Allmächtigen, es war ein Augenblick, wo in jeder Brust die Todesweihe flammend zuckte, wo alle Herzen heldenwürdig schlugen. Der mit Würde vorgesagte und von allen nachgesprochene Kriegseid, auf die Schwerter der Officiere geschworen, und: Eine feste Burg ist unser Gott ꝛc. machte das Ende dieser herrlichen Feierlichkeit."

Für den Dienst zu Fuß hatte sich Körner durch mineralogische Wanderungen abgehärtet und sowohl dadurch, als durch öftere Uebungen im Schießen dazu vorbereitet. Dies bestimmte seine Wahl bei dem Eintritt in die Freischaar. Er widmete sich seinen Obliegenheiten mit anhaltendem Eifer und Pünktlichkeit. Als tüchtiger Kamerad erwarb er sich bald die Achtung seiner Waffenbrüder und gewann ihre Liebe als willkommener und treuer Gefährte in Freude und Leid. War irgendwo Hülfe nöthig, so scheute er weder Aufopferung noch Gefahr und in fröhlichen Zirkeln erhöhte er den Genuß der Gegenwart durch glücklichen Humor und gesellige Talente. Zwar finden sich in seinen damaligen Briefen und Gedichten häufige Spuren von Todes-Ahnung, aber dies trübte seine Stimmung nicht, sondern mit freier und muthiger Seele ergriff er zu jeder Zeit, was der Augenblick darbot und wozu er ihn aufforderte.

Was in den Stunden der Muße ihn vorzüglich beschäftigte, waren kriegerische Gesänge. Viel erwartete er dabei von der musikalischen Wirkung und mehrere seiner Lieder erhielten ihre rhythmische Form nach gewissen einfachen und kräftigen Compositionen, die ihn besonders ansprachen. Auch sammelte er fremde Gedichte, die es werth waren, von deutschen Kriegern gesungen zu werden, und bemühte sich, passende Melodien dafür zu erfinden. Er sah mit inniger Freude von einem Publikum sich umgeben, bei dem jeder Funke zündete.

Daß aber bei Körner Poesie und Musik dem Ernste des Dienstes keinen Eintrag thaten, waren sowohl seine Vorgesetzten, als seine Kameraden überzeugt. Auf ihn fiel die Wahl, als kurz nach seinem Eintritt in das Corps die Stelle eines Oberjägers durch die Stimmen der

Waffenbrüder zu besetzen war. Er hatte den Major von Petersdorf, der die Infanterie des Corps commandirte, auf einer Geschäftsreise zu begleiten und erhielt den Auftrag, eine Aufforderung an die Sachsen zum gemeinschaftlichen Kampfe für die gute Sache abzufassen.

Die Reise brachte ihn eine Woche früher nach Dresden, als die Lützow'sche Freischaar dort eintraf. Zum letzten Mal sah er hier die Seinigen und empfing den väterlichen Segen zu seinem Beruf.

Ein Freund des Vaters, der königl. preußische Major Wilhelm von Röder, — der nachher in der Schlacht bei Culm an der Spitze seines Bataillons sich opferte — war damals bei dem Hauptquartier des Generals von Winzingerode angestellt. Dieser wünschte Theodor Körnern bei sich zu haben und war im Stande, seine Dienstverhältnisse sehr interessant und angenehm zu machen. Aber Körner blieb seinen früheren Verbindungen treu und folgte dem Lützow'schen Corps nach Leipzig, wo er am 24. April durch die Stimmen der Kameraden zum Lieutenant gewählt wurde.

Die Freischaar hatte sich verstärkt und sollte nunmehr in Verbindung mit zwei andern fliegenden Corps im Rücken der feindlichen Armee gebraucht werden, um ihre Operationen durch den kleinen Krieg zu erschweren. Es waren jedoch die erwähnten zwei fliegenden Corps, welche auf beiden Flanken der Freischaar operiren sollten, aber erst später heranrücken konnten, wegen der nachher eingetretenen Ereignisse gar nicht im Stande, ihre Bestimmung zu erreichen. Indessen geschah durch den Major von Lützow am 26. April ein Versuch, bei Seopau über die Saale nach dem Harze vorzudringen; aber nach bewirktem Uebergange ging sichere Nachricht ein, daß schon ein bedeutendes französisches Armeecorps unter dem Vicekönig nach den Gegenden sich bewege, welche die Freischaar zu passiren gehabt haben würde, ehe sie das Gebirg erreichen konnte. Auch wurden eben damals die von den verbündeten Heeren vorausgeschickten leichten Truppen durch die feindliche Uebermacht zurückgedrängt. Es schien daher nach der Lage der Umstände das einzige ausführbare Mittel, um der erhaltenen Instruction zu genügen, auf dem rechten Elbufer sich einem der mehr unterhalb aufgestellten verbündeten Truppen-Corps zu nähern und, mit diesem

vereint oder als Stützpunkt es benutzend, den des fremden Jochs müden
Bewohnern des nördlichen Deutschlands Beistand zu leisten, die für
ihre Befreiung alle Kräfte, welche der Feind damals noch für sich zu
benutzen verstand, aufzubieten bereit waren.

Der Major von Lützow führte seine Schaar über Dessau, Zerbst
und Havelberg bis in die Gegend von Lenzen. Hier ging die Frei=
schaar mit dem General Grafen von Wallmoden über die Elbe, um
den nordwestlich von Danneberg stehenden Feind anzugreifen. Dies
geschah, unter dem Oberbefehl des genannten Generals, bei der Göhrde,
woselbst am 12. Mai ein lebhaftes Gefecht vorfiel. Die Franzosen
wurden mit dem entscheidendsten Erfolg zurückgedrängt, wobei die
preußische reitende Artillerie sich sehr auszeichnete und die Anfangs
zu ihrer Deckung kommandirte Lützowsche Cavallerie dem Feinde nach=
her so lange nachsetzte, als der Plan es vorschrieb. Der General fand
sich bewogen, die erlangten Vortheile nicht weiter zu verfolgen, und
ging am 13. Mai mit allen Truppen bei Dömitz wieder über die Elbe
zurück. Der Major von Lützow konnte daher auch in diesem Augen=
blick seinen Vorsatz, den Feind im Rücken seines Heeres zu beunruhigen,
noch nicht ausführen. Innmittelst waren nach der Schlacht bei Groß=
Görschen die Franzosen über Dresden nach der Lausitz vorgerückt und
die Klugheit erfoderte, auf Deckung der Grenzen von allen Seiten
Bedacht zu nehmen. Das Lützow'sche Corps war übrigens verschiedent=
lich von commandirenden Generalen, in deren Nähe es kam — seinem
eigentlichen Zweck zuwider — zur Deckung von Uebergängen und
Brückenköpfen angewandt und dadurch in seinem Zuge gehemmt, wenn
gleich nie dauernd aufgehalten worden. Eine gute Gelegenheit zur
Anwendung der Kräfte schien sich darzubieten, als nach der Mitte des
Mai der Landsturm organisirt ward und das Militär=Gouvernement
der Lande am rechten Elbufer, für den Fall eines feindlichen Angriffs,
den Nutzen nicht verkannte, welcher sich gerade für die dabei anwend=
bare Gattung des kleinen Krieges aus der Nähe der Freischaar und
ihrer Führer ergab.

Während der Verhandlungen über diesen Gegenstand war man
fortdauernd mit regelmäßiger Organisation und Verstärkung der Frei=

schaar aus Hülfsmitteln, die das linke Elbufer darbot, wo man sie dem Feinde entzog, beschäftigt. Die Wehrhaftmachung eines Theils der braven Altmärker geschah in der Absicht, um von da weiter vorzudringen. Zu diesem Zweck umgab die Cavallerie des Corps die Gegend von Stendal und verweilte dort mehrere Tage.

Für Körner's Ungeduld war diese Zeit der Unthätigkeit bei der Infanterie des Corps sehr drückend und sein Gefühl sprach sich in einem Gedichte sich aus, das in der Sammlung: Leyer und Schwert, befindlich ist.

Aber bald zeigte sich auch ihm eine Möglichkeit, seine Kräfte zu regen. Er folgte am 24. Mai der Cavallerie nach Stendal, als Mitglied der Commission, welche vom Chef bestimmt war, um die westphälischen Civilbehörden zur Mitwirkung für die Zwecke der raschen militärischen Organisation anzuhalten, und erfuhr bei dieser Gelegenheit am 28. Mai, daß der Major von Lützow mit vier Schwadronen von seiner Reiterei und fünfzig Kosaken am folgenden Morgen einen Streifzug nach Thüringen zu unternehmen beschlossen habe. Körner bat dringend, ihn begleiten zu dürfen, erbot sich zum Dienst bei der Reiterei und erhielt, was er wünschte, indem er von dem Major von Lützow, welcher ihn schätzte und gern in seiner Nähe sah, als Adjutant angestellt wurde.

Der Zug ging in zehn Tagen über Halberstadt, Eisleben, Buttstädt und Schlaitz nach Plauen, nicht ohne Gefahr wegen der feindlichen Corps, die in den dortigen Gegenden zerstreut waren, aber auch nicht ohne befriedigenden Erfolg. Erkundigungen wurden eingezogen, Kriegsvorräthe erbeutet und Couriere mit wichtigen Briefschaften aufgefangen. Die kühne Schaar erregte Aufsehen und erbitterte den Feind besonders durch Unterbrechung der Communication. Ein Plan wurde von dem französischen Kaiser gemacht, daß von allen Denen, die an diesem Wagstücke Theil genommen hatten, zum abschreckenden Beispiel kein Mann übrig bleiben sollte. Der damals eben abgeschlossene Waffenstillstand schien hierzu eine Gelegenheit darzubieten, die besonders der Herzog von Padua benutzte, der am 7. Junius durch die Generale Woronzof und Czerniczef unter Mitwirkung zweier Bataillone der

Lützow'schen Infanterie in Leipzig eingeschlossen war und nur durch die Einstellung der Feindseligkeiten gerettet wurde.

Von dem Waffenstillstande hatte der Major von Lützow in Planen eine Nachricht erhalten, die für offiziell gelten konnte. Ohne daher irgend einen Widerstand zu erwarten, wählte er den kürzesten Weg, um sich mit der Infanterie seines Corps zu vereinigen, erhielt von den feindlichen Befehlshabern die beruhigendsten Zusicherungen und gelangte ungehindert auf der Chaussee bis nach Kitzen, einem Dorfe in der Nähe von Leipzig. Hier aber sah er sich auf einmal von einer bedeutenden Uebermacht umringt und bedroht. Theodor Körner wurde abgeschickt, um darüber eine Erklärung zu verlangen; aber statt aller Antwort hieb der feindliche Anführer auf ihn ein und von allen Seiten begann in der Dämmerung der Angriff auf drei Schwadronen der Lützow'schen Reiter, ehe diese noch den Säbel gezogen hatten. Ein Theil wurde verwundet und gefangen, ein Theil zerstreute sich in die umliegenden Gegenden, aber der Major von Lützow selbst rettete sich durch Hülfe der Schwadron Uhlanen, welche, da sie mit den Kosaken den Vortrab machte, nicht zu gleicher Zeit überfallen worden war, und erreichte mit einer beträchtlichen Anzahl das rechte Elbufer, wo die Infanterie und eine Schwadron der Cavallerie seines Corps sich befand.

Körnern hatte der erste Hieb, den er nicht pariren konnte, da er zufolge seines Auftrags, ohne den Säbel zu ziehen, sich dem feind= lichen Anführer näherte, schwer in den Kopf verwundet und ein zweiter ihn nur leicht verletzt. Er sank zurück, raffte sich aber sogleich wieder auf und sein tüchtiges Pferd brachte ihn glücklich in den nächsten Wald. Hier war er eben beschäftigt, mit Hilfe eines Kameraden sich die Wunden für den ersten Augenblick zu verbinden, als er einen Trupp verfolgender Feinde auf sich zureiten sah. Die Gegenwart des Geistes verließ ihn nicht und in den Wald hinein rief er mit starker Stimme: „die vierte Escadron soll vorrücken." Die Feinde stutzten, zogen sich zurück und ließen ihm Zeit, sich tiefer in's Gehölz zu verbergen. Es war dunkel geworden und im Dickicht fand er eine Stelle, wo er nicht leicht entdeckt werden konnte.

Der Schmerz der tieferen Wunde war heftig, die Kräfte ſchwanden und die letzte Hoffnung erloſch. In den erſten Stunden der Nacht hörte er von Zeit zu Zeit noch die verfolgenden Feinde, die in ſeiner Nähe den Wald durchſuchten; aber nachher ſchlief er ein und bei'm Erwachen am andern Morgen ſah er zwei Bauern vor ſich ſtehen, die ihm Beiſtand anboten. Er hatte dieſe Hülfe einigen Kameraden zu verdanken, die in der vergangenen Nacht durch den Wald ſich ge- flüchtet und bei einem Wachtfeuer zwei Landleute bemerkt hatten, die das zu einem dortigen Wehrbau beſtimmte Holzwerk vor Entwendung ſicher ſtellen ſollten. Dieſe wurden von den Lützow'ſchen Reitern über ihre Geſinnungen geprüft und als ſie des Vertrauens werth ſchienen, zur Rettung eines verwundeten Officiers aufgefordert, der ſich im Walde verborgen habe und ihre Dienſte gewiß belohnen werde. Als es ihnen gelang, Körner aufzufinden, war er durch den ſtarken Blut- verluſt im höchſten Grade entkräftet. Seine Retter verſchafften ihm ſtärkende Lebensmittel und führten ihn auf abgelegenen Wegen heimlich nach dem Dorfe Groß-Zſchocher, ohngeachtet ein feindliches Commando ſich dort aufhielt. Ein nicht ungeſchickter Land-Wundarzt verband hier ſeine Wunden, mehrere deutſchgeſinnte Bewohner des Dorfs waren zu jeder Unterſtützung bereit und es gab keinen Verräther, obgleich die feindlichen Reiter, die Körnern auf der Spur waren und ſogar wußten, daß er eine bedeutende Caſſe der Lützow'ſchen Freiſchaar bei ſich hatte, es an Drohungen und Verſprechungen nicht fehlen ließen. Von Groß- Zſchocher ſchrieb Körner an einen Freund in Leipzig, der mit dem wärmſten Eifer ſofort alle nöthige Anſtalten traf.

Leipzig ſeufzte unter franzöſiſchem Joche und die Verbergung eines Lützow'ſchen Reiters war bei harter Strafe verboten. Aber Körner's Freunde ſchreckte keine Gefahr. Einer von ihnen beſaß einen Garten, zu dem man von Groß-Zſchocher aus, theils zu Waſſer, theils auf einem wenig betretenen Fußſteige durch eine Hinterthüre gelangen konnte. Dieſer Umſtand wurde benutzt und Körner auf eine ſolche Art heimlich und verkleidet in die Vorſtadt von Leipzig gebracht. Dies gab ihm auch Gelegenheit, die ihm anvertraute Kaſſe zu retten, die nach der Schlacht bei Leipzig dem Corps zugeſtellt wurde. Ohne entdeckt zu werden, erhielt er hier die nöthige chirurgische Hülfe und nach fünftägiger Pflege war er im Stande, Leipzig zu verlassen und von der peinlichen Sorge für das Schicksal seiner dortigen Freunde, die so viel für ihn wagten, sich zu befreien.

Der Zustand seiner Wunde erlaubte nur kurze Tagereisen und dies vermehrte die Gefahr der Entdeckung in einem überall von feindlichen Truppen besetzten Lande. Karlsbad schien unter damaligen Umständen der beste Zufluchtsort. Körner hatte dort eine freundliche Aufnahme zu erwarten und es bot sich Gelegenheit dar, ihm auf dem Wege, der dahin führte, hinlängliche Ruhepunkte und ein sicheres Fortkommen zu verschaffen. Zu Karlsbad fand er eine mütterliche Pflegerin an der Frau Kammerherrin Elisa von der Recke und einen vorzüglichen Arzt für seine durch die Reise schlimmer gewordene Wunde an einem Hofrath Sulzer aus Ronneburg. Nach ungefähr vierzehn Tagen war er im Stande, Karlsbad zu verlassen und sich über Schlesien nach Berlin zu begeben, wo er die nöthigen Anstalten zu treffen hatte, um vor Endigung des Waffenstillstandes in seinen vorigen Posten wieder einzutreten. Während dieses letzten Aufenthaltes in Schlesien und in Berlin genoß er noch manche glückliche Stunde, erneuerte seine früheren Verbindungen und wurde hier, so wie in Karlsbad, durch Beweise des Wohlwollens von Personen erfreut, deren günstige Meinung ihm höchst schätzbar seyn mußte.

Völlig geheilt und ausgerüstet eilte er nunmehr zu seinen Waffenbrüdern zurück, um an ihrer Seite den unterbrochenen Kampf auf's Neue zu beginnen. Die Lützow'sche Freischaar stand damals nebst der russisch-deutschen, ingleichen der hanseatischen Legion und einigen englischen Hilfstruppen unter dem General von Wallmoden auf dem rechten Elbeufer oberhalb Hamburg. Davoust bedrohte mit einer an sich überlegenen und durch dänische Truppen bedeutend verstärkten Macht von Hamburg aus das nördliche Deutschland. Am 17. August erneuerten sich die Feindseligkeiten und das Lützow'sche Korps, das zu den Vorposten gebraucht wurde, war von nun an fast täglich im Gefecht. Körner sagte zu seinen Freunden: der Genius des großen Königs, mit dessen Todestage das Wiederbeginnen des Kampfes für deutsche

Freiheit einträte, würde günstig walten für sein Volk. In der Bivouak-
hütte bei Büchen an der Stecknitz begann er an diesem Tage das
Kriegslied: Männer und Buben, zu dichten, das mit den Worten anfängt: „Das Volk steht auf, der Sturm bricht los.“

Der Major von Lützow bestimmte am 25. August einen Theil
der Reiterei seiner Freischaar zu einem von ihm selbst im Rücken des
Feindes auszuführenden Streifzuge. Man erreichte am Abend einen
Ort, wo für die Franzosen eine Bewirthung bereitet war. Die Truppen
machten Gebrauch davon und nach ein paar Stunden Rast wurde der
Marsch bis nach einem Walde unweit Rosenberg fortgesetzt, wo man
im Versteck auf den Kundschafter wartete, der über die nähern Zu-
gänge eines in der Entfernung von ein paar Stunden Weges befind-
lichen schlecht bewahrten feindlichen Lagers, dessen Ueberfall beabsichtigt
wurde, Nachricht bringen sollte. Mittlerweile gewahrten einige, auf
einer Anhöhe lauerude Kosaken um 7 Uhr Morgens einen heran-
rückenden, von zwei Compagnien Infanterie begleiteten Transport von
Munition und Lebensmitteln. Diesen aufzuheben wurde sogleich beschlossen und es gelang vollständig. Der Major von Lützow befehligte
die Kosaken (100 Pferde), den Angriff in der Spitze zu machen, nahm
eine halbe Escadron, um dem Feinde in die Flanke zu fallen, und
ließ die andere Hälfte, um den Rücken zu decken, geschlossen halten.
Er selbst führte den Zug, der die Flanke angriff, und Körner war
als Adjutant an seiner Seite. — Eine Stunde zuvor entstand während
der Rast im Gehölze Körner's letztes Gedicht: das Schwertlied. — Am
dämmernden Morgen des 26. August hatte er es in sein Taschenbuch
geschrieben und las es einem Freunde vor, als das Zeichen zum Angriff gegeben wurde.

Auf der Straße von Gadebusch nach Schwerin, nahe an dem
Gehölz, welches eine halbe Stunde westlich von Rosenberg liegt, kam
es zum Gefecht. Der Feind war zahlreicher, als man geglaubt hatte,
aber nach einem kurzen Widerstande floh er, durch die Kosaken nicht
zeitig genug aufgehalten, über eine schmale Ebene in das nahe vorliegende Gebüsch von Unterholz. Unter denen, die ihn am kühnsten
verfolgten, war Körner und hier fand er den schönen Tod, den

er so oft geahnet und mit Begeisterung in seinen Liedern gepriesen
hatte.

Die Tirailleurs, welche schnell in dem niedrigen Gebüsch einen
Hinterhalt gefunden hatten, sandten von da aus auf die verfolgenden
Reiter eine große Menge Kugeln. Eine derselben traf Körnern, nach=
dem sie zunächst durch den Hals seines Schimmels gegangen war, in
den Unterleib, verletzte die Leber und das Rückgrat und benahm ihm
sogleich Sprache und Bewußtseyn. Seine Gesichtszüge blieben unver=
ändert und zeigten keine Spur einer schmerzhaften Empfindung. Nichts
war vernachlässigt worden, was seine Erhaltung noch hätte möglich
machen können. Sorgfältig hatten ihn seine Freunde aufgehoben. Von
den Beiden, welche während des fortdauernden Feuerns auf diesem
Punkt ihm zuerst zueilten, um ihm zu helfen, folgte Einer, der zu
den herrlichsten und vollendetsten jungen Männern gehörte, die für den
heiligen Kampf begeistert waren und begeistert haben — der edle Friesen
— Körnern ein halbes Jahr darauf. Sanft wurde Körner in den nahen
Hochwald getragen und einem geschickten Wundarzt übergeben, aber
umsonst war alle menschliche Hülfe.

Das Gefecht, was nach diesem, von Allen gefühlten Verlust einen
sehr raschen Gang nahm, hatte sich bald darauf geendet. Wie gereizte
Löwen waren die Lützow'schen Reiter in das niedrige Gebüsch auf den
Feind eingedrungen und was nicht entrann, ward erschossen, nieder=
gehauen oder gefangen. Die wenigen, aber theuern Opfer dieses Tages
— außer Körnern ein Graf Hardenberg, ein hoffnungsvoller, sehr
einnehmender junger Mann*) und ein Lützow'scher Jäger — for=
derten nunmehr eine würdige Leichenbestattung. Die körperlichen Hüllen
der drei gefallenen tapfern Krieger legte man auf Wagen und führte
sie mit den Gefangenen und der genommenen Transport=Colonne fort.
Die bald nachher zur Unterstützung ihrer Kameraden herbeieilenden
französischen Truppen wagten es nicht gleich, dem Zuge zu folgen, weil

---

*) Als Freiwilliger bei der russischen Armee dienend, führte er bei diesem
Zuge eine Abtheilung Kosaken mit vieler Kühnheit und ward dicht an dem
niedrigen Gebüsch in nicht großer Entfernung von Körnern und fast zu gleicher
Zeit mit ihm tödtlich getroffen.

sie erst lange Zeit dazu anwandten, um den Wald zu durchspähen, in welchem sie noch mehrere Mannschaft versteckt wähnten.

Körner wurde unter einer Eiche nah' an einem Meilenstein auf dem Wege von Lübelow nach Dreikrug bei dem Dorfe Wöbbelin, das von Ludwigslust eine Meile entfernt ist, mit allen kriegerischen Ehren=bezeigungen und mit besonderen Zeichen der Achtung und Liebe von seinen tiefgerührten Waffenbrüdern begraben.*) Unter den Freunden, die seinen Grabhügel mit Rasen bedeckten, war ein edler, vielseitig gebil=deter Jüngling, von Bärenhorst, dem es am schwersten wurde, einen solchen Todten zu überleben. Wenige Tage darauf stand er auf einem gefährlichen Posten bei dem Gefecht an der Göhrde. Mit den Worten: „Körner, ich folge dir!“ stürzte er auf den Feind und von mehreren Kugeln durchbohrt sank er zu Boden.

---

*) Diesen Platz nebst der Eiche und einem umgebenden Raum erhielt Körners Vater als ein Geschenk von einem edelmüthigen deutschen Fürsten, Sr. Durchlaucht dem regierenden Herzog von Mecklenburg=Schwerin. Die Grab=stätte ist jetzt mit einer Mauer eingefaßt, bepflanzt und mit einem in Eisen gegossenen Denkmal bezeichnet. Hier ruht auch nunmehr die irdische Hülle der gleichgesinnten Schwester des Vollendeten, Emma Sophia Louise. Ein stiller Gram über den Verlust des innigst geliebten Bruders zehrte ihre Lebenskraft auf und ließ ihr nur noch Zeit sein Bildniß zu malen und seine Grabstätte zu zeichnen.

Dritter Theil.

Politische Schriften.

Ueber die Wahl der Maßregeln gegen den Mißbrauch der Preßfreiheit.*)

*) Verfuche über Gegenftande der inneren Staatsverwaltung. Dresden, in der Waltherichen Hofbuchhandlung 1812. I. S. 1.

Körner hatte den Aufsatz „Ueber die Wahl der Maßregeln gegen den Mißbrauch der Preß-freiheit", welcher erst 1812 gedruckt wurde, bereits im Jahre 1791 geschrieben. Derselbe war eine Denkschrift für den Minister (Vice-Canzler) F. A. von Burgsdorf und von Körner auf Veranlassung desselben entworfen worden. Die Wendung, welche die französische Revolution nahm, erfüllte manche der deutschen Regierungen mit Furcht vor der angeblich schrankenlosen Preßfreiheit auf deutschem Boden. Im Schiller-Körner-Briefwechsel gedenkt Körner der Situation, in welcher seine Schrift entstand, mehrfach. „Noch ist hier nichts Bedeutendes gegen die Preßfreiheit geschehen; aber die Absicht, ihre Mißbräuche einzuschränken, beschäftigt noch die Collegien. Doch muß ich bezeugen, daß man gegen die Meinung des Publikums nicht gleichgültig ist, daß man die Nothwendigkeit einsieht, den Leipziger Buchhandel zu schonen, und daß man nicht gern Befehle giebt, die man zurücknehmen müßte." (Körner an Schiller, Dresden, 27. März 1792. Briefwechsel, I. S. 448). — Der Abdruck erfolgt aus den „Versuchen über Gegenstände der inneren Staatsverwaltung".

Vorausgesetzt, daß der Regent eines Staats von der Noth=
wendigkeit überzeugt ist, gegen den schädlichen Einfluß unbesonnener
oder übelgesinnter Schriftsteller obrigkeitliche Veranstaltungen zu treffen,
so läßt sich hierbey eine doppelte Absicht denken; erstlich die Ausbrei=
tung anstößiger Schriften nach Möglichkeit zu verhüten, und zweytens
die Wirkung derselben durch kräftige Gegenmittel weniger gefährlich
zu machen.

Gegen die Verbreitung einer schädlichen Waare sind obrigkeitliche
Verbote und strenge Aufsicht der Polizey über deren Beobachtung
die gewöhnlichen Mittel, und es entsteht daher zuvörderst die **Frage**,
in wieferne sich ein ähnliches Verfahren auch auf Bücher anwenden
lasse? Daß nemlich der Gebrauch einer verbotenen Waare gänzlich
verhütet **werden sollte, ist nicht zu erwarten**, aber durch jede Ein=
schränkung und **Erschwerung** desselben scheint wenigstens etwas ge=
wonnen zu seyn. Allein bey genauerer Vergleichung der Bücher mit
andern Waaren bemerkt man einen Unterschied, der es zweifelhaft macht,
ob in allen Fällen der heimliche und eingeschränkte Vertrieb eines
anstößigen Buchs weniger schädlich sey, als der **öffentliche und unge=**
hinderte.

Die Wirkung eines Schriftstellers ist größtentheils **von dem Grade**
der Aufmerksamkeit abhängig, den seine Produkte erregen. Jedes ver=
botene Buch aber bekommt schon dadurch, daß es im Namen des Staats
für gefährlich erklärt wird, eine gewisse Wichtigkeit. Die Neugierde
des Publikums wird darauf gespannt **und es** entsteht eine größere
Nachfrage. Auch bey der strengsten Sorgfalt der Polizey wird es

Wege geben, einzelnen Personen um höhere Preise Exemplare zu verschaffen. Selbst die gewaltsamsten Gegenmittel, als Haus-Visitationen und Eröffnung der der Post anvertrauten Pakete, würden nicht alle Kunstgriffe des erfinderischen Eigennutzes gänzlich vereiteln. Und selbst bey der kleinsten möglichen Anzahl der Käufer kann die Anzahl der Leser noch immer beträchtlich seyn. Durch diese Leser aber, denen ein solches Buch aus mehreren Gründen interessant seyn muß, wird es ein häufiger Gegenstand gesellschaftlicher Unterredungen und erlangt auf diese Weise mittelbar oft einen ausgebreitetern Wirkungskreis, als es bey irgend einem ungehinderten und öffentlichen Verkauf zu erwarten hatte.

In wenigen Städten sind die Buchhändler mit allen denjenigen neuen Artikeln versehen, deren Verbreitung vielleicht bedenklich seyn dürfte. Viele verlieren sich unter der Menge, oder werden von neuern Producten verdrängt. Lesen ist zwar für viele Personen ein Bedürfniß geworden, aber bey den mehresten, denen es zur Zeitverkürzung dient, läßt das, was sie gelesen haben, wenn es ihnen nicht durch einen besondern Umstand wichtig geworden ist, keinen bleibenden Eindruck zurück. Die größere Anzahl liest blos Worte, ohne deutliche Begriffe damit zu verbinden. Manche anstößige Schriften, die sich nicht durch gewisse Vorzüge der Einkleidung empfehlen, scheuchen hinlänglich durch ihre Trockenheit zurück. Kurz es giebt mehrere Ursachen, welche oft die Ausbreitung eines gefährlichen Buchs zu hemmen, oder die Schädlichkeit desselben zu vermindern hinreichend sind, wenn ihre Wirkung durch die Folgen des obrigkeitlichen Verbots nicht gestört wird.

Man wird vielleicht einwenden, daß bey einem Bücherverbote weniger Bedenklichkeit statt finde, wenn es nicht durch öffentliche Bekanntmachung eines Catalogi librorum prohibitorum, sondern durch Circulare an sämmtliche, theils inländische, theils die Messen besuchende auswärtige Buchhändler, im einzelnen Falle geschähe, und daß hiernächst die heimliche Mittheilung einzelner vorhandener Exemplare sich sehr vermindern würde, wenn auch die Unternehmer der Leihbibliotheken und Lesegesellschaften einer Polizey-Aufsicht unterworfen wären. Allein die Bekanntwerdung des Bücherverbots ist für jeden, der durch

Uebertretung desselben zu gewinnen hofft, mit zu großen Vortheilen verbunden, als daß es lange verborgen bleiben könnte. Noch weniger dürfte man dies erwarten, wenn an alle Unternehmer von Leihbiblio= theken und Lesegesellschaften, dergleichen jetzt vielleicht in jeder einiger= maßen beträchtlichen Stadt vorhanden sind, wegen jedes anstößigen Buchs Verfügungen ergehen sollten. Und eine besondere Schwierigkeit äußert sich noch bey den Auctionen. Zwar ließe sich leicht die Ver= anstaltung treffen, daß der Censor des Catalogi die verbotenen Bücher ausstreichen müßte; allein wer würde alsdann den unschuldigen Auctions= Interessenten für den Verlust an seinem Eigenthume entschädigen? Bücherverbote, welche nicht allgemein bekannt gemacht worden sind, können nur diejenigen verbinden, welchen sie zugefertigt wurden. Ein Privatmann also, welcher ein verbotenes Buch von einem auswärtigen Buchhändler kommen ließ, oder sonst rechtmäßiger Weise erlangte, be= ging keine unerlaubte Handlung, und weder er selbst, noch seine Erben können dafür durch den Verlust ihres Eigenthums bestraft werden. Eine Strafe würde nur Statt finden, wenn er wissentlich an dem Ver= brechen des Buchhändlers Theil genommen hätte, welcher wider den Befehl der Obrigkeit ein verbotnes Buch an ihn verkaufte. Aber dieser Umstand ist eine Thatsache, welche zuvörderst beygebracht werden müßte, da hingegen dem Besitzer des Buchs die rechtliche Vermuthung, es auf erlaubte Art erworben zu haben, zu Statten kommt. .

Gesetzt nun, daß man es aus vorangeführten Gründen bedenklich finden sollte, die bereits vorhandenen anstößigen Bücher zu verbieten, so fragt sich's ferner, ob nicht für's Künftige ihre fortdauernde Ver= mehrung durch strenge Censur zu verhüten seyn dürfte.

Die zeitherigen Censurgesetze betreffen gewöhnlich blos die Buch= drucker, und ihre Wirksamkeit hört auf, sobald der Verleger außer Landes drucken läßt. Mehr Strenge in der Censur würde also, bey der jetzigen Einrichtung, blos dem inländischen Buchdrucker einen Er= werb entziehen, ohne den Druck eines gefährlichen Buchs zu verhindern. Um nun wenigstens die inländischen Buchhändler der Censur zu unter= werfen, würde es nur zwey Mittel geben, entweder ein Verbot, irgend etwas außer Landes drucken zu lassen, oder ein Gesetz, daß jeder Ver=

lagsartikel, der außer Landes gedruckt wäre, vor dem Verkaufe censirt werden müßte.

Den Verleger in der Wahl des Buchdruckers einzuschränken, dürfte für diese Art des Handels von sehr mislichen Folgen seyn. Oft geht der ganze Vortheil einer buchhändlerischen Unternehmung verloren, wenn das Werk nicht zu einer bestimmten Zeit erscheint. Besonders ist die Leipziger Ostermesse der Zeitpunkt, wo sich jeder deutsche Verleger den besten Absatz versprechen kann. Wie viel würde er alsdann einbüßen, wenn bey verspätigter Einlangung des Manuscripts ihm nicht erlaubt seyn sollte, auch auswärtige Pressen zu gebrauchen, da die inländischen kurz vor der Messe größtentheils mit Arbeit überhäuft sind? Auch läßt sich nicht behaupten, daß die Anzahl der Buchdruckereyen, bey den Schwierigkeiten und Kosten, die mit einer solchen Unternehmung verbunden sind, sich nach Verhältniß des Bedürfnisses so schnell vermehren würde, daß nicht in der Zwischenzeit der Buchhandel einen vielleicht unersetzlichen Verlust leiden dürfte.

Von einem Gesetze, jeden außer Landes gedruckten Verlagsartikel censiren zu lassen, würde man sich schwerlich eine ausgebreitete Wirkung versprechen können. Nicht zu gedenken, daß es dem Verleger sehr leicht seyn würde, vor dem öffentlichen und angekündigten Verkaufe sich einen heimlichen Absatz zu verschaffen, so bliebe ihm noch immer der Ausweg übrig, den Namen eines auswärtigen Buchhändlers zu gebrauchen, um als dessen Commissionär seine eigenen Verlagsartikel ausgeben zu können. Und diese Schwierigkeiten veranlassen natürlicher Weise die Frage, in wieferne sich eine Censur auch in Ansehung der auswärtigen Buchhändler einführen lasse?

Was erstlich diejenigen betrifft, welche ihren Verlag inländischen Buchhändlern in Commission geben, so dürfte wohl an sich kein Bedenken seyn, diesen Commissions-Verkauf ebenfalls nur unter der Bedingung einer vorgängigen Censur zu gestatten, daferne es nur unschädliche Mittel gäbe, die heimliche Uebertretung eines solchen Gesetzes zu verhüten.

Ferner lassen sich denjenigen, welche die Messen eines Landes besuchen, allerdings Bedingungen vorschreiben, unter welchen man ihnen die Einführung ihrer Waare erlaubt.

Allein, wenn auch auf die Nachtheile gar keine Rücksicht genommen werden sollte, die von einer mehreren Beschränkung des Buchhandels, als anderwärts Statt fände, zu erwarten wären, so scheint doch in der Sache selbst beynahe eine Unmöglichkeit **zu** liegen, **alle von fremden** Buchhändlern eingeführte Verlagsartikel, während der Messe, einer Censur zu unterwerfen. In einem Zeitraume **von zwey bis drey** Wochen wird der größte Theil der auswärtigen Verlagsartikel eingebracht und abgesetzt. Man überschlage die Anzahl dieser Verlagsartikel nach einem Mitteljahre, durch Vergleichung der Leipziger Ostermeß-Catalogen. Alle diese Schriften müßten in wenig Tagen censirt **seyn**; denn jeder Tag, **in welchem der Buchhändler** noch nicht über seinen Verlag disponiren kann, **ist ein Verlust für die** Geschäfte. Hierzu kommt, daß viele neue Produkte erst gegen **Ende**, oder erst nach der Messe, mithin zu einer Zeit fertig werden, da schon die meisten fremden Buchhändler zur Abreise bereit sind, in diesem **Falle aber** entweder der auswärtige Buchhändler den Vortheil der Messe entbehren, oder die Censur wider die dabey gehegte Absicht **übereilt werden, und in** eine bloße Formalität ausarten würde.

Anstatt aber gegen die vorhandenen Bücher und Manuscripte Veranstaltungen zu treffen, ließen sich vielleicht unmittelbar gegen ihre **Verfasser** selbst wirksame Maasregeln ausfinden. **Daß jeder Autor** sich auf dem Titel des **Buchs** nennen müßte, dürfte zwar schwerlich zu bewirken seyn; **allein**, sollte **es nicht** andere unbedenkliche Mittel geben, von einem Schriftsteller, der seine Verborgenheit misbraucht, der Obrigkeit Kenntniß **zu verschaffen?**

Es scheint nicht unmöglich zu seyn, von den Verlegern selbst hierüber Auskunft zu erhalten, sobald man keine zu **große Aufopferungen von** ihnen verlangt. Auch darf sich der Buchhändler **nicht** beschweren, wenn **der Staat** die Erlaubniß eines öffentlichen Handels, und den Schutz gegen **Nachdruck an die** Bedingung knüpft, daß er denjenigen Autor, der sich einer schriftstellerischen Zügellosigkeit schuldig gemacht hat, durch Verschweigung seines Namens der obrigkeitlichen Ahndung nicht entziehen solle.

Ein Gesetz dieser Art würde sich natürlicher Weise nicht auf das

Vergangene beziehen, und daher den Buchhändler wegen der bereits
gedruckten Verlagsartikel nicht in Verlegenheit setzen. Allein für die
Zukunst läge es ihm ob, kein Manuscript drucken zu lassen, wovon
ihm der Verfasser nicht bekannt wäre, und diesem Verfasser im voraus zu erklären, daß er seinen Namen nicht verschweigen würde, sobald ihn die Obrigkeit zu wissen verlangte. In Ansehung der auswärtigen Buchhändler, ließe sich vielleicht bey Ertheilung der Privilegien
die Klausel einrücken, daß aller Schutz gegen den Nachdruck überhaupt
aufhören würde, sobald sie in irgend einem Falle sich einer verlangten
Namens-Anzeige geweigert hätten. Bey Journalen und Zeitungen
müßte der Herausgeber genannt werden, und dieser für jeden einzelnen
Aufsatz haften. Uebrigens brauchte der Name nur der höhern Instanz
bekannt zu seyn, und alle unnöthige Ausbreitung desselben ließe sich
verhüten, wenn der Verleger eines anstößig befundenen Buchs angewiesen würde, einen versiegelten Zettel mit dem Namen des Verfassers
bey einer angewiesenen Behörde einzureichen, welche diesen Zettel sodann an den Director des ihr vorgesetzten Collegiums zur eigenhändigen Eröffnung einzuschicken hätte. Dadurch gewönne man zugleich
den Vortheil, daß man nach Beschaffenheit der Umstände zuvörderst
gelinde Mittel durch Warnungen in Briefen bey einem Schriftsteller
versuchen könnte, für den vielleicht die Bekanntwerdung seines Namens
schon an sich eine empfindliche Strafe seyn würde. Schon das Gerücht
einer solchen Veranstaltung würde manche Autoren schüchterner machen,
die jetzt sich durch ihre Verborgenheit sicher glauben. Und wenn die
Nachfragen nach den Namen der Verfasser nur bey dringenden Veranlassungen und wirklich ahndungswürdigen schriftstellerischen Vergehungen
statt fänden, so würden weder Buchhändler noch Schriftsteller über
eine schädliche Einschränkung zu klagen haben. Die Freyheit der Ano-
nymität bliebe jedem unbenommen, der sie nicht zu Verbrechen miß-
brauchte.

Fände nun die oberste Behörde den Gebrauch der Strenge für
nöthig, so dürfte am unbedenklichsten seyn, einen dazu bestellten Fiskal
zur Anklage des schuldigen Verfassers bey seiner ordentlichen Obrigkeit
aufzufordern. Die Sache würde wie andere Criminal-Fälle behandelt,

und nach hinlänglicher Vertheidigung des Angeklagten durch Urthel
und Recht entschieden. Ein Paar Beyspiele dieser Art dürften schon
viel vermögen, den bisherigen Ungebührnissen Einhalt zu thun.

Um aber das Willkührliche in dergleichen Urthelssprüchen zu ver=
hüten, würde eine gesetzliche Bestimmung nöthig seyn, welche Ver=
gehungen eines Schriftstellers für strafwürdig anzusehen wären.

Ueber diesen Gegenstand, der eine ausführliche Abhandlung er=
fordert, wagt es der Verfasser des gegenwärtigen Aufsatzes folgende
Gedanken einer weitern Prüfung zu unterwerfen.

Die Vergehungen des Schriftstellers betreffen entweder den Staat
im Ganzen, oder einzelne Personen.

Für den Staat ist **alles** dasjenige gefährlich, was seine Existenz
zu vernichten, oder seinen Werth zu vermindern droht.

Die Existenz eines Staats hört auf durch Anarchie, als den poli=
tischen Tod; ihre Fortdauer ist von dem Verhältnisse zwischen Obrigkeit
und Unterthanen abhängig, **das die** einzelnen Glieder des Staats zu
einem Ganzen verbindet.

Der Werth eines Staats beruht auf seiner Organisation, das
ist, auf derjenigen Verbindung seiner Theile, wo jeder einzeln zugleich
Zweck und Mittel ist.

Jedes einzelne Glied des Staats hat einen natürlichen Hang, sich
selbst als Zweck des Ganzen, **und seine Mitbürger** als Mittel anzu=
sehen, und nach dieser Denkart zu handeln.

Diesem Uebel **aber** entgegen zu arbeiten, ist das Ansehen **der**
obrigkeitlichen Gewalt nicht hinreichend, sondern es zeigt sich hier
die Unentbehrlichkeit der Religion und der Sitten.

Und diese drey Grundsäulen der Wohlfahrt des Staats, **gegen**
die Angriffe unbesonnener oder übelgesinnter Schriftsteller zu sichern
ist ohne Zweifel ein dringendes Bedürfniß, allein die in dieser Ab=
sicht zu treffenden Maaßregeln, dürfen nicht mit der Befriedigung eines
andern eben so wichtigen Bedürfnisses streiten.

Was den Fortschritt zu höherer Vollkommenheit im Denken und
Handeln hindert, entfernt den Menschen von seiner Bestimmung, be=
schränkt ihn auf eine niedere Stufe von Existenz, und ist ein wirk=

liches, oft nicht kleineres Uebel, als dasjenige, was dadurch abgewendet werden sollte.

Ein solcher Stillstand aber in der Verbesserung der Gesetze und obrigkeitlichen Veranstaltungen, in der Ausbildung der kirchlichen Lehr= begriffe und in der Berichtigung von Volksmeynungen über sittlichen Werth würde erfolgen, wenn über einzelne Gegenstände dieser Art, keine Prüfung gestattet werden sollte.

Und gesetzt, daß hinlängliche Gründe vorhanden wären, eine solche Einschränkung nothwendig zu machen, so würde sie doch in einem Staate, wo schon ein gewisser Untersuchungsgeist bey einem großen Theile des Publikums rege geworden wäre, nicht einmal ausführbar seyn. Alles was man äußersten Falls erhalten könnte, wäre vielleicht, daß mündliche Mittheilung gewisser Ideen an die Stelle der schrift= lichen träte, und nicht immer dürfte die erstere unschädlicher seyn, als die letztere.

Vorausgesetzt nun, daß die Freyheit über Gegenstände der Reli= gion, der Staatsverfassung und der Sitten zu schreiben, eine gewisse Schonung verdient, so fragt sich's, auf welche Art die Gränzen dieser Schonung zu bestimmen seyn dürften.

Ein Gedanke, der sich hier zuerst darbietet, ist die Einschränkung dieser Freyheit auf den Gebrauch einer gelehrten Sprache, ein Mittel, wodurch diejenige Classe des Publikums, bey welcher man einen ge= ringern Grad von Kenntnissen und Ausbildung vorauszusetzen hätte, von der Theilnehmung an gewissen Untersuchungen ausgeschlossen würde.

Allein, eine solche Einrichtung würde, wenn sie von Nutzen seyn sollte, eine Uebereinkunft mehrerer Staaten erfordern. So lange noch in irgend einem Lande, wo dentsch gesprochen wird, der Gebrauch dieser Sprache bey allen Arten von Schriftstellerey erlaubt ist, so wird es sogar nothwendig, daß so viele einsichtsvolle und wohlgesinnte Männer als möglich, sich bey ihrem Unterrichte eben dieser Sprache bedienen, um dem Einflusse der Halbgelehrten und Sophisten entgegen zu arbeiten.

Was ferner die Religion insbesondere betrifft, so scheint da= durch schon viel gewonnen zu seyn, wenn man, um das Wesentliche

derselben in Ansehen zu erhalten, gewisse Lehren, Gebräuche und Ein=
richtungen gegen schriftstellerische Angriffe sichern könnte, und die Frey=
heit der Prüfung bloß auf den übrigen Theil der Religionsverfassung
eingeschränkt bliebe, in welchem ein Fortschritt zu **höherer** Vollkommen=
heit durch genauere Bestimmung der Begriffe und Lehrsätze, **und durch**
zweckmäßigere Anstalten wünschenswerth wäre.

Dürfte man aber bey dieser Absonderung des Wesentlichen **von**
dem Zufälligen in der Religion wohl eine Uebereinstimmung **unter**
mehreren Staaten erwarten? Und würde im **entgegengesetzten Falle**
nicht hier ebenfalls **die** bereits erwähnte Bedenklichkeit statt finden,
daß die gute Sache oft mehr verlieren könnte, wenn in irgend einem
einzelnen Staate verdienstvolle Schriftsteller gehindert wären, über die
wichtigsten Gegenstände, welche vor dem deutschen Publikum zur Sprache
kommen, ihre Gedanken mit Freymüthigkeit zu **eröffnen?**

Gesetzt nun, es ließe sich keine befriedigendere und unbedenklichere
Gränzbestimmung der Preßfreyheit in Religionssachen ausfinden, **so**
dürfte es nicht überflüssig seyn, sich **den Fall als möglich zu denken**
daß man blos die verletzte Achtung **gegen Religion** überhaupt
bey Schriftstellern ahndete, hingegen **unter der Bedingung,** daß diese
Achtung nie aus den Augen gesetzt würde, über alles was einzelne
Formen des Gottesdienstes und Religionsmeynungen beträfe, eine freye
Untersuchung gestattete. Die Vortheile, welche sich von einer solchen
Einrichtung erwarten ließen, scheinen einige Aufmerksamkeit zu ver=
dienen. Würden sie von den entgegengesetzten Bedenklichkeiten bey an=
gestellter Vergleichung **nicht überwogen,** so wäre **durch** Verminderung
eines Uebels, das nicht gänzlich gehoben werden könnte, doch immer
schon etwas gewonnen.

Strenge gegen Schriftsteller, die bey Gegenständen der **Religion**
sich einen unanständigen, spöttelnden oder verächtlichen Ton erlauben,
würde manchen von diesen Untersuchungen entfernen, dem es entweder
an Fähigkeiten oder an gutem Willen zum ernsten Nachdenken und
bescheidnen Vortrage **mangelte.** Männer hingegen von vorzüglichen
Eigenschaften des Geistes und Herzens würden ihren fruchtbaren Unter=
richt weniger zurückhalten, wenn die Besorgnisse aufhörten, die ihnen

bisher oft über die wichtigsten Gegenstände Stillschweigen auflegten.
Und durch solche Beyspiele von freymüthiger Prüfung einzelner Lehren
der Theologie, oder kirchlicher Einrichtungen, verbunden mit redlichem
Eifer für die Würde der Religion im Ganzen genommen, müßte noth=
wendig das Gefühl für diese Würde bey dem Publikum überhaupt an
Lebhaftigkeit und Allgemeinheit gewinnen. Eben diese Wirkung läßt
auch das Beyspiel einer Obrigkeit erwarten, die, im vollen Vertrauen
auf den innern Werth der Religion, keine Gefahr für sie von einem
ausgebreiteten Untersuchungsgeiste besorgt. Wer aber das Mangelhafte
in einzelnen Theilen der vorhandenen Religionsverfassung von dem
ehrwürdigen Ganzen zu unterscheiden gewohnt ist, wird vor der Gleich=
gültigkeit und Geringschätzung verwahrt, welche nur zu oft aus der
Bemerkung jener Mängel entsteht, wenn die dadurch erweckten Zweifel
nicht gehoben, sondern unterdrückt werden. Ist hingegen die Empfäng=
lichkeit für bessern Unterricht bey dem größern Theile des Publikums
nicht zerstört, so kann selbst die Verbreitung einzelner unrichtiger Be=
griffe und Meynungen nicht von dauernden Folgen seyn. Fortgesetzte
Untersuchungen, an welchen die einsichtsvollsten und wohlgesinntesten
Männer ihres Zeitalters Theil nehmen, sind unstreitig der sicherste
Weg sich der Wahrheit wieder zu nähern.

Aehnliche Betrachtungen nun, als im Vorhergehenden bey dem
Versuche, die Gränzen der schriftstellerischen Prüfungen in Ansehung
der Religion zu bestimmen, angestellt worden sind, dürften auch bey
Gegenständen der Staatsverfassung und der Sitten Rücksicht ver=
dienen.

Was nemlich die öffentliche Beurtheilung von Gesetzen, Regie=
rungsanstalten und Amtsverwaltungen einzelner Staatsbedienten an=
langt, so scheint sehr viel darauf anzukommen, ob die Achtung gegen
das obrigkeitliche Ansehen überhaupt dabey verletzt wird, oder nicht.
Diese Achtung beruht theils im Allgemeinen auf dem Abscheu vor
Anarchie und der lebhaften Ueberzeugung von dem Werthe einer wohl=
geordneten Staatsverfassung, theils, bey jeder Nation insbesondere, auf
der Ehrfurcht gegen die höchste Gewalt. Werden diese Gesinnungen
von dem Schriftsteller geschont, so läßt sich eine freymüthige aber be=

scheidene Untersuchung über Regierungsangelegenheiten denken, die nichts
weniger als Abneigung, Mistrauen und Ungehorsam gegen die Re=
genten oder gegen die Werkzeuge der Staatsverwaltung verbreitet, viel=
mehr die Nation gewöhnt, bey der Bemerkung des Mangelhaften in
einzelnen Theilen die Vorzüge des Ganzen nicht zu verkennen. Und
diese Gewohnheit dürfte besonders wirksam seyn, um einem Volke,
dessen Aufmerksamkeit bey dem Fortschritte seiner Cultur einzelne Mängel
der Staatsverfassung nicht entgehen können, ein kräftiges **Gegenmittel**
wider die Erkaltung des Patriotismus zu gewähren. Von **dieser Seite**
zeigt sich daher immer ein Vortheil einer anständigen **Publicität, und**
es kann Fälle geben, wo **derselbe alle** entgegengesetzte Bedenklichkeiten
überwiegt.

So unvollkommen auch eine jede schriftstellerische Erörterung von
Staatsangelegenheiten, in Ermangelung der dazu gehörigen Akten und
Nachrichten, ausfallen muß, so giebt sie doch vielleicht brauchbare **Winke**
über die herrschende Meynung des **Publikums**, über das Bedürfniß
gewisser obrigkeitlicher Anstalten, und über die Empfänglichkeit der
Nation gegen gewisse Maasregeln der **Regierung**. Und gegen einen
Regenten, der in dieser Rücksicht auch jene mangelhaften Versuche be=
nutzt wissen will, muß das Zutrauen der Unterthanen sich **in einem**
hohen Grade vermehren

Dieses Zutrauen aber ist selbst durch Ungerechtigkeiten des Publi=
kums gegen einzelne Landes=Collegien oder öffentliche Beamte nicht
zu theuer erkauft. **Nur würde es** in solchen Fällen ein Zeitverlust
für die Geschäfte seyn, sich gegen schriftstellerische Angriffe **auf Recht=**
fertigungen einzulassen, die größtentheils ihre Absicht verfehlen.

Für obrigkeitliche Personen **giebt es** öftere Gelegenheiten, eine
ungünstige Meynung des Publikums durch Handlungen zu widerlegen.
Und selbst einzelne unvermeidliche Verunglimpfungen dürften ein kleineres
Uebel seyn, als ein gewisses Mistrauen, welches sehr leicht aus einer
größeren Einschränkung der Publicität in diesem Punkte entstehen könnte.
Ein Diener des Staats kann nicht sorgfältig genug seyn, jeden Schein
zu vermeiden, als ob er irgend eine Veranlassung zu einer Unter=
suchung seines Verfahrens zu fürchten hätte. Auch wird es seinen

Vorgesetzten nicht schwer werden, allgemeine Declamationen solcher
Partheyen, mit deren Privatvortheil die Erhaltung der Justiz und
Polizey sich nicht vereinbaren ließ, von angezeigten besondern That=
sachen zu unterscheiden, welche eine Erörterung verdienen.

Ein ähnlicher Unterschied, als derjenige, welcher bey den schrift=
stellerischen Vergehungen gegen die Obrigkeit bemerkt worden ist, scheint
auch in Ansehung der Sitten in Betrachtung zu kommen. Es giebt
nemlich eine gewisse Achtung für Sittlichkeit überhaupt, an deren Er=
haltung dem Staate vorzüglich gelegen ist. Schriftstellerische Producte
also, welche dahin abzielen, diese Gesinnung lächerlich oder verächtlich
zu machen, oder das Laster, als Laster zu empfehlen, würden ohne
Zweifel die Ahndung der Obrigkeit verdienen. Mit diesen dürften
aber nicht alle Untersuchungen über Gegenstände der Sittlichkeit, oder
alle Darstellungen unmoralischer Handlungen verwechselt werden, die
vielleicht in einzelnen Menschen zufälliger Weise wohlthätige Ueber=
zeugungen zerstören, oder eine lasterhafte Regung erwecken könnten.
Schädlichen Meynungen setze man unerschütterliche und durch Prüfung
bewährte Principien entgegen, die eine dauernde, und nicht von zu=
fälligen Verhältnissen abhängige sittliche Ausbildung begründen können.
Um aber diesem Ziele sich immer mehr zu nähern, wird eine fort=
gesetzte, ernstliche Untersuchung erfordert, die eben so weit von Frech=
heit, als von Schüchternheit entfernt ist. Auch giebt es vielleicht kein
kräftigeres Verwahrungsmittel gegen die Sophisterey der Leidenschaft
in den Momenten des lebhaftesten Triebes zu einer unerlaubten Hand=
lung, als wenn man vorher in ruhigen Augenblicken sich zur Strenge
gegen die Sophisterey der Vernunft gewöhnt hat.

Sollten ferner die **Werke der Darstellung** in Ansehung des Stoffs
bloß auf Gegenstände von sittlicher **Vollkommenheit** eingeschränkt werden,
so dürften sie an Wahrscheinlichkeit, lebhafter Täuschung, gespannter
Erwartung und Mannigfaltigkeit, kurz an aesthetischer Wirkung so viel
verlieren, daß zugleich die nicht zu verachtenden Vortheile, welche die
moralische Veredlung mittelbar von ihnen zu erwarten hat, fast gänzlich
aufgeopfert werden würden. Auch ist das Unsittliche in dem Stoffe
an sich selbst, kein Hinderniß, daß nicht in der Art der Behandlung

die größte Achtung für Sittlichkeit geäußert werden könnte. Es kommt nemlich bloß darauf an, daß die Aufmerksamkeit auf den betrachtungs= würdigen Theil des Gegenstandes geleitet wird. Und dieser ist nie= mals die Immoralität selbst, sondern diejenigen Eigenheiten der dar= gestellten Person, welche nur durch ihre Aeußerung bey gewissen unsittlichen Gesinnungen und Handlungen anschaulich gemacht werden konnten. Auf diese Eigenheiten gründet sich das Interesse eines schrift= stellerischen Kunstwerks, in dem sie dem Leser bald Stoff zum Nach= denken, bald einen unsinnlichen Genuß für die Einbildungskraft ge= währen, der mehr oder weniger, mittelbar oder unmittelbar dazu beyträgt, den Menschen über den thierischen Zustand zu erheben, und die Entwickelung moralischer Anlagen zu befördern.

Es gehört unstreitig zu den Vortheilen der geistigen Ausbildung, daß die Beyspiele von Unsittlichkeit sowohl in Werken der Darstellung, als in der wirklichen Welt, weniger aus einem einseitigen Gesichts= punkte betrachtet werden, daß die Aufmerksamkeit nicht auf demjenigen ausschließend verweilt, was in diesen Beyspielen verführerisches ent= halten ist, daß man sich gewöhnt, das Laster von der Person abzu= sondern, und weder über dem Abscheu gegen jenes die Billigkeit gegen diese zu vergessen, noch die an sich schätzbaren Eigenschaften, welche ein vorzüglicher Mensch auch durch Immoralität nicht verlieren konnte, dieser zur Empfehlung anzurechnen.

Diese Denkart zu verbreiten und dadurch die Mittel, welche den schädlichen Folgen einer erweckten unsittlichen Idee entgegen wirken, zu vervielfältigen, scheint für den Schriftsteller verdienstlicher zu seyn, als eine zu ängstliche Sorgfalt, jeden Anlaß zu vermeiden, der in einzelnen Menschen den schon vorhandenen Keim von Immoralität vielleicht früher, als es durch irgend eine andere unschuldige Gelegen= heits=Ursache geschehen seyn würde, entwickeln könnte.

Was im Vorhergehenden über die Bedenklichkeiten bey zu großer Einschränkung der schriftstellerischen Freyheit bemerkt worden ist, dürfte auf die Vergehungen gegen einzelne Personen weniger Anwendung leiden. Der einzelne Mensch scheint nur in Ansehung seines öffent= lichen Charakters ein Gegenstand der öffentlichen Prüfung zu seyn.

Ueber die **Art** seiner **Wirksamkeit** als **Staatsbediener, als Volkslehrer,**
als **Schriftsteller,** als **Sectenstifter,** als **thätiges Mitglied** geheimer
Gesellschaften, **als Unternehmer** eines wichtigen und vielumfassenden
Geschäfts und dergleichen, kann eine freymüthige Erörterung nach Beschaffenheit der Umstände **für** ein größeres oder kleineres Publikum
nützlich seyn. Auch können die misbilligenden Urtheile über eine Person,
insofern sie sich bloß auf den Erfolg oder den Werth einer gewissen
öffentlichen Wirksamkeit einschränken, nicht mit Injurien in eine Classe
gesetzt werden. Allein, was den Gebrauch der Schriftstellerey zu ehren-
rührigen Aeußerungen, **über die** Gesinnungen oder das Privatleben
einzelner **Menschen** betrifft, dürfte sich **wider** ein gänzliches Verbot
nichts **erhebliches einwenden** lassen. Gesetzt, daß auch wirkliche Thatsachen **durch** diese Art von Publicität bekannt gemacht werden, so ist
dieß im Ganzen genommen eine unfruchtbare Belehrung, und die Aus-
breitung einer Wahrheit, die an **sich** keinen Werth hat, vergütet das
Unheil nicht, daß die Zerstörung eines guten Namens anrichtet. Und
je **häufiger die Beyspiele** sind, daß der Vorwand, das Laster zu ent-
larven, zu Befriedigung des Neides, der Rachsucht und der Schaden-
freude gemisbraucht wird, desto sorgfältigere Wachsamkeit wird von
Seiten der Obrigkeit erfordert, um die **Ehre** jedes Staatsmitglieds so
lange, bis es **sich nicht** durch erwiesene Verbrechen derselben verlustig
gemacht hat, gegen jeden unbesonnenen oder **boshaften** Angriff zu
schützen. **Nur als Strafe,** oder **Warnung** kann die öffentliche Bekanntmachung **schändlicher** Handlungen heilsam seyn, aber es wäre höchst
gefährlich, den Gebrauch dieses Mittels der Willkühr einer jeden Privat-
person zu **überlassen. In einem** wohlgeordneten **Staate, ist** keine Strafe,
ohne vorgängige **unpartheyische,** genaue und vollständige Untersuchungen
durch verpflichtete Richter gedenkbar, und nur die Obrigkeit hat die
Mittel in Händen um hinlängliche Erkundigungen zu Entscheidung der
Frage einzuziehen: ob die Ehre und die damit verbundene bürgerliche
Existenz eines Menschen noch einige Schonung verdiene, oder ob eine
dringende **Veranlassung, das** Publikum **vor** ihm **zu** warnen, vorhanden sey?

Um den schädlichen Wirkungen anstößiger Schriften entgegen zu arbeiten, können theils mündliche, theils schriftliche Bemühungen angewendet werden. Zu jenen giebt es häufige Gelegenheiten für die Prediger, besonders auf dem Lande, und für Lehrer auf Universitäten und Schulen. Sind Fähigkeiten und guter Wille bey ihnen vereinigt, haben sie das Talent, sich Liebe, Vertrauen, und Ansehen zu erwerben, und fehlt es ihnen nicht an Beobachtungsgeist für das gegenwärtige Bedürfniß der Personen, auf welche sich ihr **Wirkungskreis** erstreckt, so läßt sich sehr viel von ihrem wohlthätigen Einflusse erwarten. Die lebendige **Beredsamkeit eines Mannes**, der ein günstiges Vorurtheil für sich hat, vertilgt oft sehr leicht einen schädlichen Eindruck, den der todte Buchstabe zurückgelassen hatte, selbst wenn dieser Eindruck durch die Mühe des Lesens oder Verstehens nicht schon geschwächt worden ist. Und nichts ist wirksamer, um heilsame Wahrheiten gegen scheinbare Einwürfe zu behaupten, als passende Beyspiele aus den besondern persönlichen und örtlichen Verhältnissen hergenommen, dergleichen sich bey einer genauen Bekanntschaft mit diesen Verhältnissen in Menge darbieten. Es scheint daher besonders in den jetzigen Zeiten, zu den Erfordernissen einer vollständigen Vorbereitung zu einem geistlichen Amte zu gehören, sich in dieser Art von Polemik geübt zu haben. Ueberhaupt sind die Forderungen an den geistlichen Stand mit **den** Bedürfnissen unsers Zeitalters gestiegen: allein, je **vollendeter** die persönliche Ausbildung eines Religionslehrers ist, desto mehr wird sich sein wohlthätiger Wirkungskreis selbst in größern Städten, auch außerhalb seiner Predigten erweitern. Je mehr er die mannigfaltigen Krankheiten des menschlichen Geistes und die Art sie zu behandeln studiert hat, desto weniger wird er in vorkommenden Fällen durch ihre Aeußerungen überrascht werden, und den rechten Weg zu ihrer Heilung verfehlen.

Was ferner die Versuche betrifft, die Schriftstellerey selbst, als ein Gegenmittel wider die Folgen ihres Mißbrauchs anzuwenden, so kommt hierbey theils die Einrichtung der in dieser Absicht zu veranstaltenden Schriften in Betrachtung, theils **die** Mittel ihnen bey demjenigen Theile des Publikums Eingang zu verschaffen, für welchen sie hauptsächlich bestimmt sind. Die beste Methode, eine gefährliche Idee, die durch das Lesen eines anstößigen Buchs erweckt worden ist, mit Erfolg zu bestreiten, findet sich leicht, wenn man den Ursachen nach= spürt, welche dieser Idee einen gewissen Schein von Wahrheit oder Fruchtbarkeit gaben. Und diese Ursachen bestehen hauptsächlich in Ver= wechselung der Begriffe und in Einseitigkeit. An die Stelle der rich= tigen Begriffe von Religion, Staat und Sittlichkeit werden unvermerkt falsche gesetzt, und gegen diese die Ausfälle gerichtet. Gelingt es aber einem Schriftsteller, die Unterschiede des ächten und unächten Begriffs, durch einen lichtvollen Vortrag bemerklich zu machen, so erscheint die Sophisterey in ihrer Blöße. Wer das Talent besitzt, dasjenige, was er im Allgemeinen lehren will, im Einzelnen durch Gleichnisse und Beyspiele anschaulich zu machen, wird diesen Zweck auch bei den weniger ausgebildeten Volksklassen nicht leichtlich verfehlen.

Wenn ferner gewisse unsittliche Handlungen nachahmungswürdig, und gewisse unglückliche Zustände wünschenswerth zu seyn scheinen, so geschieht es nur deswegen, weil die Aufmerksamkeit bloß auf der glänzenden Seite eines solchen Gegenstandes haftet, und das Gehässige und Abschreckende übersieht, was nur bey einer vollständigen Beobach= tung aus mehrerern Gesichtspunkten entdeckt werden kann. Um daher ein gefährliches Beyspiel in ein warnendes zu verwandeln, darf oft nur diejenige Seite desselben in ein helleres Licht gesetzt werden, die bey einer empfehlenden Erzählung im Dunkeln gehalten wurde.

Allein, auch ohne eine verführerische Idee unmittelbar zu bestreiten, kann man ihr schon dadurch die Kraft benehmen, daß man durch ein Uebergewicht entgegengesetzter Ideen die Aufmerksamkeit von ihr abzieht. Und hier zeigt sich der Werth einer jeden Bemühung, solchen Vor= stellungen über die wichtigsten Angelegenheiten der Menschheit, von denen sich die wohlthätigsten Wirkungen erwarten lassen, die größte mög= liche Ausbreitung, und die höchste Klarheit und Lebhaftigkeit zu geben.

Der Stoff einer Schrift aber, welche zu Vertheidigung der guten Sache bestimmt ist, mag noch so zweckmäßig ausgedacht seyn, so wird sie gleichwohl ihre Absicht nur in einem geringern Grade erreichen, wenn man nicht auch in Ansehung der Form, gewisse Hülfsmittel

gebraucht hat. Je weniger eine solche Schrift ihre eigentliche Be=
stimmung ankündigt, je mehr sie bloß zur Unterhaltung, oder zu Be=
friedigung einer unschädlichen Neugierde zu dienen scheint, desto größere
Wirkung hat man sich oft, theils von dem Eindruck des Ganzen, theils
von gelegentlich eingestreuten heilsamen Winken **zu versprechen.** Ge=
spräche, Erzählungen, Volkslieder, Schauspiele, **kurz alle Arten von**
Einkleidungen, wodurch eine furchtbare Idee nicht bloß dem Verstande
mitgetheilt, sondern auch der Einbildungskraft lebendig dargestellt wird,
können hierbey mit Nutzen gebraucht werden. Und das allgemeine
Bedürfniß von den öffentlichen Vorfällen unterrichtet zu werden, bietet
eine bequeme Gelegenheit **dar,** diese Vorfälle, ohne Verletzung der
Unpartheylichkeit auf **eine solche Art** zu erzählen, welche für Kopf und
Herz eine gesunde Nahrung gewähren würde.

In Ansehung des **Stils** werden zwar die Talente eines faßlichen,
einnehmenden und kraftvollen Vortrags von dem Verfasser erfordert,
allein, was man eigentlich Beredsamkeit nennt, scheint in diesem Falle
weniger nöthig zu seyn. Es kommt nicht sowohl darauf an, vorüber=
gehende Rührungen **zu** erregen, als vielmehr durch deutliche und
bestimmte Vorstellungen, welche sich dem Gedächtnisse einprägen, und
durch die Ideenverbindung leicht wieder erweckt werden, dauernde Wir=
kungen hervorzubringen. Gleich entfernt von declamatorischem Prunk
und von Trockenheit, wird man durch den einfachen Ton der ruhigen
Ueberzeugung, mit einer weder erkünstelten noch unterdrückten Wärme für
die erkannten Wahrheiten **verbunden,** jene Absichten am sichersten erreichen.

Vorausgesetzt nun, **daß** es nicht an Schriftstellern fehlt, von
denen man **mehr oder weniger** die Befriedigung der vorher ange=
gebenen Forderungen **erwarten könnte,** so giebt es zwar mancherley
Mittel, solche Männer **für das Bedürfniß des Staats** in Thätigkeit
zu setzen, allein die Wahl **dieser Mittel** ist für die Obrigkeit **in so**
fern nicht gleichgültig, als es hauptsächlich darauf ankommt, einem
wohlthätigen Unterrichte, besonders bey demjenigen Theile des Publi=
kums Eingang zu verschaffen, der dessen am meisten bedürftig ist.

Wer den Verdacht gegen **sich** hat, **daß** er nicht aus eigner Be=
wegung diese und keine andern Ideen verbreitet, darf auf wenig per=

söuliches Zutrauen bey seinen Lesern rechnen, und dieß schwächt den Eindruck, den er vielleicht ohne diesen Umstand auf sie gemacht haben würde. Es geschieht daher nicht selten, daß der Wirkungskreis eines Schriftstellers, der von dem Staate einen öffentlichen Auftrag erhalten hat, oder durch Prämien aufgefordert worden ist, sich fast bloß auf diejenigen einschränkt, die eine solche Belehrung am füglichsten entbehren konnten, und schon vorher für die gute Sache Parthey genommen hatten.

Soll aber die obrigkeitliche Veranstaltung bey den Schriften, welche auf die Nation zu wirken bestimmt sind, möglichst verborgen werden, so dürfte man sich vielleicht zu dieser Absicht keiner brauchbareren Werkzeuge bedienen können, als der Buchhändler. Auf Verschwiegenheit wäre zu rechnen, sobald man diese zur Bedingung einer Unterstützung machte, wodurch der Verleger in Stand gesetzt würde, theils das Honorar des Autors zu erhöhen, theils das Buch um einen wohlfeilern Preis zu verkaufen. Um hierbey noch sorgfältiger alles Aufsehen zu vermeiden, dürfte man nur oft mit den Buchhändlern abwechseln, die man zu dieser Absicht gebrauchte.

Bey dem Geschäfte die brauchbarsten Autoren aufzufinden, würde sich ebenfalls von der Industrie der Buchhändler viel erwarten lassen, da ihnen besonders diejenigen Schriftsteller, welche sich in Ansehung des Vortrags auszeichnen, nicht unbekannt seyn können.

Um aber, theils jede schriftstellerische Aufgabe nach Inhalt und Form genau zu bestimmen, theils das von dem Buchhändler, welchem sie zugefertigt worden, eingesandte Manscript vor Ertheilung der versprochenen Unterstützung zu prüfen, dürften einige hierzu tüchtige Personen nöthig seyn, welche von Seiten des Staats dieserhalb einen geheimen Auftrag zu erhalten hätten.

Durch den Gebrauch dieser Maasregeln könnte vielleicht auch nach und nach den Kalendern, Zeitungen und überhaupt allen unter einem zahlreichen Publikum gangbaren periodischen Schriften unvermerkt eine andere Gestalt gegeben werden. Je allmähliger diese Verbesserung geschehe, desto weniger hätte man dabey eine Verminderung des Absatzes, und dadurch eine Vereitlung der gehegten Absicht zu besorgen.

Selbst kleine Umstände, welche die äußere Form, oder den Ton der Schreibart betreffen, sind hierbey nicht unbedeutend. Jede nicht unbillige Forderung des Lesers könnte ohne Bedenken befriedigt werden, und bey politischen Blättern insbesondere würde es zu Unterhaltung ihres Credits nöthig seyn, theils keine wichtige Begebenheit zu ver= schweigen, theils bey der Art sie zu erzählen, zwar die im Vorher= gehenden angegebenen Vorsichts=Regeln zu beobachten, aber allen Schein von Partheylichkeit möglichst zu vermeiden.

Ueber die Schriften, welche in einzelnen Gegenden am meisten gelesen würden, könnten vielleicht am füglichsten von der Geistlichkeit jedes Orts Erkundigungen durch die Superintendenten eingezogen werden. Durch diese Nachrichten erhielte man sodann Veranlassung, irgend einem Buchhändler, unter Zusicherung gewisser Vortheile, bestimmte Anwei= sungen zu geben. Bey einzelnen Brochüren würde es oft nur darauf ankommen, ein zweckmäßiges Gegenstück zu liefern. Unter den gang= barsten periodischen Blättern aber sind viele in den Händen solcher Autoren und Verleger, welche zu Eingehung gewisser Bedingungen, durch verhältnißmäßige Entschädigungen sehr leicht zu bewegen seyn würden, wenn ein Buchhändler, der sich darüber mit ihnen in Unter= handlungen einließe, dieß aus eigner Bewegung zu thun schiene.

Schriften, welche insbesondere für den Landmann bestimmt sind, würden sich zwar auf dem gewöhnlichen Wege des Buchhandels zu lang= sam unter dieser Classe verbreiten; allein unter Voraussetzung eines mäßigen Preises kann der Verleger oft, ohne Aufsehen zu erregen, sich hierbey eines Mittels bedienen, welches in andern Fällen mehr= malen mit Erfolg gebraucht worden ist. Er überschickt nemlich die Ankündigungen oder einige Exemplare selbst an alle Superintendenten im Lande, und ersucht jeden, die Schrift in seiner Diöces bekannt zu machen. Jedem einzelnen Pfarrer, der alsdann diese Schrift kauft, wird es schon dadurch, daß sie ihm nicht unentgeltlich ausgetheilt worden ist, leichter, seine Gemeinde darauf aufmerksam zu machen, wenn er sich nur überhaupt Liebe und Achtung bey ihr erworben hat.

Ueber die Verbesserung des Civil=Prozesses. *)

*) Versuche über Gegenstände der inneren Staatsverwaltung. II. S. 29.

Auch die Betrachtungen „Ueber die Verbefferung des Civilproceffes" waren eine bis zum Jahre 1812 ungedruckt gebliebene, aber bereits 1798 verfaßte und der fächfifchen „Landesregierung" eingereichte Denkfchrift Körners. — Der Abdruck erfolgt aus den „Verfuchen über Gegenftände der inneren Staatsverwaltung."

$\mathfrak{D}$ie Vorwürfe, welche in den meisten europäischen Staaten gegen die vorhandene Einrichtung des Civil=Prozesses gehört werden, betreffen größtentheils die Langsamkeit des Verfahrens. Gleichwohl darf man nicht vergessen, daß viele Verzögerungen des Prozesses aus dem Bedürfnisse entstanden sind, auf den Fall eines Mangels an Einsicht, Fleiß oder Rechtschaffenheit bey dem Richter oder Advokaten, die Gefahr der streitenden Partheyen zu vermindern. Dies Bedürfniß ist dringender bey einem hohen Grade der Cultur, indem dadurch die rechtlichen Verhältnisse der Staatsglieder weit verwickelter werden, als sie in dem frühern Zustande der bürgerlichen Gesellschaft seyn konnten.

Aus diesem Gesichtspunkte hat man die Maaßregeln zu betrachten, die gegen die einzelnen Ursachen des langsamen Rechtsganges theils schon angerathen und versucht worden sind, theils annoch vorgeschlagen werden könnten. Folgende sind als die wichtigsten Ursachen bekannt, wodurch der Civilprozeß häufig verzögert wird:

1. schriftliche Verhandlung durch Advokaten,
2. Verschickung der Acten an Dicasterien,
3. Vervielfältigung der Urthel,
4. Mehrheit der Instanzen,
5. Länge der Fristen,
6. Saumseligkeit in Ansehung der Legitimationen,
7. Schwierigkeiten bey Anschaffung der Urkunden, und
8. verspätigte Einsendung der Zeugen=Rotul.

Eine durchaus mündliche Verhandlung der Prozesse kann vielleicht ohne Bedenken seyn, wenn der Gegenstand des Streits sehr einfach ist, die Entscheidung von einem einzigen Richter abhängt, und man bey diesem Richter eine schnelle Fassungskraft, und einen sehr festen Charakter voraussetzen darf. In den meisten europäischen Staaten ist aber unter den jetzigen Umständen darüber kein Zweifel, daß es für die Partheyen sicherer sey, alles, was ihre gegenseitigen Erklärungen, die Aussagen der Zeugen und das Verfahren des Richters betrifft, niederzuschreiben, und Acten darüber zu halten. Es fragt sich nur, ob zwischen Richter und Parthey es noch einer Mittelsperson bedürfe, und ob die Erörterung des Rechtsstreits durch die schriftlichen Aufsätze der Advokaten gewinne. Besitzt ein Richter alle nöthigen Eigenschaften, so verdient er ein unbegränztes Vertrauen der Partheyen, und der Advokat wird entbehrlich. Aber so lange in einem Lande bey Besetzung der Gerichtsstellen, besonders in Ansehung der untern Instanzen, noch manches zu wünschen übrig bleibt, dürfte es ein gewagter Schritt seyn, einen Stand gänzlich abzuschaffen, der zum Schutz gegen jede Verletzung der Pflicht bey dem richterlichen Verfahren bestimmt ist. Ein unstreitiger Gewinn wäre es dagegen, wenn die Anlässe zu Vergehungen bey den Advokaten vermindert, und die Aufforderungen zu zu nützlicher Thätigkeit bey ihnen vermehrt werden könnten.

Wer nicht so viel eigenes Vermögen besitzt, oder von der Besoldung eines Amtes so viel einzunehmen hat, um davon seine dringendsten Bedürfnisse befriedigen zu können, dem kann ohne Gefahr die juristische Praxis nicht gestattet werden. Es würde hart seyn, eine schon gegebene Erlaubniß in solchen Fällen wieder zurückzunehmen, aber es scheint unbedenklich, künftige Gesuche dieser Art allen denen zu verweigern, die gegen drückenden Mangel nicht hinlänglich gesichert sind. An Advokaten wird es deswegen nicht fehlen, da es in jedem Bezirke Actuariate, Stadtschreiberstellen, Gerichtshaltereyen und andere kleine Aemter giebt, deren Einkünfte zu Gestattung der juristischen Praxis für hinreichend angesehen werden können. Durch die Klagen der jungen Männer, deren Gesuche abgewiesen würden, dürfte man sich nicht erweichen lassen. Gegen eine unsichere Hoffnung erlangen sie den künftigen wichtigen Vortheil, daß der Stand der Advokaten überhaupt durch ihre verminderte Anzahl einträglicher wird. Sie werden

veranlaßt, inmittelst auf zuverlässige Mittel zu denken, sich ihr Aus=
kommen zu verschaffen, und hierzu giebt ihnen selbst, in dem ange=
nommenen Falle, der Umstand Gelegenheit, daß der mehr beschäftigte
Advokat öfter eines brauchbaren Gehülfen bedarf, dem er nach Be=
finden auch einen Theil der Gebühren überläßt.

Gesellschaftliche Verbindungen, über welche gewisse Statuten er=
richtet und von der Obrigkeit bestätigt worden, haben einen wohl=
thätigen Einfluß auf Erhaltung des Ehrgefühls und der Sittlichkeit
ihrer Mitglieder. Manche Vortheile der Innungsverfassung würden,
unter gehörigen Einschränkungen, auch auf den Stand der Advokaten
anwendbar seyn. In der Preußischen Gerichts=Ordnung, III. Th. 7. Tit.
§ 106 und folg. ist über die Collegien der Notarien einiges vorge=
schrieben, was vielleicht auch bey den Advokaten eingeführt werden
könnte.

Die wirksamsten Maasregeln indessen zur Verbesserung des Advo=
katen=Standes werden nicht durchgängig ihre Absicht erreichen, und es
werden vielleicht bey zunehmender Sorgfalt in Besetzung der Gerichts=
stellen öfter die Fälle eintreten, da das Vertrauen der Parthey gegen
den Richter größer ist, als gegen irgend einen Advokaten, den sie zu
gebrauchen Gelegenheit hätte. Für diese Fälle dürfte es vielleicht rath=
sam seyn, eine **Prozeßform** zu gestatten, die denjenigen freygestellt
wäre, welche in kürzerer Zeit und mit wenigen Kosten ohne Advokaten
zu ihrem Rechte zu gelangen wünschten.*) Daß dadurch die Prozesse
zu sehr erleichtert werden würden, hätte man nicht zu fürchten, wenn
nur die Richter jedesmal streng die Regel befolgten, die vorsätzliche
Streitsucht in den Ersatz der Kosten zu verurtheilen. Auch ist die
Ungerechtigkeit oft auf Seiten des Beklagten, der eine gegründete For=
derung nicht befriedigt, oder auf unerlaubte Art zu einem Besitzstand
gelangt ist, und nun den Vortheil benutzt, daß sein Gegner durch die
Schwierigkeiten des Prozesses von Anstellung einer Klage abgeschreckt
wird.

---

*) Der Nachtrag zu diesem Aufsatze enthält einen Versuch, die Grundlinien
einer solchen Prozeßform zu entwerfen.

Einer Gesellschaft von Männern, bey denen man die zu einem Richter erforderlichen Kenntnisse und Fähigkeiten voraussetzen kann, und die in den meisten Fällen von den Partheyen zu weit entfernt ist, um sich für einen von beyden zu interessiren, läßt sich allerdings die Beurtheilung eines Rechtshandels mit mehr Sicherheit anvertrauen, als manchem Richter der untern Instanz, der, wenn er auch dazu die nöthigen Eigenschaften besitzt, doch oft mit zu vielen Polizeygeschäften überhäuft ist, um auf die Erörterung der in den einzelnen Prozessen vorkommenden Streitfragen hinlängliche Zeit verwenden zu können. Indessen bedürfen die Dicasterien einer sorgfältigen Aufsicht, damit sie zweckmäßig besetzt werden, und sich keine Vernachlässigung ihrer Pflichten zu Schulden kommen lassen. Durch die Prozeßtabellen können die obersten Landes-Collegien erfahren, ob der Verspruch einzelner Sachen bey einem Dicasterium zur Ungebühr verzögert worden ist. Auch haben die obersten Justiz-Collegien Gelegenheit, bedeutende Fehler in den Urtheln oder Entscheidungs-Gründen der Dicasterien zu bemerken, und dieserhalb die nöthigen Vorkehrungen zu treffen.

————

In den meisten Prozessen beruht die Entscheidung nicht blos auf einer Rechtsfrage, sondern auf Thatsachen, die bey dem ersten Verspruch noch nicht hinlänglich erörtert sind. Sollte über jede Thatsache, die eine Parthey behauptet, und die andere nicht eingeräumt hat, Beweis und Gegenbeweis vor dem ersten Urthel geführt werden, so würde dieß oft unnöthige Weitläuftigkeiten verursachen, und die Prozesse verlängern. Ein richterlicher Ausspruch muß daher zuvörderst die Thatsachen, welche auf die Entscheidung des Rechtsstreits Einfluß haben, von den unerheblichen absondern, und zugleich die Parthey bestimmen, welcher die Beweisführung obliegt. Bey den Römern war daher das erste Geschäft des Richters, dem Rechtshandel eine juristische Form zu geben. (Praetor dabat actionem.) Eben dieses ist der Zweck des ersten Urthels bey der jetzigen Gerichtsverfassung. Um ihn aber vollständig zu erreichen, dürfte rathsam seyn, die zu erweisenden Umstände (Thema probandum) in allgemein faßlichen Ausdrücken zu bestimmen. (S. Eggers

Entwurf einer allgemeinen Prozeß-Ordnung, Bd. I. S. 238 und 242; Grollmanns Theorie des gerichtlichen Verfahrens, S. 374.)

Außer diesem erften Urthel aber fcheint in der Regel, wenn nicht befondere Incidentpunkte eintreten, bis zur Definitiv-Sentenz kein weiteres Interlokut nöthig zu feyn. Das Erkenntniß über die Eides-delation kann füglich bis zum End-Urthel ausgefetzt werden, und mancher unnöthige Eid läßt fich dadurch vermeiden. Die Abhörung eines unzuläffigen Zeugen gereicht der Gegenparthey nicht zum Nach-theil, wenn auf ihre Einwendungen wider die Glaubwürdigkeit des Zeugen beym Endurthel Rückficht genommen wird. Eben dies ift der Fall bey Urkunden, deren Beweiskraft beftritten wurde. Es bedarf daher über diefe Beweismittel keines befondern Urthels. Gleiche Be-wandniß hat es mit der geforderten Recognition einer Urkunde, wor-über ebenfalls das nöthige Erkenntniß in dem End-Urthel vorausge-fchickt werden kann. Ein zweytes Urthel über die Beweismittel würde nur in dem Falle nöthig feyn, wenn das Endurthel nicht einem Di-cafterium, fondern einem Gericht von Gefchwornen übertragen werden follte. Eine folche Einrichtung fcheint allerdings viel für fich zu haben. Wenn über die einfchlagenden Rechtsfragen, über die Beftimmung der zu erweifenden Thatfachen, und über die Gültigkeit der Beweismittel rechtskräftige Urthel vorhanden find, fo erfordert die Entfcheidung des Prozeffes in der Regel weniger jurifitfche Kenntniffe und Fertigkeiten, als die übrigen Eigenfchaften eines Richters, und vorzüglich oft prak-tifche Einfichten in Anfehung der befondern Gattung des ftreitigen Ob-jekts. Ein Jurift hätte die Sache den Gefchwornen mündlich vorzu-tragen, aber die Akten müßten nachher noch unter ihnen circuliren. Jeder Gefchworne ließe hierauf einzeln fein Votum protocolliren, oder gäbe es fchriftlich zu den Akten, und die Entfcheidung erfolgte nach den meiften Stimmen, indem durch eine ungleiche Zahl der Gefchworenen die Gleichheit der Stimmen verhütet würde. Gegen diefe Entfcheidung fände noch eine Appellation und gegen das beftätigende Urthel des Appellationsgerichts noch eine Läuterung Statt.

Weigerungen, eine Urkunde herauszugeben, oder den Editions-Eid zu leiften, gehören zu den befondern Incidentpunkten. Es würde indessen zu Abkürzung des Prozesses dienen, wenn hierüber in der untern Instanz keine Versendung der Akten nach rechtlichem Erkenntniß, statt fände, sondern der Parthey, oder der dritten Person, welche dem Editions-Gesuche gegen den Bescheid des Richters widerspräche, blos eine Appellation an die höchste Behörde gestattet wäre.

Da in dem Executiv-Prozesse das erste Urthel entscheidet, so fragt sichs, ob dieser Prozeß nicht auf mehrere Fälle anwendbar gemacht werden könnte. Nicht selten läßt sich der Grund der Klage größtentheils sofort durch Urkunden erweisen, und es bleiben nur einige Umstände übrig, worüber man den Eid zu deferiren genöthiget ist. In diesen Fällen würde es sehr zur Abkürzung des Prozesses gereichen, wenn nebst der Einlassung auf die Klage zugleich die Recognition der Urkunden im ersten Termine gefordert werden könnte, und dies die Wirkung hätte, daß im ersten Urthel nach der Art des Executivprozesses, mit Rücksicht auf die gebrauchte Eides-Delation, erkannt, und Beklagter mit den nicht sofort erweislich gemachten Ausflüchten in die Reconvention verwiesen würde.

Wird bey Besetzung der Landes-Collegien und Dicasterien gehörige Sorgfalt beobachtet, so darf sich eine Parthey in der weitläuftigsten und verwickeltsten Sache über eine Entscheidung nicht beschweren, die durch zwey gleichförmige Urthel bestätigt worden ist. Es fragt sich daher, ob nicht alle Instanzen auf Drey reducirt werden könnten? (S. Preuß. Ger.-Ord. Einleit. § 56. 63.) In Sachsen entscheiden schon jetzt drey gleichförmige Urthel in den bey dem Appellations-Gericht unmittelbar anhängigen Sachen.

Sollte dieß zum allgemeinen Grundsatz angenommen werden: so wären alle Läuterungen in den untern Instanzen abzuschaffen. Bey Appellationen wären nur zwey Instanzen zu gestatten, wenn das erste Urthel bestätigt würde. Wenn daher das Appellations-Gericht das dritte gleichförmige Urthel gesprochen hätte, so fände keine Läuterung dagegen Statt.

Ueber Incidentpunkte dürfen zwey gleichförmige Entscheidungen hinlänglich seyn. Es wäre mithin solchenfalls nur die Appellation an

die höchſte Behörde, und wenn dieſe angenommen würde, gegen das
beſtätigende Urthel des Appellations-Gerichts kein weiteres Remedium
zuzulaſſen.

Der Zeitraum zu Einziehung der nöthigen Nachrichten, und zu
Ausarbeitung der prozeſſualiſchen Schriften darf im Allgemeinen nicht
zu ſehr eingeſchränkt werden, weil doch in vielen Fällen hierbey beſondere Hinderniſſe eintreten können, auch die geſchickteſten Rechtscon-
ſulenten gewöhnlicher Weiſe mit Geſchäften überhäuft ſind, und es nicht
rathſam iſt, hierüber für den einzelnen Fall zu viel der Willkühr des
Richters zu überlaſſen. Die gewöhnliche Friſt von 45 Tagen ſcheint
dem Zwecke gemäß, und es fragt ſich nur, in wie weit es dem Unter-
richter zu erlauben ſey, ſie wegen beſonderer Umſtände zu verlängern.
Die erſte Dilation zu ertheilen, könnte vielleicht jedem Richter in dem
Falle geſtattet werden, wenn der Sachwalter entweder die beſondern
Hinderniſſe beſcheiniget hätte, oder dem Richter überhaupt als ein ſehr
beſchäftigter Mann bekannt wäre. Eine zweyte Verlängerung der Friſt
aber dürfte als eine Ausnahme von dem Geſetz, dem höchſten Juſtiz-
Collegio nach Beſchaffenheit der Umſtände vorzubehalten ſeyn.

Bey Verzögerung der Legitimationen liegt die Schuld nicht immer
blos an den Advokaten, ſondern oft an den Partheyen ſelbſt. Geld-
ſtrafen, die den Sachwaltern angedrohet werden, ſind daher nicht wirkſam
genug in Anſehung der häufigen Legitimations-Mängel. Es ſcheint
unbedenklich, die Vorladung des Beklagten nicht eher auszufertigen,
bis der Anwalt des Klägers ſich zum Prozeß legitimirt hat. Da jedoch
die Unterbrechung der Verjährung, welche durch die Vorladung bewirkt
wird, oft keinen Aufſchub leidet, ſo dürfte nöthig ſeyn, auch die von
einem nicht legitimirten Sachwalter eingereichte Klage dem Beklagten
zuzufertigen, und dieſer Zufertigung die Wirkung zu ertheilen, daß
dadurch die Verjährung unterbrochen würde. Zugleich wäre dem Kläger
bekannt zu machen, daß die Vorladung des Beklagten auf der Beybringung der fehlenden Legitimation beruhe.

Wäre im Fortgange des Prozeffes eine neue Legitimation für den Sachwalter des Klägers nöthig: so könnte diese ebenfalls der Parthey unter der Verwarnung auferlegt werden, daß bis zu deren Beybringung das fernere Verfahren ausgesetzt bleiben würde. Um den Beklagten mit Nachdruck anzuhalten, seinen Anwalt gehörig zum Prozeffe zu legitimiren, wäre die Androhung der Strafe des ungehorsamen Außenbleibens ein wirksames Mittel. Sobald daher auf Seiten Beklagtens ein Legitimations-Mangel bemerkt würde, wäre an die Parthey selbst auszufertigen, und ihr, in allgemein-verständlichen Ausdrücken, die Ergänzung dieses Mangels, binnen einer bestimmten Frist, unter der Verwarnung aufzugeben, daß widrigenfalls die deutlich anzugebenden rechtlichen Folgen eintreten würden, welche die Parthey bey ihrem gänzlichen Ausbleiben im letzten Termine zu gewarten gehabt hätte. Eine solche Vorkehrung scheint nicht unbillig zu seyn, da der Zweck der Vorladung eben so sehr vereitelt wird, wenn der Beklagte durch einen nicht legitimirten Anwalt erscheint, als wenn er gar nicht erschienen wäre

Wegen der ermangelnden Legitimation zur Sache bey dem Kläger dürfte ebenfalls die Vorladung des Beklagten auszusetzen seyn, wenn der Richter selbst den Mangel bemerkte; jedoch wäre auch in diesem Falle rathsam, zu Unterbrechung der gegentheiligen Verjährung die Klage dem Beklagten zuzufertigen. Ist vom Beklagten im ersten Termine Klägers ermangelnde Legitimation zur Sache eingewendet worden, so könnte der Fortgang des Prozeffes so lange anstehen, bis über den Punkt der Legitimation ein rechtskräftiges Urthel vorhanden wäre.

Zu diesem Behuf würde eben so wie bey andern Incidentpunkten zu verfahren seyn.

Beklagter ist in der Regel schon dadurch zur Sache legitimirt, daß die Klage wider ihn angestellt wird, und Kläger hat sich selbst die Folgen zuzuschreiben, wenn er aus Mangel an hinlänglicher Erkundigung einen vergeblichen Prozeß geführt hat. Indeffen bemerkt oft auch der Richter einen Mangel an der Legitimation zur Sache bey Beklagten, der die rechtliche Wirkung der künftigen Entscheidung vereiteln würde. In diesem Falle scheint kein Mittel übrig zu bleiben, als Beklagten durch Strafauflagen nachdrücklich anzuhalten, das Er-

mangelnde in einer bestimmten Frist beyzubringen. In der Zwischenzeit dürfte der Fortgang des Prozesses auszusetzen seyn.

———

Die Anschaffung der Urkunden würde beschleunigt werden, wenn
bey Antretung des Beweises oder Gegenbeweises alle diejenigen Personen zugleich benennt werden müßten, von denen eine der beyden
Partheyen die Herausgebung einer Urkunde verlangt. (S. Entwurf
der neuen Sächsischen Gerichtsordnung. Tit. 15. § 1. No. 4.) Um indessen vergebliche Kosten zu ersparen, dürfte an diese Personen nicht
auf einmal, sondern in der Ordnung auszufertigen seyn, die der Be-
weis= oder Gegenbeweisführer anzugeben hätte. Bey jeder Ausfertigung
wäre eine Frist zu Einreichung der Urkunde, oder einer diesfallsigen
Erklärung zu bestimmen, und nur nach Ablauf dieser Frist, wenn die
Urkunde nicht edirt wäre, an die nächstfolgende Person das Nöthige
unmittelbar oder durch Requisition zu verfügen. Wäre von der Gegenparthey oder von einem Dritten eine andere Person benannt worden,
bey der die verlangte Urkunde zu vermuthen sey, so hätte der Beweis=
oder Gegenbeweisführer davon vor der weitern Ausfertigung Nachricht
zu erhalten, damit er sein Editionsgesuch darnach abändern könnte.
Der Eingang der Urkunde, oder der Erfolg der dieserhalb erlassenen
Verfügungen wäre dem Beweis= oder Gegenbeweisführer sofort bekannt zu machen. Dieser hätte sich nunmehro zu erklären, von welchen
Personen, und in welcher Ordnung er die Leistung des Editionseides
verlangte, worauf in der angegebenen Ordnung, Termine zur Leistung
des Editions=Eides angesetzt würden. In diesen Terminen könnte die
Person, welche den Editions=Eid leisten soll, ihre Einwendungen da-
wider vorbringen, wogegen der Beweis= oder Gegenbeweisführer gehört, und sodann vom Richter ein Bescheid ertheilt würde. Gegen
diesen Bescheid fände kein Remedium statt, als die Appellation an die
höchste Justizbehörde, und wenn diese angenommen würde, wäre das
erste Urthel des Appellations=Gerichts entscheidend. In den bey dem
Appellationsgerichte unmittelbar anhängigen Sachen würde gegen diesen
Bescheid eine Läuterung zulässig seyn.

———

Der Eingang der Zeugenrotuln wird größtentheils durch die Schuld der Advokaten oder der Partheyen verzögert, welche die Ablösung unterlassen. Ein wirksames Mittel dagegen würde seyn, wenn der Richter die Obliegenheit hätte, am Schluß des Jahres, bey Fertigung der Prozeß-Tabellen in jeder Sache, da auf Beweis erkannt ist, zu untersuchen, ob wegen der Beweis- oder Gegenbeweis-Urkunden noch etwas rückständig wäre, und im entgegengesetzten Falle sogleich einen Termin zu Eröffnung der Gezeugnisse anzusetzen. Vor diesem Termine müßten sodann sämmtliche rückständige Zeugenrotuln, bey Verlust der Zeugen, eingereicht werden.

———

Durch die wirksamsten Maasregeln zu Abkürzung des rechtlichen Verfahrens werden die nachtheiligen Folgen eines jeden Prozesses zwar vermindert, aber nicht gänzlich gehoben. Es bleibt daher immer zu wünschen übrig, daß jede Gelegenheit im Fortgange des Prozesses benutzt werde, wo dessen gänzliche Beylegung mit einiger Wahrscheinlichkeit des Erfolgs versucht werden könnte.

Die Vergleichsunterhandlungen im ersten Termine werden durch den Umstand begünstiget, daß die Partheyen noch wenig Kosten aufgewendet haben, und noch nicht so sehr, als in der Folge etwa durch die Schriften der Advokaten gegen einander erbittert sind. Indessen sind von dem Richter zweckmäßigere Vergleichungsvorschläge zu erwarten, wenn er durch das erste Verfahren in den Stand gesetzt ist, den ganzen Rechtshandel besser zu übersehen. Eine noch vollständigere Uebersicht des Prozesses aber wird nicht nur für den Richter, sondern auch für die Partheyen durch die Rechtskraft des ersten Urthels möglich, wenn dieses Urthel in allgemein verständlichen Ausdrücken die Punkte bestimmt, deren Beweis Klägern oder Beklagtem obliegt. Es dürfte daher nützlich seyn, diesen Zeitpunkt zu einem nochmaligen Termin zur Güte zu wählen. Vielleicht könnte solchenfalls bey den untern Instanzen die zeitherige Einrichtung in Ansehung des ersten Verhörs beybehalten, und dieses Verhör vor dem rechtlichen Verfahren angesetzt werden.

Zu mehrerer Wirksamkeit der gütlichen Verhandlungen ist das persönliche Erscheinen der Partheyen nothwendig, und eine Ausnahme

von dieſer Regel dürfte nur aus ſehr erheblichen und hinlänglich be-
ſcheinigten Urſachen zu geſtatten ſeyn.

Sind alle Bemühungen, die ſtreitenden Partheyen zu vereinigen,
ohne Erfolg, und ſoll der Rechtshandel nunmehr zwar auf dem kürzeſten
Wege, aber nach den Forderungen der Gerechtigkeit zur Entſcheidung
gebracht werden; ſo tritt das Bedürfniß ein, dem Richter die Erkenntniß
der wahren Beſchaffenheit der Sache möglichſt zu erleichtern.

Der Grund der Klage würde öfter von dem Beklagten einge-
ſtanden werden, wenn das vorſätzliche Läugnen mit einer größern Gefahr verbunden wäre. Nach dem Römiſchen Rechte waren daher auf
dieſes Läugnen einer nachher erwieſenen Thatſache gewiſſe Strafen feſt-
geſetzt, welche in der Erläut. Sächſiſchen Prozeß-Ordn. ad tit. XVI.
§ 2. beſtätigt ſind, und in der 18. Novelle, Cap. VIII. wird beſonders
verordnet, daß Beklagter in das Doppelte der Forderung verurtheilt
werden ſolle, wenn er eine Schuld, worüber der Kläger eine Ver-
ſchreibung aufzuweiſen hat, läugnet, und dadurch die Gegenparthey,
andere Beweismittel zu gebrauchen, nöthigt. Es fragt ſich, ob eine
ſolche Strafe des vorſätzlichen Läugnens bey den eignen Handlungen
des Beklagten, nicht auf mehrere Fälle, da Kläger die nicht einge-
räumte Thatſache völlig erwieſen hätte, anwendbar ſeyn ſollte. In-
deſſen wäre nicht nöthig, dem Kläger dabey einen Gewinn zu verſchaffen,
ſondern die Strafgelder könnten einer öffentlichen Anſtalt gewidmet
werden. Die Preuß. Gerichts-Ordnung, Tit. 23. § 2. Nr. 5 beſtimmt auf das vorſätzliche Läugnen unter andern die Strafe, daß eine
Parthey, die ſich deſſen ſchuldig macht, für unfähig zur Leiſtung eines
von dem Richter aufzuerlegenden Eides in künftigen andern Prozeſſen,
angeſehen werden ſoll.

Durch eine Frage des Richters an eine Parthey, beſonders etwa
über die Ausflüchte des Beklagten, oder die Replik des Klägers, wenn
darauf von der Gegenparthey nicht beſtimmt und vollſtändig geant-
wortet worden iſt, würde die Erforſchung der Wahrheit oft ſehr gewinnen. Auch war der Richter, nach dem Römiſchen und Canoniſchen

Rechte, zu solchen Fragen befugt (l. 21. D. de interrogation. in iure faciend. Clem. 2. de verb. signif. conf. Schilteri Exercitt. ad Pand. Exerc. XXI. § 4. et 5. Leys. Meditt. ad Pand. Spec. CXX. medit. 1.) Um hierbey einem Mißbrauche vorzubeugen, könnte eine solche Frage wie ein Bescheid des Richters angesehen werden, wogegen eine Appellation an die höchste Justiz-Behörde, und bey dem Appellations-Gerichte eine Läuterung statt fände. Uebrigens würde auf diese Fragen unter den Verwarnungen zu antworten seyn, unter welchen die Einlassung auf die Klage gefordert wird (Preuß. Gerichts-Ordn. Einleit. § 14.), auch die oberwähnte Strafe des vorsätzlichen Läugnens sich ebenfalls auf diese Fälle anwenden lassen.

Die Abhörung der Zeugen würde oft weit zweckmäßiger geschehen können, wenn der Richter nicht an die von den Advokaten eingereichten Artikel dabey gebunden wäre. Es gereicht zwar zur Sicherheit der Partheyen, daß in der Regel kein Punkt weggelassen werden darf, worüber sie die Abhörung der Zeugen verlangen; allein es giebt häufige Fälle, da durch eine hinzukommende Frage des Richters das Dunkle in der Aussage aufgeklärt, und das Mangelhafte ergänzt werden könnte. Auch dürfte nöthig seyn, dem Richter ausdrücklich aufzugeben, in allen denjenigen Artikeln, welche mehrere Sätze enthalten, diese Sätze zu trennen, und über jeden besonders die Zeugen zu befragen.

Die Zeugen in Gegenwart der Partheyen oder ihrer Rechts-Beystände abzuhören, wie in den Königl. Preuß. Landen geschieht (Preuß. Ger.-Ordn. Tit. 10. § 189.), hat allerdings gewisse Vortheile. Es scheint jedoch bedenklich, eine Maasregel anzurathen, wodurch die Freymüthigkeit der Zeugen-Aussagen, an welcher bey Erforschung der Wahrheit so viel gelegen ist, vermindert werden könnte.

Wenn alle Zeugen-Aussagen zusammen zu den Akten gebracht sind, entstehen bey ihrer Vergleichung oft neue Zweifel und Dunkelheiten. In einem solchen Falle würde zur vollständigen Erörterung gehören, daß es dem Richter erlaubt wäre, die widersprechenden Zeugen gegen einander abzuhören (Preuß. Ger.-Ordnung, Tit. 10. § 207.), die schon abgehörten Zeugen über einige erläuternde Punkte zu be-

fragen, und selbst die Aussagen neuer Zeugen auf irgend einen im
Verlauf des Prozesses gegebenen Anlaß zu den Akten zu bringen.
(Preuß. Ger.-Ordn. Einl. § 17. 18.) Damit jedoch hiervon kein Miß-
brauch zu Verzögerung des Prozesses gemacht würde, dürfte gegen diese
Verfügungen des Richters, eben so wie bey den Fragen desselben an
die Partheyen, ein einziges Remedium statt finden.

Einer Parthey, nach Ablauf der Beweis- oder Gegenbeweis-Frist
noch eine Ergänzung ihrer Beweismittel nachzulassen, scheint bedenklich.
Indessen wird bey neuaufgefundenen Urkunden eine Ausnahme gestattet,
und es fragt sich, ob nicht nach dieser Analogie, in dem Falle, wenn
der Parthey im Fortgange des Prozesses noch einige Zeugen bekannt
werden, welche eine noch erforderliche Auskunft über den Gegenstand
des Rechtshandels geben könnten, auch die Abhörung dieser Zeugen
zu bewilligen sey? Es dürfte aber solchenfalls, wie bey den neuaufgefundenen Urkunden der Parthey eine Eidesleistung, daß sie von diesen
Zeugen, vor Ablauf der Beweis- oder Gegenbeweisfrist keine Kenntniß
gehabt habe, aufzuerlegen, auch dem Gegentheil die Einreichung besonderer Fragstücke wegen dieser neuen Zeugen freyzustellen seyn.

Bey Abfassung des Endurthels hat der Richter oft die peinliche
Ueberzeugung, daß die Erforschung der Wahrheit durch den Mangel
an Geschicklichkeit oder Fleiß, oder sogar durch vorsätzliche Pflichtver-
letzung bey dem Sachwalter einer Parthey, welche das Recht für sich
hatte, vereitelt oder erschwert worden ist. Erfahrungen dieser Art haben
das Rechtsmittel der Wiedereinsetzung in den vorigen Stand gegen die
Verschuldungen des Advokaten veranlaßt. Ein zu ausgebreiteter Gebrauch dieser Hülfe aber würde die Partheyen in der Wahl ihrer Sachwalter zu leichtsinnig machen, und zu häufiger Verzögerung der Prozesse Gelegenheit geben. Es dürfte daher nöthig seyn, die Ertheilung
dieser Rechts-Wohlthat nur den höchsten Justiz-Behörden vorzubehalten,
und eine beträchtliche Geldbuße auf den Fall festzusetzen, wenn von
der Parthey, welche die Wiedereinsetzung in den vorigen Stand er-

lagt hat, dadurch etwas nicht ausgeführt wird. (S. Entwurf der neuen
Sächſiſchen Gerichts-Ordn. Tit. XXV. § 5.)

Bey einem mangelhaften Beweiſe der Thatſachen, auf welchen die
Entſcheidung des Prozeſſes beruht, findet ſich der Richter in der größten
Verlegenheit, und nur die Religion giebt ihm einen Ausweg an die
Hand, um mit hinlänglicher Wahrſcheinlichkeit ein gerechtes Urthel ab-
faſſen zu können. Aber es fragt ſich, ob von dem häufigen Gebrauche
dieſes Auswegs nicht ein nachtheiliger Einfluß auf die Heiligkeit der
Eide überhaupt zu beſorgen iſt. Die Abſchaffung mancher entbehrlichen Eidesleiſtungen, als des bey der zweyten Dilation gewöhnlichen
Eides, und des Eides vor Gefährde bey Ablegung des referirten Eides
ſcheint daher nicht hinlänglich, ſondern es wird wenigſtens zweifelhaft,
ob nicht die Auflegung eines Erfüllungs- oder Reinigungs-Eides gänzlich unterbleiben könne, und ſtatt deſſen rathſamer ſey, bey einer un-
vollſtändigen Ueberzeugung auch eine unvollſtändige Entſcheidung zu
ertheilen.

Vielleicht wäre es unbedenklicher, den Prozeß für denjenigen, der
wenigſtens halben Beweis für ſich hätte, und wieder denjenigen, der
noch nicht halben Beweis geführt hätte, zu entſcheiden, gegen dieſes
Urthel aber noch binnen einer vierjährigen Friſt eine Wiedereinſetzung
in den vorigen Stand der Parthey zu geſtatten, welche durch neue
Beweismittel ihre Beybringung ergänzen, oder den Beweis des Gegentheils entkräften zu können behauptete.

Nachtrag.

Entwurf der weſentlichen Punkte eines rechtlichen Verfahrens wodurch es den Partheyen möglich gemacht würde, die Advo-katen nach Willkühr zu entbehren.

Schriftliche Geſuche oder Vertheidigungen werden von einer Parthey, die nicht ſelbſt Advokat iſt, nicht angenommen, ſondern ſie hat,
wenn ſie keinen Advokaten gebrauchen will, alles mündlich bey dem
Richter anzubringen. Zum Protokolliren werden nöthigen Falls mehrere

Vice-Actuarien verpflichtet, welche die Gebühren für ihre Registraturen erhalten. Jeder Richter ist befugt, eine Klage zu protokolliren, und wenn der Beklagte nicht unter seiner Gerichtsbarkeit steht, so überschickt er das Protokoll zum weitern Verfahren an den ordentlichen Gerichtsstand des Beklagten.

Die Registratur über eine mündlich angebrachte Klage wird dem Beklagten mit der Vorladung zugefertiget. Die Vorladung geschieht unter der gewöhnlichen Verwarnung zur Einlassung auf die Klage.

Im ersten Termine müssen die Partheyen selbst erscheinen, und die vorhandenen Urkunden über den Grund der Klage, oder die vorzuschützenden Ausflüchte zur Stelle bringen.

Beklagtem stehet frey, sich eines Advokaten zu bedienen oder nicht, die Klage mag mündlich oder schriftlich in der gewöhnlichen Form angebracht seyn.

Ist die Klage mündlich angebracht, oder will Beklagter keinen Advokaten gebrauchen, so wird kein schriftliches Verfahren gestattet, sondern der von der einen Parthey gebrauchte Advokat hat bloß mündlich zu bemerken, was etwa in den Erklärungen beyder Partheyen zu ergänzen, genauer zu bestimmen, oder deutlicher auszudrücken ist. (S. Preuß. Gerichts-Ordn. Tit. III. § 16. 17.)

Wenn die Partheyen nicht zu vergleichen sind, wird zuvörderst die Einlassung des Beklagten auf jeden Punkt der Klage erfordert, und zum Protokoll gebracht, sodann aber ebenfalls über die Ausflüchte des Beklagten, über die Replik des Klägers und die Duplik des Beklagten eine Registratur abgefaßt. Der Richter hat nunmehr entweder selbst einen Bescheid zu geben, oder wenn er es für gut findet, oder eine von beiden Partheyen darauf anträgt, rechtliches Erkenntniß einzuholen.

Kann im ersten Urthel die Sache nicht entschieden werden, so ist darin jeder Umstand, den Kläger oder Beklagter zu erweisen hat, genau und allgemein verständlich zu bestimmen. Gegen das erste Urthel finden die gewöhnlichen Remedia statt, welche aber durch Advokaten schriftlich einzusenden sind. Haben beyde Theile sich nicht bey dem Urthel beruhiget, so tritt die gewöhnliche Prozeßform ein, jedoch nur

bis zur Rechtskraft des erften Urthels. Ift das Remedium nur von
einer **Parthey** angewandt, fo wird die deshalb eingereichte Schrift dem
Gegentheil zugefertigt, und ihm der Termin zu Fortftellung des Remedii
bekannt gemacht. Findet letzterer für nöthig, diefe Schrift zu wider-
legen, fo muß dies durch einen Advokaten gefchehen nach der gewöhnlichen Form in dem angefetzten Termine. Glaubt er hingegen nichts
bey dem Remedio zu wagen, fo kann er in dem Termine ausbleiben.
In diefem Falle wird dem Leuteranten oder Appellanten nur ein einziger Satz geftattet, und fodann **über das Remedium** erkannt.

Nach Rechtskraft **des erften Urthels auf Beweis** hat der Richter
zu **Führung** diefes **Beweifes einen Termin** anzufetzen. In diefem
Termine muß der Beweisführer fich der Eides=Delation bedienen, oder
um Local=Befichtigung bitten, oder die Beweis=Urkunden zur Stelle
bringen, **oder die Perfonen** angeben, von denen er die Herausgabe
der nicht vorhandenen Urkunden verlangt, oder die abzuhörenden Zeugen
benennen, und die Punkte, worüber fie ausfagen follen, protokolliren
laffen. Die Vorladung ift dergeftalt einzurichten, daß die Parthey da-
durch an alles erinnert wird, was fie in Anfehung ihrer Beweismittel
zu überlegen hat.

Will der Beweisführer einen Advokaten gebrauchen, fo fteht ihm
frey, einen fchriftlichen Beweis in der gewöhnlichen Form einreichen
zu laffen, auf welchem fodann nach Vorfchrift der Prozeß=Ordnung
ausgefertigt wird. Erfcheint aber der Gegentheil ohne Advokaten im
Productions=Termine, fo wird kein fchriftliches Verfahren geftattet,
fondern die mündlichen Erklärungen der Partheyen werden fo wie im
erften Termine protokollirt.

In dem Beweistermine **müffen beyde Partheyen in Perfon er-
fcheinen, und es wird nochmals verfucht,** fie zu vergleichen. Ift keine
Vereinigung **zu treffen, fo kann die** Gegenparthey des Beweisführers
fogleich ihre Gegenerklärungen über die Eides=Delation oder die Beweismittel protokolliren laffen, oder diefe Erklärungen bis zum Gegen-
beweis=Termine fich vorbehalten.

Bey der Vorladung zum Gegenbeweis=Termine, und bey diefem
Termine felbft, wird es durchgängig wie bey dem Beweistermine ge-

halten, außer, daß die Vergleichsunterhandlungen wegfallen. In der
Vorladung zu diesem Termine wird aber zugleich dem Gegentheile des
Beweisführers unter den gewöhnlichen Verwarnungen auferlegt, über
die Eides-Delation, ingleichen über die von ihm herauszugebenden
und anzuerkennenden Urkunden sich zu erklären. Der Beweisführer
muß auch in diesem Termine erscheinen, damit seine Repliken über den
angetretenen Beweis protokollirt werden können. Ueber den mündlich
oder schriftlich angetretenen Gegenbeweis steht es ihm frey, sich sogleich
zu erklären, oder sich bis zum letzten Termine seine Erklärung vorzubehalten.

Es wird nunmehro zur Abhörung sämmtlicher Beweis- und Gegenbeweis-Zeugen verschritten, auch wenn gegen ihre Zulässigkeit Einwendungen gemacht worden sind, indem diese beym künftigen End-Urthel
in Erwägung kommen. Nur in denjenigen Fällen, welche in der
Preußischen Gerichts-Ordn. Tit. 10. § 180 und 227 ausgenommen
sind, bleibt die Abhörung des Zeugen entweder überhaupt, oder bey
einzelnen Punkten weg. Die Gegenparthey des Beweis- oder Gegenbeweisführers durch Zeugen kann entweder durch einen Advokaten schriftliche Fragstücke einreichen, oder selbst mündlich gewisse Punkte zum Protokoll bringen lassen, worüber die Zeugen mit abgehört werden sollen.
Dies muß aber in Ansehung der Beweiszeugen spätestens im Gegenbeweistermine, und bey den Gegenbeweiszeugen in einem hierzu besonders anzusetzenden Termine geschehen. In einem Zeitraume von
drey Monaten von dem Termine an gerechnet, da die Fragstücke wegen
der Gegenbeweis-Zeugen einzureichen oder zu protokolliren sind, haben
beyde Partheyen die Abhörung der Zeugen und die Einsendung ihrer
Aussagen zu bewirken.

Wer die Herausgebung einer Urkunde verlangt, muß alle diejenigen Personen sogleich angeben, bey denen er sie vermuthet. An
alle diese Personen wird nach der Reihe, in welcher sie aufgeführt sind,
ausgefertiget, und ihre darauf erfolgenden Erklärungen dem Beweis-
oder Gegenbeweisführer bekannt gemacht, zugleich aber ihm eine gewisse
Frist gesetzt, binnen welcher er sich zu erklären hat, von wem er die
Leistung des Editions-Eides verlangt.

Wenn die Herausgabe von der Gegenparthey verlangt wird, bedarf es keiner besondern Ausfertigung, sondern bey einer Beweis-
urkunde wird in die Vorladung zum Gegenbeweistermine dieserhalb
das Nöthige eingerückt, und bey einer Gegenbeweis-Urkunde der im
Gegenbeweis-Termine erschienenen Parthey vom Richter auferlegt, sich
binnen einer **besonders zu** bestimmenden Frist wegen der herauszugebenden Urkunde zu erklären. Von der geschehenen Herausgabe der
Urkunde oder erfolgten Leistung des Editions-Eides erhält die dabey
interessirte **Parthey** sogleich Nachricht.

Während der Zeit, **daß die Zeugen abgehört, und** die Urkunden
herbeygeschafft werden, ist auch alles Uebrige zu bewerkstelligen, worauf
die Partheyen bey dem Beweise und Gegenbeweise angetragen haben,
oder was der Richter für nöthig findet, als die gerichtliche Besichtigung,
die Einholung eines Gutachtens von Sachverständigen, und die **Be-
fragung der** Zeugen auf dem streitigen Platze. Nur die Eidesdelation
bleibt bis zum End-Urthel ausgesetzt.

Der zu Beybringung der Zeugen-Aussagen bestimmte dreymonatliche Zeitraum wird in der Regel hinreichend seyn, um während desselben
auch die Urkunden herbeyzuschaffen. In besondern Fällen kann jedoch
der Richter wegen der Entfernung der Person, von welcher die Herausgabe einer Urkunde verlangt wird, hierzu noch eine besondere Frist
einräumen.

Auf den Tag, da obige dreymonatliche Frist, oder die wegen
besonderer Umstände bewilligte Verlängerung derselben abgelaufen ist,
wird der letzte Termin angesetzt. In diesem hat zuvörderst die Gegenparthey des Gegenbeweisführers **die** etwa rückständigen Erklärungen
über die Eides-Delation, **Zeugen und** Urkunden des Gegenbeweisführers
protokolliren zu lassen, worauf sämmtliche inmittelst beygebrachte Urkunden dem **Gegentheile** zur Recognition vorgelegt werden. Erbietet
sich eine Parthey zur eidlichen Diffession einer Urkunde, so wird die
Leistung **dieses Eides, so wie** der deferirten Eide, bis zum End-Urthel
ausgesetzt.

Die Zeugen-Aussagen werden nunmehr eröffnet zu den Akten
gebracht, und die Einsicht dieser Akten beyden Partheyen gestattet.

Beyde Theile haben sich zu erklären, ob ein gewöhnliches Hauptver= fahren durch Advokaten eingebracht werden soll, welches ihnen frey= steht, wenn beyde Partheyen darüber einverstanden sind. Will aber eine von beyden Partheyen keinen Advokaten gebrauchen, so wird der andern eine einzige Schrift gestattet, die sie binnen einer bestimmten Frist einzureichen hat.

Die Akten werden sodann an ein Dicasterium zum Endurthel, oder wenn dieses von einem Geschwornen=Gericht gesprochen wird, zum Erkenntniß über die Gültigkeit der Beweismittel verschickt. Finden die Verfasser des Endurthels noch eine Eidesleistung für nöthig, so wird die Eidesformel ausdrücklich vorgeschrieben, und für beyde Fälle, wenn der Eid geleistet, oder nicht geleistet wird, das Erkenntniß sogleich beygefügt.

Hat sich eine Parthey wegen eines ihr deferirten Eides zur Ge= wissens=Vertretung erboten, so wird ihr diese auf den Fall, daß der deferirte Eid bey Entscheidung der Sache in Erwägung kommt, im End=Urthel nachgelassen, worauf alsdann noch ein Urthel über die ge= führte Gewissens=Vertretung nöthig ist. Bey der Gewissens=Vertretung wird es übrigens, wie bey dem Beweise überhaupt gehalten, außer daß keine Eides=Delation und kein Gegenbeweis statt findet.

Bei den Leuterungen und Appellationen gegen das End=Urthel, wird eben so verfahren wie bei den Remediis gegen das erste Urthel.

Briefe aus Sachsen

an einen Freund in Warschau.*)

*) Briefe aus Sachsen an einen Freund in Warschau. Leipzig, G. J. Göschen, 1808.   Versuche über Gegenstände der inneren Staatsverwaltung. III. S. 55.

Die „Briefe aus Sachsen an einen Freund in Warschau" waren durch die Errichtung des Herzogthums Warschau und die Ernennung des Königs Friedrich August von Sachsen zum Herzog (Großherzog) von Warschau von Napoleons Gnaden veranlaßt worden. Sie sind charakteristisch für den damaligen Optimismus Körners, welcher diesen neuen polnischen Staat, diese „Spottgeburt aus Dreck und Feuer", anfänglich für lebens- und entwicklungsfähig gehalten zu haben scheint. Geschrieben wurden sie im November 1807; am 2. December 1807 sandte Körner das Manuscript an Göschen und schrieb: „Als ich Ihren Brief erhielt, theuerster Freund, war ich mit der beiliegenden Arbeit beschäftigt. Ich schicke sie Ihnen sogleich, wie sie fertig geworden ist, weil ich ihre baldige Erscheinung wünsche. Finden Sie kein Bedenken, den Druck zu übernehmen, so könnten Sie mir vielleicht noch vor Weihnachten einen Zuschuß zu meinen jetzigen Ausgaben schicken. Meine Name wird bei dem heutigen Manuscript nicht genannt". (Körner an Göschen. Hs. der Dresdner Bibliothek.) Der Druck der kleinen Schrift war schon am 29. December beendet. Der Abdruck erfolgt aus den „Versuchen über Gegenstände der inneren Staatsverwaltung", welche den ersten Druck der Schrift, unter Berichtigung einiger Druckfehler, wiedergeben.

Erster Brief.

An Ihrer jetzigen Stimmung erkenne ich den ächten Freund seines Vaterlandes. Die Größe des gegenwärtigen Moments fodert Muth und Vertrauen; weder durch traurige Erinnerungen, noch durch ängstliche Sorgen darf irgend eine wohlthätige Kraft gelähmt werden. Leichter ist es indessen, von der Vergangenheit den Blick abzuwenden, als mit Besonnenheit und Ruhe der Zukunft entgegenzusehen. Aber wohl Ihnen, daß Sie eben so wenig durch schwärmerische Hoffnungen getäuscht werden, als einem Argwohn sich überlassen, der oft was er fürchtet, beschleunigt.

Um den Staat, wie den einzelnen Menschen, vor irgend einer Gefahr zu sichern, giebt es kein besseres Mittel, als daß man seine Gesundheit und Lebenskraft zu erhöhen sucht. Vereinigen sich hierzu günstige Umstände, so wäre es unverantwortlich, sie nicht vollkommen zu benutzen.

Sie lassen unserm Könige Gerechtigkeit widerfahren, und was Sie über ihn äußern, wird durch die Erfahrung einer beinahe vierzig-jährigen Regierung bestätigt. Die neue Constitution ist für einen solchen Regenten kein Hinderniß. Sie kann ihm vielmehr die Ab-stellung eines Mißbrauchs, oder die Ausführung eines gemeinnützigen Plans erleichtern, wenn die Stellvertreter des Volks die Würde ihrer Bestimmung nicht verkennen.

Von einer gewissen Weltklugheit hätte ich hier ein mitleidiges Lächeln zu erwarten. Aber Sie gehören nicht zu denen, die keine andern Triebfedern der menschlichen Handlungen kennen, als Eigennutz

und unedle Leidenschaften. Für ein unverdorbenes Gefühl hat es nie
an Erfahrungen des Gegentheils gefehlt, die durch keine Sophisterei
der Herzlosigkeit oder des Mißmuths entstellt werden konnten.

Züge von Hochherzigkeit, Patriotismus und Selbstaufopferung
sind in der polnischen Geschichte nicht selten. Und, was durch eine
Reihe von harten Schicksalen nicht unterdrückt werden konnte, sollte
nicht mit doppelter Kraft zu einer Zeit wieder aufleben, da für den
Staatsmann und Bürger sich ein so vielumfassender und begeisternder
Wirkungskreis eröffnet?

Was über den künftigen Zustand einer Volksmenge von mehr
als zwei Millionen in einem Lande, das eine weit größere Anzahl
Einwohner fassen kann, beschlossen wird, kann selbst der Fremde nicht
ohne Theilnehmung betrachten. Und der Sachse gehört nicht zu den
Fremden. Von seinen neuen Verhältnissen zu Ihrem Vaterlande hofft
er manche Vortheile, und es ist ihm nicht zu verdenken, wenn er sie
auf eine unschädliche Art zu benutzen sucht; aber das wahre Interesse
beider Länder ist leicht zu vereinigen und Sachsen gewinnt vielmehr
bei dem Wohlstande einer Nation, mit der es durch ehrenvolle Bande
verknüpft ist. Eine thätige Mitwirkung zu diesem Wohlstande ist uns
Sachsen nicht erlaubt, aber unsere Erwartung ist auf alles gespannt,
was von den Eingebornen geschehen wird, und mehrere unter uns
hegen gewiß dafür in der Stille manchen redlichen Wunsch.

Zweiter Brief.

Ihre Aufforderung ist mir willkommen. Das Schicksal Ihres
Vaterlandes beschäftigt mich lebhaft, und ich kann mir nicht versagen,
mich in den Fall zu versetzen, daß ich selbst bei den bevorstehenden
Verhandlungen meine Stimme zu geben hätte. Daß mir das Eigenthümliche des Landes und seine Bewohner nicht hinlänglich bekannt
ist, würde mich schüchtern machen, wenn ich zur Ausführung eines
Vorschlags gebraucht werden sollte. Aber eben dadurch, daß die Aufmerksamkeit durch das Einzelne nicht zu sehr zerstreut wird, können
gewisse Ansichten des Ganzen erleichtert werden, die wenigstens Prüfung

verdienen. Und je weniger die Strenge einer solchen Prüfung durch
meine persönlichen Verhältnisse gemildert wird, desto dreister kann ich
meine Ideen aufstellen.

Sie erwarten von mir keine Plane, um eine Nation, für die nur
erst ein neuer Morgen beginnt, plötzlich auf den höchsten Gipfel von
Ausbildung, Macht und Reichthum zu erheben, den sie jemals erreichen kann. Was in kurzer Zeit durch Treibhauskünste bewirkt werden
könnte, um durch eine glänzende Außenseite zu täuschen, würde Ihnen
nicht genügen. Soll ein Volk aus seinem Innern jeden Keim eines
kräftigern und schönern Lebens entwickeln, so darf der langsame aber
sichere Gang der Natur durch übereilte Geschäftigkeit nicht gestört
werden.

Ehe jedoch die eigne Thätigkeit der Nation sich äußern kann,
muß die Befriedigung gewisser Bedürfnisse vorhergehen. Aber es entsteht hier die Frage, ob es allein der Staat ist, der für diese Bedürfnisse zu sorgen hat.

Auf eine gemeinnützige Unternehmung, wozu es nur einer gesellschaftlichen Vereinigung bedarf, sollten die Kräfte des Staats nie
verwendet werden. Gesetzt auch, daß der Zweck dadurch besser erreicht
würde, so dürfte man doch nicht übersehen, daß der Gemeingeist eines
Volks erschlafft, wenn es sich gewöhnt, alles aus einer höhern Hand
müssig zu empfangen, und nichts sich selbst zu verdanken. Und es
giebt Fälle, da durch ein Zusammentreffen von Umständen die Hülfsquellen des Staats kaum für diejenigen Bedürfnisse ausreichen, deren
Befriedigung er schlechterdings selbst übernehmen muß. Zu einer Zeit,
da in Ihrem Vaterlande allein für die Armee und für die unentbehr-
lichsten Auslagen zu Benutzung der Domainen so beträchtliche Summen
erfodert werden, hat man nicht bloß auf Vermehrung der Einnahme
zu denken, sondern auch diejenigen Mittel nicht zu vernachlässigen, wodurch dem Staate bei andern dringenden Ausgaben eine Erleichterung
verschafft werden könnte.

Ueber die Rangordnung unter den Bedürfnissen der Nation werde
ich mit Ihnen keinen Streit haben. Wir sind darüber einverstanden,
daß alle gemeinnützigen Anstalten sich gegenseitig unterstützen, daß jede

Veredlung der Nation ihren Wohlstand erhöht, daß aber auch unter dem Druck der Noth und der Sorge die schöneren Blüthen der Menschheit nicht gedeihen.

Die Klasse der Grundbesitzer, auf dem Lande soll uns zuerst beschäftigen. Von ihnen erwartet der Staat seine Vertheidigung, ihre Thätigkeit kann die sichersten Quellen des Nationalreichthums eröffnen, sie bedürfen unter jetzigen Umständen der dringendsten Hülfe, und von der Verbesserung ihres Zustandes sind bei ihnen selbst und bei allen übrigen Klassen die edelsten Früchte zu hoffen. Wer kann ohne Theilnehmung an das Schicksal so vieler Tausende denken, die jetzt auf einmal aus der niedrigsten Stufe der Menschheit emporgehoben werden, und deren gegründete Ansprüche auf Beförderung ihrer Industrie, auf häusliches Glück, und auf geistige und sittliche Ausbildung man geltend zu machen sucht? Aber wer sollte nicht auch wünschen, daß eine so wohlthätige Absicht ohne gewaltsame Erschütterung und mit möglichster Schonung gegen eine Klasse von Staatsbürgern ausgeführt werden könnte, die seit Jahrhunderten für den Kern der Nation anerkannt worden ist?

Die neue Constitution enthält die Aufhebung der persönlichen Sklaverei, aber sie bestimmt nichts über die Rechte des Eigenthums. Vorausgesetzt also, daß in diese Rechte kein Eingriff geschehen soll, steht nunmehr der Gutsherr mit seinen ehemaligen Leibeignen in dem Verhältnisse, daß zwischen beiden ein Einverständniß über Dienste und Lohn erforderlich ist. Aber das Interesse des Staats und der Menschheit verlangt einen weitern Fortschritt. Der Bauer soll in der Folge dahin gelangen, daß er sein eignes Feld bestellt, und sich der Erndte von seiner Aussaat erfreut. Mein Wunsch wäre jedoch, daß der gewesene Sklav nicht plötzlich, sondern durch einen allmählichen Uebergang in einen freien Eigenthümer verwandelt würde.

Zu einem solchen Uebergange könnte der Erbpacht wohl gebraucht werden. Er ist ein bekanntes Mittel, um bei großen Ländereien, deren Bewirthschaftung nicht leicht übersehen werden kann, den Ertrag eines Grundstücks zu erhöhen. Der Gutsherr gewönne dadurch an Einkünften und der Staat an vermehrter Production. Der Erbpächter selbst hätte

nunmehr ein Eigenthum in seiner Erndte, und die Früchte seiner Arbeit
wären ihm und seinen Nachkommen gesichert.

Daß unter den jetzigen Umständen beträchtliche Auslagen nöthig
seyn würden, um einzelne Grundstücke mit Erfolg in Erbpacht zu geben,
ist außer Zweifel; aber es scheint nicht unmöglich, auch für diese Auslagen Hülfsquellen aufzufinden. Einem Gutsherrn, der eine ausreichende
Realsicherheit anbieten kann, wird es nicht leicht an Kredit fehlen. Es
käme also zuvörderst darauf an, daß der Staat in Ansehung der Hypotheken solche Einrichtungen träfe, wodurch das Aufnehmen der Kapitalien erleichtert, und der Gläubiger hinlänglich gedeckt würde. Beide
Zwecke ließen sich vielleicht noch in einem höhern Grade erreichen, wenn
die Landschaft eines oder mehrerer Departements sich zu einem Kredit-
system, wie in Schlesien, vereinigte. Geld zum Ausleihen würde selbst
im Lande vorhanden seyn, und wenigstens bey den benachbarten Handelsstädten nicht vergebens gesucht werden. Gesetzt, daß ein drückender
Zinsfuß in den ersten Jahren zu besorgen wäre, so könnte doch der
Staat auch diesem Uebel nach einiger Zeit durch Gegenmittel abhelfen,
die ich mir in der Folge zu erwähnen vorbehalte.

Angenommen aber, daß es dem Gutsherrn möglich gemacht worden
wäre, einen Theil seiner Besitzungen durch Erbpächte zu benutzen, so
würde ich nicht anrathen, ihn durch Befehle darzu zu nöthigen. In
einer Nation, wie die Ihrige, muß es Männer geben, die sich aus
edlen Triebfedern entschließen, mit ihrem Beispiele in einem solchen
Falle voranzugehen, selbst wenn der Erfolg noch zweifelhaft wäre.
Andere würden bald durch die Einsicht ihres eignen Vortheils zur
Nachahmung aufgefordert werden. Aufmunterungen und Belohnungen
von Seiten des Staats könnten vielleicht bloß zu der Absicht gebraucht
werden, daß die Erbpachtsverträge auf die wünschenswertheste Art ein-
gerichtet würden.

Besondere Umstände der Zeit oder des Lokals können den Gutsherrn nöthigen von dem Erbpachter sich gewisse Frohnen oder Befugnisse auszubedingen; aber für die Kultur des Landes wäre es ohne
Zweifel am vortheilhaftesten, wenn die Obliegenheit des Erbpachters
bloß in der Lieferung einer gewissen Quantität von Naturalien bestände.

Bei einer zunehmenden Bevölkerung würde die Schwierigkeit, Dienst-
gesinde und Lohnarbeiter zu bekommen, sich vermindern, und in den
meisten Fällen würden alsdann die Frohnen entbehrlich werden. Auch
die Aufhebung mancher für nothwendig gehaltnen Servituten läßt sich
hoffen, wenn die Behauptung achtungswerther Oekonomen, daß die
bessere Landwirthschaft ohne diese Hülfsmittel bestehen könne, durch
die Erfahrung sich immer mehr bestätigt. Sollte dies bei der Schaaf-
zucht im Großen weniger zu erwarten seyn, so wäre noch die Frage,
ob nicht die Pferde- oder Rindvieh-Zucht außer den Gegenden, die
ganz vorzüglich für Schäfereien geeignet sind, sowohl dem Gutsherrn
als dem Staate größere Vortheile verschaffe.

Der Uebergang vom Erbpacht zum Eigenthum würde nun in
einiger Zeit von selbst erfolgen, wenn der Erbpachter durch seine Industrie soviel gewönne, um selbst ein Grundstück erkaufen zu können.
Der Staat hätte Ursache genug, diese Käufe zu begünstigen, und der
Gutsherr würde in den meisten Fällen zum Verkauf bereitwillig seyn,
um von dem erlangten Gelde entweder aufgenommene Kapitalien zurück
zu zahlen, oder zu Verbesserung seiner Oekonomie eine nützliche Aus-
lage zu bestreiten. Sollten gewisse Dienste oder Befugnisse noch unentbehrlich seyn, so könnten diese auch bei dem Verkauf ausbedungen
werden. Indessen würde der Gutsherr vielleicht mancher Frohnen nicht
mehr bedürfen, wenn er für Häusler, die diese Dienste zu verrichten
hätten, kleine Wirthschaften anlegte, und hierzu einen Theil des Kauf-
preises verwendete.

Daß es aber dem Erbpachter möglich werde, von seinem jährlichen Gewinn nach und nach eine bedeutende Summe zurückzulegen,
setzt gewisse Anstalten voraus, worüber mein nächster Brief das Weitere
enthalten soll.

Dritter Brief.

Der einzelne Gutsherr erkennt leicht die Nothwendigkeit, für die
bessere Kultur seiner Besitzungen seine eignen Kräfte aufzubieten, aber
für die Bedürfnisse einer ganzen Provinz wird gewöhnlich die Hülfe

des Staats erwartet. Gleichwohl sind diese Bedürfnisse zum **Theil** so
dringend, und stehen mit dem Vortheile des Einzelnen in so unmittel-
barem Zusammenhange, daß man die Möglichkeit kaum bezweifeln sollte,
für solche Zwecke unter allen Grundeigenthümern eines Departements
eine gesellschaftliche Vereinigung zu bewirken.

Drei Objekte scheinen mir besonders in diese **Klasse zu gehören**:
Aufsuchung nutzbarer Materialien, Straßenbau und Navigationsanstalten. Daß die natürliche Beschaffenheit **des ganzen Departements**
durch einen Sachverständigen erforscht wird, **und kein Ort unbekannt**
bleibt, wo Thon, Bruchsteine, **Kalk**, **Gyps**, Mergel, Torf, **Steinkohlen**
und dergleichen zu finden, oder auch nur wahrscheinlicher Weise zu
vermuthen sind, erfordert einen so mäßigen Aufwand, und ist von so
einleuchtendem Nutzen, daß eine **Subscription**, die irgend ein ange-
sehener Mann **in dieser Absicht** eröffnete, wohl ohne Schwierigkeit zu
Stande kommen würde. Ueber das Bedürfniß der Straßenbesserung
und über die Vortheile der Kanäle und schiffbaren Flüsse ist zwar ebenfalls kein Zweifel, aber der Privatmann erschrickt gewöhnlich vor den
Kosten solcher Unternehmungen, und vor ihren theils wirklichen, theils
scheinbaren Hindernissen.

In Ihrem Vaterlande treffen jedoch Umstände zusammen, die den
Straßenbau und die Navigationsanstalten nicht nur doppelt nothwendig
machen, sondern auch erleichtern. Die Landwirthschaft bedarf einer
größern Konkurrenz von Käufern, als sie von der jetzigen Bevölkerung
der nächsten Städte erwarten kann. Was der Staat mit den größten
Aufopferungen für **die Aufnahme der Städte zu** leisten vermöchte,
würde nur langsam auf die Vermehrung der Volksmenge wirken. Und
wenn Fabriken und Handel auf inländischen Absatz rechnen, so beruht
ihr Flor **auf dem Wohlstande des Landmanns**. Bestehen sie aber nur
durch ausländischen **Vertrieb**, so ist auch **in dieser** Rücksicht jede Erleichterung des Transports von den wichtigsten Folgen.

Wirft **man** nun einen Blick auf die Landkarte, so fallen die Vortheile in die Augen, **die der Gebrauch der** zahlreichen größern und
kleinern Flüsse zur Schifffahrt, und ihre Verbindung durch Kanäle gewähren würde. **Aus der Weichsel** giebt es schon jetzt eine Wasser-

ſtraße durch den Bromberger Kanal, die Netze und die Warthe in die
Oder, und aus der Oder durch die Preußiſchen Kanäle in die Elbe.
Eine zweite Verbindung zwiſchen der Oder und der Elbe würde viel=
leicht durch die Spree und die ſchwarze Elſter in der Lauſitz zu be=
wirken ſeyn. Für alle diejenigen alſo, die auf kleinern Flüſſen oder
Kanälen bis in die Weichſel, Warthe oder Netze gelangen können, wird
die Verſchiffung ihrer Produkte bis in die Oſt= und Nord=See, und
und in alle darzwiſchen liegenden Länder möglich.

Die Koſten der Navigationsanſtalten müſſen ſich in einem Lande
vermindern, das nicht bergicht iſt, und wo an den kleineren Flüſſen
wegen der geringern Bevölkerung weniger Waſſermühlen vorhanden
ſind. Ein Theil der Fuhren, Handarbeiten und Materialien kann von
den benachbarten Grundbeſitzern unentgeltlich erlangt werden, wenn
ihnen dafür eine gewiſſe Befreyung von den Navigationsabgaben zu=
geſichert wird. Und vorausgeſetzt, daß weder der Staat in Anſehung
der Domainen, noch die Geiſtlichkeit wegen ihrer Beſitzungen ſich von
den Koſtenbeiträgen ausſchlöſſe, könnten dieſe Beiträge nicht zu einer
großen Beſchwerde gereichen, beſonders wenn der Bau auf mehrere
Jahre vertheilt würde.

Der Koſtenantheil wäre nach dem gegenwärtigen Ertrage der
Grundſtücke zu beſtimmen, den die Deputirten der Landſchaft mit Zu=
ziehung des Grundbeſitzers zu erörtern hätten. In ſtreitigen Fällen
würde von der höchſten Polizeibehörde entſchieden. Bei kleineren Städten,
die von den Kanälen oder ſchiffbar zu machenden Flüſſen nicht berührt
würden, hätte man auf den Umſtand Rückſicht zu nehmen, daß ihnen
durch die Verſchiffung der Produkte ein Theil der Zufuhre entzogen
wird, und die Navigationsanſtalt ihnen erſt ſpäter durch die vermehrte
Conſumtion der umliegenden Gegend zum Vortheil gereicht, mithin
ſie auf einige Erleichterung in Anſehung des Koſtenbeitrags Anſpruch
machen können.

Durch eine Oberaufſicht des Staats über die Waſſerſtraßen würde
für die Zweckmäßigkeit der Baue mehr Sicherheit erlangt, der Zu=
ſammenhang unter den verſchiednen Departements befördert, und ein
zu hoher Anſatz der Navigationsabgaben verhütet. Die Anſchläge

wären daher zur Genehmigung bei der Behörde einzureichen, und die vollendeten Baue zu besichtigen, ehe die Erhebung der Abgaben gestattet würde.

Die Navigationsabgaben dürften nur auf Bestreitung der Unterhaltungskosten berechnet werden. Durch die **Vermehrung der Schifffahrt** würde sich in der Folge ohne Beschwerde für **den Producenten** ein Ueberschuß ergeben, der zu andern Bedürfnissen des Departements verwendet werden **könnte.** Von solchen Bedürfnissen wird **künftig** bei Erwähnung einiger Landespolizei=Anstalten die Rede seyn.

Was mir für die Schiffbarmachung der Flüsse und Anlegung der Kanäle thunlich scheint, würde ich auch für den Bau der Landstraßen vorschlagen. Und wenn durch Vermehrung des Transports zu Wasser die schweren Frachtwagen auf den **Landstraßen** seltner werden, so macht dies manche Ersparniß, sowohl bei der ersten Anlegung, als bei der Unterhaltung der Straßen möglich.

Denken Sie sich nun das Land von schiffbaren Flüssen und Kanälen durchschnitten, alle Straßen gut unterhalten, die Freiheit des Handels im Staate selbst unbeschränkt, für jedes Produkt Gelegenheit zum Absatz in die entferntesten Gegenden, und Aufmunterung für jede Art von landwirthschaftlicher Industrie. Daß die zu häufige Ausfuhr **des Ge**treides für das inländische Bedürfniß nachtheilig werden sollte, ist unter den jetzigen Umständen nicht zu besorgen. Und sollte in der Folge bei zunehmender Bevölkerung der Städte diese Besorgniß eintreten, so würde es leicht seyn, durch Landmagazine sich vor Theurung **und** Mangel zu sichern. Eher ist der Einfluß jeder **Störung des Seehandels** auf den Absatz des Getreides zu fürchten.*) Aber auch alsdann würden dem Landwirth zum Vertrieb von Holz, Tabak, Flachs, Wolle, Farbenmaterialien und andern Produkten noch Wege genug offen bleiben.**)

---

*) Es fragt sich, ob unter solchen Umständen die Industrie nicht mehr auf die Viehzucht, als auf Getreidebau gerichtet werden sollte. Für alle Arten des Viehes, und die davon gewonnenen Produkte kann es in den benachbarten Ländern an Gelegenheit zum Absatz nicht fehlen.

) Die Gewöhnung an **Branntwein ist bey **den** untersten Volksklassen ein **wichtiges Hinderniß der Verbesserung ihres** Zustandes. Sollte es nicht

Ein großer Theil der Städte muß ebenfalls durch die Navigationsanstalten gewinnen, und zwar ohne Nachtheil der Landwirthschaft. Die kleinste Stadt an einem schiffbaren Flusse oder Kanale wird leicht zum Mittelpunkt des Handels für die umliegende Gegend. Und aus dem wohlhabenden Korn- oder Holzhändler kann in der Folge ein Verleger für nützliche Manufakturen werden.

Vierter Brief.

Die Sorge für den Unterricht und die sittliche Veredlung eines Volks scheint aus der Ursache dem Staate allein obzuliegen, weil für solche Zwecke nicht so leicht, als für sinnliche Vortheile, eine gesellschaftliche Vereinigung zu erwarten ist. Indessen giebt es in Ihrem Vaterlande schon jetzt eine Gesellschaft, bei der man die Kräfte und den guten Willen voraussetzen darf, wenigstens einen Theil dieser Sorge zu übernehmen.

Eine Gelegenheit, ächte Religiosität zu verbreiten, und zugleich sich ein wichtiges Verdienst um den Staat zu erwerben, muß dem geistlichen Stande willkommen seyn. Daß sein Ansehen erhöht und fester begründet werde, ist unter den jetzigen Umständen für ihn selbst und für das Zeitalter ein Bedürfniß. Die ehemalige blinde Unterwürfigkeit der übrigen Stände hat sich größtentheils in das entgegengesetzte Extrem verwandelt, und wo Egoismus und Frivolität herrschen, ist überhaupt der Sinn für das Ehrwürdige verschwunden. Dieser innern Verwilderung entgegen zu arbeiten sollte kein Mittel unversucht bleiben.

Für die Bildung, Leitung und Aufmunterung der Geistlichen und Schullehrer wird in Ihrem Vaterlande noch viel zu thun übrig seyn, da manches, was für diese Zwecke in andern Ländern geschah, hier durch ungünstige Umstände gehindert wurde. Die Bestreitung der dazu

---

Mittel geben zu bewirken, daß das Bier dem Branntwein vorgezogen würde? Vielleicht wären bey dem Biere gewisse Abgaben aufzuheben und dagegen auf den Branntwein zu legen. Auch könnte die Bierbrauerey durch Prämien aufgemuntert werden.

nöthigen Kosten ist in der Regel eine Obliegenheit, theils des Staats,
theils der einzelnen Gemeinden, und mein Wunsch wäre keinesweges,
daß dieserhalb der Kirche eine neue Last aufgebürdet würde. Aber
es würde mich freuen, wenn die begüterte Geistlichkeit aus eigner Be=
wegung sich zu einem Beitrage in den Fällen erböte, da eine Gemeinde
durch besondere Ereignisse auf einige Zeit zu Erfüllung ihrer Verbind=
lichkeiten unvermögend geworden wäre. Geldaufwand ist jedoch bei
dieser Angelegenheit nicht das wichtigste Erforderniß.

Man hat oft versucht, Jünglinge zum Dienste der Kirchen und
Schulen in Seminarien vorzubereiten, aber selten ist diese Absicht durch
größere Anstalten erreicht worden. Ein zuverlässigeres und einfacheres
Mittel wäre vielleicht, solche Jünglinge einzelnen vorzüglichen Geist=
lichen und Schullehrern zur Bildung anzuvertrauen. Alles kommt
darauf an, hierzu die rechten Männer zu wählen, und in dieser Aus=
wahl könnte sehr viel von der höhern Geistlichkeit geleistet werden.
An Gelegenheit würde es ihr nicht fehlen, innerhalb ihres Wirkungs=
kreises jedes stille Verdienst aufzusuchen.

Die Verwaltung der geistlichen Aemter steht überall unter der
Aufsicht eines Vorgesetzten, und es ist einleuchtend, was unermüdeter
Eifer für Sittlichkeit und Religion, verbunden mit hellen Begriffen
und liberalen Grundsätzen durch die Art dieser Aufsicht vermag. Wie
viel wird gewonnen, wenn bei jedem Mitgliede des geistlichen Standes
nicht nur Vergehungen geahndet, sondern auch edle Anstrengungen ge=
ehrt, glückliche Anlagen entwickelt und vorzügliche Kräfte in eine an=
gemessenere Sphäre versetzt würden!

Was wir von der höhern Geistlichkeit zu erwarten haben, darf
nicht aus einseitigen Erfahrungen gefolgert werden. Zur Zeit einer
bequemen Herrschaft konnte leicht mancher edlere Trieb erschlaffen, aber
jetzt wird der Diener der Kirche zum Kampf aufgefordert, und dieser
Kampf ist begeisternd. Wer sich berufen fühlt, die Heiligthümer der
Menschheit gegen die Denkart des Zeitalters zu schützen, hat nicht
überall an der Möglichkeit eines Siegs zu verzweifeln. Er thut wohl
alles aufzubieten, um unter der Klasse, auf die er zu wirken bestimmt
ist, keinem an geistiger Ausbildung nachzustehen; aber eine höhere Ge=

walt, der die menschliche Natur auch oft in ihrem tiefsten Verfalle
nicht widersteht, erhält er durch die Würde eines vollendeten Priesters.
Vereinigt er das Streben nach einem erhabenen Ziele mit wohlwollender
Theilnehmung an fremdem Glück oder Elend, steht Glaube und Hoffnung
bei ihm unerschüttert mitten unter dem Gewühl einer tobenden oder
spottenden Menge, strahlt immer Friede aus der ruhigen Heiterkeit
seines Blicks, so umgiebt ihn ein milder Glanz, und als ein Symbol
des Ueberirdischen, als eine Erscheinung aus einer bessern Welt, er=
weckt er zugleich ein beschämendes und ein seelenerhebendes Gefühl.

Fünfter Brief.

Es fällt Ihnen auf, daß mir so sehr daran gelegen ist, der
Regierung einige Sorgen zu erleichtern. Sie fordern vor allen Dingen
kräftige Mittel zu Wiederherstellung eines kranken Staats, damit er
nachher im Zustande der völligen Gesundheit keine Schonung bedürfe.
Wir sind indessen nicht so weit auseinander, als es vielleicht scheint.
In Ihrem Vaterlande ist nach vieljährigen Erschütterungen ein gewisser
Zeitraum nöthig, um die Kräfte des Staats wieder zu sammeln.
Binnen dieser Zeit wünschte ich, daß die Regierung einiger dringenden
Geschäfte überhoben würde. Von dem aber, was sie nachher zu leisten
vermag, wäre ich eben so wenig, als Sie, geneigt, ihr irgend etwas
zu erlassen, nur würde ich glauben, daß sie mit größerem Nachdruck
wirken könnte, wenn ihre Thätigkeit sich nicht auf zu vielerlei Gegen=
stände zerstreute. Lassen Sie mich nunmehr zu dem Punkte übergehen,
auf dem Sie mich erwarten.

Der Ertrag der Abgaben, Domainen und Regalien kann bei den
jetzigen Umständen nicht einmal hinreichend seyn, die von Jahr zu
Jahr erforderlichen Ausgaben zu bestreiten. Gleichwohl sind noch außer=
dem bedeutende Summen zu unentbehrlichen Auslagen herbeizuschaffen.
Bei einer Staatsanleihe würde man jetzt sich auf harte Bedingungen
gefaßt machen müssen, und dies hätte zugleich den Nachtheil, daß die
Kapitale dem erwerbenden Privatmanne entzogen würden. Neue drückende
Abgaben einer erschöpften Nation aufzulegen, möchte ich eben so wenig

anrathen. Es bleibt also, däucht mich, in dieser Verlegenheit kein
Hülfsmittel übrig, als ein Papiergeld, und die Frage ist nur, wie
dabei am sichersten und unschädlichsten zu verfahren sey. Der Plan,
den ich Ihnen darüber vorzulegen habe, ist folgender.

Vorausgesetzt, daß sechs Millionen Thaler zu den jetzigen Bedürfnissen des Staats hinreichen, errichtet der König und die Nation
mit Zuziehung einiger angesehenen Kaufleute eine Bank in Warschau,
von der die Regierung diese Summe in Banknoten erhält. Der Fonds
der Bank besteht erstlich aus der Summe von sechs Millionen Thalern
in Staatsobligationen zu vier Procent, die in der Bank deponirt werden,
indem die Nation auf so hoch eine Staatsanleihe garantirt. Es wird
jedoch nur die Hälfte der Zinsen von dieser Anleihe, mithin die Summe
von 120,000 Thlr. durch Abgaben aufgebracht, und von der Bank
erhoben. Zweitens erborgt die Bank 600,000 Thlr. an baarem Gelde
auf Actien zu fünf Procent. Sollte für diese Zinsen das Geld nicht
zu erlangen seyn, so könnte noch eine Summe zu Prämien, die durchs
Loos gezogen würden, ausgesetzt werden. Drittens erbietet sich die
Bank müßig liegende Kapitale, jedoch nicht unter funfzig Thlr. zu
drei Procent Zinsen anzunehmen, und auf Verlangen jedesmal sogleich,
jedoch in Banknoten, wieder zu bezahlen.

Durch diese Mittel soll die Bank in den Stand gesetzt werden,
jede präsentirte Banknote ohne Abzug auszuwechseln, die Interessen
und Prämien des Actien=Kapitals aufzubringen, die Administrations=
kosten zu bestreiten und noch einen jährlichen Ueberschuß zur Disposition
zu haben. Diese Absichten zu erreichen, wird der Zudrang zur Aus=
wechselungskasse der Banknoten dadurch vermindert, daß der Staat alle
Abgaben und Pachtgelder der Domainen zur Hälfte in Banknoten an=
nimmt. Auch ist jeder Kassenverwalter in den Provinzen autorisirt,
so viele Banknoten auszuwechseln, als die Ueberschußgelder betragen,
welche an die Hauptkasse einzusenden sind.

Denken wir uns nun eine solche Bank als errichtet, so läßt sich
mit ziemlicher Wahrscheinlichkeit angeben, welchen Gang ihre Geschäfte
nehmen würden. Die Interessen des Actienkapitals betragen jährlich
30,000 Thlr. und die Administrationskosten können ohngefähr zu

10,000 Thlr. angeschlagen werden. Es bleibt demnach im ersten Jahre für die Auswechselungskasse der Bank eine Summe von 680,000 Thalern übrig, wenn bloß auf das Actienkapital und die Zinsen der Staatsanleihe gerechnet wird. Was die Bank an baaren Geldern zu drei Procent bekommt, wird im Anfange nicht sehr bedeutend seyn, und ist daher nicht in Ansatz zu bringen.

Ist die Summe von 680,000 Thalern für den Zudrang zur Aus= wechselungskasse nicht hinreichend, so wird Geld auf die deponirten Staatsobligationen, die nebst ihren Coupons von der Bank verpfändet werden, erborgt. Dies wird nach und nach so lange fortgesetzt, bis der Zudrang zur Auswechselungskasse durch den vermehrten Kredit der Banknoten sich vermindert, und zugleich ein baarer Kassenbestand von wenigstens 100,000 Thalern vorhanden ist. Drei Millionen Thaler in Staatsobligationen, nebst Zinscoupons zu vier Procent, wären ein hinreichendes Pfand für eine Anleihe der Bank von 2,400,000 Thalern zu fünf Procent.*) Es sind also im ersten Jahre Mittel vorhanden, um eine Summe von 3,080,000 Thalern, mithin über die Hälfte der ganzen Summe der Banknoten, an baarem Gelde herbeizuschaffen. Daß eine solche Summe für das Bedürfniß der Auswechselungskasse nicht hinreichend seyn sollte, ist wider alle Wahrscheinlichkeit. Sechs Millionen Thaler in Banknoten sind für eine Volksmenge von mehr als zwei Millionen keine so unverhältnißmäßige Quantität, daß nicht der größte Theil davon im Lande cirkuliren sollte, ohne zur Auswechselung prä= sentirt zu werden. Auch giebt es in den Provinzen Gelegenheiten zur Auswechselung bei den Kassenverwaltern des Staats. Für den schlimmsten Fall hat die Bank noch einen Vorrath von drei Millionen Thalern in Staatsobligationen. Sollte noch ein Theil davon verpfändet werden müssen, so wären zwar neue Zinscoupons zu kreiren, aber es bedürfte deshalb keiner mehrern von der Nation zu erhebenden Abgaben. Die

---

*) Um für die zu verpfändenden Staatsobligationen baar Geld zu er= langen, wird man allerdings eines Handelshauses zum Negociren bedürfen. Die ihm dafür auszusetzende Provision könnte aber füglich aus einer Staats= kasse bestritten werden, da die Bank dem Staate so beträchtliche Vortheile ver= schaffen würde.

Bank selbst nehmlich könnte die Zahlung dieser Zinsen bestreiten. Ein vorsichtiger Gebrauch der eingewechselten Banknoten ist das Hülfsmittel, wodurch nicht nur die Uebernehmung dieser Verbindlichkeit möglich gemacht, sondern auch überhaupt die Bank selbst in dem unwahrscheinlichen schlimmsten Falle vor jeder Besorgniß gesichert wird.

Lassen Sie uns annehmen, es werde für das Bedürfniß der Auswechselungskasse im ersten Jahre außer dem vorräthigen baaren Gelde an 680,000 Thalern noch eine Anleihe von 3,200,000 Thalern gegen Verpfändung von Staatsobligationen erfodert. Zu Anfange des zweiten Jahres also ist die Auswechselungskasse erschöpft, und von den anfänglich deponirten Staatsobligationen der Betrag von **vier Millionen** Thalern verpfändet. Die Bank entbehrt daher nicht allein die jährliche Einnahme von 120,000 **Thalern** an Zinsen von drei Millionen in Staatsobligationen, sondern sie hat auch noch 40,000 Thlr. als Interessen für die vierte Million zu zahlen. Indessen besitzt sie eine Summe **von** 3,880,000 **Thalern** in eingewechselten Banknoten.

Alles wäre verloren, wenn die Bank sich verleiten ließe, diese ganze Summe von Banknoten auf **einmal** wieder in Cirkulation zu bringen. Hat im ersten Jahre der Gebrauch der Banknoten bei einem großen Theile der Nation Hindernisse gefunden, so **läßt sich im zweiten** Jahre noch keine bedeutende Aenderung der Umstände erwarten. Sollte aber der anfängliche Zudrang zur Auswechselungskasse **fortdauern,** so würden bald ihre Hülfsquellen nicht mehr zureichen. Ganz andre Folgen müssen dagegen **entstehen, wenn** nur ein **kleiner Theil** der vorräthigen Banknoten in jedem Jahre ausgegeben wird.

Dieser Theil sei eine Summe von 300,000 **Thalern,** und werde gebraucht, um bei der Staatskasse baares Geld dafür einzuwechseln. Der Staat kann diese Hülfe der Bank nicht verweigern, da ihre Fortdauer für ihn äußerst wichtig ist, und da die Erfahrung des ersten Jahres **den** Kredit der Banknoten begründet hat. Von diesen 300,000 **Thalern werden**

100,000 Thlr. an die Auswechselungskasse gegeben,

40,000 Thlr. zu den Zinsen der Staatsobligationen,

30,000 Thlr. zu den Zinsen der Actien und

10,000 Thlr. zu den Administrationskosten

verwendet. Es bleiben also noch 120,000 Thlr. zu einem Tilgungs=
fonds für die Actien übrig.

Daß eine Summe von 100,000 Thlr. für das jährliche Bedürfniß
der Auswechselungskasse nicht hinreichend seyn sollte, läßt sich um des=
willen nicht behaupten, weil nach obigen Voraussetzungen im zweyten
Jahre mit Inbegriff der in die Staatskasse gegebenen 300,000 Thlr.
nur 2,412,000 Thlr. in Banknoten circuliren würden, wovon wenigstens
der größte Theil als die Hälfte der Staatseinkünfte in den öffentlichen
Kassen wieder anzubringen wäre.

Würden jährlich in zwey Terminen zusammen 120,000 Thlr.
des Actien=Kapitals abbezahlt, und die ersparten Zinsen jedesmal zum
Tilgungsfonds geschlagen, so wäre nach fünf Jahren nicht nur das
Actienkapital von 600,000 Thlr. getilgt, sondern auch ein Ueberschuß
von 62,753 Thlr. vorhanden, wovon 60,000 Thlr. zu den Prämien
für die Actien=Inhaber verwendet, und die übrigen 2753 Thlr. an
die Auswechselungskasse gegeben werden könnten.

Die Bank erspart nunmehr 30,000 Thlr. jährlich an Zinsen der
Actien, und hat in der Auswechselungskasse über 800,000 Thlr. baar
oder in Banknoten vorräthig. Es bedarf daher die Auswechselungs=
kasse keines weitern Zuschusses, daferne nur bey eintretendem Mangel an
baarem Gelde die vorräthigen Banknoten jedesmal bei der Staatskasse
umgesetzt werden können. Um dies der Staatskasse zu erleichtern läßt sich
nunmehr die Summe des bei ihr von der Bank jährlich einzuwechselnden
baaren Geldes von 300,000 Thlr. auf 200,000 Thlr. herabsetzen.

Von diesen 200,000 Thlrn. nemlich sind nur

40,000 Thlr. an Zinsen der Staatsobligationen, und

10,000 Thlr. an Administrationskosten
zu bestreiten, so daß noch 150,000 Thaler jährlich zu einem Tilgungs=
fonds für die Anleihe von 3,200,000 Thalern verwendet werden können,
um die verpfändeten Staatsobligationen einzulösen.

Von den 3,880,000 Thalern in Banknoten, die zu Anfang des
zweiten Jahres bei der Bank vorräthig waren, sind in fünf Jahren

1,500,000 Thaler bei der Staatskasse umgesetzt worden. Es bleiben also noch 2,380,000 Thaler übrig, die auf elf Jahre hinreichend sind, um jährlich für 200,000 Thlr. baares Geld bei der Staatskasse einzuwechseln.

Ein Tilgungsfonds von 150,000 Thlr. jährlich, der durch die ersparten Zinsen zu fünf Procent sich vermehrt, ist hinreichend, in fünf Jahren die Summe von 840,244 Thlr. abzutragen. Wenn dies ge= schehen ist, so hat die Bank zugleich den Betrag von 1,050,000 Thlr. an verpfändeten Staats-Obligationen eingelöst, und erspart also nun= mehr nicht nur 40,000 Thlr. Zinsen jährlich, sondern gewinnt auch von dieser Zeit an wieder einen Theil der Einnahme des ersten Jahres an den Zinsen der wiedereingelösten Staats-Obligationen, die zu ihrem anfänglichen zu 4 Procent zinsbaren Kapitale von 3 Millionen Thalern gehörten. Diese Einnahme ist ein Zuwachs des Tilgungsfonds und wenn die Staatskasse noch während eines Zeitraums von sechs Jahren fortfährt, jährlich 200,000 Thlr. baar gegen Banknoten an die Bank abzugeben, so sind am Schlusse des siebenzehnten Jahres seit Errich= tung der Bank von der im zweyten Jahre eröffneten Anleihe 2,164,651 Thlr. getilgt. Die Bank hat alsdann noch 180,000 Thlr. in Bank= noten vorräthig, außer denjenigen, die in der Auswechselungskasse be= findlich sind. Werden diese 180,000 Thlr. noch im achtzehnten Jahre gegen baares Geld bey der Staatskasse umgesetzt und nebst den er= hobenen Zinsen der Staats-Obligationen zu fernerer Tilgung jener Anleihe verwendet, so sind am Schlusse des achtzehnten Jahres 2,384,900 Thlr. darauf abgezahlt, und es ist dafür der Betrag von 2,981,100 Thlrn. in verpfändeten Staats-Obligationen eingelöst. Die Bank hat solchemnach nach Abzug 1 Million in Staats-Obligationen, wofür sie die Zinsen erspart, von 1,981,100 Thlrn. die Zinsen zu 4 Procent jährlich zu erheben, welche 79,244 Thlr. betragen. Da nun die jährliche Aus= gabe nur in 10,000 Thlrn. an Administrationskosten besteht, so können wenigstens 69,000 Thlr. zu einem ferneren Tilgungsfonds der Anleihe des zweyten Jahres bestimmt werden.

Von dieser Anleihe bleiben zu Anfange des neunzehnten Jahres noch 815,100 Thlr. zu tilgen übrig, wozu unter obigen Voraus= setzungen ein Zeitraum von neun und einem halben Jahre erfodert wird.

Sind nun obige Berechnungen richtig, so entsteht in dem vorausgesetzten Falle für die Bank, wenn sie auf die vorgeschlagene Art verfährt, kein weiterer Nachtheil, als daß die **vollständige** Benutzung dieser Anstalt erst nach achtundzwanzig Jahren eintritt, und der Staat **sich inmittelst mit der** Erlangung eines Kapitals von sechs Millionen Thalern zu begnügen hat, wofür nur zwey Procent Zinsen nebst der Provision bei der Anleihe für das Bedürfniß der Auswechselungskasse zu entrichten sind. Es ist aber einleuchtend, **daß die** Schulden der Bank in einem weit kürzern Zeitraum getilgt werden müssen, wenn in dem **ersten Jahre der** Zudrang zur Auswechselungskasse vermindert werden kann. Dies wird sehr davon abhängen, ob der Staat die erhaltnen Banknoten mit hinlänglicher Behutsamkeit allmählig in Umlauf bringt.

In dem sehr möglichen Falle, daß der baare Vorrath von 680,000 Thalern für das Bedürfniß der Auswechselungskasse im ersten Jahre zureichte, würde die Bank im zweiten Jahre 100,000 Thlr. baares **Geld bei der** Staatskasse gegen Banknoten einzuwechseln nöthig haben. Von den Zinsen der Staatsobligationen könnten die Interessen der Actien und die Administrationskosten bestritten werden, und es blieben **noch 80,000 Thlr.** jährlich zu einem Tilgungsfonds für die Actien übrig. Nach **sechs Jahren wären durch** diesen Tilgungsfonds, der sich **wie in obigen Fällen, durch** die ersparten Zinsen jährlich vermehrte, 551,756 Thaler an Kapitalien abgetragen. Die Bank hätte noch 80,000 Thaler in Banknoten vorräthig, welche zu Ergänzung des Actienkapitals an 600,000 Thalern und zu einem Theile der nöthigen Prämien verwendet werden **könnten.** Der übrige Betrag der Prämien wäre von der Einnahme des folgenden Jahres **zu** berichtigen. In der Auswechselungskasse hätten sich inmittelst von den aus der Staatskasse für Banknoten erhaltnen Geldern 600,000 Thaler gesammelt, die Schulden der Bank wären bezahlt, ihre gewisse Einnahme betrüge jährlich 120,000 Thaler, und sie bedürfte keiner weitern Unterstützung von Seiten des Staats.*)

---

*) Aller Wahrscheinlichkeit nach hätte man bey Errichtung der Bank weder den schlimmsten, **noch** den günstigsten Fall zu erwarten, **sondern** ohngefähr

Jetzt erwarte ich Ihr Urtheil über die Ausführbarkeit obiger Vor=
schläge, und wenn Ihnen die Errichtung einer solchen Bank thunlich
scheint, so wollen wir sodann weiter untersuchen, zu welchen Zwecken
sie benutzt werden könnte.

Sechster Brief.

Es freut mich, daß Sie mit meinem Plane im Wesentlichen zu=
frieden sind. Daß er in einzelnen Punkten mancher genauern Be=
stimmung, Ergänzung oder Abänderung bedürfe, will ich gern zugeben.
Lassen Sie uns aber bei der Hauptidee stehen bleiben, und nunmehr
die Vortheile betrachten, die mit der Ausführung eines solchen Vor=
schlags verbunden sein würden.

Um dem Staate auf einmal die Summe von sechs Millionen
Thalern zu verschaffen, sind von der Nation jährlich nur 120,000 Thaler
zu erheben. Eine solche Vermehrung der Abgaben ist selbst unter den
jetzigen Umständen im Verhältniß zu der Bevölkerung und den Hülfs=
quellen des Landes kein so großes Objekt, daß deshalb ein Bedenken
entstehen könnte, daferne nur die am mindesten drückende Art zu Auf=
bringung dieser 120,000 Thaler gewählt wird. Auch ist der Staat
nicht gehindert, diese Wahl erst nach erlangter vollständiger Uebersicht
des ganzen Finanzwesens zu treffen.

Für die Verbesserung der Finanzen überhaupt ist nun ein ruhiger
und sicherer Gang möglich. Die Staatseinkünfte mögen im ersten Jahre
für die kurrenten Ausgaben noch so unzureichend seyn, es bedarf keiner
übereilten Versuche, um diesem Mangel abzuhelfen. Das Deficit wird
durch die Bank gedeckt, und im ersten Jahre kann die Beobachtung

---

das Mitel von beyden. Indessen können Umstände eintreten, die einen vor=
übergehenden Zudrang zur Auswechselungskasse verursachen, als besonders bey
Ausbruch eines Kriegs.

Um die Anleihen der Bank früher zu tilgen, könnte ihr ein Zuwachs an
Einnahme durch Discontirung sicherer Wechsel verschafft werden. Dies würde
aber zugleich die Administrationskosten etwas vermehren, da man ein Geschäft
dieser Art nur einem sehr geschickten und erfahrnen Kaufmann, und nicht einem
bloßen Rechnungsverständigen anvertrauen könnte.

der vorherigen Einrichtungen und die Einsammlung statistischer Kenntnisse zum Hauptgeschäft bei Verwaltung der Finanzen gemacht werden.

Nicht alle Zahlen, die von den Unterbehörden angegeben werden,
sind gleich unzuverlässig. Extrakte aus zehnjährigen Geburts- und
Sterbelisten, Verzeichnisse der Feuerstätten, Nachrichten über die Mittel-
preise des Getreides und eines Ackers Feld oder Wiese, über das Arbeitslohn, über die vorhandenen Wüstungen, und über den Ertrag der auf
einzelne Objekte gelegten Abgaben kann man mit ziemlicher Genauigkeit
erhalten. In dem Falle, daß die vorgeschlagenen gesellschaftlichen Ver-
einigungen zum Straßen- und Kanalbau zu Stande kämen, wären
auch die Taxationen der Grundstücke jedes Bezirks zu benutzen. Am
Ende des ersten Jahres würde es daher nicht an Hülfsmitteln fehlen,
um einen auf Kenntniß des Landes gegründeten Finanzplan zu entwerfen.

Es bedarf hierzu keiner verwickelten Theorie. Gegen die Art
einer Abgabe mag sich noch so viel einwenden lassen, so hat sie doch
schon dadurch einen Vorzug, daß sie bereits eingeführt und das Publikum
daran gewöhnt ist. Jeder Producent oder Arbeiter, den eine Abgabe
unmittelbar trifft, sucht sich durch den Preis seiner Waaren oder Dienste
dafür zu entschädigen. Dies gelingt ihm bei einer überwiegenden Konkurrenz der Käufer. Durch eine so günstige Lage der Verkäufer wird
in der Regel die Konkurrenz auf ihrer Seite vermehrt, und es entsteht nach und nach ein Gleichgewicht mit unmerklichem Hin- und Her-
schwanken. Die Abgabe vertheilt sich alsdann ohngefähr zur Hälfte
zwischen Verkäufer und Käufer. Ist hingegen die größere Konkurrenz
auf Seiten der Verkäufer, so fällt ihnen allein eine Abgabe zur Last,
die auf ihr Gewerbe gelegt wird. Die Aufhebung einer solchen Abgabe ist alsdann ohne Zweifel wünschenswerth, aber wenn ein Surrogat
dafür nicht entbehrt werden kann, so entsteht die Frage: ob man hoffen
dürfe, einem sinkenden Gewerbe wieder aufzuhelfen, indem man ein
anderes in eine nachtheiligere Lage versetzt. Oft nimmt die Nationalindustrie von selbst eine bessere Richtung, indem sie von einem Gewerbe, dem unüberwindliche Hindernisse entgegen stehen, zu einem
andern übergeht, das durch besondere Umstände begünstigt wird.

Ueber die Nothwendigkeit einer gleichmäßigern Vertheilung der Grundsteuern herrschen unter den **Theoretikern** gewisse Vorurtheile, die oft zu einem unnöthigen Aufwande von Zeit und Mühe, und zu manchen leicht zu vermeidenden Streitigkeiten über die zeitherigen Befreyungen Anlaß geben. Durch jede Grundsteuer wird ein **Theil** des Eigenthums auf den Staat übergetragen. Das Grundstück verliert so viel am Werthe, als ein Kapital beträgt, dessen Zinsen den aufgelegten Steuern gleich sind. Der jetzige Besitzer, der zuerst die neue Abgabe bezahlt, und seine Erben werden um den Betrag dieses Kapitals ärmer, hingegen trifft diese Abgabe den nächsten Käufer gar nicht, weil sich der Kaufpreis nach Verhältniß derselben vermindert. Ist daher der Steuerfuß in ältern Zeiten, vielleicht vor hundert und mehr Jahren bestimmt worden, so kann man füglich annehmen, daß jetzt der größte Theil der Grundbesitzer durch den wohlfeilern Erkauf von der Last der Steuer ohnehin befreyt ist. Was wäre also dadurch gewonnen, wenn der Staat einigen Grundbesitzern einen Theil ihres Eigenthums entzöge, um andern damit ein Geschenk zu machen? Ist ein Grundbesitzer dadurch ärmer, daß er dasjenige an Abgaben entrichtet, was er an Kapitalzinsen bezahlen müßte, wenn er das Grundstück theurer erkauft hätte?

Ohne irgend eine dringende Ursache würde ich daher keine Veränderung in dem vorhandenen Abgabensystem anrathen. Nur bei solchen Imposten, die durch ihre Höhe zu häufigen Defraudationen Anlaß geben, und dadurch auf die Moralität einen schädlichen Einfluß haben, scheint eine Herabsetzung nöthig, die in den meisten Fällen nicht einmal eine Veränderung des Ertrags nach sich ziehen würde. Ferner wäre allerdings auf möglichste Simplifikation der Erhebung Bedacht zu nehmen.

Mit voller Ueberzeugung unterschreibe ich den Satz, daß der Staat bei Regulirung seines Finanzetats die Einnahme nach der Ausgabe bestimmen müsse; aber diese Ausgabe bedarf vorher einer strengen Revision. Nichts was einzelnen Bezirken, Städten, Kommunen und Privatpersonen obliegt, sollte dem Staate aufgebürdet werden. Dies gilt nicht nur, wie ich bereits erwähnt habe, vom Bau der Straßen und Kanäle, sondern von mehreren Polizeianstalten, wodurch ein Bedürfniß irgend eines einzelnen Theils der Nation befriedigt wird. Dahin gehört besonders Unterstützung der Armen, Errichtung von Arbeits= häusern, Verpflegung hülfloser Kranken, Anstellung geschickter Aerzte und Wundärzte, Verbesserung des Hebammenwesens, Sorge für den ersten Unterricht des Bürgers und Landmanns und dergleichen. Nur wo ein wirkliches Unvermögen eintritt, darf die Hülfe des Staats nicht ausbleiben. Allein diese Hülfe sollte nur auf die dringendsten Fälle eingeschränkt werden, so lange der Staat nicht zu einem gewissen Reich= thum gelangt ist. Und diesen Reichthum des Staats wünschte ich auf die bessere Benutzung der Domainen, und auf den reinen Ertrag der Bank gegründet.

Eben so sorgfältig wäre von der Staatsausgabe des Finanzetats alles abzusondern, was zu den ersten Auslagen gehört, die zu den gegenwärtigen Bedürfnissen einmal für allemal erforderlich sind. Diese Auslagen hätte der Staat allein von den sechs Millionen Thalern zu bestreiten, die er von der Bank empfängt. Dagegen wären 120,000 Thaler Zinsen von drei Millionen Thalern in Staatsobligationen, als die gewisse jährliche Einnahme der Bank, unter den kurrenten Aus= gaben aufzuführen.

Insoweit die Einnahme des ersten Jahres zu den kurrenten Aus= gaben nicht zureicht, kann das Ermangelnde aus dem Fonds der sechs Millionen Thaler vorgeschossen, aber dieser Vorschuß nach und nach in den folgenden Jahren von der Nation wieder ersetzt werden. Die zu ersetzende Summe würde nach einem festzusetzenden Verhältniß unter alle Departements vertheilt, und von jedem Departement sein beson= derer Antheil auf eine ihm zu überlassende Art aufgebracht.

Auf eine ähnliche Art könnte verfahren werden, um das Deficit des Finanzetats in jedem Jahre zu decken, daferne nicht sonst ein un= bedenkliches Mittel vorhanden ist, das Fehlende in der jährlichen Ein= nahme zu ergänzen. Vielleicht aber bedürfte es nur einer unmerklichen Erhöhung irgend einer zeitherigen Abgabe, gegen deren Fortdauer am wenigsten einzuwenden wäre.

Aller Wahrscheinlichkeit nach wird sich das Deficit des Finanzetats in den folgenden Jahren vermindern oder ganz wegfallen, und sogar

ein Ueberschuß der Einnahme entstehen, indem der Ertrag der Ab=
gaben durch den Wohlstand der Nation sich vermehrt. Schon der Zu=
wachs von sechs Millionen Thalern in Banknoten zu der cirkulirenden
Geldmasse kann nicht ohne wohlthätige Folgen seyn. Sollte nun auf
einen fortdauernden Ueberschuß der Einnahme zu rechnen seyn, so
würde ich rathen, dasjenige, was die Abgaben über die Anschlags=
summe des Etats ertragen, zum Erlaß irgend einer besonders drückenden
Auflage anzuwenden. Es fehlt dem Staat nicht an Hülfsmitteln, um
durch sich selbst und ohne Beschwerde der Nation sich zu bereichern.

Was die Bank, sobald sie das Ziel ihrer Vollendung erreicht hat,
zu dem Staatsreichthum beiträgt, besteht in einer jährlichen Einnahme
von 110,000 Thalern. Ueber den Gebrauch dieser Summe wird mein
nächster Brief einige Vorschläge enthalten.

Siebenter Brief.

Sollte die Errichtung der Bank irgend einen Nachtheil verursacht
haben, als etwa eine Vertheuerung der Lebensmittel und des Arbeits=
lohns durch die größere Masse des cirkulirendes Geldes; so könnte
ihre Einnahme nicht besser angewendet werden, als zu ihrer allmäh=
lichen Auflösung, durch Einwechselung und Kassirung der Banknoten.
Um durch eine jährliche Summe von 110,000 Thalern nach und nach
alle Banknoten einzulösen, würden fünf und funfzig Jahre erforderlich
seyn. Wenn indessen bloß das übermäßige Papiergeld vertilgt werden
soll, so bedarf es hierzu eines weit kürzern Zeitraums. Und über=
haupt ist es mir gar nicht wahrscheinlich, daß eine Summe von sechs
Millionen Thalern in Banknoten für Ihr Vaterland unter den jetzigen
Umständen zu groß seyn sollte.

Eben so wenig läßt sich erwarten, daß die Nothwendigkeit eines
bedeutenden Abgabenerlasses bei einer Nation eintreten werde, die unter
obigen Voraussetzungen eine jährliche Zunahme ihres Wohlstandes zu
hoffen hat. Lassen Sie uns also annehmen, der Staat habe ohne
Bedenken 110,000 Thaler jährlich aus der Bank fortdauernd zu er=
heben.

Diese Einnahme wäre ein jährlicher Ueberschuß nach Befriedigung aller Staatsbedürfnisse, und könnte mithin zu Sammlung eines Schatzes zurückgelegt werden. Aber die Erfahrung hat gelehrt, daß der Reichthum der Nation und der Kredit des Staats einen Schatz entbehrlich macht. Es ist daher kein hinlänglicher Grund vorhanden, eine beträchtliche Summe Geldes müßig liegen zu lassen, von der noch irgend ein wohlthätiger Gebrauch gemacht werden kann.

Ein jährlicher Ueberschuß der Einnahme vermehrt die Kräfte der Regierung in allen Zweigen der Staatsverwaltung. Ueber die Anwendung dieser vermehrten Kräfte enthalte ich mich aller Vorschläge, soviel die Militairanstalten und die Justizverfassung betrifft. Jene liegen zu sehr außerhalb meiner Sphäre, und diese ist durch die neue Constitution und durch die Einführung des französischen Gesetzbuchs im Wesentlichen schon regulirt. Was ich noch zu bemerken habe, bezieht sich bloß auf die sogenannte innere Polizei in der weitesten Bedeutung dieses Worts.

Es ist einleuchtend, wie viel für den Reichthum der Nation geschehen könnte, wenn jährlich eine beträchtliche Summe zu Urbarmachung der Wüsteneien, Austrocknung der Moräste, Prämien für Landwirthschaft und Manufakturen, Vorschüssen für Fabrikverleger und Aufmunterung wissenschaftlicher Untersuchungen von praktischer Wichtigkeit verwendet würde. Einer besondern Erwähnung verdient aber annoch die Möglichkeit einen niedrigern Zinsfuß zum Vortheil aller Gewerbe zu bewirken. Die Auswechselungskasse der Bank nehmlich würde nach meinen Vorschlägen in einem Zeitraum von fünf Jahren eine Summe von 500,000 Thalern baar oder in Banknoten gesammelt haben. Ist der Kredit der Bank gegründet, so läßt sich annehmen, daß wenigstens 200,000 Thaler von dieser Summe entbehrlich sind, besonders da die eingewechselten Banknoten bei der Staatskasse wieder umgesetzt werden können. Diese 200,000 Thaler wären zu einem Fonds zu gebrauchen, um Kapitale gegen Hypotheken und Grundstücke, oder gegen verpfändete Waaren um ein Procent niedriger, als der gangbare Zinsfuß ist, auszuleihen. Durch die jährlichen Zinsen der Darlehne und durch einen Zuschuß von dem was der Staat jährlich aus der Bank zu erheben hätte, könnte dieser Fonds nach und nach zu einer so bedeutenden Summe anwachsen, daß davon auf den Zinsfuß überhaupt ein hinlänglicher Einfluß zu erwarten wäre.

Bei den Vorschüssen an Fabrikverleger würde ich rathen, solchen Manufakturen den Vorzug zu geben, deren Material innerhalb Landes gewonnen wird, und die durch besondere Umstände begünstigt werden. Die Nationalindustrie ist einträglicher, wenn sie auf wenige Gegenstände sich concentrirt, und bei diesen einen hohen Grad erreicht, als wenn sie mit geringem Erfolg auf alle Bedürfnisse sich verbreitet. Die Einbuße des Geldes hat ein Staat nicht zu fürchten, dem es für andere annehmliche Waaren wieder zugeführt wird.

Sie werden meine Ansichten deswegen nicht verkennen, weil ich so lange bei demjenigen verweilt habe, was auf den Reichthum des Staats und der Nation sich bezieht. Wir sind beide weit entfernt, die höheren Zwecke über dem bloßen Mittel zu vergessen. Um aus einer dumpfen Betäubung zum Leben zu erwachen, bedarf jedes Volk eines gewissen Grades von Wohlstand. Aber aus einem Chaos aufgeregter Kräfte geht nur durch Licht und Harmonie ein vollendetes Ganze hervor.

Von einem Staate, der in der günstigen Lage ist, als eine wohlthätige Macht auf die Nation wirken zu können, hat man nicht bloß negatives Glück oder Sicherheit vor äußern und innern Gefahren zu erwarten. Für jeden Staatsbürger darf alsdann keine Gattung von Kenntnissen unzugänglich, keine Art von Ausbildung unmöglich, kein geistiges Verdienst unerreichbar seyn. Es ist nicht genug, die vorhandenen Unterrichtsanstalten zu verbessern, oder nur wissenschaftliche Institute zu errichten, und mit allem erforderlichen Apparat zu versehen; auch im Gebiete der Kunst sollte nichts vernachlässigt werden, um den Sinn für das Schöne bei der Nation zu erhöhen und allgemeiner zu verbreiten. Ueber die Folgen einer solchen Verfeinerung herrschen Vorurtheile, die bei einer genauern Bekanntschaft mit der Geschichte des Alterthums verschwinden. Es war nicht das Uebermaß, sondern die Unvollständigkeit der Kultur, wodurch ihre Ausartung erfolgte. Mit Recht begeistern uns die glänzenden Erscheinungen der

Vorwelt, aber die Autorität eines Beispiels darf unser Ideal nicht beschränken. Im Ganzen genommen hatten selbst Griechen und Römer den höchsten Gipfel der Veredlung noch nicht erreicht, und manche Foderungen des Geistes und Herzens blieben bei ihnen unbefriedigt. Nicht der weitere Fortschritt, sondern der Stillstand auf halbem Wege ist für unser Zeitalter gefährlich.

Ueber die Hülfsquellen Sachsens unter den gegenwärtigen Umständen.*)

*) Ueber die Hülfsquellen Sachsens unter den gegenwärtigen Umständen. Leipzig, G. J. Göschen, 1810. — Versuche über Gegenstände der inneren Staatsverwaltung. IV. S. 91.

Chr. Gottfr. Körners Gesammelte Schriften.   20

Die nachfolgende Schrift, eines der entscheidenden Zeugnisse für die aufrichtige und warme Hingabe Körners an den sächsischen Staat, kann natürlich nur noch ein historisches Interesse beanspruchen. Körner schrieb sie Ausgang des Jahres 1809 und Anfang 1810 und sandte das Manuskript mit Brief vom 4. Februar 1810 an Göschen: „Hier, lieber Freund, erhalten Sie wieder ein politisches Pamphlet von mir. Ich wünschte, daß Sie es ebenso wie die Briefe nach Warschau druckten und brochirt ausgäben, ohne meinen Namen zu nennen. — Mir ist besonders daran gelegen, daß die darin enthaltenen Vorschläge vor dem nächsten Landtage im Publikum zur Sprache kommen." (Körner an Göschen. Hs. der Dresdner Bibliothek.) — Ein Exemplar der Brochüre habe ich nicht aufzutreiben vermocht, doch wird Körner für den Wiederabdruck in den „Versuchen" so wenig etwas geändert haben, als in den „Briefen aus Sachsen an einen Freund in Warschau." Schon die Fassung der für den Wiederabdruck im Jahre 1812 hinzugefügten Nachschrift läßt hierauf schließen. — Der Abdruck erfolgt aus den „Versuchen über Gegenstände der inneren Staatsverwaltung."

Bei der jetzigen Lage des Sächsischen Staats ziemt es dem Freunde des Vaterlandes, sich eben so sehr für Kleinmuth, als für Leichtsinn und Uebermuth zu hüten. Einer solchen Denkart bedarf es insbesondere, wenn von den Mitteln die Frage ist, für die neuerlich vermehrten Staatsbedürfnisse die nöthigen Summen aufzubringen. So wenig hierbei die Bedenklichkeiten zu verkennen sind, die in dem gegenwärtigen Zeitpunkte mancher sonst gewöhnlichen Maßregel entgegenstehen: so bleiben doch auch noch beruhigende Ansichten übrig, die sich auf Erfahrungen vergangener Jahre gründen.

Für den Sächsischen Staat giebt es jetzt eine Erndte von dem, was er in günstigern Zeiten gesäet hat. Daß sein Monarch während einer vierzigjährigen Regierung sich ein allgemeines persönliches Vertrauen erworben hat, daß der Credit der Sächsischen Stände und der Leipziger Kaufmannschaft durch die mannichfaltigen Begebenheiten der letzten sechs und vierzig Jahre, und selbst durch die neuesten drohenden Ereignisse nicht erschüttert worden ist, daß die Industrie der Nation seit dem siebenjährigen Kriege von Zeit zu Zeit sich immer mehr verbreitet und erhöhet hat, daß der Ertrag der Bergwerke jährlich eine bedeutende Quantität Silbers zur Ausmünzung darbietet, — dies sind Umstände, die in einem solchen Grade gewiß höchst selten zusammentreffen, und daher auch solche Vorschläge rechtfertigen mögen, deren Ausführung vielleicht nur unter seltenen Verhältnissen rathsam scheinen könnte. Von dieser Art ist folgender Plan, dessen Werth, so viel die Hauptidee betrifft, auf jenen Thatsachen beruht.

Auf das Vertrauen des Publikums zu dem Monarchen, den Ständen und der Kaufmannschaft in Sachsen läßt sich der Credit eines

Papiergeldes gründen, wovon die dringenden Bedürfnisse des Staats ohne bedeutende neue Auflagen bestritten werden können.

Zu einer solchen Maßregel scheinen in dem gegenwärtigen Momente einige Umstände aufzufordern, und es fragt sich bloß, ob dagegen ein erhebliches Bedenken in Betrachtung komme, dem in dem vorliegenden Falle nicht durch irgend eine Vorkehrung abzuhelfen wäre.

Gegen Deposition einer Summe von dritthalb Millionen in Sächsischen landschaftlichen Obligationen ist neuerlich eine Königliche Anleihe von 1,500,000 Thalern ohne Schwierigkeit zu Stande gekommen, und von einer zweiten, die erst neuerlich eröffnet worden ist, läßt sich eben dieser Erfolg mit der größten Wahrscheinlichkeit erwarten. Eine in Leipzig zu errichtende Bank würde daher ohne Zweifel keines andern Fonds bedürfen, als einer verhältnißmäßigen Summe von deponirten landschaftlichen Obligationen. Zu diesem Zwecke aber neue landschaftliche Obligationen zu creiren, kann nur in dem Falle bedenklich seyn, wenn dies zugleich neue Auflagen zu Aufbringung der Zinsen nothwendig machte. Die Summe der Staatsschulden wird hingegen dadurch nur scheinbar vermehrt, wenn diese neuen landschaftlichen Obligationen nebst ihren Coupons gar nicht in Umlauf kommen, sondern in der Bank deponirt bleiben. Dies möglich zu machen, und zugleich für die Auswechselungskasse der Bank die erforderlichen Geldsummen herbei zu schaffen, wäre solchemnach die Aufgabe.

Im Jahre 1807 wurden für 4,046,000 Thaler neue Sächsische landschaftliche Obligationen creirt, um dagegen die eben so viel betragenden in größeren Summen ausgestellten alten Steuerscheine, welche zur Königl. Hauptkasse gekommen waren, auszuwechseln. Von diesen landschaftlichen Obligationen ist für Eine Million Thaler zur Deposition wegen einer neuen Königl. Anleihe bestimmt, so daß noch 3,046,000 Thlr. in diesen Staatspapieren als vorhanden anzunehmen sind. Vorausgesetzt, daß hiervon der Betrag von 1,500,000 Thlr. zur Sicherheit der zu errichtenden Bank gebraucht werden könnte, so wäre dadurch eine Summe von 900,000 Thalern in Banknoten gedeckt. Daferne nun eine Summe von vier Millionen Thalern in Banknoten ausgegeben werden sollte, so wären zur Sicherheit für die übrigen 3,100,000

Thaler in Banknoten noch 5,166,600 Thaler in landschaftlichen Obli=
gationen zu drei Procent erforderlich, da sich der Werth dieser Staats=
papiere durch den jetzigen höhern Zinsfuß vermindert hat.

Um diese Obligationen zu fundiren, würde allerdings nöthig seyn,
von den Ständen die Bewilligung des jährlichen Betrags ihrer
Zinsen, jedoch nur dergestalt zu verlangen, daß bloß die im Nothfalle
zu erhebenden Abgaben bestimmt würden, die Erhebung selbst aber
bis zum eintretenden Bedürfnisse ausgesetzt bliebe. Dieses Bedürfniß
entstünde nehmlich erst alsdann, wenn die Auswechselungskasse gänzlich
erschöpft wäre, und die bereits creirten anderthalb Millionen Thaler in
landschaftlichen Obligationen nicht zureichten, **um** die erforderlichen Geld=
summen herbeizuschaffen, mithin die Veräußerung oder Verpfändung eines
Theils der **neucreirten** landschaftlichen Obligationen nothwendig würde.

Die Auswechselungskasse der Bank würde anfänglich aus einer
baaren Summe von 200,000 Thalern bestehen, die durch Actien zu=
sammen gebracht wären. Um den Vertrieb dieser Actien zu befördern,
möchte hinreichend seyn, den Actien=Inhabern die Benutzung einer
Summe von 600,000 Thalern in Banknoten zu Darlehnen gegen
Hypothek oder verpfändete Waaren zuzusichern, jedoch unter den **Be=**
dingungen, daß die Capitale nicht zu höhern Zinsen ausgeliehen werden
dürften, als zu einem halben Procent **unter** dem gewöhnlichen Zins=
fuße, mithin jetzt zu **4 ½ Procent,** und daß von diesen Zinsen nicht
nur die Administrationskosten der Bank zu bestreiten, sondern auch
die etwan sich ereignenden Einbußen an den ausgeliehenen Capitalien
zu ersetzen wären. Wird **die** Administration der Bank unter Aufsicht
eines Königlichen Commissarii, und einiger ständischen Deputirten ge=
wissen Directoren anvertraut, die die Actien=Inhaber unter sich zu
wählen haben, so können die Verwaltungskosten wohl nicht **über**
10,000 Thaler jährlich betragen. Es blieben solchemnach von den
Zinsen einer Summe von 600,000 Thalern zu 4 ½ Procent noch
17,000 Thaler übrig, mithin auf den Fall, daß bey den Darlehnen
kein Verlust sich ereignete, wofür die Directoren sich möglichst hüten
würden, für das Actien=Capital von 200,000 Thalern ein jährlicher
Zinsertrag von 8 ½ Procent.

Smith (über den Nationalreichthum, im 2. Cap. des 2. Buchs, S. 29 der Baseler Ausgabe des Originals) ist der Meinung, daß in den meisten Fällen ein Banquier nur den fünften Theil des Betrags der von ihm ausgegebenen auf Sicht zahlbaren Noten an Baarschaft bedürfe, um sein Auswechselungs-Bedürfniß zu bestreiten. Jene 200,000 Thaler aber, und 1,500,000 Thaler in landschaftlichen Obligationen von der letzten Creation betragen schon über ein Viertheil der auszugebenden Banknoten, selbst wenn die erwähnten landschaftlichen Obligationen wegen des jetzigen Zinsfußes nur zu 900,000 Thaler angeschlagen werden. Um aber für diese landschaftlichen Obligationen baares Geld zu erhalten, würde auf folgende Art zu verfahren seyn. Was über das Actien-Capital von 200,000 Thalern zu den Bedürfnissen der Auswechselungskasse erforderlich wäre, hätte man durch eine Anleihe, worüber Bankobligationen ausgestellt würden, gegen Verpfändung einer verhältnißmäßigen Summe von landschaftlichen Obligationen herbeizuschaffen. Da aber zu jeder solchen Anleihe einige Zeit erfordert wird, so hätte immittelst irgend eine Königliche Casse die benöthigte Summe gegen Banknoten vorzuschießen, und der Königliche Commissarius dafür zu sorgen, daß dieser Vorschuß von den auf die Anleihe eingehenden baaren Geldern gegen Zurückgebung der Banknoten sogleich wieder ersetzt würde. Nach Ablauf des ersten halben Jahres seit Errichtung der Bank würde die erste Anleihe auf eine Summe eröffnet, die doppelt soviel betrüge, als was im ersten halben Jahre zur Ergänzung der Auswechselungskasse erforderlich war. Am Schlusse jedes folgenden halben Jahres bestimmte der Betrag des Zuschusses, den die Auswechselungskasse in dem vergangenen halben Jahre erfodert hätte, die Summe der zu eröffnenden Anleihe.

Ob nun wohl auf diese Art es der Bank nicht an Mitteln fehlen würde, jede präsentirte Banknote sofort zu bezahlen, so dürfte doch nichts verabsäumt werden, um den Zudrang zur Auswechselungskasse der Bank möglichst zu vermindern.

In dieser Absicht wäre der achte Theil aller Domainen-Pachtgelder in Banknoten anzunehmen, und alle Kassenverwalter, mit Ausschluß der Steuereinnehmer, wären zu autorisiren, die Hälfte ihrer

Baarschaft in Banknoten einzusenden. Die Einwohner der entfernten Provinzen hätten alsdann nicht nöthig, ihre Banknoten zur Auswechselung nach Leipzig zu schicken, und würden statt dessen gern eine kleine Provision von höchstens 3 Pfennigen vom Thaler an die Königlichen Kassenverwalter entrichten.

Ferner würde hierbei nicht gleichgültig seyn, ob von dem Staate die ganze Summe von 3,400,000 Thalern in Banknoten auf einmal in Umlauf gesetzt, oder nur nach und nach ausgegeben würde. Um das letztere möglich zu machen, wäre vielleicht eine Maßregel anwendbar, die zeither in England ohne nachtheilige Folgen gebraucht worden ist. Nach der Versicherung des verstorbenen Ministers von Struensee (in dessen Abhandlungen über wichtige Gegenstände der Staatswirthschaft, Bd. I. S. 409) werden jährlich in London 1,500,000 bis 1,800,000 Pfund Sterling in sogenannten Exchequer-Bills vom Staate ausgegeben, die im folgenden Jahre zahlbar sind, und immittelst, wie sich aus Postlethwaits Dictionary of commerce, P. 1. art. Exchequer ergiebt, verzinset werden. Pinto im traité de la circulation et du crédit p. 36 behauptet, daß die Regierung in England sich zu Anfange des siebenjährigen Kriegs vorzüglich der Exchequer-Bills zur Aushülfe bedient habe. Unter Voraussetzung dieser Erfahrungen scheint für den Sächsischen Staat unbedenklich eine Summe von höchstens zwei Millionen Thalern auf ein Jahr in dergleichen Staatspapieren etwa unter dem Namen von neuen Kammerscheinen, auszugeben. Gesetzt nun, es würden

im 1. Jahre, 1 Million Thaler in Banknoten, und 2 Millionen Thaler in neuen Kammerscheinen, und

im 2. Jahre, 1,400,000 Thaler in Banknoten, und 1 Million Thaler in neuen Kammerscheinen, und

im 3. Jahre, 1 Million Thaler in Banknoten

in Umlauf gesetzt, so daß im zweiten Jahre die ausgegebenen zwei Millionen Thaler in Kammerscheinen gegen Banknoten und Kammerscheine des zweiten Jahres, und die im zweiten Jahre ausgegebenen Kammerscheine im dritten Jahre durch Banknoten ausgewechselt wären; so erlangte man dadurch den Vortheil einer allmähligen Verbreitung

der Banknoten, der durch die zweijährige Entrichtung der etwa zu
4 Procent zu bestimmenden Zinsen der Kammerscheine nicht zu theuer
erkauft wäre. Es darf nemlich hierbei nicht übersehen werden, daß
der Staat durch die Errichtung der Bank 3,400,000 Thaler erhalten
würde, wofür er keine Zinsen zu entrichten, sondern blos die Benutzung von 1,500,000 Thaler in landschaftlichen Obligationen zu entbehren hätte. Unter Voraussetzung oberwähnter Maßregeln würde
daher der Staat

im 1. Jahre 45,000 **Thaler an Zinsen der** landschaftlichen Obligationen entbehren, und 40,000 Thaler an halbjährigen Zinsen
zu 4 Procent von 2 Millionen Thaler in **neuen Kammerscheinen**
zu bezahlen haben,

im 2. Jahre außer der Entbehrung von 45,000 Thaler Zinsen noch
40,000 Thaler halbjährige Zinsen von 2 Millionen Thaler in
neuen Kammerscheinen, und 20,000 Thaler halbjährige Zinsen
von einer Million Thaler in neuen Kammerscheinen entrichten,

im 3. Jahre, außer der Entbehrung von 45,000 Thaler Zinsen nur
20,000 Thaler halbjährige Zinsen von einer Million Thaler in
neuen Kammerscheinen bezahlen, und

im 4. und den folgenden Jahren nur 45,000 Thaler an Zinsen
der landschaftlichen Obligationen entbehren.

Die Zinsen des Capitals von 3,400,000 Thaler lassen sich daher

im 1. Jahre **zu 2$\frac{1}{2}$ Procent,**

im 2. Jahre nicht **über 3$\frac{1}{11}$** Procent,

im 3. Jahre noch nicht zu 2 Procent,

im 4. und folgenden Jahren nicht über 1$\frac{1}{3}$ Procent

anschlagen. Eine Summe von 120,000 Thalern, die zu Bezahlung
der Zinsen von den neuen Kammerscheinen nach und nach in 3 Jahren
aufzubringen ist, kann für ein Land, wie Sachsen, nicht von Bedeutung
seyn, und ohne erhebliche Beschwerde durch eine kleine Erhöhung einiger
vorhandenen Consumtionsabgaben herbeigeschafft werden.

Die Pünktlichkeit des Sächsischen Staats in Erfüllung seiner Zu-
sagen würde **auch den** Credit der neuen Kammerscheine begründen, und
es läßt sich annehmen, daß jeder Banquier **sie nur mit** dem kleinen

Abzuge discontiren würde, den blos der jetzige hohe Zinsfuß ver-
ursachte.

Für die Auswechselungskasse läßt sich noch einiger Zuwachs erwarten, wenn kleine Capitale von 50 Thalern und drüber in baarem
Gelde zu 3 Procent von ihr angenommen und auf jedesmaliges
Verlangen in Banknoten zurückgezahlt werden. Die Zinsen dieser
Anleihen können von der aus den Coupons der landschaftlichen Obligationen erwachsenden Einnahme berichtiget werden, und die Auswechselungskasse hat dabei den Vortheil, daß sie nicht genöthiget ist,
eine landschaftliche Obligation unter ihrem Nominalwerthe zu verpfänden.

Nach Verlauf jedes Jahres erhält die Auswechselungskasse von dem
Staate 200,000 Thaler baar gegen Banknoten, die von den Staats-
kassen besonders bei contraktmäßigen Zahlungen ohne Schwierigkeit
ausgegeben werden können, da sie **nur einen** kleinen Theil der Sächsischen Staatsausgaben betragen, und die Banknoten, so lange der
Credit der Bank sich erhält, wenigstens in Leipzig dem baaren Gelde
gleich gelten würden, ohne daß man nöthig hätte, ihnen einen er-
zwungenen Cours zu verschaffen. Durch diese Beihülfe und durch die
Wirkungen der oberwähnten Maßregeln würde, aller Wahrscheinlichkeit
nach, die Auswechselungskasse der Bank in **den Stand** gesetzt werden,
alle präsentirten Banknoten zu bezahlen, ohne irgend eine der neu zu
creirenden landschaftlichen Obligationen veräußern zu dürfen, da besonders noch ein bedeutender Theil der Sächsischen Kaufmannschaft,
als Inhaber der Actien, bei dem Credit der Banknoten interessirt wäre,
und ihren Umlauf ohne Zweifel befördern würde. Selbst **von den**
1,500,000 Thalern in landschaftlichen Obligationen der letztern Creation
dürfte nur ein Theil erforderlich seyn, um die Auswechselungskasse zu
unterstützen, und solchemnach wenigstens ein Theil der Zinsen dieser
Summe zu andern Zwecken gebraucht werden können.

Gesetzt nun, die Errichtung der Bank hätte einen so günstigen
Erfolg, so erlangte dadurch der Staat nicht nur den Vortheil, über
3,400,000 Thaler unter sehr annehmlichen Bedingungen disponiren,
und vielleicht davon nach Bestreitung der Militair-Bedürfnisse einen

Theil zu Herstellung der Straßen, zu dringenden Damm= und Ufer=
bauen, zu Navigationsanstalten, zu Landmagazinen bei den jetzigen
niedrigen Getreidepreisen, zu unzinsbaren Vorschüssen an Landwirthe
und Fabrikanten, die an den Folgen des Kriegs leiden, oder auf andere
ähnliche Art verwenden zu können, sondern es wären auch dabei an=
noch einige nicht unbedeutende Nebenabsichten zu erreichen. Eine Summe
von 600,000 Thaler, die um ein halbes Procent niedriger, als der
jedesmalige Zinsfuß, zum Ausleihen bestimmt wäre, würde auf Herab=
setzung der Zinsen allerdings einigen Einfluß haben. Bei einem nied=
rigern Zinsfuße aber könnte außer der Beförderung aller Gewerbe,
und außer dem höhern Cours der Staatspapiere noch der Vortheil
erlangt werden, daß manche gemeinnützige Anstalten, besonders Straßen=
und Canalbaue durch Privatunternehmer gegen Ueberlassung der
Nutzungen auszuführen wären. Ferner ließe sich von demjenigen, was
die Bank an Zinsen von 1,500,000 Thalern in landschaftlichen Obli=
gationen der letztern Creation zu erheben hätte, ein Gebrauch machen,
um Staatspapiere bei ihrem jetzigen niedrigen Course davon zu erkaufen,
oder die etwa veräußerten zu ersetzen, und die verpfändeten einzulösen.
Eine solche Operation würde die Sicherheit der Bank vermehren, und
zugleich auf den Cours der Staatspapiere einen nützlichen Einfluß
haben.

Indessen muß bei einem solchen Vorschlage auch auf die Mög=
lichkeit eines gänzlichen Mißlingens Rücksicht genommen werden, und
es wird daher zu erwägen seyn, was man unter obigen Voraus=
setzungen im schlimmsten Falle zu erwarten habe. Gesetzt nun die im
ersten Jahre ausgegebenen Banknoten am 1,600,000 Thalern würden
sämmtlich bei der Auswechselungskasse präsentirt, so wäre diese erschöpft,
die landschaftlichen Obligationen der letzten Creation an 1,500,000
Thalern müßten verpfändet werden, um 900,000 Thaler dafür zu
erlangen, und es wären noch 500,000 Thaler aufzubringen. Dies
erforderte die Verpfändung von 833,300 Thalern, in den zum Behuf
der Bank neu zu creirenden landschaftlichen Obligationen. Zu Be=
zahlung der Zinsen dieser Staatspapiere wären daher im zweiten Jahre
24,999 Thaler durch Auflagen zu erheben.

Der Erfolg hätte nun gezeigt, daß die ausgegebenen Banknoten nicht in Umlauf zu bringen gewesen wären, aber da die Bank alle diese Banknoten bezahlt hätte, so wäre zu erwarten, daß ein solches Papiergeld bei einem zweiten Versuche vielleicht mehr Credit haben würde. Es könnten daher im 2. Jahre nach obigem Plane 1,400,000 Thaler in neuen Banknoten ohne Bedenken ausgegeben werden, wenn nur von den eingewechselten Banknoten dagegen eben so viel cassirt, und bloß 200,000 Thaler zum Bedürfniß der Auswechselungskasse bei dem Staate gegen baares Geld umgesetzt würden. Sollte nun auch der zweite Versuch mißlingen, und sämmtliche coursirende Bank-noten an 1,600,000 Thaler zur Auswechselung kommen; so würden, um die dazu fehlenden 1,400,000 Thaler aufzubringen, noch 2,333,300 Thaler in landschaftlichen Obligationen zu verpfänden seyn, mithin zu den davon zu bezahlenden Zinsen 69,999 Thaler durch Abgaben er-hoben werden müssen. Von diesen Abgaben wäre jedoch nur die Hälfte zu einem halbjährigen Zins-Termine für das zweite Jahr er-forderlich.

Gesetzt, der Versuch des dritten Jahres hätte keinen bessern Er-folg, und es müßten nicht nur die neuen Banknoten an einer Million Thaler, welche der Staat ausgäbe, sondern auch die für die Aus-wechselungskasse umgesetzten Banknoten an 200,000 Thaler, sämmtlich bezahlt werden; so wäre nunmehr die ganze Unternehmung aufzugeben. Alsdann aber hätten die Actien-Inhaber von den im ersten Jahre erhaltenen Banknoten an 600,000 Thaler bloß den Betrag ihres Vor-schusses an 200,000 Thaler zurückzubehalten, hingegen 400,000 Thaler in Banknoten wieder zu erstatten, wofür ihnen die Forderungen an die Schuldner der Bank cedirt würden. Wegen der Interessen wären sie durch die Zinsen der ausgeliehenen Capitale bereits entschädigt. Zu Cassirung sämmtlicher Banknoten hätte die Bank nur noch 800,000 Thaler herbeizuschaffen, mithin hierzu von den vorräthigen landschaft-lichen Obligationen noch 1,333,300 Thaler zu verpfänden, wodurch zu Bestreitung der Zinsen die Erhebung einer jährlichen Summe von 39,999 Thalern durch Abgaben erforderlich würde. Da aber in diesem Falle die Bank aufhören sollte, und solchemnach keine Bankobligationen

mehr ausgeben könnte; so hätte der Staat selbst eine Auswechselungskasse für die noch übrigen 800,000 Thaler betragenden Banknoten
zu errichten, und hierzu eine Anleihe gegen Verpfändung einer
Summe von 1,333,300 Thalern in landschaftlichen Obligationen zu
eröffnen.

Es läßt sich hieraus übersehen, um welchen Preis im schlimmsten
Falle dem Staate ein Capital von 3,400,000 Thalern verschafft worden
wäre. Dies betrüge nämlich:

im 1. Jahre:

> 45,000 Thaler entbehrte Zinsen von 1,500,000 Thalern in land-
> schaftlichen Obligationen,
> 40,000 Thaler halbjährige Zinsen von 2 Millionen Thalern in
> neuen Kammerscheinen,

> 85,000 Thaler, mithin $2\frac{1}{2}$ Procent,

im 2. Jahre:

> 45,000 Thaler entbehrte Zinsen von 1,500,000 Thalern,
> 40,000 Thaler halbjährige Zinsen von 2 Millionen Thalern in
> neuen Kammerscheinen,
> 20,000 Thaler halbjährige Zinsen von einer Million Thalern
> in dergleichen,
> 24,999 Thaler Zinsen von 833,300 Thalern in neuen land-
> schaftlichen Obligationen,
> $34,999\frac{1}{2}$ Thaler halbjährige Zinsen von 2,333,300 Thalern in
> dergleichen,

> $164,998\frac{1}{2}$ Thaler, mithin noch nicht 5 Procent,

im 3. Jahre:

> 45,000 Thaler entbehrte Zinsen von 1,500,000 Thalern,
> 20,000 Thaler halbjährige Zinsen von einer Million Thaler in
> Kammerscheinen,
> 134,997 Thaler Zinsen von 4,499,900 Thalern in landschaftlichen
> Obligationen,

> 199,997 Thaler, mithin noch nicht $5\frac{7}{8}$ Procent,

im 4. und den darauf folgenden Jahren:

45,000 Thaler entbehrte Zinsen von 1,500,000 Thalern,

134,997 Thaler Zinsen von 4,499,000 Thalern in landschaft=
lichen **Obligationen,**

179,997 Thaler, mithin noch nicht 5⅓ **Procent.**

In diesem schlimmsten Falle wäre also doch **immer der** Vortheil erlangt, daß man im ersten Jahre wenig Zinsen zu entrichten hätte, und die stärkern Auflagen bis zu den folgenden Jahren aussetzen könnte.

Wenn aber **dieser Fall** in dem Sächsischen **Staate sich kaum für** möglich **ansehen läßt,** so können doch Umstände eintreten, die einen **augenblicklichen Zudrang zur** Auswechselungskasse **verursachen.** Es dürfte alsdann rathsam seyn, die eingewechselten Banknoten nicht sofort sämmt= **lich** wieder auszugeben, **sondern sich** auf **die** Summe von 200,000 Thaler während eines Jahres zu beschränken, und nicht eher, als bis **der** ungünstige Zeitpunkt vorüber ist, **die** übrigen vorräthigen Bank= noten nach und nach zum Ankauf landschaftlicher Obligationen zu ver= wenden.

Ist aber das gänzliche Mißlingen der Unternehmung **nicht nur** höchst unwahrscheinlich, **sondern** auch nicht für ein so großes Uebel anzusehen, als es vielleicht scheinen möchte; so bleiben nur noch die Zweifel übrig, ob vielleicht andere bedeutende Nachtheile von der Er= richtung einer Bank in Sachsen zu besorgen seyn sollten.

Eine plötzliche **und übermäßige Vermehrung der** circulirenden Geldmasse würde den Preis der Lebensmittel und des Arbeitslohnes erhöhen, und dadurch den Fortgang der Gewerbe des Landes erschweren. Allein erstlich sollen nach obigem Plane 4 Millionen Thaler in Bank= noten nach und nach binnen drei Jahren in Umlauf gebracht werden; und zweitens dient eine solche Summe mehr, um in Sachsen den Ab= gang der Geldmasse **zu ersetzen,** den es **seit dem** Jahre 1806 durch den Krieg und dessen Folgen erlitten hat.

Gegen die Besorgniß, **daß eine große** Summe von Papiergeld die klingende Münze verdrängen, und ein schädliches Agiotiren ver=

anlassen möchte, kommt bei dem Sächsischen Staate die Quantität des
vorhandenen baaren Geldes, die Industrie der Nation, und der Ertrag der Silberbergwerke in Betrachtung. Eine zuverlässige Methode,
die Summe des circulirenden Geldes in einem Lande zu berechnen,
ist noch nicht ausfindig gemacht worden, allein, was Sachsen insbesondere betrifft, dürften hierbei folgende Umstände einige Aufmerksamkeit verdienen. Bei der Wiederherstellung des Landes nach dem
siebenjährigen Kriege war in Sachsen kein Mangel an baarem Gelde.
Was ihm durch Contributionen entzogen worden war, hatte sich größtentheils wieder im Lande verbreitet. Nur circulirten geringhaltige Geld-
sorten, die aber auf ihren wahren Werth herabgesetzt wurden. Die
Erhebung der Abgaben fand daher keine Schwierigkeit, die Bedürfnisse
des Staats wurden regelmäßig bestritten, und die Landesschulden allmählig abgetragen. Nun sind aber seit 1763 in Sachsen beträchtliche
Summen ausgemünzt, und hierzu größtentheils die Sächsischen Bergsilber verwendet worden. Nach Leonhardi (in dessen Sächsischer Geo-
graphie, Th. III. S. 9 der neuesten Ausgabe) betrug ein Gemein-
Jahr des Silberausbringens in Sachsen von 1792 bis mit 1800

56,947 Mark, oder 759,293¼ Thlr.,

die Mark zu 13 Thaler 8 Gr. gerechnet. Würde diese Quantität für
das Gemein-Jahr in dem ganzen Zeitraume von 1763 bis mit 1807
angenommen, so betrüge das gesammte Silberausbringen in Sachsen
während dieser 44 Jahre

33,408,906⅔ Thaler.

Von dem Zuwachse, den die circulirende Geldmasse durch die
ausgeprägten Bergsilber in Sachsen erhalten hat, ist allerdings ein
beträchtlicher Theil zu Bezahlung der Staatsschulden außer Landes gegangen. Aber dies war nur in den ersten Jahren nach dem siebenjährigen Kriege der Fall, da bekanntlich nachher die Staatspapiere
größtentheils in die Hände inländischer Gläubiger gekommen sind.
Der Bayerische Successionskrieg und die Feldzüge am Rhein können
den hiesigen Landen keine bedeutende Geldmasse entzogen haben. Es
fragt sich also nur noch, ob ein Uebergewicht der Importation bei
dem Sächsischen Handel eine beträchtliche Verminderung des baaren

Geldes verursacht habe. Wenn aber vor dem Jahre 1806 die Capital=
zinsen niedriger und die Preise der Grundstücke höher geworden waren,
so läßt sich daraus eine damalige günstige Lage des Sächsischen Handels
im Ganzen abnehmen. Unter den jetzigen Umständen ist zwar weniger
Gelegenheit zum auswärtigen Vertrieb Sächsischer Producte, aber zu=
gleich hat sich die inländische Consumtion der Colonialwaaren ver=
mindert. Daß daher der Verlust beim Sächsischen Handel über 750,000
Thaler jährlich, als so viel durch die Bergsilber wieder in Circulation
gebracht wird, betragen sollte, läßt sich mit einiger Wahrscheinlichkeit
nicht behaupten.

Unter obigen Voraussetzungen dürfte solchemnach eine so beträcht=
liche circulirende Geldmasse in Sachsen, als vorhanden anzunehmen
seyn, daß von einer Summe von 4 Millionen Thalern in Cassenbillets,
und 4 Millionen Thalern in Banknoten kein nachtheiliges Verhältniß
des Papiergeldes zur klingenden Münze zu besorgen wäre, besonders
da letztere durch die Ausmünzung der Sächsischen Bergsilber jährlich
einen beträchtlichen Zuwachs erhält.

Gegen Vermehrung der Banknoten über die Summe von 4 Mil=
lionen sichert der Königliche Kommissarius und die ständische Depu=
tation, welche von Zeit zu Zeit die Bank zu revidiren haben, und
ohne deren Unterschrift keine Banknote gültig ist.

Ein nachtheiliger Einfluß auf den Cours der Cassenbillets wäre
von der Bank nur in dem Falle zu besorgen, wenn dadurch über=
haupt das Papiergeld unverhältnißmäßig gegen die vorräthige klingende
Münze vermehrt würde, was nach obigen Bemerkungen sich nicht an=
nehmen läßt. Vielmehr könnte die Bank sogar zu einer Auswechselungs=
anstalt der Cassenbillets gebraucht werden, und dadurch den Umlauf
derselben befördern. Ein zu großer augenblicklicher Zudrang zur Haupt=
Auswechselungskasse wäre dadurch zu verhüten, und von den bei letzterer
eingehenden Geldern würden die Cassenbillets in der Folge nach und
nach bei der Bank wieder ausgewechselt. Auch könnten die kleinern
Zahlungen für die Cassenbillets vorbehalten bleiben, indem man die
niedrigste Banknote auf 10 Thaler bestimmte. Auf den Fortgang der
neueröffneten zweiten Königlichen Anleihe würde die Bank auf keinen

Fall einen nachtheiligen Einfluß haben, da sie nicht früher, als nach dem nächsten Landtage, mithin erst zu Ostern 1811 zu Stande kommen könnte. In der Zwischenzeit wäre nur eine vielseitige Betrachtung und strenge Prüfung eines solchen Vorschlags zu veranlassen, und dies ist die Absicht der gegenwärtigen Schrift. Zu Ostern 1811 aber ist entweder die Anleihe schon zusammengebracht, oder der Staat kann das Fehlende entbehren, und die Anleihe sistiren, da er durch die Bank eine Summe von 3,400,000 Thaler erhält. Die neueste Anleihe hingegen würde die Operation der Bank begünstigen, insoferne dadurch bereits ein Theil der Staatsbedürfnisse befriedigt wäre, und daher die Summe der im ersten Jahre auszugebenden neuen Kammerscheine sich um so viel verminderte.

Daferne die Bank nicht, wie anderwärts geschehen ist, durch Discontirung von Wechseln ihre Einnahme zu vermehren suchen würde, so könnte ihre Errichtung auch keine Störung in den Geschäften der Leipziger Banquiers verursachen, und alle hätten Gelegenheit an dem Gewinn Theil zu nehmen, den die von der Bank ausgeliehenen Capitale den Actien-Inhabern gewährten.

Gegen die Fertigung falscher Banknoten würde man die bei andern Banken gewöhnlichen Vorsichtsmaßregeln zu gebrauchen, auch eine gleiche Bestrafung, wie bei falschen Cassenbillets, durch ein Landesgesetz anzudrohen haben. Die Erfahrung hat indessen bei andern Banken gelehrt, daß diese Verfälschungen zusammen genommen nie eine so große Summe betragen, daß dadurch der Credit der Banknoten geschwächt werden könnte.

Im Fall eines Kriegs würde die Administration der Bank suspendirt, alle Dokumente nebst den vorräthigen Banknoten wären auf der Festung Königstein zu verwahren, und die in der Auswechselungskasse vorhandenen baaren Gelder an die Actien-Inhaber gegen Empfangscheine zu vertheilen. Jeder Actien-Inhaber müßte daher für diesen Fall einen Bevollmächtigten in Leipzig bestellen. Ueber diese vertheilten baaren Gelder disponiren alsdann die Bank-Directoren durch Assignationen, um die schuldigen Interessen-Zahlungen der Bank zu bestreiten. Für die Auswechselung der Banknoten hingegen haben

sie während des Kriegs nicht zu sorgen. Jede Banknote hat man un=
mittelst wie einen Wechsel zu betrachten, der erst nach wiederherge=
stelltem Frieden zahlbar ist. Hat die Bank vorher ihre Verbindlich=
keiten erfüllt und ihren Credit begründet, so wird es auch während
des Kriegs nicht an Kaufleuten fehlen, die sich zu Discontirung der
Banknoten freiwillig erbieten, und ihre Concurrenz kann vielleicht einen
sehr günstigen Cours bewirken. Auf jeden Fall steigt der Cours bei jedem
Anschein des Friedens, und nach den neuesten Erfahrungen haben wir jetzt
nicht mehr Kriege von langer Dauer zu erwarten. Uebrigens könnte
auch während des Kriegs die Einrichtung fortdauern, daß die Verwalter
der Königlichen Cassen autorisirt wären, die Hälfte der eingegangenen
Baarschaft in Banknoten einzusenden, mithin das Publikum Gelegenheit
hätte einen Theil der cursirenden Banknoten bei ihnen auszuwechseln.

Gesetzt aber, der Staat fände ohngeachtet obiger Bemerkungen
für nöthig, sich auf den Fall sicher zu stellen, daß die Errichtung der
Bank sich durch die Erfahrung aus irgend einem Grunde als nach=
theilig erwiese: so würde auch hierzu leicht eine Vorkehrung getroffen
werden können. Es käme bloß darauf an, den Actien=Inhabern die
Fortdauer der Bank nur auf 10 Jahre zuzusichern. Nach den ersten
5 Jahren würde sich beurtheilen lassen, ob die Bank mehr schädlich
als nützlich sei. Wäre man von den überwiegenden Nachtheilen über=
zeugt, so könnte mit dem 6. Jahre angefangen werden, jährlich eine
Summe von 400,000 Thaler in Banknoten einzuwechseln und zu
cassiren. Nach Ablauf des 10. Jahres wären auf diese Art die Bank=
noten schon um zwei Millionen Thaler vermindert, und es würde
nunmehro zu erwägen seyn, ob dem Nachtheile der Bank vielleicht
abgeholfen sei, oder ob sie ganz aufgehoben werden solle. Im Falle
der Aufhebung hätten alsdann die Actien=Inhaber 400,000 Thaler
in Banknoten wieder zu erstatten, wogegen ihnen die Forderungen
an die Schuldner der Bank cedirt würden, und an die Stelle der zeit=
herigen Bank=Administration träte ein vom Staate verordnetes Aus=
wechselungs=Büreau, welches fortführe, jährlich 400,000 Thaler zur
Einwechselung und Cassirung der übrigen Banknoten zu verwenden,
so daß im 15. Jahre alle Banknoten cassirt wären.

Bei diesem Verfahren hätte man noch den Vortheil, daß erst im 9. Jahre zu Bezahlung der Zinsen von den neu zu creirenden land= schaftlichen Obligationen Abgaben erhoben werden müßten. Diese Ab= gaben betrügen

im   9. Jahre   15,000 Thaler,
im 10. Jahre   35,000   =
im 11. Jahre   45,000   =
im 12. Jahre   55,000   =
im 13. Jahre   75,000   =
im 14. Jahre   95,000   =
im 15. Jahre 115,000   =

Im 16. Jahre steigen sie noch um 10,000 Thaler, als den Be= trag des 2. halbjährigen Zinstermins von den im 15. Jahre zuletzt herbeigeschafften 400,000 Thalern, und in den folgenden Jahren bliebe der Abgaben=Betrag 125,000 Thaler, so lange bis die neuen land= schaftlichen Obligationen getilgt werden könnten. Die Staatsschuld wäre aber durch die zur Sicherheit der Bank creirten neuen Staatspapiere nur um 4,166,600 Thaler vermehrt worden, und von den bei Er= richtung der Bank deponirten 5,166,600 Thalern in neuen landschaft= lichen Obligationen könnte eine Million als ungebraucht cassirt werden. Rechnet man zu den 125,000 Thaler Zinsen noch die entbehrten In= teressen von 1,500,000 Thalern in landschaftlichen Obligationen, so hat der Staat in diesem Falle ein Capital von 3,400,000 Thalern bis zum 16. Jahre zu sehr mäßigen, jedoch vom 9. Jahre an allmählig wachsenden Zinsen erhalten, und vom 16. Jahre an entrichtet er dafür nicht mehr als 5 Procent.

Nachtrag.

Unter dem Titel:

Gründliche Beschreibung der Banken, und auf diese und den wahren Lauf der Sachen gegründeter Plan zu einer allgemeinen An= lehnungs=, Ersparungs= und Versorgungskasse 2c. Bautzen 1797, gedruckt bei Matthiä auf Kosten des Verfassers hat Herr August Gottlieb Schmidt, Kaufmann zu Bernstadt in der Oberlausitz, ein Buch herausgegeben, das nicht so bekannt geworden ist, als es zu werden verdiente, und das hier noch einige Zusätze veranlaßt. Der Verfasser zeigt sich als einen Mann von Kenntnissen und schätzbarem Eifer für gemeinnützige Zwecke. Obwohl gegen seine Vorschläge manches sich einwenden läßt, so enthält doch seine Schrift vieles, was einer genauern Erwägung allerdings werth wäre. Dies gilt vorzüglich von demjenigen, was er über das Bedürfniß, die Erborgung nöthiger Capitale gegen hypothekarische Sicherheit zu erleichtern, über die Vortheile einer Ersparungskasse und den Nutzen einer zuverlässigen Wittwenversorgungsanstalt geäußert hat. Es ist hier der Ort nicht, den hierauf sich beziehenden Plan des Herrn Schmidt zu prüfen, aber zur Empfehlung der in vorstehenden Blättern enthaltenen Vorschläge darf nicht unbemerkt bleiben, daß ihre Ausführung zugleich Mittel darbieten würde, auch jene wohlthätigen Zwecke vielleicht mit geringen Schwierigkeiten zu erreichen.

Unter der Voraussetzung, daß der Credit der Bank begründet ist, und ihre Fortdauer unbedenklich gefunden wird, kann sie sich erbieten, Summen von 10 bis 90 Thalern anzunehmen, und auf jedesmaliges Verlangen nicht nur mit Interessen zu 3 Procent, sondern auch mit 3 Procent Zinsen von diesen nicht erhobenen Interessen sogleich in Banknoten wieder zu bezahlen. Für jeden Hauswirth wäre dadurch eine Gelegenheit eröffnet, ein kleines Ersparniß sicher unterzubringen, und es nach einigen Jahren beträchtlich vermehrt zu wissen. Um die Berechnung hierbei zu erleichtern, könnte festgesetzt werden, daß die einzulegende Summe nicht mehr oder weniger als 10 Thaler, oder das Vielfache davon bis zu 90 Thaler betragen müßte.

Die Bank hätte die Einlegung baar oder in Banknoten anzunehmen. Im ersten Falle gewönne sie dadurch einen Zuschuß für die Auswechselungskasse, im zweiten würde der Werth der Banknoten erhöht, indem sie auf diese Art in ein zinsbares Papiergeld verwandelt werden könnten, und dies müßte allerdings beitragen, das Auswechselungsbedürfniß zu vermindern.

21*

Eine solche Ersparungskasse würde zugleich als Wittwen=
versorgungsanstalt zu brauchen seyn, wenn die Bank sich anheischig
machte, auf Verlangen des Einlegers den Betrag seiner Foderung zur
Zeit seines Todesfalls in eine Leibrente für seine Wittwe zu ver=
wandeln. Das Alter der Wittwe bestimmte nach den Regeln der poli=
tischen Rechenkunst die wahrscheinliche Dauer der Leibrente, und auf
diesen Zeitraum würde die Summe, welche der Verstorbene bei seinem
Tode zu erheben gehabt hätte, nebst landüblichen Zinsen derselben ver=
theilt. Bei einer solchen Bestimmung des Wittwengehalts hätte die
Casse der Bank keine von den Gefahren zu besorgen, die bei andern
Wittwenversorgungsanstalten in Betrachtung kommen.

Da sie hiernächst, wie im folgenden bemerkt werden wird, Ge=
legenheit hat, die bei ihr eingelegten Summen zinsbar unterzubringen,
so kann bei einer solchen Einrichtung im Ganzen keine bedeutende
Einbuße für sie entstehen. Auch wäre der Einleger dabei an keine
festgesetzten Zahlungstermine gebunden, sondern könnte nach und nach,
so wie er etwas erspart hätte, einzelne Summen von 10 Thalern zu
diesem Zwecke bestimmen, und sogar in dringenden Fällen, oder wenn
seine Gattin vor ihm verstürbe, die ganze eingelegte Summe zu jeder
Zeit wieder erheben.

Da indessen Leibrenten=Contrakte außer dem Fall einer Wittwen=
versorgung nicht zu begünstigen sind, indem sie das Capital der Nation
vermindern, so würde die Bank sich schlechterdings zu enthalten haben,
irgend ein von ihr wieder zu bezahlendes Capital in eine Leibrente,
die nicht für eine Wittwe bestimmt wäre, zu verwandeln.

Durch die bei der Ersparungskasse eingehenden Banknoten erhält
die Bank ein Capital, das sie zinsbar ausleihen kann. Wenn sie gegen
vollkommne hypothekarische Sicherheit ein halb Procent weniger an
Zinsen fodert, als sonst in dergleichen Fällen üblich ist, so kommt dies
den Erborgern zu Statten. Was bei der Ersparungskasse und Wittwen=
versorgungsanstalt eingelegt würde, könnte in Sachsen nicht unbe=
deutend seyn. Ueberdies wäre schon bei Errichtung der Bank für
einen Theil der Erborger durch die 600,000 Thaler in Banknoten
gesorgt, die den Actien=Inhabern zu überlassen wären, um sie zu

einem niedrigern Zinsfuße auszuleihen. **Bei einem** glücklichen Erfolg
der Bank aber läßt sich noch ein anderer Zuschuß zu dieser Aus-
leihungskasse erwarten. Vorausgesetzt, daß sich der Zudrang zur Auswechselungskasse der **Bank** vermindert, und sie daher nicht nöthig hat,
beträchtliche Summen gegen Bankobligationen unter Verpfändung von
Staatspapieren zu 5 Procent aufzunehmen, **so werden** Capitalisten
übrig bleiben, die sich vielleicht mit 4 Procent Zinsen begnügen, wenn
sie Capitale von 100 Thalern **und drüber** in Banknoten zu jeder Zeit
bei der Bank unterbringen und auf Verlangen sogleich wieder erhalten
können. Bei Ausleihung dieser Capitale zu $4\frac{1}{2}$ Procent **gewönne**
die Bank $\frac{1}{2}$ Procent zur Entschädigung für die Vermehrung ihrer
Geschäfte, und hätte hierbei noch ebenfalls den bereits bemerkten Vortheil, daß die Gelegenheit sich erweiterte, Banknoten ohne sie auszuwechseln, als ein zinsbares Capital zu benutzen. Der Bank könnte
es nicht schwer fallen, die eingelegten Capitale sogleich in Banknoten
wieder zu bezahlen, da sie bei der Ausleihung sich halbjährige Auf-
kündigung ausbedingen würde, und in der **Regel** eine beträchtliche
Quantität ausgewechselter Banknoten bei **ihr vorräthig** seyn müßte.
Im Nothfalle würde auf die Zwischenzeit von höchstens 3 Viertel-
jahren ein Vorschuß in Banknoten aus irgend einer Staatskasse zu erhalten seyn, der mit $4\frac{1}{2}$ Procent von der Bank zu verzinsen wäre.

Bei einem feindlichen Einfalle zur Zeit des Kriegs wäre **zwar**
die Bank bis zu wiederhergestellter Sicherheit geschlossen, und es könnten
daher auch bei ihr Capitale weder eingelegt noch erhoben werden, **aber**
für die schuldigen Zinsen, und für die Wittwengehalte hafteten immittelst die Direktoren der Bank **und** verwendeten hierzu die baaren
Gelder, die bei einstweiliger Sistirung der Bank unter die Actien-
Inhaber vertheilt worden waren.

Zweiter Nachtrag.

Die Absicht der vorhergehenden Schrift, welche zuerst im Jahr
1810 einzeln gedruckt **wurde**, war, einen Vorschlag zur Sprache zu
bringen, der einiger Prüfung wenigstens nicht unwerth schien. **Der**

Verfasser wünschte recht viel Einwendungen dagegen zu hören, und
hoffte auf die meisten antworten zu können. Aber eine ausführliche
Kritik ist ihm nicht vorgekommen, und aus einer kurzen Recension in
dem Journal: die Zeiten, konnte er nichts weiter abnehmen, als daß
der Gedanke anstößig gewesen war, den Credit eines Papiers auf ein
anderes Papier gründen zu wollen. Sollte es denn aber noch nöthig
seyn, den Unterschied zwischen einer Banknote und einer zinsbaren
Staatsobligation bemerklich zu machen? Ein Document, wodurch die
Verzinsung und Rückzahlung eines Capitals zugesichert wird, muß doch
wohl für Geldeswerth anzusehen seyn, wenn der Schuldner Credit
hat, da man so oft sich bemüht, für sein baares Geld sich ein solches
Papier zu verschaffen. Und auf den nicht zu bezweifelnden Credit
Sachsens war der ganze Vorschlag gegründet.

Von ganz anderer Art würden die Einwendungen seyn, die nicht
gegen den Plan überhaupt, sondern nur gegen dessen Ausführung
unter den gegenwärtigen Zeitumständen gerichtet wären. Der Verfasser
muß gestehen, daß bey ihm selbst hierüber noch manche Zweifel ent=
standen sind, die ihm nicht leicht zu heben scheinen. Eine Vermeh=
rung der Cassen=Billets dürfte daher in dem jetzigen Zeitpunkte
vielleicht weniger bedenklich seyn. Verschiedenes, was gegen das Papier=
geld überhaupt angeführt wird, ist schon in obiger Schrift beantwortet,
aber nur eine Bemerkung sey hier noch hinzuzufügen erlaubt. Es
versteht sich von selbst, daß die Anzahl der neuen Cassenbillets nur
auf das eigentliche Staatsbedürfniß zu beschränken wäre, und daß sie
bloß zu außerordentlichen Zahlungen dienen sollten, deren Betrag man
außerdem durch neue Abgaben oder Anleihen aufbringen müßte. Ge=
setzt nun, daß man für nöthig fände, die gegenwärtige Generation mit
neuen Auflagen zu verschonen, so würde bloß die Frage seyn, ob
eine neue Anleihe einer Vermehrung der Cassenbillets vorzuziehen
wäre. Nun sind aber bei einer Anleihe die Gläubiger des Staats
entweder innerhalb oder außerhalb des Landes. Im ersten Falle werden
der Landes=Industrie Capitale entzogen, und der werbende Haupt=
stamm der Nation vermindert sich. Denn was der Staat erborgt,
wendet er nicht auf gewinnbringende Unternehmungen, sondern be=

streitet dadurch ein gegenwärtiges Bedürfniß. Er zehrt also vom Capitale und setzt nicht wie der industriöse Privatmann ein zinsen= bringendes Surrogat an die Stelle des Capitals. Für die Zwecke der Privat=Industrie werden kleinere Summen erborgt, und ein Theil davon, den man zur Wiederbezahlung des Capitals zurücklegt, wird bald der Circulation wieder entzogen. Der Staat hingegen setzt die erborgten beträchtlichen Summen auf einmal in Umlauf und seine Rück= zahlungen erfolgen erst spät. Wenn also von einer Vermehrung der circulirenden Geldmasse eine Steigerung der Preise zu besorgen ist, so darf man nicht hoffen, dies bei einer Anleihe zu vermeiden, sie mag im Lande selbst, oder außerhalb Landes eröffnet werden. Sind ferner die Gläubiger des Staats im Auslande, so entziehen sie durch Er= hebung der Zinsen jährlich eine beträchtliche Geldsumme der Nation. Es ergiebt sich also, daß auch gegen die Anleihen manches sich ein= wenden läßt, und daß es wenigstens zweifelhaft bleibt, ob sie für die bedeutende Ausgabe an Zinsen, die bey den Cassenbillets erspart wird, durch überwiegende Vortheile entschädigen.

Wünsche eines deutschen Geschäftsmanns.*)

*) Wünsche eines deutschen Geschäftsmanns. Leipzig, bei G. J. Göschen, 1811. — Versuche über Gegenstände der inneren Staatsverwaltung. V. S. 121

Die „Wünsche eines deutschen Geschäftsmanns" waren die letzte kleine Flugschrift Körners, welche in Göschens Verlag erschien. Sie wurde zu Anfang des Jahres 1811 geschrieben, nach der Ostermesse gedruckt. „Ich danke Ihnen, daß Sie meine kleine Schrift drucken wollen. Für den Buchhandel ist sie freilich zu klein, aber als eine Brochure findet sie vielleicht um der Kleinheit wegen eher einen Leser, wie ich mir ihn wünsche." (Körner an Göschen, Dresden, 8. April 1811. Hs. Dresdner Bibliothek.) — Der Zweck der Schrift war offenbar, den Lobrednern des französischen Präfektensystems und der straffen Centralisation, welche in den meisten Rheinbundstaaten beliebt und erstrebt wurde, gegenüberzutreten. Der Abdruck erfolgt aus den „Versuchen über Gegenstände der inneren Staatsverwaltung", in denen Körner die ursprünglich selbständig erschienene Schrift ohne jede Veränderung mitgetheilt hat.

Zu einer Zeit, da die Mängel der Staatsorganisation in mehreren deutschen Ländern durch den Drang der Umstände anschaulich geworden sind, wäre es unverantwortlich Mißbräuche in Schutz zu nehmen, oder wirkliche Fortschritte zu erschweren, aber erlaubt bleibt es immer, über die Art, jenen Mängeln abzuhelfen, eine warnende Stimme laut werden zu lassen. In den Momenten des Unwillens über das Unbehülfliche der Formen, und über die Hindernisse nützlicher Unternehmungen, die aus der vorhandenen Verfassung entstehen, wird man leicht ungerecht gegen die Anstalten der Vorfahren. Oft wird alsdann übersehen, daß da, wo man nur Kurzsichtigkeit und Beschränktheit zu finden glaubt, eine edle Triebfeder wirkte, und das Ziel nur durch spätere Ausartungen verfehlt wurde.

Wenn daher insbesondere der langsame Geschäftsgang bey den deutschen Landes-Collegien eine Reform nothwendig macht, so ist zu wünschen, daß nicht ohne Schonung ein Werk der Vorzeit zerstört werde, dem auch in seinem jetzigen Zustande noch manche Wohlthat verdankt wird. Es verdient daher untersucht zu werden, was der Erfolg seyn würde, wenn man sich begnügte, den Wirkungskreis der Collegien genauer zu bestimmen, die Angelegenheiten des Staats unter sie zweckmäßiger zu vertheilen, ihnen Geschäfte zu entnehmen, die von dem einzelnen Manne besser besorgt werden, und für die übrigbleibenden Arbeiten Mittel zur Erleichterung und Beschleunigung auszufinden. Zu einer solchen Untersuchung etwas beyzutragen, ist der Zweck des gegenwärtigen Versuchs.

Daß die Geschäfte der Collegien in neuern Zeiten sich beträchtlich vermehrt haben, ist leicht zu erweisen, und dient auf manche Vorwürfe zur Antwort. Durch Anstellung mehrerer Räthe und Vertheilung des Collegiums in mehrere Senate oder Departements wird allerdings viel gewonnen, aber es giebt eine tiefer eingreifende Maßregel, die zugleich für die Behandlung der Sachen einen wichtigen Vortheil gewährt. Dies ist die Absonderung der speciellen Geschäfte der Provinz von den allgemeinen Angelegenheiten des Landes. Wird für jeden Kreis insbesondere ein Kammer=Collegium, eine Regierung oder ein Ober=Amt und ein Consistorium errichtet, so haben diese Behörden auch mehr Gelegenheit, als ein allgemeines Landes=Collegium, sich vollständige Localkenntnisse zu erwerben, und eine genauere Befolgung ihrer Verfügungen zu bewirken.

Für die Einheit und den Zusammenhang der Geschäfte wäre es ein Gewinn, wenn Ein Mann, etwa unter dem Titel eines Oberaufsehers, alle drey Collegien des Kreises zu dirigiren hätte. Auch würden dadurch viel schriftliche Communicationen unter den Kreis=Collegien erspart. Von einer zu großen Gewalt des Oberaufsehers hätte man nichts zu fürchten, da er innerhalb des Wirkungskreises der Collegien nichts ohne diese vermöchte, und gegen die Kreis=Collegien selbst bey einer höhern Instanz Schutz zu finden wäre.

Unter den Finanz=Geschäften sind die Berg=, Post=, Münz=, Flöß= und Salz=Sachen von der Art, daß sie füglich nur von Einer Behörde im ganzen Lande geleitet werden können, und daher dem allgemeinen Finanz=Collegium vorbehalten werden müßten. Eben so nöthig scheint es, dem Landes=Consistorium die Aufsicht über die Universitäten und die Ernennung der geistlichen Obern jedes Bezirks nach vorgängiger Prüfung zu übertragen. Auch möchte rathsam seyn, zur Prüfung der übrigen Geistlichen und Schullehrer besondere Commissarien, jeden für einige Kreise, durch das Landes=Consistorium anstellen zu lassen.

Die Landes=Regierung war zeither gemeiniglich die höhere Instanz in Criminal=Sachen, und hatte über alle Appellationen zu entscheiden. Die Mängel der Criminal=Justiz in Deutschland, besonders, wo sie von den Patrimonial=Gerichten verwaltet wird, sind bekannt. Ein allgemeines Criminalgericht für jeden Amtsbezirk wäre daher wünschenswerth, selbst nach der Ueberzeugung vieler Gerichtsherren. Ob dabey Geschworne angestellt, oder ob die Urthel ferner von den Dicasterien eingeholt werden sollen, **ist eine Frage,** deren Erörterung hier zu weit führen würde. In beyden Fällen aber würden die Beschwerden über das Verfahren des Criminal-Gerichts füglich von der Landes-Regierung untersucht werden können. Dagegen möchte rathsam seyn, die Criminal-Gerichte durch Mitglieder der Provinzial-Regierungen jährlich revidiren zu lassen, besonders um die Gefängnisse zu visitiren und die Proceß-Tabellen mit den Acten zu vergleichen.

Daß durch Appellation jede Verfügung irgend einer Behörde ohne Unterschied der Sachen zur Beurtheilung der Landes-Regierung gebracht werden kann, ist eine wohlthätige Einrichtung, die durch öfteren Mißbrauch nicht verwerflich wird. Gegen diesen **Mißbrauch** ist **schon** viel gewonnen, wenn die Fälle **genau bestimmt sind, in denen die** Wirkung, das Verfahren zu hemmen, oder von der Befolgung der obrigkeitlichen Vorschrift zu befreyen (effectus suspensivus) bey der Appellation nicht Statt findet. Wenn ferner die Landes-Regierung weniger als zeither mit Provinzial-Geschäften überhäuft wäre, so würden die Appellationen schneller zur Entscheidung kommen, und dadurch der Vortheil des Aufschubs oft so unbedeutend werden, daß er gegen die Gefahr, sich durch ungebührliches Appelliren einer Strafe auszusetzen, **nicht in Betrachtung käme. Die Zahl der** an die Landes-Regierung zu bringenden Appellationen könnte auch dadurch vermindert werden, daß die Kammer-Collegien und Consistorien der Kreise an **ihre vorgesetzte** Landes-Behörde in Appellationsfällen zu berichten hätten, **bey** deren Verfügung **sich die** Parthey nicht selten beruhigen **würde.**

Zu den eigenthümlichen Geschäften der Landes-Regierung rechnete **man zeither** größtentheils auch die Polizey, ohne sich über den Begriff dieses Worts immer vereinigen zu können. Wenn aber mit Pütter und von Berg angenommen wird, daß die Polizey **in der** Abwendung gemeinschädlicher Uebel im Innern des Staats bestehe, so ist einleuchtend, daß in dem Kampfe gegen diese innern Uebel ohne stete Wachsamkeit an Ort und Stelle, schnellen Entschluß, und kräftige Ausführung eben so wenig etwas ausgerichtet werden kann, als in dem

Kriege gegen äußere Feinde. Und dies ist der Fall, wo sich nur von
dem einzelnen Manne in dem kleinern, wie in dem größern Wirkungs=
kreise alles erwarten läßt, wenn er mit Sorgfalt gewählt ist. Ist ein
Minister an der Spitze der Polizey, stehen unter ihm unmittelbar die
Oberaufseher der Kreise, unter diesen die Amtshauptleute, und unter
diesen die verpflichteten Aerzte und Wundärzte des Bezirks, die Bürger=
meister in Städten und die Dorfrichter auf dem Lande, werden die
Amtshauptleute mit tüchtigen Gensdarmen versehen, und im Nothfalle
durch das Militair unterstützt, so kann jede Gefahr, die den Staat in
seinem Innern bedroht, leicht in der Entstehung bemerkt werden, und
es wird nicht an Mitteln fehlen, um sie schnell und mit Nachdruck ab=
zuwenden. Sehr viel beruht hierbey auf den persönlichen Eigenschaften
der Amtshauptleute. Sie sind das Auge und die Hand der Regierung
in den kleinern Bezirken. Daher die Nothwendigkeit, diese Stellen so
annehmlich zu machen, daß die angesehensten und verdienstvollsten Guts=
besitzer des Kreises sich darum bewerben. Dies zu bewirken sind hohe
Besoldungen weniger wirksam, als auszeichnende Behandlung von Seiten
ihrer Obern und Verhältnisse gegen ihre Untergebenen, die für edel=
denkende Männer einen Werth haben. Aus seinen Händen werde jede
Entschädigung, Beyhülfe und Belohnung empfangen, die der Staat
ertheilt. In seinem Bezirke werde er als Vater verehrt, damit ihn
auch die nöthige Strenge nicht verhaßt mache. Um seine Thätigkeit
nicht durch unbrauchbare Organe zu erschweren, sey bey jeder Anstellung
eines verpflichteten Arzts oder Wundarzts, eines Bürgermeisters und
eines Dorfrichters seine Beystimmung erforderlich und er selbst wähle
die ihm untergebenen Gensdarmen.

Als Vorbereitung für den künftigen Amtshauptmann möchte zu
verlangen seyn, daß er wenigstens Ein Jahr lang den Sitzungen des
Kammer=Collegiums und der Regierung des Kreises beygewohnt hätte,
und bey wichtigen Commissionen zur Assistenz gebraucht worden wäre.
Auch könnten vorzügliche Subjekte, denen es zu nützlichen Reisen an
eignen Mitteln fehlte, hierzu durch den Staat unterstützt werden.

Zu einem Schutz gegen das willführliche Verfahren der Polizey=
Behörden dienen besonders möglichst bestimmte allgemeine Anordnungen.

Die Entwerfung dieser Anordnungen aber, so wie aller Gesetze über=
haupt, gehört auch zu den Geschäften, die in der Regel mit besserm
Erfolg von einer einzelnen Person, als von einem Collegium ausge=
führt werden. Bey der collegialischen Deliberation über eine neue
Gesetzgebung darf man nicht erwarten, daß alle Anwesende den vor=
liegenden Gegenstand so sorgfältig studirt haben, als der Referent.
Gleichwohl erhalten oft Einwendungen durch die Person, welche sie
vorbringt, ein großes Gewicht, und bewirken Weglassungen und Modi=
ficationen in dem neuen Gesetze, wodurch der Zweck oft großentheils
verfehlt wird. Nachtheile dieser Art sind zwar auch bey jeder colle=
gialischen Prüfung eines entworfenen Gesetzes zu besorgen, aber in
einem weit mindern Grade, wenn der Entwurf als ein Ganzes vor=
handen ist, und der Verfertiger angehört wird, als wenn er jeden
Punkt einzeln nach dem Beschlusse des Collegiums abfassen muß.

Daß ein Gesetz mit Bestimmtheit und Festigkeit aus Einem Princip
hervorgehen werde, läßt sich alsdann am ersten hoffen, wenn ein ein=
zelner Mann es ungestört entwerfen darf, den der Minister, auf dessen
Wirkungskreis die zu erlassende Anordnung sich bezieht, mit völlig
freyer Wahl dazu ausersehen hat. Ist sodann dieser Entwurf von
einer Landes=Behörde und nachher von der Gesetz=Commission geprüft
worden, so wird eine zweyte Redaction nöthig, die ebenfalls einer
einzigen Person von dem Minister aufzutragen seyn möchte. Eine
nochmalige Prüfung dieses zweyten Entwurfs durch sämmtliche Minister
würde die Vorbereitung des Gesetzes zur Entschließung des **Fürsten**
vollenden.

Die Justiz=Geschäfte der **Landes=Regierung** werden durch alles
erleichtert und befördert, was zu Verhütung und Abkürzung der Processe
beyträgt. Es fehlt hierzu nicht an Vorschlägen, deren vollständige Er=
wähnung für diesen Ort nicht gehört. Nur über zwey Punkte aber
wird man hier einige Bemerkungen erlauben.

Vergleichs=Commissionen, um den Streit in seiner Entstehung zu
schlichten, haben vielleicht nur selten den gewünschten Erfolg, aber selbst
in diesem Falle bleibt eine solche Anstalt immer wohlthätig, wenn sie
Gelegenheit giebt, den achtungswürdigen Bürger und Landmann, der

man einer solchen Commission beysetzt, durch ein ehrenvolles Vertrauen
auszuzeichnen, den Sinn für Recht und Unrecht rege zu erhalten,
und die Sittlichkeit überhaupt zu befördern. Die Errichtung der Pro=
vinzial=Regierung hat übrigens den Nutzen, daß auch im Fortgange
des Processes durch Vorbescheide nach Befinden an Ort und Stelle
eine gütliche Beylegung mit Benutzung der erworbenen Local=Kennt=
nisse und mit geringern Kosten für die Partheyen versucht werden kann.

Die öftern Vergehungen der Advocaten dürften kein hinlänglicher
Grund seyn, einen Stand gänzlich abzuschaffen, der zum Schutz der
Partheyen gegen jede Verletzung der Pflicht in dem Verfahren des
Richters bestimmt ist. Aber wünschenswerth wäre doch eine solche Ein=
richtung, wodurch es jeder Parthey möglich gemacht würde, nach Will=
kühr auch ohne Advocaten zu ihrem Rechte zu gelangen. Es bedarf
hierzu bloß, daß außer der ordentlichen Proceßform auch solche münd=
liche Verhandlungen vor dem Richter gestattet werden, wie bereits in
einigen Ländern bey Abschaffung der Advocaten eingeführt worden sind.
Indessen möchte jeder Parthey freyzustellen sein, sich noch während
des Processes in irgend einem Zeitpunkte, da sie es für nöthig fände,
eines Sachwalters zu bedienen. Von dieser Einrichtung läßt sich eine
vortheilhafte Wirkung auf das Betragen der Advocaten erwarten, und
zugleich kann ein Wetteifer der Richter dadurch veranlaßt werden, sich
ein unbegränztes Vertrauen der Partheyen zu erwerben.

Bey mehreren Geschäften würde die Mitwirkung der Stände nicht
nur den Behörden eine Erleichterung verschaffen, sondern auch für den
Zweck selbst wohlthätige Folgen haben. Aber hierzu werden jährliche
Versammlungen der Stände des Kreises erfodert, und die Erfahrung
hat schon gelehrt, wie sehr durch eine öftere Zusammenkunft der Pro=
vinzial=Stände der Gemeingeist erweckt und verbreitet, und wie leicht
alsdann manche nützliche Anstalt zur Ausführung gebracht wird. Gesetzt
man fände bedenklich in der Verfassung der allgemeinen Landtage etwas
abzuändern, so würden selbst die jetzigen Mängel dieser Verfassung
weniger nachtheilig werden, und die Geschäfte des Landtags durch
bessere Vorbereitung der Personen und Sachen gewinnen, wenn nur
die Kreisversammlungen der Stände zweckmäßig organisirt wären. Für

die besondern Bedürfnisse des Kreises kann viel geleistet werden, wenn sich die Stände unter Direction des Oberaufsehers dazu vereinigen. Soll es hierzu nicht an Mitteln fehlen, so darf niemand einen verhältnißmäßigen Beytrag verweigern, selbst der Fürst nicht in Ansehung seiner Domainen. Und eine bedeutende Summe wird sich leichter aufbringen lassen, wenn die Beytragenden auch an den Geschäften Antheil nehmen dürfen, wodurch die gemeinschaftlichen Zwecke erreicht werden sollen. Unter den einzelnen Kreisen entsteht vielleicht alsdann ein heilsamer Wetteifer, und es kann dahin kommen, daß es einigen Kreisversammlungen gelingt, Geistliche und Schullehrer besser zu besolden, Anstalten zu ihrer Bildung zu errichten, Zucht= und Arbeitshäuser anzulegen, für die Verpflegung der Gemüthskranken zu sorgen, verpflichtete Aerzte und Wundärzte mit hinlänglichem Gehalt anzustellen, Hebammen unterrichten zu lassen, Straßen und Canäle zu bauen, bey nöthigen Wasserbauen die unvermögenden Grundbesitzer zu unterstützen, kurz in jeder Art von gemeinnütziger Thätigkeit sich Verdienste zu erwerben.

Sobald die Kreisversammlung für irgend einen besondern Zweck Anstalten zu treffen beschließt, so hat sie hierzu auch wenigstens zwey ständische Deputirte zu ernennen, denen nach Beschaffenheit des Gegenstandes ein Mitglied eines der Provinzial=Collegien, oder ein Amtshauptmann von dem Oberaufseher als landesherrlicher Commissarius zugeordnet wird. Diesen Männern wird man die Entwerfung des Plans und das Einzelne der Ausführung ohne Bedenken überlassen können, und zur Oberaufsicht des Staats wird hinreichend seyn, daß der entworfene Plan von einem der Provinzial=Collegien geprüft, und auf ebendesselben Veranstaltung die nachher erfolgte Ausführung revidirt werde.

Wenn auch die Bedürfnisse des Kreises nicht mehr als drey Collegien erfodern, so könnte doch zweifelhaft scheinen, ob die Angelegenheiten des Landes überhaupt nicht unter eine größere Anzahl von Collegien vertheilt werden sollten. Allein bey einer solchen Vervielfältigung entstehen leicht Streitigkeiten über den Wirkungskreis der einzelnen Landesbehörden, verschiedene Ansichten der Gegenstände, und

Verzögerungen der Sachen durch weitläuftige Communicationen, wobey in der Regel jedes Collegium von der einmal gefaßten Meynung schwerlich wieder abgeht. Nachtheile dieser Art sind weniger zu besorgen, wenn aus mehreren Collegien zu einer besondern Gattung von Geschäften Deputationen ernannt werden. Zu den unentbehrlichen Landes-Collegien gehört übrigens ein Tribunal als höchste Instanz in Civilsachen, und wo eine besondere ständische Casse vorhanden ist, eine Behörde zur Aufsichtführung über die Einnahme und Ausgabe dieser Casse. Auch unter den Militairsachen giebt es Gegenstände, wobey es nicht auf Benutzung des Augenblicks ankommt, und worüber eine collegialische Deliberation von Nutzen seyn könnte.

Das höchste Landes-Collegium, dem alle übrigen untergeordnet sind, besteht gewöhnlich aus Ministern des Fürsten, aber nicht alle Ministerialgeschäfte erfordern eine collegialische Behandlung. Dies gilt nicht bloß durchgängig von dem Minister der auswärtigen Angelegenheiten und dem Kriegsminister, sondern mit gewissen Einschränkungen auch von den Ministern der Finanzen, der geistlichen Sachen und des öffentlichen Unterrichts, der Polizey und Gewerbe, und der Justiz. Es wird vortheilhaft seyn, wenn die vier letzten Minister über die Entwürfe neuer Gesetze, über ständische Gesuche und Unternehmungen, über Streitigkeiten unter den Behörden, über Beschwerden gegen die Landes- und Kreis-Collegien, und über die Besetzung der Directorial-Stellen gemeinschaftlich berathschlagen; aber alle übrigen Angelegenheiten würden gewinnen, wenn der Minister, an den sie gelangten, befugt wäre, nach Vorschrift der ihm zu ertheilenden Instruction entweder selbst darüber zu entscheiden, oder unmittelbar die Entschließung des Fürsten darüber einzuholen. Eine solche Gewalt des Ministers würde weniger gefährlich werden, wenn er zwar durch sein Secretariat von jeder Unterbehörde unmittelbar Erkundigungen einziehen, aber nur durch den Oberaufseher des Kreises Befehle ertheilen könnte. Diese Befehle würden alsdann in der Provinz nur als Verfügungen einer Kreis-Behörde angesehen, und eine dagegen eingewendete Appellation dürfte zwar die Befolgung nicht hindern, hätte aber die Wirkung, daß das Verfahren nachher zur Beurtheilung der Landes-Regierung gelangte. Vor der Entscheidung darüber wäre von der Landes-Regierung gutachtlicher Bericht an das gesammte Ministerium zu erstatten, und von diesem die Sache zur Entschließung des Fürsten zu bringen.

Durch die Oberaufseher der Kreise kann jeder Minister die nöthigen statistischen Nachrichten mit möglichster Genauigkeit erhalten. Jährlich würden kurze Anzeigen über die Bevölkerung, über die Beschaffenheit der Ernte, über den Ertrag der Abgaben, über besondere Unglücks= fälle, und über neue Verbesserungsanstalten zu erstatten seyn, worüber das Secretariat des Ministers die Haupt=Tabellen zu fertigen hätte. Aber nach Verfluß einiger Jahre, und am besten vor dem Eintritt jedes allgemeinen Landtags wäre ein vollständiger Bericht über den Zustand des Kreises von dem Oberaufseher einzureichen, aus welchem die Fortschritte oder Hindernisse des Erziehungswesens, der Industrie und der gemeinnützigen Anstalten, die Veränderungen in dem Ertrage der Consumtionsabgaben als Zeichen des vermehrten oder verminderten Wohlstandes, die Unterschiede des Arbeitslohns und des Werths der Grundstücke gegen einen vergangenen Zeitraum, und ähnliche für die Staatsverwaltung wichtige Umstände ersehen werden könnten. Aus diesen Berichten wären allgemeine Darstellungen über die einzelnen Objecte zur Einsicht des Fürsten zu fertigen. Der Finanz=Minister insbesondere würde die Resultate dieser Hauptberichte zu benutzen haben, um den Verlust oder Gewinn bey dem Finanzwesen im Ganzen und nicht bloß bey einzelnen Cassen bemerklich zu machen, damit immer einleuchtender werde, wie oft eine geringe Aufopferung bey der einen Casse, bey einer andern wenigstens nach Verfluß einiger Zeit einen beträchtlichen Vortheil gewährt, und wie leicht man sich durch Ver= mehrungen der Einnahme täuscht, die eine Casse auf Kosten der andern erlangt.

Unter die Mittel, die Geschäfte der Minister und der höhern Col= legien zu erleichtern und zu beschleunigen, gehört besonders eine Ab= kürzung der schriftlichen Arbeiten, die, so natürlich sie auch scheint, doch in mehrern Ländern zur Zeit nicht eingeführt ist. Wenn aus der Anzeige der ersten Instanz der Hergang der Sache und die Gründe des Gesuchs, oder die Rechtfertigungen der Partheyen und des Ver=

fahrens deutlich und **vollständig** zu ersehen sind; so ist nicht nur erlaubt, sondern auch sehr nützlich, daß die höhere Behörde in ihrem Berichte nicht den Inhalt dieser Anzeige wiederhole, sondern sich bloß darauf beziehe und ihre Bemerkungen beyfüge. Auf diese Art verkleinern sich die Actenstücke, die Uebersicht wird erleichtert, und viel Zeit wird gewonnen, die durch unnützes Abschreiben verschwendet wurde. Auch ist es nicht gleichgültig, ob mancher Staatsdiener nicht mehr unter der Last mechanischer Arbeiten seufzt, die seinen Geist lähmten und ihm sein Amt verleideten. Der größere Staatsmann kennt den Werth solcher Untergebenen, die seinen Zweck in ihren kleineren Wirkungskreisen mit Verstand und Eifer befördern, so wie der größere Feldherr auch den einzelnen Soldaten höher zu schätzen weiß, der nicht als blindes Werkzeug, sondern mit Besonnenheit und Einsicht sich der Regel des Dienstes unterwirft.

Ueber den staatswirthschaftlichen Werth eines Menschenlebens.*)

Diese Schrift wurde im Jahre 1802 durch eine Preisaufgabe veranlaßt, die der verstorbene Graf Berchtold in Mähren damals ausgesetzt hatte.

*) Versuche über Gegenstände der inneren Staatsverwaltung. VI. S. 135.

Die nachstehende Körnersche Schrift, durch eine Preisaufgabe des Grafen Berchtold veranlaßt und bereits 1802 geschrieben, ward in den „Versuchen über Gegenstände der inneren Staatsverwaltung" zuerst gedruckt. Nach einer Mittheilung Körners an Göschen hatte das Manuscript eigenthümliche Schicksale gehabt. Als Körner 1811 die Herausgabe seiner gesammelten politischen und staatswirthschaftlichen Aufsätze plante, schrieb er an den buchhändlerischen Freund: „Ueber den Werth des Lebens eines einzelnen Unterthans in staatswirthschaftlicher Hinsicht. Dieß Manuscript sollen Sie mir erst wieder verschaffen helfen. In Mähren war nehmlich 1802 ein Preis wegen dieser Frage ausgesetzt worden. Ich schickte meine Schrift nach der Vorschrift an die Herren André und Rinke in Brünn, vor dem letzten December 1802 mit dem Motto: Genti date remque protemque et decus omne und meinem Namen in einem versiegelten Zeddel. Seit dieser Zeit habe ich nichts von dem Erfolg der Preisaufgabe gehört und neuerlich den hiesigen Banquier Baffenge ersucht, an die Herren André und Rinke wegen meines Manuscriptes zu schreiben. Noch habe ich es aber nicht und es wäre mir ein Gefalle, wenn Sie es mir vielleicht verschaffen könnten." (Körner an Göschen. Dresden, 12. April 1811. Hj. Dresdner Bibliothek.) Ob nun durch Baffenge oder Göschen — das Manuscript wurde wieder herzugeschafft und bildete einen Haupttbestandtheil der „Versuche über Gegenstände der inneren Staatsverwaltung", aus denen hier der Abdruck erfolgt.

I.

Es giebt praktische Staatsmänner, die in den Fällen, wo unter zwei Uebeln das kleinere zu wählen ist, einen Verstoß gegen allgemeine Grundsätze nicht scheuen, aber einen Rechnungsfehler sich ungern würden zu Schulden kommen lassen. Bey dieser Denkart findet sich oft viel Talent und Charakter. Sie ist besonders Männern eigen, die nach häufigen Erfahrungen über das Unbefriedigende der Theorie bei den dringendsten Bedürfnissen der Geschäfte, sich zur ersten Pflicht gemacht haben, die Verhältnisse des einzelnen Falls von allen Seiten zu betrachten, die Folgen der möglichen Entschlüsse sorgfältig gegen einander abzuwägen, und was sie sodann nach reifer Wahl für das Beste halten, fest und beharrlich auszuführen, ohne selbst den Schein der Härte zu fürchten. Solchen Staatsmännern vorzuarbeiten ist die Bestimmung und das Verdienst der politischen Rechenkunst.

Daß auch der Werth des Menschen als ein Gegenstand der Berechnung angesehen wird, darf dem Philosophen nicht anstößig seyn. Die Würde der menschlichen Natur wird nicht verkannt, wenn die Begriffe der Staatswirthschaft berichtigt werden. Den Reichthum des Staats zu erhalten und zu vermehren ist Pflicht, weil es im Zustande der Armuth an Mitteln fehlt, die wohlthätigen Zwecke der bürgerlichen Gesellschaft zu erreichen. Aber nicht oft und nachdrücklich genug kann die Wahrheit eingeschärft werden, daß nicht der Ueberfluß an Silber und Gold, nicht der Umfang des Gebiets, nicht die Fruchtbarkeit des Bodens, nicht der Vorrath an unterirdischen Produkten den vorzüglichsten Reichthum des Staats ausmacht, sondern daß seine

kostbarsten Schätze in seinen Bürgern bestehen. Wer diesen Satz durch
Berechnungen noch einleuchtender zu machen sucht, bezweifelt deswegen
gar nicht, daß der einzelne Mensch einen selbstständigen mit nichts
in der sinnlichen Welt zu vergleichenden Werth habe. Ein solcher
Werth wird vielmehr bei der vollkommnen Organisation des Staats
vorausgesetzt. Das Ganze dient den einzelnen Theilen, so wie diese
dem Ganzen, und jeder Bürger des Staats ist zugleich Mittel und
Zweck an sich.

II.

Zwei Menschen, deren Leben in staatswirthschaftlicher Hinsicht
einen vollkommen gleichen Werth hätte, würde man schwerlich unter
dem zahlreichsten Volke finden. Selbst wenn beide zur erwerbenden
Classe gehören, und weder an Geschlecht noch Alter verschieden sind,
so besitzt der eine mehr Gesundheit, Fleiß oder Geschicklichkeit, hat
sich mehr Fertigkeiten erworben, oder steht in günstigern Verhältnissen,
als der andre, und liefert daher einen größern Beitrag zu dem Ver=
mögen des Staats. Dieser individuelle Werth kann bei gegenwärtiger
Aufgabe nicht in Betrachtung kommen.

Von anderer Art sind die Unterschiede der Classen. Es ist ein=
leuchtend, daß der Nationalreichthum durch diejenigen Einwohner des
Landes unmittelbar vermehrt wird, welche ein Produkt ihrer Thätigkeit
aufweisen können, oder einen Theil ihres Erwerbes nach Bestreitung
ihrer Bedürfnisse als jährlichen Gewinn zurücklegen. Daher in den
Lehrbüchern der Staatswirthschaft der Vorzug der erwerbenden Classe
vor der verzehrenden.

Diese Classen von einander abzusondern scheint bei der gegen=
wärtigen Frage nöthig zu seyn, aber es würde zu weit führen, wenn
auf die mannichfaltigen Unterabtheilungen der erwerbenden Classe Rück=
sicht genommen werden sollte. Die Verschiedenheit dieser Unterabthei=
lungen ist aus dem Gesichtspunkt der Staatswirthschaft betrachtet nicht
von solcher Erheblichkeit, daß nicht füglich ganz davon abstrahirt werden
könnte, um das Geschäft der politischen Rechenkunst nicht zu verwickelt
zu machen.

Man lese in Smiths Werke über den Nationalreichthum*) die Betrachtungen über die verschiedenen Arten der menschlichen Thätigkeit. Hier ist keine Spur einer Schätzung nach ihrem innern Werthe, die ganz außer dem Gebiete der Staatswirthschaft liegt. Nur die allgemeinen Bedingungen werden untersucht, unter welchen die Bedürfnisse einer Nation befriedigt werden. Ob diese Bedürfnisse edlere und geistige, oder gemeine und thierische sind, ob ihre Befriedigung bloß Fleiß und Genauigkeit, oder seltne Vorzüge und Talente erfodert, kommt nicht in Betrachtung. Selbst auf den Umstand wird nicht Rücksicht genommen, daß einige Arten von Thätigkeit ein dauerndes Produkt zurücklassen, andere nicht. Denn der Mensch bedarf der Dienste eben so sehr als der Sachen, und er ist nicht reicher durch den Besitz einer Waare, die zu einem langwierigen Gebrauche einmal gefertigt wird, als durch das Befugniß auf gewisse Arbeiten rechnen zu dürfen, die jährlich oder täglich verlangt und geleistet werden können. In der Größe des Gewinns, der bey den mannichfaltigen Beschäftigungen erworben wird, scheint für den Gesichtspunkt der Staatswirthschaft, der wichtigste Unterschied zu liegen, aber, wie Smith an dem angeführten Orte bemerkt, giebt es auch hier ein gewisses Gleichgewicht. Wenn gewisse Arbeiten besser bezahlt werden, so ist dies in der Regel nur ein Ersatz für die größern Beschwerden und Unannehmlichkeiten des Geschäfts, für die längere und mühsamere Vorbereitung, für die Gefahr des ungewissen Erfolgs und für die Einbuße in der Zeit, da der Arbeiter unbeschäftigt ist.

III.

So groß auch der Gewinn ist, den die erwerbende Classe dem Staate unmittelbar verschafft, so darf doch der mittelbare Einfluß der verzehrenden Classe auf den Nationalreichthum nicht verkannt werden. Der Wohlstand des Arbeiters beruht auf der Nachfrage nach der Waare, oder den Diensten, die er anzubieten hat. Wenig Länder haben den Vortheil durch Seehandel ihre Produkte über den ganzen Erdkreis zu

*) B. 1. Cap. 8 und Cap. 10, Abschn. 1.

verbreiten. Soll der Manufakturist seinen Absatz auf entfernten Markt-
plätzen mit beträchtlichen Kosten aufsuchen, so entgeht ihm ein großer
Theil seines Gewinns. Er hält es daher für einen sehr günstigen
Umstand seine Käufer in der Nähe zu haben, auf ihr besonderes Bedürfniß Rücksicht nehmen zu können, und beym Creditgeben weniger
zu wagen.

Ein Zuwachs der verzehrenden Classe hat daher immer eine Vermehrung der erwerbenden zur unmittelbaren Folge gehabt. Auch ist
es nicht gleichgültig, ob dieselbe Summe von Landrenten oder Capitalzinsen von mehreren oder wenigern Personen verzehrt wird. Sind
große Reichthümer in den Händen einer geringen Anzahl, so entsteht
gewöhnlicher Weise ein unbegränzter Luxus, der mehr nach dem Seltnen
und Ausländischen strebt, als die einheimische Industrie befördert. Ist
hingegen ein gewisser Wohlstand unter mehrere verbreitet, so giebt es
mehr Beschäftigung für den Inländer. Der Trieb nach Zweckmäßigkeit,
Bequemlichkeit und Eleganz in Wohnungen und Geräthschaften ist nicht
auf wenige Grundbesitzer oder Capitalisten eingeschränkt. Wer nicht
durch Pracht zu glänzen hoffen kann, sucht durch guten Geschmack sich
auszuzeichnen, und findet dann auch einen Arbeiter in der Nähe, der
sein Bedürfniß befriedigt. Der Abstand der verschiednen Volksklassen
wird kleiner, und ihr Verhältniß für den einen Theil weniger drückend.
Die Genüsse der Wohlhabenden sind für den beharrlichen Fleiß nicht
unerreichbar, und diese Aufmunterung hat oft den besten Erfolg.

IV.

Bei dem besondern Werthe der verschiedenen Volksklassen darf
man nicht stehen bleiben, wenn der gegenwärtigen Aufgabe Genüge geschehen soll. Für die staatswirthschaftliche Schätzung des Menschen
überhaupt müssen allgemeine Gründe gefunden werden.

Der einzelne Mensch ist ein Theil der Volksmasse, und hat in
dieser Rücksicht einen staatswirthschaftlichen Werth, wenn alles Besondere des Geschlechts, des Alters und der Beschäftigung bei Seite gesetzt wird. Dieser Satz würde von einem Lande nicht gelten, wo der
Fall einer übermäßigen Bevölkerung eingetreten wäre. Mehr Ein-

wohner, als in dem Lande ihren Unterhalt finden könnten, wären allerdings für den Staat kein Gewinn. Allein wenn gleich die Möglichkeit eines solchen Falls sich nicht bezweifeln läßt, so sind doch die meisten bekannten Völker noch weit von dem höchsten Bevölkerungs= zustande entfernt.

Süßemilch [1]) berechnet, daß auf einer deutschen Quadratmeile 6000 Menschen leben können, und seine Rechnung gründet sich auf ein Mittelverhältniß des Getreidelandes zu dem übrigen Flächenraum. Leeuwenhök [2]) geht noch weiter. Nach seiner Angabe leben in der Provinz Holland auf der deutschen Quadratmeile 6493 Menschen, und eine solche Bevölkerung hält er auch in andern Ländern für möglich.

Man vergleiche hiermit die Nachrichten, welche Süßemilch [3]) und Baumann [4]) über die Volksmenge der meisten Staaten gesammelt haben. Nirgends findet sich nur eine Annäherung zu dem Bevölkerungszustande, den Leeuwenhök von der Provinz Holland angiebt. Das volkreiche Deutschland hat nur 2035 Einwohner auf die deutsche Quadratmeile, [5]) China auf eben diesem Flächenraume 2900, andre Staaten weit weniger.

Mit Recht wird in manchen Ländern über die ungleiche Vertheilung der Volksmenge geklagt, und besonders über die Entvölkerung der Provinzen durch das Zuströmen der Einwohner nach der Hauptstadt. Aber auch in diesem Falle läßt sich nicht behaupten, daß irgend ein Theil von der Volksmasse der Hauptstadt für den Staat entbehrlich sey. Was hier eingebüßt wird, macht die Provinz nicht reicher. Viel=

---

[1]) Göttliche Ordnung in den Veränderungen des menschlichen Geschlechts II. B. 20. Cap. § 375.

[2]) Baumanns Anmerk. im III. B. des Süßemilchischen Werks, S. 336. f.

[3]) Am angef. Orte, § 378 ff.

[4]) In den Anmerk. zu Süßemilchs Werke, III. B. S. 339 ff.

[5]) Die Bevölkerung des Stifts Osnabrück wird von Baumann nach Möser zu 4166 auf die Quadratmeile geschätzt; aber Möser selbst hat in der zweiten Ausgabe der patriotischen Phantasien, Th. I. S. 246 diese Angabe für unrichtig und zu hoch erklärt.

mehr haben sie einen stärkern Abgang an Bevölkerung zu fürchten wenn sich mehrere nach der Hauptstadt drängen, um dort die entstandnen Lücken zu ergänzen.

Um den Verlust eines Theils der Volksmasse für den Staat genau zu schätzen, muß man die außerordentliche Einbuße von der gewöhnlichen unterscheiden, die durch die mittlere jährliche Mortalität im ordentlichen Laufe der Natur verursacht wird. Letztere im Ganzen genommen ersetzt bei einem Volke überhaupt der jährliche Zuwachs an Gebornen. Aus den vorhandnen Geburts- und Sterbelisten sind hierüber vielfältige Erfahrungen in dem Werke gesammelt, das Süßemilch unter dem Titel: die göttliche Ordnung in den Veränderungen des menschlichen Geschlechts herausgegeben hat. [1] Nur bei den volkreicheren Städten zeigt sich ein jährlicher Ueberschuß an Gestorbenen. Auf dem Lande hingegen und in den kleineren Städten, auch bei ganzen Provinzen mit Einschluß der größern Städte ist außer dem Fall einer Epidemie die Zahl der Gebornen jährlich größer als die Mortalität. Nach Süßemilch [2] läßt sich ein Mittelverhältniß der Gestorbenen zu den Gebornen von 10 zu 13 annehmen.

Es könnte scheinen, als ob durch diesen jährlichen Ueberschuß an Gebornen auch die außerordentlichen Einbußen des Staats an der Volksmenge ersetzt würden. Allein dagegen ist erstlich zu erwägen, daß der jährliche Zuwachs an Bevölkerung ein Vortheil ist, auf den der Staat im ordentlichen Laufe der Natur zu rechnen hat, mithin für ihn schon dadurch ein Verlust entsteht, daß nach Abzug dessen, was zum Ersatz der außerordentlichen Einbußen erfodert wird, ein geringerer Theil dieses Zuwachses übrig bleibt. Hierzu kommt, daß bei der großen Mortalität der Kinder im ersten Jahre der Verlust an erwachsenen Personen mit dem Gewinn an Gebornen nicht im Gleichgewicht steht. Nach Süßemilchs Berechnungen, die sich auf eine große Anzahl von mannichfaltigen Sterbelisten gründen, läßt sich für einen mittleren Satz annehmen, daß jährlich von den Einwohnern

[1] S. dessen I. B. das zweite und die folgenden Capitel.
[2] Cap. 8. § 146.

eines Landes überhaupt $\frac{1}{36}$ und von Kindern unter einem Jahre $\frac{1}{4}$ stirbt. [1] Ferner darf nicht übersehen werden, daß, wenn durch Auswanderung, Krieg, Epidemien oder außerordentliche Naturbegeben= heiten ein beträchtlicher Verlust an Landeseinwohnern auf einmal ent= steht, dadurch zugleich die Anzahl der Gebornen, welche die Einbuße ersetzen sollen, sich vermindert.

Jeder außerordentliche Verlust, den der Staat an der Bevölkerung leidet, hat theils unmittelbare, theils mittelbare Folgen. Die unmittel= baren sind:

1) Einbuße am Ertrag der Abgaben,

2) Einbuße an streitbarer Mannschaft;

die mittelbaren Folgen sind:

1) verspätigter Zuwachs der Volksmenge,

2) verminderter Preis der Lebensmittel und der Wohnungen, wo= durch die Grundstücke an Werth verlieren,

3) verminderte Lebhaftigkeit des Geldumlaufs.

Dies sind die Punkte, welche bei einer staatswirthschaftlichen Schätzung des Menschen überhaupt in Betrachtung kommen.

V.

Es giebt einen Versuch, den Werth des einzelnen Menschen in staatswirthschaftlicher Hinsicht zu bestimmen, in den Schriften eines Mannes, der in der politischen Rechenkunst die Bahn gebrochen hat. Bei William Petty [2] nemlich findet man folgende Berechnung. Er nimmt für England 6 Millionen Einwohner an, und rechnet auf jeden Kopf im Durchschnitte den jährlichen Aufwand zu 7 Pfd. Sterling. Dies giebt die Summe von 42 Millionen Pfund Sterling. Diese Summe besteht theils aus Landrenten, theils aus Capitalzinsen und andern persönlichen Renten, theils aus dem, was durch Arbeit ver= dient wird. Petty setzt voraus, daß die Landrenten in England 8 Millionen Pfund, und die übrigen Renten (personal estate) auch

---

[1] 1. B. Cap. 2. § 35.　II. B. Cap. 22. § 461.

[2] Several essays in political arithmetick. London 1755. 8. p. 123.

8 Millionen **Pfund** betragen. In diesem Falle bleiben 26 Millionen
Pfund übrig, welche in England durch Arbeit erworben werden müssen.
Zu 26 Millionen Pfund jährlich würde nach dem Zinsfuße zu 5 Procent
ein **Capital** von 520 Millionen erfodert. Dies Capital hält Petty
für den **Werth** der ganzen Volksmasse in England. Auf jeden Kopf
käme solchemnach 86²/₃ Pfund, oder, das Pfund Sterling zu 6 Thlr.
gerechnet, 520 Thlr. Petty nimmt die runde Zahl 80 Pfd. an, und
rechnet auf jede erwachsene Person das **Doppelte**.

Er erklärte sich nicht darüber, worauf er die **Ansätze** von 8 Millionen Pfund für die Landrenten, und von eben so viel für die übrigen
Renten gründete. Ueber die Einkünfte der **Grundstücke** eines Landes
läßt sich allenfalls aus dem Flächeninhalt, und aus der Anzahl der
Feuerstätten eine ohngefähre Berechnung machen. Wüßte man diese
Summe und den Betrag der Capitalzinsen in einem Lande, so wären
alle **Renten** berechnet, weil sie entweder von Grundstücken oder von
Capitalien gegeben werden. Aber wie läßt sich ein Ueberschlag machen,
um die Summe der **Capitale** eines Landes zu bestimmen?

Sollte der **Werth** des einzelnen Menschen für den Staat, bloß
in dem was er durch Arbeit verdient, bestehen, so würde sich dieser
Werth bloß auf die erwerbende Classe einschränken. Gleichwohl ist
bereits oben bemerkt worden, aus welchen andern Gesichtspunkten jede
Volksklasse geschätzt zu werden verdient.

Petty scheint besonders dadurch auf einen Abweg gerathen zu
seyn, daß er für den einzelnen Menschen einen **Geldeswerth** bestimmen wollte. Nicht alles, was für den Staat einen Werth hat,
und was er durch die Einbuße eines **Theils** seiner Volksmasse verliert, läßt sich zu Gelde anschlagen.

VI.

Die politische Rechenkunst hat es eigentlich nur mit großen Zahlen
zu thun. Bleibt sie dabei stehen, den staatswirthschaftlichen Werth des
einzelnen Menschen unmittelbar zu untersuchen, so weiß sie darüber
sehr wenig anzugeben. Aber ganz anders ist der Fall, wenn der Verlust einer Anzahl von 1000 Personen geschätzt werden soll.

Sollte also nicht ein Versuch zu machen seyn, durch diesen Um=
weg zu einer staatswirthschaftlichen Schätzung des einzelnen Menschen
zu gelangen? Was von 1000 Personen gilt, gilt zum tausendsten
Theile auch von jeder einzelnen.

Auf diese Art werden sich zuerst allgemeine Sätze finden lassen,
ohne auf das Besondere des Geschlechts, des Alters, und der Volks=
klassen Rücksicht zu nehmen. Es kommt bloß darauf an, dasjenige, was
oben von den Folgen des Verlusts eines Theils der Volksmasse überhaupt
bemerkt worden ist, auf den Fall anzuwenden, da tausend Personen auf
einmal eingebüßt werden. Ist dies geschehen, so bleibt alsdann nur noch
übrig, über die merkwürdigsten Unterschiede der Menschen in Ansehung
ihres staatswirthschaftlichen Werths einige Betrachtungen anzustellen.

VII.

Da jetzt in den meisten Ländern Consumtionsabgaben eingeführt
sind, so erhalten die öffentlichen Cassen einen Theil von dem jährlichen
Aufwande jedes Einwohners. Bei 1000 Personen läßt sich ein mittlerer
Satz finden, wie viel die jährlichen Ausgaben für jeden Kopf betragen.

William Petty[1] nimmt 7 Pfund Sterling oder 42 Thaler
für das jährliche Bedürfniß einer Person im Durchschnitt an. Er
rechnet nemlich auf die Kost wöchentlich 14 Gr., jährlich 30 Thaler
8 Gr. und auf die Kleidung jährlich 9 Thaler (als soviel im Jahr 1691,
da Petty schrieb, eine Magd in der Provinz an Lohn jährlich erhielt),
so daß für die andern Ausgaben noch 2 Thaler 16 Gr. übrig bleiben.

Davenant[2], ein späterer politischer Schriftsteller, giebt 8 Pfund
Sterling oder 48 Thaler zum Mittelsatz für den jährlichen Aufwand
einer Person an.

Bei den deutschen Politikern finden sich kleinere Ansätze als
36 Gulden, welche von Sonnenfels[3], und 20 Thaler, welche von
Bielefeld[4] dafür annimmt.

---

[1] Am angef. Orte S. 123 und S. 172.
[2] Political Works T. I. p. 140.
[3] Grundsätze der Polizey, Handlung und Finanzwissenschaft, Th. III.
S. 83.
[4] Lehrbegriff der Staatskunst, Th. II. S. 512.

Wird aus dem höchsten Satze 48 Thaler und dem niedrigsten 20 Thlr das Mittel gezogen, so erhält man 34 Thlr., eine Summe, die weder übertrieben, noch bei den verschiednen Preisen der Lebensmittel für die europäischen Länder im Durchschnitt genommen zu niedrig zu seyn scheint.

Der Antheil, welchen der Staat von den jährlichen Ausgaben jedes Einwohners erhebt, wird ebenfalls von den Theoretikern verschiedentlich angegeben. Petty[1]) nimmt $1/10$ an, womit auch Büsch[2]) übereinstimmt. Der Marschall Vauban wollte bekanntlich alle Abgaben in einen königlichen Zehnten verwandelt haben.[3]) Dagegen glaubt von Bielefeld[4]), daß die Staatsabgaben auf $1/4$ der jährlichen Einkünfte jeder Person angenommen werden könnten, und von Justi[5]) hält diesen Ansatz zwar für sehr hoch, räumt aber ein, daß in den meisten europäischen Staaten dieses Verhältniß Statt finde.

Zwischen $1/10$ und $1/4$ ist das Mittel $7/40$ oder beinahe $1/6$. Der 6. Theil von 34 Thlrn. ist $5\frac{2}{3}$ Thaler, also möchte 5 Thaler für einen Mittelsatz angenommen werden können. Wenigstens erreicht dieser Satz dasjenige noch nicht, was Necker[6]) im Jahre 1785 auf einen Kopf an jährlichen Abgaben in Frankreich rechnete. Dies war 23 Livres 13 Sols 8 Deniers oder ohngefähr 5 Thlr. 22 Gr.

Vorausgesetzt nun, daß solchemnach der Staat von 1000 Personen jährlich 5000 Thlr. erhebt, so fragt sich, auf wie viel Jahre diese Einnahme in Anschlag zu bringen sey. Denn es darf nicht übersehen werden, daß der Staat eben diese 1000 Personen, die er in dem vorausgesetzten Falle durch eine außerordentliche Ursache auf einmal verliert, nach einem gewissen Zeitraum auch im ordentlichen Laufe der Natur durch allmähliches Absterben eingebüßt haben würde. Es kommt also darauf an, ob sich die wahrscheinliche Lebensdauer dieser 1000 Personen einigermaßen berechnen läßt.

---

[1]) Am angef. Orte, S. 172.
[2]) Abhandlung von dem Geldumlauf, III. B. § 51.
[3]) Projet d'une dixme royale. 1707. 8.
[4]) Am angef. Orte, Th. I. S. 414.
[5]) System des Finanzwesens, S. 361.
[6]) De l'Administration des Finances de la France, T. I. Chap. 10.

Bei Vergleichung der nach dem Alter gefertigten Sterbelisten von mehreren Jahren und aus verschiedenen Städten und Bezirken, findet sich eine ziemliche Uebereinstimmung in dem Verhältnisse der Todten jedes Alters zu der ganzen Summe der Mortalität. Um sich hiervon zu überzeugen, darf man nur die mannichfaltigen Listen dieser Art betrachten, welche Süßemilch[1]) und Baumann[2]) gesammelt haben. Es läßt sich hieraus nach Mittelverhältnissen berechnen, wie viele von 1, 2, 3 bis 100 Jahren unter 1000 Todten angenommen werden können. Ist dies gefunden, so weiß man zugleich die Summe der Lebensjahre dieser 1000 Verstorbenen, indem z. B. 250, die im 1. Jahre sterben, zusammen 250 Jahre, 89, die im 2. Jahre sterben, zusammen 178 Jahre u. s. w. gelebt haben. Eine solche Tabelle ist unter den Baumannischen die 20. und sie giebt nach den Süßemilchischen Berechnungen die Summe von

$$28{,}988.$$

Der tausendste Theil dieser Summe $28^{988}/_{1000}$ ist die Zahl für die Jahre der mittleren Dauer des Menschenalters. Wenn nemlich alle von diesen 1000 Gestorbenen ein gleiches Alter erreicht hätten, so hätte jeder beinahe 29 Jahre gelebt. Ist aber die wahrgenommene Ordnung der Sterbenden nach dem Alter beständig und allgemein; so gilt eben dies auch von allen Gestorbenen überhaupt oder von dem ganzen Menschengeschlechte. Und was von dem Menschengeschlechte überhaupt, oder wenigstens von den europäischen Völkern anzunehmen ist, auf welche die Gesetze der Wahrscheinlichkeit des Absterbens nach dem Alter anwendbar sind, kann ohne Bedenken auch von einem jeden Theile der Volksmasse behauptet werden, bey dem man kein anderes Verhältniß der Lebenden von jedem Alter voraussetzt, als welches bei der Nation im Ganzen Statt findet.

Von einer solchen Rechnung läßt sich daher auch für den gegenwärtigen Fall Gebrauch machen. Die tausend Personen, welche der Staat nach der Voraussetzung auf einmal verliert, sind von verschiedenem Alter, und es ist keine Ursache gegeben, welche eine Abweichung

---

[1]) am angef. Orte, Th. II. Cap. 22.

[2]) Anmerk. zum Süßemilchischen Werke in dessen III. Theil, S. 389 u. f.

von dem gewöhnlichen Verhältnisse der Lebenden jedes Alters bewirkte. Indessen wird sich ohne Bedenken die Zahl 29 für die Jahre der mittleren Lebensdauer dieser 1000 Personen annehmen lassen, da aus der 22. Baumannischen Tabelle, Nr. 4, sich eigentlich die Zahl

$$29\,{}^{918}/_{1000}$$

ergeben würde, diese Baumannische Tabelle aber der Süßemilchischen zu dem gegenwärtigen Behufe noch vorzuziehen seyn dürfte. Bey der Süßemilchischen Tabelle sind nehmlich auch die Sterbelisten von Paris und London, ingleichen einige Jahre von Wien, die sich durch epidemische Kinderkrankheiten auszeichneten, nebst andern zum Grunde gelegt. Baumann hingegen hat aus den Listen der Churmärkischen Dörfer und Städte mit Inbegriff der Stadt Berlin seine Tabelle gefertigt, und die Jahre der Epidemien bey Berechnung der Mittelverhältnisse weggelassen.

Durch den Verlust von 1000 Personen entbehrt also der Staat auf 29 Jahre eine jährliche Einnahme von 5000 Thlrn. nach obigen Voraussetzungen. Es bleibt hiebey nur noch die Frage übrig, ob sich der Werth einer solchen 29jährigen Rente in einer ganzen Summe angeben lasse. Hierüber findet man Rechnungen bey den Schriftstellern über Leibrenten und Tontinen.

Deparcieux[1]) hat in der dritten Tabelle seines Werks nach dem Zinsfuße zu Fünf vom Hundert das Capital berechnet, welches man geben muß, um dafür auf eine gewisse Anzahl Jahre 100 Livres jährlich zu empfangen. Nach dieser Tabelle (welche in dem Süßemilchischen Werke die 29. des 2. Theils ist), wären auf 29 Jahre für 100 Livres 1514 Livres 1 S. 10 Den. zu zahlen, also für 5000 Thaler oder 20,000 Livres

302,818 Livres 6 S. 8 Den.,

welches etwas über 75,704 Thlr. beträgt.

VIII.

Ueber die streitbare Mannschaft in England liefert Petty[2]) eine Berechnung. Er nimmt 6 Millionen überhaupt und 3 Millionen für

---

[1]) Essay sur les probabilités de la durée de la vie humaine, Paris 1746. 4.

[2]) Am angeführten Orte, S 134.

das männliche Geschlecht zur Volksmenge an. Auf diese Zahl rechnet er 200,000 unverheyrathete Mannspersonen zwischen dem 16. und 30. Jahre, die sich von ihrer Arbeit nähren. Diese sind nach seinem Vorschlage zur Landmiliz zu gebrauchen.

Nach einer Berechnung von **Halley**, die **Stewart**[1] anführt, beträgt die Anzahl der wehrhaften **Männer** zwischen 18 und 56 Jahren $^1_{,4}$ der ganzen Population, also

$$250$$

auf 1000 **Personen**.

Dieß stimmt ziemlich mit **Baumanns**[2] Angabe überein, die in einer auf die Sterbelisten der Landleute gegründeten Tabelle das Verhältniß der streitbaren Mannschaft zur ganzen Volksmenge findet, wie

$$8208 \text{ zu } 32,310 \text{ oder wie } 1 \text{ zu } 3\tfrac{9}{10}.$$

Die Berechnungen der streitbaren Mannschaft aus der ganzen Volksmenge gründen sich erstlich auf den Satz, daß die Anzahl der beyden Geschlechter wenigstens in **Europa** für ohngefähr gleich im Ganzen angenommen werden kann. **Süßemilch** hat im 21. Capitel seines angeführten Werks die hieher gehörigen Erfahrungen gesammelt, und das Resultat seiner Bemerkungen ist,[3] daß zwar um $1/20$ bis $1/25$ mehr Knaben geboren werden, aber von den Knaben $2/25$ mehr als von den Mädchen in dem ersten Jahre der Kindheit sterben, mithin dadurch ein ziemliches Gleichgewicht zwischen beyden Geschlechtern bewirkt wird.

Ein zweyter **Umstand**, der zur Berechnung der wehrhaften Männer dient, ist das Verhältniß der Lebenden des Alters zwischen 18 und 56 Jahren zu der ganzen Volksmenge, welches aus den Sterbelisten nach dem Alter gefolgert werden kann.

Wenn nehmlich für die Grade der Sterblichkeit nach dem Alter sich ein Mittelverhältniß angeben läßt, so sind die Folgen eines solchen Verhältnisses für einen Zeitraum, der das höchste Alter in sich begreift, zu berechnen. In jedem Jahre müssen so viel von jedem Alter vorhanden seyn, daß in den folgenden Jahren das Verhältniß der Sterb-

---

[1] Untersuchung der Grundsätze der **Staatswirthschaft**, 1. B. 15. C.

[2] Am angef. O. Th. III. S. 408.

[3] Am angef. O. Th. II. Cap. 21. § 433.

lichkeit nach dem Alter sich gleich bleiben kann. Ist nehmlich z. B. unter 1000 Todten 1 von 100 und 1 von 99 Jahren, so muß in jedem Jahre 1 Person von 100 und 2 von 99 Jahren leben, weil die hundertjährige des folgenden Jahres in dem jetzigen unter den 99jährigen begriffen ist. Eben dies gilt von jeder Stufe des Alters. Es können von jedem Alter nicht weniger vorhanden seyn' als nach der angenommenen Ordnung von diesem Alter selbst vor Ablauf des Jahres und von allen höheren Altern in den folgenden Jahren sterben werden.

Auf diese Art hat Baumann nach Lamberts[1]) Vorschriften eine Tabelle aus den Sterbelisten der Churmark nach dem Alter berechnet, welche die Lebenden von jedem Alter für eine Population angiebt, deren Mortalität 1000 Personen jährlich beträgt.[2])

Nach dieser Tabelle leben unter einer solchen Volksmenge

19,061 Personen

über 18 Jahre und

3626 Personen

über 56 Jahre.

Letztere von ersteren abgezogen, bleiben

15435

übrig, wovon die Hälfte

7717

nach obiger Voraussetzung auf das männliche Geschlecht zu rechnen ist.

Die ganze Volksmenge, von welcher 1000 jährlich sterben, beträgt nach der Baumannischen Tabelle

29,918 Personen.

Zu diesen verhalten sich 7717 wie

$$1 \text{ zu } 3^{6767}/_{7717} \text{ oder } 3,87\ldots$$

Wird also das Verhältniß wie 10 zu 38 angenommen, so kann man auf 1000 Personen, welche der Staat auf einmal verliert,

260 streitbare Männer

rechnen.

---

[1]) Beyträge zum Gebrauch der Mathematik ꝛc. Th. III. S. 476.
[2]) Am angef. O. Th. III. Tab. 22. N. 4.

IX.

Nach den von Süßemilch gesammelten Erfahrungen ist jährlich bey einem ganzen Volke ein Ueberschuß der Gebornen über die Zahl der Sterbenden, so daß das Mittelverhältniß der Todesfälle zu den Geburten sich wie

$$10 \text{ zu } 13$$

annehmen läßt.[1)]

Das Mittelverhältniß der Sterbenden zu den Lebenden ist nach Süßemilch bey großen Volksmassen jährlich wie 1 zu 36,[2)] mithin beträgt die Mortalität von 1000 Lebenden

$$\text{jährlich } 28.$$

Dies giebt nach dem Verhältniß von 10 zu 13 einen jährlichen Zuwachs der Population von

$$8 \text{ Lebenden,}$$

welcher auf 80 Jahre 640 Lebende beträgt. Mit der Zahl der Lebenden wächst aber immer die Zahl der jährlichen Todesfälle, und zugleich auch der Zuwachs an Geburten. Nach 5 Jahren nehmlich hätten sich unter obigen Voraussetzungen 1000 Lebende um 40 vermehrt. Von diesen stirbt jährlich 1, also in 10 Jahren 10 und der Ueberschuß an Gebornen beträgt in 10 Jahren 3.

Hierauf gründet sich für einen Zeitraum von 80 Jahren folgende Berechnung:

Durch den jährlichen Ueberschuß an Gebornen vermehren sich 1000 Personen in 30 Jahren nicht nur um 640, sondern die Vermehrung wächst von 5 zu 5 Jahren auf folgende Art:

Vom   6. bis zum 80. Jahre um 22.
    = 11. = = = = = 21.
    = 16. = = = = = 19.
    = 21. = = = = = 18.
    = 26. = = = = = 16.
    = 31. = = = = = 15.

[1)] Am angef. O. Th. I. Cap. 8. § 146.
[2)] Am angef. O. Th. I. Cap. 2. § 35.

Vom 36. bis zum 80. Jahre um 13.

=   41. =   =   =   =   = 12.

=   46. =   =   =   =   = 10.

=   51. =. =   =   =   =   9.

=   56. =   =   =   =   =   7.

=   61. =   =   =   =   =   6.

=   66. =   =   =   =   =   4.

=   71. =   =   =   =   =   3.

=   76. =   =   =   =   =   1.
                        ————
                        176.

Der Zuwachs an Bevölkerung also, der von 1000 Lebenden in einem Zeitraume von 80 Jahren sich erwarten läßt, beträgt zusammen

816 Personen

und diesen Vortheil entbehrt der Staat bey einem Verlust von 1000 Personen.

Eben diese Einbuße läßt sich auch aus einem Mittelverhältnisse der stehenden Ehen zu der Anzahl der Lebenden, und aus der wahrgenommenen mittleren Fruchtbarkeit der Ehen berechnen.

Auf 1000 Lebende rechnet

King[1]) 173,
Struyk[2]) 193 und
Baumann[3]) 175 stehende Ehen.

Auf 9 stehende Ehen werden von Süßemilch[4]) 2 Geburten angenommen. Dies giebt auf 175 Ehen 38 Geburten, mithin einen jährlichen Ueberschuß von 10 über die Anzahl der Todesfälle, die zu $\frac{1}{36}$ auf 28 angenommen werden. Ein solcher jährlicher Zuwachs beträgt in 80 Jahren 800 Personen.

X.

Der Preis jeder Waare wird bekanntlich durch die Concurrenz der Verkäufer und Käufer bestimmt. Bleibt die Concurrenz der Ver-

---

[1]) s. Süßemilch am angef. O. Th. II. Cap. 25. § 555.

[2]) desgleichen.

[3]) Baumanns Anmerk. zu Süßemilchs Werke Th. III. S. 144.

[4]) Am angef. O. Th. I. S. 230 u. f.

käufer unverändert, während daß sich die Nachfrage der Käufer ver=
mindert, so zeigt sich ein Fallen der Preise in eben dem Verhältnisse,
in welchem die verminderte Nachfrage zu der vorherigen steht.

Lebensmittel und Wohnungen gehören zu den allgemeinen mensch=
lichen Bedürfnissen. Nach beyden muß die Nachfrage sich vermindern,
wenn der Staat auf einmal 1000 Personen verliert.

Die Consumtion eines einzelnen Lebenden an Getreide läßt sich
im Durchschnitt berechnen, ist aber in jedem Lande verschieden, nach=
dem die gewöhnliche Nahrung mehr aus Brod, Fleisch, oder Gemüsen
besteht. Weiß man den inländischen und ausländischen Getreide=Absatz
eines Bezirks überhaupt, so läßt sich davon das Bedürfniß einer An=
zahl von 1000 Personen nach der Gewohnheit des Landes abziehen,
und wie der Rest des Getreide=Absatzes zu dessen vorheriger Quan=
tität sich verhält, so wird sich auch der verminderte Preis des Ge=
treides zu dem vorherigen verhalten. Ist aber die Preisverminderung
dauernd, wie in dem Falle, da der Verlust von 1000 Personen nur
spät wieder ersetzt wird, so fällt auch der Werth der Grundstücke ver=
hältnißmäßig mit dem Preise ihres Ertrags.

Bey den Wohnungen ist die Berechnung leichter. Es läßt sich
ein mittleres Quantum angeben, was man auf jeden Kopf jährlich für
das Bedürfniß der Wohnung rechnen kann. Der Ansatz von Sechs
Thalern dürfte in den meisten Fällen nicht zu hoch seyn. Es wären
also für eine Stadt von 20,000 Einwohnern 120,000 Thlr. jährlich
auf die Wohnung zu rechnen. Durch einen Verlust von 1000 Per=
sonen würde nun diese Summe um 6000 Thlr. vermindert.

XI.

Die Quantität des Geldumlaufs ist das Produkt der circulirenden
Geldmasse in die Geschwindigkeit der Circulation. Auch durch eine
kleinere Geldmasse kann bei öfterem Umsatz eine große Summe von
Zahlungen bestritten werden.

Nach der Volksmenge eines Landes und den ohngefähren jähr=
lichen Bedürfnissen einer jeden Person läßt sich die Summe der jähr=
lichen Zahlungen berechnen, die zum inländischen Verkehr erforderlich

sind. Es ist oben (VII) 34 Thlr. jährlich auf jeden Kopf angenommen worden. Dies betrüge also 34,000 Thlr. auf 1000 Personen.

Dies ist die Summe, welche der Staat bei einem Verlust von 1000 Personen an der Summe des jährlichen Geldumlaufs einbüßt. Die vorhandene Geldmasse geht durch wenigere Hände, weil sich die Nachfrage nach Diensten und Waaren um so viel vermindert, als das Bedürfniß von 1000 Personen beträgt. Der Schaden, welcher daraus für die Nationalindustrie entsteht, ist einleuchtend, ob er sich gleich nicht in Zahlen angeben läßt.

XII.

Was bisher bemerkt worden ist, gilt von dem Verlust einer Anzahl von 1000 Personen überhaupt. Es bleibt noch übrig den besondern Nachtheil zu betrachten, der durch die Unterschiede der Volksklassen, bei welchen der Verlust sich ereignete, oder durch die Ursachen dieses Verlusts bestimmt wird.

Bei der erwerbenden Volksklasse tritt der Umstand ein, daß sie im Ganzen genommen jährlich von ihrem Gewinn etwas zurücklegt, und dadurch das Nationalkapital vermehrt. Dieser jährliche Zuwachs des Nationalkapitals würde sich berechnen lassen, wenn der Betrag des mittleren Arbeitslohns gefunden wäre, von welchem man sodann den mittlern jährlichen Aufwand abzuziehen hätte.

Es ist bereits bemerkt worden (II.), daß die Verschiedenheit des Lohns bei den mannichfaltigen Beschäftigungen nicht so beträchtlich ist, als sie auf den ersten Blick scheint, und daß durch verschiedne Umstände bei der Bezahlung der Dienste ein Gleichgewicht bewirkt wird. Smith[1]) hat daher ein solches mittleres Arbeitslohn berechnet und zwar

	für London	auf 1 Schilling	6 Pence,
	= Edinburg	= —	= 10 =
	= Schottland	= —	= 8 =

Das Mittel zwischen 1 Sch. 6 P. und 8 P. ist 13 Pence oder 7 Gr. 7 Pf. ohngefähr. Rechnet man auf das Jahr 300 Arbeitstage, so beträgt dies zusammen

94 Thlr. 19 Gr.

---

[1]) Vom Nationalreichthum, B. I. Cap. 8.

Hierbei ist aber in Anschlag zu bringen, daß in der Regel auf jede Familie nur 2 arbeitende Personen angenommen werden können. Süßemilch [1]) rechnet auf eine Familie in Dörfern 4²/₅, in Städten 4¹/₂ Personen. Man nehme also 9 Personen auf 2 Familien an, so haben 4 Arbeitende für die Bedürfnisse von 9 Lebenden zu sorgen. Diese betragen zu 34 Thlr. auf den Kopf 306 **Thlr.** Wird diese Summe von dem jährlichen Erwerb der 4 Arbeitenden, welcher zu= sammen

$$379 \text{ Thaler } 4 \text{ Gr.}$$

beträgt, abgezogen, so bleibt

$$73 \text{ Thaler } 4 \text{ Gr.}$$

als der jährliche Gewinn von 4 Arbeitenden übrig, wovon auf jede arbeitende Person

$$18 \text{ Thaler } 7 \text{ Gr.}$$

zu ihrem Antheil kommt.

XIII.

Durch eine Verminderung **der erwerbenden Classe** entsteht auch eine Erhöhung des Arbeitslohns. **Der Preis der Dienste** ist so wie der Preis jeder Waare von der Concurrenz der Käufer und Verkäufer abhängig. Ist das Bedürfniß der Arbeit unverändert, so muß mehr dafür geboten werden, wenn wenigere dazu bereit sind.

Wäre die Anzahl der **erwerbenden Classe** von einer gewissen Art der Beschäftigung in einem Bezirk bekannt, so würde sich das Ver= hältniß angeben lassen, um welches das Arbeitslohn bei Verminderung der Arbeitenden sich erhöhen würde, im Fall die Nachfrage nach dieser Arbeit unverändert bliebe. Je größer der Theil ist, der von einer gewissen **Classe von Arbeitern** für den Staat verloren geht, desto be= trächtlicher ist die Erhöhung des Arbeitslohns, die daraus entsteht.

Bekannt sind aber die Nachtheile, welche aus der Theurung des Arbeitslohns für den Ertrag der Grundstücke, für den Absatz der in= ländischen Manufacturen, und für die unmittelbaren Bedürfnisse des Staats erwachsen.

---

[1]) am angef. Orte, Th. I. Cap. 6. § 122.

XIV.

Nicht jede Art des Verlusts einer Anzahl von Menschen ist für den Staat von gleich schädlichen Folgen. In einigen Fällen darf man früher, in andern später hoffen, die Lücke wieder ergänzt zu sehen.

So sehr auch die Anzahl der todtgebornen Kinder die Aufmerksamkeit des Staats verdient und kräftige Maßregeln zu Verbesserung des Hebammenwesens erfodert, so wird doch dieser Verlust durch den jährlichen Ueberschuß der Gebornen bald wieder ersetzt, und die Einbuße für den Staat besteht eigentlich in einem verminderten Zuwachs der Bevölkerung. Von anderer Art ist der Verlust an Erwachsenen. Wegen der großen Mortalität der Kinder in den ersten Jahren darf eine bedeutende Anzahl der Gebornen bei dem jährlichen Ersatz nicht in Anschlag gebracht werden.

Was daher der Krieg dem Staate an Menschen gekostet hat, ist noch bemerkbar nach einer langen Reihe von Jahren. Eben dieses gilt von den Auswanderungen, die oft besonders einen Verlust in der erwerbenden Classe verursachen.

Durch ansteckende Krankheiten und andere Unglücksfälle, die sich über jedes Geschlecht und Alter verbreiten, wird die Nation in den frühern Zustand der angehenden Bevölkerung zurückgeworfen. Es kommt alsdann darauf an, ob sie durch Umstände begünstigt wird, die eine schnelle Vermehrung der Volksmenge bewirken. Unter diese gehören vorzüglich ein glückliches Klima, unverdorbene Sitten bei einer überwiegenden Mehrzahl der Nation, eine wohlthätige Staatsverfassung, eine milde Regierung, und vielfältige Gelegenheiten zum Erwerb.

Dem gesunden und kraftvollen Staate fehlt es überhaupt für jede unverschuldete Wunde nicht leicht an Mitteln der Heilung.

Ueber die brauchbarste Gattung statistischer Tabellen.*)

*) Versuche über Gegenstände der inneren Staatsverwaltung. VII. S. 166.

Dieser Aufsatz Körners war 1811 geschrieben, da er zu denjenigen gehörte, welche Körner als Bestandtheile der im Jahre 1812 Göschen angetragnen Sammlung politischer Schriften aufzählt. Der Abdruck erfolgt aus den „Versuchen über Gegenstände der inneren Staatsverwaltung."

Wenn das Bedürfniß entsteht, über die Kräfte des Staats und den Zustand der Nation sich Nachrichten in bestimmten Zahlen zu verschaffen, so zeigt sich sehr bald, wie mangelhaft und großentheils unzuverläßig die Anzeigen sind, die über die wichtigsten statistischen Fragen von den Unterbehörden eingefodert werden. Zur Entschuldigung der Obrigkeiten gereicht hierbei, daß sie oft mit andern Officialarbeiten überhäuft sind, und es ihnen an Zeit und Gelegenheit fehlt, die erhaltenen unrichtigen Angaben aus anderwärts erlangten Notizen zu verbessern. Es fragt sich daher, ob nicht etwas Brauchbares von den Behörden geliefert werden würde, wenn man weniger von ihnen verlangte.

Durch die politische Rechenkunst soll aus dem Bekannten das Unbekannte gefunden werden. Ihr Verfahren beruht auf Wahrscheinlichkeiten und es dient bloß, um sich der Wahrheit zu nähern. Aber eben dies ist für den Staatsmann hinlänglich bei einem Lande von wenigstens einer Million Einwohner, wobei ein Irrthum in kleineren Zahlen nicht in Betrachtung kommt. Wenige aber zuverläßige Zahlen geben daher einen reichhaltigen Stoff zu den interessantesten statistischen Berechnungen, so wie bei der trigonometrischen Landesvermessung wenig gemessen, aber desto mehr aus den Gesetzen des Dreyecks gefolgert wird.

Die schwedische Regierung hat schon im Jahre 1746 die Nothwendigkeit gut eingerichteter statistischer Tabellen eingesehen. Vorschläge und Bemerkungen darüber finden sich in den Schriften der dortigen Akademie der Wissenschaften, und die Benutzung solcher Tabellen ist im Jahre 1749 einer besondern Commission aufgetragen worden. Seit dieser Zeit sind in der politischen Rechenkunst beträchtliche Fortschritte geschehen, manche zeither eingefoderte Anzeigen werden entbehrlich, und bei andern kann den Behörden mehr Zeit gelassen werden, sich zuverlässige Nachrichten zu verschaffen.

Unter die entbehrlichen Tabellen gehören die Consumentenverzeichnisse nach dem Geschlecht und Alter, und die speciellen Anzeigen über den Ertrag der Ernte. Ist aus den Sterbelisten zu ersehen, wie sich die beiden Geschlechter und die verschiedenen Alter in Ansehung der Mortalität gemeinjährig gegeneinander verhielten, so läßt sich daraus, wie in der Folge gezeigt werden wird, die Anzahl der Lebenden von beiden Geschlechtern und jedem Alter mit hinlänglicher Wahrscheinlichkeit berechnen, und der Staatsmann erhält auf diese Art vielleicht sogar richtigere Zahlen, als aus den Angaben der Hausbesitzer, von denen besonders in größeren Städten eine genaue Erörterung über ihre Miethleute sich schwerlich erwarten läßt. Die Quantität der landwirthschaftlichen Produkte wird man ebenfalls von dem Erbauer selbst nie mit Genauigkeit und Zuverlässigkeit erfahren, aber aus andern in der Folge zu erwähnenden statistischen Anzeigen lassen sich über die Production der Landwirthschaft Zahlen finden, die sich im Durchschnitte von der Wahrheit wenig entfernen, und daher hinreichend sind, die Schritte der obern Landesbehörden in manchen wichtigen Fällen zu leiten.

Dagegen würde man ohne Bedenken jährliche Anzeigen erfodern können

a) über die Anzahl der Gebornen von beiden Geschlechtern, mit Bemerkung der unehelichen Kinder;

b) über die geschlossenen Ehen;

c) über die getrennten Ehen;

d) über die Mortalität, nach dem Geschlecht und Alter, und zwar bei dem letzteren nach den Classen von Kindern unter 1 Jahre, Kindern zwischen 1 und 10 Jahren, jungen Personen zwischen 10 und 20 Jahren, Personen zwischen 20 und 60 und Personen über 60 Jahre, ferner nach den Krankheiten, auch mit Bemerkung der Todtgebornen und Selbstentleibten;

e) über die Anzahl der Communikanten;

f) über die Beschaffenheit der Ernte;

g) über die vertheilten Gemeinheiten;

h) über die neuerbauten **Häuser,** und

i) über die etwa eingetretenen Calamitäten, an **Feuer-** und **Wasser-**
Schäden, Raupenfraß, Hagelschlag, Viehsterben und dergleichen.

Ueber **die vier** letzten Punkte würde **die** Obrigkeit jedes **Orts,**
über die getrennten Ehen jede geistliche Behörde, und über **die übrigen**
Gegenstände jeder Pfarrer für **seine Parochie die** jährlichen Anzeigen
einzusenden haben.

Alle diese Notizen **verlieren** einen **großen** Theil ihrer **Brauch-**
barkeit, wenn sie durch Mittelinstanzen aufgehalten werden und spät
an die obere Behörde gelangen. Dies wäre dadurch zu vermeiden,
daß jeder Pfarrer an seinen Superintendenten, und jede Unterobrigkeit
an den Bezirksbeamten in **der ersten Woche** des Januars die Anzeige
über das vergangene Jahr einsenden müßte, und sodann in der folgenden Woche die Superintendenten und Beamten diese Anzeigen **im**
Originale, und ohne daraus Tabellen für größere Bezirke **zu fertigen,**
unmittelbar bey der zu dem Tabellenwesen **verordneten Commission**
einzureichen hätten.

Von der Tabellencommission wäre **ein** beträchtlicher Theil dieser
Anzeigen **erst nach** einem größern Zeitraume **zu** benutzen, aber ein
anderer Theil würde sogleich zu einer allgemeinen Darstellung mehrerer
für den Staatsmann wichtiger Ereignisse des vergangenen Jahrs hin-
länglichen Stoff liefern. Bey den jährlichen Tabellen **der Commission**
aber möchte **eine zu große** Umständlichkeit und eine unnöthige **Ver-**
vielfältigung **der Arbeit zu vermeiden** seyn, damit die Uebersicht des
Ganzen **noch** vor Ablauf des Januars dem Regenten vorgelegt werden
könnte. Dies wäre nicht unmöglich, wenn **man** sich auf drey Tabellen
beschränkte, als eine über den Zuwachs der Bevölkerung in jedem
Amtsbezirke durch den Ueberschuß der Gebornen über die Gestorbenen,
mit Bemerkung des Unterschieds gegen das vorhergehende Jahr —
eine über die Mortalität jedes Amtsbezirks **nach** den Krankheiten, die
unter gewisse Hauptrubriken zu bringen wären, mit Vergleichung der

Totalsumme gegen das vorhergehende Jahr — und eine über die Beschaffenheit der Ernte, die neuerbauten Häuser, die vertheilten Gemeinheiten und die eingetretenen Calamitäten in jedem Amts= bezirke.

Auf diese Art wären die jährlichen Geschäfte der Tabellencom= mission nicht von beträchtlichem Umfange, und eben dadurch würde sie im Stande seyn, desto mehr nach Ablauf einer größern Periode zu leisten. Der Unterschied einzelner Jahre ist bey mehreren Punkten für den Staatsmann unerheblich, und es entsteht daher das Bedürfniß solcher Tabellen, aus denen die Zeiträume von wenigstens 5 Jahren in Ansehung gewisser Gegenstände mit einander verglichen werden können. In einem Lande, wo die ordentlichen ständischen Versamm= lungen jedesmal nach Verfluß von sechs Jahren gehalten werden, würde das letzte Jahr vor einer jeden solchen Versammlung dazu anzuwenden seyn, um durch die Arbeiten der Tabellencommission zu einer möglichst vollständigen statistischen Uebersicht des Landes zu gelangen.

Materialien hierzu wären theils aus den vorhin erwähnten jähr= lichen Anzeigen zu entnehmen, theils von sämmtlichen Behörden ein= zusammeln, die über die wichtigsten Objekte Auskunft geben könnten. Solche Objekte sind hauptsächlich:

1. Der Flächeninhalt der Felder, Wiesen, Hölzer, Lehnden und Teiche in jedem Amtsbezirke. Bey den Domainen des Regenten kann die Finanzbehörde hierüber Nachricht geben, bei dem Privat= eigenthum hingegen wird man auf die Anzeigen der Besitzer allein sich nicht verlassen können, sondern auf Controllen zu denken haben. In einem Zeitraume von 6 Jahren aber werden sich Gelegenheiten finden, manche unrichtige Angabe zu berich= tigen. Bey verschiedenen Commissionen, bei Gütertaxationen, bey Käufen und ähnlichen Geschäften werden über diese Punkte No= tizen erlangt, die nur sorgfältig aufbewahrt, und mit den An= gaben der Eigenthümer verglichen werden müssen. Auch wird der Eigenthümer wenige Veranlassung haben, die wahren Um= stände zu verhehlen, wenn der Erfolg das Vorurtheil widerlegt, daß es hierbey auf irgend eine Beschränkung oder auf neue

Steuern abgesehen sey. Mit jeder Periode dürften daher diese Verzeichnisse der Wahrheit immer näher kommen.

2. Die gewöhnliche Eintheilung des Ackerlandes nach den verschiedenen Culturen und die Quantität der Brache in jedem Amtsbezirke.

3. Der mittlere **Kornertrag** jeder Getreide-Gattung.

4. **Der mittlere Kaufpreis** eines Ackers Feld, Wiese, Holz zc.

5. Der Mittelpreis des Tagelohns auf dem Lande und in den Städten.

6. **Die Anzahl der Pferde, des Rindviehs**, der Schafe, Schweine, Ziegen und Bienenkörbe.

7. Die **Anzahl der Häuser.**

8. Die Anzahl der Mühlen von jeder Gattung, der Kalkbrennereien, Ziegelbrennereien, Glashütten, Vitriolölbrennereien und anderer größeren Fabrikanstalten.

9. Die Anzahl der Spinnmaschinen **mit Bemerkung** der Zahl und Spindeln.

10. Die Anzahl der Fabrikanten in Wolle, Flachs, Baumwolle, Hanf, Seide, Filz, Leder und Metallen.

11. Die Anzahl aller übrigen Handwerksmeister.

12. **Der Mittelpreis** der Wohnung eines Handwerkers oder Fabrikanten in Städten überhaupt, **und in den** Fabrikstädten insbesondere.

13. Die aus den Personensteuerlisten anzugebende Zahl der Geistlichen, Staatsdiener, **Advokaten**, Aerzte, Schuldiener, **Kaufleute** und Künstler.

14. **Die Anzahl** der Almosenpercipienten in jeder **Stadt.**

15. Die Schuldenmasse der Städte.

16. Der Ertrag der Fleischsteuer, Weinsteuer und aller übrigen Consumtionsabgaben zusammen, mit Absonderung der Dörfer eines Amtsbezirks von den Städten und der Fabrikstädte von den übrigen Städten.

17. Der Ertrag der Grundsteuer, mit Absonderung der Städte von den Dörfern.

18. Der Ertrag der auf gewisse Hauptrubriken gebrachten Gewerbe=
steuern.

19. Der Ertrag der Consumtionsabgaben von einzelnen besonders
wichtigen Artikeln.

20. Die Quantität und den Werth der verschiedenen Produkte des
Bergbaues.

21. Die Anzahl der Berg= und Hüttenleute.

22. Der Ertrag der Eingangs= und Ausgangsimposten von allen
belegten Waaren überhaupt und von einzelnen besonders wich=
tigen Artikeln, und

23. Der Ertrag aller Zölle, die von Pferdeslast erhoben werden, in=
gleichen der Wasserzölle vom Gewicht.

Bey denjenigen Punkten, welche einen Mittelpreis oder den Er=
trag einer Abgabe betreffen, wäre die Angabe nach einem sechsjährigen
Durchschnitte, bey den übrigen Punkten aber nach dem Zustande des
letzten Jahres zu bestimmen.

Alle diese Anzeigen dürfen bei der Tabellencommission nicht später
einlangen, als vor Ablauf der ersten Hälfte des Jahres, in welchem
diese Commission ihre Hauptarbeiten zu beendigen hat. Dies ist
möglich, wenn die obrigkeitlichen Anzeigen in den ersten drey Monaten
dieses Jahres bey dem Bezirksbeamten eingehen, dieser in eben dieser
Zeit bloß dasjenige hinzufügt, was die seiner eigenen Jurisdiction
unterworfenen Ortschaften betrifft, und sodann dieses nebst sämmtlichen
eingegangenen Nachrichten im Originale dem vorgesetzten Amtshaupt=
mann binnen der zwey ersten Monate des zweyten Vierteljahrs über=
sendet. Die Frist von zwey Monaten soll dazu dienen, daß der Beamte
aus den bey ihm vorhandenen Nachrichten manche Angabe berichtigen,
und dieserhalb Anmerkungen beylegen könne, und in eben dieser Ab=
sicht kann dem Amtshauptmanne noch ein Monat eingeräumt werden,
ehe er sämmtliche Anzeigen, ohne sie weiter zu bearbeiten, bey der
Tabellencommission einreicht. Ueber den Ertrag der Abgaben können
die erforderlichen Nachrichten auf dem kürzesten Wege durch die Rech=
nungsexpeditionen ohne weitere Bemühung der Collegien der Tabellen=
commission mitgetheilt werden.

In der ersten Hälfte des Jahres nun, ehe alle Materialien bey=
sammen sind, hat die Tabellencommission Zeit, die bey ihr schon vor=
handenen jährlichen Anzeigen zu bearbeiten. Aus diesen Anzeigen sind
zuvörderst sechsjährige Durchschnittszahlen zu berechnen, die zu manchen
wichtigen Resultaten führen.

Eines der ersten Geschäfte wäre die Berechnung der Volksmenge
aus sechsjährigen Mortalitätslisten. Nach Süßemilch (s. dessen göttliche
Ordnung in den Veränderungen des Menschengeschlechts, 2. Ausgabe,
Berlin 1787, Bd. I. S. 75 und 91) verhalten sich die Sterbenden
zu den Lebenden in großen Städten wie 1 zu 24,

in mittleren Städten   =   1   =   32 und

auf dem Lande   =   1   =   40.

Eben dieses Verhältniß wird von Florencourt angenommen (s. dessen
Abhandlungen aus der juristischen und politischen Rechenkunst, die
Kästner mit einer empfehlenden Vorrede herausgegeben hat, Altenburg
1781. 4. S. 66).

Ist die Volksmenge jedes Amts und jeder Provinz bekannt, so
kann sie mit dem Flächeninhalt verglichen werden, worüber die Tabellen=
commission sich genaue Notizen zu verschaffen wissen wird. Auch ist
es interessant, den letzten sechsjährigen Zeitraum mit dem vorher=
gehenden sowohl in Ansehung der gefundenen Volkszahl, als was den
Ueberschuß der Gebornen über die Gestorbenen betrifft, zusammen zu
halten. Die Dörfer werden hierbey von den Städten abzusondern,
und die Fabrikstädte besonders zu bemerken seyn.

Die größere oder geringere Zahl der geschlossenen Ehen gilt eben=
falls für einen Maßstab des Wohlstandes. Mittelverhältnisse der ge=
schlossenen Ehen zu den Lebenden sind:

auf dem Lande nach Süßemilch (B. I. S. 129) wie 1 zu 119,

nach Florencourt (S. 91)   =   1   =   115,

in kleinen Städten nach Süßemilch (a. a. O.)   =   1   =   115,

nach Florencourt (a. a. O.)   =   1   =   103,

in Handelsstädten nach Florencourt (ebend.)   =   1   =   106.

Als besondere Fälle werden angeführt, daß dieses Verhältniß in einigen
holländischen Dörfern wie 1 zu 64 (Flor. S. 91), in Amsterdam wie

24*

1 zu 84 und in Paris wie 1 zu 119 (Süßemilch B. I. S. 136 und 138) befunden worden ist. Es verdient Aufmerksamkeit, ob die Verhältnisse der geschlossenen Ehen zu den Lebenden in den Städten und Dörfern jedes Amtsbezirks und besonders in den Fabrikstädten von den erwähnten Mittelverhältnissen abweichen, und ob sich zwischen zwey sechsjährigen Zeiträumen in Ansehung dieses Punktes ein bedeutender Unterschied wahrnehmen läßt.

Aus den Listen der Gebornen sind die stehenden Ehen zu berechnen. Nach Süßemilch (B. I. S. 232 und B. III. S. 151) und nach Florencourt (S. 90) kann man auf 2 eheliche Geburten 9 stehende Ehen annehmen. Für den Staat ist es Gewinn, wenn bey gleicher Bevölkerung die Zahl der stehenden Ehen sich vermehrt, und es wird daher nützlich seyn, auch hierüber zwischen den sechsjährigen Zeiträumen Vergleichungen anzustellen. Da ferner die Zahl der getrennten Ehen aus den jährlichen Anzeigen bekannt ist, so erregt es Besorgnisse in Ansehung der Sitten, wenn die Zahl der Trennungen im Verhältniß zu den stehenden Ehen sich in einem sechsjährigen Zeitraume beträchtlich vermehrt hat.

Die Zahl des männlichen Geschlechts ist nach vielfältigen Erfahrungen etwas geringer als die Hälfte der Lebenden. Nach Baumann, dem Herausgeber und Ergänzer der Süßemilchischen Schrift (Süßemilch B. III. S. 356) läßt sich das Verhältniß des männlichen Geschlechts zum weiblichen wie 1000 zu 1093 annehmen. Florencourt (S. 90) bestimmt es wie 1000 zu 1045. Man hat bemerkt, daß in der Regel weniger Mädchen geboren werden, aber mehr Knaben in den ersten Jahren sterben. (Süßemilch B. I. S. 280.) Sind in den Mortalitätslisten die beyden Geschlechter abgesondert, so läßt sich noch überdies ihr Verhältniß aus der Anzahl der Gestorbenen berechnen.

Aus Nachrichten über die Mortalität der verschiedenen Alter nach einem mehrjährigen Durchschnitte haben Wargentin (in den Abhandlungen der Königl. Schwedischen Akademie der Wissenschaften B. XVII S. 81 u. f., ingleichen S. 159 u. f.), Baumann (im 3. Bande des Süßemilchischen Werks Tab. 22. Nr. 4, vergl. S. 426 f.) und

Florencourt (S. 65 u. f. Tab. IV. V. VI.) Tabellen gefertigt, aus denen das ohngefähre Verhältniß der Lebenden jedes Alters zu der gesammten Volksmenge des Landes gefunden werden kann. Diese Tabellen umfassen den Zeitraum des längsten Lebensalters, das in den gewöhnlichen Mortalitätslisten vorkommt, und es wird angenommen, daß in diesem Zeitraume die Anzahl der Gebornen und Gestorbenen jährlich einander gleich sey. Diese Voraussetzung ist zwar der Erfahrung nicht gemäß, da nach Süßemilch (B. I. S. 243) die Gebornen zu den Gestorbenen sich in der Regel wie 12 bis 13 zu 10 verhalten. Da aber die Anzahl der Geburten im Allgemeinen größer ist, so darf man wenigstens nicht bezweifeln, daß der Wahrscheinlichkeit nach der jedesmalige Abgang an Verstorbenen jährlich wieder ersetzt werde, und dies ist es eigentlich, was man bey jenen Tabellen vorauszusetzen hat.

Das erste Erforderniß bey solchen Berechnungen sind genaue Mortalitätslisten nach dem Alter. Wargentin hat Listen aus Breslau, Holland und Schweden benutzt, und daraus Mittelzahlen gezogen, Baumann legt Verzeichnisse aus der Churmark zum Grunde und Florencourt gebraucht Listen aus Berlin, aus Paris und aus mehreren preußischen Dörfern. In den Sterbelisten ist gewöhnlich das Alter nur von 5 zu 5 Jahren angegeben, und wenn man daher das Verhältniß nach einzelnen Jahren verlangt, so hat man dies erst aus den gegebenen Zahlen zu finden, indem man voraussetzt, daß die Sterblichkeit nicht durch Sprünge, sondern allmählich zu- oder abnehme. Florencourt hat am angeführten Orte von seinem Verfahren hierbey, das auf Lehrsätzen der höhern Mathematik beruht, deutliche Rechenschaft gegeben und verdient in dieser Rücksicht allerdings einen Vorzug vor den beyden andern Schriftstellern. Auch wird von ihm die Zahl der Gebornen und Gestorbenen nicht wie von den beyden andern zu 1000, sondern zu 10,000 angenommen, wodurch bey der Berechnung weniger Decimalbrüche wegfallen.

Ist nun eine Reihe von Zahlen für die Sterblichkeitsordnung der verschiedenen Alter für jedes Jahr von 0 bis z. B. 103 auf eine Mortalität von 10,000 Personen gefunden, so werden diese Zahlen

in die beyden ersten Columnen der zu fertigenden Tabelle geschrieben,
wie z. B. nach Florencourt (Tab. IV.):

0.	2583.
1.	657.
2.	301.
3.	253 und so weiter.

Wenn nehmlich unter 10,000 Gestorbenen regelmäßig 2583 Kinder,
die noch nicht einjährig sind, sich befinden, so ist diese Zahl ein Theil
der Summe derer, die im Jahre 0 der Periode geboren wurden. Diese
Summe aber wird nach der Voraussetzung ebenfalls zu 10,000 an=
genommen. Die Zahl 2583 verhält sich also zu der Summe der Ge=
burten, wie zu der Summe der Todesfälle. Daher der Satz, daß von
10,000 Geborenen 2583 vor Ende des ersten Jahres sterben. Auf
eben diesen Gründen beruhen die folgenden Sätze, daß auf 10,000
Geburten im Jahre 1 657, im Jahre 2 301 Todesfälle und so weiter
zu erwarten sind.

Aus den Zahlen der 2. Columne findet sich durch Subtraction,
wie viel in jedem Jahre der 104jährigen Periode von den 10,000
Gebornen des Jahres 0 noch leben. Diese Zahlen werden in die
3. Columne eingetragen, wie z. B. nach Florencourt (Tab. IV.):

0.	2583.	10,000.
1.	657.	7417.
2.	301.	6760 u. s. w.

Diese Tabelle schließt mit folgenden Zahlen:

101.	1.	3.
102.	1.	2.
103.	1.	1.
104.	0.	0.

Da nun im Jahre 104 von den Gebornen des Jahres 0 keiner
mehr übrig ist, so lebt in einem solchen Bezirke, wo diese Sterblichkeits=
ordnung Statt findet, und wo jährlich 10,000 sterben und eben so
viel geboren werden, nur 1 in einem Alter von 103 Jahren. Denn
von denen, die vor 104 Jahren geboren wurden, ist keiner mehr am
Leben, von den Gebornen des Jahres 0 ist nur 1 noch übrig, und

von den Gebornen der folgenden Jahre hat keiner das Alter von
103 Jahren erreicht. Eben so einleuchtend ist aber auch, daß in einem
solchen Bezirke unter den bemerkten Umständen nicht mehr und nicht
weniger als 3 Personen von 102 Jahren 6 Personen von 101 Jahren
vorhanden sind. Denn von den Gebornen des Jahres 0 sind im
Jahre 102 nur 2 übrig und hierzu kommt nur eine 103jährige
Person, die vor dem Jahre 0 geboren wurde. Was nach dem Jahre 0
geboren ist, hat das Alter von 102 Jahren noch nicht erreicht. Dies
gilt auch von den 6 101jährigen Personen. Im Jahre 101 waren
von den Gebornen des Jahres 0 nur 3 Personen übrig, und hierzu
kommen 2 102jährige und 1 103jährige, die vor dem Jahre 0 geboren sind. Die nach dem Jahre 0 Gebornen aber sind noch nicht
in einem Alter von 101 Jahren.

Auf diese Art läßt sich eine 4. Columne rückwärts vom Jahre 103
bis zum Jahre 0 berechnen, indem man fortfährt zu jeder gefundenen
Zahl diejenige zu addiren, welche in der 3. Columne bei dem nächst-
vorhergehenden Jahre steht. Die 4 ersten Columnen von Florencourts IV. Tabelle haben daher am Schlusse folgende Zahlen:

101.	1.	3.	6.
102.	1.	2.	3.
103.	1.	1.	1.
104.	0.	0.	

und am Anfange folgende:

0.	2583.	10,000.	294,294.
1.	657.	7,417.	284,294.
2.	301.	6,760.	276,877 u. s. w.

Aus einer solchen Tabelle berechnet man die Anzahl derjenigen,
die in einem Bezirke, wo jährlich 10,000 sterben und eben so viel
geboren werden, von einem bestimmten Alter z. B. von 20 bis mit
60 Jahren am Leben sind. Bey der Zahl 20 der 1. Columne steht
nehmlich in der 4. Columne 176,472. Diese Zahl zeigt an, wie viel
in dem gegebenen Bezirke das Alter von 20 und mehr Jahren erreicht haben. Von dieser Summe sind alle Personen von 61 und

mehr Jahren abzuziehen. Ihre Zahl steht bey 61 der 1. Columne in der 4. Columne und beträgt 24,581

$$176,472 - 24,581 = 151,891,$$

welches die zu findende Zahl ist.

Vergleicht man die Tabellen dieser Art, die Wargentin, Bau= mann und Florencourt berechnet haben, und welche an den oban= geführten Orten zu finden sind, so ergiebt sich folgender Unterschied in den Hauptresultaten:

In einem Bezirk, wo jährlich 1000 geboren werden, und eben so viel sterben, leben in einem Alter von

	nach Wargentin:	nach Baumann:	nach Florencourt:
weniger als 10 Jahren	6,610	6,593	6,539,
von 10 J. bis mit 19 J.	5,595	5,290	5,242,
von 20 J. bis mit 59 J.	16,734	15,408	14,973,
von 60 J. und drüber	3,715	2,627	2,673,
	32,655	29,918	29,427.

Es ist noch hierbey zu bemerken, daß bei Florencourts IV. Tabelle, aus welcher die obigen Zahlen entnommen sind, ein Mittelverhältniß zwischen der Mortalität in Städten und auf den Dörfern zum Grunde liegt, wobey er (s. S. 75) die Anzahl der Lebenden auf dem Lande noch einmal so groß als die Bevölkerung der Städte annimmt. Floren= court hat auch in der V. und VI. Tabelle die Mortalitätsverhältnisse der verschiedenen Alter für das männliche und weibliche Geschlecht be= sonders berechnet. Die Hauptresultate sind folgende: Es leben unter obigen Bedingungen in einem Alter

von weniger als 10 Jahren	6,449 männl.,		6,481 weibl. Geschl.	
von 10 Jahren bis mit 19 J.	5,111 =		5,216 =	=
von 20 Jahren bis mit 59 J.	14,632 =		15,415 =	=
von 60 Jahren und drüber	2,497 =		2,873 =	=
	28,689 männl.,		29,985 weibl. Geschl.	

Wären in den jährlich einzusendenden Mortalitätslisten die Ge= storbenen nach dem Alter von 5 zu 5 Jahren angegeben, so würde

sich nach mehrjährigen Erfahrungen des besondern Landes eine eigne
Tabelle berechnen lassen, die allerdings vor den allgemeinen Tabellen
der benannten Schriftsteller einen Vorzug hätte. Indessen hat man
bey einem größeren Staate keine bedeutenden Abweichungen von der
Wahrheit zu fürchten, wenn man die Zahl der Lebenden beyderley
Geschlechts von verschiednen Altern aus Florencourts Tabellen auf
folgende Art zu finden sucht. Aus den jährlichen Verzeichnissen weiß
man die Anzahl der Gebornen sowohl **männlichen als weiblichen Ge-**
schlechts **nach einem** 6jährigen Durchschnitte. Die Tabellen enthalten
die Zahlen, aus denen für einen Bezirk, wo 10,000 jährlich geboren
werden, die Summe der Lebenden von einem bestimmten **Alter sich**
berechnen **läßt.** Wie sich also 10,000 zu der bekannten Zahl der **Ge-**
burten verhält, so verhält sich die aus der Tabelle berechnete Zahl zu
der gesuchten.

Was von der Anzahl der Lebenden von verschiednen Altern bekannt ist, dient besonders um das Getreidebedürfniß der Nation und
jedes einzelnen Bezirks zu berechnen. In mehreren Schriften findet
man auch hierüber allgemeine Angaben, aber es möchte rathsamer seyn,
in jedem Lande die besondern Erfahrungen zu benutzen, die bey Verpflegung des Militärs und bey der Administration öffentlicher Stif-
tungen, als Kostschulen, Arbeitshäuser und dergleichen, hierüber gemacht
werden können, da hierbey sehr viel von den Localumständen abhängt.

Wie viel Soldaten jeder Bezirk liefern könne, läßt sich aus der
Anzahl der lebenden Mannspersonen von einem gewissen Alter — etwa
von **18 bis 60 Jahren** — allein nicht abnehmen. Auf diesem Theile der
Volksmenge beruht der Wohlstand der Nation überhaupt, der Betrieb
aller Gewerbe und der Fortgang aller Geschäfte. Daher die Nothwendigkeit, darüber zu wachen, daß das Bedürfniß der Vertheidigung
nicht mit Zurücksetzung aller übrigen Bedürfnisse des Staats befriedigt
werde.

Außer den Grundlagen zu obigen Berechnungen liefern übrigens
die jährlichen Anzeigen noch manchen Stoff zu interessanten Bemerkungen, wenn man die sechsjährigen Zeiträume in Ansehung der Todtgebornen, **der unehelichen** Geburten, der Selbstentleibten, der **Krank-**

heiten, welche den Tod verursachten, und der Communicanten mit
einander vergleicht, und dabey jeden Bezirk besonders betrachtet, die
Städte von den Dörfern absondert, und einzelne merkwürdige Städte
heraushebt. Auf die hierüber zu fertigenden tabellarischen Arbeiten
könnte daher von der Commission die noch übrige Zwischenzeit verwendet werden, ehe von sämmtlichen Behörden die zu einer vollständigen statistischen Uebersicht erforderlichen Anzeigen eingegangen
wären.

Bey einem großen Theile dieser Anzeigen besteht das Geschäft
der Tabellen-Commission hauptsächlich in der Vergleichung sechsjähriger
Zeiträume und verschiedener Bezirke und Provinzen, damit die daraus
sich ergebende Vergrößerung oder Abnahme des Wohlstandes bemerklich
werde. Auffallende Unterschiede werden sodann Erörterungen über die
Ursachen veranlassen, und dies giebt vielleicht Gelegenheit, manchem
bedeutenden Uebel abzuhelfen. Ein anderer Theil dieser Anzeigen kann
als Grundlage nützlicher statistischer Berechnungen dienen, die ebenfalls
von der Tabellen-Commission zu erwarten seyn würden.

Zu diesen Berechnungen gehört diejenige, welche die Stelle jährlicher specieller Anzeigen über den Ertrag der Erndte zu vertreten hat.
Ist der Flächeninhalt der Felder, die gewöhnliche Eintheilung des
Ackerlandes, und der mittlere Kornertrag jeder Getreidegattung in jedem
Bezirke bekannt, so läßt sich die Summe der erbauten Feldfrüchte nach
einem sechsjährigen Durchschnitte mit hinlänglicher Wahrscheinlichkeit
angeben, um zwischen der Production und dem Bedürfniß eine Vergleichung anstellen zu können.

Weiß man ferner den mittleren Preis, um welchen in jedem Bezirke während der letzten 6 Jahre ein Acker Feld, Wiese, Holz und
dergleichen verkauft worden ist, so kann hieraus der Geldeswerth aller
zur Landwirthschaft gehörigen Grundstücke berechnet werden, und es
wird interessant seyn zu untersuchen, wie sich die Antheile des Landes-
herrn, der Rittergutsbesitzer, der Bürger und der Bauern im Ganzen
gegen einander verhalten.

Etwas schwieriger ist die Berechnung des Nationalgewinns bey
den verschiedenen Gattungen der Fabriken. Ist von jedem gefertigten

Stücke eine Abgabe zu entrichten, so ergiebt sich aus der jährlichen Summe dieser Abgabe, wieviel die Quantität der Fabrikation wenigstens beträgt. Nach einem mittlern **Werthe** der einzelnen Stücke wird sodann der Werth der gesammten Fabrikation berechnet, und hiervon der Werth des *verbrauchten* Materials abgezogen. Denn gesetzt auch, daß das Material inländisch sey, so gehört doch dessen Werth nicht zu dem Gewinn der Fabrikation, sondern der Landwirthschaft oder des Bergbaus, und es giebt nur der Fabrik einen besondern Vorzug, wenn sie eine inländische **Production** begünstigt, sobald dadurch nicht andere nützliche Productionen zurückgesetzt werden. Sind ferner größere **Fabrik-anstalten**, Gebäude, Maschinen und kostbare Werkzeuge erforderlich, so müssen die Zinsen des hierauf verwendeten Capitals ebenfalls von dem Werthe der Fabrikate abgezogen werden. Berechnungen dieser Art setzen aber Kenntnisse voraus, die nur durch ein sehr genaues Studium des Fabrikwesens zu erlangen sind. Auf einem kürzern Wege kann man jedoch zu einigen brauchbaren **Notizen** über den Gewinn der Fabrikation gelangen. Das jährliche Geldbedürfniß eines Fabrikanten wird von Leopold Krug (in dessen Betrachtungen über den National-reichthum des Preußischen Staats, **Berlin 1805, B. I. S. 276**) zu 46 Thlr. angenommen, worunter 15 Thlr. für die Wohnung begriffen sind. Aus dem **mittleren Preise** der Lebensmittel und des Miethzinses wird sich ein ähnlicher Satz für jedes Land ohngefähr berechnen lassen. Daß einige Fabrikationen einträglicher sind, als andere, macht hierbey keine Schwierigkeit, da nach Verfluß einiger Zeit durch die Concurrenz der Arbeiter in der Regel ein ziemliches Gleichgewicht entsteht. Weiß man daher die Anzahl derjenigen, die sich mit einer gewissen **Gattung** von Fabrikation beschäftigen, so ergiebt sich, wie viel jährlich **wenigstens** durch ihre Arbeit gewonnen werden muß.

Ueber den Gewinn der Kaufmannschaft findet zwar keine politische Berechnung Statt, aber das **Verhältniß** der gesammten Einfuhr zur Ausfuhr läßt sich ohngefähr angeben, wenn von jedem ausgehenden oder eingebrachten Artikel eine geringe **Abgabe** erhoben wird, und der gemeinjährige Ertrag dieser Abgabe bekannt ist. Bey einer hohen Abgabe hat man noch die wahrscheinliche Quantität der Unterschleife mit in Ansatz zu bringen, die bey manchen Waaren **wegen** begünstigender oder erschwerender Umstände größer oder geringer seyn kann. Es wird hierbey **nützlich** seyn, manche Artikel der Einfuhre besonders zu betrachten, als die Fabrikmaterialien, ingleichen die Waaren derjenigen Nationen, an welche von den Landesproducten wenig abgesetzt **wird.**

Aus der Anzahl der Häuser ergiebt sich das ohngefähre jährliche Feuerungsbedürfniß, aus der Summe aller Personen der gelehrten Stände und ihrer wahrscheinlichen Mortalität läßt sich einigermaßen bestimmen, wie viel Schulanstalten **zu** Vorbereitung dieser Personen erforderlich sind, und je weitere Fortschritte überhaupt in der politischen Rechenkunst gemacht werden, desto mehr **wird die** Tabellen-Commission im Stande seyn, die bey ihr eingegangenen Nachrichten vollständig zu benutzen. Bey Petty, Davenant, Necker, von Bielefeld, Krug und andern finden sich Versuche, theils das jährliche Geldbedürfniß einer ganzen Nation, theils die Summe des in einem Lande circulirenden Geldes zu berechnen, aber dergleichen Angaben beruhen **zur Zeit noch** auf zu willkührlichen Sätzen, um sie als brauchbar zu empfehlen. Auf jeden Fall wäre immittelst schon dies ein noch zu erwähnender Nutzen der Tabellen-Commission, daß von ihr über den wahrscheinlichen Ertrag jeder vorgeschlagenen neuen Abgabe die beste Auskunft erlangt **werden könnte.** Und je schwieriger überhaupt das Geschäft der Staatsverwaltung **wird,** desto mehr wird man den Werth statistischer Zahlen zu schätzen lernen, die auf zuverlässige Anzeigen und wahrscheinliche Berechnungen sich **gründen.**

Deutschlands Hoffnungen.[*]

> Effigies et signa quaedam detracta lucis
> in proelium ferunt.
>
> *Tacitus de moribus Germaniae.*

[*] Deutschlands Hoffnungen. Leipzig, Fr. Hartknoch, 1813.

Die nachstehende Flugschrift schrieb Körner in den schwung- und hoffnungsreichen Frühlingstagen von 1813. Ihrer Grundstimmung nach klang sie mit den poetischen Verheißungen des Sohnes zusammen:

> „Vor uns liegt ein glücklich Hoffen,
> Liegt der Zukunft goldne Zeit,
> Steht ein ganzer Himmel offen,
> Blüht der Freiheit Seligkeit.
> Deutsche Kunst und deutsche Lieder,
> Frauenhuld und Liebesglück —
> Alles Große kommt uns wieder,
> Alles Schöne kehrt zurück."

Sie ist ein denkwürdiges Zeugnis der Uebereinstimmung von Vater und Sohn und der schwärmerischen, religiös-weihevollen Erhebung gegen die Fremdherrschaft. Begreiflicherweise hatte der Verfasser dieser Schrift alle Brücken zu einer etwaigen Wiederverständigung mit den siegreichen Franzosen hinter sich abgebrochen und durfte sich nach den Schlachten von Lützen und Bautzen nicht alle besonders sicher halten. — Der Abdruck erfolgt aus einem der wenigen erhaltenen Exemplare der Schrift.

Mit Euch, deutsche Männer und Jünglinge, für die Unabhängigkeit unsers Vaterlands an der Seite meines Sohns zu kämpfen hindern mich Amt und Jahre. Aber verschmäht das Wenige nicht, was ich selbst vielleicht noch für die gute Sache zu leisten vermag. Nehmt freundlich einen Versuch auf, Euch Bilder der Zukunft heraufzuführen, wie sie in den schönsten Momenten mir vorschweben, da das Vertrauen, daß Gott Eure Waffen segne, am lebendigsten ist. Auch Eure Vorfahren stärkten sich gern in der Schlacht an dem Anblick der Heiligthümer, für deren Schutz sie sich opferten.

Und möchte doch meine Stimme auch zu einem Jeden gelangen, der diesen großen Zeitpunkt durch ängstliche Sorgen entehrt, damit nicht durch Zweifel über den Erfolg des jetzigen Kampfs selbst in bessern Seelen der Eifer erkalte, auf dessen Fortdauer und allgemeiner Verbreitung Deutschlands Rettung beruht!

Es gehört zu der geheimen Taktik des gemeinschaftlichen Feindes, die Aufmerksamkeit auf solche Fragen zu lenken, wodurch unter den Mächten, deren Eintracht er fürchtet, der Saame des Mistrauens ausgestreuet wird. Ein Deutscher, der diese Arglist, ohne es zu wissen, durch Verzagtheit, Voreiligkeit oder Selbstsucht begünstigt, verdient ernstliche Zurechtweisung, aber den Fluch des Vaterlands, wenn er sich absichtlich herabwürdigt, Unkraut unter den guten Waizen zu säen. Jetzt hat man gar nicht darnach zu fragen, welche Provinzen und Städte dereinst diesem oder jenem Regenten zufallen sollen, welche Staatsform erfordert wird, um Deutschlands Selbstständigkeit zu gründen, welcher Mittel es bedarf, um diese Staatsform zu befestigen, und gegen Ausartung zu sichern. Dieß sind Gegenstände künftiger

Verhandlungen, wenn erst dem drückendsten Elend gesteuert, und das nächste Ziel — Befreiung von fremder Gewalt — durch Anstrengung aller vorhandenen Kräfte erreicht ist.

Aber nicht zu früh können wir uns dagegen der seelenerhebenden Betrachtung überlassen, was für herrliche Blüthen und Früchte aus dem innern Reichthum des Vaterlands von selbst hervorgehen würden, sobald es die eiserne Hand nicht mehr fühlte, die jetzt die edelsten Keime zerknickt. Unsere Hoffnungen sind nicht zu kühn, wenn sie nicht auf willkührliche Voraussetzungen, sondern auf Erfahrungen sich gründen. Und jetzt ist es mehr als jemals Pflicht, den eigenthüm= lichen Werth des ächten Deutschen nicht zu verkennen, sondern mit gerechtem Stolze sich daran zu erfreuen.

Wenn zu allen Zeiten selbst unter den ungünstigsten Verhält= nissen einzelne Deutsche durch Geist, Kraft, Ernst und Gemüth in irgend einer Gattung von Thätigkeit sich auszeichneten, so liegt am Tage, was wir zu erwarten haben, sobald jedes Streben höherer Art durch fremde Uebermacht nicht mehr gehemmt wird. Ist aber jetzt der Augenblick erschienen, da das in weiten Entfernungen zer= streut unter der Asche glimmende Feuer zu einer einzigen Flamme auflodert; so wird auch ein deutsches Volk mit Würde und Nach= druck auftreten, wie es ihm nach der Geschichte früherer Jahrhun= derte ziemt.

Was unter den zeitherigen Umständen in unserm Vaterlande der Einzelne leistete, gelang ihm durch das Uebergewicht einer starken Seele über den äußern Druck. Unerschüttert von den Stürmen der Zeit lebte er in einer bessern Welt für den Kreis der Seinigen, für sein Geschäft, seine Kunst, seine Wissenschaft, seinen Glauben. Und nun setze man den Fall, daß er nicht mehr genöthigt sei, sich in sich selbst zu verschließen, daß er mit Ruhe und Heiterkeit um sich her blicken könne, daß er nicht überall auf feindliche Mächte treffe, die seine Sphäre beschränken und sein Werk zerstören, daß ihm wohl auch eine hülfreiche Hand begegne, und Gleichheit der Gesinnung ihn aufmuntere. Wird wohl alsdann seine Liebe erkalten, seine Kraft sinken, seine Beharrlichkeit ermatten?

Fremde Gewalt ist dem deutschen Volke, sobald es nicht durch innere Zwietracht geschwächt wird, weniger gefährlich, als fremde Sitte, die sich durch eine glänzende Außenseite empfiehlt. Ein Uebermaaß von Bescheidenheit verleitet uns, jede Eigenheit des Ausländers, die wir an uns vermissen, in einem verschönernden Lichte zu betrachten. Daher das Bestreben, unsere Söhne und Töchter nach dem Muster eines Volks zu bilden, bei dem Frivolität, Eitelkeit und Selbstsucht einheimisch geworden waren. Wohl uns, wenn wir bei dem jetzigen Kampfe zur Besonnenheit erwachen, und es dahin kommt, daß Flachheit, Herzlosigkeit, und all der Flitterstaat, mit dem eine modische Erziehung prangt, nicht mehr für höhere Ausbildung gilt!

Dann wird auch wahre Achtung für Frauen — ein Charakterzug, den schon Tacitus rühmt — in Deutschland wieder an die Stelle der Galanterie treten, die unter der Maske äußerer Unterwürfigkeit innere Geringschätzung verbirgt. So sehr es dem Deutschen verhaßt ist, seine Gefühle zur Schau zu stellen, so werden doch seine geheimsten Regungen dem weiblichen Scharfblicke nicht entgehen. Geehrte Frauen ehren sich selbst, und erfüllen nicht nur ihre Bestimmung als Gattinnen und Mütter, sondern wirken auch mit milder Gewalt als Schutzgeister der Menschheit, um die Reinheit der Sitten zu bewahren, die Keime des Edlen zu pflegen und das heilige Feuer der Begeisterung zu nähren.

Zwischen Fürsten und Volk war in Deutschland, wenige Ausnahmen abgerechnet, ein ächtpatriarchalisches Verhältniß, ehe es der fremde Einfluß zerstörte. Der angestammte Regent erschien, wie ein Vater umgeben von seinen Kindern. In ihm wurde das Verdienst seiner Vorfahren dankbar geehrt, und mit Vertrauen sah man ihn ein Scepter ergreifen, das eine Hand aus den Wolken ihm darreichte. Sicherheit auf dem Throne und unverkennbare Zeichen der Treue und Anhänglichkeit seines Volks gaben dem Fürsten ein begeisterndes Gefühl seiner Würde, Furcht und Argwohn erstickte nicht jede natürliche Regung des Wohlwollens, zu dem alles ihn auffoderte, und wenn er der höhern Stufe, auf die ihn der Weltregierer gestellt hatte, sich werth zu bezeigen strebte, so verwahrte ihn deutscher Ernst vor Uebereilung, schwankendem Verfahren und Mangel an Ausdauer.

Seine Wohlthaten wurden mit liebevoller Verehrung empfangen, und wenn es ihm nicht gelang, einen heilsamen Zweck zu erreichen oder ein Uebel zu verhüten, so war das Volk immer geneigt, nicht dem Fürsten selbst, sondern seinen Ministern und Räthen die Schuld beizumessen. Die Bedürfnisse eines Staats, der nicht für eigne oder fremde Vergrößerungspläne sich erschöpfte, waren mäßig und ein= leuchtend. Was zu ihrer Befriedigung diente, wurde willig herbei= geschafft, und um dieß auf die schonendste Art zu bewerkstelligen, waren in mehreren Ländern ständische Berathschlagungen, bei denen es an biedern und einsichtsvollen Männern nicht fehlte, von dem besten Erfolg. Am rühmlichsten aber offenbarte sich der Geist des Volks in Zeiten der Noth, da es bis zuletzt bei seinem unglücklichen Fürsten aushielt, und die größten Opfer für ihn nicht scheute.

Zu diesem Zustande der Gesundheit und Lebenskraft werden die deutschen Staaten wieder gelangen, wenn sie jetzt ihre Selbstständig= keit erringen. Durch manche bittre Erfahrungen sind Fürst und Volk über ihre wahren Vortheile belehrt worden, beyde nähern sich jetzt einander durch den gemeinschaftlichen Eifer, mit dem sie zu Einem großen Zwecke sich vereinigen, und beide werden am Ziele ihres jetzigen Strebens zugleich die Mittel finden, ihre gegenseitigen Pflichten in höherem Grade und weiterem Umfange mit größerer Leichtigkeit zu erfüllen.

Ein Nachhall des freudigen Muthes, mit dem jetzt ein tiefgebeugtes Volk den Kampf beginnt, wird nach dem Siege noch fortdauern. Mit gestärktem Blicke wird es umherschauen, und auf allen Seiten Hülfs= quellen entdecken. Was nach so manchem verheerenden Kriege und so mancher drückenden Landplage durch deutschen Fleiß und deutsche Be= sonnenheit geleistet worden ist, darf auch dießmal erwartet werden. Bei dem erneuerten Wohlstande des Volks aber wird es den Fürsten nicht an Kräften fehlen, so manches Bedürfniß des Staates zu be= friedigen, wofür wenig oder nichts geschehen konnte, so lange man bloß dem Drange des Augenblicks zu folgen genöthigt war. Und welche Aussichten würden sich für jede Gattung von Thätigkeit eröffnen, wenn über mehrere gemeinschaftliche Angelegenheiten, als über die Auf=

hebung der Verbietungsgesetze, die Benutzung der Flüsse, die **Gleichheit des Münzfußes** und ähnliche Gegenstände ein Einverständniß zu bewirken wäre.

Das deutsche Volk soll jedoch nicht auf der Stufe des glücklichen Gewerbfleißes stehen bleiben, sondern es hat eine höhere Bestimmung. Durch einen innern Trieb, die Gränzen des Sinnlichen und Irdischen zu überschreiten, hat es von jeher sich ausgezeichnet, und manches ist darüber vernachläßigt worden, was den Kindern dieser Welt besser gelingt, als den Kindern des Lichts. Daher ist eine weniger glänzende Außenseite, aber desto mehr Beispiele von lebendigem Gefühl für Wahrheit und Pflicht, von unermüdetem Forschen nach den verborgensten Schätzen der Erkenntniß, von Tiefe des Gemüthes in den Darstellungen der Kunst, und von brennendem Eifer für das Edle Große und Heilige.

Wo diese Vorzüge einheimisch sind, da eröffnen sich die herrlichsten Aussichten, sobald die Freiheit der gegenseitigen Mittheilung nicht mehr beschränkt ist. Ausartungen dieser Freiheit werden zwar nicht zu verhüten seyn, aber um die Frechheit im Zaum zu halten, vermag deutsche Sitte mehr als äußerer Zwang. Auch wird die **Wichtigkeit des Zeitpunkts** Männer erwecken, die das Rechte auf rechte Art zu sagen wissen, ein Geschlecht, das für das **Bessere** empfänglicher geworden ist, wird ihre Stimmen vernehmen, und wenn auf das Geschwätz der Flachheit, Unwissenheit, Leidenschaft und Sophisterey niemand mehr achtet, so wird es früher oder später verstummen.

Redner und Schriftsteller bedürfen eines vollkommenen Werkzeugs, und ob es wohl der deutschen Sprache nicht an Bestimmtheit, Würde und Nachdruck fehlt, so kann sie doch an Reichthum, Geschmeidigkeit und Anmuth noch gewinnen. Dieß ist zu hoffen, wenn eine blinde Verehrung des Auslandes den Deutschen nicht mehr verhindert, sich selbst und alles, was ihm angehört, nach Gebühr zu schätzen. Er wird alsdann den geistigen Nachlaß seiner Vorfahren ehren, die verschiednen Provinzial-Dialecte, welche noch manche unbenutzte Schätze enthalten, werden ihm nicht mehr fremd bleiben; er wird sich schämen in seiner Muttersprache es nicht zur Meisterschaft zu bringen, und

25*

nicht auch in ihr für die Bedürfniſſe des feinern Umgangs mit den vielſeitigen gebildeten Claſſen Ausdrücke zu finden.

Daß die jetzige Vereinigung zu einem gemeinſchaftlichen Zwecke die vorher getrennten Provinzen und Stände einander nähert, muß auch der Wiſſenſchaft zum Vortheil gereichen. Es wird dadurch nicht nur die Verbreitung des Erkannten befördert, und die Benutzung fremder Beobachtungen erleichtert, ſondern auch der zeitherige Abſtand zwiſchen dem Theoretiker und dem **Praktiker** vermindert, der für beide von ſchädlichem Einfluſſe war. Der einſame Forſcher, der nach Erkenntniß um ihrer ſelbſt willen ſtrebt, ohne nach ihrer Brauchbarkeit zu fragen, vernachläſſigt leicht die Form über den Gehalt, und verliert an Klarheit, was er an Tiefe gewinnt. Trifft er aber auf einen praktiſchen Mann in ſeinem Fache, der durch helle Begriffe, fruchtbare Lehrſätze und Scharfblick in ihrer Anwendung ſeine Achtung erwirbt, ſo lernt er auch die Ausübung ſeiner Wiſſenſchaft ſchätzen, und der Weg iſt gebahnt, daß ſeine Theorie aus der Schule in die wirkliche Welt treten kann. Auf der andern Seite wird derjenige ſein Geſchäft nur ſehr unvollkommen verrichten, der dazu keine vorbereitenden Kenntniſſe zu bedürfen glaubt, ſondern ſich blos mit Handwerksvortheilen begnügt. Um ihn zurechtzuweiſen, iſt nichts wirkſamer als das Beiſpiel eines Gelehrten, der mit Gründlichkeit der Unterſuchung Rückſicht auf vorhandene Bedürfniſſe verbindet.

Unter die wichtigſten Urſachen der zeitherigen Spaltungen in Deutſchland gehörten auch die Unterſchiede der kirchlichen Meinungen und Gebräuche. Eine gänzliche Aufhebung dieſer Unterſchiede möchte weder zu erwarten, noch zu wünſchen ſeyn; aber ein friedliches Beiſammenſeyn, und ein wohlthätiges Ineinanderwirken dürfen wir hoffen, wenn die Mitglieder verſchiedener **Religions-Parteien** von der gemeinſchaftlichen Begeiſterung für die Sache des **Vaterlands** ergriffen werden, und ſich gegenſeitig kennen und achten lernen. Die kindliche Unterwerfung unter das Anſehen der Kirche wird dem Katholiken nicht zum Vorwurfe gereichen, und dem **Proteſtanten** dagegen nicht verargt werden, daß er durch hiſtoriſche und philologiſche **Kritik** das Chriſtenthum in ſeiner urſprünglichen Reinheit wieder herzuſtellen und ſpätere Beimiſchungen davon abzuſondern ſucht. Aber fromme Gefühle des Danks, der Liebe und des Vertrauens werden sich über Deutschland verbreiten, sobald es durch göttliche Hülfe aus seinem jetzigen Elend gerettet worden ist. Denn Religion ist bei dem ächten Deutschen nicht ein Werk der Furcht, sondern der Freude.

Und diesem freudigen Kraftgefühle nach errungenem Siege wird auch die Kunst ein neues Leben verdanken. Die Meisterwerke der Griechen entstanden, als sie gegen fremde Uebermacht die Freiheit erkämpft hatten. Spätere Eroberungskriege bewirkten keine Fortschritte und das weltbeherrschende Rom erwarb sich in der Kunst blos das Verdienst einer mehr oder weniger gelungenen Nachahmung. In einem Staate, dessen Streben nur auf Vergrößerung gerichtet ist, kann es zwar Talente geben, die den Mächtigen und Vornehmen die Zeit verkürzen, ihre Paläste schmücken, und dafür ein reichliches Auskommen oder einen herablassenden Beifall einerndten. Aber die reine Flamme der Begeisterung entzündet sich nur in einem glücklichen Volke, das fremde Gewalt nicht fürchtet, und nichts Fremdes begehrt. Die Kunst bedarf alsdann keiner irdischen Pflege, sondern gedeiht aus innerm Triebe auf einem fruchtbaren Boden, und was Liebe gab, wird mit Liebe empfangen.

Um jedoch nicht nur für die Kunst einen neuen Wirkungskreis zu eröffnen, sondern auch um das Band der Vereinigung zwischen den einzelnen deutschen Völkerschaften fester zu knüpfen, und den jetzigen höhern Schwung der Nation zu erhalten, wäre nichts wirksamer, als zweckmäßige Volksfeste. Was in Jahns deutschem Volksthum darüber enthalten ist, verdient sehr beherzigt zu werden. Eine Feierlichkeit, wozu eine zahllose Menge aus den entferntesten Gegenden Deutschlands herbeiströmte, müßte alles Herrliche vergegenwärtigen, was das Vaterland aus seiner Fülle hervorgebracht hat. Sprache, Gestalten und Töne müßten wetteifern, die Nation in ihrer eigenthümlichen Pracht darzustellen. Dann würde auch Eurer gedacht werden, die Ihr den jetzigen großen Kampf zu bestehen habt, und in dem Herzen Eures Volks würde Eure That bis zu den spätesten Enkeln fortleben.

Stimme der Warnung

bei dem Gerücht von geheimen politischen Verbindungen

im Preußischen Staate.*)

---

*) Stimme der Warnung bey dem Gerücht von geheimen politischen Verbindungen im preußischen Staate. Berlin 1815, in der Nicolaischen Buchhandlung.

Die nachstehende kleine Schrift Körners, eine derjenigen, welche gegen die von Schmalz und andern beliebte Denunciation des Tugendbundes gerichtet wurde, scheint nicht ohne alle Wirkung geblieben zu sein, wenn sie auch die Ungunst nicht abwenden konnte, mit welcher nach 1815 eine kleine Partei am Hofe Friedrich Wilhelms III. die geistigen Vorarbeiter und eigentlichen Führer der Erhebung von 1813 ansah und behandelte. — Der Abdruck erfolgt aus der Schrift selbst.

Die tapfern Streiter, denen das Vaterland seine Rettung verdankt, kehren heim, und ihre glorreichen Siege fordern ein würdiges Denkmal. Dieß ist die Ausführung des großen Werks, das auf den Schlachtfeldern gegründet wurde. Für die vereinigten Kräfte Deutschlands giebt es kein höheres Ziel, und bey der Nachwelt haben wir zu verantworten, was in dem jetzigen Zeitpunkte versäumt wird. Auf den preußischen Staat sind vornehmlich alle Augen gerichtet; denn hier erwartet man mit Recht einen edlen Wetteifer unter allen Klassen der Nation und in jedem Wirkungskreise die Früchte der allgemeinen Begeisterung, die durch die Thaten der Krieger bey ihren friedlichen Mitbürgern erzeugt wird.

Daß aber eben in diesem Staate und eben jetzt die Spuren von einem Geiste des Argwohns und der Zwietracht sich zeigen, der seit mehrern Jahrhunderten so viel Unheil in Deutschland gestiftet hat, ist eine traurige Erscheinung. Und gefährlich wäre es, sich hierüber zu täuschen, und jene Spuren zu verkennen.

Das Gerücht von einem Bunde der Widersetzlichkeit und des Aufruhrs gegen den Fürsten hat wohl nirgends weniger Wahrscheinlichkeit, als in einem Lande, wo der Monarch durch die heldenmüthigsten Aufopferungen, und durch ein unablässiges Bestreben, nicht nur sein Volk von drückenden Uebeln zu befreyen, sondern auch seine anerkannten und höhern Bedürfnisse zu befriedigen, die allgemeinste Verehrung erworben hat, und wo kein frevelhaftes Unternehmen von einem Volke Unterstützung erwarten darf, das durch Treue gegen seinen Beherrscher sich auszeichnet, und besonders seines jetzigen Königs mit gerechtem Stolze und ehrerbietigster Liebe sich freut. Als gleichwohl die Behauptung, daß von einem solchen Bunde dem Preußischen Staate Gefahr drohe, in einer Flugschrift ohne Beweis aufgestellt wurde, fand sie bey einem bedeutenden Theile des Publikums Eingang, und wirkte auf eine sehr nachtheilige Art. Es schien fast, als ob über den Thatbestand des Verbrechens kein Zweifel mehr übrig wäre, und es nur darauf ankäme, die Schuldigen kennen zu lernen.

Unter einer solchen Voraussetzung kann es allerdings nicht schwer werden, im Preußischen Staate Personen aufzufinden, die einigen Schein wider sich haben. Als zu einer Zeit, da der schmähliche Druck des fremden Jochs bey dem bessern Theile des Volkes jedes Gefühl empörte, eine Möglichkeit der Rettung erschien, war manches heftige Gemüth nicht mehr vermögend, den Ausbruch des innern Grimms zurückzuhalten, Würde und Energie überschritten nicht selten die Gränzen der Vorsicht und Mäßigung. Und noch jetzt sind die aufgeregten Leidenschaften nicht gänzlich beruhigt. Ein brennender Eifer für die Sache des Vaterlandes wird noch oft in Augenblicken des Mißmuths über unerfüllte Hoffnungen zu Aeußerungen verleitet, die eine kalte Ueberlegung nicht billigt. Hierzu kommt ein gewisser Hang zu freimüthigen, oft vorschnellen Urtheilen über die Maaßregeln der Regierung — eine begreifliche Eigenheit eines Volks, bey dem die größere Lebhaftigkeit des Geists und Charakters nicht durch Strenge der Fürsten beschränkt wurde, und das daher nicht gewohnt ist, über Dinge, die ihm zunächst liegen, seine Gedanken zu unterdrücken.

Wo aber das Mißtrauen einmal Wurzel gefaßt, und jenes Gerücht Glauben gefunden hat, da wird durch Widerlegungen — auch wenn die angesehensten und geistvollsten Männer sich damit befassen — wenig ausgerichtet. Dem gleichgesinnten Theile des Publikums sind solche Bemühungen willkommen, allein die Gegenparthey wird nicht dadurch überzeugt. Denn für den verneinenden Satz giebt es in diesem Falle keinen Beweis.

Zwar ist nicht zu leugnen, daß auch bey dieser Lage der Sache, die Folgen eines ungegründeten Verdachts für den Bewohner des Preußischen Gebiets weniger gefährlich sind, als sie vielleicht in manchem andern Lande seyn würden. Eine politische Inquisition hat er hier nicht zu befürchten; dafür bürgt ihm die Gerechtigkeit des Monarchen, und das gesetzmäßige Verfahren der Behörden. Zu bedauern aber ist immer ein Jeder, der durch leidenschaftliche oder unbesonnene Reden und Handlungen ohne eigentliche Verschuldung Anlaß gegeben hat, für ein Mitglied des vorausgesetzten aufrührerischen Bundes gehalten zu werden. Seine Person ist gehässig, seine Arbeiten werden mit Wider= willen aufgenommen, auf Zurücksetzung, auch wohl auf Entfernung bey vorkommender Gelegenheit muß er sich gefaßt machen. Selbst bey der schonendsten Behandlung wird ihm doch das Vertrauen seines Vorge= setzten entzogen, und welch' ein drückendes Verhältniß entsteht hieraus für den redlichen Staatsdiener?

Ganz anders ist das Schicksal derjenigen, die ohne sich irgend einem Gefühle zu überlassen, durch Geschmeidigkeit und abgemessenes Betragen zu jeder Zeit die Gunst der herrschenden Parthey — auch wenn es der Feind des Vaterlandes war — zu erwerben wußten. Mit Recht schützt sie die Amnestie, eine wohlthätige Folge der wieder= hergestellten Ruhe. Aber giebt es denn keine Amnestie für die Ver= gehungen, zu denen in den Zeiten der Drangsale, und des nachherigen Kampfs ein heftiges Gemüth oft aus den edelsten Triebfedern in einem leidenschaftlichen Zustande hingerissen wurde?

Auch dieser Vergehungen wird indessen nach wenigen Jahren nicht mehr gedacht werden, und alsdann vielleicht eben so wenig von einem aufrührerischen Bunde in dem Preußischen Staate die Rede seyn. Es bedarf hierzu bloß, daß einige Zeit vergeht, ohne daß Wirkungen eines solchen Bundes verspürt werden. Und zum Verdacht giebt es weniger Anlässe nach gänzlich wiederhergestellter Ruhe. Die innern Stürme werden besänftigt, neben der Würde gewinnt auch die Anmuth Raum, und es mildern sich die Ausartungen der Energie. Ehe aber dieser Zeitpunkt eintritt, geht eine kostbare Zeit verloren, in der so vieles geleistet werden konnte, wozu uns jetzt ein Zusammentreffen günstiger Umstände auf= fodert. Die Erndte ist groß, und es fehlt nicht an Arbeitern, nur müssen nicht manche der tüchtigsten aus ungegründetem Argwohn entfernt werden.

Daß Deutschland so wieder hergestellt werde, wie es vor den letzten Jahren des Unglücks und der Knechtschaft gewesen war, darf uns nicht genügen. Der innere Gehalt des Deutschen und insbesondere des Preußischen Volks hat sich durch vielfache Prüfungen bewährt, und begründet seinen Beruf zu einer höhern Stufe. Es soll nicht bloß unter den gebildetsten und blühendsten Völkern seinen Platz einnehmen, sondern auf der Bahn zur Vollendung als Beyspiel vorangehen.

Ein solcher Gedanke würde anmaßend seyn, und der deutschen Bescheidenheit nicht ziemen, wenn es darauf abgesehen wäre, jede andere Nation in dem besondern Vorzuge, wodurch sie zeither sich auszeichnete, zu übertreffen. In einzelnen Zweigen der Staatsverwaltung, in mancher Wissenschaft und Kunst, in diesem oder jenem Gewerbe, und in der Entwick=lung gesellschaftlicher Talente mögen andere Völker vieles vor uns voraus haben, wenn nur das Ganze unsers Zustandes die höhern Forderungen befriedigt, welche nicht bloß auf eine glänzende Außenseite gerichtet sind.

Die Anlagen und Verhältnisse der Völker, so wie der einzelnen Menschen, sind verschieden, und manche Gattung des Verdienstes ist nicht für alle in gleichem Grade erreichbar. Aber alle sind berufen, nach einem gewissen Ebenmaaße der Veredlung zu streben, ohne welches bey jedem Fortschritte der Cultur die Gefahr der Ausartung sich ver=größert. Und dieses Streben kann nirgends besser gelingen, als wo ein freudiges Gefühl der Kraft und des Siegs das innere und eigen=thümliche Leben eines Volks erhöht und vervielfältigt.

Ueberall trifft man im Gebiete des Denkens und Handelns Ver=irrungen in entgegengesetzte Extreme. Dieses Unheil des Zeitalters durch geistige Waffen zu bekämpfen, fodert die gute Sache der Religion, der Staatsverwaltung, der Wissenschaft, der Kunst und der Sitten. Und für einen solchen Zweck darf keine vorhandene Kraft unbenutzt bleiben.

Sieggekrönt stand Preußen auf dem Schlachtfelde, und neue Kränze sind ihm unter den Palmen des Friedens bestimmt. Heil ihm, wenn es erhaben über äußere oder innere Störungen mit festem Heldenschritte die Bahn vollendet, die sein hoher Beruf ihm vorzeichnet! Wohl allen die ihm angehören, wenn, so weit seine Gränzen reichen, jede Leiden=schaft der Persönlichkeit den großen Pflichten, die der jetzige Zeitpunkt auflegt, freudig auf dem Altare des Vaterlandes geopfert wird!

Für deutsche Frauen.*)

*) Für deutsche Frauen. Von Christian Gottfried Körner. Berlin und Stettin, in der Nicolaischen Buchhandlung. 1821.

Die letzte im Jahre 1824 veröffentlichte Schrift Körners scheint in der Hauptsache aus den Aufzeichnungen erwachsen zu sein, welche Körner in verschiedenen Zeiten seines Lebens zu einer „Philosophie für Frauen", zu Briefen über weibliche Erziehung 2c. gemacht hatte. — Der Abdruck erfolgt aus der Schrift selbst.

Weiblichkeit.

In einem verzärtelten Zeitalter gehört Schwäche zum Putz der Frauen. Durch jede Aeußerung von Energie fürchten sie an weiblichem Reiz zu verlieren, und es fehlt nicht an Männern, deren Urtheil sie in dieser Meynung bestärkt. Manchem ist es im Gefühl seiner Ohnmacht willkommen, neben sich andere noch schwächere Wesen zu sehen, mancher weiß Zartheit von Kraftlosigkeit nicht zu unterscheiden, bey manchem ist noch eine Spur von Rittergeist übrig geblieben, und man muß seines Schutzes bedürfen, um für ihn interessant zu werden.

Glücklicherweise ist das, was man Ausartung der Cultur nennt, in Teutschland noch nicht allgemein verbreitet. Zwar giebt es Beyspiele von allerley Verdrehungen der menschlichen Natur, aber meistentheils entstehen sie mehr aus Nachahmungssucht, als aus innerer Verdorbenheit. Man prangt mit Weichlichkeit, Erschlaffung, Lebensüberdruß, selbst mit Rohheit und Verwilderung, wenn man dadurch in irgend einem Zirkel eine bedeutende Rolle zu spielen hofft. Allein wo noch Selbstständigkeit und eigener Charakter unter den gebildeten Deutschen vorhanden ist, da findet sich auch ungeschwächte aber geräuschlose Kraft, tiefes Gefühl des Guten und Schönen, und ernstes Streben nach ächtem Verdienst. Wer etwas für Kopf oder Herz deutschen Männern und Frauen zu sagen hat, darf mit der Zuversicht auftreten, daß seine Stimme früher oder später gehört wird, und nicht in einer öden Wüste verhallt.

Starke Seelen gab es in allen Zeitaltern und bey allen Völkern unter dem weiblichen Geschlechte. Aus der alten und neuen Geschichte kennen wir Beyspiele von Müttern, Gattinnen und Töchtern, die sich

durch edle Aufopferungen und großherzige Thaten auszeichneten. Auch
die Freundschaft und der Patriotismus hatten ihre Heldinnen. Und in
unzähligen Fällen blieb es unbemerkt, mit welcher höhern geistigen
Kraft still und einfach in der engern Sphäre gewirkt wurde, die mancher
trefflichen Frau beschieden war. In allem, was sie mit Liebe unternahm, vermochte sie viel.

Fehlt es an dieser Liebe, so wird in keinem Geschäfte, keiner
Kunst, keiner Wissenschaft, von dem männlichen Geschlechte, wie von
dem weiblichen, etwas Vorzügliches geleistet. Eine kalte Liebhaberey,
die bloß zu Ausfüllung einzelner leerer Stunden dienen soll, ist ihrer
Natur nach schlaff und scheut jede Anstrengung. Mehr Eifer ist bey
dem, was für die Eitelkeit gethan wird, aber das Ziel ist beschränkt.
Alles wird auf einen gewissen Schein berechnet, der auf ein bestimmtes
Publikum wirken soll. Die Sache selbst ist gleichgültig, und von ihrem
innern für sich bestehenden Werthe hat man keinen Begriff. Wird
aber dieser innere Werth erkannt und gefühlt, dann bildet sich ein
Ideal in dem gränzenlosen Reiche der Phantasie, und es entsteht ein
ernstes ausdauerndes Streben, sich diesem höhern Ziele zu nähern.

Auf eine solche Art widmeten sich oft auch Frauen einer Kunst
oder Wissenschaft mit dem glücklichsten Erfolge, ohne daß ihr Eifer
jemals in Pedanterey ausartete. Nur das Liebenswürdige, nur was den
Geist befriedigte, hatte sie gereizt: das Trockne und Mühsame war
ihnen nicht abschreckend, wenn es zum Zwecke führte, aber in der bloßen
Ueberwindung von Schwierigkeiten suchten sie kein Verdienst. Ihre
Forderungen waren streng, und nach allem was sie leisteten, blieb ihnen
viel noch zu wünschen übrig; aber desto aufrichtiger schätzten sie an
Andern jede Spur von Talent und Geschmack. Auch fremde Neigungen
behandelten sie mit Achtung, und ihre eigenen Gefühle Andern aufzudringen, konnte ihnen nicht einfallen. Was sie liebten, war ihnen
zu werth, um gegen Profane nur ein Wort darüber zu äußern.

Wenn es indessen den Frauen in einigen Arten von Thätigkeit
nur selten, und nur mit großen Aufopferungen gelingt, so darf man,
um dies begreiflich zu finden, sich nur eines Charakterzugs erinnern,
der ihnen in anderer Rücksicht sehr zur Ehre gereicht. Eine edle weib-

liche Natur wird selbst in den entscheidendsten Momenten der **äußern**
Wirksamkeit durch einen gewissen Instinkt der Sittlichkeit und Grazie
beherrscht. Ein Blick auf ihre nächsten Verhältnisse und auf das, **was**
sie sich selbst schuldig ist, begleitet alle ihre Handlungen. Aber in der
beschränkten menschlichen Sphäre giebt es viele Geschäfte, wobey zu
Erreichung des Zwecks eine gewisse Härte oder sogar Wildheit erfor=
dert wird, die bey dem Manne der Erfolg rechtfertigt, die aber eine
ächt=weibliche Seele nie bey sich selbst rechtfertigen kann. Und diese
Weiblichkeit wird sich auch durch die mächtigsten Triebfedern nie ganz
unterdrücken lassen. Immer wird ein gewisses Bestreben zurückbleiben,
das Unvereinbare zu vereinigen, und um einen wohlfeilern **Preis zu**
dem vorgesteckten **Ziele** zu gelangen.

Dieß gilt nicht bloß von politischer Thätigkeit. Auch für die
Forderungen **der Kunst** und der Wissenschaft ist es oft nöthig, die
ganze Seele auf einen einzigen Punkt zu concentriren, und darüber
sich selbst und alles um sich her zu vergessen. Durch eine solche Ab=
geschiedenheit aber verfehlen die Frauen ihre höhere Bestimmung. Das
Nachgraben nach unterirdischen Schätzen, das Absondern des edlen Me=
talls von den Schlacken, den Kampf mit widerstrebenden Stoffen mögen
sie den Männern überlassen; aber was in das Reich des Lichts und
der Schönheit tritt, gehört in ihre Sphäre. Die Kunst streut Blumen
auf ihren Pfad, und Früchte bietet ihnen die Philosophie.

Schönheit der Seele.

Das Gebiet der Kunst war bey den Griechen von weiterem
Umfange, als es in unsern Tagen ist. Der Gedanke erschien in der
wirklichen Welt nicht bloß durch Gestalten, Töne und Worte; auch in
der ganzen Reihe von Zuständen eines einzelnen Menschen und eines
zahlreichen Volks sollte ein Ideal dargestellt werden. Dieß zu be=
wirken war das Ziel der griechischen Philosophie, als sie den höchsten
Gipfel erreicht hatte.

Ihr Name deutet auf ein Streben nach **Weisheit,** und unter
diesem Worte dachte man sich die vollkommene Veredlung der mensch=

lichen Natur　Unter den mannichfaltigen Schulen war hierüber kein Streit, sondern nur über die Bahn zu diesem gemeinschaftlichen Ziele. In dem **Charakter** der einzelnen Secten herrschte entweder die Würde, oder die Anmuth, oder **man** hatte **Mittel** gefunden, beyde auf eine **glückliche Art zu vereinigen.**

Spätere Zeitalter verkannten den Geist der griechischen **Kunst** in einer solchen Philosophie, indem sie an einzelnen zufälligen Meynungen hafteten. In der Klarheit und Bestimmtheit der Begriffe, in der Stärke der Beweise, in der Vollständigkeit und dem bündigen Zu- sammenhange **der Lehrgebäude wurden die ältern Philosophen** un- streitig von manchem ihrer Nachfolger übertroffen; aber die neuere Schule beschäftigte sich mehr mit theoretischen Fragen, als mit der ehemaligen praktischen Aufgabe, und indem die Philosophie als Wissen- schaft gewann, verlor sie dagegen als Kunst. Soll sie in die wirk- liche **Welt** wieder eingeführt werden, so bedarf es hierzu keiner süßlich **tändelnden** Einkleidung; es ist genug, wenn sie ihre ursprüngliche Gestalt wieder annimmt, **die zwar ernst,** aber nicht abschreckend war.

Das Ziel der griechischen **Kunst war Schönheit.** Zu diesem Begriffe gelangten die Griechen nicht auf dem Wege des tiefsinnigen **Forschens, sondern des frohen Genusses.** Was ein günstiger Him- **melsstrich, eine eben so reizbare als kraftvolle** Organisation und ein Zusammentreffen glücklicher Umstände freywillig hervorgebracht hatte, ergötzte **zuerst ihre Sinne und bereicherte ihre Phantasie.** Ein Schritt weiter und aus der Betrachtung entstand **Nacheiferung.** Der Sinn des spätern Künstlers verfeinerte sich, seine Forderungen wurden strenger, er bemerkte Mängel in dem Vorhandenen, und ahndete Vollkommen- heiten, die seine Vorgänger noch nicht erreicht **hatten.** So bildete sich allmählig ein besonderes Ideal für jede Gattung der Kunst, ohne daß der Begriff des Schönen im Allgemeinen sich **deutlich** entwickelte.

Vergebens also suchen **wir** bey den Griechen nach einer befrie- digenden **Theorie** der Kunst überhaupt, aber in ihren vorzüglichsten Werken erkennen **wir** das gemeinsame Ziel ihres Strebens, auch bey den verschiedensten Arten der Thätigkeit. Aus den eigenthümlichen Merkmalen dieser Produkte läßt sich ein historischer Begriff des Schönen zusammensetzen, der zwar dem strengen Forscher nicht genügt, **aber** doch auch für die Philosophie seinen praktischen **Werth** hat. **Wohl uns**, wenn wir in irgend einer Sphäre etwas dem ähnliches darstellen, was dem griechischen Künstler als Ideal bey seinen Schöpfungen vorschwebte!

Leben.

Das erste Merkmal, wodurch sich ein classisches **Werk des Alterthums** auszeichnet, ist die durchgängige Bestimmtheit der Form. **Wie** an einem organischen Produkte der Natur **zeigt sich hier in jedem** Bestandtheile die Spur einer **bildenden Kraft, und überall, wo der** Blick des Betrachters **verweilt**, trifft er auf Gestalt und Bedeutung. Durch diese Formen spricht der Künstler mit uns, indem er irgend eine Idee oder ein Gefühl versinnlicht. Es erscheint sein höheres Leben, **und wird ein** lehrreiches Muster.

Aus der dumpfen Betäubung, die vor dem eigentlichen Leben vorhergeht, soll der Mensch erwachen, damit **er durch** Thätigkeit und Empfänglichkeit sich seines Daseyns erfreue. In uns selbst, **und allem,** was uns umgiebt, unterscheiden wir dreyerlei Zustände: ein todtes Erstarren, ein Chaos kämpfender Elemente, und ein lebendiges Streben neben einander vorhandner Kräfte mit gegenseitiger Schonung. Ein Instinkt **unserer überirdischen** Natur sträubt sich gegen den Tod und das Chaos, und wir glauben ohne weitern Beweis an den Werth des Lebens und der Harmonie.

Eine Reihe von Jahren kann der Mensch fortdauern ohne gelebt zu haben. Im Zustande der Stumpfheit und Trägheit wird nur vegetirt; Schmerz und Furcht sind der Anfang des Todes. Begierde ist die unterste Stufe des Lebens, aber **aus** dieser beschränkten thierischen Sphäre sollen wir heraustreten **in das** Reich der **Freude und** der Liebe, um zur Würde der Menschheit zu gelangen.

Denn eben darin besteht der Vorzug unserer Natur, daß uns nicht irgend eine bestimmte Welt für unser Wirken und Genießen durch einen Instinkt angewiesen ist, sondern daß wir unsre Welt selbst

zu wählen und unſre Schranken zu erweitern vermögen. Ein Streben
aber nach **Erhöhung** und Erweiterung des Lebens gründet ſich theils
auf **energiſche**, theils auf **ſympathetiſche Triebe**.

Der energiſche Trieb ſtellt den Menſchen in den Mittelpunkt ſeiner
Welt, und um dieſe zu beherrſchen, oder nach einer Idee umzuſchaffen,
beginnt er einen Kampf mit widerſtrebenden Stoffen und feindſeligen
Kräften. Ohne dieſen Trieb wird das Werk des Künſtlers nicht be-
ſeelt, und in keiner Sphäre etwas Vorzügliches geleiſtet. Verderblich
und zerſtörend wird er nur alsdann, wenn er alles andere Gefühl
ausſchließt, und wenn ihm die ſympathiſchen Triebe nicht das Gegengewicht hatten.

Die unbegränzte Herrſchaft des energiſchen Triebes ſtraft ſich
ſelbſt. Zwiſchen dem Streben ins Unendliche und dem beſchränkten
Maaß der Kräfte entſteht ein peinliches Mißverhältniß, das einer Hölle
auf Erden gleicht. Wie anders, wenn der Menſch durch den ſympathe-
tiſchen Trieb ein fremdes Leben ſich aneignet, wenn er ſich ſelbſt über
dem Gegenſtande ſeiner Liebe vergißt, die zum Mittelpunkte ſeiner
Welt wird!

Was der Grieche liebte, war ſinnlich, und wurde durch Phantaſie
veredelt. Den Römer begeiſterte die Größe ſeiner Nation, und auf
dieſe Idee war in der glänzendſten Epoche der Republik ſein Streben
gerichtet. Weniger ſelten iſt der Sinn für die überirdiſche Welt im
Orient, im Norden und beſonders in Deutſchland.

Daß wir fähig ſind, uns für eine Idee zu begeiſtern, iſt eine
höhere Stufe des Lebens, und aus dieſer Liebe zum Ueberſinnlichen
gehen die herrlichſten Früchte hervor. Nie möge Stumpfheit und Egoismus uns dieſe edlen Gefühle verleiden, die von der Flachheit und
Frivolität des Zeitalters mit Schwärmerey in eine Claſſe geſetzt werden.

Freyheit.

In dem goldnen Zeitalter der Kunſt duldete ſie keinen Zwang.
Jedes Meiſterwerk fand eine würdige Aufnahme, Tauſende freuten ſich
dankbar, daß es vorhanden war und niemand fragte, wozu es brauch-

bar seyn könnte. Der ächte Künstler war nicht genöthigt, den Bedürfnissen und Launen seiner Zeitgenossen zu fröhnen. Er stand auf
einer höhern Stufe der Wesen, und unangefochten von allem, was
ihn umgab, kämpfte er nur mit dem Stoffe, den er selbst gewählt
hatte, um sein Innres zu offenbaren, und die Gebilde seiner Phantasie zu versinnlichen.

Zu einer solchen Freyheit sind auch die Frauen berufen. Zwar
ziemt es ihnen nicht, dem Urtheil der Menge zu trotzen, weil sie nur
wirken können, wo sie geachtet werden. Auch ehren sie mit Recht die
Sitte, selbst wenn sie auf keinem tüchtigen Grunde beruht, sondern
bloß unschädlich ist. Ihre Erscheinung ist milder und willkommener,
wenn alles, was sie umgiebt, mit zarter schonender Hand von ihnen
berührt wird. Aber sie sind nicht bestimmt zu einer lebenslänglichen
Unmündigkeit, zu einer unwürdigen Beschränkung, zu einer blinden
Unterwerfung unter den Despotismus des sogenannten guten Tons.
Gewohnheiten, Vorurtheile und Meynungen sollen nicht unumschränkt
über sie herrschen, um ihre Thätigkeit zu hemmen und ihre Genüsse zu
verbittern. Mit eignen Augen sollen sie sehen, und wo es gilt höhere
Zwecke zu befördern, oder edle Gefühle auszusprechen, sich durch will-
kührliche Gebräuche, oder Furcht vor dem Hohn der Schlaffheit oder
Verruchtheit nicht abhalten lassen.

Welche Anlagen in einem weiblichen Wesen vorzüglich zu entwickeln sind, lehrt uns ein Wink der Natur. Von allem Schätzbaren
aber, was nebeneinander bestehen kann, darf nichts unterdrückt werden.
Wenn nur durch strenge Foderungen und ein hochgestecktes Ziel
Stümperei und Dünkel verhütet wird; so ist kein Uebermaaß der Ausbildung zu besorgen und die Gefahren der Halb-Cultur sind abgewendet. Ein innerer Trieb, der ungestört waltet, wird nach erlangter
klarer Einsicht von selbst auf das Erreichbare sich richten, und in der
gewählten Sphäre wird alsdann irgend etwas Erfreuliches geleistet.

Jeder Keim eines Lebens, das nicht auf die niedern Bedürfnisse der Sinnlichkeit und Eitelkeit beschränkt ist, fodert Schonung
und Pflege. Was größtentheils in weiblichen Naturen solche Ausartungen, wie wir fürchten, verursacht, ist irgend ein einseitiges Streben.

Und wer ist wohl befugt für die Entfaltung dessen **Gränzen** zu setzen, was in dem **Garten** Gottes blühen und gedeihen soll?

.

Einheit.

Sind die vorhandenen **Kräfte** von äußerem Zwange frey, so bedürfen sie eines innern Gesetzes, das ihre Richtung bestimmt. Ein solches Gesetz empfängt die Kunst von einer herrschenden Idee, und der Werth einer reichen Mannigfaltigkeit wird alsdann durch die Einheit des Ganzen erhöht. An einem durchgängigen und strengen Walten dieser Einheit, die keinen üppigen Auswuchs, keinen fremdartigen auch noch so glänzenden Schmuck duldet, erkennen wir das Gepräge der Vollendung. Und dieses Verdienst ist desto größer, je vielfältiger die sich sträubenden Kräfte waren, die von der gesetzgebenden Macht über-**wältigt wurden.**

Nach einem solchen Beyspiele soll auch im Innern des Menschen ein Ganzes gebildet **werden.** Im Zustande der Rohheit giebt es weder Zusammenhang noch Regel. Der Mensch ist nichts mehr, als wozu **ihn** in jedem Momente eine überwiegende Gewalt von außen oder **eine** innere Begierde bestimmt. Aus diesem gestaltlosen Chaos soll **eine** neue Schöpfung hervorgehen, und Einheit in unserm ganzen Denken, Empfinden und Handeln erscheinen.

Das Leben des Thiers erhält Einheit durch den Instinkt, aber **dem** Menschen ziemt es, durch die Kraft seines Willens **selbst eine geistige Form in seinem Innern hervorzubringen.** Diese Form heißt **Charakter,** und unterscheidet sich von jeder andern Regelmäßigkeit, **die** durch fremden Einfluß aus Furcht, Gewohnheit oder Nachahmung entsteht. Schwäche und Trägheit unterwirft sich aufgedrungenen Gesetzen, **aber um die** selbst innerhalb seines Vermögens gewisse fortdauernde **Schranken** zu bestimmen, wird ein höherer Grad von Energie erfodert.

Auch wenn **diese** Energie in Härte ausartet, ist sie in den Momenten willkommen, da die überhandnehmende Schlaffheit und Inconsequenz unsern Unwillen erregt. Allein in ruhigen Augenblicken erkennen wir, daß durch beyde Extreme die wahre Bestimmung des

Menschen verfehlt wird. In der ganzen Reihe von Zuständen, aus denen das geistige Leben besteht, soll der Charakter herrschen, aber nicht als ein rauher Despot, sondern mit milder Schonung.

Die vollendeten Maler, Bildhauer, Dichter und Tonkünstler sind auch hier unsre Muster. Die Einheit, nach welcher sie streben, ist von derjenigen sehr unterschieden, die wir an einer zweckmäßigen Maschine finden. Das Einzelne wird dem Ganzen untergeordnet, aber nicht aufgeopfert. Ein gewaltsamer Zwang in den Theilen des Kunstwerks, der eine bestimmte Absicht zu deutlich ankündigt, und den wir als Steifheit tadeln, wird nirgends wahrgenommen. Was die höhere Kunst erschafft, gleicht einem freyen Produkte der Natur, einer sich selbst entfaltenden Blume. Jedes einzelne Blatt ist durch eine innere Kraft geformt, und scheint gleichsam aus eigner Wahl mit ähnlichen Wesen sich zu einer lieblichen Gestalt zu vereinigen.

Einer solchen Erscheinung im Reiche der Kunst gleicht die Grazie im weiblichen Charakter. Von ihr empfängt der sittliche Werth den milden Schimmer, der nicht blendet, sondern erheitert. Anspruchlos tritt sie auf, und verlangt nur freundliche Aufnahme, wo sie Bewunderung erwarten könnte. Was mancher innere Kampf, und manches schwere Opfer gekostet hat, bleibt fremden Blicken verborgen, aber ohne Zurückhaltung überläßt sie sich den natürlichen Regungen eines empfänglichen Gemüths, und indem sie ihre höhere Bestimmung erfüllt, scheint sie bloß einem unschuldigen Genusse sich hinzugeben.

Ebenmaaß.

So wie der Künstler vor dem Uebermaaße der Freyheit und Einheit zu warnen ist, so hat er überhaupt jede Art von Extrem zu vermeiden. Ein Mittel zwischen Härte und Unbestimmtheit, zwischen Frechheit und Kleinmuth, zwischen Ueberspannung und Nüchternheit, zwischen Dürftigkeit und Ueberladung ist in allen Kunstwerken das Zeichen der Meisterschaft. Und an einem solchen Ebenmaaße erkennt man auch die veredelte menschliche Natur.

Das freye Spiel eines vielseitigen Lebens wird durch den Ernst des Charakters beschränkt, und eine gesunde kräftige und empfängliche

Seele sträubt sich gegen diese Beschränkung. Aber die strenge Form des Gesetzes verschwindet, wenn ein höheres Streben zum Bedürfnisse wird, und eine Art von Instinkt jede Abweichung von der Bahn zu dem gewählten Ziele verhütet, ohne sich jemals als Regel anzukündigen. Die Pflicht erscheint alsdann in heiterer Gestalt und wird keine Störerin der Freude. Der ächte Gehalt wird als ein inneres Heiligthum bewahrt, aber das Gemüth ist erregbar für alles, was das Leben verschönert und trübt. Es gleicht dem Meere, das die Wellen seiner Oberfläche den Stürmen Preis giebt, während es ruhig in seiner Tiefe bleibt.

Zur vollendeten Ausbildung des Griechen besonders in Athen gehörte ein Gleichgewicht zwischen Empfänglichkeit und Thätigkeit. Nach Plato theilt sich das Geschäft der Erziehung in Gymnastik und Musik. Jene dient um den Zögling zum Kampfe mit widerstrebenden Kräften zu rüsten und abzuhärten, diese soll ihn dafür bewahren, daß er im Gefühl seiner Stärke nicht verwildere, und ihm daher den Sinn für alle Geschenke der Musen öffnen. Auch die Frauen sind nicht blos zu Athletinnen für die prosaischen häuslichen Geschäfte bestimmt, obwohl selbst die unscheinbarste Bemühung verdienstlich wird, wenn Liebe die Triebfeder ist. Ziemt aber auch der Weiblichkeit ein erhöhtes und verfeinertes Gefühl für alles, was im Gebiete der Schönheit auf Ohr, Auge, Herz und Phantasie begeisternd wirkt; so ist doch ein Streben, in allen Gattungen künstlerischer Thätigkeit zu glänzen, nicht der Beruf einer Freundin der Kunst. Versuchen mag sie sich in dem, wozu Neigung und Talent sie auffodert, und was sie leistet, wird dankbar erkannt werden; aber sie darf nicht vergessen, wie viel schon gewonnen ist, wenn das Werk eines Meisters vollständig aufgefaßt wird, und wie sehr sie auch durch ein unbefangenes und gegründetes Urtheil über fremde Leistungen warnend und aufmunternd zu wirken vermag.

Um den Gefahren der Schwärmerey zu entgehen, bedarf es keiner Unterdrückung eines regen Gefühls, oder einer lebhaften Phantasie. Nur ein Gegengewicht ist nöthig, um durch irgend eine dunkle Vorstellung nicht überwältigt zu werden, und hierzu dient Reichthum an Ideen und klare Einsicht, die durch vielseitige Ausbildung bewirkt wird. Bei einem hellen Kopfe ist wenig von einem weichen Herzen zu fürchten, und gegen die Krankheiten des Gemüths sind wir am sichersten verwahrt, wenn die Kräfte des Geistes und Willens gestärkt werden.

Innerer Friede.

Stärke der Seele ist bey den Frauen, die ihrer Weiblichkeit treu bleiben, ein Werk der Liebe. Wo diese nicht herrscht, sind sie bey einem hohen Grade von Reizbarkeit tausend Gemüthsbewegungen und Leidenschaften Preis gegeben, die der Augenblick erzeugt und verdrängt, und die zwar oft nur kleinliche Wirkungen hervorbringen, aber die innere Ruhe zerstören. Soll nun dieses Chaos zu einem harmonischen Ganzen umgeschaffen werden, so darf es der Liebe nicht an dem Ernste fehlen, der sich von flüchtigen Aufwallungen durch ausharrenden Eifer unterscheidet, und auch die schwersten Opfer nicht scheut. Beyspiele davon sehen wir an Freundinnen, Töchtern, Gattinnen, Müttern, und allen den Frauen, die sich für ein wohlthätiges Geschäft, für Vaterland, Wissenschaft oder Kunst begeistern.

Unwürdiges zu lieben ist eine Krankheit der Seele, die oft, aber nicht immer, durch vielseitige Ausbildung verhütet wird. Wohl aber allen, bey denen die Liebe vom Sinnlichen, Irdischen und Endlichen zum Geistigen, Ueberirdischen und Unendlichen emporsteigt! Erst alsdann findet sie eine höhere und gegen alle Gefahr des Verlusts gesicherte Befriedigung in dem Glauben, den sie erzeugt, und dem sie neue Kräfte verdankt.

Es giebt einen Glauben aus Unvermögen zu zweifeln, das aber nicht immer von geistiger Schwäche oder Trägheit herrührt. Auch Liebe und Achtung gegen Aeltern, Lehrer, oder andre Personen, die auf unsre Denkart Einfluß haben, kann uns bestimmen, was von ihnen mitgetheilt wird, ungeprüft als Wahrheit anzunehmen. Aber dieser kindliche Glaube wird später nicht selten auch bey Frauen erschüttert, und es entsteht das Bedürfniß der eignen Ueberzeugung. Wenn diese Krise eintritt, ist der Rückweg zur frühern Unmündigkeit versperrt, und es kommt nur darauf an, auf der rechten Bahn zur Erkenntniß vorwärts zu schreiten.

Durch gränzenlose Wißbegierde würden die Frauen ihre Bestimmung verfehlen, aber sie haben darüber zu wachen, daß durch Aberglauben, Vorurtheile und eitle Schreckbilder der Phantasie nicht ihr Blick getrübt, und ihr Leben verbittert werde. Und auf die Fragen, die bey dem Nachdenken über ihre jetzigen und künftigen Verhältnisse sich ihnen aufdringen, verlangen sie mit Recht befriedigende Antworten. Es bedarf hierzu keines endlosen Grübelns, sondern bloß einer willigen Aufnahme dessen, was dem unbefangenen Forschen für die höhern Bedürfnisse des Geistes sich darbietet.

Zwischen der Zweifelsucht und der Selbstzufriedenheit bey eingebildeten Schätzen der Erkenntniß steht die Kritik in der Mitte und lehrt nicht nur, was wir innerhalb der Gränzen, die weder durch Kleinmuth verringert, noch durch Anmaßung überschritten werden, zu wissen vermögen, sondern auch, wie die Schranken dieses Wissens durch einen wohlgegründeten Glauben zu erweitern sind.*) Sie macht uns bemerklich, daß zwar die unmittelbare Erkenntniß sich auf das Wahrgenommene beschränkt, aber daß wir auch dasjenige wahrnehmen, was wir, ohne in das Gegebene einzugreifen, durch Steigerung und allmählige Verbreitung unserer Empfänglichkeit in dem Aufgefaßten entdecken. Indem wir ferner ihre Warnung befolgen, keinen Unterschied, der nicht wahrgenommen ist, vorauszusetzen, gleichwohl eine sich uns aufdringende Frage für irgend eine Antwort Entscheidung fodert, wird uns ein Nichtunterschied in den Reihen des Aufgefaßten, die ein gemeinsames Merkmal haben, so lange glaubwürdig, bis eine neue Wahrnehmung uns vom Gegentheil überzeugt. Dieß ist das Fürwahrhalten aus Analogie, das in unzähligen Fällen, da die Erkenntniß als Mittel zu einem fremden Zwecke dient, sich durch den Erfolg bestätigt, und dem wir daher auch im Allgemeinen vertrauen, so oft die eigne Wahrnehmung nicht ausreicht, um unsre geistigen Bedürfnisse zu befriedigen.

---

*) Was hier nur kurz angedeutet ist, wird nächstens ausführlicher in einer andern Schrift von dem Verfasser behandelt werden.

Gebildete Frauen haben irgend eine Heimath im Reiche der Erkenntniß, die durch die Art, wie sie darzu gelangten, ihnen werth ist. Ueber einzelne Sätze und Meynungen können bey ihnen Zweifel entstehen, aber ein gänzliches Verzweifeln an aller Gewißheit, wodurch sie auf einmal in eine geistige Wüste versetzt werden, ist für sie ein unnatürlicher Zustand. **Ein Instinkt war es gleichsam, was** sie zum Glauben an das Ehrwürdige und Heilige nöthigte, **und ihr Inneres** sträubt sich gegen das Ansinnen, dem zu entsagen, was ihnen eine heitere Ansicht der Gegenwart und einen ruhigen Blick in die Zukunft gewährt. Es ist daher selten bey ihnen erfoderlich, daß auf den Trümmern alles Vorhandenen ein neues Lehrgebäude aufgeführt werde, sondern es kommt größtentheils nur darauf **an,** ein früheres Besitzthum fester zu begründen und gegen Angriffe zu sichern.

Dieß ist insbesondere der Fall bey denjenigen Frauen, denen das Christenthum in seiner ursprünglichen Reinheit, mithin ohne die späteren Zusätze und Entstellungen gelehrt wurde. Vernehmen sie nachher **die** Stimmen derer, denen aus Ueberschätzung ihres eignen Erkenntnißvermögens eine höhere Offenbarung entbehrlich scheint, oder denen strenge sittliche Forderungen unwillkommen sind, so dürfen sie sich nicht scheuen, ihren frühern Glauben mit dem, was ihnen an dessen Stelle von vermeyntlichen starken Geistern dargeboten wird, zu vergleichen.

Ein empfängliches und unbefangenes Gemüth, dessen Aufmerksamkeit nicht bloß durch **die** zerstörenden Wirkungen feindseliger Elemente gereizt wird, entdeckt leicht in der Welt, von der es umgeben ist, auch die Spuren **der Ordnung,** Harmonie und Gesetzmäßigkeit. Und nach der Ursache wird, so wie bey den schrecklichen Erscheinungen, auch bey den erfreulichen gefragt. Da sie sich aber nicht wahrnehmen läßt, so bleibt nichts übrig, als diese Lücke der Erkenntniß durch dasjenige auszufüllen, was mit andern Wahrnehmungen am meisten übereinstimmt.

Wer daher in den Fällen, da er irgend ein Ziel erreichte, einen Zusammenhang seines Denkens, Wollens und Strebens mit dem Erfolge bemerkte, findet es anmaßend, sich allein für vermögend zu halten, eine Idee in der Wirklichkeit darzustellen. Dieß macht ihn geneigt, bei ähnlichen Erfolgen ähnliche Ursachen anzunehmen, und führt sodann

zu dem Glauben, daß alles, was in dem unermeßlichen Ganzen der
Natur und Geschichte unsre Bewunderung erregt, von der Weisheit,
Güte und **Macht eines** unendlichen Wesens herrührt. Auf eine solche
Art wird ein früherer Religionsunterricht durch ein späteres Nachdenken
bestätigt. Das reifere Alter darf sich des kindlichen Sinns nicht schämen,
der eine Lehre begierig ergriff, die die edelsten Bedürfnisse des Herzens
befriedigte. Aus inniger Freude entsteht die Sehnsucht, ihrem Urheber
zu danken. Wohl thut es alsdann zu vernehmen, daß der Unendliche,
der in der sinnlichen **Welt nicht erscheint,** den geistigen Blicken sich
offenbart hat, und durch Liebe und Vertrauen als Vater von **seinen**
Kindern verehrt sein wolle. Und was der **Jugend** verkündigt wurde,
findet später eine würdige Aufnahme anderer Art, wenn mancher Ver=
such, die Schranken unsers Wissens durch irdische Kräfte zu erweitern,
mißlungen **ist, und** alsdann aus einer höhern Region jenes Licht wieder
erscheint, in welchem sich Vergangenheit, Gegenwart und Zukunst verklärt.

Auf solche religiöse Ueberzeugungen und Gefühle wird von ihren
Gegnern als auf Leichtgläubigkeit und Schwärmerey mit Geringschätzung
herabgesehen, aber dieß entscheidet nichts, sondern es kommt darauf an,
ob sie die Gründe dieses Glaubens zu entkräften, und ihm etwas Be=
friedigenderes entgegenzustellen vermögen. Um einen Angriff, der auch
die Wahrnehmung trifft, abzuwehren, hat man bloß zu erwiedern, daß
das Wahrgenommene **nur** für denjenigen gültig seyn solle, der es bey
einer darzu erfoderlichen Betrachtung gefunden hat, und der Zweifler
daher zu einer solchen Betrachtung aufgefodert werde. Ueberhaupt
aber ist bemerklich zu machen, daß alles Erweisliche sich zuletzt auf
irgend ein Gegebenes gründe, das nicht zu erweisen, sondern entweder
anzunehmen, oder, mit gänzlicher Verzichtleistung auf alles Wissen, zu
verwerfen sey. Und wer alle Gewißheit bloß auf das Wahrzunehmende
beschränken wollte, muß daran erinnert werden, wie oft er bey vorkom=
menden Fragen über die sinnliche Welt die Vielheit der Fälle, in denen
ein **Zusammenhang** zwischen bestimmten Erscheinungen bemerkt wurde,
zur **Allgemeinheit** einer Regel erweiterte, die so lange für zuverlässig
galt, bis irgend eine neue Wahrnehmung eine Ausnahme begründete.
Wenn nun hierbey die Gefahr der Täuschung oft durch die Menge

übereinstimmender Wahrnehmungen sich bis zum Unendlichkleinen ver=
mindert, mithin gar nicht in Betrachtung kommt; so entsteht eine be=
ruhigende Gewißheit, es endigt die Kritik, um nicht in Zweifelsucht aus=
zuarten, und dasjenige, wobey kein Irrthum zu befürchten ist, wird
mit Recht für wahr gehalten. Auch bey dem Uebersinnlichen läßt sich
daher ein solches Verfahren rechtfertigen, wodurch das Glaubwürdigste
ergriffen wird, um nicht alle Befriedigung des Triebs nach Erkenntniß
zu entbehren.

Noch ist aber **keine** Theorie über den Ursprung **und** Zusammen=
hang der Naturerscheinungen und Weltbegebenheiten aufgetreten, **die**
das Christenthum an Glaubwürdigkeit übertroffen hätte. Es ist ver=
sucht worden, die Ordnung und Zweckmäßigkeit in dem Wahrgenommenen
für einen bloßen Schein anzunehmen, und entweder aus zufälligen
Richtungen blinder Kräfte, oder aus nothwendigen Gesetzen abzuleiten.
Allein wenn auch in einzelnen Fällen ein Erfolg, der mit einer **Idee**
übereinstimmt, aus einem zwecklosen Zusammentreffen entstehen kann;
so bedarf es doch unendlich vervielfältigter Voraussetzungen solcher Zu=
fälle, um die Einheit des Mannichfaltigen **in** einem Ganzen von größerem
Umfange ohne die Einheit der wirkenden Kraft, und ihrer Richtung
nach einem vorgestellten Ziele begreiflich zu finden. Und mit der Menge
der Voraussetzungen, **die zu** Begründung **einer** Theorie erfoderlich
sind, wächst ihre Unzuverlässigkeit. Auch wird durch das Wort Zufall
nichts erklärt, sondern bloß das Unvermögen zu erklären dadurch ein=
geräumt. Eben so **wenig sind wir einen** Schritt weiter, wenn wir von
der Gesetzmäßigkeit keinen andern Grund anzugeben wissen, als ein
Gesetz, das bloß die wahrgenommene Einheit ausspricht, aber nichts
über ihre Ursache lehrt. Daß wir es n o t h w e n d i g nennen, **giebt**
keinen weiteren Aufschluß, und dient bloß zum Behelf, um fernere
Fragen abzufertigen. Um in allen der Regel untergeordneten Fällen
das Abweichende auszuschließen, bedarf es einer Kraft und zwar einer
solchen, die in ihrer Richtung sich gleich bleibt.

Eine solche unendliche Kraft verehrt der Christ in dem Gotte, an
den er glaubt. Zu Ihm, dem er alles Gute, Schöne und Erhabene
in der sinnlichen und übersinnlichen Welt verdankt, hegt er auch das

Vertrauen, daß alle Mißtöne, durch die noch im Einzelnen die Harmonie des Ganzen gestört wird, sich durch ein höheres Walten früher oder später in Wohllaut auflösen werden. Wenn Unheil drohende Naturerscheinungen bei einem rohen oder verwilderten Geschlechte die sklavische Religion der Furcht erzeugen; so fühlt sich der Christ unter Gefahren und Leiden durch eine Religion der Liebe gestärkt, blickt kindlich aufwärts zu seinem himmlischen Vater, und indem er an die mannichfaltigen Beyspiele zurückdenkt, da ein unvermeidliches Uebel einen nothwendigen guten Erfolg begründete, ahndet er einen ähnlichen Zusammenhang der Naturerscheinungen, auch wo er ihn nicht zu durchschauen vermag. Leicht überzeugt er sich, daß nicht alle Mißbräuche der Freyheit des Willens verhütet werden können, ohne den Menschen zur Maschine herabzuwürdigen, und wie sich eine unendliche Weisheit und Güte durch Anstalten gegen die Sünde und ihre Folgen verherrlicht, ist ihm aus der Geschichte des Menschengeschlechts, aus heiligen Urkunden und aus eigner Erfahrung bekannt. Der Erfolg dieser Anstalten ist in dem irdischen Leben noch beschränkt, aber vollendet erwartet ihn dereinst eine freudige Hoffnung, wenn ihr Glaube und Liebe den Blick in eine endlose Zukunft öffnen.

Licht und Wärme.

Wenn die Verfeinerung eines Volks in Schlaffheit und Entnervung ausartet, oder zur thierischen Sinnlichkeit herabsinkt, so sind dabey in der Regel die Frauen nicht außer Schuld. Ihnen lag es ob, das Palladium der Menschheit — den Sinn für das Edle und Schöne — zu bewahren, und hierzu die ihnen verliehene Macht zu gebrauchen, der selbst Rohheit und Verwilderung nur selten widersteht. Ihr Blick ist hell, wenn er von Leidenschaft nicht getrübt wird, und ihr Beobachtungsgeist scharf. Als unbefangene Zuschauerinnen entdecken sie leicht, ob Männer durch Uebereilungen, Vorurtheile, einseitige Ansichten und heftige Aufwallungen auf Abwege geführt werden, und es fehlt ihnen nicht an Gewandtheit, um durch sinnreiche Mittel manchem Uebel zuvorzukommen. So lange sie selbst nicht verbildet sind, ist ihnen das Unklare verhaßt, durch hochtönende dunkle Phrasen werden sie nicht befriedigt, wo sie Belehrung verlangen, und das Licht, an dem sie selbst sich erfreuen, mögen sie gern auch um sich her verbreiten.

Im Allgemeinen entgehen sie manchen Gefahren geistiger Verirrungen, denen das männliche Geschlecht mehr ausgesetzt ist. Was sie zunächst umgiebt, reizt ihre Aufmerksamkeit stärker, und dieß gewöhnt sie vor Täuschungen über die Wirklichkeit sich zu hüten. Gern überlassen sie sich den Spielen der Phantasie, aber selten werden sie unumschränkt von ihr beherrscht. Zufrieden mit der kleinen Sphäre, in der sie ihr Ziel erreichen, sind sie weniger geneigt, sich mit vielumfassenden Planen zu beschäftigen, deren Ausführung ein größeres Maß von Kräften erfodert, als sie sich zutrauen. Eine Meynung empfiehlt sich ihnen zuweilen durch die Persönlichkeit dessen, der sie behauptet, aber durch sophistische Künste, und durch den vornehmen Ton, mit dem ein scheinbarer Tiefsinn halbwahre Sätze vorträgt, wird ihr Urtheil selten bestimmt. Und von mancher Lehre werden sie schon durch den Inhalt zurückgeschreckt, gegen dessen widrigen Eindruck ihr zarteres Gemüth noch nicht abgehärtet ist.

Veredelte Frauen dringen ihre Ueberzeugungen nicht auf, und prahlen nicht mit ihren Gesinnungen, aber oft sind sie sogar verpflichtet, was sie erkennen und fühlen, ohne Schüchternheit auszusprechen. Wo es nicht gänzlich an Empfänglichkeit für weibliche Anmuth fehlt, wird eine wohlthätige Wirkung nicht ausbleiben. Schlimm ist es daher, wenn die Geschlechter im geselligen Umgange getrennt werden, und die übermüthige Jugend außer den wilden und aufregenden Stimmen nicht auch die sanften und warnenden hört.

Aber Warnung allein ist nicht der Beruf der Frauen; auffodern sollen sie auch die vorhandenen Kräfte zu einer würdigen Thätigkeit, sollen die Flamme der Begeisterung entzünden und nähren, und wo sie bereits angefacht ist, darüber wachen, daß sie nicht zerstörend, sondern schaffend und erhaltend wirke. Der Rittergeist des Mittelalters hat sie auf eine hohe Stufe gestellt, die sie noch jetzt, obwohl auf andre Art zu behaupten haben. Es giebt Zeiten, da, um die heiligsten Güter zu retten, Jeder das Aeußerste zu leisten, und kein Opfer zu scheuen verpflichtet ist, aber außer einem solchen Falle bedarf es der freywilligen Streiter in einem wohlgeordneten Staate nur gegen geistige Ungeheuer, die auch nur mit geistigen Waffen zu bekämpfen sind. Das Wort vermag viel gegen Irrthümer und Vorurtheile, und wirkt am sichersten, wenn es anspruchlos und zwar mit Wärme für **die Sache**, aber schonend für die Person sich vernehmen läßt. Eine solche Wirksamkeit zu veranlassen, Trägheit und Schüchternheit zu beschämen, gemeinnützige Unternehmungen zu befördern, den Einzelnen bey einem achtbaren Streben aufzumuntern, sind Verdienste, die sich die Frauen in einem hohen Grade erwerben können, ohne in **der** sie zunächst umgebenden Sphäre ihre Obliegenheiten zu vernachlässigen. Die edelsten Keime der Menschheit sollen von ihnen gepflegt werden, und dieß wird ihnen desto herrlicher gelingen, **je** höher ihr innerer Gehalt und je lieblicher ihre Erscheinung ist.

Ueber die Bedingungen eines blühenden Zustandes der preußischen Universitäten.[*)]

*) Handschrift des Dresdner Körnermuseums.
Chr. Gottfr. Körners Gesammelte Schriften.

27

Der nachstehende in der Handschrift, welche sich im Dresdner Körner-Museum befindet, „Berlin, den 10. November 1824" datirte Aufsatz, jedenfalls eine der letzten Arbeiten Körners, scheint ungedruckt geblieben zu sein, wenigstens habe ich trotz der aufgewandten Mühe einen Druck desselben nicht auffinden können, was freilich nicht ausschließt, daß er seinerzeit doch in irgend einer Zeitschrift zu Tage getreten ist. Der Aufsatz war offenbar bestimmt, die in manchen preußischen Regierungskreisen herrschende Abneigung gegen die Universitätsfreiheiten und Universitätstraditionen zu zerstreuen und auf ein vernünftiges Maß zurückzuführen. — Der Abdruck **erfolgt** nach **einer** sorgfältigen Abschrift des obenerwähnten Manuscriptes.

Wenn eine Staatsverwaltung sich dadurch ein höheres Ver=
dienst erwirbt, daß sie das Gute jeder Art nicht bloß als Mittel zu
ihren besondern Zwecken, sondern als Zweck an sich selbst befördert;
so gereicht der Preußischen Regierung unter anderem auch dasjenige
zum Ruhme, was ihr seit mehr als einem Jahrhunderte das Reich
der Wissenschaften verdankt. Viel hat ihr wohlthätiger Einfluß in
einer langen Reihe von Jahren gewirkt nicht nur um den Kreis des
menschlichen Wissens zu erweitern, sondern auch um das Erkannte zu
verbreiten, den Geist zu veredeln und selbst unter den weniger ge=
bildeten Volksklassen die intellectuellen und moralischen Kräfte zu er=
höhen. Auch hat es Zeiten gegeben, in denen der Preußische Staat
erntete wo er gesäet hatte.

Ein Rückblick auf diese Erfahrungen dürfte rathsam seyn, wenn
die Frage entsteht, ob das Mangelhafte, Schädliche und Strafbare,
was in den letzten Jahren an einigen höhern Lehranstalten bemerkt
worden ist, blos einzelne Gegenvorkehrungen, oder eine gänzliche Um=
gestaltung der Landes=Universitäten nothwendig mache. Besondere Auf=
merksamkeit verdient hierbey, was aus der Geschichte der Universität
zu Halle über den Erfolg einer schonenden Leitung von Seiten des
Staats während eines hundertjährigen Zeitraums sich ergiebt.

Thomasius, von einigen Zeloten in Leipzig verfolgt, fand im
Jahre 1690 in Halle eine freundliche Aufnahme, und auf der kurz
darauf errichteten Universität verbreitete er ungehindert die Resultate
seiner wissenschaftlichen Forschungen. Eben dieß thaten nach ihm mehrere
berühmte Männer in allen Zweigen der Erkenntniß, und aus ihrer

27*

Schule giengen ausgezeichnete Gelehrte und tüchtige Geschäftsmänner in großer Anzahl hervor. Anerkannt sind die Verdienste eines Sieg= mund Baumgarten, Semler, Nösselt und Knapp in der Theologie, eines Ludwig, Gundling, Böhmer und Heineccius in der Rechts= wissenschaft, eines Hofmann und Stahl sowie später eines Loder, Reil und beyder Meckel in der Medicin, eines Forster und Gren in der Naturwissenschaft, eines Wolf, Alexander Baumgarten und Eberhard in der Philosophie, eines Segner und Kersten in der Mathematik, eines Cellarius und später eines Wolf und Schütz in der Philologie Ein reges Leben wurde durch dieses Beyspiel in andern sowohl preußischen als ausländischen Universitäten erweckt, und die Folgen davon waren die rühmlichen Fortschritte der Deutschen in jeder Gattung geistiger Thätigkeit. Wenn einzelne Lehrer auf Abwege geriethen, so stellten sich ihnen andere kräftig entgegen.

Für die Studirenden fehlte es zwar an Gelegenheit zu Ver= feinerung der Sitten, und es·waren daher oft strenge Maasregeln nöthig um Vergehungen und Excesse zu ahnden; aber die rauhe Aussen= seite verschwand in der Regel sehr bald unter den nachherigen Ver= hältnißen des bürgerlichen Lebens, und von dem ungestörten Genuße einer fröhlichen Jugend blieb eine gewisse Energie und Freymüthigkeit übrig, die der Preußischen Staatsverwaltung an ihren Beamten will= kommen war. In·jedem Falle waren die Universitätsjahre zugleich eine Prüfungszeit des Charakters. Der Student zeigte sich offen, war daher leicht zu beobachten, und wenn er die Gefahren der Verwilderung glücklich überstand, konnte mit größerer Zuverläßigkeit auf ihn ge= rechnet werden.

In den letzten Jahren ist jedoch über die Ausartung der deutschen Universitäten geklagt worden, es hat Lehrer gegeben, die ihre Pflichten verkannten, und unter den Lernenden haben nicht nur Mehrere sich durch ein zügelloses Betragen entehrt, sondern auch Andere in großer Anzahl durch Theilnahme an gesetzlich untersagten Verbindungen sich zu Werkzeugen verbrecherischer Plane herabgewürdigt. Diesem Un= wesen muß allerdings gesteuert werden, aber es fragt sich zuvörderst, ob solche neuerliche Ereigniße von einer mangelhaften Einrichtung der

Universitäten überhaupt, oder von einem Zusammentreffen besonderer
Umstände herrühren.

Der bessere Theil des deutschen Volks war im Jahre 1813 durch
die edelsten Triebfedern aufgeregt worden, und dieser gereizte Zustand
konnte nach dem glorreichen Ende des damaligen Kampfes nicht plötzlich
aufhören. Er hatte eine Krise herbeygeführt, die in mancherley Rücksichten gefahrvoll zu werden drohte. Deutsche Jünglinge, die aus der
frühern engen Sphäre herausgetreten waren, und an der Befreyung
des Vaterlandes Theil genommen hatten, kamen mit stolzen Gefühlen
und schwer zu befriedigenden Erwartungen zurück. Von einer eingebildeten Höhe sahen sie herab auf bestehende Ordnungen und Verhältnisse, und diese zu achten galt ihnen für Feigheit und Schwäche.
In einer solchen Denkart wurden sie durch Reden und Schriften bestärkt, die überall eine unruhige Stimmung in Deutschland verbrei-
teten, und zu einer gänzlichen Umgestaltung des Vorhandenen auf-
forderten. Dieß alles war vorhergegangen, als das Jubiläum der
Reformation eintrat, und was daher bey dieser Gelegenheit auf der
Wartburg zum Ausbruche kam, war nicht zu verwundern, aber die
Folgen davon wurden bedeutender, als man damals geglaubt hatte.
Der Gedanke bey einem gemeinschaftlichen Feste die verschiedenen
Landsmannschaften zu einer deutschen Burschenschaft zu vereinigen,
lag nahe, die jugendliche Einbildungskraft idealisirte sich diese Verbin-
dung, und bedachte nicht, zu welchen Zwecken sie gemisbraucht werden
konnte.

Der herrschende Geist unter der studirenden Jugend blieb nicht
ohne Einfluß auf ihre Lehrer. Die Lernenden waren der Zucht und
großen Theils auch dem Unterrichte entwachsen. Ein gründlicher und
lebhafter Vortrag wurde als nüchtern mit Geringschätzung aufgenommen,
wenn er nicht durch dreiste Behauptungen und kecke Ausfälle gewürzt
war, die zur Zeit des Kampfes zwischen wissenschaftlichen und politischen Partheyen willkommen sind. Jünglinge, die sich gegen jede
Abhängigkeit sträubten, waren schwer im Zaume zu halten, und indem
viele Lehrer um ihre Gunst sich durch Nachsicht gegen die gröbsten
Vergehungen bewarben, mußte die Disciplin immer mehr verfallen.

Ein solcher Zustand ist jedoch nicht in gleichem Grade auf allen Preußischen Universitäten wahrzunehmen gewesen und hat auf einigen nur eine **kurze** Dauer gehabt. Selbst wo das Uebel tiefere Wurzeln gefaßt **hatte**, ist es durch wirksame Maasregeln einer wachsamen Regierung wenigstens vermindert worden. Gleichwohl sind noch nicht alle Misbräuche abgestellt, und selbst wenn dies der Fall wäre, bleiben nicht nur Besorgnisse für die Zukunft übrig, sondern es gehört auch die wünschenswertheste Organisation der Universitäten zu den höhern Aufgaben der Staatsverwaltung, und es sind hierbey die spätern Erfahrungen, sowie die frühern zu benutzen.

Von **den** deutschen Universitäten, **die nicht, wie** die englischen, bloß auf **die** Leistungen einer höhern Gymnasialklasse beschränkt sind, wird überall zunächst eine zweckmäßige Vorbereitung künftiger Staatsbeamten, Geistlichen, Schullehrer und Aerzte gefodert. Für keine **dieser** Bestimmungen **aber ist** es zur Tüchtigkeit hinreichend, wenn der Studirende bloß **einen** überlieferten Lehrbegriff dem Gedächtnisse eingeprägt, **und die zu einem** besondern Geschäfte nöthigsten Fertigkeiten **sich erworben hat.** Zeit und Verhältnisse beschränken oft ohnehin den Einzelnen in seiner wissenschaftlichen Ausbildung, aber an Gelegenheit **zu** einem tiefern und vielseitigem Studium darf es auf der Universität nicht fehlen.

Für den künftigen Arzt wird in dieser Rücksicht gesorgt, man **fürchtet** die Versteinerung der Systeme, läßt ungehindert die verschie**densten** Meynungen walten, begünstigt die strengste Kritik und die kühnsten Versuche die Gränzen der Wissenschaft zu erweitern; aber bedenklich scheint ein ähnliches Verfahren in Ansehung der Theologie, Jurisprudenz und Politik. Gleichwohl kann in jedem Kreise des menschlichen Wissens nur die ungehemmte Mittheilung der Resultate eines unbefangenen und gründlichen Forschens zum Ziele der Vollendung führen. Wer auf halbem Wege stehen geblieben ist, hört auf gefährlich zu werden, indem er weiter fortschreitet; denn zuletzt siegt die Wahrheit über täuschende Sophismen, und sie wirkt nie zerstörend, sondern heilend und versöhnend.

Diesen Sieg der Wahrheit vermag der Staat zu beschleunigen,

indem er gegen ausartende Extreme wissenschaftlicher Thätigkeit eine kräftige Opposition veranstaltet. Aber **er wird** sicherer seinen Zweck er= reichen, wenn er dabey sich aller Partheylichkeit enthält, und das Gleich= gewicht unter verschiednen Bestrebungen mit möglichster Schonung zu bewirken sucht. Es bedarf hierzu nur einer sorgfältigen Auswahl der Lehrer, wenn erledigte Stellen zu besetzen, oder neue zu errichten sind. Vorschläge der Fakultät, die ein neues Mitglied erhalten soll, würden hierbey immer Aufmerksamkeit verdienen, nur ist zu besorgen, daß mancher Professor nur solche Docenten empfehlen möchte, deren Con= currenz er nicht zu fürchten hätte. Bey dem Gutachten aller Pro= fessoren läßt sich eher ein überwiegendes Interesse für das Beste der Universität voraussetzen, und der Einfluß des Nepotismus ist leicht zu entdecken. Auf jeden Fall aber wird es vortheilhaft seyn, wenn die oberste Behörde des öffentlichen Unterrichts sich auf mannichfaltigen Wegen Kenntniß von ausgezeichneten Gelehrten zu verschaffen sucht. Im Preußischen Staate hat sie insbesondere Gelegenheit, die Privat= Docenten auf hiesiger Universität näher zu beobachten, und wird unter ihnen oft Männer finden, wie sie irgend ein wissenschaftliches Be= dürfniß fodert.

Enthält sich der Staat aller Vorschriften über den Innhalt des academischen Unterrichts, so verliert eine vorgetragene gefährliche Lehre den Reiz des Verbotenen, sie wird nicht als ein Beyspiel seltner Freymüthigkeit angestaunt, und der Lehrer, dem nicht die kleinste Un= annehmlichkeit widerfährt, entbehrt den Ruhm eines Märtyrers. Schlözer in Göttingen und Sammet in Leipzig erlaubten sich lange **vor der** französischen Revolution über Politik und Staatsrecht die **kühnsten** Aeußerungen, die damals gar kein Aufsehen erregten. Beschränkungen von Seiten des Staats hätten sie vielleicht schüchtern in ihren Vor= lesungen gemacht, aber esoterische Mittheilungen in einem vertrauten Kreise hätten dadurch nur eine größere Wichtigkeit erhalten.

Ein academischer Lehrer, der in Schmähungen gegen den Re= genten ausbricht oder zur Empörung gegen bestehende Verfassungen anreizt, begeht ein Staatsverbrechen und verfällt mit Recht in die gebührende Strafe; **aber** anders verhält es sich, wenn er durch all=

gemeine theoretische Sätze gefährlich zu werden scheint, auf die er durch
strenge Folgerung geführt wurde, indem er die einzelne Wissenschaft
isolirte. Von dieser Art sind manche auffallende Behauptungen über
Rechtsverhältnisse, die aber bey demjenigen nicht praktisch werden, der
sich nicht einseitig nach juristischen Regeln, sondern zugleich nach dem
bestimmt, was Klugheit, Sittlichkeit und Religion von ihm fodern.
Ein besonnener und wohlgesinnter Lehrer wird Sätze, bei denen ein
Misbrauch in der Anwendung zu besorgen ist, nicht ohne die nöthigen
Warnungen vortragen; aber gesetzt, daß dieß unterbleibt, und daß der
Docent vielmehr durch den rohen Ton, dem er sich bey solchen Aeuße-
rungen überläßt, sich das Ansehen eines starken Geistes zu geben sucht,
so wird doch die Wirkung davon sehr unbedeutend seyn, daferne nur
sonst nichts verabsäumt wird, wodurch die Verwilderung der studirenden
Jugend wenigstens bey der Mehrheit verhütet werden kann.

Aehnliche Bemerkungen dürften auch auf das Verhältniß der Uni-
versitätslehrer zur Kirche anwendbar seyn. Offenbare Feindseligkeit
gegen das Christenthum und freche Herabwürdigung seiner Urkunden,
Lehren und Gebräuche kann nicht geduldet werden, aber ein ungehinderter Fortschritt gelehrter Untersuchungen ist dem Charakter der
evangelischen Kirche gemäß, die keine Tradition, sondern bloß die heilige
Schrift als Norm ihres Glaubens annimmt. Für Staat und Kirche
überhaupt ist dasjenige weit gefährlicher, was im Dunkeln zu ihrem
Nachtheil verbreitet wird, als was öffentlich ans Licht tritt und zum
Widerspruch aufregt. Einen Volksaufstand hat zwar eine Regierung
nicht zu fürchten, die sich durch Kraft, Einsicht und Wohlwollen auszeichnet, aber Lauheit und Misvergnügen im Dienst ist von jedem
Beamten zu besorgen, der nicht im Kampfe gegen verführerische Meynungen seine Begriffe berichtigt, und seine Treue befestigt hat. Und
was ist von einem Prediger für ihn selbst und seine Gemeine
zu erwarten, der ungerüstet gegen Zweifel und Angriffe in seinen
Wirkungskreis eintritt, wenn er einst später durch Lesung irgend eines
Buchs in seinem Glauben erschüttert wird, und nicht mehr auf dem
Wege der ernsten Prüfung unter Anleitung eines tüchtigen Lehrers zu
einer ruhigen Ueberzeugung gelangen kann?

Deutſche Univerſitäten ſind übrigens kein Aggregat von Special=
Schulen und ſie ſollen nicht blos Praktiker für einzelne Geſchäfte,
ſondern auch Theoretiker bilden, von denen man die Erhaltung und
Vermehrung der vorhandenen Kenntniſſe zu erwarten hat. Daher die
Nothwendigkeit dafür zu ſorgen, daß kein wiſſenſchaftliches Bedürfniß
unbefriedigt bleibe und daß dabey von den verſchiedenen Lehrer=Talenten
ungehinderter Gebrauch zu machen ſey. Nominal=Profeſſuren dürften
hierzu weniger rathſam ſeyn, als Aufforderungen in einzelnen Fällen
von Seiten der Behörde, um durch einen beſonders ausgewählten
Lehrer die wahrgenommene Lücke ausfüllen zu laſſen.

Für die ſittliche Veredlung der Studirenden kann viel durch
Lehrer geleiſtet werden, die dieſem Geſchäfte ſich mit Klugheit und
Eifer widmen. Das academiſche Gericht tritt an die Stelle der Väter
und Vormünder einer kraftvollen aber unerfahrnen Jugend. Gegen
Vergehungen, die nicht aus Verdorbenheit des Charakters, ſondern aus
Unbeſonnenheit und leidenſchaftlichen Aufwallungen entſtehen, ſind
Strafen hinlänglich, die nicht das ganze Glück des künftigen Lebens
vernichten. Aber Störer der öffentlichen Ruhe müſſen durch ſtrenge
Vorkehrungen der Polizey gebändigt werden, und beſonders ſind Bürger
und Landleute gegen den Uebermuth der Studirenden zu ſchützen. Ge=
ringſchätzung der weniger gebildeten Volksclaſſen darf überhaupt nicht
geduldet werden, da ſie beſonders bey künftigen Beamten ſehr nach=
theilig auf ihre Dienſtleiſtung wirkt. Gegen Exceſſe dürfte größten=
theils eine eigene Polizeywache hinlänglich und das Militär nur im
äußerſten Nothfalle zu gebrauchen ſeyn. Durch Wachſamkeit in dem
erſten Momente des Zuſammenlaufs läßt ſich oft viel verhüten.

Von einem klöſterlichen Zuſammenwohnen der Studirenden unter
der Aufſicht von Lehrern darf man ſich nicht zu große Vortheile ver=
ſprechen. Erfahrungen über den innern Zuſtand der Collegien auf
den engliſchen Univerſitäten und mancher höhern Schulanſtalten in
Deutſchland haben bewieſen, daß ſolche Einrichtungen zwar vor ge=
räuſchvollen Vergehungen, aber nicht vor andern moraliſchen Uebeln
ſchützen. Rathſam wird es aber ſeyn, durch einen Beamten, der nicht
zu den Profeſſoren gehört und von der oberſten Behörde des öffent=

lichen Unterrichts beauftragt ist, über die academische Disciplin sorgfältige Aufsicht führen zu lassen.

Viel aber, was die Furcht nicht bewirkt, kann durch edle Triebfedern bey den studirenden Jünglingen erreicht werden, wenn bey ihrer
Vorbereitung zur Universität nichts verabsäumt worden ist. Ein gründlicher Unterricht in dem, was zur allgemeinen Ausbildung des Ge-
lehrtenstandes gehört, erzeugt eine Liebe zu allem Wissenswürdigen, die
über die Ausschweifungen einer gemeinen Denkart erhebt. Wer für
die Genüsse empfänglich ist, die das Studium der Natur, der Gefühle,
die ältre und neuere Litteratur gewährt, wer den Sinn für die bildenden Künste in sich entwickelt, und die überirdische Weihe der Musik
empfangen hat, der entgeht in der Regel leichter den meisten Verführ-
ungen des jugendlichen Alters. Am kräftigsten aber wird bei ihm
die Reinheit seiner Seele durch religiöse Gesinnungen bewahrt werden.
Wohl ihm, wenn er mit diesen die Universität betritt, und wenn sie
auf dieser durch Vorträge ausgezeichneter Prediger lebendig erhalten
werden!

Anhang.

Chr. G. Körner war weder ein Dichter, noch hielt er sich für einen solchen. Eine vollständige Sammlung seiner da und dort noch zerstreuten kleinen Gelegenheitsgedichte würde am allerwenigsten in seinem Sinne liegen. Nur einige Proben, die theils ein biographisches Interesse darbieten, theils von der Form= und Sprachbeherrschung zeugen, welche dieser Dilettant im edelsten Stil auch hier erreicht hatte, mögen hier mitgetheilt werden.

An Frau Christiane Sophie Ayrer in Zerbst.

(16. December 1771.*)

Geliebteste,

nach überstandnen Leiden
Ergieb Dich ganz der Fröhlichkeit,
Genieße nun des heutgen Tages süße Freuden
Mit doppelter Zufriedenheit.

Sie sind nicht mehr die sorgentrüben Stunden,
Der Herr hat uns davon befreyt,
Er sprach: entweicht — gleich waren sie verschwunden,
Mit ihnen alle Traurigkeit.

Noch schöner als im Lenz die schönsten Tage
Wenn die Natur sich neu verjüngt,
Und wenn der Vögel Chor, anstatt der vorgen Klage,
Jetzt nichts als Dank dem Schöpfer singt,

Erscheint der heutge Tag: Gott schenkt ihn wieder
Dir, der er einst das Leben gab;
Besing, o Muse, diesen Tag durch frohe Lieder,
Der mir die beste Muhme gab.

Er kömmt, Dir nun die Leiden zu versüßen,
Die Gott jüngst über Dich verhing,
Und das vergangne Jahr so fröhlich zu beschließen,
So fröhlich, als er es anfieng.

Gewiß, Gott läßt nicht stets die Tugend leiden,
Prüft er zwar offt auch die Geduld,
Ersetzt er doch den Schmerz durch tausendfache Freuden,
Und schenkt ihr zwiefach seine Huld.

---

*) Von Körner im 16. Lebensjahre auf der Fürstenschule zu Grimma geschrieben, an die im spätern Schiller-Körnerschen Briefwechsel vielfach vorkommende Zerbster „Erbtante" gerichtet. Mitgetheilt in Karl Elzes „Vermischten Blättern" (Köthen, 1875, S. 77).

So that er Dir. Du littst in dem Geliebten
Zwar viel, und sein Schmerz traf auch Dich.
Der Höchste sahs, voll Mitleid schenkt er dir betrübten
Ihn wieder und erhörte mich.

Und darum preist ihn auch in dieser Stunde
Mein Herz, und mein Stimm' ist Dank,
Dem gütigsten Erhalter schallt aus meinem Munde
Für Dich ein lauter Lobgesang.

Er wird gewiß auch dieses Jahr Dich schützen,
Dir Glück in vollem Maaß verleihn,
Er wird zugleich den theursten Vetter unterstützen
Und künftig ihn von Schmerz befreyn.

So wie ein Strom wird dieses Jahr verfließen,
Und jeder Tag in Fröhlichkeit,
Ihr werdet es dereinst ganz unvermerkt beschließen
So fröhlich wie Ihr jetzo seyd!

Am 7. August (801.*)

Festlich gestimmt erwach ich und blicke dankbar gen Himmel,
Und er zeigt mir ein Bild würdig des heutigen Tags.
Klar und mild ist die Bläue, nur lichte Streifen von Wolken
Zeigen sich einzeln, doch bald hat sie ein Lüftchen verweht.
Alles umglänzt und verherrlicht vom Strahle der freundlichen Sonne —
So ward einst meine Welt Liebe, durch Dich, mir verklärt.

Charade am 7. August (805.**)

Fühlst Du, wie heute das Herz dem Gatten schlägt, der in Bildern
Holder Vergangenheit lebt, ist Dir mein Erstes bekannt.
Du hast mit liebender Hand für ihn mein Zweites beflügelt,
Als mein Ganzes erschien, brach mein Drittes ihm an.

---

*) Am Jahrestage seiner Hochzeit von Körner an Minna gerichtet. Handschrift im Dresdner Körnermuseum.

**) Am Jahrestage der Hochzeit von Körner an Minna gerichtet. Die Auflösung der Charade ist natürlich „Hochzeittag." Handschrift im Dresdner Körnermuseum.

Den Manen der Kinder.*)

Heil Euch, seliges Paar! hoch schwebet Ihr über der Erde;
Wir verweilen noch hier, wandelnd auf dornichter Bahn,
Aber in Blumen und Sternen, in jeder Zierde des Weltalls
Sieht der sehnende Blick seine Geliebten verklärt,
Auch in der Eiche, die hier die bethränten Gräber beschattet,
Zeigt, was Ihr waret und seid, uns sich als liebliches Bild.
Nah' an der Wurzel entsteh'n aus dem Herzen des Stammes zwei Aeste,
Kräftig strebt einer empor, ihm schließt der zweite sich an,
Bald, wie durch fremde Gewalt, seh'n wir sie gehemmt und vereinigt,
Aber der höhere Trieb siegt über irdische Macht.

(In Wöbbelin geschrieben.)

Am 22. September 1826.**)

Vier und dreyßigmal ist der heutige Tag Dir erschienen,
Seit es zuerst uns gelang Dir in die Seele zu sehn.
Damals wandelten wir auf blumigen Pfaden des Lebens,
Voll von Hoffnung und Muth drang in die Ferne der Blick.
Doch in den fröhlichen Kreis trat furchtbar die Zeit der Zerstörung,
Und am Himmel herauf zog schon ein schwarzes Gewölk.
Drohend leuchteten Blitze von weitem, sie nahten und trafen,
Liebliche Blüten der Flur sanken vernichtet in Staub.
Du aber standest im Sturme bewährt uns freundlich zur Seite,
Und was früh uns verband ward noch zum festern Verein.
Sind wir Zeugen des Glücks, das Dir und den Deinen gewährt wird,
Krönt unsern Tag noch ein Glanz, der uns den Abend verschönt.

Der 8. Psalm.***)
Nach dem Italienischen des A. Giustiniani.

Arioso. „Wie groß und herrlich sind deine Werke, Herr, du hast Alles
weislich geordnet, dein reicher Seegen strömt auf uns herab."

„Dein Reich ist ewig, und unaussprechlich ist deine Gnade, wie
deine Macht."

---

*) Mehrfach gedruckt, auch in älteren Ausgaben der Werke Theodor Körners.
**) An den Präsidenten von Schönberg gerichtet, welcher in seiner Jugend der vertrauteste
Freund des Körnerschen Hauses in Dresden war, als solcher auch in dem Schiller-Körner-Brief-
wechsel mehrfach erwähnt wird und gleich Körner 1815 aus sächsischen in preußische Dienste übertrat.
Handschrift des Gedichts im Dresdner Körnermuseum. —
***) Text zum 8. Psalm Benedetto Marcellos; für die Zeltersche Singakademie in Berlin über-
tragen.

Recit. „Aus dem Mund der Kinder ist dir ein Lob bereitet und du verschmähest nicht der Unschuld Lallen. Wer sich naht deinem Throne mit reinem Herzen, der setzt nie seine Hoffnung auf dich vergebens. Aber wehe dem Frevler, der ihn verspottet! denn sein Stolz ist sein Verderben."

Arioso. „Ich sehe hinauf, wo Lichter des Himmels glänzen, wo du prächtig, o Herr, die Nacht bekleidest, wo du herauf führst den Mond und das Heer der Sterne, und sie wandeln die Bahn, die du, Herr, ordnest."

Recit. „Da sink' ich in den Staub. Bei solchen Wundern vermag ich nur auszurufen:"

Arioso. „Was ist der schwache, sterbliche Mensch wohl, daß du so gnädig seiner gedenkest? Was ist das Menschenkind, daß du so hilfreich dich seiner annimmst, dich seiner erbarmest?"

Recit. „Du erfreuest ihn mit Gütern, bist sein Schutz in Gefahren, hast die Erde für ihn zur Wohnung bereitet, hast sie geschmückt aus deiner Fülle und über Alles ihm die Herrschaft gegeben."

Chor. „Seinem Willen gehorcht der Stier und widerstrebt nicht, das wilde Roß sträubt sich umsonst und wird von ihm gebändigt."

Arioso. „Auf grüne Fluren, zu frischem Wasser führt er die Heerden, die ihn ernähren und ihn bekleiden."

Recit. „Ihm ertönt aus den Lüften Gesang der Vögel und er sieht überall in seiner Welt sich ein fröhliches Leben verbreiten."

Arioso. „Wie groß und herrlich sind deine Werke. Herr, du hast Alles weislich geordnet; dein reicher Seegen strömt auf uns herab."

Inhaltsverzeichniß.

EN! VIRIDI · PRATO · CONSEDIT · PHOEBVS · APOLLO ·

Druck von Carl Marquart in Leipzig.

CPSIA information can be obtained
at www.ICGtesting.com
Printed in the USA
LVHW071118170623
750064LV00023B/307